MARVIN ROTH

fifty-one

www.spica-verlag.de

Danke!

Es ist einfach undenkbar, dass ich eine Geschichte schreibe, wenn meine liebe Frau Cornelia mir nicht den Rücken freihalten würde. Doch nicht nur das hilft mir, sondern auch ihre Kommentare, wenn sie meine Story liest. Als Schreiber braucht man einfach eine Resonanz, um zu wissen, ob man noch auf dem richtigen Weg ist.
Liebe Conny, danke dafür!

Mein Dank gilt natürlich auch dem Verlegerehepaar Kolloch, das nun schon seit Jahren meinen Weg begleitet. Beide unterstützen mich und zeigen viel Engagement, um meine Bücher einer breiten Leserschaft zuzuführen.
Vielen Dank, ihr beiden!

Zum Schluss möchte ich mich an meine zunehmend wachsende Leserschaft wenden. Durch die neuen Medien hatten wir im vergangenen Jahr regen Kontakt. Ich bin froh darüber, dass wir auf diesem Wege kommunizieren können. Eure Anregungen sind mir sehr wichtig!
Danke und weiter so!

Personen

Jakob Bruster .... Obdachloser – Rufname Jack – wird verschleppt

Carl Hopkins .... Obdachloser –Rufname Birdy – erleidet das gleiche Schicksal

Loretta und Enrico .... arbeiten in der Suppenküche von Christ Fellowship

Alfredo .... Schleuser – bringt Flüchtlinge durch die Nacht

Ramires Sanches .... Schleuser, der auch vor Mord nicht zurückschreckt

Pedro und Juan .... Mitglieder der Schleuserbande

Gustavo Rodriguez .... arbeitet für die Schleuser als Bergmann

Rupert Graham .... ängstlicher Killer im Todestrakt

Allen Friggs .... verrückter Killer im Todestrakt

Chuck Lander .... teuflischer Killer im Todestrakt

Brian Spiller .... Killer aus Rache im Todestrakt

Sergeant Owen Fields .... Wachsoldat – Luftwaffenstützpunkt Nellis

Doktor Cunningham .... Wissenschaftler in der Area 51

Glorg .... künstlich erzeugtes Lebewesen in der Area 51

Prof. Dr. Martin Havering ..... Direktor der medizinischen Sektion in der Area 51

Gerry Patino .... Hobby-Ufologe – wagt sich vor

Stan Bowman .... begleitet Gerry in die Wüste

Zasdosh .... Alien aus dem Volk der Nikamba – ähnelt einem irdischen Tiger

Shebhal .... die Sternenkinder

Isgolwölfe .... Raubtiere aus einer anderen Welt

Die Konvertierten .... auch als die „Schwarzen" bezeichnet. Sie tragen einen Vollkörper-Schutzanzug.
Waffe: Silberstab, der grünes Licht ausstrahlt und sofort betäubt.

Orte

Area 51 Nevada .... offiziell als Luftwaffenstützpunkt Nellis geführt

Las Vegas .... Stadt in Nevada

New York .... Central Park – Park im Herzen der Stadt

Grenzregion USA .... Mexiko – Bundesstaat New Mexico

ADX Bundesgefängnis Florence ... Colorado – Todestrakt

Einleitung

Schon seit Jahrzehnten ist die Area 51 in Nevada, welche offiziell als Luftwaffenstützpunkt Nellis geführt wird, ein Objekt für Verschwörungstheorien. Es wird viel spekuliert, was dort wohl vor sich gehen mag. Von Aliens und deren Raumschiffen ist die Rede. Auch von geheimen Projekten, wie zum Beispiel dem Lockheed F-117 Tarnkappenbomber oder der Manipulation des menschlichen Geistes, wie auch mögliche Gen-Experimente mit außerirdischer DNA. Doch niemand weiß etwas Genaues, ausgenommen die Menschen, die dort arbeiten. Alles ist streng geheim und die Soldaten, Wissenschaftler und Techniker sind zu striktem Stillschweigen verpflichtet. Was sie für ihre Schweigsamkeit bekommen oder mit was für Konsequenzen sie rechnen müssen, falls sie ihr Schweigen brechen, ist nicht bekannt. Dieser Faktor ist ebenso geheim. Dennoch würden wir gerne wissen, welche Geheimnisse dort vor der Weltöffentlichkeit verborgen werden.

Viele UFO-Gläubige wie auch Verschwörungstheoretiker würden nur zu gerne auf das circa 100 km^2 große Gelände spazieren und sich selbst ein Bild von dem machen, was dort wirklich geschieht. Doch das Gelände, rund 110 Kilometer nördlich von Las Vegas gelegen, ist von den Groom- und Papoose-Gebirgszügen eingerahmt. Diese natürliche Barriere wird zusätzlich von Zäunen, Bewegungsmeldern, Infrarot-Sensoren sowie von bewaffneten Soldaten gesichert und bewacht. Diese haben Schießbefehl und können jeden Eindringling eliminieren.

Doch was ist dort nur so schrecklich geheim, dass man es hinter Zäunen, Bergen und in Bunkern verstecken muss?
Verwahren die Militärs dort etwas, was der Menschheit gefährlich werden könnte?
Sind die Sicherheitsvorkehrungen deshalb so streng, weil die Area 51 keine geheime Forschungsstation ist, sondern ein Gefängnis für das Unvorstellbare?
Was, wenn sich diese für uns unbekannte Gefahr befreien könnte? Wenn sie die Berge und Zäune überwindet und durch die Wüste an einen Ort gelangen würde, an dem viele Menschen leben? Ahnungslose Menschen, die die Gefahr erst erkennen würden, wenn es zu spät für sie wäre …

Schauen wir doch einmal gemeinsam nach und lassen wir uns überraschen. Wer weiß schon, wie viel von meiner Geschichte der Wirklichkeit nahekommt? Spätestens wenn die Herren in dunklen Anzügen vor meiner Tür stünden, würde Fiktion zur Wirklichkeit …

In diesem Sinne,

Ihr Marvin Roth

Unsanftes Erwachen

Jakob Bruster wurde durch einen unsanften Rempler aus seinen Träumen gerissen. Fluchend wälzte er sich herum und versuchte zu erkennen, wer ihn geweckt hatte. Nur undeutlich zeichnete sich ein bärtiges Gesicht im Halbdunkel seines Nachtlagers ab.

»Mensch Birdy«, knurrte er Carl Hopkins an, den jeder hier Birdy nannte, weil er unentwegt vor sich hin pfiff.

»Was weckste mich denn? Hab' gerade so 'nen schönen Traum gehabt. Iss ja noch finster.«

»Psst, Jack«, so wurde Jakob in der Gemeinschaft der Obdachlosen gerufen, »sei leise. Da hinten treiben sich merkwürdige Typen herum. Das musste dir mal ansehn.«

Jakob richtete sich nun auf und schob die schmutzige Decke zur Seite. Birdy war schon unter die Büsche gekrochen, die ihr Nachtlager vor neugierigen Blicken gut schützten. Jakob folgte und kroch nun seinerseits durch das Buschwerk. Neben Birdy angekommen, flüsterte er:

»Wenn du mich umsonst geweckt hast, dann kannste was erleben!«

Doch was er erblickte, ließ ihn seine Drohung sofort vergessen. Durch den nächtlichen Central Park bewegten sich dunkle Gestalten. Da sie ganz in Schwarz gekleidet waren, verschwammen ihre Konturen mit den Schatten des Parks. Sie schienen etwas zu suchen, denn ab und zu blieb der eine oder andere stehen und blickte sich forschend um. Ihre Köpfe sahen irgendwie merkwürdig aus, fast verformt. Eine der Gestalten kam unerwartet näher und Jakob erschrak. Die scheinbare Unförmigkeit des Kopfes resultierte aus einer futuristischen Maske. Dominierend waren zwei große runde Linsen, die brillenartig die Augen ersetzten. Sie ließen das schwarze Gesicht fremdartig, ja bedrohlich wirken. Vom Nasenansatz bis hinunter zum Kinn zog sich eine quer geriffelte Fläche, welche auch aus schwarzem Material gefertigt war. Wo normalerweise die Ohren sein sollten, lagen zwei ovale, ebenfalls geriffelte Schalen direkt am Kopf an.

Die Gestalt lief langsam auf die Buschgruppe zu, unter der sich Jakob und Birdy versteckten. Dabei bewegte sich der Kopf des Schwarzen pendelnd hin und her. Glitzernd reflektierten die runden Linsen dabei das spärliche Licht der nächtlichen Stadt.

Birdy begann angstvoll und hastig zu atmen. Dies lenkte Jakob einen Moment ab. Er schaute zu seinem Kumpel und legte seine rechte Hand beruhigend auf dessen Schulter.

Als Jakob wieder nach vorne schaute, hätte er selbst beinahe gekeucht, nein, viel schlimmer, er hätte fast laut geschrien. Die schwarze Gestalt stand nun keine zwei Meter mehr von ihrem Versteck entfernt auf dem Weg. Das Kopfpendeln hatte sie eingestellt und die Linsen starrten jetzt exakt in ihre Richtung. Jakobs Füße begannen derart zu zucken, als ob sie ohne seinen Befehl davonlaufen wollten. Birdy schnaufte nun noch erregter und robbte rückwärts, um so dem Schwarzen zu entkommen. Doch sein Bemühen war vergebens.

Jakob sah ein grünliches Licht, das durch die Blätter der Büsche drang. Birdy erschlaffte und blieb, nach einem letzten seufzenden Geräusch, reglos liegen. Noch ehe Jakob in irgendeiner Art reagieren konnte, legte sich das grüne Licht auch auf ihn. Er spürte, wie es in seinen Körper eindrang und ein warmes Prickeln erzeugte. Seine Atmung beruhigte sich, wurde langsamer, schließlich flach wie bei einem Menschen, der tief und fest schläft. Bleierne Müdigkeit befiel seinen Geist, verdrängte alle Furcht, ehe er in einen tiefen Schlaf fiel.

***

Verzweifelte Hoffnung

Der Marsch durch die dunkle Wüste New Mexicos war mehr als beschwerlich. Nur das Licht der Sterne und der schmalen Sichel des Mondes beleuchteten die düstere Szene. Felsen, Kakteenbäume und Dornengebüsch sorgten für eine gespenstische Szenerie. Überall schienen Geister und Dämonen zu lauern, um ihre krallenbewehrten Klauen in menschliches Fleisch zu schlagen.

Die Gruppe bewegte sich langsam und so leise wie es eben ging. Der Schleuser, ein sehniger Mexikaner unbestimmten Alters, ging mit grimmigem Gesicht voraus. Eigentlich hätte Alfredo diesen Trupp trauriger Gestalten über die Grenze bringen sollen. Doch er hatte sich bei seiner letzten Tour ein Bein angebrochen und fiel damit aus. Man musste höllisch aufpassen. Überall gab es Bauten der Wüstenhunde, die einem das Leben zusätzlich erschwerten. In einen solchen Baueingang konnte man unvermittelt treten, da man in der Dunkelheit nur wenig vom Boden erkannte. Doch das war bei Weitem nicht die einzige Gefahr, die hier draußen lauerte. Giftige Klapperschlangen, Skorpione und Feuerameisen waren nur einige Beispiele der natürlichen Risiken. Dazu kamen die Grenzpatrouillen, die mit Bewegungsmeldern, Mikrofonen, UV-Kameras und neuerdings mit Drohnen das Grenzland kontrollierten.

Als sei dies noch nicht genug, schlichen die fiesen Kerle der *Minuteman*, einer privaten Bürgerwehr, die es sich zur Aufgabe gemacht hatte, jeden illegalen Einwanderer zu jagen und zurück nach Mexiko zu schicken, umher. Diese Leute waren brutal und gefährlich und so mancher Traum von Freiheit war blutig im Sand der Wüste begraben worden.

Zu guter Letzt waren auch noch die sogenannten Mulis der Drogenkartelle in der Grenzregion unterwegs. Diese Männer waren zumeist schwer bewaffnet und schreckten nicht davor zurück, jeden zu beseitigen, der ihnen in die Quere kam.

Der Schleuser blieb stehen und hielt seinen rechten Arm nach oben. Das war das Signal an die Gruppe, stehen zu bleiben und sich ruhig zu verhalten. Natürlich – so war es ja immer – rempelte einer der Flüchtlinge seinen Vordermann und brachte diesen aus dem Gleichgewicht. Gedämpftes Fluchen erfüllte übermäßig laut die Stille der Nacht. Zum Glück besann sich der Fluchende und legte seine Hände wie ein erschrockenes Mädchen über den Mund. Vorwurfsvolle Blicke trafen den Mann, der gerade so dem Knabenalter entwachsen schien. Auf ein Zeichen des Schleusers hin ging die Gruppe in die Hocke und wurde dadurch beinahe unsichtbar.

Stille fiel wie ein Schleier über die Menschen. Alle lauschten in die Nacht hinaus. Jetzt, da man sich schon auf US-amerikanischer Seite befand, wollte niemand mehr zurück. Die Flucht war sehr anstrengend gewesen und man hatte viel Geld für die Schleusung gezahlt.

Hoffnung, auch wenn diese aus schierer Verzweiflung geboren war, erfüllte die Flüchtlinge noch immer. Ein neues Leben war greifbar und nah.

Ein leises Geräusch wehte heran.

Waren das Schritte? Näherte sich ein Trupp der Grenzpatrouille? Oder war das leise Geräusch belanglos und der Natur dieses kargen Landes geschuldet?

Stille eroberte erneut die Szenerie. Das Lauschen in die Finsternis hinein, das Bangen um eine ungewisse Zukunft. Das Hoffen, wurde durch das Aufflammen grüner Lichtfinger spontan beendet. Die Flüchtlinge, deren Augen auf düstere Finsternis eingestellt waren, schlossen zuerst geblendet die Lider, um gleich darauf durch vor Schock geweitete Pupillen auf schwarz gekleidete, unheimlich anmutende Gestalten zu starren. Angst und Panik brachen sich Bahn und die Menschen rannten in alle Richtungen davon. Dabei verloren einige ihre Taschen und Rucksäcke. Das Gepäck war jedoch im Moment völlig unwichtig. Angst und Hoffnung wurden durch die unheimlichen grünen Lichtfinger eliminiert. Jeder, der von dem grünen Licht erfasst wurde, verlor auf der Stelle sein Bewusstsein und fiel haltlos zu Boden.

***

Letzte Station?

Im Todestrakt des ADX Bundesgefängnisses in Florence, Colorado, herrschte die übliche trübe Stimmung. Jeder, der hier in Einzelzellen auf seinen letzten Tag wartete, war unbewusst ständig angespannt. Einige der Insassen warteten schon seit Jahren auf ihre Hinrichtung. Der Trakt war ein trister Flachbau, der an ein zweistöckiges Backsteingebäude angrenzte. Im Inneren reihten sich je zehn Zellen rechts und links aneinander. In der Mitte beherrschte ein breiter Gang den Zellentrakt. Die Zellen waren mit einer Gitterwand begrenzt, in die eine ebenfalls vergitterte Tür eingelassen war. Am Ende des Ganges befand sich hinter einem großen Fenster das Wachzimmer. Von hier aus konnten die Wärter den kompletten Gang überschauen.

Neben dem Fenster war auf jeder Seite eine Tür. Die Rechte führte direkt in den Wachraum, die Linke zu einem Gang, der zu dem Backsteinbau leitete. Dort irgendwo, das wussten die Todeskandidaten, lag das Vollstreckungszimmer.

Am anderen Ende des Zellentraktes führte eine Tür zum Gefängnishof. Durch diese Tür waren sie alle zu ihrer letzten Wohnstätte auf Erden gekommen. Manche hatten geweint, andere hatten sich gewehrt und getobt. Und dann gab es noch die stillen Typen, die keine Regung zeigten und scheinbar gelassen alles über sich ergehen ließen. Diese Männer, so glaubten zumindest die Wachbeamten, waren die gefährlichsten Insassen in dieser Abteilung.

Nach einigen Tagen hatte sich jeder Neuankömmling in die übliche Routine eingefügt und es kam selten zu Zwischenfällen. Alle warteten auf „ihren“ Termin, auf den Tag, an dem sie herausfanden, wo dieses verfluchte Vollstreckungszimmer lag. Doch die Tage hier wurden lang. Kaum dass einmal ein Besuch gestattet wurde oder ein Anwalt sich die Mühe machte, sich mit einem verurteilten Todeskandidaten zu unterhalten. So blieben nur die Wärter, als letztes Bindeglied zur wirklichen Welt.

Rupert Graham bewohnte die dritte Zelle an der rechten Seite. Er stand direkt am Gitter und presste sein Gesicht zwischen zwei Gitterstäbe. Er versuchte, etwas in dem Gang zu erkennen. Noch lag alles ruhig da und selbst der verrückte Allen Friggs verhielt sich ruhig. Allen tobte oft in seiner Zelle herum und beschimpfte die Wärter und seine Mitgefangenen unflätig. Auch er schien auf das tägliche, routinemäßige, aber dennoch idiotische Abzählen zu warten. Einer der Wärter lief dabei an den Zellentüren entlang und rief einem Zweiten die jeweilige Belegung der Zellen zu. Dieser notierte alles gewissenhaft in das Wachbuch. Dabei wusste doch jeder, dass hier zwölf arme Seelen auf ihren letzten Gang warteten. Noch nie war es vorgekommen, dass einer der Todeskandidaten geflohen war. Natürlich hatte es einige Selbstmordversuche gegeben, die aber alle gescheitert waren. Man war sehr bemüht, die Insassen des Todestraktes bei bester Gesundheit zu halten, jedenfalls bis zum Tag ihrer Hinrichtung.

Rupert spürte die Gitterstäbe kalt auf seiner Haut. Er liebte es, etwas zu spüren. Oft saß er stundenlang auf seinen Händen, bis diese zu prickeln begannen, als ob sich eine Million Ameisen unter seiner Haut bewegen würden. Seit seiner Verurteilung fühlte er sich wie betäubt. Das Leben an sich, hatte seine Bedeutung verloren. Licht, Schatten, Gerüche und Geräusche waren hinter einem Schleier aus Unglauben verborgen. Nur selten konnte er diesen Schleier durchdringen. Nur selten spürte er sich selbst. Seine Taten, für die er zum Tod verurteilt worden war, schienen in einer längst vergessenen Zeit geschehen zu sein. Irgendwie konnte er sich nicht mehr mit diesen schlimmen Geschehnissen identifizieren. Es war gerade so, als habe ein anderer diese Abscheulichkeiten begangen. Nur in seinen Träumen sah er seine Opfer. Schreiende Frauengesichter voller Blut tauchten in seiner Traumwelt vor ihm auf. Blutige, zerfetzte Leichen lagen halb verborgen unter Müll und Unrat. Weinende Männer flehten um Gnade und versuchten seinem Messer zu entkommen. Doch er selbst konnte nicht entkommen, nicht am Tag hinter Gittern weggesperrt und nicht in der Nacht, in der er von Träumen gefangen gehalten wurde.

Weiter vorne hörte Rupert ein Geräusch.

Endlich waren sie da.

Endlich geschah etwas und vertrieb die Eintönigkeit. Der verrückte Allen hatte ebenfalls bemerkt, dass die Wärter vom Hof her kommend in den Zellentrakt getreten waren. Sofort begann er zu schreien, erst unverständlich, dann für jeden hörbar:

»Sie kommen, um uns zu holen. Die Teufel sind da. Seid bereit für den letzten Kampf! Wir werden uns nicht ergeben! Wir werden bis zum letzten Blutstropfen kämpfen! Jungs, macht euch bereit! Wir zeigen's den verdammten Hurensöhnen.«

Rupert lächelte, dann lachte er laut. Der Irre hatte recht. Jetzt war es an der Zeit, dass etwas geschah. So rief auch er, obwohl er den verrückten Allen nicht ernst nahm:

»Jawohl Männer, wir ergeben uns nicht! Wir kämpfen und Allen ist unser Anführer. Ihr Teufel bleibt weg! Mit uns ist nicht zu spaßen!«

Die anderen zehn Gefangenen stimmten nun auch in das wilde, sinnlose Geschrei ein, tobten dabei und rüttelten an den Gitterstäben. Selbst der sonst so ruhige, verschlossene Chuck Lander stand schreiend am Gitter. Rupert konnte ihn sehen, da Chucks Zelle sich schräg gegenüber befand.

Der blasse Mann mit der randlosen Brille war der schlimmste Gefangene im Todestrakt. Er schien das Böse selbst zu sein. Ohne jegliche Reue hatte er Männer, Frauen und Kinder regelrecht abgeschlachtet. Dann hatte er die Leichen zerstückelt und wie abstrakte Kunst in den Häusern seiner Opfer auf Tischen, Regalen, Kommoden und Simsen positioniert. Seine makabren Installationen hatte er jedes Mal fotografiert und mittels der sozialen Medien im Internet zur Schau gestellt. Das FBI hatte ihn lange verfolgt und viele Rückschläge verschmerzen müssen, ehe sie ihn endlich gefasst hatten. Dramatische Reaktionen der Hinterbliebenen hatten den Ermittlern zugesetzt und die Öffentlichkeit forderte Ergebnisse. In einem Zeitraum von nicht einmal sieben Monaten hatte Chuck Lander einhundertvierzehn Menschen ermordet. Damit befand er sich in der Liga der schlimmsten Serienkiller der USA. Bei seiner Festnahme hatte er gelächelt und keinerlei Widerstand geleistet. Auch während des Prozesses lächelte er unentwegt und zwinkerte manchmal den Frauen auf der Geschworenenbank vertraulich zu. Sonst hatte er nichts zu seiner Verteidigung beigetragen und reglos das Urteil entgegengenommen. Zu den Wärtern hier war er immer gewählt höflich und zuvorkommend. Gerade diese freundliche Maske machte diesen Killer so dämonisch.

Nun erblasste Chuck Lander und schaute mit sichtbar ängstlichen Augen in die Richtung, aus der die Wärter nun in ihr Blickfeld treten mussten. Rupert folgte dem Blick seines Gegenübers. Was er jetzt sah, wollte sich nicht in sein Bild dieser Haftanstalt, insbesondere des Todestraktes, einfügen. Die Männer, ganz in Schwarz gekleidet und mit merkwürdigen Masken, waren keine Wärter.

Wo waren die Wärter? Was geschah hier? Wer waren die Kerle und was wollten sie?

Fragen rasten durch seinen Kopf und Verwirrung stellte sich ein. Als er genauer hinsah, erkannte er, dass die Schwarzen silberne Stäbe in den Händen hielten, die an Schlagstöcke erinnerten. An den Spitzen der Stöcke flimmerte ein grünliches Licht.

Die unheimlichen Fremden hoben, wie auf ein stilles Kommando die Stöcke und richteten sie auf die Gefangenen in ihren Zellen. Rupert hörte ein leises Summen und der Geruch von Ozon breitete sich aus. Dann traf ihn das grüne Licht. Er spürte zuerst ein Prickeln auf seiner Haut, dann eine Wärme, die sich in seinem ganzen Körper ausbreitete und dann nichts mehr. Ohnmächtig rutschte er an den Gitterstäben zu Boden und blieb reglos liegen.

***

Im Tunnel

Ramires Sanches steuerte den alten Kleintransporter über die holprige Wüstenstraße. Im Wagen war es heiß und auch die geöffneten Fenster verschafften ihm keine Linderung. Natürlich gab es in der Karre keine Klimaanlage. Wozu auch? Es reichte doch völlig, wenn die Bosse diesen Vorzug der Technik genießen durften. Er konnte ja in seinem eigenen Schweiß ersaufen. Missmutig drehte Ramires an dem Knopf des Autoradios herum, doch der einzige Sender, den er empfangen konnte, dudelte nervtötende mexikanische Volkslieder. Nach einer Weile enervierenden Suchens gab er schließlich seine Bemühungen auf. Die Fahrt würde nicht mehr lange dauern und bis dahin musste er eben ohne Musik auskommen.

An die armen Teufel, einfache Arbeiter aus dem Süden, die hinten im Laderaum des Kleintransporters zusammengekauert hockten, dachte er nicht einen Moment. Es war ihm egal, ob die Männer schwitzten oder etwas zu trinken hatten. Ab und zu hörte er von hinten ein Rumpeln oder auch mal ein Klopfen. Doch diese Geräusche war er gewohnt, da dies schließlich nicht sein erster Transport war.

Hinter einer kleinen Kuppe tauchte endlich ein altes, heruntergekommenes Farmhaus auf. Still lag es in der tristen Umgebung verwahrloster Felder. Nichts rührte sich. Kein Mensch war zu sehen.

Ramires brachte seinen Wagen neben einem windschiefen Schuppen zum Stehen. Dann sprang er aus dem Fahrzeug, wischte sich mit einem großen Taschentuch die Stirn trocken, um dann einen verbeulten Strohhut auf seinen Kopf zu drücken. Ohne Eile ging er über den staubigen Vorplatz hinüber zum Farmhaus.

Noch immer regte sich nichts, doch er wusste, dass ihn wachsame Augen beobachteten. Wie zufällig hob er den Kopf und betrachtete den tiefblauen Himmel. Natürlich konnte er nichts entdecken, nicht einmal einen Vogel. Dennoch wusste er, dass dort irgendwo Drohnen der amerikanischen Border Patrol unterwegs waren. Die Grenzschützer beobachteten die mexikanische Grenze sehr gewissenhaft, da sie wussten, dass Menschen wie auch Drogen in die USA geschmuggelt wurden.

Ramires grinste und ging weiter zum Farmhaus. Auch von dort aus wurde er beobachtet. Doch man hatte ihn längst erkannt, sonst wäre er niemals bis zur Haustür gelangt. Mit einer lässigen Bewegung stieß er die Tür auf und trat in das Halbdunkel der Diele. In einer Ecke, kaum sichtbar für jemanden, der von draußen aus der sonnendurchfluteten Helligkeit kam, stand ein mittelgroßer Mexikaner. Er trug die hier übliche Kombination aus weiter Leinenhose und einem sackartigen Hemd. So war er von den heimischen Landarbeitern kaum zu unterscheiden. In der Armbeuge hielt er ein Schnellfeuergewehr, welches schon erhebliche Gebrauchsspuren aufwies.

Der Mann nickte Ramires nur lässig zu, ehe er sagte:

»Du kommst ziemlich spät.«

»Wozu die Eile, Pedro? Wir müssen eh warten, bis es dunkel wird.«

»Da hast du auch wieder recht. Wenn nur die verdammten Drohnen nicht wären …«

Damit schien Pedros Gesprächsbedarf hinlänglich gedeckt zu sein. Mäßig interessiert schaute er wieder durch das staubige Fenster, von dem aus er den Hof überblicken konnte.

Ramires hingegen strebte der kleinen Küche zu, um sich dort ein kaltes Bier aus dem Kühlschrank zu holen. Kaum hatte er den Raum betreten, sah er weitere Männer, die um einen schmutzigen Tisch herumsaßen. Sie unterhielten sich leise, so als ob sie befürchteten, die amerikanische Grenzpatrouille könne sie hören. Erst als sie Ramires erblickten, rafften sie sich auf und blickten ihn erwartungsvoll an. Ein kleiner verschmitzter Typ, in ein für die Gegend unpassendes Seidenjackett gekleidet, fragte gespannt:

»Was hat der Boss gesagt?«

Ramires holte sich erst ein Bier aus dem Kühlschrank, lehnte sich dann an die vor Dreck starrende Spüle, ehe er antwortete:

»Was der Boss gesagt hat, Juan? Dass du ein verdammtes Arschloch bist. Genau das hat er gesagt.«

Die anderen Männer lachten verlegen, da sie nicht wussten, ob Ramires einen Scherz gemacht oder die Wahrheit gesagt hatte. Juan rutschte nervös auf seinem Stuhl herum und machte ein belämmertes Gesicht. Dann jedoch fragte er unsicher:

»Was meinst du damit? Hat er das wirklich gesagt? Was habe ich denn gemacht …?«

»Was du gemacht hast? Schau dich doch mal an. Alle hier haben sich als Landarbeiter verkleidet. Nur du rennst hier rum, als wärst du ein verdammter Zuhälter in Mexiko City.«

»Woher will denn der Boss wissen, was ich anhabe?«, ereiferte sich nun Juan.

»Weil du immer in dieser bescheuerten Jacke rumrennst. Genau deshalb.«

Damit beendete Ramires das Thema, zog sich einen Stuhl heran und setzte sich. Er nahm einen großen Schluck aus der Flasche, stellte sie dann mit Wucht auf den klapprigen Tisch und schaute die Männer mit ernstem Blick an.

»So, nun zu dem, was der Boss mir aufgetragen hat. Wie ihr wisst, ist der Tunnel fertig. Wir brauchen keine Zeugen und damit auch die Bauarbeiter nicht mehr. Der Boss hat befohlen, die Arbeiter in den Tunnel zu bringen und dort zu erledigen. Dann sollen wir sie dort unten verscharren.«

»Warum denn gerade in dem scheißengen Tunnel?«, fragte ausgerechnet Juan, den Ramires wegen seiner großen Klappe eh nicht besonders leiden konnte. Mit einem vor Ärger verzogenem Gesicht antwortete er mit leiser, gefährlicher Stimme:

»Weil uns dort unten die Drohnen nicht sehen können, du Idiot. Schon vergessen? Die Gringos beobachten uns!«

Juan nickte verlegen und kramte umständlich in seiner Jacke. Dann zog er eine verbeulte Schachtel Zigaretten hervor, um danach sein Feuerzeug zu suchen. Ramires beachtete den kleinen Mann nicht mehr, sondern erklärte den Männern, wie sie in der kommenden Nacht die Arbeiter ermorden sollten.

Stunden später, die Sonne war längst untergegangen, verließen Ramires und fünf weitere Männer das Farmhaus. Schnell liefen sie zu dem kleinen Schuppen hinüber und blieben schließlich unter einem schmalen Vordach stehen. Ramires ging zu dem Lastwagen, um die Arbeiter zu holen. Er öffnete die hintere Tür und ließ sie aufschwingen. In Erwartung halb besinnungsloser Bauarbeiter schaute er in den Kastenaufbau des Transporters. Doch nichts rührte sich. Er kniff die Augen zusammen und versuchte das Dunkel im Inneren des Lasters zu durchdringen. Doch die mondlose Nacht ließ ihm keine Chance. So knipste er schweren Herzens kurz seine Taschenlampe an und leuchtete in den Kastenaufbau hinein. Doch alles, was er erblickte, waren leere Plastikflaschen und anderer Unrat. Von den Bauarbeitern war keine Spur zu sehen. Er wirbelte herum und schrie:

»Verdammt! Wo sind sie?«

»Wer ist wo?«, kam es fragend aus dem Schatten des Schuppens.

Ramires erkannte die vorlaute Stimme Juans. Doch er hatte keine Zeit, sich mit der Nervensäge auseinanderzusetzen. Eilig rannte er zum Schuppen und brüllte seine ahnungslosen Kumpane an:

»Wo verdammt sind die Bauarbeiter? Hat sie jemand aus dem Laster geholt?«

Da er außer unsicherem Gemurmel keine Antwort erhielt, rannte er zum Eingang des Schuppens. Im Laufen rief er seinen Männern zu:

»Los, kommt mit. Vielleicht sind die Kerle schon in den Tunnel gegangen. Los, beeilt euch, sonst könnt ihr was erleben!«

Das Innere des Schuppens bot einen totalen Kontrast zu der scheinbaren Baufälligkeit seines Äußeren. An den Wänden verteilt standen Regale und Tische. Halterungen hielten saubere Werkzeuge, von der Schaufel bis hin zum Laservermessungsgerät, mit dem man genauestens Neigung und Ausrichtung eines Tunnelbaus ermitteln konnte. In der Mitte des Raumes führte eine Rampe in die Tiefe. Der Tunnel war hell erleuchtet, sodass die Männer im schnellen Schritt die Verfolgung der Bauarbeiter aufnehmen konnten. Dennoch konnten sie nur zu zweit nebeneinander laufen, da der Tunnel nur circa anderthalb Meter breit war. Die Tunnelröhre verlief nicht gleichmäßig geradeaus, sondern schlängelte sich in einem Zickzackkurs durch den Untergrund. Das hatte den Vorteil, dass Schallwellen sich nur schlecht verbreiten konnten. Die aufwendige Konstruktion des Stollens war notwendig, da die amerikanischen Grenzpatrouillen mit entsprechenden Geräten Bodenvibrationen messen konnten. Da der Tunnel unter der Grenze bis zu einem getarnten Ausstieg in den USA führte, war Vorsicht geboten. Schließlich sollten durch diesen neuen Tunnel Drogen in die USA geschmuggelt werden. Außerdem bot jede Gangbiegung den Vorteil einer Deckung, sollte einmal ein Angriff stattfinden, ob von der Polizei, den Grenzern oder einem feindlichen Kartell. Doch im Moment erwies sich dieser scheinbare Vorteil als erheblicher Nachteil.

Ramires fluchte und wusste nicht, wie er seinen Zorn besänftigen sollte. Nur die Aussicht, die Bauarbeiter umbringen zu können, zügelte sein überschäumendes Temperament.

Nach ungefähr dreihundert Metern blieb er stehen, hielt sich die Seite und rang nach Luft. Seine fünf Begleiter blieben in gebührendem Abstand hinter ihm stehen und verschnauften ebenfalls hörbar. Ramires drehte sich zu seinen Kumpanen um und wollte gerade etwas sagen, als ihn ein heftiges Schwindelgefühl zum Wanken brachte. Gleichzeitig erfüllte ein grünliches Licht die enge Röhre. Auch seine Männer standen, gebeugt und Halt suchend, an der Tunnelwand. Dann verschwamm das Bild des Tunnels und der Männer vor Ramires Augen. Ein heftiger Würgereiz ließ ihn keuchen. Er sank auf die Knie, tastete halb erblindet nach einem Halt, ehe er sein Bewusstsein verlor. Sein letzter Gedanke war klar und ohne jegliches Bedauern.

Das war's. So geht's also zu Ende.

***

Der letzte Gang

Im Red Onion State Prison in Pound, Virginia, war es wieder einmal soweit. Eine Hinrichtung stand an, nachdem die letzte Instanz einen Antrag und damit einen Aufschub abgelehnt hatte.

Brian Spiller starrte auf die graue Wand seiner Zelle. Sein Blick schien durch den Beton hindurchzugehen. Doch es war nicht der

Beton seiner Zellenwand, den er sah, vielmehr schaute er zurück auf Bilder seines Lebens. Kaleidoskopisch tauchten Szenen aus seiner Vergangenheit auf, verharrten kurz, um schließlich nebelhaft zu verwehen. Gesichter von Freunden, Bekannten und Verwandten wechselten sich ab. Er blickte in seine Kindheit, fühlte die unbesorgten Tage auf der Farm seines Vaters, spürte die Wärme seiner Mutter, wie sie ihn in ihren Armen hielt und wiegte.

Tränen brachen sich unvermittelt Bahn und seine Gedankenbilder lösten sich in Schlieren auf.

Die Geräusche des Gefängnisses eroberten sein Gehör und er musste seine trauerbedingte Meditation verlassen. Mit einem tiefen Seufzer, der gefüllt war mit klebrigem Selbstmitleid, stand er schließlich auf und trat an die Zellentür. Seine schweißnasse Stirn berührte das kühle Metall der Tür. Nun war es bald soweit. Sie würden kommen, ihn fesseln und dann den Gang entlang führen. Nicht weit, das wusste er. Nur einige wenige Meter den Gang hinunter. Dennoch würden diese wenigen Meter die Schwierigsten und auch die Letzten in seinem Leben sein.

Unvermeidbar. Unausweichlich.

Bittere Tränen, vergossen durch das Gefühl der Ungerechtigkeit des eigenen Schicksals, rannen über seine Wangen, vernebelten den Blick und brannten wie Säure in seinen Augen. Er hatte nur getan, was getan werden musste. Er hatte Gerechtigkeit gefordert, doch man hatte ihm diese versagt. So hatte er das Heft selbst in die Hand genommen. Eine Waffe war schnell besorgt, deren Handhabung leicht gelernt.

So war Brian Spiller losgezogen, um seiner Gerechtigkeit Genüge zu tun. In brutaler Konsequenz arbeitete er seine Todesliste ab. Diese Liste hatte er selbst zusammengestellt und dabei nicht bemerkt, dass er seine eigenen Vermutungen als Tatsachen betrachtete.

Alle Personen, die er notierte, hatten Schuld am Tod seiner Familie. Nicht einer dieser Menschen war frei von Schuld. Die Polizisten, welchen er seine Liste ausgehändigt hatte, schüttelten nur den Kopf, ehe sie ihn aufforderten, nach Hause zu gehen. Sie sahen den Tod seiner Familie als gewöhnlichen Unfall an. Die Ermittlungen waren abgeschlossen und somit kümmerte sich niemand um Brians Liste.

Doch das sollte sich rasch ändern.

Brian erschoss in nur sieben Tagen zwölf Menschen. Er ging dabei mit einer Kaltblütigkeit vor, die selbst die hartgesottenen Beamten der Mordkommission erschütterte. Die Medien berichteten reißerisch von den Morden und die Polizei tappte zunächst im Dunkeln. Dann jedoch erinnerte sich ein Beamter an die Liste, der sie keine Beachtung geschenkt hatten. Innerhalb von nur zwei Stunden konnten sie Brian ausfindig machen und nach einem kurzen Schusswechsel unverletzt festnehmen. Die Gerichtsverhandlung war nur noch Formsache gewesen. Der Schlächter von Virginia, wie ihn die Presse betitelte, wurde zum Tode verurteilt. Revision ausgeschlossen.

Seit nun etwas mehr als fünf Jahren wartete Brian Spiller auf den Tag seiner Hinrichtung. Doch nun schien dieser Tag näher zu rücken. Bald würde er wieder mit seiner Familie vereint sein. Bald hatte alles ein Ende.

Doch die Angst vor dem eigenen Tod trieb ihn um und ließ ihn nicht zur Ruhe kommen. Instinktiv wusste er, dass sie ihn heute holen würden. Die Wärter benahmen sich seit einigen Tagen ausgesprochen höflich und zuvorkommend. Kein lautes Wort, kein Herumgeschubse, nur angestrengt freundliche Gesichter.

Brian drehte sich von der Tür weg, um sich eine Weile auf seine Pritsche zu legen, doch schwere Schritte auf dem Flur ließen ihn verharren. Ein Zittern erfasste seinen Körper, und panischer Angstschweiß drängte aus den Poren seiner Haut. Mit nach vorne gestreckten, abwehrbereiten Armen stellte er sich vor die Tür. Dabei schüttelte er unablässig seinen Kopf, während sein vor Speichel nasser Mund in rascher Folge nur ein Wort herausstieß:

»Nein, nein, nein …«

Die Schrittgeräusche endeten genau vor seiner Tür und eine schmale Klappe öffnete sich in dieser. Eine befehlsgewohnte Stimme erklang:

»Gefangener Brian Spiller, treten Sie vor und strecken Sie ihre Hände durch die Öffnung.«

Diese in einem Gefängnis der USA übliche Prozedur, die zum Schutz der Vollzugsbeamten diente, brachte Brian völlig aus der Fassung. Seine schlimmsten Befürchtungen schienen mir einem Mal Wirklichkeit zu werden. Immer noch schreiend ging er rückwärts, bis er an die kalte Betonmauer stieß. Eine weitere Aufforderung der Beamten ignorierte er. Seine Beine begannen auf der Stelle zu trampeln und seine Lungen vor panischer Atemnot zu schmerzen.

Die Tür öffnete sich und gab den Blick auf eine Reihe Uniformierter, den Gefängnisdirektor sowie auf den Gefängnispfarrer frei. Die Beamten drängten in die Zelle und versuchten Brian zu packen. Todesangst, gepaart mit schierem Überlebenswillen, setzte in Brian ungeahnte Kräfte frei. Scheinbar mühelos entwand er sich den Griffen der Wärter. Er stieß, er biss, er schlug um sich. Beinahe wäre es ihm gelungen, an den Beamten vorbei aus der Zelle zu flüchten. Doch ein unerwarteter Schlag traf ihn im Nacken und streckte ihn nieder. Sogleich waren die Wärter über ihm und legten ihm Hand-und Fußfesseln an. Dann zerrten sie ihn auf die Beine. Albtraumhaft registrierte Brian, wie er aus der Zelle getragen wurde, phonetisch von dem Sermon des Priesters begleitet. Die Gangwände glitten an ihm vorbei, nur durch dunkle Türöffnungen unterbrochen. Nach einigen Metern drang Licht aus einer der Türen. Ein Wärter stieß die halb offene Tür zur Gänze auf. Brian wurde in den dahinter befindlichen Raum getragen, der einen sterilen, beinahe medizinischen Charakter hatte. Grelle Deckenstrahler verbreiteten ein kaltes Licht. Mitten im Raum stand eine Art Krankenliege, die an den Seiten ausgeklappte Armpolster aufwies. Brian wurde auf die Liege gehoben und sofort mit starken Lederbändern gefesselt. Erst dann lösten die Wärter die Stahlfesseln an seinen Händen und Füßen. Brian hatte inzwischen aufgehört zu schreien. Seine Kehle fühlte sich wund und trocken an, obwohl weiterhin Speichel aus seinem Mund lief. Ein Mann mit weißem Arztkittel trat an die Liege heran und stach Brian nach kurzem Abtasten eine Infusionsnadel in den Arm. Fassungslos betrachte Brian die Nadel, als könne er nicht glauben, was mit ihm geschah. Dann befestigte der Arzt einen Schlauch an der Injektionsnadel. Nachdem er seine Arbeit noch einmal überprüft hatte, nickte er in Richtung des Gefängnisdirektors. Dieser gab einem der Beamten ein Zeichen, worauf er eine Fernbedienung zur Hand nahm und auf einen Knopf drückte. Brian spürte, wie er samt der Liegefläche aufgerichtet wurde. Nur die Gurte hielten ihn in Position. Nachdem er in der Senkrechten angekommen war, öffnete sich vor ihm ein Vorhang, den er bisher nicht einmal wahrgenommen hatte. Dieser fuhr surrend zur Seite und gab den Blick in einen angrenzenden Raum frei, in dem mehrere Menschen saßen. Die beiden Räume waren durch eine Glasscheibe getrennt, die vom Boden bis zur Decke reichte. Mit starren, zum Teil wutverzerrten Gesichtern schauten die Menschen auf den Mörder ihrer Angehörigen. Einige völlig unbeteiligt wirkende Männer in Anzügen standen hinter den Stühlen. Der Beobachtungsraum war überfüllt mit Menschen, die das Ende von Brian Spiller miterleben wollten.

Brian schloss seine Augen, als könne er dadurch die Welt um ihn herum verbannen. Er ignorierte die Worte des Gefängnisdirektors, der formelgleich den Grund für die Hinrichtung Brians herunterrasselte, gerade so, als habe er nicht genügend Zeit für seine Ausführungen. Als er schließlich seine kurze Ansprache beendet hatte, senkte sich die Liege nach hinten, bis Brian horizontal zum Liegen kam. Noch immer hielt er seine Augen geschlossen, wie ein Kind, das so seine Angst bewältigen wollte.

Plötzlich spürte Brian, wie eine Flüssigkeit durch die Nadel in seine Armvene strömte. Sofort wurde er ruhig, sein Herzschlag verlangsamte sich, seine Atmung wurde regelmäßig. Er wurde schläfrig, nein eigentlich unendlich müde. Selbst wenn er es gewollt hätte, wäre er nicht mehr in der Lage gewesen, seine Augenlider zu öffnen. Sein Atem wurde langsamer, er fühlte, wie sein Körper schwer wurde. Er wollte nur noch schlafen, hineingleiten in das ewige Nichts.

Es vergingen einige Minuten, ehe Brian die Stimme des Arztes vernahm:

»Der Delinquent ist tot.«

In Brian formierte sich eine Frage. Wer war tot? Weitere Fragen schlossen sich trotz seiner bleiernen Müdigkeit an.

War er gemeint? War er tot? Gestorben?

Doch das konnte nicht stimmen. Wenn er tot war, wie konnte er dann noch die Stimme des Arztes hören?

Ein weiterer Schock traf ihn, als er bemerkte, wie er losgeschnallt und auf eine andere Liege gehoben wurde. Was kam nun? Bemerkten diese Idioten denn nicht, dass er noch lebte? Was würde mit ihm geschehen? Würde man ihn nun ins Krematorium bringen, um ihn zu verbrennen? Einzuäschern? Bei lebendigem Leib?

Brian wollte schreien, doch sein Mund bewegte sich nicht. Tausende Gedanken rasten dem Mörder durch seinen Kopf, während er abtransportiert wurde. Grausame Ängste tobten, gefangen in einem leblosen Körper.

***

Erstes Erwachen

Jack verstand nicht, was er sah. Das war nicht verwunderlich, da er sich in den unendlichen Sphären seiner Traumwelt befand. Unheimliche Gestalten wandelten durch eine düstere, irgendwie rot illuminierte Welt. Jack stand auf einer Straße, die in einem anderen Leben wohl die berühmte Fifth Avenue in New York City gewesen war. Er wusste nicht, wieso er sich dessen sicher war, denn alles, was er sah, waren Trümmerberge. Ein kleines schmutziges Mädchen saß mit einer ebenfalls schmutzigen Puppe auf einem verrotteten Sofa. Große traurige Augen schauten aus einem verhärmten, hoffnungslosen Gesicht. Direkt neben dem Sofa lag ein Bündel Mensch, das bei genauerem Hinsehen die Leiche einer Frau zu sein schien. Jedenfalls rührte sich die Bedauernswerte nicht. Jack trat ein wenig näher, um zu sehen, ob er Hilfe leisten konnte. Noch ehe er auch nur einen einzigen Schritt machen konnte, tauchte vor ihm ein Mann, ganz in Schwarz gekleidet, mit einer futuristischen Maske vor dem Gesicht auf und verstellte ihm den Weg. Jack war empört und wollte sich an dem Schwarzen vorbeidrängen, als er Birdys Stimme vernahm.

»Du brauchst es gar nicht versuchen. Das sind die Typen aus dem Park. Gegen die kommst du nicht an.«

Die Typen aus dem Park? Jack erinnerte sich an die Unheimlichen. Erst letzte Nacht hatte er sie gesehen. Letzte Nacht? Wie konnte das sein? Letzte Nacht war die Welt noch in Ordnung gewesen, jedenfalls für die meisten Menschen. Auch für ihn selbst, obwohl er obdachlos war und sein Leben auf der Straße fristete. Er hatte sich mit seinem Schicksal abgefunden und Freunde gewonnen. Was brauchte er mehr? Die Stadt war bis gestern noch intakt gewesen und nicht ein einziges Haus war zerstört. Nun aber lag New York City in Trümmern. Wie konnte das sein? Er wusste es nicht.

Ein sanftes Rütteln durchlief das Bild der zerstörten Stadt. Gleichzeitig verschwamm die Straße und das Mädchen verblasste schließlich völlig. Eine grelle Helligkeit überflutete Jack und er blinzelte. Mit dem Blinzeln verließ er die Traumwelt. Verwundert öffnete er seine Augen.

Das Licht schmerzte und Jack kniff die Augen zusammen. Langsam gewöhnte er sich an die Lichtflut, die sich schließlich als normale Neonröhren entpuppten. Jack versuchte sich zu orientieren, aber er konnte sich nicht bewegen. Selbst sein Kopf schien fixiert und zu keiner Bewegung fähig. Blieben einzig seine Augen, mit denen er seine Umgebung erkunden konnte.

Was er sah, irritierte ihn und er konnte zuerst nicht einordnen, was er sah. Über ihm befand sich eine Decke, die ihn irgendwie an die Decke eines Flugzeuges erinnerte. Ja, er wusste, wie ein Flugzeug von innen aussah, denn er war ja nicht immer ein Obdachloser gewesen. Es konnte aber auch die Decke eines modernen Zuges sein. Jack wusste es nicht. Doch wer sollte ihn in ein Flugzeug oder einen Zug bringen und wozu? Er ließ den Gedanken fallen wie verrottetes Obst, das er manchmal aus Mülltonnen zog. Angestrengt blickte er, soweit er eben konnte, nach unten. Jack erkannte ein Regal oder waren es Stockbetten? Ja, das waren eher Betten, vielleicht auch Krankentragen. Jedenfalls lagen auf diesen „Betten", Menschen. Keiner bewegte sich, alle schliefen oder waren sie sogar tot? Panik begann sich seines Geistes zu bemächtigen. Noch ehe Jack sich seiner Angst hingeben konnte, erschrak er zutiefst. Vor ihm war einer der Schwarzen aufgetaucht. Eine Hand schob sich in Jacks Blickfeld. In der Hand war eine Waffe oder was auch immer das Ding darstellte. An der ihm zugewandten Spitze flimmerte es grün. Dann überschwemmte das Grün sein Bewusstsein und drängte es zurück in die Dunkelheit.

***

Patrouille

Sergeant Owen Fields hatte wieder einmal Nachtdienst. Ihn ärgerte einerseits, dass er in der letzten Zeit immer öfter für den nächtlichen Job eingeteilt wurde. Auf der anderen Seite konnte er den Nachtzuschlag gut gebrauchen. Seine Frau Claire war zum dritten Mal schwanger und sein kleines Haus war noch lange nicht abgezahlt. Alltagssorgen kreisten durch seine Gedanken und hielten ihn beschäftigt. Der Nachtdienst hier auf dem Nellis Air Force Base Complex, besser bekannt als Area 51, war meistens eher ruhig und langweilig. Bestimmte Routinen erleichterten den Wachdienst. Seit einigen Jahren hatte die Regierung die umliegenden Groom- und Papoose-Gebirgszüge in den Sicherheitsbereich einbezogen und für die Öffentlichkeit gesperrt. Das komplette Gelände wurde mit einer gesicherten Zaunanlage umgeben und zusätzlich mit speziellen, wie zum Beispiel auf menschliche Ausdünstungen reagierenden Schweißsensoren ausgerüstet. Bewegungsmelder und Bodenradar überwachten zusätzlich das komplette Areal.

So war sich Sergeant Owen Fields ziemlich sicher, nie einem Eindringling zu begegnen, was seinen Dienst, auch wegen der hervorragenden Bezahlung, erheblich erleichterte. Eigentlich wusste er nicht so genau, was hier auf dem Stützpunkt wirklich geschah. Nein, er wusste gar nichts. Seine Frau hatte ihn anfangs gefragt, ob er ihr nicht erzählen wolle, was für Geheimnisse in der Area 51 verborgen wurden. Doch Sergeant Owen Fields hatte geschwiegen. Er hätte auch nichts sagen dürfen, selbst wenn er etwas gewusst hätte. Seiner eigenen Einschätzung nach wurde der ganze Stützpunkt nur zur Ablenkung betrieben.

Der Sergeant schaute sehnsüchtig auf die Wachbaracke, die nur circa fünfzig Meter entfernt stand. Er wartete auf einen weiteren Soldaten, der ihn heute Nacht bei seiner Patrouille begleiten sollte. Owen wusste nicht, welcher seiner Kollegen heute Dienst tat. Ein Blick auf den Wochenplan hätte ihm Aufschluss geben können, doch er kannte sowieso alle Wachsoldaten.

Ein Geräusch, wie er es noch nie vernommen hatte, ließ ihn zusammenschrecken. Was war das gewesen?

Ein weiterer Schrei, dieses Mal viel näher als der erste, veranlasste seine Nackenhaare, sich aufzustellen. Ein angstvolles Frösteln überzog seine Hautoberfläche. Einem plötzlichen Impuls nachgebend, rannte Sergeant Owen Fields auf das Wachhaus zu. Die wenigen Meter schienen sich zu dehnen und die Zeit gleich mit. Nach gefühlten Unendlichkeiten erreichte er die Baracke und riss die Tür auf. Erleichterung wollte sich in einem befreiten:

Wo bleibst du denn? Bahn brechen, blieb ihm aber in der Kehle stecken.

Was er in dem kleinen Wachraum erblickte, wollte sich nicht in seine Routine einfügen. Er verstand es einfach nicht. Neben dem schlichten Holztisch wand sich etwas Schleimiges. Das hautfarbene Ding rutschte auf dem Körper eines Menschen, eines Soldaten herum. Sergeant Fields zog seine Dienstwaffe aus dem Holster und zielte auf das glitschige Wesen. Dabei war er sich nicht sicher, ob er, wenn er denn feuerte, nicht seinen Kameraden treffen würde. Mutig trat er noch einen Schritt vor, um besser zielen zu können.

Das musste das Wesen gehört haben. Es drehte sich zu dem Sergeant um. Dieser stieß einen panischen Schrei aus. Er hatte bisher keinerlei Gliedmaßen gesehen oder gar vermutet, dass es solche gab. Davon abgesehen hatte er auch nicht mit einem Kopf gerechnet. Sein Verstand schien sich zu weigern, einer solchen unmöglichen Kreatur irgendeine menschliche Form zuzuschreiben. Der Kopf ruckte zu ihm herum und Sergeant Fields schaute in ein Gesicht, ein Babygesicht.

Ein Schrei drang durch die Nacht und mischte sich mit der Sirene des Lagers zu einem einzigen jaulenden Ton.

***

Ärger

Doktor Cunningham tropfte der Schweiß von der hohen Stirn. Sein eher lichtes Haupthaar stand wirr von seinem Schädel ab. Fassungslos schaute er auf die aufgebrochene Tür. Das mit Stahlblechen armierte Schließsystem konnte man eigentlich nicht aufbrechen. Eigentlich! Glorg hatte es geschafft. Glorg war entwischt. Mit zitternden Händen drückte Doktor Cunningham den roten Alarmknopf. Danach rannte er durch die aufgebrochene Tür in den Gang hinaus. Uniformierte kamen ihm eilig entgegen.

»Was ist los?«, riefen sie, noch ehe sie beim Doktor angelangt waren.

»Glorg ist ausgebrochen«, antwortete dieser noch immer fassungslos.

Die Wachen verlangsamten ihre Schritte und blieben schließlich stehen. Eine fahle Blässe überzog die Gesichter der Männer. Angst ließ sie heftig atmen.

»Wir brauchen sofort Verstärkung!«, rief einer der Soldaten, obwohl die Männer dicht beisammenstanden. Ein anderer Uniformierter öffnete sein Pistolenholster und zog seine Dienstwaffe. Der erste Mann sprach aufgeregt in sein Mikrofon, das an seiner Schulter angebracht war. Dann rannten sie in Richtung des Treppenhauses. Schon von Weitem erkannten sie, dass sie auf der richtigen Fährte waren. Auch diese gesicherte Tür war aufgebrochen. Ein Flügel der Doppeltür hing schief in den Angeln. Der Mann am Funk berichtete seinem Teamleiter und eilte gleichzeitig die Stufen nach oben.

Der Doktor war inzwischen ebenfalls an der Treppe angelangt. Schnaufend blieb er stehen. Sport war noch nie sein Ding gewesen und schon dieser kleine Spurt hatte ihm den Atem genommen. Mit einem resignierten Kopfschütteln schaute er den Wachen hinterher und drehte sich danach langsam um. Seine Hand fuhr über die schweißnasse Stirn. Dann ging er langsam zurück zu seinem Labor. Es würde Konsequenzen geben. Das war sicher! Doch er wollte nicht in Ungnade fallen. Er hatte nichts getan. Oder? Hatte er nicht aufgepasst und den gesicherten Raum, in dem Glorg untergebracht war, unverschlossen gelassen? Er wusste es nicht, aber er würde es herausfinden.

Gleich darauf betrat er das Laboratorium. Er ging hinüber zur rechten Seite und sah, dass die schwere Panzertür tatsächlich einen Spalt offenstand. Wie war das nur möglich? Es gab Protokolle, die jeden Vorgang regelten und es wurde peinlichst darauf geachtet, dass diese eingehalten wurden. Nur …

In diesem Moment blickte der Doktor durch das Panzerglasfenster in den Raum, der Glorg beherbergt hatte. In der linken Ecke stand das Spezialbett, auf dem das Wesen die meiste Zeit des Tages kauerte, rechts daneben lagen seine Spielzeuge. Es handelte sich um Spielsachen für Kleinkinder. Nur dass diese Spielzeuge ums Zehnfache größer waren als die handelsüblichen. Der Doktor keuchte, als er zwischen bunten Bällen und großen Bauklötzen eine reglose Person liegen sah. Ohne weiter auf Verstärkung zu warten, eilte er zur Panzertür, schlüpfte durch den Spalt und trat in den gesicherten Raum. Sofort umhüllte ihn der merkwürdige Geruch Glorgs. Langsam, beinahe als müsse er gegen einen Widerstand ankämpfen, bewegte sich Doktor Cunningham auf die reglose Gestalt am Boden zu. Es war offensichtlich, dass der Mann am Boden nicht mehr lebte. Der Doktor erkannte sofort, wer der Tote war. Fred Malone! Sein Assistent lag wie eine zerbrochene Puppe vor ihm. Aus allen Körperöffnungen quoll Blut und rann auf den sterilen PVC Belag.

Ein Würgen erklomm des Doktors Kehle und er wandte sich schaudernd ab. In diesem Moment schreckte er zusammen und vergaß den Würgereiz. Vor ihm stand der Direktor der medizinischen Sektion, Professor Doktor Martin Havering. Wie immer wirkte sein weißer Kittel, als sei er gerade frisch aus der Wäsche gekommen. Des Professors graues Haar lag wie zementiert und seine randlose Brille verstärkte dessen mürrische Präsenz. Mit ausgestrecktem Arm zeigte sein Zeigefinger vorwurfsvoll auf die Leiche des Assistenten und eine Frage donnerte durch den Raum:

»Was zur Hölle ist hier geschehen, Doktor Cunningham?«

***

Transport

Ein leiser Pfiff drang durch den Nebel des Erwachens und veranlasste Jack, seine verklebten Lider ein wenig zu öffnen. Diesen Pfiff kannte er gut. Er hatte ihn oft vernommen, mal als Aufforderung, mal als Warnung. Es gab nur einen, der so pfiff. Birdy!

Er musste in der Nähe sein. Doch wo waren sie denn überhaupt? Jack öffnete nun vollständig seine Augen und schloss sie gleich wieder geblendet. Helles Licht erfüllte den Raum und Jack musste einige Male blinzeln, bis er sich an die Lichtflut gewöhnt hatte. Nach und nach verstand er, was er sah. Zuerst hatte er nur eine verkleidete Zimmerdecke gesehen. Rechteckige Felder, gleichmäßig verteilt, verbreiteten das grelle Licht. Jacks Blick wanderte nach unten und blieb an bunten Symbolen hängen, die er nicht verstand. Noch ehe er sich jedoch darüber Gedanken machen konnte, lenkte ihn ein erneuter Pfiff Birdys ab. Jack hob leicht seinen Kopf und blickte sich um. Keine zwei Meter entfernt lag sein Kumpan auf einer medizinischen Rollliege. Birdy winkte ihm zu, ohne jedoch jedwede Freude zu zeigen. Er steckte in einer Art Ganzkörperverband. Eng schmiegte sich ein weißer Stoff an seinen Körper und selbst sein Kopf war eingewickelt. Nur sein Gesicht und seine Hände waren unverhüllt. Jack blickte an sich herab und stellte erschrocken fest, dass auch er den Overall aus Mull trug. Sein Blick wanderte zurück zu Birdy, der sein Winken eingestellt hatte. Er hatte sich zurück auf die Liege sinken lassen. Er schien erschöpft zu sein. Vielleicht war er schon länger wach als Jack.

Auf einmal kam Bewegung in die Szenerie. Männer, Soldaten tauchten auf und einige Leute in weißen Kitteln. Einer der Kittelträger trat hinter Birdys Liege und schob ihn davon. Jack richtete sich auf und stützte sich auf seine Ellenbogen, um zu sehen, wohin sein Kumpel gebracht wurde. Dieses Aufrichten, im Normalfall nichts Besonderes, kostete Jack viel Kraft. Dennoch schaute er sich neugierig um. Er hatte sich getäuscht. Er lag nicht in irgendeinem Raum oder einem Krankenhaus. Nein, seine Liege stand auf einem Bahnsteig. Erst beim zweiten Betrachten erkannte er einen Zug. Das lag daran, dass er noch nie so einen modernen Zug gesehen hatte. Glatte, glänzende Oberflächen aus dunklem Glas und schwarzem

Metall. Keine Ecken oder Kanten. Auch der Bahnsteig wirkte steril wie ein OP. Kein Schmutz, kein Dreck, kein Stäubchen. Jack fragte sich, was er und Birdy hier verloren hatten. Doch sie waren nicht die einzigen Menschen auf den Rollliegen. Den Zug entlang standen noch mindestens sechzig dieser Betten und warteten auf ihren Abtransport. Jack erinnerte sich an die schwarzen Gestalten mit ihren stabförmigen Waffen, die grünes Licht verstrahlt hatten. Keiner dieser unheimlichen Kerle war zu sehen! Zum Glück!

Sein Bett ruckelte und bewegte sich auf einmal. Jack drehte den Kopf und sah einen der Kittelträger. Der Mann würdigte ihn keines Blickes und schaute nach vorne. Jack überlegte. Ihm fiel ein, dass er schon einmal kurz erwacht war und glaubte in einem Zug zu sein. Nun rollte man ihn über einen Bahnsteig, um ihn in einen anderen Zug zu bringen. Oder war es der Gleiche? Es war auch egal. Er wollte etwas sagen, aber seine Stimmbänder versagten. Er spitzte die Lippen und tatsächlich – ein leises Pfeifen, kaum hörbar, verließ seine Lippen. Ohne es selbst zu bemerken, fiel Jack zurück auf die Liege und in einen tiefen Schlaf.

***

Verschleppt

Sergeant Owen Fields war unfähig sich zu rühren. Er wusste nicht, dass er seine Panik mit aller Kraft herausschrie. Die einsetzende Sirene hörte er nicht einmal. Das Monster mit dem Babygesicht ließ von seinem Opfer ab und richtete sich auf. Sergeant Fields glaubte nicht, was er vor sich sah. Er musste träumen, schlimm träumen. So etwas gab es nicht, auch nicht hier in der Area 51. Negierend schüttelte er seinen Kopf und registrierte zur gleichen Zeit jede Einzelheit des Monsters. Es mochte gute zwei Meter groß sein und war äußerst korpulent. Fett waberte in mächtigen Falten um seinen bleichen, nackten Körper. Wie ein Sumo-Ringer stapfte das Monster auf ihn zu. Dabei grinste das babyartige Gesicht in gieriger Vorfreude. Zitternd wich der Sergeant zurück, taumelte nach draußen und vergaß dabei völlig, dass er bewaffnet war. Ein simpler Stein wurde ein williger Gehilfe der Panik, die den Sergeant in der Gewalt hatte. Mit dem rechten Schuh trat er auf das kleine Felsstück, verlor dabei sein Gleichgewicht und kippte haltlos nach hinten. Hart schlug er auf den Wüstenboden, während seine Lungen versuchten, ihre durch den Sturz herausgepresste Atemluft durch heftiges Inhalieren zu zurückzugewinnen. Noch ehe seine Respiration Erfolg zeigen konnte, war der monströse Körper des Babyriesen über ihm. Das absurde Gesicht seines Angreifers schien wie ein grauenhafter Vollmond über ihm zu schweben. Sergeant Owen Fields erwartete nun sein Ende, seinen finalen letzten Atemzug. Sein gepeinigter Geist wollte sich mit einer Ohnmacht, dem Unvermeindlichen, entziehen. Ein Schmerz, aufbrandend an seinen Oberarmen, vertrieb seine stille Kapitulation, seine Flucht ins Vergessen. Erschrocken schrie der Sergeant auf und stellte dabei überrascht fest, dass er noch lebte. Das Monster hatte ihn gepackt und zerrte ihn hinaus in die nächtliche Wüste. Sein Körper schrammte über Steine und Geröll, als würde er von einem Fahrzeug über die karge Ebene gezogen werden.

Rasch entfernten sich Licht und Geräusche der Basis. Dunkelheit begann, ihn grausig zu umhüllen wie ein Albtraum aus Kindertagen. Sein Verstand versuchte, in eine ungewisse Tiefe zu versinken. Doch Panik hielt ihn bei Bewusstsein. Unverhofft hörte er ein Geräusch, das nicht in diese Umgebung zu passen schien. Ein metallisches Quietschen, das unverkennbar von einem schlecht geölten Scharnier stammen musste. Unmittelbar nachdem das Jammern desselben verklungen war, folgte ein dumpfes Geräusch. Etwas Schweres war auf den Boden gefallen. Sergeant Fields versuchte seinen Kopf zu drehen, um zu sehen, was vor sich ging. Sein Blick, teilweise verdeckt durch den Körper des Babymonsters, fiel auf einen rechteckigen, metallischen Rahmen. Das spärliche Licht vom Lager spiegelte sich in mattiertem Aluminiumblech. Die Gedanken des Sergeants wirbelten umeinander.

Was war das? Etwa ein Lüftungsschacht? So weit draußen? Doch was wusste er eigentlich über die Area 51? Nicht viel, so musste er sich eingestehen. Es hatte ihn nie wirklich interessiert. Nun ärgerte er sich, dass er …

Seine Überlegungen wurden brachial gestoppt, als das Babymonster seinen Griff an seinem Uniformkragen verstärkte und ihn auf den Lüftungsschacht, der sich an einer unscheinbaren Böschung befand, zog. Sergeant Fields schrammte über das am Boden liegende Lüftungsgitter, fühlte sich angehoben und fiel gleich darauf in eine scheinbar bodenlose Tiefe.

***

Hektische Rennerei

Doktor Cunningham lief eiligen Schrittes durch die für einen fremden Besucher unübersichtlichen Gänge und Flure. Ihm folgten Soldaten in Wüstencamouflage, die Maschinenpistolen in Händen hielten. Die Männer wirkten nervös und angespannt. Sie wussten, dass hier unten, in den unterirdischen Anlagen und Labors der Area 51, streng geheime Experimente durchgeführt wurden. Mehr auch nicht. Es war den Soldaten strengstens verboten, über die Vorgänge hier unten zu sprechen, nicht einmal untereinander. So jagten sie etwas, von dem sie nicht wussten, was es eigentlich war. Beklommene Angst vor dem Unbekannten beanspruchte ihre Sinne über die Maßen. Hinter jeder Gangeinmündung konnte die Gefahr lauern. Selbst erfahrenen Offizieren, die ihre kleinen Einheiten führten, stand der Angstschweiß auf der Stirn.

Es ging mal nach rechts, mal nach links. Türen wurden aufgestoßen und die Räume dahinter durchsucht. Verwirrte Labormitarbeiter wurden evakuiert und zu den Expressfahrstühlen gebracht. Es herrschte Chaos.

Schnaufend blieb Doktor Cunningham an einer Gangkreuzung stehen und wischte sich mit einem altmodischen Stofftaschentuch die schweißnasse Stirn ab. Die Soldaten sammelten sich und schauten ihn fragend an. Sie wollten wissen, in welchem Sektor sie nun suchen sollten. Da quakte das Funkgerät eines Soldaten. Schnell wurden einige Worte gewechselt, die der Doktor aber akustisch nicht verstand. Nachdem der Soldat seinen Funkspruch beendet hatte, drehte er sich zu Doktor Cunningham um und fragte:

»Wissen Sie, was ein „Glorg“ ist? Einer ihrer Assistenten sagt, Glorg ist an der Oberfläche. Außerdem hat es einen Toten gegeben und ein Wachsoldat ist verschwunden.«

»Glorg ist an der Oberfläche«, murmelte der Doktor. »Wie ist er denn nur da hinaufgekommen?«

»Sir«, unterbrach ihn der Soldat, »mit was müssen wir rechnen?«

»Mit dem Schlimmsten«, antwortete Doktor Cunningham besorgt, »mit dem Schlimmsten!«

Ohne es selbst zu bemerken, schloss der Doktor seine Augen und begann intensiv nachzudenken. Wie konnte Glorg nur an die Oberfläche gelangt sein? Nun waren schon zwei, wahrscheinlich drei Tote zu beklagen. Was für Auswirkungen würde dieser Ausbruch auf das Programm haben? War seine Arbeit gefährdet? Würde Professor Havering ihn suspendieren? Ja und dann? Würde er jemals die Area 51 wieder verlassen können? Oder würde er einfach verschwinden? Den Leuten hier war einiges zuzutrauen. Er musste Glorg finden und wieder einsperren. Glorg war sein Projekt, seine Kreation.

Überganslos stellte sich der Doktor wieder der Realität, öffnete seine Augen und erblickte die fragenden Gesichter der Soldaten.

»Wir müssen die Lüftungsschächte überprüfen. Auf der ganzen Ebene. Geben Sie diese Order sofort weiter, damit die anderen Suchteams informiert sind. Sollte ein offener Schacht gefunden werden, so informieren Sie mich sofort. Es darf unter keinen Umständen von der Schusswaffe Gebrauch gemacht werden. Glorg ist zu wertvoll. Nutzen Sie ihre Taser«, sagte der Doktor mit bestimmender Stimme. Doch die Soldaten gaben sich mit dieser Auskunft nicht zufrieden und einer der Männer wiederholte seine Frage:

»Was ist ein Glorg?«

Der Doktor zog mit verbissener Miene seinen Pad aus der Kitteltasche und schaltete ihn ein. Nach zwei, drei Wischbewegungen drehte er den Bildschirm zu den Soldaten und sagte: »Das, meine Herren, ist Glorg!«

***

Schwerer Sturz

Sergeant Owen Fields fiel in die Dunkelheit. Er wusste nicht, wie lange sein Sturz andauerte. Es mochten wenige Sekunden oder auch Minuten sein, es war für ihn nicht mehr wichtig. Sein Nervensystem, sein bewusstes Ich, wurde von einem Notfallprogramm seines Gehirns ausgeschaltet. Die Geschehnisse der letzten Minuten waren einfach zu viel für ihn. Sein Körper versteifte sich katatonisch, nachdem er sich embryonal verkrümmt hatte. Selbst als er hart und schmerzhaft aufprallte, verharrte er in seiner Katalepsie. Nur sein leises Atemgeräusch zeugte davon, dass er noch am Leben war. Schmerzwellen brandeten durch seinen Körper und prallten ergebnislos an der instinktiven Starre ab. Der Geist des Sergeants hatte sich eingekapselt und suchte verzweifelt Bilder der Harmonie. Wie ein blinder Suchender durchschritt Owen Fields die Archive der Erinnerung und fand lediglich die verlassenen Regale der Einsamkeit. Verzweiflung und Trauer verhinderten die Suche nach vergangenem Glück. Ein Schritt noch und er würde durch die Pforte der Dunkelheit ins ewige Nichts treten. Doch etwas Unsichtbares hielt ihn zurück und verwehrte ihm den Durchgang. Ärger entzündete sich an dem letzten winzigen Funken des Lebens und loderte in heller Lohe auf. Wer hielt ihn auf? Wer wagte es, seinen letzten Gang zu verhindern? Aus der Dunkelheit heraus, die ihn zu umhüllen begann, formte sich ein Nebel, der zu einem Gesicht wurde. Ein Gesicht, das er bewusst schon lange nicht mehr so intensiv betrachtet hatte und dennoch nie vermissen wollte. Unbegrenzte Liebe und Güte strahlten aus dem Antlitz seiner Ehefrau, Partnerin, Freundin, Mutter seiner Kinder, eben seiner Claire, die ihn über die Jahre nie enttäuscht hatte. Owen wurde bewusst, wie selbstverständlich er ihre Liebe genommen hatte. Immer seltener hatte er ihr Lächeln bemerkt, immer seltener ein liebes Wort zu ihr gesagt.

Claires Gesicht veränderte seine Züge und wurde streng. Eine Stimme, ihre Stimme, erfüllte seine Welt und erschütterte das Dunkle um ihn herum.

»Owen Fields«, rief sie und Owen wusste, wenn Claire seinen vollen Namen aussprach, dann war sie sehr verärgert.

»Owen Fields, wenn du es wagst, nun aufzugeben, dann kannst du was erleben!«

Owen wusste, wie unsinnig diese Worte eigentlich waren, doch gleichzeitig rüttelten sie ihn auf.

»Denk an deine Kinder und denk an mich! Du kannst uns nicht einfach im Stich lassen! Los, steh auf und kämpfe!«

Bei den letzten Worten seiner Frau, der Imagination von ihr, raste ein Schmerz durch seine erstarrten Muskeln, der einem Stromschlag ähnelte. Schon Sekunden später musste er sich korrigieren. Er hatte tatsächlich einen Stromschlag erlitten. Bei seinem Fall hatte er einen kleinen Schaltkasten abgerissen und Stromkabel ragten nun aus dem Plastikkästchen. Seine Hand war unbeabsichtigt mit dem Kabel in Berührung gekommen und hatte ihn zum Glück aus seinem inaktiven Zustand gerissen. Später wusste er nicht mehr, ob er erst den Schlag erhalten und dann die Vision seiner Frau gesehen hatte oder ob es andersherum geschehen war. Aber das war ihm im Moment egal.

Owen hatte zwar schmerzhafte Blessuren bei seinem Sturz davongetragen, aber er konnte sich ohne Weiteres bewegen. Und das musste er auch, denn schon hörte er das Monsterbaby von oben den Luftschacht hinabklettern. Eilig blickte er sich um und versuchte herauszufinden, ob und wohin er fliehen konnte. Der mit Aluminium ausgekleidete Luftschacht bot nicht viele Möglichkeiten. Hinter ihm versperrte nach circa fünf Metern ein robust aussehendes Gitter den Weg. Also blieb Owen nur eine Wahl, der Weg nach vorne!

Auf allen Vieren krabbelte er, so schnell er eben nur konnte, den schwach erleuchteten Luftschacht entlang. Hinter sich hörte er das Gepolter des Babymonsters, das den waagerechten Schacht inzwischen ebenfalls erreicht hatte. Zorniges Gebrabbel hallte durch den metallenen Fluchtweg und trieb Owen zu verstärkter Eile an. Er krabbelte, rutschte, zog sich an den Wänden entlang und hatte das Gefühl, jeden Moment gepackt zu werden.

Vor ihm neigte sich der Schacht auf einmal nach unten. Ohne noch stoppen zu können, geriet er auf die schräge Ebene und rutschte haltlos in die Tiefe. Nach geschätzten zwanzig Metern landete er in einem etwas breiteren Schacht. Er konnte sich dort halb aufrichten und geduckt laufen. Unter ihm federte der Aluminiumboden und Owen hoffte, dass die Konstruktion ihn tragen konnte. Eilig, und sich immer wieder umschauend, folgte er dem Schacht, bis er an eine Art Verzweigung kam. Doch noch ehe er sich für einen Gang entscheiden konnte, sah er in der Mitte der Verzweigung eine schmale Klappe, die in den Boden eingefügt war. Hastig warf er sich auf den Bauch und rutschte an die Klappe heran. Seine Finger suchten eiligst nach einem Verschlussmechanismus. Sekunden dehnten sich unerträglich, doch dann ertastete er einen kleinen Knopf. Es war natürlich nur die Rückseite des Verschlusses, aber immerhin. Mit aller Kraft, die er aufbringen konnte, drückte er auf die gewölbte Stelle. Owen hätte fast vor Freude aufgeschrien, als der Verschluss nachgab und die Klappe nach unten aufschwang. Direkt vor ihm lag die Rettung. Doch als er sich die Öffnung genauer besah, musste er erschreckt feststellen, dass diese recht klein bemessen war. Ob er da durchpassen würde? Seine Eile wie auch seine Angst ließen keine Zeit für Zweifel. Hier galt entweder – oder!

Er legte sich flach auf den Boden, streckte zuerst seinen Kopf durch die Öffnung, dann schob er sich weiter vor, krümmte den Rücken und … steckte fest. Nein, so ging es nicht. Rasch zurück und etwas anderes versuchen. Dabei wunderte es ihn, wieso das Babymonster noch nicht bei ihm angekommen war. Aber egal, Eile war geboten.

Nun streckte er zuerst seinen rechten Arm und seinen Kopf durch die schmale Öffnung. Diese Taktik war schon besser. Noch ein Stück weiter und er konnte den linken Arm durch die Lücke pressen. Dass er sich dabei teilweise die Haut aufriss und abschabte, merkte er in diesem Moment nicht. Kopf, Arme und Brust waren durch die Luke geschoben. Fehlte nur noch der Rest. Kopfüber blickte Owen sich zum ersten Mal bewusst um. Er hing in gut zweimeterfünfzig Höhe an der Decke eines Flurs. Nichts rührte sich, keine Tür wurde von einem neugierigen Menschen geöffnet, kein Laut war zu vernehmen. Owen versuchte sich weiterzuschieben und machte sich innerlich damit vertraut, dass er wohl hart auf dem Gangboden aufschlagen würde.

Doch noch ehe dieser Gedanke gedacht war, spürte er, wie etwas an seinen Füßen zog, ja heftig daran riss. Panik brachte ihn zum Keuchen und schüttete die Kälte des Grauens über ihm aus. Nein, er wollte nicht Opfer dieses Monsters werden! Nein, er wollte zurück zu seiner Familie, weg von hier, nur weg!

Er strampelte und pendelte dabei mit seinem Oberkörper hin und her. Ein knallendes Geräusch, dazu ein metallisches Reißen, ein Ruck, ein Fall. Hart schlug Owen auf dem Gangboden auf. Sofort rollte er zur Seite, dabei völlig den Schmerz ignorierend, der sich gleich an mehreren Stellen seines Körpers ausbreiten wollte. Sein ängstlicher Blick kehrte zur Gangdecke zurück und zu dem ausgefransten Loch, an dem Reste der Verschlussklappe baumelten. Er fuhr zusammen, als das Babymonster seinen hässlichen Kopf durch das Loch streckte. Es begann schrill und disharmonisch zu brüllen. Der Zorn, sein sicher geglaubtes Opfer verloren zu haben, machte es rasend. Mit ruckartigen Bewegungen versuchte das Monster sich durch die Versorgungsöffnung zu pressen, doch es holte sich nur blutige Schrammen. Nach einer Weile begriff es, dass es nicht durch die enge Öffnung passte. Mit kalten Augen schaute es Owen noch einmal an und verschwand dann aus der Öffnung.

Es dauerte einige Minuten, ehe sich der Sergeant zitternd erheben konnte. Erleichtert darüber, dass es ihm vorerst gelungen war, dem Monster zu entkommen, ging er, sich an der Gangwand haltend, langsam dem Flur hinunter.

***

Finale Ankunft

Jack war schon einige Zeit wach. Angestrengt versuchte er, einen Sinn in dem zu finden, was er die vergangenen Stunden, oder waren es Tage, erlebt hatte. Er wusste nicht, wie lange er in diesem Science-Fiction-Zug unterwegs gewesen war. Man hatte ihn betäubt, mehr als einmal. Wahrscheinlich hielt diese merkwürdige Narkose nicht sehr lange an. Von seiner Position aus konnte er sich recht gut umsehen. Dabei blieb er vorsichtig, wollte er doch nicht erneut von den maskierten Männern betäubt werden.

Soweit er feststellen konnte, gab es drei Bettetagen oder besser Regale, auf die man die Tragen geschoben hatte. Mit einer einfachen Verriegelung waren sie fixiert worden. Er lag hinten links auf der untersten Ablage. Nach kurzer Zeit hatte er Birdy gefunden. Dieser lag auf der gegenüberliegenden Gangseite auf der mittleren Ablage. Sein Freund schien noch zu schlafen, jedenfalls rührte er sich nicht. Den Geräuschen in dem Waggon nach zu urteilen, schliefen alle Gefangenen. Wer waren die anderen? Wo kamen sie her und warum waren sie gekidnappt worden? Ja, warum? Er war doch nichts Besonderes. Er war nur ein Tramp, ein Obdachloser, der sein Leben auf der Straße fristete. Ein Ausgestoßener in der Gesellschaft. Kaum einer beachtete ihn, wenn er im Park bettelte, außer den eifrigen Cops, die ihn immer mal wieder vertrieben hatten. Also, was sollte das Ganze?

Jack bemerkte, dass sich die leisen Außengeräusche veränderten. Aus dem bislang nicht bemerkten oder registrierten leisen Summen war ein dunkleres Brummen geworden. Das konnte natürlich alles Mögliche bedeuten, aber Jack glaubte, dass sich der Zug verlangsamte. Also würde es bald wieder Aktivitäten der Maskierten geben. Er nahm sich vor, so viele Informationen wie möglich zu sammeln.

Tatsächlich dauerte es nicht mehr lange, ehe er Schrittgeräusche vernahm. Jack schloss die Augen und gab somit vor, immer noch betäubt zu sein. Schon im nächsten Moment spürte er, dass eine Person direkt neben ihm stand. Jack atmete so flach wie er nur konnte, obwohl die Aufregung, die sich in ihm breitmachte, seinen Puls wie ein Buschfeuer beschleunigte.

Nach einigen Sekunden ging der Fremde weiter. Vorsichtig öffnete Jack seine Augen ein wenig, nur einen schmalen Schlitz breit. Er blickte direkt auf den Rücken eines Maskierten. In der rechten Hand hielt der Mann, Jack vermutete zumindest, dass es sich um einen Mann handelte, eine dieser Stabwaffen. Er war sich sicher, dass der Vermummte Erwachende sofort wieder betäuben sollte. Kontrollierend ging der Fremde langsam weiter. Auch auf der anderen Seite lief so ein Kerl den Gang hinunter. Dann entfernten sich die Schritte und schließlich blieb nur das dunkle Brummen. Jack versuchte seinen Kopf zu heben und stellte erleichtert fest, dass ihm dies ohne Probleme gelang. Auch seine Beine und Arme waren nicht mehr erstarrt. Theoretisch hätte er aufstehen können. Doch was sollte er dann tun? Nein! Er musste ausharren und beobachten. Nur so würde es ihm möglich sein, seine Situation zu beurteilen.

Seine Geduld wurde auf keine harte Probe gestellt. Mit einem Ruck kam der Zug zum Stehen und das Brummen erstarb. Türen glitten zischend auf und Menschen, dieses Mal nicht maskiert, betraten das Abteil. Befehle wurden gerufen und Jack erkannte die typische Sprache der Militärs. Ein kurzer Blick genügte, um seine Einschätzung zu bestätigen. Männer in Wüstencamouflage stellten sich neben den Betäubten auf und lösten die Verriegelungen der Tragen. Jack fühlte, wie seine Liegestatt angehoben wurde und auf ein Rollgestell geschoben wurde. Erneut klackten die Verriegelungen, dann bewegte sich seine Trage durch den Gang und hinaus aus dem Zug. Er konnte es nicht unterlassen, seine Augenlider ein wenig zu öffnen, zu groß war seine Neugierde. Doch was er sah, war ziemlich enttäuschend. Er befand sich auf einem Bahnsteig, der in einer Tunnelröhre lag.

Grauer, unverkleideter Beton, einige Reihen nackter Neonröhren und Versorgungsrohre bildeten ein triviales Bild. Jack schalt sich selbst einen Narren. Was hatte er erwartet? Eine Raumstation oder Aliens mit großen Augen, die die ankommenden Gefangenen untersuchten? Alles Quatsch! Das hier war das Militär. Das hier veranstaltete eine US-Behörde. Jack hielt in seinen Gedanken inne. Ein tiefes Erschrecken erfasste ihn. Eine Vision materialisierte sich in seinen Gedanken und ließ ihn vor Furcht erstarren. Experimente! Wissenschaftliche Experimente! An ihm und allen anderen auf den Krankentragen. Sie waren die Versuchskaninchen, die Laborratten.

Bilder blitzender Operationsinstrumente geisterten durch seinen Panikkosmos. Er glaubte, schon den typischen Äthergeruch einer Klinik zu riechen. Er hätte seine Ängste am liebsten herausgeschrien, doch er schaffte es unter enormer Kraftanstrengung reglos und still zu liegen.

Langsam setzte sich eine Karawane aus Krankentragen in Bewegung und verließ die Bahnröhre. Hinter dem Ausgang schloss sich ein Flur an, der weiß gestrichen war. An der Decke zog sich ein Lichtband entlang, das ein merkwürdiges kaltes, blaues Licht ausstrahlte. An den Wänden des Flures, durch den sie nun geschoben wurden, waren Zeichen angebracht, die Jack nicht lesen konnte. War das eine andere Sprache? Waren es Zeichen oder waren es Buchstaben? So etwas hatte er noch nie gesehen. Befand er sich überhaupt noch in den USA? Man hatte ihn schließlich betäubt und er wusste nicht, wie lange er ohne Besinnung gewesen war.

Als die Tragen schließlich in einen großen Saal geschoben wurden, atmete Jack erleichtert auf. Das war kein Operationssaal. Also blieb ihm und den anderen Gefangenen noch Zeit, sich etwas auszudenken. Doch die Erleichterung flatterte davon, als er seine Unachtsamkeit bemerkte und eine Stimme beinahe gelangweilt sagte:

»Einer ist schon wach.«

***

Unbekannter Untergrund

Der Gang endete an einer grauen Doppeltür. In jede Tür war ein kleines Fenster eingebaut und als Sergeant Owen Fields einen Blick riskierte, sah er nichts Aufregendes. Hinter der Tür setzte sich der langweilige Gang fort. Langweilig war gut, sehr gut. Bloß keine Aufregung, bloß kein Babymonster. Der Sergeant drückte gegen die Tür und entgegen all seiner Befürchtungen schwang diese ungehindert beiseite. Mit Schwung folgte Owen der Tür und eilte den Gang entlang. Noch immer umgab ihn fast völlige Stille. Angestrengt lauschend, diese Ruhe war unheimlich, schritt er langsam den Korridor entlang. Er trat vorsichtig auf, damit seine Soldatenstiefel so wenige Schrittgeräusche wie möglich erzeugten. Meter um Meter schlich er weiter. Seine angestrengten Sinne gaukelten ihm Stimmen vor, zu denen es keine Personen gab. Hier war niemand. Warum, das wusste er nicht. Wo war er hier überhaupt? Der Gang schien endlos zu sein. Ab und zu war rechts oder links eine Tür in der ansonsten glatten Flurwand. Natürlich probierte er die Türen zu öffnen, doch sämtliche Versuche schlugen fehl. Alle waren verschlossen.

Ein angestrengter Blick nach vorne ließ ihn innehalten. Dort war das Licht anders – und ja – auf der linken Seite spiegelte etwas. Was war das nur? Ein Fenster vielleicht? Eine Kontrollstation oder ein Büro? Dort fand er bestimmt ein Telefon oder besser jemanden, der ihm helfen konnte, aus diesem Albtraum zu entkommen. Vergessen war die Sorgfalt, seine Schritte möglichst leise zu setzen, vergessen durch aufkeimende Hoffnung auf seine Rettung. Nur wenige Augenblicke später erkannte er, dass es sich tatsächlich um ein Fenster zum Gang handelte. Er trat vor das Glas und bemerkte gleichzeitig rechts daneben eine Tür. Hinter dem Fenster befand sich ein Büro. Zwei Schreibtische standen hier, nebst Stühlen und medizinisch anmutenden Schränken. Direkt hinter den Schränken waren weitere Fenster, welche einen Blick auf die Räumlichkeiten hinter dem Büro freigaben.

Owen Fields zögerte nicht lange. Er eilte zur Tür und obwohl er fest damit gerechnet hatte, auch diese verschlossen zu finden, drehte sich der Türknauf. Diese Türe war nicht verschlossen! Er hätte fast jubeln mögen, so sehr freute ihn dieser bescheidene Erfolg. Owen stieß die Tür auf und verschloss sie wieder hinter sich. Ohne sich dessen bewusst zu sein, drehte er den Riegel im Türknauf auf „Lock".

Er atmete tief durch und schaute sich genauer in dem Büro um. Bildschirme flimmerten auf den Schreibtischen, zeigten aber nur für ihn nichtssagende Listen an. Interessanter waren die Fenster an der hinteren Wand. Owen durchquerte das kleine Büro und schaute, was sich hinter der gläsernen Abtrennung verbarg. Was er erblickte, ließ seinen Kiefer nach unten klappen. Er keuchte und seine Augen weiteten sich. Das konnte doch nicht sein …

***

Heiße Erfahrung

Allen Friggs lag auf seinem Bett, das dem aus seiner Zelle im Todestrakt des ADX Bundesgefängnis in Florence, Colorado, auffallend glich. Allen war gerissen und schlauer als die meisten Menschen vermuteten. Gewöhnlich spielte er den Irren, den unberechenbaren Killer, dem man außer seiner Grausamkeit wenig zutraute. Gewissermaßen war er der Irre, den er spielte, was er jedoch nicht realisierte.

Allen schaute sich in dem Schlafsaal um. Hier standen an die hundert Stockbetten, die zu Dreiviertel belegt waren. Männer aller Hautfarben und Rassen lagen hier. Einige schliefen noch, andere waren bereits wach, so wie er. Eine irre Frage durchzuckte sein Hirn.

Wo waren die Frauen?

Er kicherte bei diesem Gedanken. Als ob man Männer und Frauen im gleichen Zellentrakt unterbringen würde.

Das war doch ein Gefängnis? Oder?

Allen blickte sich nun genauer um. Nein, ein Gefängnis sah anders aus. Doch warum war er hier? Warum hatte man ihn aus dem Todestrakt hierher gebracht? Wo war er überhaupt? Er würde es herausfinden und zwar sofort. Ohne Zögern erhob er sich und stand nun zwischen zwei Bettreihen. Jede Reihe zählte zehn Betten. Sein Bett, das er mit einem Kerl auf der oberen Liegefläche teilte, war das Vierte oder Sechste, je nachdem von wo aus man zählte. Allen streckte sich und schaute sich dabei um. Der Kerl im oberen Bett schlief noch. Ihm war das egal. Er kletterte auf das Bett und stellte sich über den Schlafenden. Von hier oben hatte er eine bessere Übersicht. Der Raum war recht groß, bestimmt vierzig Mal sechzig Meter messend. Von seiner Position aus konnte er jeweils vier Türen an der rechten Wand erkennen und zwei weitere an der Linken. Vor den Bettreihen, circa zwanzig Meter von seiner Position entfernt, standen Tische und Stühle. Dahinter schloss sich eine Art Kantinentheke an. Aber etwas fehlte. Es befanden sich keine Wachen in dem Raum. Das war Anlass genug für Allen, den Raum weiter zu erkunden. Er sprang vom Bett und landete leichtfüßig auf dem Boden. Ein irres Lachen entschlüpfte seinen Mund. Dieses Lachen hatte er sich über die Jahre hinweg angeeignet und nun lachte er manchmal, ohne zu wissen warum.

Er war erregt. Es war schon lange her, dass er sich frei unter anderen Menschen bewegen konnte. Er streifte durch die Bettreihen und betrachtete interessiert die schlafenden Männer. Ab und zu schlug er nach den Wehrlosen. Er freute sich, wenn die Besinnungslosen zusammenzuckten oder schreckhaft aufschrien. Die bereits Erwachten schaute er drohend an, gab sich aber nicht mit ihnen ab.

Schon nach einigen Minuten wurde dieses Spiel langweilig. Allen blieb stehen und orientierte sich. Er war nur noch zwei Reihen von dem Bereich entfernt, der als eine Art Kantine diente. Noch war dort keiner der erwachten Männer zu sehen. Wahrscheinlich trauten sie sich nicht, ihr Bett oder ihren Gang zu verlassen. Niemand hatte Regeln ausgegeben, niemand sagte, was erlaubt oder verboten war. Ja, es war niemand im Raum, der das Kommando hatte. Lediglich die Männer auf und neben ihren Betten hielten sich hier auf.

Lauernd, auf alles gefasst, betrat Allen den Kantinenbereich. Wie ein Raubtier ruckte sein Kopf hin und her. Er versuchte, den kompletten Raum unter seiner Sichtkontrolle zu halten. Doch nichts geschah. Ärger, ja Zorn wallte in ihm auf. Wieso kümmerte sich niemand um ihn und die anderen Kerle? Was war hier los?

Unvermittelt stürmte er los. Er riss mit einem wilden Aufschrei Tische und Stühle um, ehe er zur Kantinentheke kam. Dort waren auf der rechten Seite Tassen und Teller aufgebaut. Daneben stand ein Thermobehälter, der Tee oder Kaffee enthalten konnte. Dann folgten circa drei Meter glasbeschirmter Aluminiumwannen, die ungefüllt waren und matt glänzten. Allen tobte weiter. Er kippte den Tassenstapel einfach um. Das Porzellan zerbrach klirrend am Boden. Es folgten Teller, die der Rasende unkontrolliert in Richtung der Bettreihen schleuderte. Empörte Schreie der größer werdenden Anzahl Erwachter spornten ihn noch mehr an. Endlich erfuhr er die Aufmerksamkeit, die er so nötig brauchte. Endlich beachtete ihn jemand. Beim Versuch, den Thermobehälter zu kippen, stoppte ihn seine eigene Raserei und ein Schwall heißen, ja fast kochenden Tees. Der Behälter kippte überraschend leicht und die heiße Flüssigkeit schwappte heraus. Allen schrie schmerzvoll und erschrocken auf, ließ den Teespender los, sodass dieser komplett zur Seite fiel. Ein weiterer Schwall der braunen Flüssigkeit ergoss sich über dem Tobenden. Der Schock des Schmerzes brachte Allen nicht zurück in die Realität. Mit dissonant hohen Schreien hüpfte er hin und her und versuchte dabei, den heißen Tee mit seinen Händen von seiner Kleidung zu wischen.

Plötzlich hielt er inne und starrte über die Theke hinweg. Er hatte dort eine weitere Tür entdeckt. Der Schmerz, den er für eine Sekunde verdrängt hatte, kehrte mit voller Intensität zurück. Er begann erneut mit seinem Schmerzgeheul, umrundete dabei die Theke und stürmte auf die Tür zu. Erstaunlicherweise war diese unverschlossen. Allen stieß die Tür auf und rannte hindurch. Die Tür schwang zurück und das Schreien wurde leiser, ehe es völlig verstummte.

***

Alarmbedingt

In einem der fünf Überwachungszentren herrschte helle Aufregung. Die Steuerung der Türen in den sicherheitsrelevanten Abteilungen war auf null gesprungen. Das hieß, dass keine Tür, ob Sicherheitstür oder Zellentür, mehr gesichert war. Wer wusste, wie eine Tür zu öffnen war, konnte dies nun ungehindert tun. Glorg war der Erste gewesen, der dies erkannt hatte. Doch er war nur eines von vielen gefährlichen Wesen, die dort unten in den Labors verwahrt wurden. Die Anzeigen auf den Bildschirmen zeigten, dass immer mehr Türen geöffnet wurden und die speziellen Gäste der Area 51 frei herumliefen. Noch nie in der Historie der Anlage hatten sich so viele unkontrollierte Vorfälle zur gleichen Zeit ereignet. Die erste Aufgabe musste nun sein, geordnete Verhältnisse zu schaffen und die Flüchtigen in ihre Räume zurückzubringen. Danach konnte man untersuchen, was schiefgelaufen war.

Der Sektionschef lief aufgeregt hin und her und rief Befehle zu den an den Bildschirmen arbeitenden Soldaten. Diese gaben sie an die entsprechenden Kommandos weiter, die vor Ort eingesetzt waren. Schweiß lief ihm in den Nacken und tränkten sein Uniformhemd, doch das war ihm egal. Er hatte andere Probleme. Er war verantwortlich für die Sicherheit der Anlage. Das war in normalen Zeiten gut zu Händeln. Die untersten Sektionen waren zum Glück schon evakuiert worden. Die Männer und Frauen dieser Abteilungen versammelten sich in den Hangars zwischen den dort abgestellten Flugzeugen. Soldaten hielten die einzelnen Gruppen getrennt, da sich hier gezwungenermaßen Wissenschaftler und Techniker unterschiedlichster Sicherheitseinstufungen eingefunden hatten. Die Gruppen durften nicht miteinander kommunizieren. Dies war aber eher eine kleine Schwierigkeit, gemessen an der Gefahr, die noch nicht völlig analysiert war und noch weitaus mehr Komplikationen heraufbeschwören konnte. Glorg war ausgebrochen und hatte dabei Menschen getötet. Was die anderen Genmutierten und die gefangenen Aliens noch anrichten konnten, wusste keiner zu sagen. Zusätzlich war ein Transport mit neuen Versuchspersonen eingetroffen, um die sich im Moment niemand kümmern konnte. Die VPs, wie diese Menschen hier nur kurz genannt wurden, waren ohne Aufsicht und auf sich allein gestellt. Dies war aber als zweitrangig zu erachten, da sie noch nicht der Forschung zugeführt worden waren. Somit war jeder VP leicht zu ersetzen.

Der Sektionschef beruhigte sich allmählich, da die Sicherheitsroutinen Zug um Zug griffen. Abteilung um Abteilung wurde als „klar" gemeldet. Immer mehr grüne LEDs blinkten an den Kontrollständen auf. Dann jedoch, völlig unerwartet, wurden alle Bildschirme schwarz, welche noch eben die einzelnen Labors und die Versorgungsflure gezeigt hatten. Dazu jaulte nervenzerreißend ein Alarmton durch den Raum, der noch mehr Unheil ankündigte.

»Meldung!«, schrie der Sektionschef und versuchte das Jaulen des Alarms zu übertönen. Gleichzeitig suchten seine Augen das entsprechende Terminal, das den Alarm anzeigte. Der Soldat vor dem Bildschirm dieser Überwachungseinheit antwortete ebenfalls schreiend:

»Break der Schleusen Ceta 14, 16 und 17. Ebenso Break der Schleusen P25 bis 28.«

Ein anderer Soldat begann seine Fehlermeldungen in den Raum zu brüllen, was angesichts des plötzlich verstummten Alarms überlaut erschien. Sofort mäßigte der Soldat seine Stimme und wiederholte seine Meldung:

»Tiefenhangar 25 ist geöffnet worden. Wir haben nur die Anzeige auf dem Monitor und keine Bilder.«

Gedanken wirbelten im Kopf des Sektionschefs umher. Die Ceta-Sektionen waren nicht mehr sicher. Dort lebten weitere künstliche Wesen, die alle auf ihre Art gefährlich waren. Das wusste er, da seine Sicherheitsfreigabe ihm diese Informationen zugänglich machte. Er war im Auftrag des Präsidenten hier, was niemand wusste. Sein Job als Sektionschef war reine Tarnung. Natürlich war er zu dieser Aufgabe befähigt, doch seine Talente gingen weit über das hinaus, was von einem Sektionschef verlangt wurde. Er brauchte Unterstützung, um diese Krise zu meistern. Vor allem aber musste er sicherstellen, dass nichts von den Vorgängen ans Licht der Öffentlichkeit gelangte.

Er straffte sich innerlich und rief sich die anderen Warnmeldungen ins Gedächtnis. P25 bis 28 waren geöffnet worden. Dies war weitaus gefährlicher als die vorherige Meldung. In den P-Sektionen hatte man die Besucher untergebracht. Er wollte sich nicht vorstellen, was geschehen würde, wenn sie entkamen. Nein, das durfte nicht sein! Dazu passte, dass ein Tiefenhangar geöffnet worden war. Nur die Besucher konnten daraus Nutzen ziehen. Nur sie! Seine gedankliche Analyse brachte ihn zum Handeln. Nun wusste er, was er als Nächstes anordnen musste.

***

Wirklich?

Sergeant Owen Fields starrte durch die Glasscheibe und glaubte nicht, was er dort sah. Seine Atmung schien ein Eigenleben entwickelt zu haben. Mal keuchte er und bekam fast keine Luft, dann hyperventilierte er und ihm wurde schwindelig. Sein Herz raste, als vollbringe er körperliche Höchstleistungen. Sein Verstand drohte mit Ohnmacht. Alles, an das er bisher geglaubt hatte oder zu glauben dachte, war falsch. Völlig falsch!

Direkt hinter dem Glas stand ein Wesen, das kein Mensch war. Zwar hatte ihn das Babymonster schon in Panik gebracht, doch das konnte er sich noch erklären. Ein genetisches Experiment, durchgeführt von gewissenlosen Wissenschaftlern, hatte diese Kreatur erschaffen. Doch dieser da drüben im angrenzenden Raum war kein genmanipulierter Mensch. Niemals! Der Fremde war circa zwei Meter groß, hatte zwei Arme und zwei Beine, Hände und Füße, die allerdings sechs Finger und ebenfalls sechs Zehen, nein eher Krallen hatten. Seine Haut war ockerfarben bis grün und schillerte je nach Lichteinfall. Das Schillern, das sah der Sergeant erst jetzt, wurde durch kleine Schuppen erzeugt, die sich wellenförmig über den Körper des Wesens bewegten. Der Kopf war haarlos und erinnerte irgendwie an eine Echse. Die Mundpartie war nach vorne gezogen, fast schnabelartig und hinter den schmalen Lippen glänzten spitze, bestimmt scharfe Zähne. Die Nase darüber war recht flach, doch die Nasenlöcher, zwei, wie bei einem Menschen, waren übermäßig groß. Die Augen allerdings erschreckten Owen am meisten. Leicht geschlitzt und mit gefühlskalter Starre blickten ihn dunkelrote Pupillen an, die von innen heraus zu leuchten schienen. Der Fremde war nackt. Owen konnte sich nicht verkneifen, auch den Schritt des Fremden zu betrachten. Ja, da waren Genitalien, männliche Genitalien, viel zu groß für seinen Geschmack.

Eine scharfe Stimme, die ebenfalls Kälte verströmte, fragte Owen:

»Na? Zufrieden mit der Betrachtung?«

Owen fuhr erschrocken herum, den unbekannten Sprecher suchend. Doch er war alleine in dem Laborraum. Da erklang die Stimme erneut und Owen erkannte, dass die Stimme aus einem Lautsprecher neben dem Fenster drang:

»Du hast meine Frage nicht beantwortet. Also – gefalle ich dir?«

Sergeant Owen Fields war mehr als verwirrt. Erst war er von einem Babymonster entführt worden. Davongezerrt war wohl die treffendere Beschreibung, nachdem dieses Monster seinen Kollegen grauenvoll ermordet hatte. Zum Glück konnte er dem Monstrum entkommen. Doch die Flucht durch unzählige Luftschächte und darauffolgende Flure hatte ihn an seine Belastungsgrenze geführt. Und nun? Jetzt stand er in einem Vorraum zu einem Labor, von dessen Existenz er bis vor einigen Stunden nichts geahnt hatte. Hinter dem Vorraum und zum Glück hinter einer hoffentlich sicheren Glaswand, sprach nun ein Alien, ein Wesen von einer anderen Welt, zu ihm. Dazu war er splitterfasernackt und wollte von Owen wissen, ob er ihm gefalle. Wo war er nur gelandet? In einer Animierbar?

Der Sergeant fasste einen Entschluss, der ihm hoffentlich das Leben retten würde. Er drehte sich, ohne den Fremden weiter zu beachten, einfach um und verließ den Raum. Das Rufen des Aliens wurde immer leiser und verstummte, als sich die Tür zum Gang schloss.

Owen lehnte sich gegen die Wand und atmete tief durch. Er musste nun einen klaren Kopf bewahren, sonst würde er seine Familie wohl niemals wiedersehen. Nach kurzem Verschnaufen und angestrengtem Nachdenken setzte er seinen Weg fort. Er beschloss, auch wenn er Angst vor weiteren Aliens hatte, jede kommende Tür zu überprüfen. Sein vorrangiges Ziel allerdings war es, einen Weg nach oben zu finden. Einen Weg nach Hause.

Weit entfernt hörte er die enervierende Stimme des Babymonsters und Owen beschleunigte seine Schritte.

***

Mürrische Orientierung

Ramires Sanches war einer der Letzten, die erwachten. Sein letzter Gedanke, seine letzte Erinnerung, stammte aus dem Drogentunnel, der von Mexiko in die USA führte. Sein letzter Gedanke *Das war's. So geht's also zu Ende*, stand klar vor ihm. Doch es war nicht zu Ende! Er lebte noch und das war erst einmal das Wichtigste. Doch wo war er nur? Wie war er aus dem Tunnel hierhergekommen? Ramires setzte sich vorsichtig auf, wobei er seine körperliche Schwäche bemerkte. Er fühlte sich unwohl in seiner Haut, zudem war es laut hier und sein Kopf brummte. Unzählige Männer redeten, andere schrien oder stritten sich. Ramires musste sich umschauen und herausfinden, in welchen Mist er hier hineingeraten war. Sich am Bettpfosten haltend, zog er sich hoch und stand gleich darauf auf seinen Beinen.

Er besah sich die Reihe aus Betten, in denen kaum noch jemand lag. Männer unterschiedlichsten Alters liefen durch die aus Doppelbetten gebildeten Gänge. Andere standen zusammen und unterhielten sich, während weiter vorne gestritten wurde. Ramires konnte von seinem Standort aus nicht erkennen, woher das Gezeter kam.

Gerade als er losgehen wollte, natürlich dem Lärm entgegen, tauchten zwei Gestalten auf, die er nur zu gut kannte. Als Pedro und Juan ihren Kumpanen erblickten, begannen sie breit zu grinsen. Doch ihre Gesichter wurden schnell ernst, als sie Ramires kratzige Stimme hörten.

»Verdammt Pedro, wo sind wir hier?«

Juan konnte, wie eigentlich immer, seinen Mund nicht halten. So plapperte er los, ehe Pedro etwas sagen konnte.

»Hola. ¿Cómo estás, Ramires? Na, biste endlich aufgewacht? Hast ja lange gepennt. Wo wir hier sind, fragst du? Ha, wenn wir das nur wüssten. In einer Halle, wie du siehst, gefüllt mit einer Menge merkwürdiger Typen.«

»Na, da passt du ja hervorragend dazu, Juan. Hast noch immer diese schreckliche Jacke an. Außerdem habe ich Pedro gefragt! Also halt mal einen Moment die Klappe.«

Ramires wusste natürlich, dass er die beiden Männer unbedingt brauchte. Deshalb hielt sich seine Rüge an den kleinen Mann eher in milden Bahnen. Eigentlich konnte er Juan nicht leiden. Der Kerl hatte etwas von einer Ratte. Er war verschlagen und zudem würde er keinen Moment zögern, jedem die Kehle durchzuschneiden, wenn es ihm zum Vorteil gereichte.

So wiederholte Ramires seine vorher gestellte Frage:

»Also Pedro, wo sind wir hier?«

Juan zappelte herum, während Pedro seine Stirn in Falten legte und langsam, so wie es seine Art war, schließlich zu sprechen begann.

»Also, wo genau wir sind, das kann ich nicht sagen.«

Dabei kratzte er sich ausgiebig am Kopf und fuhr dann fort:

»Wir sind hier in einer großen Halle mit vielen Doppelbetten. Ich schätze, dass hier so circa zweihundert Männer untergebracht sind. Viele von den Kerlen erscheinen mir gefährlich, Gangster und Mörder würde ich sagen. Vielleicht nicht alle. Keine Ahnung. Jedenfalls kümmert sich niemand um uns. Da vorne gibt es was zu essen, aber es treiben sich dort auch ein paar streitsüchtige Idioten herum.«

Ramires unterbrach Pedro mit einer Handbewegung. Auffordernd sah er die beiden Männer an, ehe er knurrend seine Anweisung gab:

»Geht los und besorgt was zum Essen und Trinken, das wir mitnehmen können. Vielleicht findet ihr auch irgendetwas, was als Waffe taugen könnte. Wir müssen weg von hier, so schnell es geht. Ich habe das Gefühl, dass hier bald etwas passieren wird. Also los, beeilt euch, und nehmt einen Kissenbezug mit, damit ihr den Proviant verstauen könnt.«

Die Männer eilten davon und Ramires setzte sich auf sein Bett. Dabei bemerkte er, dass er für eine Flucht, es würde wohl eine Flucht sein, denn dass sie hier gefangen waren, daran bestand kein Zweifel, nicht erholt genug war. Dennoch musste er es versuchen. Er musste hier raus, egal wo „hier" war.

Zwei Betten weiter befassten sich andere Gefangene ebenfalls mit der Flucht. Sie sprachen offen und laut genug, sodass Ramires jedes Wort verstehen konnte. Einer der Kerle war aus einem Todestrakt entführt worden. Er schwafelte von Kerlen in schwarzen Masken und Ramires schüttelte ungläubig seinen Kopf. Was für ein Schwätzer! Als ob jemand Häftlinge aus dem Todestrakt eines Staatsgefängnisses holen würde! Als aber der Mann – Brian Spiller nannte er sich – von einem grünen Leuchten erzählte, stellten sich Ramires die Haare am Nacken auf und er fröstelte. So ein Leuchten hatte er gesehen, kurz bevor er die Besinnung verloren hatte. Erneut stand er auf, was ihm dieses Mal besser gelang und ging den Gang hinunter zu der Stelle, wo seine Kumpane verschwunden waren. Dabei achtete er darauf, keinen der Mitgefangenen anzuschauen. Er konnte im Moment keinen Ärger gebrauchen, nicht in seiner Verfassung. Er fragte sich, warum ausgerechnet er so schwach war und Pedro wie auch Juan keine Anzeichen von Müdigkeit zeigten. Noch ehe er sich weiter mit diesem Gedanken beschäftigen konnte, sah er die beiden. Mit strahlendem Gesicht schwang jeder von ihnen einen Beutel. *Was für Idioten*, dachte Ramires, *muss denn jeder mitbekommen, dass wir von hier verschwinden wollen?*

Nur Minuten später standen die drei Mexikaner vor einer Stahltür am Hallenende. Pedro drückte die Klinke nach unten und mit seiner

Schulter gegen die schwere Tür. Für eine Sekunde befürchtete er, die Tür sei verschlossen. Fast geräuschlos schwang das stählerne Türblatt jedoch problemlos auf. Die Männer eilten durch den Türspalt und standen gleich darauf in einem hell erleuchteten Gang.

»Rechts oder links?«, fragte Juan.

***

In den Fluren

Die sonst streng geheimen Abteilungen der Area 51 waren verlassen, zumindest von den Technikern, Wissenschaftlern und Militärs. Die Evakuierung hatte diese Gruppen an die Oberfläche gebracht. Kurze Zeit später drangen Spezialeinheiten in die Anlage ein und arbeiteten sich Stockwerk um Stockwerk in die Tiefe vor. Die Versuchspersonen, kurz VPs hatte man in ihrer Unterkunft belassen. Es war unnötig, auch sie zu evakuieren. Außerdem lagen die kontaminierten Gebiete in anderen Bereichen der Anlage.

Das hastige, rasche Getrappel gummibesohlter Stiefel hallte durch die Flure der Abteilung B3. Soldaten in schwarzer Kampfmontur und bewaffnet mit einer speziellen, modifizierten Version des HK416C Sturmgewehres mit verkürztem Lauf, welches das berühmte M16 abgelöst hatte, bahnten sich ihren Weg. Mit seinem geringen Gewicht, ungeladen unter drei Kilogramm, war das Sturmgewehr die ideale Waffe für Spezialeinheiten. Tür um Tür wurde aufgerissen und die dahinterliegenden Räume gesichert. Das hieß im Einzelfall, dass jedes Zimmer, jeder Flur daraufhin kontrolliert wurde, ob sich ein Fremder, ein Eindringling oder ein VP dort versteckt hielt. Es kam erschwerend hinzu, dass mindestens ein Gen-Modifizierter entkommen war. Diese Wesen waren als ebenso gefährlich einzustufen wie die geheimsten Gäste der unterirdischen Anlage. Die Spezialeinheiten waren kurz vor ihrem Einsatz von einem hochrangigen Militär gebrieft und vereidigt worden. Die viel zitierte „Nationale Sicherheit“ wurde beschworen und Verschwiegenheit bis zum Lebensende gefordert. Alle Soldaten hatten einen Eid geleistet, ehe sie in den Einsatz gingen. Manch einer dieser Männer murmelte ein leises Gebet und hoffte, dass er niemals mit den Kreaturen zusammentreffen würde, die ihnen bei dem Briefing auf Bildschirmen gezeigt worden waren. Dort unten, in den Katakomben der Wissenschaft, wurden Wesen von fremden Welten gefangen gehalten. Keiner wusste genau, wie gefährlich diese Wesen sein konnten und zu was sie imstande waren. Die Kombination von genmanipulierten Menschen, wenn man die armen Wesen überhaupt noch so nennen konnte und den Aliens war ein gefährlicher Mix, der schnell zu unberechenbaren Konsequenzen führen konnte.

Eine Gruppe der Spezialeinheit sammelte sich am Ende des von ihnen bereits kontrollierten Ganges. Leise wurden Kommandos gegeben und der Truppführer berichtete der Einsatzzentrale mittels eines kleinen Mikrofons, welches in seinen Helm integriert war. Kameras an den Helmen der Männer lieferten Livebilder zu den Monitoren der Operatoren. Alles wurde natürlich aufgezeichnet, damit später eine taktische Auswertung erfolgen konnte.

»B3 klar«, drang es aus den Lautsprechern der Zentrale. »Betreten nun B4. Bisher alles ruhig.«

Leise schob einer der Soldaten die Zwischentür zur nächsten Station auf. Eilig wechselte die Gruppe in den nächsten Gang. Das einzige Geräusch, das sie vernahmen, war das Summen der Klimaanlage und ein leises Klicken, das aus dem ersten Raum auf der rechten Seite zu kommen schien. Per Handzeichen verständigten sich die Soldaten und rückten mit angeschlagenen Waffen nach vorne. Sie stellten sich rechts und links gestaffelt auf. Der Truppführer stand an hinterster Position auf der linken Seite. Damit behielt er den Überblick und konnte entsprechende Befehle geben. Auf sein Kommando hin sprang einer der Männer nach vorne, ging in die Hocke und stieß die Tür auf. Mit einer fließenden Bewegung rollte er sich zur Seite, während die anderen Soldaten über ihre angeschlagenen Waffen hinweg in den Bereich schauten. Jeder versuchte abzuschätzen, ob dort, in dem hinter der Tür befindlichen Raum, eine unbekannte Gefahr lauerte. Doch es rührte sich nichts. Nach etwa zwanzig Sekunden gab der Truppführer das Zeichen zum Eindringen. Einzeln und mit kleinen Schritten rückten die Männer vor. Der

Erste überschritt die Türschwelle und schwenkte dabei sein Gewehr zuerst nach rechts und dann …

Mit einem Schrei verschwand der Soldat aus dem Sichtbereich seiner Kameraden. Sofort rückten die anderen Männer nach und stürmten den Raum. Nur schnelles Eingreifen konnte im besten Fall ihren Kameraden retten. Ein zweiter und auch ein dritter Schrei wurden durch das Knallen der Gewehre fast übertönt. Korditgeruch breitete sich aus und ein weiterer Geruch, fast metallisch, mischte sich mit dem ersten. Blut, nur Blut roch so unverkennbar.

Als der Truppführer den Raum als Letzter betrat, stockte ihm für einen Moment der Atem. Er hatte schon viel erlebt und schreckliche Dinge in seinem Leben gesehen. Doch das Bild, das sich ihm hier bot, übertraf die Schreckensbilder, die sein Gedächtnis gespeichert hatte. Die Menge an Blut schockierte den Mann, die zerfetzten Soldaten ließen sein Herz ungleichmäßig schlagen. Er hob seine Waffe, die er in dem Schockmoment hatte sinken lassen und suchte den Verursacher des Massakers. Doch noch ehe er erkannte, wo sein Gegner war, erhielt er einen mörderischen Schlag, der ihn in eine ungewisse Ohnmacht katapultierte. Sein letzter bewusster Blick, seine letzte optische Wahrnehmung brannte sich in sein Bewusstsein. Ein raubtierartiges Wesen, größer als ein irdischer Tiger, rammte ihn zur Seite. Irritierend dabei war, dass dieses Tigerding eine futuristische Kombination trug. Mit dieser Verwunderung stürzten seine Gedanken in einen schwarzen Abgrund.

Drei Türen weiter kauerten Ramires, Pedro und Juan hinter einem Schreibtisch. Sie hatten sich gerade noch in das kleine Büro flüchten können, ehe die Soldaten aufgetaucht waren. Kurze Zeit später waren Schüsse und wüstes, nein grauenvolles Geschrei zu hören gewesen. Juan wimmerte leise und Pedro schaute mit erstarrtem Blick die Tür an, durch die sie hereingekommen waren. Angst spiegelte sich in seinem Gesicht und Ramires wusste, dass der Mann kurz vor dem Durchdrehen war. Er kannte Pedro schon viele Jahre. Er war einfach gestrickt und tat, was ihm aufgetragen wurde. Dabei fragte er nicht nach Recht oder Unrecht. Das war Pedro egal. Hauptsache er hatte jemanden, der ihm sagte, was zu tun war. Sein Weltbild war simpel und für ihn klar. Er war kein Mann, der viel nachdachte, er war ein Mann, der handelte, wann immer es notwendig war. Dabei war er ein gläubiger Christ und in einer Kirche wurde er zu einem staunenden Kind. Der Zwiespalt von Glaube und Kriminalität wurde ihm nicht einmal bewusst. Doch diese Situation hier verlangte mehr Akzeptanz fremder Dinge als Pedro verkraftete. Deshalb rutschte Ramires näher an seinen Kumpan heran und legte ihm eine Hand auf die Schulter. Pedro fuhr erschrocken herum und hätte fast aufgeschrien. Doch Ramires bedeutete ihm still zu sein. Leise begann er auf den verängstigen Mann einzureden:

»Pedro, raste mir bloß nicht aus! Die Soldaten können uns höchstens zurück in den Saal bringen. Also, was soll's? Warten wir erst einmal ab, was als Nächstes passiert.«

»Aber das Geschrei«, stammelte Pedro verunsichert, »da ist ein Teufel am Werk! Meine Mutter hat mir immer prophezeit, dass mich der Teufel holen wird …«

»So ein Quatsch! Der Teufel, pah! Wer glaubt denn schon an den Teufel? Eins kann ich dir sagen, egal was wir hier in dieser Anlage finden, es ist alles andere, nur nicht der Teufel. Ich habe da so eine Vermutung. Also beruhige dich. Juan und ich sind bei dir. Wir sind schon aus ganz anderen Situationen heil herausgekommen.«

»Das stimmt«, mischte sich Juan ungefragt ein, was Ramires nur mit einem ärgerlichen Brummen kommentierte.

So warteten die Männer noch einige Minuten. Es war still geworden und vom Flur drangen auch keine Geräusche mehr zu ihnen herein. Ramires stand vorsichtig auf und schlich zur Tür. Er wusste, dass seine Kumpane ihn genau beobachteten. Er durfte keine Angst zeigen, sonst war er als Anführer der kleinen Gruppe geliefert. Bei allem Gejammer von Juan und Pedro waren sie doch Schakale der Straße, die ohne Mitleid jede Lage ausnutzen würden, die ihnen einen Vorteil versprach.

Ramires legte seinen Kopf seitlich an das Türblatt und versuchte herauszufinden, ob sich etwas auf dem Gang vor der Tür bewegte. Doch alles schien ruhig zu sein. Langsam, fast zögerlich öffnete er schließlich die Tür und schob seinen Kopf durch den Spalt. Rechts lag der Flur verlassen vor ihm. Er drehte seinen Kopf und spähte nach links. Sofort sah er nur drei Türen weiter das Blut, das auf dem Boden Schlieren bildete. Erschrocken atmete er heftig ein und hielt die Luft für endlose Sekunden in seiner Lunge. Es war fast so, als versuche er die Realität anzuhalten, auch wenn es nur für einige wenige Augenblicke so sein mochte. Dann entließ er die Luft aus seinen Lungen. Dies geschah leise, so leise, dass seine Kumpane nichts von seinem Schreck mitbekamen. Er musste sehen, was dort vorne geschehen war und woher das Blut stammte. Ohne weiter über seine Motivation nachzudenken, schob er sich auf den Flur hinaus. Er verdrängte den Gedanken an eine Gefahr, die mindestens einen Menschen das Leben gekostet haben musste, bei all dem Blut. Wie die Motten vom Licht angezogen wurden, so wurde er von dem Blut auf dem Gang angezogen. Blut war nichts Ungewöhnliches für ihn. Er hatte schon viel Blut gesehen und er hatte schon viele tote Menschen gesehen. Gewalt war ihm vertraut und er glaubte, sich auf seine Intuition verlassen zu können. Sein Bauchgefühl sagte ihm, dass die unmittelbare Gefahr vorüber war. Dennoch näherte er sich vorsichtig, eng an die Gangwand gedrückt, als könne sie ihm Sicherheit verschaffen, der blutbesudelten Stelle. Schließlich stand er neben der Tür und lauschte erneut. Doch kein Laut war zu hören. Nach einem kurzen Zögern reckte er seinen Kopf und schaute in den Raum hinein. Was er dort erblickte, ließ ihn, wie schon zuvor seinen Truppführer, erschreckt aufschreien.

Doch sein Schrei war nur kurz und nicht sehr laut gewesen. Er sammelte sich, versuchte dabei einzuordnen, was er gerade gesehen hatte und schaute erneut in den Raum. Heftig verstümmelte Körper lagen in einer einzigen riesigen Blutlache. Das waren die Soldaten, vor denen sie sich in dem kleinen Büro versteckt hatten. Doch wer hatte die Männer so zugerichtet? Wer war zu so etwas fähig? Die geschändeten Körper waren von irgendwem oder irgendetwas förmlich zerrissen worden.

Du meine Güte, Mutter Maria, dachte er und formte lautlos die Worte mit seinen Lippen. *Was war denn hier in dieser Anlage, in dieser Forschungsstation,* das war es, was er vermutete, *das einen Menschen so zurichten konnte?*

Wie konnte es sein, dass bewaffnete Soldaten …

Er unterbrach seine zweifelnden ängstlichen Gedanken. Bewaffnet! Da lagen Waffen. Schnellfeuerwaffen. Ohne noch auf die Leichen und das Blut zu achten, eilte er in den Raum hinein und griff sich die erste Waffe, die am Boden lag. Dann durchsuchte er den nächstbesten Toten nach Ersatzmagazinen und steckte diese in seine Hosentaschen. Als Letztes griff sich Ramires eines der Funkgeräte nebst Headset. Als er sich erhob und umdrehte, erschrak er und sein Blutdruck schoss in ungeahnte Höhen. Im Türrahmen standen Pedro und Juan. Mit offenen Mündern starrten sie auf die grausige Szenerie.

»Was zur Hölle ist denn hier geschehen?«, fragte Juan atemlos.

***

Ein unangenehmes Telefonat

Der Sektionschef hatte sich in sein Büro zurückgezogen und die Jalousien der großen Fenster geschlossen. Schweren Herzens griff er zum Telefon und wählte eine Nummer, die nirgends verzeichnet war. Es dauerte nicht lange, bis jemand am anderen Ende der Verbindung abnahm.

»Ihre Servicenummer«, forderte eine unverbindliche Stimme, ohne preiszugeben, wer den Anruf entgegengenommen hatte.

»X14-732AT-Ultra«, antwortete der Sektionschef. Er kannte das Prozedere. Setzte er hinter seine Zugangsnummer das Wort Ultra, so wusste der Operator, an wen er das Telefonat weiterleiten musste. Sonst musste er nichts wissen. Er stellte die Verbindung her und loggte sich aus. Ein kurzer Summton erklang, dann wurde die Verbindung geschaltet. Eine merklich angespanntere Stimme meldete sich mit den Worten:

»Was zur Hölle ist bei euch los? Ich bekomme hier eine Alarmmeldung nach der anderen!«

Der Sektionschef erfuhr so unerwartet, dass seine vorgesetzte Stelle in Washington über weit mehr Informationen verfügte, als er bislang vermutet hatte. Sein Gesprächspartner wurde sich seines Fauxpas sofort bewusst, versuchte aber die Situation zu retten, indem er noch barscher fragte:

»Was verdammt ist passiert? Ich will keine Ausflüchte hören! Also?«

Der Sektionschef ließ sich nicht aus der Ruhe bringen und antwortete, trotz der Situation unangemessen, ruhig:

»Wir haben einen Totalausfall der Sicherheitssysteme. Ein Hackerangriff ist wahrscheinlich. Unsere IT-Experten versuchen gerade, die Software neu zu laden.«

»Was heißt das?«, unterbrach ihn sein Gesprächspartner.

»Es bedeutet, dass alle Sicherheitsschleusen und gesicherte Türen im Moment offen und von uns aus nicht zu kontrollieren sind. Einige unserer Gäste haben dies genutzt und ihre Unterkünfte verlassen. Wir haben, soweit es in der Eile möglich war, evakuiert. Dennoch ist es zu Verlusten gekommen. Eine sichere Zahl habe ich noch nicht. Da unsere Spezialeinheiten alle im Einsatz sind, hoffen wir die Kontrolle bald zurückzuerhalten. Dennoch sind alle Außenanlagen ebenfalls ungesichert. Auch die Tarnfelder über den zu sichernden Gebäuden sind ausgefallen. Somit sind wir für jeden Satelliten sichtbar. Das gilt natürlich auch für hoch fliegende Flugzeuge.«

»Können Sie den Luftraum nicht sperren?«, unterbrach ihn der Mann in Washington.

»Leider nur bedingt, Sir. Der Luftraum über der Area ist sowieso gesperrt und nur autorisierte Maschinen dürfen hier landen. Doch im weiteren Umfeld haben wir keine Kontrolle. Las Vegas ist nicht weit und auch die Interkontinentalflüge führen über dieses Gebiet.«

Einen Moment herrschte Schweigen in der Leitung. Dann hörte der Sektionsleiter ein Räuspern und die Stimme des Angerufenen erklang wieder.

»Also gut. Was brauchen Sie, um die Situation in den Griff zu bekommen?«

»Als Erstes brauche ich mindestens zwei, nein besser drei Teams der schnellen Einsatztruppe. Die Männer müssen schon während der Anreise zu uns zur Verschwiegenheit verpflichtet werden. Sorgen Sie auch dafür, dass in den nächsten Stunden Ersatzteams zur Verfügung stehen oder am besten ebenfalls hierher aufbrechen. Für die Außensicherung genügt normales Militär. Zweihundert Mann dürften reichen.«

»Na, da fordern Sie ja eine Armee an, mit der man ein kleines Land erobern könnte. Aber Sie sollen Ihre Männer haben. Die Logistik übernehmen die Einsatzteams nebst Verpflegung. Darum brauchen Sie sich nicht zu kümmern. Das erste Team wird in circa zwei Stunden bei Ihnen eintreffen. Viel Glück!« Damit war das Gespräch beendet.

Der Sektionschef war froh, dass dieser Anruf vorüber war und er bekommen hatte, was er brauchte. Doch wie gefährlich die Lage hier in der Anlage war, konnte selbst er nicht sagen. Er konnte nur auf einen erträglichen Ausgang hoffen. Er schloss seine Augen, versuchte sich auf die nächste Aufgabe zu konzentrieren und verließ eine Minute später sein Büro.

***

Brennender Schmerz

Allen Friggs war panisch durch den Gang gerannt, begleitet von seinen eigenen Schreien. Der heiße Tee hatte ihn verbrüht. Sein Lauf führte ihn, ohne dass er daran auch nur einen Gedanken verschwendete, immer tiefer in die geheime Anlage hinein und das war wörtlich zu nehmen. Durch Zufall öffnete er den Zugang zu einem Treppenhaus. Er eilte die Stufen hinunter, bis es nicht mehr weiterging. Eine schwere Stahltür war der einzige Weg, der ihm blieb. Er drückte die Klinke herunter und zog die Tür auf. Erst jetzt wunderte er sich allmählich, warum er bisher niemandem begegnet war und alle Türen unversperrt waren. Seine Verbrennungen ließen es jedoch nicht zu, dass er weiter über diese Frage nachdachte. Er musste seine Wunden versorgen, seine Verbrennungen kühlen. Dazu brauchte er zuerst einmal Wasser und dann einen kühlenden Verband. Suchend schaute er sich in dem Gang um, in dem er nun stand. Weiter vorne, auf der rechten Seite, sah er ein Hinweisschild, das den Weg zu einem Waschraum anzeigte. Mit schnellen Schritten eilte er darauf zu. Die Schmerzen waren zwar etwas geringer geworden, doch er war sich darüber im Klaren, dass er seine Wunden versorgen musste.

Endlich erreichte er eine Tür, auf der ein Toilettensymbol angebracht war. Er stieß die Tür auf und betrat den Waschraum. Automatisch schaltete sich das Licht ein und er blickte direkt in einen Spiegel. Fast hätte er vor Schreck aufgeschrien, als er sein eigenes, rot verfärbtes Gesicht sah. Brandblasen beulten sich auf seiner Stirn und auf dem Hals. Er trat näher an den Spiegel heran und betrachte sein Antlitz genauer. Dabei zog er sein inzwischen fast wieder trockenes Hemd aus. Sein ganzer Brustbereich war ebenfalls gerötet. Auch hier bildeten sich Brandblasen, wenn auch nicht so schlimme wie die in seinem Gesicht. Mit zitternden Händen drehte er das Wasser auf. Er schaute sich in dem Waschraum um, in der Hoffnung etwas zu finden, mit dem er seine Verbrennungen kühlen konnte. Doch außer einem Handtuchspender, der natürlich nur Papierhandtücher enthielt, fand er nichts Brauchbares. So zog er ein Bündel der rauen Papiertücher heraus und hielt diese unter den Wasserstrahl. Vorsichtig begann er sein Gesicht abzutupfen. Der Schmerz kehrte zurück, allerdings in veränderter Form. Jede Berührung und mochte sie noch so gering sein, brannte. Überhaupt schien er von innen heraus zu glühen. Langsam beruhigte sich seine Dermis, die Oberfläche dieses wichtigen und größten Organs, seiner Haut. Nervenenden verklebten und die Schmerzsignale verloren sich zwischen den Synapsen. Zum Schluss hielt Allen sein Hemd unter das kalte Wasser und streifte es vorsichtig über. Sofort wollte der Schmerz zurückkehren, doch Allen unterdrückte durch reine Willenskraft dieses Notsignal seines Körpers.

Als Nächstes musste er versuchen, einen dauerhaften Verband, eine dauerhafte Linderung, zu finden. Er verließ den Waschraum und schaute sich zum ersten Mal interessiert um. Wo war er nur? Was sollte das Ganze hier? Zu welchem Zweck war diese Anlage gebaut worden?

Er würde es herausfinden, er musste es herausfinden, damit er einen Weg nach draußen suchen konnte. Flucht war seine einzige Option und einziges Ziel. Niemals würde er sich fangen lassen, niemals mehr wollte er eine Zelle von innen sehen. Lieber würde er sterben, doch nein, er wollte leben!

Nach und nach untersuchte er den Gang mit seinen Türen, wie es gleichzeitig andere Männer an anderen Orten dieses Komplexes taten. Doch davon wusste er nichts und selbst wenn, würde es ihm egal sein. Allen war ein Egomane der schlimmsten Art, ein Soziopath, der keine oder zumindest nur wenig Gefühle kannte.

Hinter den ersten Türen fand er nur Büros und kleine Lager, die nicht das bargen, was er suchte. Dann aber betrat er einen Raum, der Hoffnung bot. Dieser schien eine Art medizinischer Untersuchungsraum zu sein. Eine Liege stand an der Wand, die definitiv in eine Arztpraxis gehörte. Daneben reihten sich metallene Schränke, die mit Glastüren versehen waren. Ein chromglänzender Instrumentenwagen stand am Durchgang zu einem weiteren Zimmer. Auf dem Wagen lagen einige Packungen Mullbinden. Genau das hatte er gesucht! Aufgeregt durchsuchte er die Regale, Schränke und Fächer und trug alles, was ihm sinnvoll erschien, zu der Liege und legte es dort ab. Als er seine Durchsuchung beendet hatte, wandte er sich seiner Beute zu. Systematisch ordnete er Binden und Pflaster, Desinfektionsmittel, einen Tiegel geruchlosen Gels, eine Schere sowie ein Skalpell, ehe er sein Hemd vorsichtig über den Kopf zog und es achtlos fallen ließ. Dann schob er die Liege hinüber zu einem Spiegel, der an der Wand angebracht war. Dort angekommen, besah er sich noch einmal seine Brandwunden. Ihm wäre fast schlecht geworden, als er die Verletzungen begutachtete. Bei jemand anderem hätte er das Problem nicht gehabt. Er hatte Menschen schon schlimmer zugerichtet. Doch nun ging es im wahrsten Sinne des Wortes um *seine* Haut, *seine* Schmerzen, *seine* Angst. Mit leicht zitternden Fingern langte er in den Tiegel und löffelte etwas von der Paste heraus. Langsam und mit angehaltenem Atem näherten sich seine Finger seinem Halsbereich. Allen begann zu zittern. Gleich würde der Schmerz kommen, ein brennender Schmerz, der ihm die Sinne raubte. Angst – ein seltenes Gefühl für ihn, das ihn zutiefst verwirrte – gaukelte ihm den Schmerz vor, den er noch gar nicht spüren konnte. Seine Finger mit dem Gel waren noch gute fünf Zentimeter von seinem Hals entfernt. Mit einem Zähneknirschen drückte er endlich die Finger an seinen Hals. Verblüfft stellte er fest, dass der Schmerz ausblieb. Stattdessen durchströmte eine beruhigende Kühle die verbrühte Stelle. Beinahe hastig verteilte er nun das Gel auf seiner Brust, dem Hals und dem Gesicht. Als er erneut in den Spiegel schaute, sah er ein verschwommenes Bild seiner selbst, das ihm nur noch entfernt ähnelte. Mit einem Seufzer, der voller Selbstmitleid war, griff er die Binden und wickelte diese mehr schlecht als recht um seinen Körper. Hals und Gesicht ließ er frei. Dann zog Allen sein Hemd vorsichtig über den Verband. Diese Bewegung ließ ihn zusammenzucken. Erneut braute sich ein Wundschmerz zusammen, wie ein Gewitter, das sich rasch näherte. Sofort agierte er vorsichtiger. Dann war es geschafft. Gerne hätte er eine Schmerztablette eingenommen, doch er hatte keine Pillen gefunden.

Als er das Arztzimmer verließ, oder für was dieser Raum genutzt wurde, fragte er sich, wie es nun weitergehen sollte. Er lauschte, doch außer dem leisen Summen einer Klimaanlage war es still. Er entschloss sich dem Gang, der sich noch bestimmt fünfzig Meter weiter erstreckte, zu folgen. Irgendwo musste es ja nach draußen gehen. Allen war sich nicht bewusst, dass er sich tief unter der Erde befand. Ab und zu öffnete er eine der Türen, die in unregelmäßigen Abständen die Monotonie der Flurwand unterbrachen. Doch er fand nichts Verwertbares oder gar Interessantes. Büros, Labors mit zweifelhafter Bestimmung und immer wieder Lagerräume. Er untersuchte eines der Lager, fand aber nur Maschinenteile für … ach, er wusste es nicht und es war schließlich auch egal. Seine Laune näherte sich dem Tiefpunkt. Gerne hätte er etwas Verrücktes angestellt oder ein Opfer gefunden, das er quälen konnte. Mordlust breitete sich wie eine dunkle Sehnsucht in ihm aus. Wie ein in die Enge getriebenes Tier hastete er nun durch den langen Gang. Die blöden Türen rechts und links interessierten ihn nicht mehr. Er wollte nur noch hinaus in die Welt und sein nächstes Opfer suchen.

Plötzlich war Allen am Ende des Ganges angelangt. Verblüfft blieb er stehen. Seine finsteren Gedanken, seine Fantasie hatten ihn die reale Umgebung vergessen lassen. Misstrauisch schaute er sich die massive Tür an, vor der er nun stand. Anstelle einer Türklinke oder eines Knopfes war in der Mitte der Tür ein ebenfalls metallenes Rad angebracht. Mit einem Schulterzucken drehte er an dem Rad, das sich erstaunlicherweise recht leicht bewegen ließ. Eine Verriegelung gab knackende Geräusche von sich und die Tür öffnete sich einen Spalt. Allen versuchte durch den Spalt zu schauen, stellte dabei aber fest, dass er nur das Metall der Türfüllung sehen konnte. So zog er an dem Rad, die Schmerzen seiner Verbrennungen ignorierend, bis das Türblatt sich langsam auf ihn zubewegte. Das Ding musste eine Tonne oder mehr wiegen. Endlich hatte er die Tür weit genug aufgezogen, um sich durch die entstandene Öffnung zu zwängen. Ein Fluch blieb ihm im Hals stecken, als er die Halle hinter der Tür erblickte. Allen trat noch einen Schritt nach vorne und stand an einer Brüstung. Als er nach unten schaute, überfiel ihn ein Schwindelgefühl. Er stand auf einem Gitterrost, durch den man ungehindert nach unten schauen konnte und das circa sechzig Meter über dem Hallenboden. Krampfartig krallten sich seine Finger um das Geländer. Wenn er etwas nicht ausstehen konnte, dann war es Höhe. Um sich zu beruhigen, suchten seine Augen die gegenüberliegende Hallenwand. Kaum zu glauben, aber die Wand befand sich mindestens achtzig Meter entfernt und war nach außen gewölbt. Erst jetzt erkannte Allen, dass die Halle rund war. Eine Röhre, wie er überrascht feststellte. Sein Blick wanderte nach oben. Die Röhre führte bestimmt weitere hundert Meter in die Höhe. Wozu diente diese Halle nur? Verkrampft beugte er sich nach vorne und schaute nach unten.

»Das gibt's doch nicht«, murmelte er, »da steht ein UFO!«

***

Ins Dunkel

Sergeant Owen Fields war am Ende seiner Kraft. Seine Flucht hier unten in der Anlage hatte seine Reserven aufgebraucht, körperlich wie auch seelisch. Ein Monster und einen Alien hatte er gesehen. Faktisch Wesen, an die er nie geglaubt hatte, die es aber dennoch gab, die real waren. Der Alien war zumindest eingesperrt und Owen hoffte, dass dies auch so bleiben würde. Das Babymonster war schon schlimm genug. Vor etwa einer Stunde, er konnte es nicht genau sagen, hatte er Schüsse und Schreie gehört. Wenigstens waren die Geräusche nur leise zu hören gewesen und Owen hoffte, dass, was auch immer geschehen war, weit genug von ihm entfernt war. Er konnte keinen zusätzlichen Ärger gebrauchen. Dann, vor einigen

Minuten, hatte er das Babymonster wieder gehört. Es suchte nach ihm. Noch immer! Hastig war er durch die Gänge gehetzt und dann hatte er sich durch eine der Seitentüren getraut. Er wollte keinen weiteren Alien finden! Doch anstatt in einem Labor oder in einem Büro fand er sich in einem schmalen Quergang wieder. Er folgte dem Gang dreißig Meter und hatte dann die Wahl, sich nach rechts oder links zu wenden. Er entschied sich für rechts, um seine generelle Fluchtrichtung beizubehalten. Als er nach einigen Minuten Gehens eine Stahltür links sah, eilte er darauf zu. Stahltüren waren gut! Sie versprachen Sicherheit. Owen öffnete die Tür, tastete nach einem Lichtschalter und betätigte diesen. Kalte Neonröhren erwachten flackernd zum Leben und enthüllten einen Maschinenraum. Bei genauerem Hinsehen erkannte der Sergeant, dass es sich um einen Verteiler der Klimaanlage handelte. Mächtige Aluminiumrohre verschwanden im Boden, der Decke und den Wänden. Ein beruhigendes Rauschen beseelte den Raum. Owen dreht sich zu der Tür, konnte aber zu seiner Enttäuschung keinen Schlüssel finden. Seitlich stand ein schwerer Werkzeugwagen. Er ging hinüber zu dem Wagen und schob ihn unter großer Kraftanstrengung vor die Tür. Wieso bewegte sich das Mistding nur so schwer? Dann erkannte er seinen Fehler. Die Räder des Werkzeugwagens hatten kleine Trittbremsen und eben diese Bremsen waren nach unten gedrückt. Owen lachte humorlos auf und schalt sich selbst einen Narren. Dann setzte er sich auf den einzigen Stuhl im Raum, nachdem er das Sitzmöbel in eine Position geschoben hatte, von der aus er die Tür im Blick hatte. Er musste ein wenig ausruhen und dann einen Weg nach oben finden. Erschöpft schloss er seine Augen und dachte: *Nur einen Moment, dann geht es wieder.* Der Gedanke war noch nicht zu Ende gedacht, als er in einen tiefen Schlaf fiel. Aus den Tiefen seiner Gedankenwelt manifestierten sich Bilder, gewohnte Bilder, alltägliche Bilder. Er befand sich auf einem seiner langweiligen Rundgänge auf dem Gelände, hier mitten in der Wüste. Eintönigkeit legte sich wie ein beruhigender Mantel um ihn. Weit hinten sah er die Gebäude der Anlage. Es war Zeit umzukehren und seine Patrouille zu beenden. Langsam, es bestand kein Grund sich zu beeilen, kam er dem Stützpunkt näher. Ein dumpfes Brummen kündigte ein Versorgungsflugzeug an. Es würde bald landen und Proviant oder

Personal bringen oder beides, wer wusste das schon genau? Die Sonne brannte heiß auf seinem Rücken und der Sergeant wünschte sich nichts sehnlicher als einen kühlen Drink. Da war er auch schon an der Wachbaracke angekommen. Er öffnete die Tür, stellte sein Gewehr an der Wand ab und schaute, wer sich sonst noch in dem Wachraum aufhielt. Er erkannte einige der Soldaten und grüßte sie mit einem Nicken. Weiter hinten im Raum befand sich ein kleiner Tresen, mit einer rudimentären Küchenzeile. Als Owen sich dem Tresen näherte, um aus dem Kühlschrank eine kalte Cola zu holen, bemerkte er eine weitere Person im Halbschatten. Der Mann drehte sich um, doch es war kein Mann! Es war der Alien, den er in dem Labor gesehen hatte. Es war das Echsenwesen mit dem Schnabelmund und es fragte *Und? Gefalle ich dir?*

Mit einem Schrei erwachte Owen und sah sich verwirrt um. Nein, er war nicht im Wachhaus, sondern befand sich irgendwo unter der Wüste. Seine Lippen waren trocken und er verspürte tatsächlich einen brennenden Durst. Zu seinem Glück war an der Rückwand des Raumes ein Waschbecken angebracht, wohl deshalb, damit die Arbeiter sich oder ihre Werkzeuge reinigen konnten. Dementsprechend unappetitlich sah das Waschbecken aus. Doch das war Owen egal. Hastig schob er den Hebel der Armatur nach oben und ein kräftiger Wasserstrahl schoss ins Becken. Mit hastigen Schlucken trank der Sergeant. Das Wasser beruhigte ihn erstaunlicherweise. Dies hier war normal, in jedem Haushalt zu finden. Sofort plagten ihn die Erinnerungen an den Alien und das Monster.

Kaum war der Gedanke an das Unglaubliche wiedergekehrt, als er von draußen Geräusche hörte. Jammernde Schreie drangen zu ihm herein. Das Jammern eines Babys. Gleich darauf wurde heftig an der Stahltür gerüttelt. Dumpfe Schläge ließen das Türblatt erzittern. Owen sprang von seinem Stuhl auf und näherte sich der Tür. Doch was wollte er dort? Nein, er konnte das Babymonster nicht aufhalten. Unmöglich! Also blieb nur eine erneute Flucht. Aber wohin sollte er sich wenden? Der Raum hatte nur einen Zugang, das hatte er schnell überprüft. Panisch lief der Sergeant hin und her. Wie konnte er nur aus dieser Falle entkommen? Eine Idee zündete in seinem Bewusstsein und löste hektische Aktivität aus. Er rannte um die großen Alurohre und suchte eine Möglichkeit, diese zu öffnen. Doch er fand keine Wartungsklappe an den Rohren. Auch an den Stellen, wo die Rohre durch die Wände, die Decke und den Fußboden verschwanden, war kein Durchkommen. Alles war ordentlich versiegelt. Das Poltern an der Tür wurde immer lauter. Es würde nicht mehr lange dauern, bis das Babymonster in den Raum eindringen konnte. Dann wäre es um den Sergeant geschehen.

Owen unterbrach seine hastige Suche. Er schaute sich in dem Technikraum um. Er brauchte eine Waffe, etwas, womit er sich wehren konnte. Er würde sich nicht freiwillig dem Schicksal ergeben. Auf keinen Fall! Da entdeckte er einen rechteckigen Kasten an der Wand. Er mochte gute zwei Meter breit sein und anderthalb Meter hoch. Und er hatte eine Klappe an der Seite. Rechts und links führte jeweils ein Rohr mit einem Durchmesser von einem Meter in den Kasten hinein. Owen wunderte sich, dass er den Kasten bei seiner Suche übersehen hatte. Vermutlich hatte er sich zu sehr auf die Rohre konzentriert. Der Kasten musste ein Luftwäscher sein oder vielleicht doch etwas anderes? Owen konnte es nicht genau definieren. Er rannte zu dem Kasten und ließ sich auf die Knie fallen. Sofort erkannte er kleine Riegel, welche die Klappe verschlossen. Das Gepolter an der Tür hinter ihm wurde immer lauter. Eile war geboten. Die Riegel glitten Owen immer wieder durch die Finger. Endlich bewegte sich einer von ihnen, dann der zweite, doch der dritte Riegel wollte sich nicht rühren. Mit seinen Fingernägeln griff Owen in den kleinen Spalt, der sich beim Entriegeln gebildet hatte, und zog die Klappe nach außen. Dann fasste er mit den Fingern in den sich vergrößernden Spalt. Heftig zog er an der Metallklappe und schnitt sich in die Finger. Doch er ignorierte den Schmerz und zog weiter. Die Platte löste sich und fiel mit einem Scheppern zu Boden. Ohne zu Zögern schob Owen sich mit dem Kopf voran durch die enge Öffnung. Er hoffte, dass er nicht steckenblieb. Metall zerrte an seiner Kleidung, während sein Kopf in einen Nebel aus kaltem Wasser eintauchte. Außerdem behinderten Filterrahmen aus einen filzartigen Stoff sein Eindringen. Seine Hände rissen die Filter auseinander, während er seinen Körper durch die zerfetzten Elemente schob. Es war düster, beinahe dunkel hier drinnen. Owen zog, riss Hindernisse zur Seite und kämpfte sich weiter durch den Kasten. Endlich konnte er seine Beine in den Luftwäscher ziehen. Ein lautes Krachen drang von draußen zu ihm herein. Vermutlich war der Werkzeugwagen, den er als Barrikade vor die Tür geschoben hatte, umgefallen. Nun war es nur noch eine Frage von Sekunden, bis das Babymonster in den Raum eindrang.

Um einiges hektischer als zuvor schob sich Owen durch die Filtermatten. Kaltes Wasser lief über seinen Körper und durchtränkte seine Uniform. Seine Hände rissen an den Filterfliesen und wühlten sich hindurch. Seine Beine suchten nach Halt und strampelten verzweifelt. Dann auf einmal griffen seine Hände ins Leere. Er spreizte seine Arme nach außen und er fühlte kaltes Metall. Das Rohr der Klimaanlage! Zentimeter um Zentimeter schob Owen sich nach vorne. Viel konnte er nicht sehen und so spürte er mehr als dass er es sah, dass er sich schon halb in der Röhre befand. Ein weiteres Poltern drang zu ihm herein, gefolgt von einem unartikulierten Schrei. Das Babymonster war in den Raum eingedrungen. Weiteres Schreien, das sich rasch näherte, zeigte Owen, dass er alles daransetzen musste, sich in die Röhre zu ziehen. Laute Schläge drangen in den Kasten. Das Monster schlug auf den Luftwäscher ein. Schnell – zu schnell – hatte es Owens Fluchtweg entdeckt. Er zog und schob, so schnell er nur konnte, und rutschte endlich komplett in das Rohr hinein. Auf dem Bauch kriechend rutschte er vorwärts und entfernte sich von dem Luftwäscher und damit auch von seinem Verfolger. Das Monster versuchte nun seinerseits in den Kasten zu gelangen. Ein wütender, sehr lauter Schrei ließ Owen aber hoffen, dass sein Verfolger bei dem Versuch gescheitert war.

Nach etwa fünf Metern mühsamen Vorwärtsrutschens neigte sich das Rohr nach unten. Ehe Owen realisierte, wie steil es sich neigte, begann er ohne sein Zutun zu rutschen. Er wurde immer schneller, obwohl er versuchte mit Armen und Beinen zu bremsen. Es folgte eine letzte Neigung nach unten. Er konnte sich nicht mehr halten und es folgte, was er befürchtete: Kopfüber, mit den Armen voran, stürzte er ins ungewisse Dunkel.

***

Unentschlossen

Jack saß auf seinem Bett und schaute Birdy, der neben ihm saß, fragend an.

»Was meinst du damit, dass wir uns umschauen sollten? Wir haben doch schon alles gesehen. Außerdem sind mir die Leute, die hier mit uns in diesem Schlafsaal sind, nicht geheuer. Ich glaube, das sind alles Verbrecher.«

»Ja, den Eindruck habe ich auch«, bestätigte Birdy ungewöhnlich ernst. »Mörder und Schlimmeres«, raunte er leise. »Aber mit Umschauen meine ich doch nicht in diesem Raum. Wir müssen nach draußen. Die meisten sind schon weg.«

»Was kümmern mich andere Leute?«, konterte Jack, obwohl er genau wusste, was sein Freund meinte. Dennoch hatte er Angst, den Schlafsaal, wie er die Halle bezeichnete, zu verlassen. Irgendetwas stimmte hier nicht. Etwas war faul, wie er zu sagen pflegte. Er erinnerte sich an seinen merkwürdigen Traum, *vielleicht war es auch eine Vision gewesen*, dachte er. Er hatte New York in einer düsteren Version gesehen. Alles hatte in Trümmern gelegen. Auch die schwarz maskierten Kerle aus dem Park hatte er in seinem Traum gesehen. Er verstand nicht warum, aber er glaubte, dass sein Traum etwas mit dieser Realität hier und jetzt zu tun hatte.

Laute Stimmen hallten aus dem Kantinenbereich zu ihnen herüber.

»Die Idioten streiten sich schon wieder«, kommentierte Birdy den Krach. »Mich wundert nur, dass bisher noch keiner unserer Entführer hier aufgetaucht ist. Jeder kann machen was er will und niemand schreitet ein. Das wird so weit gehen, bis sich die Kerle gegenseitig umbringen.«

Birdy hatte bei seinem Geplapper einen wichtigen Aspekt erwähnt, über den sich Jack schon einige Zeit wunderte. Wieso kümmerte sich niemand um sie? Erst wurden sie, wie alle Männer hier, das hatten sie aus den Gesprächen entnommen, entführt und mit erheblichem Aufwand hierher gebracht, wo auch immer das sein mochte, und dann kümmerte sich niemand um sie. Das ergab keinen Sinn! Birdy hatte recht damit, dass sie herausfinden mussten, was vor sich ging. Dazu mussten sie den Schlafsaal verlassen. Das war der unangenehme Teil. Jack bewegte sich gerne in sicherer

Umgebung, was eigentlich dem Umstand widersprach, dass er sein Leben im Central Park verbrachte. Dort jedoch kannte er sich aus und wusste, wo er sich verkriechen konnte, sollte er in Gefahr sein. Mit einem mulmigen Gefühl stand er auf und schaute Birdy herausfordernd an.

»Los, komm schon!«, sagte er fast befehlend.

»Wohin?«, fragte Birdy und blieb erst einmal sitzen.

»Na, du wolltest dich doch einmal umschauen, oder?«

Noch ehe Birdy reagieren oder auch nur antworten konnte, fragte eine Stimme direkt hinter Jack:

»Wo wollt ihr euch denn umschauen?«

Jack hatte schon eine scharfe Antwort auf der Zunge und drehte sich nach dem Mann um, der sich ungefragt an ihrer Unterhaltung beteiligt hatte. Als er jedoch das ernste Gesicht und die berechnenden Augen seines Gegenübers sah, verbiss er sich seinen Kommentar. Stattdessen fragte er, fast ein wenig süffisant:

»Mit wem haben wir denn die Ehre?«

Der Mann lächelte mit schmalen Lippen, ehe er eine leichte Verbeugung andeutete, die hier völlig unangebracht zu sein schien, und sagte einfach und als würde sein Name alles erklären:

»Ich bin Brian Spiller, aber in Anbetracht unserer misslichen Lage dürft ihr mich ruhig Brian nennen. Schließlich sind wir doch quasi Leidensgefährten.«

»Leidensgefährten? Ha! Was weißt du schon von unseren Leiden?«, fragte Birdy abschätzig von unten herauf, da er immer noch auf dem Bett saß. Währenddessen versuchte Jack, sich ein Bild von dem Mann zu machen. Was war das für ein Kerl? War er gefährlich oder war er genauso unschuldig entführt worden? Doch Jack traute sich nicht, einfach zu fragen. Die Augen des Mannes, dieses Brian, mahnten zur Vorsicht. Naja, sie würden eben später herausfinden, was für einen Typ sie vor sich hatten. Im Moment kam er eigentlich gerade recht. Es war gut, jemanden neben sich zu wissen, der scheinbar wusste, was er wollte. So antwortete Jack, nicht ohne vorher Birdy mit einem warnenden Blick zu streifen:

»Wir wollen uns draußen, vor den Türen umschauen. Geben Sie nichts auf das Geschwätz von Birdy. Der redet manchmal schneller als er denkt.«

Birdy sprang empört auf, doch noch ehe er eine Erwiderung formuliert hatte, stand Brian neben ihm und sagte:

»Alles gut, mein Freund. Komm, lass uns zusammen herausfinden, wo wir hier eigentlich sind. Wenn wir dabei unsere Entführer treffen, dann treten wir denen kräftig in den Hintern! Was meinst du?«

Das gefiel Birdy, das war seine Sprache. In den Hintern treten – ja, das war gut. Jack indessen überlegte, wieso ihm der Name des Mannes so bekannt vorkam. Brian Spiller, da klingelte etwas. Es war schon eine Zeit her, seit er diesen Namen gehört hatte. Dann durchzuckte es ihn wie ein Blitz. Natürlich, er hatte den Namen gelesen – in einer Zeitung gelesen! Einer Zeitung, die er aus einem Mülleimer gefischt hatte und die er nachts als Wärmeschutz in seine Kleidung stopfte, wenn er sich unter einen Busch verkroch. Brian Spiller, der Schlächter von Virginia. Zwölf Leute sollte er umgebracht haben und dafür war er zum Tode verurteilt worden. Aber wenn dies tatsächlich der besagte Brian Spiller war, wie kam er dann hierher? Sollte der Mann nicht in einem Todestrakt sitzen? Ein mulmiges Gefühl, das sich wie ein schwerer Stein in seinem Magen legte, nahm ihn gefangen. Wie sollte er sich diesem Spiller gegenüber verhalten? War es ratsam, dem Mann, dem Killer mitzuteilen, dass er, Jack, wusste …

In diesem Moment, Jack hatte nicht auf seine Umgebung geachtet, rempelte er Brian Spiller an.

»Hoppla, mein Freund. Hast wohl geträumt. Aber jetzt heißt es, aufmerksam zu sein. Wer weiß, was wir draußen finden.«

Damit deutete er auf eine Tür, vor der sie mittlerweile angelangt waren. Jack hatte nicht bemerkt, wie sie die Halle durchquert hatten, so sehr war er über seine Erkenntnis geschockt. Er murmelte eine Entschuldigung und schaute zu Birdy. Der jedoch hatte nur Augen für Brian Spiller. Der Killer beeindruckte seinen Freund gewaltig. Jack nahm sich vor, von nun an genauestens zu beobachten, wie sich ihr neuer Bekannter verhielt und ob von ihm eine Gefahr für sie ausging. Spiller ergriff erneut das Wort und fühlte sich in der Rolle des Anführers.

»Ich habe die ganze Zeit aufgepasst, welche Türen die Männer benutzten, die bereits den Schlafraum verlassen haben. Ich kann es euch sagen. Alle Türen, außer dieser Tür hier!«

Er machte eine dramaturgische Pause, um zu sehen, ob seine Zuhörer seinen Ausführungen folgen konnten. Lächelnd registrierte er, dass Birdy ihn bewundernd anschaute. *So ein dummer Kerl,* dachte Jack, bemühte sich aber dennoch, eine interessierte Miene zum Besten zu geben. Man wollte ja schließlich keinen Killer verärgern.

»Dann würde ich vorschlagen, dass wir nun nachschauen, was sich hinter dieser Tür verbirgt. Einverstanden?«

Jack und Birdy nickten pflichtbewusst.

»Also dann! Los geht's, meine Herren!«

***

Dämonisch

Rupert Graham saß auf seinem Bett und wusste nicht, wie er sich verhalten sollte. Die schwarzen Männer hatten ihn und die anderen Kerle aus dem Todestrakt entführt, doch war dieser Schlafsaal etwas anderes? Er hatte gesehen, wer hier mit ihm angekommen war. Einige der schlimmsten Verbrecher der USA. Er kannte den einen oder anderen aus seiner Zeit in den Haftanstalten, die er über die Jahre kennengelernt hatte.

Seine eigene kriminelle Laufbahn las sich wie eine Auflistung möglicher Straftaten. Mit kleinen Diebstählen hatte er angefangen, steigerte sich dann zu Einbrüchen in Häusern. Den nächsten verhängnisvollen Schritt beging er, als er bei einem Wohnungseinbruch eine hübsche junge Frau antraf. Ohne lange zu überlegen, vergewaltigte er sie. Skrupel, Mitleid oder Reue stellten sich nach der Tat in seinem Lebensverständnis nicht ein. Er dachte nicht einmal darüber nach, was er seinem Opfer angetan hatte. Nach dem Gewaltakt raffte er einige Wertgegenstände, die er bei seiner oberflächlichen Suche in der Wohnung fand, zusammen. Er schien sein Opfer schon vergessen zu haben, als er, einen Schlager summend, die Wohnung verließ. Keine zwei Tage später wurde er verhaftet und nach einer kurzen Verhandlung zu zwölf Jahren Zuchthaus verurteilt.

Die Zeit im Gefängnis war für Rupert Graham eher Schule als Strafe. An manchen Tagen fühlte er sich regelrecht wohl. Das Leben mit anderen Verbrechern vermittelte ihm das Gefühl, dass er eben nicht absonderlich oder ein Außenseiter der Gesellschaft war. Vielmehr gehörte er einer Kaste an, welche die Regeln, das Gesetz, nicht akzeptierten. Irgendwelche Leute hatten Gesetze geschaffen, nach denen jedermann leben sollte. Das war lächerlich! Was nahmen diese Leute sich heraus? Niemand konnte ihm, Rupert Graham, vorschreiben, wie er zu leben hatte.

Die Jahre vergingen, Rupert wurde älter, aber nicht weiser. Eines Tages öffneten sich die Tore zur Freiheit und Rupert marschierte hinaus in die Welt. Sein Kopf war voller Ideen, doch gesetzeskonform waren diese nicht. Es dauerte nur einige Tage, bis er wieder straffällig wurde. Er brauchte Geld und tat genau das, was er konnte. Dieses Mal wählte er ein großes Haus in einer noblen Gegend aus. Natürlich hatte er gewartet, bis es dunkel geworden war. Bei Tageslicht wäre er bestimmt aufgefallen und die unangenehmen Fragen der Polizei hasste er wie die Pest.

Dann war es soweit: Die Straße vor dem Haus lag verlassen da und im Haus waren alle Lichter gelöscht. Vorsichtig war Rupert über die Begrenzungsmauer gestiegen und durch den Garten gehuscht. Es war ein Leichtes, über die Garage ins erste Stockwerk zu gelangen. Dort, so hatte er gesehen, war eines der Fenster einen Spalt offen. Leisen Schrittes schlich er an das Fenster heran und horchte. Es drang jedoch kein Geräusch zu ihm. Ein gutes Zeichen. Im Zimmer hinter dem Fenster schien sich niemand aufzuhalten. Ohne noch länger zu warten, schob er das Fenster nach oben und schlüpfte in den Raum.

Da geschah es: Ein klirrendes Geräusch hallte durch die Stille. Rupert hatte mit seinem Fuß etwas umgestoßen. Hastig schlüpfte er in das Zimmer, darauf hoffend, dass niemand das Klirren gehört hatte. Kaum stand er auf einem weichen Teppich, als die Tür zu dem Raum aufgerissen wurde. Schattenhaft nahm Rupert die Silhouette eines großen Mannes wahr, der vom Flur aus von hinten illuminiert wurde. Der Schattenmann zögerte keine Sekunde und stürzte sich mit einem wilden Schrei auf den Eindringling. Damit hatte Rupert nun wirklich nicht gerechnet. Heftig traf ihn der Körper des Angreifers und riss ihn zu Boden. Ohne darüber nachzudenken, tastete er nach seinem Messer, das er in der Jackentasche wusste. Derweil trafen ihn harte Fausthiebe und Rupert fürchtete, dass er seine Besinnung verlieren würde. Endlich fühlte er den Griff des Messers. Er packte zu, zog seine Hand aus der Tasche und ließ das Messer aufschnappen. Sofort stach er zu und traf den Oberschenkel seines Angreifers. Dieser schrie laut auf, stellte seine Hiebe ein und betastete die Einstichstelle. Dabei richtete er sich ein wenig auf. Diese Gelegenheit nutzte Rupert und stach erneut zu. Dieses Mal hatte er in Brusthöhe getroffen. Ehe sein Gegner sich von seinem Schock erholen konnte, stach Rupert weiter auf den Schattenmann ein. Gleichzeitig kroch er unter diesem hervor und kniete nun neben seinem Gegner. Dieser wankte hin und her und stöhnte dabei laut. Dann blubberte etwas. So ein Geräusch hatte Rupert noch nie zuvor vernommen. Als er genauer hinschaute, sah er, wie ein Schwall Blut aus dem Mund des Mannes schoss. Als dieser versuchte Luft zu bekommen und einzuatmen, schluckte er sein eigenes Blut. Daher kam das Blubbergeräusch.

Vor Schreck wollte Rupert aufspringen, doch mit einem wilden Schrei stürzte sich eine Frau auf ihn. Er wurde zu Boden gerissen und er wurde erneut geschlagen, heftig geschlagen. Die Frau, eine wahre Furie, die mindestens dreißig Kilo mehr wog als er, saß wie ein Reiter auf ihm. Ihre Fäuste trafen Rupert im Gesicht und in die Rippen. Er konnte nicht sagen, was schmerzhafter war. Jedenfalls sah es ganz danach aus, als ob er diesen Kampf verlieren würde. Mit letzter Verzweiflung hob er sein Messer, das er immer noch verkrampft in den Händen hielt, und stach zu.

Als wären die Frau und der Mann Zwillinge, reagierte sie genauso wie ihr Mitbewohner. Nach dem ersten Stich hielt sie verwundert inne, betastete die Wunde, was ihr zum Verhängnis wurde. Rupert stach wie in einem Rausch immer und immer wieder zu. Die völlig mit Blut besudelte Frau rutschte sterbend von Ruperts Körper. Er blieb noch einen Moment auf dem Rücken liegen. Dabei versuchte er zu verstehen, was sich gerade eben ereignet hatte.

Er fand jedoch nicht die Zeit, das Erlebte zu verarbeiten. Von draußen drang das schrille Geräusch nahender Sirenen und der dazugehörigen Polizeifahrzeuge durch das offene Fenster herein. Rupert wollte aufspringen, rutschte aber im Blut der Opfer aus und krachte auf den Boden. Der Sturz presste ihm den Atem aus den Lungen und ließ ihn japsen. Dennoch gelang es ihm sich aufzurichten. Er hastete zum Fenster und stieg hinaus auf das Garagendach. Die Polizeifahrzeuge waren schon ganz nah. Scheinbar hatte die dicke Frau die Cops alarmiert, ehe sie sich auch in den Kampf gestürzt hatte. Rupert rannte geduckt an die Dachkante und sprang, ohne lange darüber nachzudenken, hinab in den im Dunkeln liegenden Garten. Er prallte hart auf und merkte sofort, dass er sich verletzt hatte. Sein rechtes Bein schmerzte höllisch. Er versuchte aufzustehen. Vor Schmerz schrie er laut auf. Dennoch glaubte er, dass er durch den Garten entkommen konnte.

Er hatte noch keine zehn Schritte zurückgelegt, als er einem Cop in die Arme lief. Rupert schrie vor Schreck auf und nur den Bruchteil einer Sekunde später tat es ihm der Polizist gleich. Doch dieser fasste sich und packte zu. Rupert wehrte sich verzweifelt, ja es gelang ihm sogar, sich von dem Polizisten loszureißen, doch sein Bein versagte seinen Dienst. Rupert stürzte schwer zu Boden und Tränen des Schmerzes mischten sich mit Tränen der Enttäuschung. Er wurde ergriffen, mittlerweile hatte der Cop Verstärkung erhalten, und davongeschleppt.

Als er in einen Streifenwagen gestoßen wurde, sah er nach unten. Zuerst aus Scham, welche jedoch von jähem Entsetzen abgelöst wurde. Aus seiner Hose ragte ein fahler, langer blutiger Knochen, sein Knochen, sein Schienbein! Ruperts Magen verkrampfte sich und er erbrach seinen gesamten Mageninhalt in das Polizeifahrzeug. Keine Stunde später befand er sich in Untersuchungshaft des örtlichen Gefängnisses. Dort wartete er in der Krankenabteilung auf seinen Prozess.

Der Krankentrakt wurde nicht so scharf bewacht wie man es erwarten konnte. Hier wurden ausschließlich Männer behandelt, die in Untersuchungshaft auf ihren Prozess oder auf eine Anklage warteten. Rupert hatte sich friedlich verhalten und war außergewöhnlich höflich im Umgang mit seinen Mitinsassen, den Wärtern und nicht zuletzt dem Pflegepersonal. Aus vielen Gesprächen zog er die Informationen, die ihm wichtig waren. Sein Bein heilte gut, doch Rupert verstand es, die Ärzte zu täuschen. Er gab vor, immer noch enorme Schmerzen zu haben. Damit wollte er seinen Aufenthalt in der Krankenstation verlängern. Nicht, dass es ihm hier besonders gefallen hätte, aber eine bessere Chance zur Flucht würde er nicht mehr bekommen.

Eines Nachts war es dann soweit. Die Wärter hielten sich in ihrem Wachzimmer auf und spielten Karten. Alles war ruhig und es lagen nur fünf Patienten auf der Station. Rupert wartete, bis die Nachtschwester ihre letzte Runde antrat. Normalerweise sollte sie von einem der Beamten begleitet werden. Doch auch Beamte sind nur Menschen und ein spannendes Kartenspiel war bei Weitem interessanter, als durch eine sowieso friedlich daliegende Krankenstation zu patrouillieren.

Die Nachtschwester schaute kurz bei den Wärtern ins Zimmer. Mit einem freudigen Hallo wurde sie begrüßt. Ihre Ansage, dass sie jetzt ihre Runde machen würde, führte zu einer kleinen Umfrage, wer die Schwester begleiten sollte. Diese winkte nur ab und bekundete gelassen, dass sie mit den fünf Kranken durchaus alleine zurechtkommen würde. Den Wärtern war das recht und sie setzten ihr Spiel fort. Die Schwester winkte noch kurz und verließ das Wachzimmer.

Als sie die Krankenabteilung betrat, schien alles gewohnt ruhig. Sie verzichtete darauf, das Licht einzuschalten. Das dämmrige Zwielicht, welches durch die Laternen im Hof erzeugt wurde, genügte, um nach den schlafenden Patienten zu sehen. Die freundliche Rücksichtnahme den schlafenden Männern zuliebe wurde ihre letzte Fehlentscheidung.

Kaum hatte sie den Raum betreten, wurde sie von hinten gepackt und auf den Boden gezogen. Mit einem Schlag auf den Kehlkopf der Schwester verhinderte Rupert, dass die Frau um Hilfe rufen konnte. Dann durchsuchte er die Hilflose, die röchelnd versuchte, Luft zu bekommen. Schnell fand er, nach was er gesucht hatte: einen dicken Schlüsselbund, der Weg in die Freiheit.

Inzwischen war sein Opfer ohne Bewusstsein. Kalt schaute Rupert die Frau an, wohlwissend, dass sie nur noch Minuten zu leben hatte. Der eingedrückte Kehlkopf ließ sie schlichtweg ersticken. Er stand auf und zerrte sein Opfer in eine Abstellkammer. Um die vier Männer im Krankenzimmer brauchte er sich keine Sorgen zu machen.

Sie hatten Glück gehabt, denn Rupert hatte sie lediglich mittels Äther betäubt. Im Abstellraum zog Rupert der Schwester den Kittel aus und griff sich ebenfalls die Haube von ihrem Haar. Er zog den Kittel an und setzte die Haube auf. Leider passten ihm die Schuhe nicht. So musste er mit seinen Hausschuhen vorlieb nehmen. Ohne ein Problem verließ der Killer die Krankenstation, gelangte auf den Hof und fand das dort geparkte Auto der Schwester anhand des Schlüssels am geraubten Schlüsselbund. Er stieg ein, fuhr auf das Tor der Anstalt zu und hupte. So handelte die Schwester immer, wenn sie nach Hause fuhr. Dies hatte Rupert einige Nächte zuvor herausgefunden. Tatsächlich öffnete sich das Tor wie von Geisterhand. Er winkte dem unsichtbaren Wärter sogar, indem er die Hand aus dem Seitenfenster streckte. Dann fuhr er davon und verschwand in der Nacht.

Ganze sieben Wochen streifte Rupert durchs Land. Dabei tötete er Männer und Frauen aus Habgier. Er genoss es, Herr über Leben und Tod zu sein.

Durch einen dummen Zwischenfall wurde er schließlich verhaftet. Beim Versuch, eine Frau auf dem Parkplatz eines Einkaufszentrums zu berauben, hatte er Pech. Die Frau zog Pfefferspray aus ihrer Handtasche und sprühte Rupert mitten ins Gesicht. Dabei schrie sie aus Leibeskräften. Rupert gab den Raubversuch auf und hastete halb blind zu seinem Wagen. Er stieg eilig ein und fuhr rückwärts aus der Parklücke. Dabei rammte er ein anderes Fahrzeug. Passanten, herbeigerufen durch das Geschrei der Frau, hielten Ruperts Wagen auf, indem sie mit ihren eigenen Fahrzeugen seinen Wagen blockierten. Unerwartet schnell waren Polizisten vor Ort, die Rupert aus dem Fahrzeug zogen. Sie wussten zuerst nicht, was für einen Fang sie gemacht hatten, doch Rupert wusste, dass er dieses Mal nicht entkommen konnte. Es folgte die Routine, mit Befragungen, Überprüfungen und Ermittlungen.

Schon wenige Wochen nach seiner Verhaftung wurde der erste Prozesstag anberaumt. Rupert versuchte noch einen Deal mit dem Staatsanwalt, doch dieser zeigte kein Interesse. Nach einem sehr schnellen Prozessverlauf wurde Rupert verurteilt. Schon drei Tage später und er bezog seine letzte Zelle im Todestrakt des ADX Bundesgefängnisses in Florence, Colorado. Man hatte ihn zum Tode verurteilt.

»Du träumst wohl von schönen Dingen?«

Diese Frage katapultierte Rupert aus seinen Erinnerungen in die Realität zurück. Vor ihm stand Chuck Lander, der Serienkiller. Dieser Mann war wirklich gefährlich. Rupert stand auf und versuchte seine Unsicherheit gegenüber diesem Mann zu verbergen. Doch Chuck Lander lächelte nur dämonisch.

»Komm«, sagte er beinahe fröhlich, »lass uns auf die Jagd gehen.«

***

Hinunter

Er hatte sich auf den Gitterrost gelegt. Seine Beine hatten zu sehr gezittert. Außerdem war ihm schlecht und seine Verbrennungen schmerzten andauernd. Sein Gesicht brannte und die Haut reagierte auf jeden Luftzug. Er rollte sich auf den Rücken und sein Blick wanderte nach oben, der Schachtwand entlang. Weit oben endete sein Blick an der Decke des gewaltigen Bauwerks. Zuerst hatte Allen gedacht, er betrete eine große Halle, doch schon der zweite Blick ließ ihn erkennen, dass diese Konstruktion eine Röhre aus Stahl und Beton war. Zu welchem Zweck man solch ein Gebäude errichtet hatte, war ihm unklar. Auf dem Hallenboden, circa sechzig Meter unter ihm, stand tatsächlich so etwas wie ein UFO. Aber was wusste er schon von solchen Dingen? Dennoch bezweifelte er, dass diese Halle für dieses UFO erbaut worden war.

Ein UFO, dachte er, *ha, das gibt es doch gar nicht! Das Ding ist bestimmt eine geheime Konstruktion.*

Das brachte ihn allerdings zu der Frage, wo er sich befand. Das passte doch alles nicht zusammen. Er war aus dem Todestrakt entführt worden, war in einem Schlafsaal mit anderen Verbrechern erwacht, ohne dass sich seine Entführer erneut gezeigt hätten. Für Essen und Trinken war gesorgt worden, die Türen im Saal waren unverschlossen. Keine Bewachung, keine Wärter. Niemand in den endlosen Fluren, die er abgesucht hatte, und nun ein UFO? Das war doch verrückt! Ein Gedanke versuchte sich in ihm zu formulieren, doch ehe dieser an die Oberfläche seines Bewusstseins gelangte, wurde Allen von einem Geräusch abgelenkt. Eine Tür war zugefallen. Er blickte sich suchend um. Über ihm gab es, soweit er erkennen konnte, keine Türen. Der Steg, auf dem er lag, war der höchste begehbare Weg und nur auf der gegenüberliegenden Seite führte eine Leiter auf den darunter befindlichen Rundlauf. Es gab mehrere dieser stählernen Gänge weiter unten. Welchem Zweck diese dienten, erschloss sich Allen jedoch nicht. Wo es ein Geräusch gab, musste es auch einen Verursacher geben. Vielleicht ergab sich hier die Chance zu erfahren, wo er sich aufhielt. Wenn er denjenigen überwältigen konnte, der die Tür benutzt hatte …

Ein weiteres Geräusch ließ ihn aufhorchen. Es war von unten gekommen, da war er sich sicher. Nun hieß es vorsichtig zu sein. Langsam drehte er sich auf den Bauch. Sofort meldete sich seine Verbrennung schmerzhaft. Allen verbiss sich ein Aufstöhnen und lag schließlich in der gewünschten Position. Durch den Gitterrost späte er nach unten. Der Anblick des UFOs wie auch seine eigene, erhöhte Position konnten ihn im Moment nicht mehr beeindrucken. Alles lag so ruhig vor ihm wie schon zuvor. Er rutschte langsam, jedes Geräusch vermeidend, nach vorne, um vom Rand des Steges aus einen besseren Überblick zu bekommen. Seine Brust schmerzte höllisch und trieb ihm Tränen in die Augen. Seine Sicht vernebelte sich und der Hallenboden zeigte sich als ein verwaschenes Etwas. Allen rieb sich hastig die Augen. Er hatte dort unten eine Bewegung gesehen, doch nicht erkennen können, was genau sich dort bewegt hatte. Der Nebel vor seinen Augen klarte zunehmend auf, doch nun war wieder alles still rund um das UFO.

Allen überlegte fieberhaft, wie er nun handeln sollte. Einerseits glaubte er, dass er nur dort oben, am Ende des Schachts, entkommen konnte. Andererseits musste er erst mehr über seinen Aufenthaltsort herausfinden. Lange würde es nicht mehr so ruhig bleiben. Die unsichtbaren Bewohner dieser Anlage würden zurückkehren und ihn jagen. Also blieb Allen nur eine Option – er musste nach unten. Alleine dieser Gedanke verursachte ihm Bauchschmerzen. Diese verdammte Höhenangst! Er wartete noch einige Minuten, doch alles blieb still. Beinahe widerwillig erhob er sich und hielt sich dabei an der Brüstung, die nur aus Metallleisten bestand, fest.

Seinen Blick fokussierend nach vorne gerichtet, schritt er langsam den Rundgang entlang. Dabei versuchte er zu verdrängen, dass er über einen Gitterrost lief. Schweißtropfen bildeten sich auf seiner Stirn und seine Hände wurden feucht. Doch sein eiserner Wille trieb ihn weiter, Schritt für Schritt.

Nach einiger Zeit war die erste Etappe seines Weges geschafft. Eine ein mal ein Meter große Öffnung unterbrach den Gitterboden. Allen blieb stehen und betrachtete den Einstieg und die Leiter, die an der Wand angebracht war. Sie führte fünf Meter nach unten und endete am nächsten Steg. Dort musste er hinunter, das war sicher. Zentimeter für Zentimeter bewegte er sich auf den Einstieg zu. Dabei schien seine Umgebung zu wanken wie ein Schiff auf hoher See. Allen kam ein Gedanke, der Hoffnung barg. Wenn er seine Augen verschloss, dann würde er nicht sehen, wie tief es hinabging. Diese kindliche Überlegung beruhigte ihn tatsächlich. Versuchsweise schloss er sie, wobei er noch immer das Geländer des Steges umklammert hielt. Sofort verschwand das eingebildete Wanken. Er stand ruhig auf dem Steg und brauchte nur noch nach vorne zu gehen, die Sprossen der Leiter zu fassen und hinabzusteigen. *Nur noch – leicht gesagt …!*

Endlich ertasteten seine Füße die Kante des Einstieges. Sofort blieb er stehen und erschauerte. Dort ging es hinab, dort ging es nach unten. Allen öffnete seine Augen, hielt aber seinen Kopf gerade. *Nur nicht nach unten blicken!* Er überwand die wenigen Schritte zur Schachtwand. Schnell griff er zu den Sprossen der Leiter, die sich direkt links von ihm befand. Er hielt sich mit der linken Hand fest und legte danach seine rechte Hand daneben. Sich auf diese Weise haltend und die Schachtwand anstarrend, tastete sein linker Fuß nun nach einer Leitersprosse. Die Sprosse war ein flacher Tritt von sieben oder acht Zentimetern Breite, leicht geriffelt, um ein Abrutschen zu vermeiden. Probeweise stellte Allen seinen Fuß auf die Sprosse. Soweit war alles gut. Doch nun folgte die entscheidende Bewegung. Er zog den anderen Fuß nach und stand zittrig auf der Leiter. Was er nicht bedacht hatte, war der Umstand, dass er sich an den Sprossen nicht gut mit den Händen halten konnte. Dazu waren diese einfach zu breit. Blieb nur der seitliche Teil der Leiter, welcher aus einem Rohr gefertigt zu sein schien. Daran konnte er sich besser festhalten. Tastend glitt zuerst seine linke Hand zu dem Rohr auf der linken Seite, danach die rechte Hand zu dem entsprechenden anderen Rohr. Nun stand er sicher auf der Leiter. Doch hatte er sich noch um keinen Millimeter nach unten bewegt.

Minutenlang blieb er so auf der Leiter stehen. Er begann zu hyperventilieren und seine Lunge nahm mehr Sauerstoff auf als benötigt. Ein erneutes Schwindelgefühl stellte sich ein. Allen glaubte nicht, dass er jemals wieder von dieser Leiter herunterkommen würde. Seine Hände wurden nass vor Schweiß und begannen auf dem glatten Metall zu rutschen. Krampfhaft versuchte er sich zu halten, doch er wusste, dass er in die Tiefe stürzen würde, wenn er jetzt nicht handelte. Seine Hände rutschten immer weiter ab und so folgten instinktiv seine Füße. Tritt um Tritt stieg er gezwungenermaßen die Leiter hinab. Schneller als erwartet betrat er den nächsten Rundgang. Seine Beine zitterten, nein, eigentlich sein ganzer Körper. Er löste seine Finger von den Rohren und sackte zu Boden. Erschöpft blieb Allen eine Weile sitzen und versuchte seinen Atem unter Kontrolle zu bringen. Er wusste, dass er diese ganze Tortur noch mehrfach bewältigen musste. Ein schepperndes Geräusch, vom Hallenboden kommend, ließ ihn zusammenzucken …

***

Special Ops

Der Sektionschef stand vor dem unscheinbaren Hangar, der ungetarnt und nur für die Öffentlichkeit angelegt worden war. Dieser Bau, wie auch etliche andere, sollte Neugierige davon überzeugen, dass die Area 51 nichts weiter als ein normaler, wenn auch geheimer Stützpunkt der Luftwaffe sei. Seit es Google Earth und ähnliche Plattformen im Internet gab, konnte jeder Interessierte jeden Punkt auf der Erde von oben betrachten. So dachte zumindest der unbedarfte Internetuser. Der Sektionschef wusste es besser. Hier auf dem Gelände gab es mehr getarnte Gebäude als sichtbare. Zum Teil wurden die Bauten elektronisch vor Satelliten und Spähflugzeugen verborgen. Lichtwellenbrechung war nur eines der Zauberwörter. Doch eben diese elektronische Tarnung war ausgefallen. Viel gefährlicher jedoch war der Ausfall der Sicherheitskontrolle. Keine der unterirdisch angelegten Abteilungen war mehr steuerbar. Türen und Schleusen konnten von Hand geöffnet werden oder sprangen von selbst auf. Zusätzlich war die optische Überwachung ausgefallen, sodass niemand wusste, was sich dort unten ereignete.

Der Sektionschef hatte seine Soldaten aus der Anlage zurückbeordert, nachdem ein Trupp verschwunden war. Die letzten Bilder ihrer Helmkameras ließen nur den Schluss zu, dass die Soldaten ums Leben gekommen waren.

Müde schaute der Sektionschef sich um. Er war nun schon viele Stunden im Einsatz, ohne dass er sich eine Pause gegönnt hatte. Nun, da er sich einige Minuten Ruhe gönnte, merkte er, dass eine bleierne Müdigkeit von ihm Besitz ergriff. Herzhaft gähnte er, ohne sich bewusst zu sein, dass einige seiner Sicherheitskräfte in der Nähe Stellung bezogen hatten. Doch keiner der Männer machte seinem Vorgesetzten einen Vorwurf über diese menschliche Regung. Sie selbst waren erschöpft und der Verlust ihrer Kameraden nagte zusätzlich an ihnen.

Ein dumpfes brummendes Geräusch verscheuchte die Müdigkeit des Sektionschefs jedoch sofort. Gerne hätte er noch einige Minuten entspannt, doch seine Verantwortung ließ keine weitere Pause zu. Das Brummen wurde lauter und verwandelte sich in ein knatterndes Geräusch. Hier kam die Hilfe, die er vor zwei Stunden angefordert hatte. Endlich!

Nur Minuten später setzten zwei CH-147F Transporthubschrauber direkt vor dem Hangar auf. Mechanisch erzeugte Windböen peitschten über den Platz, verebbten mit dem Auslaufen der Turbinen und erstarben dann. Die Seitentüren der dreißig Meter langen Kolosse sprangen auf. Soldaten in Kampfanzügen sprangen heraus und nahmen sofort Aufstellung. Ein groß gewachsener Soldat, ein Colonel, kam direkt auf den Sektionschef zu. Er blieb keinen halben Meter vor ihm stehen und salutierte eher lässig. Der Sektionschef erwiderte den Gruß mit der gleichen Attitüde und grinste müde. Er kannte den Colonel aus früheren Einsätzen. Dabei hatten sich die Männer angefreundet. Formlos sagte der Sektionschef:

»Es freut mich Rick, dass sie dich geschickt haben. Ich wusste gar nicht, dass du ein Kommando der Special Ops führst.«

»Wie du weißt, mein Lieber«, entgegnete der Colonel, »wird bei uns alles geheim gehalten. Bei dir scheinbar auch. Ich dachte, du seist in Washington im Umfeld unseres Präsidenten tätig.«

Zum Glück hatte der Colonel den letzten Satz fast flüsternd ausgesprochen. Der Sektionschef zuckte kurz zusammen, schaute, wer sich in der Nähe aufhielt und atmete auf. Die nächste Person stand mindestens fünf Meter entfernt. Er beugte sich etwas vor und sagte ebenso leise:

»Für „Ihn" bin ich immer noch tätig. Doch auch dies ist geheim. Also sprich mich bloß nicht mit meinem richtigen Rang oder Namen an. Verstanden?«

»Alles klar«, antwortete der Colonel wenig militärisch. »Also, weihe mich mal ein. Was ist passiert? Man hat uns nur den Marschbefehl gegeben und an unsere Verschwiegenheit erinnert.«

»Es sind eine Menge gefährlicher Dinge geschehen. Lass uns nach unten fahren und zusammen eine Strategie für den Einsatz deiner Männer erarbeiten. Wir müssen uns beeilen, ehe noch Schlimmeres geschieht.«

»Was ist mit meinen Männern?«

»Mein Stellvertreter wird sich um sie kümmern und auch die nachfolgenden Einheiten einweisen.«

Der Sektionschef winkte einem bereitstehenden Offizier herbei und gab ihm seine Befehle.

***

Kalte Enge

Der Aufprall war hart und schmerzhaft gewesen. Benommen lag Sergeant Owen Fields irgendwie verklemmt in einem metallenen Rohr. Eine starke Luftströmung brauste an ihm vorbei und ließ ihn frösteln. Seine nasse Kleidung hing wie zerrender Ballast an ihm. Er war an einem Punkt seines Lebens angekommen, an dem er nicht wusste, ob er aufgeben und sich seinem Schicksal ergeben oder kämpfen sollte. Claire, seine Frau, schwanger mit ihrem dritten Kind, eroberte sein Denken. Nur vor ein paar Stunden hatte er sie zum letzten Mal gesehen und doch schien unendlich viel Zeit vergangen zu sein, seit sie ihm zum Abschied zugelächelt hatte. Würde er sie und die Kinder jemals wiedersehen? Clairs Lieblingssong von Ronan Keating erklang leise in seiner Gedankenwelt. Die Absurdität seiner Gedanken wich verzweifelten Gefühlen. Da hing er nun, verkeilt in einem Belüftungsrohr einer Klimaanlage, und begann leise das Lied zu singen:

»Sometimes late at night
I lie awake and watch her sleeping
She's lost in peaceful dreams
So I turn out the lights and lay there in the dark
And the thought crosses my mind
If I never wake up in the morning
Would she ever doubt the way I feel
About her in my heart

If tomorrow never comes
Will she know how much I loved her
Did I try in every way to show her every day
That she's my only one
If my time on earth were through
She must face this world without me
Is the love I gave her in the past
Gonna be enough to last
If tomorrow never comes«

Selbstmitleid und Tränen erstickten sein Singen. Lautes Schluchzen nahm stattdessen seine nasse, kalte Welt ein. Nach einer kleinen Weile beruhigte er sich. Widerstand formte sich und rief ärgerliche Wut herbei. Nein, er, Sergeant Owen Fields, würde nicht aufgeben! Er würde seine Familie wiedersehen! Die Schmerzen, die ihn immer noch peinigten, waren ein Zeichen, dass er noch am Leben war. Ein plötzlicher Stich in seiner rechten Wade kündigte einen baldigen

Krampf an. Noch mehr Schmerzen? Nein, verdammt! Owen tastete mit seinen Händen das vermaledeite Rohr ab. Er brauchte einen Hebel, einen Halt, um sich aus seiner misslichen Lage zu befreien. Er drehte sich hin und her, er verbog seinen Körper und streckte sich, soweit er konnte. Durch sein Tasten hatte er herausgefunden, dass er in einem Knick festhing. Eine ganze Weile versuchte er freizukommen und fürchtete dabei, dass er sich so in der Rohrbiegung verkeilt hatte, dass er rettungslos feststeckte. Einen Moment lag Owen ruhig und versuchte sich zu entspannen, was bei einer Haltung kopfüber nicht gerade leicht war. Dadurch löste er seine Muskeln, hielt sich nicht mehr fest oder drückte gegen die Rohrwand. Wie von Zauberhand angeschoben, rutschte auf einmal sein Körper aus der Rohrbiegung. Zuerst verblüfft über die wundersame Rettung, dann aber seine immer noch unvorhersehbare Lage erkennend, schaute er nach vorne. Soweit er erkennen konnte, Licht drang in regelmäßigen Abständen durch kleine Schlitze am Boden der Röhre, führte der Lüftungskanal weiter, als er ausmachen konnte. Er gönnte sich noch einen Moment Ruhe und versuchte sich danach in eine kniende Haltung zu bringen. Tatsächlich, das Rohr war hoch genug für sein Vorhaben. Langsam, ihm schmerzte noch der ganze Körper, krabbelte er auf allen Vieren durch das Rohr. Nach einigen Metern hielt er an den nun gut erkennbaren Lüftungsschlitzen am Boden der Röhre an und späte hindurch. Viel konnte er allerdings nicht erkennen. Unter ihm lag ein nichtssagender Büroraum. Zwei Schreibtische, zwei Stühle, Computer, doch keine Menschenseele. Das war schon merkwürdig. Bisher hatte er hier unten noch niemand getroffen, wenn er von dem Babymonster und dem nackten Alien einmal absah. Wo waren denn all die Leute, die hier arbeiteten? Egal, er musste weiter.

Owen arbeitete sich durch die Röhre und kontrollierte dabei jeden Raum unter den Lüftungsschlitzen. Einmal glaubte er, eine Bewegung wahrgenommen zu haben. Doch als er gespannt wartete, fast eine halbe Stunde lang, bewegte sich nichts mehr. Verdrossen setzte er seine Suche fort und hoffte, dass er bald eine Wartungsklappe fand und dadurch den Lüftungskanal verlassen konnte. Als er schon fast nicht mehr daran glauben wollte, dass er tatsächlich einen Ausstieg aus dem Rohr finden würde, erblickte Owen eine leichte Ausbuchtung circa drei Meter vor sich. Hastig rutschte er zu der Stelle. Tatsächlich, er hatte richtig vermutet.

Er kniete direkt vor einer Wartungsklappe. Es machte ihm keine Sorgen, dass die Klappe natürlich von außen verriegelt war. Solche Verschlüsse hielten in der Regel gerade einmal den Deckel in Position. Owen rutschte näher und drückte mit beiden Händen auf die Klappe. Sie bewegte sich, das war schon einmal gut. Nun stemmte er sich mit beiden Armen dagegen. Sie bewegte sich stärker als vorher, doch der von ihm erhoffte Erfolg blieb vorerst aus.

Owen überlegte, wie er nun vorgehen sollte. Er entschloss sich, sein ganzes Gewicht auf die Klappe zu bringen. Dazu rutschte er nach vorn und kniete nun darauf. Dann richtete er sich so weit auf wie es eben möglich war und drückte mit seinen Händen über seinen Kopf hinweg gegen das Rohr. Voller Kraft presste er zu und versuchte gleichzeitig, Druck mittels seiner Knie auf die Klappe zu bringen. Ein knallendes Geräusch, fast wie ein Schuss, zeugte vom Ende der Verriegelung. Die Klappe schwang nach unten weg und Owen verlor seinen Halt. Er stürzte regelrecht durch die entstandene Öffnung. Hart prallte er, immer noch kniend, auf den darunterliegenden Boden eines Ganges. Er stöhnte vor Schmerz und Erleichterung. Dabei hatte er zunächst keinen Blick für seine Umgebung. So erschrak er und zuckte unkontrolliert zusammen, als jemand direkt hinter ihm fragte:

»He Mister, alles in Ordnung?«

***

Über den Zaun

Sie hatten sich am späten Vormittag des vergangenen Tages auf den Weg gemacht, wie schon so oft zuvor. Ihr Jeep war mit Wasser und Lebensmitteln für drei Tage beladen. Dazu mit einem Zelt und zwei Schlafsäcken. Die wertvollste Ausrüstung luden Gerry Patino und sein Freund Stan Bowman allerdings erst zum Schluss ein. Dabei handelte es sich um leistungsstarke Ferngläser, ein selbst gebautes Magnetometer und ein Funkgerät, dessen Besitz alleine schon eine Straftat darstellte. Dieses Funkgerät hatten sie von einem Angestellten der US Luftwaffe erworben und einen gehörigen Preis für dieses gestohlene Equipment gezahlt. Mit diesen Tools, so hofften die beiden, würden sie dem Geheimnis der Area 51 näherkommen. Sie wollten mit eigenen Augen sehen, was dort vor sich ging.

Schon viele selbst ernannte Ufologen und Verschwörungstheoretiker hatten versucht, sich Zutritt zu dem Gelände zu verschaffen. Das war strafbar und eine Gefängnisstrafe sicher, wenn man erwischt wurde. Außerdem hatten die Wachsoldaten Schießbefehl, der allerdings noch nie angewendet worden war, zumindest soweit man wusste.

Die beiden Hobby-Ufologen verließen Las Vegas und fuhren auf der US 93 Richtung Norden. Nach etwas mehr als zwei Stunden erreichten sie Alamo und stoppten für einen Kaffee bei Great Basin Foods. Das war Teil ihrer Routine, denn sie waren diese Strecke schon viele Male gefahren.

Kaum saßen sie an einem der kleinen Tische, den dampfenden Kaffeebecher vor sich, kramte Gerry in seinem Rucksack. Nach einigem Wühlen zog er eine altmodische Faltkarte heraus und legte diese auf den Tisch. Er faltete die Karte auf und beugte sich halb darüber. An seinen Freund gewandt, der nun auch interessiert auf die Karte schaute, sagte er:

»Also, pass auf! Ich habe mir die Wetterdaten des vergangenen Monats angeschaut und dabei etwas herausgefunden.«

Nun deutete er auf Linien, die er selbst in die Karte eingezeichnet hatte. Über den Linien standen, in kleiner Schrift eingefügt, Zeitdaten. Stan schaute sich die Linien auf der Karte an und fragte etwas ratlos:

»Was sollen wir mit den Linien und Zeitdaten anfangen?«

Auf diese Frage hatte Gerry nur gewartet. Mit einem verschwörerischen Grinsen hob er den rechten Zeigefinger und ließ diesen dann nach unten auf eine der vielen Linien deuten.

»Das, mein Freund, ist der Wegweiser für unseren Trip.«

Er ließ seine Worte einige Sekunden wirken und fuhr mit seiner Erklärung fort, ehe Stan sich eine weitere Frage einfallen lassen konnte.

»Ich habe, wie schon gesagt, die Wetterdaten der letzten vier Wochen ausgewertet. Die Linien zeigen die entsprechenden Luftströmungen der dazugehörigen Tage an.«

Gerry schaute Stan an und wartete, dass dieser seinem Gedankengang gefolgt war. Doch Stan verstand überhaupt nichts und kratzte sich verlegen am Kopf. Was sollte das Gerede von Luftströmungen? Wollten sie einen Drachen steigen lassen? So fragte er leicht genervt:

»Was soll die blöde Fragerei? Sag halt, was du herausgefunden hast. Luftströmung? Willst du etwa abheben und fliegen?«

»Haha! Du bist schon nahe dran! Nicht wir fliegen, sondern die anderen!«

»Die anderen? Wer fliegt wohin?«

»Nun sei mal nicht so begriffsstutzig! Wer wohl? Natürlich die Mitarbeiter von der Area 51. Wer denn sonst?«

Gerry hatte seine Stimme erhoben, da er nicht glauben konnte, dass sein Kumpel seinen Ausführungen nicht folgen konnte. Einige der Gäste schauten zu ihnen herüber, widmeten sich aber gleich darauf wieder ihren eigenen Angelegenheiten. Einige schüttelten den Kopf über die Verrückten. Es kamen ständig Leute dieser Art hierher, die nach UFOs oder anderen unglaublichen Dingen suchten. Nur ein Mann, der an einem Tisch weiter hinten im Lokal saß, war wirklich aufmerksam geworden. Er war ein eher unauffälliger Typ, den man einfach übersah. Genau das war seine Stärke. Niemand erinnerte sich an ihn und durch kleine Korrekturen seines Äußeren verstand er es, auch bei wiederholten Besuchen der von ihm observierten Örtlichkeiten nicht wiedererkannt zu werden. Er arbeitete für Homeland Security als Zuträger und ermittelte ständig, welche Personen sich der Area 51 näherten. Dabei entschied er gleich vor Ort, welche Beobachtungen er melden würde.

Gerry und Stan bemerkten die Observation des unscheinbaren Mannes nicht. Zu sehr waren sie mit sich selbst und ihrer Planung beschäftigt. Gerry, selbst erschrocken über seinen ärgerlichen Ausbruch, erklärte seinem Freund nun mit leiser Stimme seine Gedankengänge.

»Also Stan. Noch mal von vorn. Wir wollen doch wissen, was sich in der Area abspielt. Dazu müssen wir so dicht heran, wie es nur geht. Wie du weißt, ist das Areal durch Wacheinheiten, einen

Zaun und Bewegungssensoren gesichert. Nun habe ich mir überlegt, dass diese Sensoren inaktiv sein müssen, wenn sich ein Flugzeug im Landeanflug befindet. Ansonsten hätten die Wachmannschaften ständig Alarm. Also schaltet man die Sensoren immer ab, wenn ein Flugzeug zur Landung ansetzt. Die Frage hierbei ist, aus welcher Richtung es einschwebt und genau das kann ich dir sagen!«

»Ja, aber wie kannst du das wissen?«

»Das erkläre ich dir gerade. Es hängt davon ab, aus welcher Richtung der Wind weht. Durch meine Beobachtungen, wie sich das Wetter verhält, kann ich ganz gut einschätzen, von welcher Seite ein Flugzeug kommt, das auf der Area landet. Dadurch wissen wir, in welchem Korridor die Sensoren abgeschaltet werden.«

»Das ist ja ein Ding, Gerry. Worauf warten wir dann noch?«, rief Stan aufgeregt.

Keine zehn Minuten später verließen die beiden das Lokal und setzten ihre Fahrt fort. Einige Minuten darauf verließ auch der unscheinbare Mann das Lokal, setzte sich in einen alten Honda und fuhr ebenfalls nach Norden.

Nur zwanzig Kilometer weiter verließen sie die US 93 und bogen bei Crystal Springs auf den Extraterrestrial Highway 375 Richtung Westen ein. Weiter ging es durch die Wüste und nach circa fünfundzwanzig Kilometern stoppten sie an einer unbefestigten Straße, die kaum ihren Namen verdiente. Sie stiegen aus und schauten nach Westen die Straße entlang, die zu einer Bergkette führte. Bezeichnenderweise war dieser staubige Weg auf den Landkarten als 51 Road bezeichnet. Nun befanden sie sich in der unmittelbaren Umgebung der Area 51, die von ihrem jetzigen Standort in rund vierzig Kilometern Luftlinie zu finden war. Bis zu der Bergkette konnten sie der staubigen Straße folgen, ehe das verbotene Gelände begann.

Die Dämmerung setzte bereits ein,, als sie zu dem Punkt kamen, der letzten legalen Stelle, welche man mit einem Auto erreichen konnte. Die 51 Road war zur Groom Road geworden. Gerry und Stan parkten ihren Wagen auf einem planierten Stück Wüste, das von den anderen UFO-Enthusiasten ebenfalls gerne genutzt wurde. Auch heute hatten sich einige Besucher eingefunden. Manche schossen ein Erinnerungsfoto vor dem Warnschild, das darauf hinwies, dass das Betreten dieser Air Force Einrichtung nur mit einer Sondergenehmigung gestattet war und ansonsten strafbar sei. Als besondere Warnung wurde noch darauf hingewiesen, dass auf dem folgenden Gelände Bombenabwürfe und Schießübungen stattfanden.

Gerry öffnete die Heckklappe des Jeeps und zog eine Kühlbox nach vorne. Stan stellte unterdessen zwei Campingstühle neben den Wagen. Sie würden hier warten, bis die Nacht hereinbrach, so wie einige der anderen UFO-Freunde um sie herum auch. Jetzt schon in Richtung Zaun aufzubrechen wäre zu gefährlich, obwohl der Zaun nur gute neunhundert Meter entfernt hinter dem nächsten Hügel lag.

Als die Dämmerung einsetzte, machten sie sich auf den Weg. Sie wussten, dass die Wachen am Zaun in einer halben Stunde Schichtwechsel hatten. Das bot zumindest eine Möglichkeit, direkt zum Zaun vorzudringen. Von den anderen Besuchern unbeachtet, liefen Gerry und Stan ein Stück die Straße hinunter und verschwanden dann rasch in den Büschen. Sie beeilten sich, den vor ihnen liegenden Hang zu erklimmen. Oben angekommen konnten die beiden den Zaun erkennen, der das gesamte Areal der Area 51 umschloss. Auf den Zaunpfosten waren kleine rote LED Lampen angebracht, die tückisch in die Nacht zu funkeln schienen. Weiter rechts sah man gerade noch das Zufahrtstor und das Wachhaus dahinter.

Gerry schaute auf seine Uhr. Gleich sollte ein Versorgungsflugzeug auftauchen. Wenn er sich nicht verkalkuliert hatte, dann musste die Maschine direkt über sie hinweg in die Area einschweben. Womit er jedoch nicht gerechnet hatte war, dass der Zaun vermutlich zu einem Alarmsystem gehörte. Die roten Lampen deuteten zudem an, dass der ganze Zaun elektrisiert war. Das hieß, bei Berührung sofortiger Alarm und im schlimmsten Fall ein tödlicher Stromschlag. Verbissen schaute er hinunter zum Zaun, als könne er diesen dazu bringen zu verschwinden. Stan hatte auch verstanden, dass ihr Ausflug, ihr Abenteuer, hier enden würde. Verdrossen setzte er sich auf den Boden und starrte ebenfalls den Zaun an.

Unerwartet heulten die Sirenen am Wachhaus auf und die roten Lampen am Zaun begannen zu blinken. Stan und Gerry schauten sich erschrocken an. Waren sie entdeckt worden? Noch während sie überlegten, ob ihnen eine schnelle Flucht gelingen konnte, erloschen die Lichter am Zaun und die Sirene verstummte. Auch das ansonsten hell erleuchtete Wachhaus lag nun im Dunkeln. Plötzlich geisterten von dort Lichtfinger durch die Nacht und Fahrzeuge wurden gestartet. Undeutlich sahen Gerry und Stan, wie einige Soldaten in die Fahrzeuge sprangen, die sofort darauf, kaum waren die Türen geschlossen, abfuhren.

Gerry drehte sich zu Stan um und sagte mit eindringlichem Ton:

»Das ist unsere Gelegenheit! Los, komm schnell zum Zaun, ehe das Licht wieder angeht.«

Stan nickte nur, was Gerry in der herrschenden Dunkelheit nur undeutlich erkannte und rannte los. Gerry, sich über die Spontanität wundernd, lachte und rannte seinem Freund hinterher. Kurz darauf standen sie am Zaun, der nur etwa zweimeterfünfzig hoch war. Stan streckte vorsichtig seine Hand aus und griff in die Maschen. Innerlich rechnete er mit einem Stromschlag, doch zum Glück geschah nichts. Eilig setzten sie ihre Rucksäcke ab und warfen diese mit Schwung über den Zaun. Dann krallten sie ihre Finger in die Stahlmaschen und zogen sich nach oben. Es dauerte keine Minute und sie standen auf dem Gelände der Area 51. Fast andächtig legte Gerry seinen Arm um Stans Schulter.

»Wir haben er geschafft, Stan. Mach schon, das Abenteuer wartet.«

***

Verdammte Menschen

Zasdosh hatte sich befreien können und er hatte sich gerächt. Diese verdammten Menschen hatten geglaubt, ihn festhalten zu können. Weit gefehlt, wie sich nun gezeigt hatte. Zasdosh spürte noch immer die nagende Kränkung, dass es den Menschen gelungen war, ihn zu überwältigen. Man hatte ihn verschleppt und eingesperrt. Jahrelang hatte er auf seine Chance gelauert. Seinen Peinigern gegenüber hatte er sich kooperativ gezeigt. Sie wollten Informationen, wollten wissen, was draußen im Weltraum vor sich ging. Er hatte ihnen viel erzählt, meistens Lügen und sie gezielt desinformiert. Doch diese Menschen waren nicht dumm und enorm gefährlich. Solch eine Rasse durfte niemals den Weg zu den Sternen finden. Er hatte mittels ihres Informationssystems gesehen, was Menschen sich gegenseitig antaten. Nicht auszudenken, was sie mit einer fremden Rasse anstellen würden. Sie waren Barbaren, die vor nichts zurückschreckten. Deshalb musste er entkommen. Durch einen unvorsichtigen Wissenschaftler hatte er erfahren, dass hier in dieser Station Raumschiffe einiger Sternenvölker verwahrt wurden. Natürlich wussten die Menschen nicht, wie die Raumschiffe bedient wurden. Noch nicht! Eines nicht fernen Tages würden sie in die Raumschiffe steigen und andere Welten erkunden. Grauen würde über die Völker der Milchstraße hereinbrechen, unglaubliches Grauen.

Ein kehliges Knurren entfuhr Zasdosh, als er daran dachte, wie er einige ihrer Soldaten getötet hatte. Einen kleinen Moment hatte er ein Gefühl tiefer Befriedigung erfahren. Doch dieses Gefühl war der kalten Realität zum Opfer gefallen. Er eilte durch die Gänge, auf der Suche nach einem Raumschiff. Er wusste, dass nicht weit von seinem Gefängnis ein Hangar lag. Dort wollte er versuchen, aus dieser Station zu entkommen. Er rannte so schnell er nur konnte. Er hatte sich, nach alter Tradition, die unbequemen Schuhe von seinen Füßen gezogen. Genüsslich hatte er seine Krallen ausgefahren und war dann auf allen Vieren davongespurtet. Schon seine Vorfahren hatten sich so durch die Savannen von Nikam bewegt. Ab und zu spürte er bei seinem schnellen Lauf Menschen in seiner Nähe. Gern hätte er auch ihnen seinen Zorn gezeigt, doch sein Fokus galt nur seiner Flucht. Nach einer Weile glaubte er, dass er sich verirrt oder der Wissenschaftler ihn angelogen hatte. Er wurde langsamer und blieb schließlich stehen.

Zasdosh versuchte sich zu orientieren. Er war bislang dem Hauptkorridor gefolgt und hatte sich nicht um Abzweigungen gekümmert. Vielleicht war das sein Fehler gewesen. Er drehte sich um und lief nun langsamer. Dabei versuchte er, die Schilder und Zeichen an den Gangwänden zu entziffern. Die Menschen benutzten eine Sprache, die ihm sehr kompliziert erschien. Vielleicht hätte er sich doch die Zeit nehmen sollen, ihre Sprache zu studieren. Nach einer Weile zweigte ein kleiner Gang rechts ab. Zasdosh wunderte sich, dass er ihn übersehen hatte. Erneut brandete Ärger in ihm auf, nur dass er sich dieses Mal auf ihn selbst bezog. Ohne zu zögern betrat er den

Korridor. Keine hundert Meter entfernt stieß er auf eine breite, massiv aussehende Stahltür mit einem Zahlenpanel und einem ebenfalls aus Stahl gefertigten großen Rad auf dem Türblatt. Diese Technik verstand er und es schien, dass für manche Dinge in der Galaxis die gleichen Lösungen gefunden wurden. Aufgeregt drehte er an dem Rad und hatte sofort Erfolg. Die Tür ließ sich, wenn auch unter erheblicher Kraftanstrengung, aufziehen. *Wieso haben die Menschen diese Tür nicht besser abgesichert*, fragte er sich verwundert.

Seine Verwunderung und den Korridor hinter sich lassend, durchschritt er das stählerne Tor und hätte fast seine Freude herausgebrüllt. Im letzten Moment hielt er sich zurück, er wollte diese lästigen Menschen ja nicht herbeirufen und beließ es schließlich bei einem gurgelnden Knurrlaut. Vor ihm stand ein Raumschiff, das eindeutig nicht irdischer Produktion entstammte. Das Schiff war zwar nicht besonders groß, doch es würde, da war sich Zasdosh sicher, seinen Anforderungen entsprechen. Er legte seinen Kopf in den Nacken und schaute nach oben. Der Schacht führte weit hinauf und war verschlossen. Doch das waren Probleme, mit denen er gerechnet hatte und die lösbar waren. Er drehte sich noch einmal um und verschloss die Stahltür. Mit einem kurzen Spurt erreichte er das Raumschiff und tauchte in dessen Schatten ein.

***

Mit einem Killer unterwegs

Die Tür klappte geräuschvoll zu und Jack zuckte zusammen. Er verfluchte innerlich seine Schreckhaftigkeit. Ihr ungebetener Begleiter, dieser Brian Spiller, machte ihn nervös. Birdy hingegen strahlte den Killer an, als wäre dieser ein Held aus einer TV-Serie. Naja, Serie stimmte zumindest fast, denn Spiller war ein Serienkiller und als Schlächter von Virginia zu zweifelhaften Ruhm gekommen. Jack musste eine Gelegenheit finden, um alleine mit Birdy zu sprechen.

Sie standen in einem breiten Gang, der ihnen drei Optionen zur Auswahl bot. Sie konnten nach links oder rechts abbiegen oder geradeaus bis zu einer Doppeltür in circa fünfzig Metern gehen. Was hinter dieser Tür lag, konnten sie von ihrem Standort aus nicht erkennen, obwohl die Doppeltür in jedem Flügel ein Fenster zu bieten hatte.

»Wir schauen erst einmal, wohin die Tür dort vorne führt«, verkündete Brian Spiller und setzte ungefragt voraus, dass ihm Jack und Birdy folgen würden. Ohne auf eine Antwort seiner Begleiter zu warten, marschierte Brian los. Birdy hatte immer noch das bewundernde Grinsen auf den Lippen. Er folgte sofort der Anweisung des Killers und als er bemerkte, dass sein Freund zögerte, rief er beschwingt:

»Los, komm schon Jack! Beeil dich!«

Irgendwie unwillig fügte Jack sich und ging den Männern nach. Kurz darauf standen sie vor der Doppeltür und schauten durch die Fenster. Jack versuchte einzuordnen, was er dort sah. Die Alltäglichkeit, die Normalität, die überhaupt nicht hierher zu passen schien, ließ seine Gedanken nur träge fließen. Er hatte mit einer hoch technisierten, militärischen Anlage gerechnet, vielleicht auch mit einem Labor oder einer Forschungsstation – doch das? Das war einfach nur ein Bahnhof, zwar unterirdisch, aber das war auch nichts Besonderes. Eben ein U-Bahnhof. Dort waren sie angekommen, das wusste er. Aber konnten sie die Anlage oder Station auf dem gleichen Weg verlassen?

Er stieß die Tür auf, ohne darauf zu achten, was Brian Spiller oder Birdy dazu sagen würden und ging bis zum ersten Bahnsteig. Zwei Gleise führten nach rechts und links in die Dunkelheit eines Tunnels. Jack drehte sich um sich selbst und betrachtete den unterirdischen Bahnhof. Zwei Gleise, zwei Bahnsteige, keine Züge. Neben der Doppeltür, durch die sie gekommen waren, Brian und Birdy standen mittlerweile ebenfalls auf dem Bahnsteig, führte eine Treppe nach oben. Weiter hinten am Bahnsteig war eine weitere Treppe zu sehen, wie auch eine weitere Doppeltür. Unentschlossen ging Jack näher an die Bahnsteigkante heran, nicht wissend, nach was er eigentlich suchte, als er ein fernes Geräusch wahrnahm. Es dauerte ein bis zwei Sekunden, ehe er wusste, was er da hörte. Es waren Schritte, nein, eher hastige Laufgeräusche von vielen Füßen. Sein Instinkt, der ihm in den Jahren auf der Straße schon oft geholfen hatte, ließ ihn von der Bahnsteigkante hinunter auf das Gleisbett springen. Dort ging er in die Hocke und presste sich an die rohe Betonwand. Aus den Augenwinkeln heraus sah er, dass der Killer und Birdy ebenfalls zu ihm herabsprangen und in Deckung gingen. Gerade noch rechtzeitig, denn fast im gleichen Moment hörten sie, wie eine Gruppe Menschen unbekannter Anzahl auf dem Bahnsteig eintraf. Leise Befehle, die dennoch durch die akustische Beschaffenheit, die auf allen Bahnhöfen gleich zu sein schien, konnten Jack und seine Begleiter dennoch verstehen. Das waren Soldaten, keine Frage. Sie waren hier, um, wie er aus den Befehlen schließen konnte, die Lage zu sichern. Also, folgerte Jack, war die Lage im Moment unsicher. Das war kein gutes Zeichen. Etwas war geschehen, von dem er nichts wusste. Etwas, was ihm aber vielleicht das Leben retten konnte. Wenn die Lage bei seiner Ankunft hier sicher gewesen wäre, dann säße er bestimmt nicht hier im Gleisbett eines unterirdischen Bahnhofs. Andererseits machte ihn die Feststellung, dass die Lage unsicher war, nervös. Was war geschehen, das so schlimm oder gefährlich war, dass man ihn und die anderen Gefangenen, denn das waren sie mit Sicherheit, ohne Aufsicht gelassen hatte? Das Personal dieser Anlage musste geflohen sein. Nun schickte man Soldaten, um die Lage zu bereinigen. Dieses Wort war auch gefallen und bescherte Jack regelrecht Bauchschmerzen. Was sollten die Soldaten bereinigen? Er glaubte nicht, dass damit die Leute im Saal, die Entführungsopfer gemeint waren, jedenfalls nicht nur, sondern etwas anderes sorgte hier unten zusätzlich für Unruhe. Etwas Gefährliches! Gefährlich für die Betreiber dieser Station? Gefährlich nur für die Soldaten oder auch gefährlich für ihn und seine Begleiter?

Jack kam nicht mehr dazu, diesen Gedanken zu Ende zu denken. Von weiter hinten hörte er einige spanische Worte:

»¡Precaución! Soldados malditos!«, was so viel wie *Achtung! Verdammte Soldaten!* hieß. Jack hatte in seinem früheren, noch bürgerlichen Leben spanisch gelernt und verstand deshalb den Rufenden. Der hatte seine Warnung kaum über den Bahnsteig gerufen, als das Rattern von Maschinenpistolen die Luft erzittern ließ. Die Spanier, Jack vermutete eher, dass es sich um Mexikaner handelte, waren auf der anderen Seite der Gleise auf dem dortigen Bahnsteig aufgetaucht. Sie hatten die Soldaten wohl zu spät bemerkt. Auch diese feuerten nun, nur wenige Schritte von Jack, Birdy und Brian Spiller entfernt. Es konnte nur noch eine Frage von Minuten sein, ehe Jack und seine Begleiter von den Soldaten entdeckt oder von den Geschossen der Mexikaner getroffen wurden. Die Lage schien aussichtslos.

Direkt über ihnen ragten einzelne Waffen über den Rand des Bahnsteiges. Sie spuckten Feuer und überschwemmten die Bahnhofshalle mit enervierendem Lärm. Jack rutschte, dicht an die Mauer gedrückt, auf allen Vieren nach links davon. Dabei versuchte er, möglichst nicht aufzufallen. Im Moment waren die Soldaten mit den unbekannten Gegnern auf der anderen Seite des Bahnhofes beschäftigt. Doch das konnte sich schnell ändern. Bis dahin mussten Jack, und wenn es ging auch Birdy, ein Versteck gefunden haben. Jack konnte sich im Moment nicht um seinen Kameraden kümmern. Er hoffte nur, dass Birdy ihm folgen würde. Was aus dem Killer wurde, war Jack ziemlich egal. Nach einigen Metern entdeckte er einen Gitterrost, welcher in die Wand eingelassen war. Sofort untersuchte er es und fand zum Glück zwei kleine Metallriegel, die es verschlossen. Es dauerte nur zwei Sekunden und das Gitter klappte nach unten. Jack steckte seinen Kopf durch die Öffnung. Zu seiner Freude stellte er fest, dass ein Versorgungsgang dahinter lag und nicht, wie von ihm vermutet, ein Lüftungsschacht. Schnell rutschte er durch die Öffnung und nach einer geschickten Drehung stand er in dem schmalen Gang. In Brusthöhe befand sich der Gitterrost, was es ihm erleichterte, nach Birdy zu schauen. Noch ehe Jack sich nach draußen beugen konnte, fiel ein Schatten auf ihn. Er zuckte erschreckt zusammen. Doch es war nur Birdy, der ihm mit dem Kopf voran entgegenrutschte. Jack fing seinen Freund mit beiden Händen auf und zog ihn in den Gang. Unmittelbar hinter Birdy schob sich Brian Spiller durch die schmale Öffnung. Ein breites Grinsen lag auf seinen Lippen. Er hielt etwas in der Hand und erst beim zweiten Blick erkannte Jack, dass der Killer eine Maschinenpistole an sich gebracht hatte. Noch ehe er irgendetwas sagen konnte, beugte sich Brian nach vorne und schloss das Gitter, indem er ein Stück Papier, niemand wusste, wie er das auf einmal herbeigezaubert hatte, zwischen Gitterrand und Wand steckte. Diese Konstruktion würde zwar nicht lange halten, doch für den Moment reichte sie aus. Dann drehte sich der Killer zu seinen Begleitern um, hob triumphierend die Waffe nach oben und sagte voller Stolz:

»Die Knarre habe ich einem toten Soldaten abgenommen. Der braucht sie eh nicht mehr!«

Jacks Nackenhaare stellten sich auf und er fröstelte.

***

Wüstes Land

Der Mond beleuchtete das karge Land nur ungenügend. Schwarze Schatten drohten, Dornen verfingen sich an Hosenbeinen, Sandboden erschwerte das Laufen. Dennoch beflügelte Gerry und Stan die Gewissheit, dass sie geschafft hatten, was nur Wenigen gelungen war. Sie befanden sich innerhalb des schwer gesicherten Areals, des Nellis Airfields, welches unter der Bezeichnung Area 51 weltweit bekannt war. Dass sie sich mit ihrem Eindringen auf das Gelände strafbar gemacht hatten, kümmerte die beiden Männer nicht. Dass ihr Leben in Gefahr sein könnte, glaubten sie nicht. Das hier war immerhin Amerika, die USA, und damit ein Rechtsstaat. Selbst wenn man sie festnehmen würde, so konnte die Strafe für ihr Eindringen nicht so groß sein. Der Ruhm, den sie bei den UFO-Anhängern ernten würden, war das Risiko wert, bestraft zu werden. Dennoch hatten die beiden unterschätzt, dass sie mehr als zwanzig Kilometer durch die Wüste laufen mussten, ehe sie in die Nähe der ersten Gebäude kommen würden. Schweigend hingen sie ihren Gedanken nach, während ihre Füße über den unebenen Grund liefen. Längst hatten sie aufgegeben, mögliche Unebenheiten auf dem Wüstenboden zu erkennen. Einige Male waren sie schon gestolpert, doch einen Sturz konnten sie bisher vermeiden.

Gerry starrte hinaus in die Nacht und glaubte, am Horizont die Lichter der Area 51 zu erkennen. Würden sie ein UFO sehen oder gar einen Alien? Warum nicht? Endlich würde er Gewissheit bekommen und dachte dabei an seine Lieblingsserie, die X-Akten. Er fühlte sich wie Mulder, der FBI-Agent der Serie. Auch er suchte nach der Wahrheit, nach dem Unbekannten da draußen. Gerry lächelte bei dem Gedanken an den Serienhelden. Hier war er der Held und er würde der Welt die Augen öffnen. Er würde berichten, was in der Area 51 vor sich ging. Die Talkshows würden sich um ihn reißen und vielleicht drehte man sogar einen Film über sein Abenteuer.

Stan hingegen war pragmatischer. Er war eigentlich nur Gerry zuliebe mitgekommen. Bis zum Zaun war ja auch alles noch in Ordnung gewesen. Doch nun befanden sie sich innerhalb des Geländes. Stan fühlte sich unwohl in dieser Umgebung.

Was konnte nicht alles passieren? Bestenfalls würden sie festgenommen und befragt. Schlimmstenfalls würden sie das Gelände der Area 51 nicht mehr verlassen. Man konnte sie erschießen und irgendwo verscharren. Wer sollte sie denn hier finden, an einem Ort, der für die Öffentlichkeit unzugänglich war? Alles in allem trübe Aussichten. Was war er doch für ein Idiot gewesen, als er sich von Gerry überreden ließ, hierherzukommen!

Ein gezischtes „Achtung" von Gerry riss Stan aus seinen finsteren Gedanken. Vor ihnen, nicht einmal hundert Meter entfernt, waren Scheinwerfer aufgeflammt. War dort eine Straße oder ein Kontrollweg der Wachen? Von ihrer Position aus konnten die beiden Freunde nicht viel erkennen. Sofort gingen sie in die Hocke, um gleich darauf in eine unsichere Deckung hinter einem dürren Busch zu huschen. Die Scheinwerfer, es waren drei, zeigten zum Glück mit ihren Lichtfingern in Richtung der noch fernen Gebäude der Area.

»Ob die uns suchen?«, fragte Stan unsicher, ohne seinen Blick von den Lichtern abzuwenden.

»Keine Ahnung. Jedenfalls scheuen sich die Leute da vorne nicht, mit Scheinwerfern zu hantieren«, antwortete Gerry.

»Dann müssen das Soldaten sein oder völlig verblödete Eindringlinge«, konstatierte Stan.

»Wie auch immer«, flüsterte Gerry, »auf jeden Fall sollten wir erst einmal in Deckung bleiben und schauen, was noch passiert.«

Stan nickte, was sein Freund natürlich nicht sehen konnte, da es immer noch Nacht war. Nach einer Weile begannen die Lichter, es handelte sich bestimmt um leistungsstarke Taschenlampen, sich zu bewegen. Langsam entfernten sie sich in Richtung der Station.

»Wir folgen ihnen«, wisperte Gerry und erhob sich langsam. Ohne auch nur anzuzweifeln, dass sein Freund ihm folgen würde, schlich Gerry davon. Stan brauchte einige Sekunden, in denen er einen inneren Kampf mit sich selbst ausfocht. Dann erhob auch er sich und folgte seinem Freund.

»Wenn ich das nur nicht bereue«, seufzte er leise.

***

Der Saboteur

Der Sektionschef stand im Halbdunkel des Kontrollraumes. Er hatte seine Augen halb geschlossen und schien jeden Moment einschlafen zu wollen. Doch sein Geist war dennoch hellwach. Er dachte angestrengt nach, denn er hatte einen Verdacht.

Eigentlich war es unmöglich, dass sich die Türverriegelungen aller Sektionen bei den hohen Sicherheitsstandards hier in der Anlage ohne jeden Grund öffneten. Selbst wenn dies geschehen sollte, dann genügten einige Eingaben in den Steuerungscomputer, um die Türen wieder zu sichern. Dennoch war es seinen Männern bisher nicht gelungen, die Türen elektronisch zu verschließen. Es blieb nur eine Möglichkeit, die sinnvoll erschien: Jemand sabotierte das digitale Netzwerk. Er selbst hatte alle Internetverbindungen, die nach draußen führten, deaktiviert. So konnte er sicher sein, dass kein Zugriff von einem Fremden außerhalb der Anlage mehr möglich war. Trotzdem wurde jeder Versuch, das Netzwerk neu zu kalibrieren, vereitelt. Kaum waren neue Befehle zu den Türmechanismen gesendet worden, schon negierte jemand die Eingabe.

Die Männer vor den Bildschirmen, ausnahmslos Spezialisten ihres Faches, wussten nicht mehr, was sie noch versuchen sollten, um das Problem zu lösen. Diskussionen brandeten in dem sonst so ruhigen Raum auf. Der Sektionschef ließ die Männer gewähren, hoffend, dass einer von ihnen die rettende Idee gebar. Sein Blick schweifte durch den Raum, während er sich fragte, wo der Saboteur sich aufhalten konnte. Er musste innerhalb der Anlage sein Unwesen treiben. Es gab viele Möglichkeiten in der Area 51 mit all ihren Gebäuden und unterirdischen Abteilungen. Er konnte seinen Verdacht nicht aussprechen, da sonst die Gefahr bestand, den Infiltranten zu warnen.

Nicht einmal zehn Meter vom Sektionschef entfernt saß der Saboteur an einem der Bildschirmarbeitsplätze. Er war sich darüber im Klaren, dass er bald seine Blockade der Systeme aufgeben musste. Wenn man ihn erwischte, dann war ihm die Todesstrafe sicher. Doch er konnte nicht anders, er saß in der Zwickmühle.

Unbekannte waren in Las Vegas, seinem Wohnort, an ihn herangetreten. Er war Wochen vorher in eine typische Erpresserfalle geraten. Gegen seinen Sicherheitsstatus und die eindeutigen Klauseln seines Arbeitsvertrages verstoßend, hatte er in einem Casino gespielt. Er besuchte ein kleines, am Rande des Strips angesiedeltes Etablissement, das gerne von Spielern besucht wurde, die die Öffentlichkeit scheuten. Das barg natürlich das Risiko, unlauteren Gestalten über den Weg zu laufen.

Es kam, was kommen musste. In den ersten Stunden gewann er am Black Jack Tisch. Dabei konsumierte er einige Drinks und wurde euphorisch. Heute schien sein Glückstag zu sein, doch dann begann sein Verhängnis. Fortuna wandte sich von ihm ab und er begann zu verlieren. Er verfiel dem Fehler, welcher die Casinos der Stadt groß gemacht hatte. Er spielte weiter und versuchte, seine Verluste auszugleichen. Als er seinen kompletten Gewinn und sein ganzes Bargeld verspielt hatte, bot ihm das Casino einen Kreditrahmen an. Immer noch davon überzeugt, das verlorene Geld wiederzugewinnen, akzeptierte er den Kredit. Natürlich verlor er alles und stand mit erschreckenden fünfzigtausend Dollar in der Kreide, wie man so sagte. Er wurde von zwei Männern, die in geschäftsmäßigen Anzügen gekleidet waren, in ein Büro gebeten. Dort legte man ihm den erst vor Kurzem von ihm unterzeichneten Vertrag vor, der im Kleingedruckten darauf hinwies, dass er die geliehene Summe innerhalb von sieben Tagen zurückzahlen musste. Er wusste sofort, dass er solch eine Summe in so einer kurzen Zeit unmöglich aufbringen konnte. So versuchte er, eine Fristverlängerung oder eine Ratenzahlung mit den Anzugträgern zu vereinbaren. Doch die Männer ließen sich auf nichts ein. Stattdessen begannen sie zu drohen. Sie zählten einige unangenehme Optionen bei Nichtzahlung auf, wie zum Beispiel das Brechen seiner Beine oder das Amputieren von Körperteilen. Angst durchströmte ihn heiß und er beteuerte ihnen gegenüber, dass er alles daransetzen würde, seine Schulden zu begleichen.

Die folgenden Tage wurden zur Qual. Er versuchte, einen Kredit zu bekommen. Normale Banken schieden aus, da sein Arbeitgeber, das Militär, schnell bemerken würde, dass er in Geldnöten war. Das hätte zur Folge gehabt, dass er seinen Job in der Area verlor, da er eindeutige Regeln gebrochen hatte. Ein Prozess durch ein Militärgericht musste folgen und er würde, wenn er Glück hätte, nur unehrenhaft entlassen werden. Seine Existenz stand auf der Kippe. So suchte er sogenannte private Kreditgeber auf, Kredithaie, ohne jedoch Erfolg zu haben. Die Tage rasten an ihm vorbei. Wenigstens hatte er im Moment Urlaub und musste nicht zur Basis. Dort hätte er keine Möglichkeit gehabt, das Geld zu beschaffen. Nur wenige Stunden vor dem Zahlungstermin klopfte es an der Tür seines Appartements. Er öffnete mit einem flauen Gefühl, da er damit rechnete, die Anzugträger aus dem Casino würden ihn aufsuchen. Doch vor ihm stand ein Mann, den man im ersten Moment für einen Vertreter halten konnte. Als dieser jedoch seine Sonnenbrille absetzte, war der harmlose Vertreter vergessen. Die Augen des Fremden strahlten eine Kälte aus, welche die Männer des Casinos wie harmlose Bürokraten erscheinen ließen. Der Fremde sagte nur:

»Ich habe die Lösung zu Ihrem Problem. Kann ich reinkommen?«

***

Verkleidung

Rupert Graham folgte Chuck Lander nur widerwillig. Er musste aufpassen, dass er sich richtig verhielt. Chuck sah in seinem ehemaligen Zellengenossen einen Gleichgesinnten. Zwar war Rupert auch ein Killer, doch Chuck war eine andere Nummer. Der Kerl war irre, das war sicher. Er war auf der Jagd und es schien ihn nicht zu interessieren, dass sie in diese Anlage verschleppt worden waren. Das unscheinbare Äußere Chuck Landers täuschte, was seinen Opfern immer zum Verhängnis geworden war.

Nun ging er neben diesem Verrückten durch Gänge und Flure. Sie untersuchten einige Räume, die gut in ein Bürohaus gepasst hätten, ohne etwas Besonderes zu finden. Dann aber, nach circa einer Stunde ungestörten Suchens, Rupert wunderte sich dabei sehr, dass sie bisher noch niemandem begegnet waren, betraten sie ein Labor. Sofort begann Chuck, die Schränke auf der linken Seite des Raumes zu durchsuchen. Währenddessen stand Rupert nur da und schaute sich um.

Was ist das hier, fragte er sich beklommen.

Ein Seziertisch stand in der Mitte des Raumes. Gleich daneben stand eine Trage auf einem Rollgestell, an dem breite Ledergurte herunterhingen. Dort hatte man jemanden gefesselt gehalten. Seine Aufmerksamkeit wurde durch einen spiegelnden Reflex auf die hintere Wand, auf dort eingelassene Edelstahltüren, gelenkt. Das musste er sich genauer anschauen. Ohne auf seinen Zellengenossen zu achten, lief er durch das Labor, oder war es vielleicht eine Pathologie, zu den spiegelnden Türen. Zögernd streckte er seine Hand nach dem ebenfalls aus Aluminium bestehenden Verschlusshebel aus und zog daran. Mit einem schmatzenden Geräusch öffnete sich die Tür und ein Schwall kalter Luft, begleitet von dem typischen Geruch von Formaldehyd, wehte ihm entgegen. Er zog die Tür komplett auf und sah in dem dahinterliegenden Fach eine mit einem weißen Tuch verhüllte Leiche. Diese lag auf einer Art Trage, die sich leicht wie eine Schublade aus dem Kühlfach ziehen ließ.

Ohne jegliche Scheu zog Rupert die Trage heraus und hob das Leichentuch an. Hier zeigte sich, dass er ein soziopathischer Killer war. Das Leid anderer Menschen berührte ihn nicht. Dennoch erschrak er, als er erkannte, was er dort unter dem Tuch erblickte. Mit einer unwilligen Bewegung riss er das Leichentuch von dem darunter befindlichen Leichnam. Rupert musste zwei-dreimal durchatmen und begreifen, was er dort vor sich sah.

Ein nackter Mann mit wässrig blasser Haut lag auf der Trage. Doch wo sich dessen rechter Arm hätte befinden sollen, ragte ein krakenartiger Tentakel aus seiner Schulter. Schlimmer noch war das

Gesicht des Toten zugerichtet. Dort, wo sich normalerweise Mund und Nase befanden, ragte ein papageienartiger Schnabel nach oben. Deutlich erkannte Rupert an der Seite des Schnabels entzündete Wundränder, die davon zeugten, dass dieses Implantat, um ein solches handelte es sich mit Sicherheit, nicht vom Gastkörper angenommen worden war.

Rupert, die Ungeheuerlichkeit geistig ausblendend, schaute sich nun das Gesicht der Leiche genauer an. Unbewusst hatte er etwas gesehen, das er nun einzuordnen versuchte. Dann erkannte er, was sein Unterbewusstsein ihm zeigen wollte.

»Das gibt's doch nicht«, entfuhr es ihm, »das ist doch Gentry!«

»Gentry?«, antwortete Chuck von der anderen Seite des Labors und kam näher. »Das kann nicht sein, den haben sie doch vor acht oder neun Wochen hingerichtet.«

Chuck ließ von seiner Durchsuchung ab, lief durch den Raum und stellte sich neben Rupert. Dann schaute er sich den missgestalteten Leichnam an, ehe er mit ruhiger Stimme sagte:

»Mann O Mann, du hast recht! Das ist Gentry. Was haben die denn mit ihm angestellt? Das ist echt abgefahren, mein Lieber. So etwas ist selbst uns nicht eingefallen.«

»Schau dir mal die Wundränder an. Bemerkst du etwas?«, forderte nun Rupert mit ärgerlicher Stimme.

Chuck beugte sich nun seinerseits ohne Scheu über den Toten und betrachtete diesen genauer. Dann leuchtete eine Erkenntnis über sein sonst ausdrucksloses Gesicht.

»Du hast recht, Rupert. Da sind entzündete Wundränder. Bei einem Toten kann sich nichts mehr entzünden. Das heißt, dass Gentry nicht hingerichtet worden ist. Man hat ihn hierhergebracht und an ihm Versuche durchgeführt.«

»Man hat nicht nur ihn hierhergebracht, sondern auch uns. Was glaubst du denn, was die mit uns anstellen wollen?«

Nun wurde Chuck blass, öffnete seinen Mund, um etwas zu sagen, schloss ihn aber wieder und schaute Rupert verstört an. Er begriff das Ungeheuerliche ihrer Situation nun in voller Konsequenz. Nach einem kurzen Moment der Erkenntnis hatte er sich wieder im Griff.

»Wir werden mal sehen«, sagte er mit gefährlich leiser Stimme und wie zu sich selbst, »wer hier vor wem Angst haben muss. Komm

Rupert, wir suchen die Typen. Die denken, sie könnten einfach so an Menschen herumexperimentieren. Ach ja, ich habe etwas gefunden, das uns von Nutzen sein kann.«

Damit ging er zurück zu den Schränken und zog zwei weiße Arztkittel aus dem Schrank. Rupert verstand zunächst nicht, was sie denn damit anstellen sollten. Doch Chuck winkte ihn ungeduldig zu sich und erklärte, was er sich ausgedacht hatte.

»Mit den Kitteln fallen wir hier nicht auf. Wir müssen nur herausfinden, wo sich die anderen Kittelträger aufhalten. Ich sagte ja schon bei unserem Aufbruch, dass wir auf die Jagd gehen. Siehst du, ich hatte recht. Wir jagen nun und zwar sogenannte Wissenschaftler, die viel schlimmer sind als wir.«

Kurz darauf verließen die beiden Killer, bekleidet mit den Arztkitteln, das Labor. In ihren Taschen befanden sich einige Skalpelle und medizinische Messer, welche sie zu gebrauchen gedachten.

Keine zwei Minuten später bekamen sie von unerwarteter Seite Hilfe. Während sie dem Gang weiter folgten, hörten sie auf einmal Geräusche, die aus der Decke zu kommen schienen. Sie blieben stehen und schauten nach oben. Das Poltern verstärkte sich und ein Hauch von Staub rieselte von der Decke. Dann entdeckten sie ein Lüftungsgitter, eingelassen in die Decke des Ganges. Von dort kamen die Geräusche. Doch noch ehe sie sich darüber wundern konnten, bog sich das Gitter, sprang schließlich krachend auf und eine Gestalt stürzte vor ihnen zu Boden. Der Mann, ein Uniformierter, auch wenn seine Uniform sehr zerfleddert aussah, landete hart auf seinen Knien und stöhnte sogleich vor Schmerz. Er war so mit sich selbst beschäftigt, dass er die beiden Männer hinter sich nicht bemerkte. Er fuhr erschrocken zusammen als Chuck Lander freundlich fragte:

»He Mister, alles in Ordnung?«

***

Traum Tee

Allen lag erschöpft auf einem der Gitterrundgänge. Er wusste nicht, wie viele Etagen er schon geschafft hatte und wie viele Leitern er noch hinuntersteigen musste. Die erste Leiter war für ihn schon eine fast unüberwindbare Herausforderung gewesen. Er war mehr gerutscht als nach unten geklettert. Doch er hatte es irgendwie geschafft. Bei jeder Etage dieser Gitterbrüstung musste er die Halle, ebenfalls auf einem mit Gitter belegten Steg, halb umrunden. Jeder Schritt war eine enorme Anstrengung für ihn. Er wusste, dass sein Leiden lediglich durch seine Höhenangst verursacht wurde, aber er kam nicht gegen seinen mentalen Schwachpunkt an. Dennoch musste er hinunter, musste herausfinden, was dort unten vor sich ging, um schließlich einen Weg nach draußen, raus aus dieser verfluchten Anlage zu finden.

Seine Verbrennungen schmerzten noch immer. Der kochend heiße Tee hatte ihn verbrüht. Die Salbe, die er sich zur Linderung aufgetragen hatte, zeigte längst keine Wirkung mehr. Sein eigener Schweiß verschlimmerte das Brennen auf seiner Haut. Er ärgerte sich über seine Impulsivität, die andere als Verrücktheit empfanden. Er hatte sich eben nicht immer unter Kontrolle. Es war beinahe so, als triebe ihn ein innerer Teufel an, irre Dinge zu tun. Allen versuchte sich aufzurichten, gab aber gleich wieder auf. Vorsichtig sank er zurück auf den Gitterrost. Zu sehr schmerzten seine Verbrennungen. Die Haut auf seinem Gesicht fühlte sich inzwischen taub an, was er, aus Selbstschutz generiert, als gutes Zeichen wertete. Er musste ein wenig ausruhen, ehe er sich wieder auf den Weg machen konnte. Müde schloss er seine Augen und war schon eine Sekunde später eingeschlafen.

Eine angenehme Schwärze nahm ihn auf und zog ihn in seine Traumdimension. Sein Geist schwebte eine Weile dahin, ohne dass etwas geschah. Gedanken strömten an ihm vorbei, berührten ihn sanft und zogen weiter. Ohne Übergang stand er auf dem Gehweg seiner Straße. Hier war er zu Hause gewesen, vor langer langer Zeit. Doch sein Traumbewusstsein unterschlug diese Information. Weiter vorne, die Straße hinunter, fegte Mister Warren den Gehsteig vor seinem Geschäft. Er hatte den besten Laden in der Gegend, jedenfalls nach Meinung aller Kinder dieses Viertels. Mister Warren führte einen, wie man in alter Zeit sagte, Kramladen. Er hatte fast alles, was im Haushalt benötigt wurde. Vor allem stand auf seinem Verkaufstresen ein großes Glas, das mit bunten Lutschern gefüllt war. Allen hatte schon oft so einen köstlichen Lutscher von Mister Warren geschenkt bekommen. Natürlich hatte er den freundlichen Ladenbesitzer nie gefragt, ob er einen dieser Lutscher haben könne. Nein, das hatte ihm seine Mutter strengstens verboten. Mit den Worten „Wage es ja nicht bei Mister Warren zu betteln!" entließ sie ihn jeden Nachmittag zum Spielen auf die Straße. Seine Mutter! Schon beim Gedanken an sie verdüsterte sich der Himmel über der Traumstraße. Schwere Gewitterwolken zogen auf und Mister Warren sah besorgt nach oben. Nach oben und nicht zu ihm! Gleich würden die ersten schweren Tropfen vom Himmel fallen und er würde in seinem Laden verschwinden. Das bedeutete: kein Lutscher heute. Mutig lief Allen auf den Laden und Mister Warren zu. Vielleicht entdeckte er ihn und winkte ihn heran.

Platsch! Der erste Tropfen hatte Allen getroffen.

Platsch, ein Zweiter und ein Dritter!

Allen begann zu rennen und stellte dabei fest, dass die Tropfen glühend heiß waren und nach Tee rochen. Nach Tee? Das war seltsam. Seit wann regnete es Tee? Der Gehweg wurde glitschig und Allen verlor den festen Halt unter seinen Füßen. Wie auf Glatteis schlidderte er und versuchte mit rudernden Armen sein Gleichgewicht zu halten. Vergeblich! Schon beim nächsten Schritt riss es ihm die Beine weg und er knallte hart auf den nassen Boden. Er fiel auf den Bauch und stellte dabei erschrocken fest, dass der Gehweg glühend heiß war. Seine Brust brannte und er rollte sich, so schnell es ging, herum. Der Teegeruch wurde so intensiv, dass ihm übel wurde. Auf der Seite liegend versuchte er auf die Beine zu kommen. Seine Hände tasteten nach einem Halt, er fühlte Metall und sein Traum zeriss.

Allen schlug die Augen auf und hätte beinahe geschrien. Er hing halb über die Gitter hinaus auf dem Rundweg. Noch ein wenig weiter und er wäre in die Tiefe gestürzt. Mit Entsetzen schaute er hinunter auf das UFO, das genauso irreal war wie sein Traum eben.

Vorsichtig, mit zitternden Gliedern, schob sich Allen zurück auf den Steg. Er rutschte bis zur Hallenwand und setzte sich auf. Sein Traum hätte ihn beinahe sein Leben gekostet. Mit Grauen dachte er an den Abgrund, dem er gerade so entronnen war. Doch alles Jammern half nichts. Er musste weiter, er musste diese Gitterstege bezwingen, sonst würde er die Sonne niemals wiedersehen. Mit bebenden Beinen richtete Allen sich auf, blieb einen Moment halb gebückt stehen und tastete sich Schritt für Schritt zum nächsten Abstieg vor.

***

Bleiben oder gehen?

Gustavo Rodriguez hatte sich in seinem Bett verkrochen. Er hatte Angst und verstand nicht, was mit ihm geschehen war. Wie kam er hierher und warum hatte man ihn an diesen Ort, in diese Halle gebracht?

Gustavo verstand nur wenig Englisch und konnte so den Unterhaltungen der anderen Männer in seiner Bettenreihe nur bruchstückhaft folgen. Die Fremden, jedenfalls diejenigen in seiner Reihe, waren ausnahmslos Verbrecher. So viel hatte er verstanden. Als die Gespräche seltener und es ruhig in der Halle wurde, schaute Gustavo vorsichtig unter seiner dünnen Decke hervor. Zu seinem Erstaunen konnte er niemanden in seiner Nähe entdecken. Er warf die Decke beiseite und verließ sein Bett. Suchend blickte er sich um und traute sich zum ersten Mal seit Stunden, seine Bettreihe zu verlassen. Weiter vorn standen einige Männer zusammen, die augenscheinlich Latinos waren. Gustavo nahm all seinen Mut zusammen und ging zu der Gruppe.

Zunächst beachtete ihn niemand, was Gustavo sehr recht war. Er wollte herausfinden, was die anderen wussten. Zu seinem Glück unterhielten sich die Männer auf Spanisch. So erfuhr er, dass jeder hier in dieser Halle entführt worden war. Mit einem grünlichen Licht und einer elektrischen Spannung hatte man sie betäubt.

Gustavo erinnerte sich an das Licht in dem Tunnel. Er und die anderen Arbeiter, die er nicht weiter kannte, waren aus dem Lastwagen dieses Gangsters Ramires Sanches geflohen. Der einzige Weg in ein besseres Leben führte durch den Tunnel, den sie gegraben hatten. Als Arbeiter für ein Drogensyndikat hatten sie geschuftet. Am Tag ihrer Flucht sollten die Männer letzte Feinheiten im Tunnel fertigstellen. Gustavo hatte an dem Auftrag gezweifelt, war jedoch trotzdem auf die Ladefläche des Lastwagens gestiegen. Die anderen Arbeiter waren offenbar arglos gewesen. Als der Lastwagen nach schier endloser Fahrt auf der Farm, die den Tunnel verbarg, angekommen war, hatte Gustavo noch auf ein gutes Ende gehofft. Zudem hatte er den Plan gehabt, nach getaner Arbeit oder währenddessen durch den Tunnel auf die amerikanische Seite zu gelangen. Dort, so war er sich sicher gewesen, würde er ein besseres Leben führen. Doch sein Misstrauen war gewachsen, als man die Arbeiter und ihn einfach auf der Ladefläche hatte warten lassen, ohne Erklärung und ohne Wasser. Nach geschätzten zwei Stunden waren die Arbeiter am Ende ihrer Kraft gewesen. Einer hatte die LKW-Plane gelöst und sie beiseite gezogen. Eine leichte Brise war über die Ladefläche gestrichen und hatte den Männern Linderung verschafft. Gustavo hatte sich nach vorn gebeugt und gesehen, dass die Wache, die normalerweise vor dem kleinen Farmhaus stand, verschwunden war. Ohne lange nachzudenken und mit einem Mut, den er von sich nicht kannte, war er von der Ladefläche gesprungen. So schnell er konnte, war er zu dem Schuppen gerannt, in dem sich der Einstieg zum Tunnel befand. Er hatte die alte Holztür aufgerissen und war in das Halbdunkel des Schuppens eingetaucht. Ein schneller Blick hatte ihm genügt, um sicher zu sein, dass sich sonst niemand in dem staubigen Raum aufhielt. Als er am Einstieg zum Tunnel angekommen war, hörte er das Getrappel von Füßen. Voller Schreck hatte er sich zur Schuppentür umgedreht und erleichtert aufgeatmet. Es waren nur die anderen Arbeiter. Gustavo hatte sich nicht damit aufgehalten zu erklären, was er vorhatte. Deshalb war er auf die Rampe gesprungen, die hinab in den Tunnel führte und so schnell es ihm möglich war davongerannt. Er war sich in diesem Moment sicher gewesen, dass er einer Todesfalle entkommen war. Der letzte Arbeitstag war von den Gangstern als der Tag bestimmt worden, an dem alle Arbeiter beseitigt werden sollten. Warum sonst hätte man die Männer menschenverachtend auf der Ladefläche in der Sonne schmoren lassen? Erschöpfte Arbeiter leisteten nicht viel Widerstand und den Drogenbossen war Geheimhaltung wichtiger als das Leben einiger Arbeiter.

Nur wenige Minuten später bestätigten sich seine Vermutungen. Er und die anderen Arbeiter waren vom Einstieg in den Tunnel nur fünf oder sechs Biegungen entfernt gewesen, als sie die Stimme des Anführers der Gangster, Ramires Sanches, hörten. Durch die Konstruktion des unterirdischen Ganges, der sich mal nach rechts, mal nach links wand, wurde der Schall gebrochen und abgelenkt. Gustavo hatte deshalb die Worte des Gangsters nicht verstanden, hatte aber den Zorn in dessen Stimme wahrgenommen. Voller Angst, doch noch gefangen und getötet zu werden, war er, so schnell er konnte, weitergerannt. Ein grünliches Licht hatte unvermittelt die Tunnelröhre erfüllt, begleitet von einem elektrischen Knistern. Gustavo war sofort übel geworden und er hatte seinen Lauf verlangsamen müssen. Noch ehe er zum Stehen gekommen war, versank sein Bewusstsein in einer tiefen Ohnmacht.

Erst hier in dieser Halle mit den Bettenreihen war er wieder zu sich gekommen. Verwirrt war er durch die Reihen der Betten gelaufen, bis er vor Schreck stehengeblieben, ja zurückgewichen war. Am Ende der nächsten Reihe hatte er Ramires Sanches entdeckt. Er und seine Kumpane von der Farm standen beieinander und unterhielten sich aufgeregt. Gustavo suchte daher den einzigen sicheren Platz auf, den er hier kannte – sein Bett.

Seitdem waren Stunden vergangen und nun stand er bei der Gruppe Latinos, die berieten, ob sie einfach hier in der Halle warten würden, um zu sehen, was noch geschehen würde. Oder ob man versuchen sollte von hier zu entkommen. Gustavo hörte sich die Argumente der beiden Parteien an und machte sich seine eigenen Gedanken. Nein, hier zu warten war eine Option, die für ihn nicht infrage kam. Seine Angst war sein bester Partner und hatte ihm schon einige Male aus brenzligen Situationen geholfen. Wer auch immer ihn hierher gebracht hatte, konnte keine guten Absichten haben. Es war genauso wie auf der heißen Ladefläche des

Lastwagens. Man ließ sie warten, bis die Zeit, für was auch immer, gekommen war.

Gustavo wandte sich von den Männern ab, durchquerte die Halle, ohne angesprochen zu werden und öffnete eine schwere Stahltür. Ohne sich auch nur einmal umzudrehen, verließ er mit bangem Gefühl in den Gliedern den großen Raum.

***

Hinterhalt

Einsatztrupps der Special Ops drangen, nach allen Seiten sichernd, in das unterirdische Labyrinth der Area 51 ein. Ihr Befehl war einfach. Sie sollten die Anlage von allem säubern, was dort nicht hingehörte oder sich nicht in den zugewiesenen Räumlichkeiten befand. Das bedeutete in der Praxis, dass jeder erschossen wurde, der sich unbefugt in den Fluren und Labors der Anlage aufhielt. Gefangene waren nicht erwünscht, da sie nur weitere Probleme machen würden. Der Kampf und das Eliminieren von Feinden war für die Special Ops normales Tagesgeschäft, aber Jagd auf Menschen in einer geschlossenen Anlage zu machen, schmeckte vielen der Soldaten nicht. Dieses Vorgehen machte sie zu einer Todesschwadron, gleich denen, die sie normalerweise in totalitären Staaten bekämpften. Sie äußerten ihren Unmut bei der Besprechung mit ihrem Kommandanten. Doch sie wurden nur kalt an ihren Diensteid und an die Befehlsstruktur ihrer Einheit erinnert. Gleich nach der Einweisung, welche die Gegebenheiten beschrieb und darauf hinwies, dass sich noch andere, spezielle Lebewesen in den Labors aufhielten, wurden die Männer in Einsatzteams aufgeteilt. Insgesamt zehn Teams sollten vorrücken und später von Ersatzteams abgelöst oder verstärkt werden. Mit einer letzten Ermahnung zur Geheimhaltungspflicht wurden die Teams in den Einsatz entlassen.

Die ruhig daliegenden Gänge waren nervenaufreibender als ein direkter Kampf mit einem Kriegsgegner. Die einzigen Geräusche, welche die Teams der Special Ops hörten, waren das leise Summen der Klimaanlage und ihre eigenen Schritte. Beinahe schon erleichternd für das auf Kampf eingestellte Gemüt der Soldaten war ein Feuerüberfall im unterirdischen Bahnhof. Zwei Teams drangen über die Nottreppenhäuser auf den Bahnsteig vor. Von hier aus sollten sich die Teams trennen und diese Ebene der Station absuchen. Gleichzeitig sollte der Saal gesichert werden, in dem die Versuchspersonen oder VPs wie diese bedauernswerten Menschen hier genannt wurden, zunächst untergebracht waren.

Kaum hatte das erste Team den Bahnsteig betreten, wurden sie von der gegenüberliegenden Seite unter Beschuss genommen. Deckung auf einem Bahnsteig zu finden, war ein nahezu aussichtsloses Unterfangen. So schnell die Soldaten konnten, rannten sie nach rechts und links, um sich hinter den raren Stützsäulen in Sicherheit zu bringen. Drei Mann wurden sofort getroffen und lagen ungeschützt und blutend auf dem gekachelten Boden des Bahnsteiges. Ein Vierter war taumelnd und gleichzeitig von weiteren Treffern durchgeschüttelt, vom Bahnsteig auf die Gleise gestürzt. Das zweite Team blieb im Treppenhaus und musste hilflos zusehen, wie seine Kameraden beschossen wurden. Hart schlugen einige Geschosse in die Zugangstür zum Treppenhaus, die zum Glück eine Brandschutztür war, und damit aus Stahl gefertigt war. Dennoch zuckten die Soldaten im Treppenaufgang zusammen, wenn wieder ein lauter Knall eines Treffers durch den engen Aufgang schallte.

Auf der anderen Seite des Bahnsteiges hatten sich Ramires, Pedro und Juan hinter einigen umgekippten Containern, die in den nächsten Zug verladen werden sollten, verschanzt. Sie hatten rechtzeitig vor den eintreffenden Soldaten den Bahnsteig betreten. Sie waren zuvor Stunden im Labyrinth der Flure, Labors und Gänge herumgeirrt. Nur durch Zufall hatten sie den Bahnsteig gefunden. Sie hatten sich gewundert, dass ihre Odyssee sie schließlich zu einem Punkt geführt hatte, der nicht einmal hundert Meter von ihrem Startpunkt, dem Bettensaal, entfernt war. Der unterirdische Bahnhof hatte Hoffnung in ihnen erweckt, eine Hoffnung aus dieser Station zu fliehen. Ein Bahnhof, auch wenn es ein unterirdischer war, versprach Züge. Mit Zügen konnte man davon, in die Freiheit fahren. Doch weiter kamen die drei Männer nicht mit ihren Überlegungen. Auf der gegenüberliegenden Seite des Bahnhofes traten Soldaten aus einer Tür und schauten sich, sich mit ihren Waffen sichernd, auf dem Bahnsteig um. Scheinbar rechneten sie nicht mit einem Angriff. Ramires hatte sich sofort hinter einem Container, der von irgendjemandem umgestürzt worden war, in Deckung begeben und mit seiner erbeuteten Maschinenwaffe das Feuer eröffnet. Seine Kumpane taten es ihm gleich, ohne weiter nach einem Grund für diese Aggression zu fragen. Sie alle hassten Polizei und Soldaten, die in ihrem Land die gleiche Funktion hatten, nämlich Mitglieder der Drogenkartelle zu jagen.

Ihr Überfall zeitigte ungewöhnlich schnellen Erfolg. Zwei, drei Soldaten stürzten getroffen zu Boden und Ramires schrie begeistert:

»Mata a los malditos Gringos!«, *(Killt die verdammten Gringos!)*

Sein Ruf verhallte ungehört im nervenzerreißenden Salventakt der Maschinenpistolen. Genauso ungehört fiel die schwere Stahltür im Rücken der Mexikaner ins Schloss. Hätten die Gangster allerdings aufmerksamer auf ihre unmittelbare Umgebung geachtet, dann wäre ihnen ein großer Schatten aufgefallen, der sich zwischen ihnen über den Boden schob. Ein greller Aufschrei, der selbst das Rattern der Maschinenwaffen übertönte, forderte die Aufmerksamkeit beider Seiten. Der unglaubliche Anblick, der die Soldaten und die Mexikaner erstarren ließ, führte dazu, dass beide Seiten ihren Beschuss einstellten. Die plötzlich einsetzende Stille bildete die perfekte Stimmung für das bizarre Schauspiel, bei dem die mexikanischen Drogengangster ungewollt zu Akteuren wurden. Zwischen den Männern war eine bizarre, nackte Gestalt aufgetaucht, die allein durch ihre Erscheinung Entsetzen auslöste.

Pedro begann dissonant hoch zu schreien und konnte sein Grauen nicht in Worte fassen. Eine furchtbare Gestalt, dessen fahle Haut sich über enorme Fettpolster spannte, kam auf ihn zu. Dabei stieß das Wesen glucksende Geräusche aus. Das Gruseligste an der Gestalt aber war dessen Kopf. Gierige Augen funkelten mordlüstern in einem bizarren Babygesicht. Die Soldaten auf der anderen Bahnsteigseite begannen auf das Wesen zu feuern. Dennoch konnte niemand verhindern, dass das Babymonster ein Bein Pedros packte und den schreienden Mann zur Rückseite des Bahnsteiges zerrte. Nun schossen auch Ramires und Juan auf das Monster. Doch sie hatten sich zu lange von diesem Grauen lähmen lassen. Ein letzter verzweifelter Schrei und das Babymonster war samt seiner Beute durch eine zufallende Tür entwischt.

Ramires brauchte keine Sekunde, um zu entscheiden, wie er auf die veränderte Situation reagieren sollte. Er wandte sich vom Bahnsteig ab und rannte im Schutze der umgestürzten Container zu der gleichen Tür, durch die sein Kumpan verschleppt worden war. Ohne von einer Kugel der immer noch feuernden Soldaten getroffen worden zu sein, stieß er die besagte Tür auf, schaute kurz in den angrenzenden Raum und stürmte ohne Vorbehalt hinein. Keine Sekunde später folgte Juan, der nicht mehr auf die Soldaten achtete. Gleich darauf wurde es wieder ruhig auf dem Bahnsteig. Nur das Stöhnen der verwundeten Soldaten erinnerte an den vergangenen Kampf.

***

Eskorte

Sergeant Owen Fields schaute verblüfft zu den beiden Männern, die vor ihm im Gang standen. Sie trugen weiße Laborkittel und schienen zu den Wissenschaftlern der Area zu gehören. Sie wussten bestimmt, wie er aus diesem Labyrinth entkommen konnte. Hoffnung stieg in ihm auf, wie die Morgensonne aus zähem Nebel. Er rappelte sich aus seiner knienden Haltung auf und bemerkte, dass seine Hüfte höllisch schmerzte. Trotzdem versuchte er Haltung zu bewahren, auch wenn sein Äußeres sich in einem desolaten Zustand befand. Er zupfte an den Resten seiner Uniform, ließ es aber schließlich sein. Viel wichtiger war es nun, von hier zu verschwinden. Die beiden Männer schauten ihn erwartungsvoll an, gerade so, als sei er ihr Retter in der Not. Owen sah sich bemüßigt, etwas zu sagen.

»Hallo, meine Herren. Gut Sie zu sehen.«

Noch ehe Owen seine nächste und brennende Frage stellen konnte, nämlich die nach dem Weg nach draußen, fragte einer der Kittelträger:

»Sergeant, was um Himmels willen haben Sie denn in der Lüftung angestellt?«

Owen war im ersten Moment über die Fragestellung verblüfft. Jedoch fing er sich rechtzeitig und irgendetwas sagte ihm, dass er vorsichtig mit seiner Antwort sein musste. So entschied er sich, diese Wissenschaftler erst einmal auf die Probe zu stellen. Er vergaß seine Schmerzen und sagte mit vorwurfsvoller Stimme:

»Sie fragen mich ernsthaft, was ich in der Belüftung gemacht habe? Das müssten Sie doch am besten wissen! Ich habe eines Ihrer Experimente gejagt. Das Ding ist in die Lüftung gekrochen und ich musste hinterher. Ja, so ist das, wenn man ein Befehlsempfänger ist.«

Nun war es an den beiden Wissenschaftlern, bei denen es sich in Wirklichkeit um die flüchtenden Mörder Rupert Graham und Chuck Lander handelte, zu antworten. Letzterer, der durch sein harmloses Äußeres und die randlose Brille, die er trug, am ehesten dem Bild entsprach, das man sich gemeinhin von einem Wissenschaftler machte, antwortete sofort:

»Welches Experiment meinen Sie denn, mein Lieber? Heute ist einiges geschehen.«

»Das kann man wohl sagen«, knurrte der Sergeant und hängte gleich eine bedeutsame Frage an: »Wie viele Ihrer Experimente sind denn entkommen?«

»Oh, das kann ich Ihnen nicht sagen. Sie besitzen nicht die richtige Sicherheitseinstufung.«

»So, die besitze ich nicht? Na gut! Dann viel Spaß beim Einfangen oder Jagen, oder was auch immer. Ich habe genug von dem Mist! Guten Tag, meine Herren.«

Damit drehte Owen sich auf dem Absatz um und wollte davonmarschieren. Doch die Stimme des bebrillten Wissenschaftlers hielt ihn zurück.

»Nun seien Sie doch nicht gleich beleidigt, mein Lieber! Kommen Sie zurück. Ich habe es nicht so gemeint. Der Tag war stressig und ich weiß nicht, wo mir der Kopf steht. Außerdem haben wir uns verlaufen …«

Verdammt, dachte Owen, *die wissen auch nicht, wo's hier rausgeht.*

Owen beschloss vorerst, mit den beiden Wissenschaftlern zusammen einen Weg nach draußen zu suchen. Dennoch würde er vorsichtig sein und die Männer im Auge behalten. Irgendetwas störte ihn an den beiden, er wusste nur noch nicht genau was. Mit den Kerlen stimmte etwas nicht. Bestimmt ging er voraus und hörte an ihren Schritten, dass ihm die Männer folgten.

Die beiden Killer warfen sich einen verschwörerischen Blick zu. Chuck fuhr sich mit dem Daumen quer über die Kehle und deutete zu dem Soldaten. Diese eindeutige Geste verneinte Rupert und flüsterte:

»Lass uns erst mal hier herauskommen. Das ist jetzt erst einmal das Wichtigste. Danach finden wir bestimmt Zeit, unserem Hobby nachzugehen.«

Chuck sah seinen Kumpanen einen Moment lang nachdenklich an, eher er leise antwortete:

»Kein Hobby, mein Lieber! Bestimmung!«

***

Der Dieb

Schon seit Tagen hatte der Dieb darauf gewartet, dass die Sicherheitssysteme abgeschaltet wurden. Er hatte alles vorbereitet und geplant. Schon mehr als ein halbes Jahr war er damit beschäftigt, sein Vorhaben, das er selbst mit dem Titel „Neustart" versehen hatte, voranzutreiben. Natürlich war er sich der Tatsache bewusst, dass er nach Abschluss seines Diebstahls niemals wieder in die USA zurückkehren konnte. Doch das war ihm recht, ja es war sogar von ihm erwünscht. Er würde Geld genug haben, um ein Leben nach seinen Ansprüchen zu führen. Bis es jedoch soweit war, hatte er noch einige Hürden zu überwinden und Aufgaben zu bewältigen.

Das Eintreffen der Spezialeinsatzkräfte war sein Startsignal. Endlich ging es los, das Warten hatte ein Ende. Ohne besondere Eile verließ er seinen Arbeitsplatz, gerade so, als wolle er eine Pause machen. Auf seinem Weg aus den Oberflächenhangars nickte er seinen Kollegen freundlich zu, so wie er es an jedem Tag praktizierte. Er hatte es seit seinem ersten Tag auf der Area vermieden, engeren Kontakt zu seinen Kollegen zu suchen. So war es geblieben – bis zum heutigen Tag.

Er verließ den letzten Hangar durch eine Seitentür und durchquerte den Pausenraum. Durch eine weitere Tür gelangte er schließlich in einen schmalen Korridor, der selten benutzt wurde und zum Elektrikraum führte. Er betrat den Raum und schloss schnell die Tür.

Der Dieb atmete erleichtert auf. Den ersten Schritt seiner Mission hatte er erfolgreich absolviert. Nun galt es, den nächsten, schwierigeren Schritt zu tun. Er musste in die unterirdische Anlage der Area eindringen. An der rechten Seite des mit Rohren und Leitungen beinahe überfüllten Raumes stand ein Metallspind, dessen Tür mit einem Vorhängeschloss gesichert war. Er zog einen Schlüsselbund aus seiner Hosentasche und suchte den entsprechenden Schlüssel. Dann öffnete er das Vorhängeschloss und warf es achtlos zu Boden. Es hatte seinen Zweck erfüllt und wurde nicht mehr gebraucht. Er zog die Tür auf und schaute in den Schrank. Dort lagerten verschiedene Werkzeuge, welche der Dieb nach und nach hier gehortet hatte. Er zog einen ledernen Werkzeuggürtel aus dem Spind und band ihn sich um die Hüfte. Der Gürtel hatte viele Taschen und Schlaufen, um Werkzeuge zu verstauen. Er griff sich eine Zange, einen Phillips-Schraubendreher, ein kurzes Messer, wie man es benutzte, um Kabel von der Isolationsumhüllung zu befreien, eine WD40 Öldose, einen Hammer, Klebeband und noch weitere Dinge, die ein Handwerker so benötigte. Dazu setzte er sich noch einen Plastikhelm auf. Zuletzt vertauschte er das Namensschild an seinem Overall, das ihn nun als Servicetechniker der Area auswies. Nachdem er sich noch ein gewickeltes Seil über die Schulter geworfen hatte, konnte es losgehen.

Er zog den Spind von der Wand weg und schob ihn zur Seite. Es wurde ein Wartungsschacht sichtbar, der mit einem Blechgitter gesichert war. Einfache Klammern hielten das Gitter an der Wand. Mit wenigen Griffen löste der Dieb den Metallrost und stellte ihn neben sich an den Spind. Aus seiner Hosentasche zog er eine leistungsstarke LED-Taschenlampe und schaltete diese ein. Danach überprüfte er noch einmal schnell seine Ausrüstung und schob sich dann in den Wartungsschacht.

Der Schacht maß nur circa einen Meter in der Breite und der Höhe. Auf seinen Knien rutschend kroch er den Schacht entlang. Schon nach wenigen Metern sah er eine Leiter vor sich. Hier endete der horizontale Schacht und eine in die Tiefe führende Röhre, an der die Leiter angebracht war, wurde sichtbar. Er setzte sich an den Rand der Röhre und leuchtete nach unten. Obwohl seine Taschenlampe ein helles Licht erzeugte, war es ihm unmöglich, den Boden der Röhre zu erkennen. Normalerweise würde er ein Gitter aus Laserstrahlen erblicken, die den Weg in den Untergrund absicherten. Doch der Weg war frei, die Alarmeinrichtung war abgeschaltet. Ein befriedigtes Lächeln umspielte seine Lippen. Es verlief alles nach Plan und er fragte sich nicht zum ersten Mal, wer seine Auftraggeber waren. Sie mussten enormen Einfluss haben, um an Informationen zu gelangen, auf denen das Siegel „streng geheim“ vermerkt war. Irgendwie war er stolz darauf, dass man ausgerechnet ihn mit dieser Mission betraut hatte. Endlich hatte jemand erkannt, wie viel Potenzial in ihm steckte.

Behände kletterte er auf die Leiter und stieg hinab in die Tiefe.

Er war wohl schon an die fünfzig Meter nach unten gestiegen – seine Hände begannen zu schmerzen – als er merkwürdige Geräusche vernahm. Erst hörte er ein verzerrtes Schreien, dann ein lautes Poltern, dann ein Kratzen auf Metall, sodass sich seine Nackenhaare aufstellten. Dann war es wieder ruhig. Er konnte nicht herausfinden, woher die Geräusche gekommen waren. Der Dieb war an einigen Ausstiegen vorbeigeklettert, doch er musste weiter nach unten. Was, wenn das Kratzen von unten kam, wenn dort etwas auf ihn lauerte? Angst sprang ihn an und ließ sein Herz schneller schlagen. Was tat er hier eigentlich, fragte er sich voller Zweifel. Sollte er umkehren, wieder hinauf an die Oberfläche? Noch war nichts geschehen und keinem seiner Kollegen würde es auffallen, wenn er an seinen Arbeitsplatz zurückkehrte. Nein, das war nicht möglich. Seine unbekannten Auftraggeber würden ihn … ja, was würden sie tun? Ihn umbringen? … ihn zusammenschlagen? … oder? Der Dieb blieb eine Weile auf der Leiter stehen und versuchte sich klar darüber zu werden, was er tun sollte. Schließlich gab er sich einen Ruck und setzte seinen Abstieg fort.

***

Glorg

Das Wesen, das sie Glorg nannten, lachte aus vollem Hals. Es hatte ein neues Spielzeug gefunden. Der Andere war ihm entkommen, obwohl Glorg dessen Angst gerochen hatte. Der Angst konnte er gut folgen, auch wenn sich sein Spielzeug versteckte. Er war durch die Gänge gestreift und hatte dabei den Anderen immer mal wieder gerochen. Dann war es diesem gelungen, in einen Kasten zu klettern und etwas hatte seine Angst abgewaschen. Glorg hatte dennoch nicht aufgegeben und bei seiner Suche wurde er immer wütender. Warum war der Andere nur vor ihm weggelaufen? Glorg wollte doch nur spielen. Nach einer Weile war er müde geworden und hatte sich in einem kleinen, dunklen Raum in eine Ecke gelegt. Sofort war er eingeschlafen.

Er hatte geträumt und der Traum brachte ihn zurück in sein Zimmer. Dort hatte er sich wohlgefühlt und er bekam von den Männern mit den weißen Kitteln viel Spielzeug. Manchmal redeten sie auch mit ihm und einer der Männer erzählte ihm sogar Geschichten. Das hatte ihm gefallen und er mochte diesen Mann. Die anderen Männer mit den weißen Kitteln mochte er gar nicht. Sie kamen, hielten ihn fest und steckten Nadeln in seinen Arm, einmal sogar in seinen Bauch. Das hatte wehgetan und obwohl Glorg geweint hatte, kamen diese Männer immer wieder. So hatte er den Beschluss gefasst, den Männern auch weh zu tun. Irgendwann, Glorg konnte nicht erfassen, was ein Tag oder eine Stunde war, war die Tür zu seinem Zimmer aufgesprungen. Einer der bösen Männer war hereingekommen und hatte etwas gesagt, dessen Sinn Glorg nicht verstand. Dann drehte der Mann sich um und wollte den Raum verlassen. Glorg war aufgesprungen und hatte den bösen Mann, denn dieser war es, der immer die spitzen Dinger in seinen Körper gesteckt hatte, angesprungen. Sofort war der Kittelmann auf den Boden gefallen. Die aufgestaute Wut ließ Glorg zu einer rasenden Bestie mutieren. Er schlug auf den am Boden liegenden Mann ein. Dann stand Glorg auf und hüpfte mit seinem ganzen Gewicht auf sein Opfer, bis es sich nicht mehr bewegte. Voller Erstaunen sah Glorg, dass rotes Zeug aus dem bösen Mann lief. Er hatte ihn kaputt gemacht. Reue und Angst vor den anderen bösen Männern brachten

Absender

(Straße und Hausnummer oder Postfach)

(Postleitzahl) (Ort)

Anfrage zu einer Lesung
mit Marvin Roth

Terminwunsch ....

Ort ....

Veranstalter ....

Postkarte

Marvin Roth

C&M Art House

Alte Allee 4

(Straße und Hausnummer oder Postfach)

35510 Butzbach

(Postleitzahl) (Bestimmungsort)

ihn dazu, sein Zimmer zu verlassen. Sie würden ihn wieder stechen oder sein Spielzeug wegnehmen. Bei seiner Flucht durch die Gänge, weg von den bösen Männern, hatte er es irgendwie geschafft, in das Belüftungssystem einzudringen. Voll kindlichem Staunen kletterte er schließlich aus einem Rohr und stand zum ersten Mal in seinem Leben im Freien.

Mit großen Augen schaute Glorg sich um und konnte nicht verstehen, was er da sah. Es war dunkel und alles war so groß. Über ihm glitzerte die Decke, doch er verstand nicht, dass die Decke das Firmament war und Sterne, die er dort erblickte. Eine leichte Brise streifte seine nackte Haut und er begann zu frieren. Unbehaglich drehte er sich um seine eigene Achse, auf der unbewussten Suche nach etwas Vertrautem. Dann sah er ein Licht, ein Fenster in der Dunkelheit. Ja, das kannte er! Licht liebte er! Dort musste er hin! Er stolperte über den unebenen Wüstenboden und fühlte Schmerzen. Seine Fußsohlen brannten und sein Zorn erwachte erneut. Wieso hatten die bösen Männer spitze Dinge auf den Boden gelegt und was sollten die harten runden Dinger?

Voller Ärger hatte Glorg gegen einen Stein getreten und vor Schmerz aufgeheult. Dann war das Fester, das Licht, ganz nah. Ärger und Vorfreude mischten sich zu einer gierigen Erwartung. Neben dem Fenster war eine Tür. Ja, das hier erkannte er. Er wusste, was eine Tür war. Er drückte die Klinke und stürmte in den Raum. Doch sofort wurde er enttäuscht. Da waren nicht die gewohnten hellen Gänge oder die großen Zimmer oder sein eigenes. Glorgs Verstand versuchte herauszufinden, was das für ein Raum war. Plötzlich sah er einen Mann, der keinen weißen Kittel trug. Dennoch wusste Glorg, dass Männer die solche Sachen trugen, den Kittelmännern oft geholfen hatten, wenn er nicht in sein Zimmer zurückwollte. Auch diese Männer hatten ihm wehgetan. Der Mann machte große Augen und schrie Glorg an. Er verstand nicht, was der Mann brüllte. Doch er konnte sich vorstellen, dass er andere Männer herbeirufen konnte. Nein! Er wollte nicht zurück in sein Zimmer! Nein, er wollte nicht eingesperrt werden. Die Männer in den weißen Kitteln würden ihn bestrafen. Nein! Nein, das wollte er nicht. Der Mann schrie immer noch und versuchte dabei, etwas aus seinem Gürtel zu ziehen. Glorg verdrängte seine Überlegungen und sprang den

Mann an. Zusammen fielen sie zu Boden und stießen dabei einen Tisch um. Der Mann war kräftiger als der böse Kittelträger in Glorgs Zimmer. Er wehrte sich und schlug auf Glorg ein. Wieder spürte Glorg Schmerzen und wurde noch wütender. Der Mann unter ihm gab nicht auf und kämpfte verbissen weiter. Da biss Glorg, ohne darüber nachzudenken, dem Mann in den Hals. Rotes Zeug spritzte heraus und Glorg schmeckte zum ersten Mal in seinem Leben Blut. Angewidert ließ er von dem Mann ab und schaute auf ihn hinunter. Doch noch ehe Glorg sich seiner Betrachtung hingeben konnte, hörte er die Tür.

Er drehte den Kopf und erkannte einen weiteren Mann. Langsam erhob Glorg sich und drehte sich zu ihm hin. Auch dieser Mann riss seine Augen weit auf und taumelte rückwärts aus der Tür. Glorg folgte ihm und sah gerade noch, wie er auf einem der harten runden Dinger ausrutschte und mit wirbelnden Armen auf den Rücken fiel.

Glorgs Babygesicht erhellte sich zu einem Lachen. Der Mann war lustig! Bestimmt konnte man gut mit ihm spielen. Ja, der Fremde würde sein Spielzeug werden. Er stapfte zu dem am Boden liegenden Wachsoldaten und beugte sich über ihn, um zu sehen, ob ihm auch das rote Zeug aus dem Mund lief. Erleichtert stellte Glorg fest, dass sein Spielzeug nicht kaputt war. Kein rotes Zeug! Also packte er den Soldaten am Kragen und schleppte ihn davon. Er suchte das Rohr, aus dem er geklettert war, fand dieses jedoch zuerst nicht. Dann sah er ein Rohr, das genauso ausschaute wie seines. Allerdings war ein Gitter oder Ähnliches vor dem Rohr. Glorg ließ den Soldaten fallen und zerrte an dem Gitter. Er brauchte nicht lange zu ziehen, bis es sich löste. Mit einem breiten Grinsen ging er zu seinem Spielzeug, hob es an und schob es in das Rohr. Er hörte von unten ein dumpfes Geräusch. Sein Spielzeug war auf etwas gefallen. Glorg schob sich ebenfalls in das Rohr. Er musste nach seinem Spielzeug schauen. Er kletterte nach unten, doch es war verschwunden …

Als Glorg den kleinen Raum schließlich verließ, plagte ihn der Hunger. Er betrat erneut einen hell erleuchteten Gang. Nicht weit entfernt hörte er knallende Geräusche. Neugier vertrieb seinen Hunger und so schnell er laufen konnte, eilte er durch den Flur. Die Geräusche wurden immer lauter, doch Glorg verspürte keine Angst. Er wusste nicht, was er da hörte, da er in seinem Leben noch keinen Schuss vernommen hatte. Seine Aufregung steigerte sich, als er den vertrauten Geruch von Angst wahrnahm. Es war nicht sein Spielzeug, aber das machte nichts. Vielleicht fand er ein neues. Voller Vorfreude öffnete er eine Tür, hinter der die Knallgeräusche am lautesten zu hören waren.

Vor ihm lagen drei Männer auf dem Boden und hatten komische Dinger in den Händen. Diese Dinger verursachten den Lärm. Vielleicht waren es die Spielzeuge der Männer? Glorg wusste es nicht. Er schaute sich die drei Männer kurz an, die ihn noch nicht entdeckt hatten. Der Mann, der ihm am nächsten war, verströmte auch die meiste Angst. Dieser da würde sein neues Spielzeug sein. Glorg stapfte auf den Mann zu und packte ihn am Bein. Sofort begann sein Spielzeug laut zu schreien. Glorg lachte und zog den Mann einfach hinter sich her. Er bemerkte nicht einmal, dass die anderen Männer auf ihn schossen. Nur durch Glück und den Fehlschüssen der geschockten mexikanischen Gangster, gelang es Glorg, unverletzt in den Gang zu entkommen. Er wusste, dass er sich nun beeilen musste. Kurzerhand warf er sich sein neues Spielzeug über die Schulter und rannte davon. Er wechselte schnell die Flure, bog um Ecken und versteckte sich dann in einem kleinen Raum. Die Schritte seiner Verfolger verklangen bald. Er zog sein Spielzeug zu sich heran und lächelte.

***

Freier Fall

Ein heftiger Krampf verhärtete Allen Friggs rechte Wade. Panik breitete sich in ihm aus und das Feuer des Schmerzes fachte seine Ängste so weit an, dass sein Gehirn zu einer Notmaßnahme griff. Ohne Vorwarnung fiel Allen in eine tiefe Ohnmacht und gleichzeitig körperlich von der Stahlleiter. Zwei Meter tiefer prallte er auf den Gitterrost der umlaufenden Galerie. Er spürte nicht, wie seine Haut an den ungeschützten Stellen aufplatzte und Blut aus den Wunden strömte. Besonders schwer hatte es seinen Kopf erwischt. An seiner rechten Schläfe war die Haut gute fünf Zentimeter aufgeplatzt und auch aus seinem Mund sickerte Blut. Bei dem Sturz war seine Zunge zwischen seine Zähne gerutscht. Zum Glück für Allen, was er im Moment nicht wissen konnte, war seine Zunge nur angebissen. Einzig schlimm war, dass seine verbrühte, empfindliche Haut unter seinem T-Shirt eingerissen war wie dünnes Papier. Wundflüssigkeit, vermischt mit Blut und Eiter, sickerte durch das Gewebe. Ein brennender Schmerz riss ihn zurück an die Bewusstseinsgrenze und ließ ihn erwachen. Sofort bohrten sich pochende Schmerzsignale in seine noch eingetrübte Wahrnehmung. Er schlug seine Augen auf, blieb aber sonst regungslos liegen. Wer lag, konnte nicht fallen; wer lag konnte ausruhen. Diese unbewusste, aber auch erstaunlich klare Sicht auf seine Situation, ließ ihn fast verzweifeln. Wieso, so fragte er sich, hatte er in seinem Leben so viele idiotische Entscheidungen getroffen? Es war mit ihm ständig bergab gegangen. Doch er hatte nicht erkannt, wohin ihn sein selbst gewählter Weg führte. Er hatte gestohlen, geraubt und gemordet. Man hatte ihn in die Todeszelle geworfen und noch immer hatte er nicht kapiert, dass er selbst der Idiot war. Selbst in der vermeintlich letzten Station seiner Reise hatte er sich nur Feinde gemacht. Es war ihm egal gewesen, dass ihn jeder hasste. Nicht einmal in der Todeszelle war er zur Vernunft gekommen. Dass er von den schwarzen Kerlen entführt worden war, hatte ihn nicht beeindruckt. Doch dass er in seiner Wut – über was eigentlich – er konnte es nicht sagen, sich selbst mit heißem Tee verbrüht hatte, war idiotisch. Nun lag er hier auf einem Metallgitter, das anderen Leuten als Laufgang diente und erkannte zum ersten Mal in seinem Leben, wie sinnlos sein Handeln und sein Leben gewesen waren. Er lag hier in einem riesigen Schacht, in dem er Rettung gesucht und Selbsterkenntnis gefunden hatte. Doch die späte Einsicht nutzte ihm nun nichts mehr. Er würde hier nie mehr herauskommen, nie wieder die Wärme der Sonne auf seiner Haut spüren. Nie wieder! Klebriges Selbstmitleid überschwemmte seine Gedanken und Tränen verschleierten seinen Blick. Er schloss die Augen und wartete auf den Tod.

Seine erwartete Erlösung wurde jedoch von einem tiefen, raumfüllenden Summton unterbrochen. Salven aus Basstönen durchfluteten den riesigen Schacht wie Wellen in einem Ozean. Allen wurde durch die Wucht der schwingenden Luftmoleküle angehoben und wieder abgesenkt. Doch die Hebebewegung war stärker als die Gravitation. Wie durch einen Sog wurde sein Körper über die Brüstung gehoben und in den Schacht gezogen. Er schwebte scheinbar schwerelos, mit dem Gesicht nach unten, immer höher den Schacht hinauf. Voller Grauen sah er den sicheren Rundgang unter sich entschwinden. Sein Schädel dröhnte und seine Augen tränten, nur dieses Mal aufgrund mechanischer Anstrengung und nicht aus Kummer. Mit jeder Welle wurde Allen weiter angehoben, Meter um Meter. Er versuchte erst gar nicht darüber nachzudenken, was passieren würde, wenn die Basstöne verstummten. Er strebte bei seinen Aufwärtsbewegungen langsam in den Mittelpunkt der Röhre.

Allen raffte seinen ganzen Mut zusammen und schaute abschätzend nach unten. Bei jeder Welle verschwamm sein Blick, doch in den kurzen, nur eine halbe Sekunde dauernden Pausen, erkannte er das UFO unter sich. Von diesem Ding mussten die Töne kommen. Es konnte gut dreißig oder vierzig Meter unter ihm stehen. Wenn er jetzt abstürzte, dann war es um ihn geschehen.

Etwas lenkte ihn bei seinen Betrachtungen ab. Er schaute zur Seite, mal rechts, dann nach vorne und zu seiner linken Seite. Kleine rote, runde Satelliten, nur wenige Millimeter im Durchmesser, begleiteten seinen Flug. Was war das, was mit ihm nach oben schwebte? Es dauerte einen Moment, bis Allen begriff, was er sah. Die kleinen roten Kugeln waren nichts anderes als sein eigenes Blut. Im gleichen Moment schmeckte er etwas Metallenes und gleichzeitig Süßes. Dazu kam ein Brennen seiner Zunge, die sich irgendwie auch taub anfühlte. Er versuchte seine Hand an den Mund zu führen, bemerkte dabei aber, dass sein Körper ins Schwanken geriet. Er schaukelte einen Moment hin und her und versuchte seinen Flug zu stabilisieren. *Mein Flug – wie sich das anhört*, dachte er verstört. Er hatte seinen Körper bisher ungewollt und instinktiv versteift gehalten und sogar Arme und Beine wie ein Fallschirmspringer gespreizt. Vorsichtig probierte er, wie sein Flugverhalten sich änderte, wenn er ein Bein oder einen Arm in eine andere Position brachte. Tatsächlich, er konnte seinen Flug, wenn auch nur eingeschränkt, steuern. Unter sich verschwand der letzte, stählerne Rundgang, die Brüstung, auf der er sich nur mühsam und von seiner Angst gebeutelt, bewegt hatte. Nun schwebte er auf einem Luftkissen, das durch Schallwellen erzeugt wurde. Die Schmerzen seines Sturzes wurden von Adrenalin betäubt, das durch seinen Kreislauf pulsierte. Das UFO wurde immer kleiner, halt, nein! Es begann sich zu bewegen!

Es schwebte nun ebenfalls nach oben, nur schneller als er. Wenn das runde Fluggerät mit ihm zusammenstieß, dann konnte das nur bedeuten, dass er zerschmettert würde oder abstürzte, was am Ende auf das Gleiche hinauslief. Angestrengt hob Allen seinen Kopf und erkannte verwundert, dass sich die Abdeckung des Schachts geöffnet hatte. Er hatte nicht bemerkt, dass sich über ihm etwas bewegte, geschweige denn, dass er etwas gehört hätte. Die gute Nachricht war, dass das Schachtende keine zwanzig Meter über ihm lag. Er musste an den Rand des Schachts gelangen, damit er nicht hoch in die Luft, außerhalb des Schachtes, getrieben wurde. Es war egal, ob er in den Schacht stürzte oder im Freien auf den Boden. Absturz war Absturz und tot war tot. Allen zog sein rechtes Bein wie auch seinen rechten Arm an. Dadurch änderte er zwar seine Position, aber nicht in die gewünschte Richtung. Er fing wieder an zu trudeln und das UFO kam immer näher, gleichzeitig aber auch das Ende des Schachtes. Die Basstöne wurden dunkler und intensiver.

Allen fühlte, wie all seine Knochen, sein ganzes Skelett vibrierte. Übelkeit stellte sich ein und er konnte seine Umgebung nur verschwommen wahrnehmen. Dazu ergriff ihn eine Panikwelle nie gekannter Intensität. Er würde sterben, das war sicher. Er wollte nicht sterben, er wollte leben. Bilder seiner Opfer tauchten vor ihm auf. Blutüberströmte Gesichter lachten und verhöhnten ihn. Die Welt verlor sich in einem Wirbel aus Angst, Panik und Grauen. Ohne Vorwarnung traf ihn etwas Hartes in den Rücken und schleuderte ihn unkontrolliert davon. *Nun ist es soweit*, war sein letzter Gedanke, ehe er hart auf einem sandigen Untergrund aufprallte. Er überschlug sich mehrere Male, bis die Bewegungsenergie seines Körpers aufgebraucht war.

Wie eine zerbrochene Puppe lag Allen Friggs, der Killer, auf der Seite. Trotz der Schmerzen, die keine Stelle seines Körpers verschonten, lebte er und war bei Bewusstsein. Mit einer schier übermenschlichen Kraftanstrengung richtete er sich halb auf. Sein Blick klärte sich und er atmete schwer. Allen konnte nicht verstehen, was er sah. Er blickte in die Einöde einer Steinwüste. War er gestorben und dies war der Ort seiner Verdammnis?

Erschöpft ließ Allen sich zurück auf den Boden sinken. Er schloss seine Augen und schlief augenblicklich vor Erschöpfung ein.

***

Erschrecken

Er blickte auf und sein Herz schien für einen Moment seine Arbeit einzustellen. Ein eisiger Schreck lähmte seine Bewegung für Sekunden. Dann ließ er sich aus seiner knienden Haltung heraus fallen und presste sich an das kalte Metall des Abzugsschachtes. Er hatte dem Tod sprichwörtlich ins Auge geschaut. Direkt vor ihm war ein Hochenergielaser, dessen Abstrahllinse genau auf ihn gezeigt hatte. Wieso war er nicht tot, zu Asche verbrannt? Der Laser hatte doch aufgeblitzt! Schweiß durchnässte in Sekunden sein Nackenhaar und tropfte von seiner Stirn in die Augen. Ungeduldig wischte der Dieb sich übers Gesicht und begann dann laut zu lachen. Sein Heiterkeitsausbruch echote durch die Belüftungsröhren und verhallte bald. Er hatte sich selbst zum Narren gemacht. Seine eigene Lampe hatte sich in der Linse des Lasers gespiegelt und seiner Wahrnehmung vorgespielt, dass dieser aktiv sei. Wenn dies der Fall gewesen wäre, dann hätte der Dieb nicht einmal mehr Zeit für einen einzigen Gedanken gehabt. Der Schreck schlug ihm auf die Blase. Er musste sich bald erleichtern, das war sicher. Hier im Belüftungsrohr war dies nicht möglich, ohne dass er sich selbst eingenässt hätte. Also musste er schnell zum nächsten Ausstieg und seine Mission später fortsetzten. Fatalistisch wie er eben war, machte der Dieb sich keine Sorgen über den Zeitverlust, den die Toilettenpause mit sich bringen würde. Er schob sich, ein ungutes Gefühl unterdrückend, an dem Laser vorbei und schaute suchend nach vorne. Zu seinem Glück sah er, nur einige Meter entfernt, eine Wartungsklappe. Schnell rutschte er durch das Rohr, seine Blase trieb ihn an, und erreichte schon nach wenigen Sekunden die Klappe. Mit geübten Handgriffen löste er sie und ließ sie nach unten aufklappen. Ein kurzer Blick genügte, um zu sehen, dass der Boden des unter ihm verlaufenden Flurs nicht weiter als drei Meter unter ihm lag. Das war zu schaffen, er war schließlich durchtrainiert. Selbstsicher und ohne auf seine Umgebung zu achten, ließ er sich, die Beine voran, langsam durch den Wartungsluk hinab. Schließlich hing er, nur von seinen Händen gehalten, leicht schwingend von der Gangdecke herab. Er löste seine Finger und nach kurzem Fall stand er auf dem Boden des Flurs.

Nun kam die nächste, wichtige Frage. Wo befand sich die nächste Toilette? Aus einer Seitentasche seines Overalls zog er einen Plan und studierte ihn sorgfältig. Gleich darauf erhellte sich seine Miene. Er wusste, wo er war und nur zwei Abzweigungen weiter befand sich die nächste Toilette. Hastig rannte er los, seine Blase drängte zur Eile. Gerade noch rechtzeitig erreichte er die Tür, deren Beschriftung ihm zeigte, dass er richtig war. Schwungvoll stieß er sie auf und fand sich im Vorraum der Toilette wieder. Rechts waren Kabinen, aber keine Urinale für Männer. Eine Frauentoilette? Auch gut! Schnell stieß er die Tür zu einer Kabine auf, öffnete seinen Overall und erleichterte sich. Gerade noch mal gut gegangen, dachte der Dieb und knöpfte den Overall wieder zu. In diesem Moment spürte er, dass er nicht mehr alleine war. Jemand hatte den Vorraum betreten, leise zwar, aber nicht unhörbar. Der Dieb vernahm ein Geräusch, das einem Schnüffeln gleichkam und bald darauf ein tiefes Knurren.

Was um Himmels willen war das? Wer produzierte solche Geräusche? Ein Tier, hier unten in der Area? Ein Versuchstier vielleicht, das durch den Systemausfall ausgebrochen war?

Der Dieb wagte nicht zu atmen und hoffte, dass es, was sich auch immer vor der Kabinentür aufhielt, wieder verschwinden würde. Er hatte nicht mal eine Waffe mitgenommen, mit der er sich hätte wehren können. Bei seinem Abstieg in die Tiefe hatte er nicht damit gerechnet, in Gefahr zu geraten. Erst jetzt wurde ihm bewusst, dass er nicht die geringste Ahnung hatte, was sich in den Labors der Area 51 abspielte. Dieses Unwissen bereitete ihm große Sorgen und er fragte sich, ob er seine Mission überhaupt noch durchführen konnte.

Erneut hörte der Dieb ein Knurren vor der Tür und nahm gleichzeitig einen stechenden Geruch wahr. *Was lauert da im Toilettenvorraum,* fragte sich der Dieb. Bilder aus Science-Fiction-Filmen erhoben sich aus seiner Erinnerung. Wurden diese fiktiven Gestalten nun zur furchtbaren Realität?

Ein kratzendes Geräusch ließ den Dieb erstarren. Versuchte das Versuchstier, oder was auch immer dort vor der Toilettentür lauerte, zu ihm in die Kabine zu kommen? Hastig überprüfte der Dieb, was er alles bei seinem Abstieg in die Tiefe, für seine Mission, mitgenommen hatte. Doch nichts von all den Dingen schien wirklich als Waffe zu taugen.

Wie konnte er nur so dumm gewesen sein und eine Waffe vergessen? Nun saß er in der Falle! Niemand würde kommen, um ihn zu retten! Niemand wusste, dass er hier unten war. Er würde einsam einen furchtbaren Tod erleiden.

Wieder kratzte es und dieses Mal bewegte sich die Toilettentür dabei. Der Dieb begann zu zittern und Angstschweiß durchnässte seinen Overall. Überall bildeten sich dunkle Flecken: am Rücken, unter den Armen, im Genick. Sein Haar war binnen kürzester Zeit so feucht, als sei er gerade unter der Dusche hervorgekommen.

Ein weiteres Kratzen ließ ihn zusammenzucken und nach oben schauen. Über den Rand der Toilettentür ragten spitze Krallen. Der Dieb stieß ein erschrecktes Keuchen aus und hielt sich gleich darauf seinen Mund zu. Er hoffte, dass das Wesen vor der Tür sein Keuchen überhört hatte. Seine Hoffnung, wohl aus der Verzweiflung geboren, schwand in dem Moment, als eine kalte, irgendwie fremdartige Stimme zu ihm hereindrang.

»Hab' ich's doch gedacht. Da ist jemand in der Toilette.«

Die Stimme versuchte schmeichelnd und freundlich zu wirken, doch der Dieb erkannte die falsche Absicht des Unbekannten.

»Willst du nicht herauskommen, um mit mir zu reden? Habe keine Angst, ich tue dir nichts.«

Noch einmal untersuchte der Dieb seine Ausrüstung nach etwas, das er als Waffe verwenden konnte, und dachte dabei an die Krallen des Fremden. Erneut kratzte es an der Tür und ein kehliges Knurren widerlegte die vorgetäuschte Freundlichkeit. Der Dieb brauchte Zeit zum Überlegen und so entschloss er sich, dem Fremden zu antworten:

»Ich brauche noch ein wenig. Ich kann jetzt nicht herauskommen. Lassen Sie mich in Ruhe, okay?«

»Aber du bist schon eine Weile da drinnen. Soll ich zu dir reinkommen?«

Nun wurde der Dieb ärgerlich. Wer auch immer da draußen vor der Tür wartete, war schlicht unverschämt. Ärger verdrängte ängstliche Befürchtungen und ließ den Dieb handeln. Ohne weiter darüber nachzudenken, griff er an seinen Werkzeuggürtel, zog eine Dose WD40 Ölspray heraus und riss die Toilettentür auf. Vor Schreck wäre er beinahe erstarrt. Keinen Meter von ihm entfernt stand ein Wesen, das es eigentlich nicht geben konnte.

Zu seinem Glück schien das Wesen ebenso erschrocken zu sein und stand regungslos da. Rote Pupillen schauten den Dieb aus einem Echsengesicht taxierend an.

Der Dieb erholte sich als Erster von seinem Schreck. Er akzeptierte einfach, was er sah und stellte die Situation im Moment nicht infrage. Das Einzige, was ihn an dem Wesen, war dass ein Alien?, wirklich störte, war dessen Nacktheit. Den Dieb, eigentlich nicht prüde in seiner Lebensauffassung, störte der Anblick. Natürlich waren ihm die überdimensionierten Genitalien des Fremden sofort aufgefallen und er dachte dabei voller Widerwillen: *Warum hat der Kerl keine Hosen an?*

Gleichzeitig, das ganze Geschehen, bisher waren seit der Türöffnung waren keine zwei Sekunden vergangen, hob der Dieb seine WD40 Dose, zielte kurz und drückte die Düse. Ein Ölfilm schoss aus der Düsenöffnung und traf zielgenau die Augen des Fremden. Dieser schrie auf und der Dieb konnte messerscharfe Reißzähne im Mund des Fremden erkennen. Er sprühte noch einmal und rammte den Alien mit seiner Schulter zur Seite. Der Fremde hatte seine Hände nach oben gerissen und versuchte das Öl aus seinen Augen zu reiben. Der Dieb rannte an dem Alien vorbei, zurück auf den Gang und dann, so schnell ihn seine Beine trugen, davon. Leise hörte er den Fremden rufen:

»Warum läufst du davon? Gefall' ich dir denn nicht?«

***

Die Erde bebt

Gerry und Stan lagen circa zwei Kilometer von den ersten Hallen der Area 51 entfernt zwischen kargen Büschen. Gerry war aufgeregt wie nie zuvor. So nahe am Ziel seiner Träume, so nahe an der Erkenntnis. Er würde erfahren, was sich hier abspielte, was wirklich real war an dem Mythos Area 51.

Stan hingegen hing trüben Gedanken nach. Er sah eine düstere Zukunft vor sich. Man würde sie einsperren und dann? Es erschien ihm unmöglich, von hier aus ungesehen zu verschwinden. Jeden Moment musste das Wachpersonal sie entdecken. Er wollte Gerry dazu auffordern, dass sie sich erhoben und mit nach oben gestreckten Armen ergaben. Gefangenschaft war die einzige Option, die ihnen noch blieb. Als Stan diesen Entschluss gefasst hatte und seinen Freund auffordern wollte, mit ihm diesen beschwerlichen Schritt zu gehen, begann die Erde unter ihnen zu erzittern. Ein Erdbeben, hier in der Wüste von Nevada?

Stan glaubte nicht, was er gerade erlebte. Doch sein Staunen würde sich in den kommenden Minuten noch bis ins Unendliche steigern. Auf dem Bauch liegend wurden die beiden Männer wie auf einem Rüttelsieb durchgeschüttelt. Angestrengt schauten sie nach vorne, um herauszufinden, was vor sich ging. Der Morgen war nah und die ersten Sonnenstrahlen schoben sich über die Berge. Das heftige Beben verhinderte jedoch jegliche romantische Betrachtung der morgendlichen Idylle und durch das Vibrieren war an eine klare Sicht nicht zu denken. Ein dumpfes Fauchen begleitete das Beben, eine kühle Luftströmung glitt über die Männer, um sich danach in der Wüste zu verlieren.

Mit zitternder Stimme rief Gerry seinem Freund Stan etwas zu, was dieser aber durch den ansteigenden Lärmpegel nicht verstand. Gleichzeitig deutete Gerry aufgeregt nach vorne. Stan schaute in die bedeutete Richtung und sah zuerst nur den erwarteten, zitternden Boden der Wüste. Stan wollte Gerry schon fragen, was er denn entdeckt habe, unterließ dies dann aber, da der Lärm, bestehend aus Rauschen, Poltern und einem tiefen Bass, seine Bemühungen zunichte gemacht hätte. Kaum hatte er diesen Gedanken beendet sah er, was Gerry entdeckt hatte.

Der Boden zeigte vor ihnen in etwa hundert Metern Entfernung einen Spalt, der sich rasch verbreiterte. Ein Riss im Gestein konnte das nicht sein, da der Spalt absolut geradlinig verlief. Aus dem Riss strömte die warme Luft zu ihnen herüber. Gebannt beobachteten die beiden das Schauspiel. In kürzester Zeit wurde eine runde, beleuchtete Öffnung sichtbar, die mindestens achtzig Meter im Durchmesser maß. Der Schacht, es musste sich um einen Schacht oder einen unterirdischen Hangar handeln, lag mindestens dreihundert Meter von ihrem Standort entfernt. Dennoch erschien die Öffnung ziemlich nahe. Gerry stupste Stan an der Schulter und als dieser sich fragend zu seinem Freund umdrehte, sah er Gerrys strahlendes Gesicht. Er beugte sich zu Stan, sodass sein Mund ganz dicht an dessen linkes Ohr kam und brüllte:

»Hab' ich's nicht gesagt? Fehlt nur noch ein UFO!«

Stan nickte nur und starrte erwartungsvoll zu dem Schacht hinüber. Die warme Luft brandete nun in beständigen Wellen über den Wüstenboden, begleitet von einem tiefen Brummen. Dann geschahen mehrere Dinge in rascher Abfolge: Zuerst flog ein kleiner Schatten aus dem Schacht. Allerdings flog er nicht kontrolliert und beim zweiten Hinschauen konnte man die Konturen eines Menschen erkennen. Er schoss seitlich aus der Bodenöffnung, überschlug sich einige Male und krachte keine zwanzig Schritte neben Gerry und Stan auf den Wüstenboden.

Doch noch ehe die beiden Männer nach der Gestalt schauen konnten, verstärkte sich der böige Wind und trieb Sandschleier durch die Luft. Das Licht im Schacht verdunkelte sich und schon eine Sekunde später erhob sich daraus ein untertassenförmiges UFO. Es schwebte langsam nach oben und war schließlich in seiner vollen Pracht zu sehen. Im gleichen Moment begann der Boden in ihrer Umgebung erneut zu beben. Rund um den Schacht schoben sich in gleichmäßiger Entfernung Geschütztürme ins Freie und schwenkten simultan in Richtung des UFOs. Dieses hatte bestimmt schon achtzig oder neunzig Meter an Höhe gewonnen. Es konnte nur noch Sekunden dauern, ehe es beschleunigte und davonfliegen würde.

Gerry und Stan standen auf und betrachteten das Schauspiel mit offenen Mündern. Sie hatten völlig vergessen, dass sie eine Kamera durch die Wüste geschleppt hatten, um das zu filmen, was von der Welt noch immer negiert wurde: ein UFO!

Ein krachendes Fauchen ließ die Männer zusammenzucken. Im gleichen Moment glühten die Geschützmündungen auf. Doch anstatt Geschosse in den Himmel und auf das UFO auszuspucken, brachen grelle Lichtbahnen knisternd aus den Läufen der Geschütze. Armdicke Laserstrahlen verdampften die Luft auf ihrem Weg zum UFO. Gleichzeitig breitete sich der Geruch von Ozon unangenehm über die Landschaft und die Männer aus.

Von mindestens zehn Laserstrahlen getroffen, taumelte das UFO durch den Himmel über der Wüste, kippte schließlich seitlich weg, ehe eine verheerende Explosion das Ende des Raumschiffes verkündete.

Gerry und Stan lagen längst am Boden. Die Druckwelle der Explosion hatte sie in die Wüste geschleudert. Erst nach mehreren hundert Metern kamen ihre Körper zur Ruhe. Brandgeruch und dunkle Rauschwaden, die von herabregnenden Trümmerteilen stammten, erschufen eine Vision des Krieges. Nach einigen Momenten setzte sich Stan auf und betastete seinen Körper vorsichtig. Er blutete aus verschiedenen Wunden und Abschürfungen. Seine Kleider waren zerrissen und blutdurchtränkt. Dennoch hatte er Glück gehabt. Außer Prellungen und Abschürfungen schien er in Ordnung zu sein. Sein Freund Gerry vollzog die gleiche Abtast-Prozedur bei sich und schien auch nur leicht verletzt zu sein. Als Stan sich schließlich zu dem vermuteten Absturzort des UFOs umdrehte, wurde seine Kehle trocken. Zwischen den Gebäuden der Area 51 und dem nächsten Bergkamm stand eine Wolke, die hell von innen heraus zu leuchten schien. Dazu hatte die Wolke eine Form, die jeden Menschen auf der Erde erschrecken würde. Dort in der Wüste stand ein Pilz aus Wolken, ein Atompilz.

»Scheiße!«, sagte Stan, »wir sind am Arsch!«

***

Verschlossen

Jack fragte sich, warum das Schicksal ihn in eine Lage gebracht hatte, die mehr als unübersichtlich, nein lebensgefährlich war. Sein Leben war sowieso schon schwierig genug verlaufen und hatte ihn zum Obdachlosen gemacht. Er hatte in den vergangenen Jahren viele falsche Entscheidungen getroffen und alles verloren. Nur sein Leben war ihm geblieben, das oft beschwerlich war, aber doch eben sein Leben. Als er sich mit seinem Dasein als Obdachloser abgefunden hatte, wähnte er sich in einer Position, von der aus er nicht noch weiter absteigen konnte. Falsch gedacht! Wieder einmal. Jack hätte nie vermutet, dass er sich nach New York City und dem Central Park, seinem bevorzugten Refugium, zurücksehnen würde. Doch genau diese Sehnsucht umklammerte ihn so stark, dass er fast körperliche Schmerzen empfand.

Birdy hingegen schien sich keinerlei Sorgen zu machen. Ein für ihre Situation unangebrachtes Lächeln lag auf seinem Gesicht. Er schien Freude an diesem abstrusen Abenteuer zu haben. Jack wusste, dass sein Freund nicht der Allerhellste war, doch dieser kindliche Eifer, den er an den Tag legte, war nicht normal. Vielleicht war Birdy, so überlegte Jack, auch mit der ganzen Situation überfordert. Er beschloss, ein Auge auf seinen Freund zu haben und bei Gelegenheit mit ihm zu sprechen.

Jacks Gedanken wurden unterbrochen, als Birdy und vor ihm Brian Spiller stehen blieben. Er hatte, in Gedanken versunken, nicht mehr auf seine Umgebung geachtet. So war er erstaunt, dass es still um ihn herum war. Auch die regelmäßig an der rechten Seite montierten Wartungsgitter fehlten. Verwirrt blickte er nach hinten und sah nur den belanglos ausschauenden Wartungsgang, der sich in der Ferne verlor. Wie weit sie in den letzten Minuten diesem Wartungstunnel gefolgt waren, konnte Jack nicht sagen. Er drehte sich nach vorne und bemerkte erst jetzt eine Stahltür, welche den Gang verschloss. Brian, der Killer, hatte das erbeutete Gewehr seitlich gegen die Gangwand gestellt und untersuchte das Schloss der Tür. Scheinbar war diese verschlossen und verriegelt. Jack trat näher und schob dabei seinen Freund ein wenig zur Seite. Birdy wollte schon aufbegehren, doch ein Blick Jacks genügte und Birdy trat zur

Seite. Sein Lächeln war verschwunden und zum ersten Mal seit ihrer Flucht aus dem Schlafraum erkannte Jack Resignation in Birdys Gesicht. Er konnte sich im Moment aber nicht mit der Gefühlswelt seines Freundes befassen. Wichtig war, dass sie einen Weg aus dieser Anlage fanden, auch wenn sie sich dabei auf die Hilfe eines Killers verlassen mussten. Es würde schon eine Möglichkeit kommen, um sich von Brian Spiller zu trennen.

Jack beugte sich vor und schaute sich ebenfalls das Türschloss an. Es handelte sich um ein ganz gewöhnliches Schloss, das man mit einem Bartschlüssel öffnen konnte. Solche Schlösser kannte Jack und er wunderte sich, dass er hier in dieser Anlage ein normales Schloss vor sich hatte. Bisher hatte er, wenn auch nur unbewusst, registriert, dass alle Türen mit elektronischen Schlössern gesichert waren und kein Schlüsselloch aufwiesen.

»Lass mich mal schauen«, sagte Jack zu Brian und schob sich gleichzeitig etwas näher heran. Er rüttelte an der Türklinke, schaute dann in das Schlüsselloch und nickte schließlich befriedigt. Noch ehe seine Begleiter fragen konnten, ließ Jack sich auf seine Knie nieder und besah sich den Spalt zwischen der Tür und dem Fußboden. Dann erhob er sich und sagte bedeutungsvoll:

»Ich glaube, wir haben Glück! Wenn ich ein Stück Draht bekomme und ein Blatt Papier, dann kann ich diese Tür öffnen.«

Brian und Birdy schauten Jack verwundert an und begannen gleichzeitig, ihre Kleidung zu durchsuchen. Birdy zog zu aller Verwunderung ein Stück Karton aus seiner Hose. Dieser mochte dreißig Mal vierzig Zentimeter messen und sah recht ramponiert aus. Birdy wollte erklären, warum er den Karton in seiner Hose gehabt hatte, doch Jack winkte ab und griff sich mit spitzen Fingern das Kartonblatt.

»Fehlt nur ein Draht oder ein dünner Nagel«, sagte Jack eigentlich mehr zu sich selbst. Doch seine Begleiter begannen sofort, den Gang in Augenschein zu nehmen. Nirgends war ein Draht oder ein Nagel zu finden. Plötzlich erstarrte Brian Spiller, griff in seine Hosentasche und fragte:

»Ginge auch ein Zahnstocher?«

Triumphierend zog er seine Hand aus der Hosentasche und hielt einen Holzzahnstocher, der schon etwas angekaut war, in die Höhe.

Jack griff sich den Zahnstocher und betrachtete das kleine Holzstück kritisch.

»Könnte funktionieren ... mal sehen ...«

Er kniete sich wieder hin und schob zunächst den Karton unter der Tür hindurch, bis nur noch ein kleiner Steifen zu sehen war. Danach richte er seine Aufmerksamkeit auf das Schlüsselloch. Er steckte den Zahnstocher hinein und bewegte mit spitzen Fingern das Holzstückchen hin und her. Einige Male fluchte er derb, arbeitete aber konzentriert weiter. Dann, die Männer hatten schon fast die Hoffnung verloren, fiel etwas auf der anderen Seite der Tür zu Boden. Sofort ließ sich Jack auf den Bauch fallen und schaute angestrengt unter der Tür hindurch. Es schien ihm zu gefallen, was er da erblickte. Behutsam griff er nach dem Kartonblatt und zog dieses langsam und vorsichtig unter der Tür hervor. Birdy konnte vor lauter Staunen nur ein „Das gibt's doch nicht“ rufen, als er auf seinem Kartonblatt einen Schlüssel liegen sah. Jack griff sich den Schlüssel und steckte ihn, mit einem befriedigten Lächeln auf seinen Lippen, in das Schlüsselloch. Er drehte ihn nach links und ein metallisches Klacken zeigte an, dass das Schloss geöffnet war. Jack richtete sich auf und drückte die Türklinke nach unten. Völlig ohne Widerstand ließ sich die Tür öffnen. Er zog sie auf und sagte nicht ohne Stolz in seiner Stimme:

»Bitte meine Herren, der Weg ist frei!«

***

Falsche Spur

Zasdosh der Alien lächelte raubtierhaft, was seinem Äußeren entsprach. Er, aus dem Volk der Nikamba, ähnelte einem irdischen Tiger. Doch mit der Ähnlichkeit verbarg er eine enorme Intelligenz. Er war geflohen, hatte fürchterlich unter den Menschen gewütet und hatte bewusst Spuren hinterlassen. Er wusste von dem Raumschiff, das in einem Tiefenhangar lag und von einer anderen außerirdischen Rasse gebaut worden war. Er hatte nie einen Vertreter dieser Rasse getroffen. Scheinbar hatten die Menschen die Besitzer des Raumschiffes getötet. Zasdosh wusste, dass ihm mit diesem Raumschiff niemals die Flucht gelingen konnte. Doch er hatte etwas anderes gehört. Einer der Wissenschaftler hatte ihm berichtet, dass er nicht der einzige Außerirdische in dieser Anlage sei. Er hatte damit geprahlt, dass es eine Gruppe eines anderen Volkes gab, die mit den Menschen einen Vertrag hatte. Die anderen Aliens besaßen sogar eine Basis auf der Erde. Wochen später erfuhr Zasdosh, dass dieser Stützpunkt der intergalaktischen Verräter direkt an den Stützpunkt der Menschen grenzte, ja sogar damit verbunden war. Dort musste er hin! Die anderen mussten ihm zur Flucht verhelfen!

So war sein Plan entstanden, die Menschen zu täuschen. Er floh aus seiner Unterkunft, als die Türen, wohl aufgrund eines technischen Fehlers, aufsprangen. Sofort verließ er seinen Wohnbereich, den er immer als sein Gefängnis betrachtet hatte, und eilte durch die Flure und Gänge der Anlage. Dabei stieß er auf Soldaten und tötete diese gnadenlos. Er legte damit eine Spur, die seiner Vertuschung dienen sollte. Dann, nach einer anstrengenden Suche, fand er schließlich den Tiefenhangar. Auf dem Gang davor riss er sich einige Haare aus und verteilte diese forensischen Spuren. So würden die Menschen wissen, dass er hier gewesen war.

Dann wandte er sich dem fremden Raumschiff zu. Wie schon von ihm vermutet, handelte es sich bei dem Schiff um ein Zubringer-Shuttle. Damit war dieses Kleinraumschiff für seine Flucht nutzlos. Doch für seine Täuschung war es wie geschaffen. Er begab sich ins Innere des kleinen Schiffes und studierte die Steuereinrichtung. Diese Technik stellte für ihn keine große Herausforderung dar. Schnell programmierte er einen automatischen Ausflug aus dem Schacht des Tiefenhangars. Zu seiner Freude fand er auch die Schaltung, welche den Hangar am Ende des Schachtes öffnete. Er betätigte die entsprechenden Schaltungen, programmierte den Zeitpunkt des Abfluges und verließ hastig den Tiefenhangar. So schnell er rennen konnte, durchquerte er die Halle und verließ den großen Raum durch eine Tür auf der gegenüberliegenden Seite. Kaum hatte er die Tür geschlossen, hörte er die Luftintervallanlage anlaufen. Diese hob das kleine Raumschiff durch komprimierte Luft aus dem

Schacht. Erst im letzten Drittel setzten die Triebwerke des Raumschiffs ein und hoben es aus dem Hangar.

Zasdosh rannte durch den Gang, stieß eine Tür an dessen Ende auf, stürmte eine Treppe hinunter und gelangte in einen weiteren Gang. Ein dumpfes Grollen ließ ihn innehalten. Er blieb stehen und lauschte. Das Grollen verstärkte sich und ließ selbst hier unten die Wände erzittern. Das Raumschiff war abgeschossen worden. Genau dies hatte Zasdosh vermutet. Die Verräter, eben die Außerirdischen, die hier einen Stützpunkt besaßen, hatten den Menschen zu Waffen verholfen, die in der Lage waren, ein Raumschiff zu zerstören. Als das Grollen verebbte, machte sich Zasdosh auf die Suche nach dem Ort seiner Hoffnungen. Er suchte den Zugang zur „Kolonie".

***

Bange Gefühle

Nachdem Gustavo den Schlafsaal verlassen hatte, wusste er zuerst nicht, wohin er sich wenden sollte. Ängstlich schaute er sich um und konnte nicht entscheiden, welcher Gang wohl der Richtige war. Am liebsten hätte er sich irgendwo verkrochen und auf Hilfe gewartet. Doch anders als in den meisten Filmen würde niemand kommen, um ihn zu retten. Er war bedeutungslos für die Welt, selbst bedeutungslos für die Dorfgemeinschaft, in der er lebte. Resignation lähmte seine Gedanken und er schloss seine Augen. Wäre er nur so tapfer wie die Filmhelden, die er so sehr verehrte. Actionfilme waren seine Leidenschaft und so manches Wochenende hatte er in seiner schäbigen Hütte damit verbracht, sich DVDs anzuschauen. Er stahl sich damit aus seinem kleinen Leben und tauchte in die Welt der Abenteuer ein. Ein Gedanke, der unvermittelt alle Trübsal vertrieb, elektrisierte Gustavo. Eine lautlose Stimme fragte ihn: *„Steckst du nicht schon mitten in einem Abenteuer? Also, worauf wartest du? Finde einen Weg hier heraus! Sei ein Held!"*

Gustavo erschauerte und fragte sich, ob er diesen Gedanken, diese Stimme selbst gedacht, ja erdacht hatte. Er – ein Held? Doch warum denn nicht? Seine Filmhelden gerieten auch ständig und unerwartet in gefährliche Situationen. Deshalb liebte er diese Geschichten. Und ja, er befand sich mitten in einem Abenteuer. Hatte er sich das nicht schon immer gewünscht? Eine magische Energie rieselte durch seinen Körper und brachte erwartungsvolle Zuversicht mit. Ja, er konnte dieses Abenteuer bestehen, warum auch nicht? Er war jung, gerade einmal achtundzwanzig Jahre. Er war stark durch das Arbeiten im Baugeschäft und im Tunnelbau. Er hatte die Filmhelden bei ihren Abenteuern begleitet und von ihnen gelernt, wie man sich aus gefahrvollen Situationen retten konnte. Er war bereit! Ja, er war bereit für „sein" Abenteuer.

Gustavo straffte sich, wählte den Gang zu seiner Rechten und marschierte los. Wachsam sondierte er seine Umgebung und überlegte gleichzeitig, wie er sich bewaffnen konnte. Er empfand immer noch große Angst, jedoch hatte sich noch eine andere Empfindung etabliert – die Neugier auf das Unbekannte.

Irgendwo vor sich hörte Gustavo Schussgeräusche durch die Gänge hallen. Jeder vernünftige Mensch würde nun umkehren oder sich verstecken. Nicht so Gustavo. Er folgte den Geräuschen, ja orientierte sich sogar an diesen. Nicht einmal fünf Minuten später wurde eine Tür aufgerissen und die Schussgeräusche verstärkten sich. Gustavo suchte nach einem Versteck, fand aber nur eine kleine Nische, in die er sich sofort zwängte. Keine Sekunde zu spät, wie sich sofort herausstellte. Durch die Tür stapfte ein merkwürdiges Wesen. Es war groß, fett und nackt. Auf einem schwammigen Hals saß ein Kopf, der im ersten Moment dem eines Säuglings ähnelte. Ein zweiter Blick jedoch zerstörte diese Diskrepanz. Lediglich die Proportionen des Schädels und des Gesichts verführten den Betrachter zu dieser irrigen Einschätzung. Der Fette, so nannte Gustavo das Babymonster, schleifte einen Mann in den Flur. Dann warf er sein Opfer über seine breite Schulter und rannte davon.

Gustavo schaute dem seltsamen Paar hinterher, blieb aber sicherheitshalber in seinem Versteck. Der Mann, der von dem Fetten entführt wurde, war einer der Gangster aus Mexiko, einer von Sanches' Leuten.

Wie zur Bestätigung seiner Beobachtung flog die Tür, durch die der Fette gekommen war, erneut auf. Ramires und Juan, so hieß der andere, wenn sich Gustavo nicht täuschte, rannten durch die Tür. Sie blieben kurz stehen, als ob sie lauschen würden. Weit vorne im Gang glaubte Gustavo, ein Türklappen gehört zu haben. Ramires und Juan sahen sich kurz an, ehe sie dem Geräusch folgten. Dabei hielten sie ihre Maschinenpistolen sichernd vor sich.

Gustavo schaute den Gangstern ungläubig nach. Wie zur Hölle waren die Kerle an Waffen gekommen? Erst vor einigen Stunden hatte er sie noch im Schlafsaal gesehen und nun waren sie bewaffnet. Zu seinem Glück drehten sich die Gangster nicht ein einziges Mal nach hinten um. Ihre Aufmerksamkeit galt ausschließlich der Verfolgung des fetten Kerls. Gustavo beschloss, ihnen zu folgen. Er hoffte, dass sich dadurch eine Möglichkeit ergab, die hilfreich bei seiner Flucht war. In dem Moment, als die beiden Gangster in einen Seitengang abbogen, verließ Gustavo sein Versteck. So leise er konnte, eilte er den Männern hinterher. Kaum an der Abzweigung angekommen, beschlich ihn das Gefühl, beobachtet zu werden. Seine Nackenhaare stellten sich auf und er drehte sich furchtsam um.

***

Nichts wie weg!

Stan setzte sich auf und klopfte Dreck und Staub von seiner Kleidung. Dabei überlegte er, wie man sich bei einer Verstrahlung verhalten musste. Er hatte doch schon so viele Dokumentationen über Katastrophen gesehen, auch über Strahlenunfälle. Sein Freund Gerry schaute noch immer zu der sich nun auflösenden Wolke, dem Atompilz. Ein unerwartetes Geräusch unterbrach die apokalyptische Situation und passte dennoch genau hierhin. Eine Sirene jaulte von den Hangars und den flachen Gebäuden der Area herüber.

»Lass uns hier verschwinden, solange wir nur können!«, rief Stan Gerry zu. Dieser drehte sich zu Stan um und wirkte verwirrt. Zu Stans Erstaunen begann Gerry auf einmal zu lachen und rief mit sich überschlagender Stimme:

»Wir hatten recht! Hast du gesehen, das war ein UFO! Die haben UFOs hier! Wo ist die Kamera?«

»Bist du völlig bescheuert?«, fragte Stan mit fassungsloser Stimme und rutschte auf seinen Freund zu. »Wir müssen hier weg, bevor sie uns schnappen. Jetzt ist die Gelegenheit! Verstehst du?« Dabei schüttelte Stan Gerry heftig an den Schultern. Schon eine Sekunde später riss er seinen Freund um und presste seine Hand auf dessen Mund.

»Still, sei still und bewege dich nicht. Da vorne kommen Fahrzeuge.«

Gerry verließ die schockbedingte Euphorie sofort und er rollte sich auf den Bauch. Dicht an den Boden gedrängt beobachten die beiden Freunde, wie sich eine Reihe Fahrzeuge näherte. Keine zwanzig Meter entfernt hielten einige Wagen an und Uniformierte stiegen aufgeregt aus. Zuerst hatte Stan befürchtet, sie seinen entdeckt worden, doch zu seiner Erleichterung eilten die Soldaten zu der Öffnung, aus der das UFO aufgestiegen war.

»Los«, drängte Stan, »letzte Chance! Lass uns abhauen, solange die Soldaten beschäftigt sind. Eine bessere Gelegenheit bekommen wir nie mehr!«

Gerry schaute seinen Freund an und nickte. Zu gerne hätte er noch mitverfolgt, was weiter geschah. Schließlich siegte seine Vernunft. Mit einem letzten bedauernden Blick schaute er zu dem Schacht und den Soldaten an dessen Rand und der Wolke im Hintergrund. Erst jetzt erkannte er die Gefahr. Er hoffte, dass der Absturz des UFOs keine Strahlung freigesetzt hatte. Gerry beschlich eine dunkle Vision und er sah sich in einem Krankenbett. Er hatte alle Haare verloren, seine Haut hatte eine graue Färbung angenommen und ein Arzt flüsterte mit einer Krankenschwester. Nein, er wollte nicht als verstrahlter, hoffnungsloser Patient enden.

Auf einmal hatte er es eilig. Beinah hastig flüsterte er Stan zu:

»Ja, du hast recht! Wir müssen hier abhauen und sehen, dass wir zurück in die Stadt kommen. Ich hoffe nur, dass wir nicht verstrahlt sind. Hast du die Wolke gesehen?«

»Hab' ich, du Idiot! Was denkst du denn? Wir müssen sehen, dass wir die Klamotten loswerden und duschen.«

»Ja, genau! Und wir brauchen Jod. Das hilft, glaub' ich zumindest. Also los!«

Immer noch auf dem Bauch liegend, rutschten die beiden Freunde rückwärts. Hinter einer Bodenwelle wollten sie sich gerade aufrichten und ihre Flucht rennend fortsetzen, als Stan seinen Freund am Arm festhielt. Er hatte etwas gesehen, etwas, was sich bewegt hatte.

»Gerry, ich glaube dort liegt jemand.«

»Was, wo?«

»Na da vorn. Ich glaube, dort liegt ein Mensch.«

»Quatsch. Los komm schon! Wir haben keine Zeit zu verlieren!«

»Nein!«, antwortete Stan bestimmt und rannte zu der Stelle, wo er die Bewegung wahrgenommen hatte. Nach wenigen Schritten stand er vor einer am Boden liegenden, zusammengekrümmten Person. Stan ging in die Hocke und besah sich die Gestalt. Zerfetzte Kleidung offenbarte einen mit Brandblasen bedeckten Brustkorb. Stan erkannte sofort, dass es sich um einen Mann handelte. Er hatte seine Augen geschlossen und atmete flach. Scheinbar war der Verwundete ohne Bewusstsein. Sein Gesicht war verschrammt und aus unzähligen kleinen Wunden floss Blut. Auch die zerfetzte Kleidung des Besinnungslosen war mit Blut besudelt. Inzwischen war Gerry neben Stan getreten und betrachtete den Verletzten.

»Wir müssen ihm helfen«, sagte Stan und überlegte, ob er den Mann in eine Seitenlage bringen sollte. Bei einem Erste Hilfe Kurs hatte er gelernt, einen Bewusstlosen so zu stabilisieren.

»Wie sollen wir ihm denn helfen?«, fragte Gerry. »Wir müssen hier abhauen. Außerdem können wir den Mann nicht zwanzig Kilometer durch die Wüste schleppen.«

»Du hast recht«, antwortete Stan, »das können wir nicht.«

Mit diesen Worten stand er auf und sagte zu seinem Freund:

»Warte hier. Ich bin gleich zurück.«

Ohne eine weitere Erklärung rannte Stan los. Gerry schaute nur fassungslos, als er sah, dass Stan auf die Fahrzeuge der Soldaten zurannte. Sein Freund musste verrückt geworden sein. Was sollte das alles? Wollte er Hilfe holen und damit ihn und sich selbst den Soldaten ausliefern?

Gerry sah, wie sein Freund zwischen den Fahrzeugen verschwand, wurde aber dann vom Stöhnen des Verletzten abgelenkt. Der Mann hatte seine Augen geöffnet und wollte sich aufsetzen. Gerry ließ sich auf die Knie fallen und sagte mit beruhigender Stimme:

»Bleiben Sie bitte liegen, Mister. Alles wird gut. Mein Freund holt Hilfe!«

***

Über Treppen

Seine Knie schmerzten bei jeder Treppenstufe, die Sergeant Owen Fields nach oben stieg. Der Sturz aus dem Belüftungskanal hatte Blessuren hinterlassen. Seit seiner Entführung durch das Babymonster hatte er einiges einstecken müssen und eine Reihe von Verletzungen, auch wenn diese nicht lebensbedrohlich waren, erlitten. Dicht hinter ihm schnauften die beiden Wissenschaftler, wenn es denn welche waren. Owen hatte ihr Verhalten beobachtet und war ins Grübeln gekommen. Wie auch immer, er wollte zurück an die Oberfläche, er wollte zurück zu seiner Familie. Dazu hatte er sich schon einen Plan zurechtgelegt. Sobald er mit den beiden Kittelträgern einen Ausgang fand, würde er sich schnell verdrücken. Oben kannte er sich aus. Danach würde er zum Umkleideraum der Wachsoldaten gehen, sich eine frische Uniform anziehen und so tun, als wäre er nie in den geheimen Labors gewesen. So wurde er nicht zu einem Sicherheitsrisiko. Wenn er gefragt würde, würde Owen sagen, dass er seine Runde gedreht habe, wie immer. Wenn alles klappte, dann konnte er nach dem Wachwechsel in den Flieger steigen und nach Hause zurückkehren. So zumindest sah seine Planung aus.

Eine heftige Erschütterung, gepaart mit einem simultanen donnernden Geräusch, unterbrach die planenden Gedanken des Sergeants. Das Treppenhaus schien zu wanken und die Treppenstufen erzitterten unter dem mechanischen Druck der Explosionswelle. Owen stürzte auf die Stufen und versuchte sich irgendwie und irgendwo festzuhalten. Hinter ihm schrien die Wissenschaftler in schockbedingter Panik. Von einem Moment zum anderen erstarb das Rütteln und es wurde still. Nur Staubfahnen, gebildet aus dem Kalk des Treppenhausverputzes, erinnerten an das eben erlebte Beben.

Einen kleinen Moment des Durchatmens gönnte Owen sich. Er blieb einfach dort liegen, wo die Erschütterung ihn hingeworfen hatte. Mit einem ergebenen Ächzen erhob er sich schließlich und schaute sich nach seinen Begleitern um. Diese standen ebenfalls auf und schauten den Sergeant fragend an. Owen hob nur seine Schultern, zum Ausdruck, dass er auch nicht wusste, was gerade geschehen war. Ungeduldig winkte er die Männer herbei und sagte knurrig:

»Los meine Herren! Es wird Zeit, dass wir hier herauskommen.«

Ohne auf eine Antwort oder eine Reaktion der Angesprochenen zu warten, drehte er sich um und eilte die Treppe nach oben. An den Schrittgeräuschen hörte er, dass die beiden Kittelträger ihm folgten. Schon nach der nächsten Biegung erkannte Owen das Ende des Treppenaufgangs. Eine massive Stahltür, normalerweise wohl elektronisch gesichert, stand einen Spaltbreit offen. Die letzten Stufen rannte der Sergeant nach oben, ehe er vor der Stahltür anhielt. Er nahm sich die Zeit zu lauschen, um herauszufinden, was sich hinter der Tür abspielte. Zu seinem Erstaunen hörte er das aufgeregte Geplapper vieler Menschen. Noch ehe er vorsichtig den angrenzenden Raum betreten konnte, schoben sich die Kittelträger unsanft an ihm vorbei. Ohne ein Wort des Dankes verschwanden die beiden hinter der Tür. Owen hatte auch keinen Dank erwartet und folgte den Männern. Im ersten Moment, als er durch die Tür trat, überschwemmten menschliche Stimmen seine Sinne. In den Fluren und Gängen war es weitgehend still gewesen und so überforderte die schiere Masse der Anwesenden seine Hörnerven. Mit beiden Händen hielt er sich die Ohren zu und versuchte herauszufinden, was vor sich ging. Menschen in Kitteln oder Anzügen stritten sich lautstark mit Uniformierten. Letztere versuchten, die Schreier in einen bestimmten Bereich der Halle zu drängen. Es handelte sich bei dem Raum eindeutig um eine Halle, besser gesagt um einen Flugzeughangar. Zwei Flugzeuge lagen wie verwundetes Wild schräg auf der Seite. Weiter im Hintergrund konnte Owen das zerschmetterte Rolltor des Hangars erkennen. Ein Riese schien die Aluminiumlamellen einfach nach innen gedrückt zu haben. Das laute Geräusch, erinnerte sich Owen, musste eine Explosion erheblichen Ausmaßes gewesen sein. Was sonst hätte das Tor so beschädigen können? Er musste hier raus, um seinen vorgefassten Plan umsetzen zu können. So unauffällig er konnte, schob er sich an der Wand entlang auf den Ausgang zu. Dabei behielt er die tobende Menge wie auch die Soldaten im Auge. Nach wenigen Augenblicken hatte er es geschafft und erreichte unbemerkt das Hangartor. Vorbei an den Trümmern schlüpfte er ins Freie. Doch kaum war er einige Meter weit gegangen, froh darüber, der unheimlichen Unterwelt der Area 51 entkommen zu sein, als sein Blick auf eine pilzförmige Wolke fiel. *Was ist DAS?*, fragte er sich und traute seinen Augen nicht. *Wer ist denn so verrückt, eine Atombombe zu zünden?* Doch Owen kam nicht dazu, seine Überlegung zu Ende zu denken. Hinter ihm fragte eine Stimme:

»Mensch Owen, was ein Glück, dass ich dich treffe. Du siehst ganz schön mitgenommen aus. Hat dich die Explosion des UFOs erwischt? Na ein Glück, dass du das überlebt hast. Warst wohl weit genug von der Unglücksstelle entfernt. Komm, unser Kommandeur sucht uns schon. Sag mal, wo warst du eigentlich die ganze Nacht?«

Owen drehte sich um und hatte einen Kameraden aus seinem Wachbataillon vor sich. Das war Smith, der immer so viel redete. Doch im Moment war ihm das nur recht. Nun hatte er eine Erklärung für seine zerlumpte Montur. Die Explosion! Natürlich! So entschloss er sich, die Vermutung von Smith zu bestätigen und sagte mit gespielter Verwunderung:

»Hallo Smith, was sagtest du? Ein UFO? Erzähl doch keinen Mist! Ich war auf Streife und irgendetwas hat mich davongewirbelt. Da ist wohl eine Bombe hochgegangen, bestimmt nur ein Experiment, das schiefgelaufen ist. Du weißt doch, diese Wissenschaftler …«

»Aber nein«, begehrte sein Kamerad auf, wenn ich's dir sage, es war ein UFO!«

Smith stampfte zur Bestätigung seiner Worte mit dem rechten Fuß auf und zeigte damit, wie verärgert er war, dass sein Kamerad ihm keinen Glauben schenken wollte.

»An deiner Stelle, mein Lieber«, raunte Owen, »würde ich nicht von einem UFO sprechen. Willst du vielleicht an einen unangenehmen Ort strafversetzt werden? Hier herrscht Geheimhaltung! Absolute Geheimhaltung!«

***

Suche

Die Erschütterung war so groß, dass der Dieb von seinen Füßen gerissen wurde. Er prallte hart auf den vibrierenden Boden. Gleichzeitig zerbarsten in den umliegenden Räumen, einem Labortrakt, wie der Dieb wusste, Glasscheiben, welche die Laborsektionen von den Büros trennten. Ein dumpfes Grollen schien durch den breiten Flur zu rollen. Deckenlampen zerbarsten im Funkenregen und es roch nach Ozon. Der Dieb rollte sich instinktiv in einer fötalen Haltung zusammen. Noch Minuten, nachdem die Erschütterungen geendet hatten und das donnernde Geräusch verklungen war, lag er auf dem PVC Belag des Ganges. Er war geschockt und verängstigt. Was war geschehen? War ein Flugzeug abgestürzt oder war eine Bombe explodiert?

Oder …? Er fand keine Antwort auf seine Fragen und als es still blieb, setzte er sich langsam auf. Hätte er gewusst, dass circa hundert Meter über ihm ein UFO explodiert war, hätte er seine Mission sofort abgebrochen. So lauschte der Dieb noch einen Moment, erhob sich dann und klopfte den Staub von seiner Kleidung, der während der Erschütterung auf ihn herabgerieselt war. Er zog seinen Lageplan aus der Tasche und studierte diesen eine Weile. Bestätigend nickend fuhr er mit seinem rechten Zeigefinger einige Linien entlang. Es war nicht mehr weit bis zu dem Arsenal, in das er eindringen wollte. Ohne hinzuschauen, faltete er den Plan wieder zusammen und steckte ihn zurück in seine Mehrzwecktasche. Etwas hatte seine Aufmerksamkeit erregt, doch er wusste noch nicht was. Seine Sinne waren aufs Äußerste angespannt, als er langsam vorwärtsschreitend lauschte. Er hatte etwas gehört, leise, fast wie das Geräusch raschelnder Blätter im Wind. Doch hier waren kein Wald, keine Blätter und erst recht kein Wind. Und doch … da vorne, auf der linken Seite raschelte es erneut. Die Nackenhaare des Diebes stellten sich auf und er bemerkte, wie sich seine Muskulatur verkrampfte. *Was zur Hölle ist das*, fragte er sich. Eigentlich wollte er es gar nicht wissen.

Er gab sich einen Ruck und rannte los. Er musste, um sein Ziel zu erreichen, an dem mysteriösen Rascheln vorbei. Als er die zerborstene Glastür zu einem der Labors passierte, konnte er nicht anders, als in den Raum hineinzuschauen.

Auf dem mit Glas übersäten Boden bewegte sich etwas. Ohne es zu wollen, blieb der Dieb stehen. Die unförmige, dunkle Masse schien ihn bemerkt zu haben, denn schon eine Sekunde, nachdem er gestoppt hatte, bewegte sich das Gekrabbel auf ihn zu. Ja genau! Die Masse bestand aus Insekten, aus Käfern. Die Tiere, wohl an die fünf Zentimeter messend, drehten sich wie auf ein geheimes Kommando hin in Richtung des Diebes. Dieser japste kurz auf und erkannte instinktiv, dass er sich in höchster Gefahr befand. Sofort spurtete er erneut den Gang hinunter. Hinter sich vernahm er das raschelnde Geräusch, das, wie er nun wusste, von tausenden Käferbeinen erzeugt wurde. Das Geräusch und damit einhergehend die Käfer, schienen sogar näherzukommen.

Der Dieb rannte nun so schnell er konnte. Dabei übersah er die Abzweigung, die ihn an sein Ziel führen sollte. Als er eine Hinweistafel entdeckte, die auf ein Treppenhaus hinwies, hätte er fast vor Freude gejubelt. Schnell stieß er die entsprechende Tür auf und rannte in das dahinterliegende Treppenhaus. Knallend fiel die Stahltür zu und erzeugte dabei ein lautes Echo. Schwer atmend blieb der Dieb stehen. Wohin sollte er sich nun wenden, nach oben oder nach unten?

Ein schabendes, kratzendes Geräusch an der Treppenhaustür ließ ihm keine Zeit zum Nachdenken. Er musste weiter …

***

Endlos

Der schmale Tunnel, ja man musste ihn wohl so beschreiben, denn der enge, felsbehauene Gang zeigte wenig an Technik, zog sich endlos dahin. Nur vereinzelt waren Lampen, wie man sie im Bergbau einsetzte, an der unebenen Decke angebracht. Jack schaute verbissen nach vorne und fragte sich zum wiederholten Mal, wohin dieser Felsengang wohl führen würde. Birdy hatte in diesem Tunnel seinen Humor verloren und weder sein typisches Pfeifen noch ein flotter Spruch hatten seit Stunden seinen Mund verlassen. Einzig zielgerichtet schien Brian Spiller, der verbissen einen Schritt nach dem anderen setzte und dabei das erbeutete Gewehr umklammert hielt. Das Gesicht des Killers war starr wie eine Maske und ab und zu malmte sein Kiefer, als ob er zu sich selbst spräche. Jack hatte versucht herauszufinden, wie weit sie diesem Tunnel schon gefolgt waren. Man verlor hier, in dieser steinernen Röhre jedes Gefühl für Entfernungen und Zeit. Doch so sehr er auch rechnete und die Abstände der Lampen zueinander einbezog, so kam er auf kein Ergebnis. Schließlich gab er sich selbst mit der Erklärung zufrieden, dass jeder Meter, den sie sich von der Station oder den Gängen dieser Anlage entfernten, gut war. Birdy und er sowie die anderen Männer in dem Schlafsaal waren entführt worden. Selbst Verbrecher hatte man entführt und Jack wollte nicht wissen, warum man sie entführt hatte. Lieber nicht …! Merkwürdig war allerdings, dass keine Frauen entführt worden waren. Warum nur keine Frauen? Oder hatte man die Frauen in einem anderen Quartier untergebracht? Jack schalt sich selbst einen Narren, solchen Gedanken nachzuhängen. Er musste sich und Birdy retten, wenn er nur wüsste wie …

Ein „Da ist doch was, da vorne“ lenkte Jack von seinen Betrachtungen ab und er schaute nun auch angestrengt in die einzig mögliche Richtung. Etwas seitlich auf der rechten Seite, etwa fünfzig Meter entfernt, war das Felsgestein unterbrochen. Konnte das eine Tür sein?

Die Männer hatten gleichzeitig die gleiche Idee und rannten hoffnungsvoll los. Schnaufend erreichten sie die Unterbrechung und standen tatsächlich vor einer schon in die Jahre gekommenen Stahltür. Sofort ergriff Birdy die Klinke und drückte diese nach unten. Doch der erhoffte Erfolg stellte sich nicht ein. Die Tür bewegte sich um keinen Millimeter. Sie war abgeschlossen.

Jack schob seinen Freund zur Seite, rüttelte nun seinerseits an der Tür, dann bückte er sich und schaute durch das Schlüsselloch. Mit einem verärgerten Ausdruck auf seinem Gesicht stellte er sich wieder gerade und trat voller Wut gegen die störrische Tür. Birdy traute sich in diesem Moment nicht, Jack anzusprechen. Selbst der Killer

Brian Spiller hielt sich sorgsam zurück. Einige lange Momente standen die Männer vor der Tür und starrten diese an. Jack unterbrach das starrende Schweigen und sagte in einem grimmigen Tonfall:

»Und bist du nicht willig …«

»… dann brauch ich Gewalt«, beendete Brian Spiller den Satz. »Ich weiß, worauf du hinaus willst, Jack! Jungs, tretet zur Seite und haltet euch die Ohren zu!«

Birdy schaute verständnislos Brian und dann zu Jack. Dieser zog seinen Freund einfach zur Seite und presste ihn an die raue Tunnelwand. Danach stellte er sich neben seinen Freund und legte die Hände über seine Ohren. Birdy folgte, immer noch nicht verstehend, Jacks Beispiel. Dann schaute er zu Brian. Der hatte inzwischen das Schnellfeuergewehr angelegt und zielte auf das Schloss der Tür. Ohne eine weitere Warnung drückte er den Abzug und eine Feuerzunge schien aus dem Lauf des Gewehres auf die Tür zuzuschießen. Gleichzeitig hämmerte ein Geräuschinferno durch den Stollen. Nur Sekunden später war kein Schloss mehr in dem Türblatt. Brian trat kräftig gegen das Metall und die Tür sprang auf.

Birdy drängte sich nach vorne und besah sich staunend das zerfetzte Metall. Jack schob ihn von hinten einfach weiter und damit durch die nun offene Tür hindurch. Zu ihrem Erstaunen standen sie auf einem schmalen Betonband. Ihre Blicke nach rechts wie auch nach links verloren sich nach wenigen Metern in der Dunkelheit. Sie traten ein wenig nach vorne und konnten über den Rand des Betonpodestes nach unten schauen. Dort lagen, sauber verlegt, Eisenbahnschienen. Sie befanden sich in dem Eisenbahntunnel, den sie am Anfang ihres Marsches von der Bahnstation aus gesehen hatten.

Nicht wissend, ob sich ihre Entdeckung am Ende als lohnend herausstellen würde, schritten die Männer suchend die Betonplattform, die in Wirklichkeit ein kleiner Behelfsbahnsteig war, ab. Birdy ließ sich sogar auf seine Knie nieder und beugte sich weit über die Betonkante nach unten. Jack wollte schon ironisch „Pass auf, dass kein Zug kommt“ sagen, als Birdy aufgeregt rief:

»Hier ist etwas! Wenn ich doch nur besser sehen könnte. Verdammt dunkel hier unten.«

Wie, als habe eine geheime Regie nur auf diesen Satz gewartet, flammten an der Tunneldecke einige Lichter auf. Erschrocken schaute Jack nach oben und dann zu Brian, der bedeutungsvoll und lächelnd auf einen Lichtschalter deutete, der neben der Tür angebracht war. Birdy hingegen schob sich über den Rand und sprang gleich darauf ins Gleisbett. Von unter herauf hörte man ihn rufen:
»Das ist ja toll! Das müsst ihr euch anschauen!

***

Abenteuerliche Flucht

Stan war unüberlegt und im Affekt davongestürmt. Er war normalerweise ein Mann, der seine Aktionen gerne überdachte. Dies hieß nicht, dass er immer smarte Entscheidungen traf. Betrachtete man sein Eindringen in die Area 51, auch wenn er von seinem Freund Gerry überredet worden war, so konnte man ihm einen gewissen Leichtsinn nicht absprechen. Diese Gedanken waren ihm in Sekunden durch den Kopf gegangen, wurden aber von dem bevorstehenden Abenteuer schnell verdrängt. Wie in einem Actionfilm würde er nun versuchen ein Fahrzeug zu stehlen, um dann mit seinem Freund und dem Verletzten von dem Gelände der Area zu flüchten. Doch das war leichter gesagt als getan.

Zu Stans Glück hielt sich niemand in der Nähe der Fahrzeuge auf. Die Soldaten waren gute sechzig bis achtzig Meter entfernt und so im Moment keine Gefahr. Stan gelangte ungesehen an das erste Fahrzeug, einen sogenannten Humvee, einen US Army Hummer. Das dreikommafünf Tonnen schwere Fahrzeug, ausgestattet mit einem V8 Dieselmotor, war sandfarben lackiert. Stan öffnete vorsichtig die Beifahrertür, da diese auf der abgewandten Seite der Soldaten lag, und schlüpfte in das Fahrzeug. Hastig schaute er durch die staubbedeckten Fenster, um zu prüfen, ob sein Eindringen bemerkt worden war. Doch keiner der Soldaten, die immer noch diskutierend am Schacht standen, hatte etwas bemerkt. Eilig kletterte er über die breite Mittelkonsole des Wagens und rutschte auf den Fahrersitz.

Wo war der Schlüssel? Im Zündschloss steckte er jedenfalls nicht! Mist! Stan schaute sich ratlos in dem Wagen um. Dann blickte er nach oben und sah auf die Sonnenblende. In vielen Filmen hatte er gesehen, dass der Fahrer den Schlüssel unter die Sonnenblende geklemmt hatte. Im normalen Leben hatte er jedoch noch niemanden beobachtet, der seine Schlüssel so verwahrt hatte. Dennoch griff er nach oben und klappte die Blende nach unten. Tatsächlich, er konnte sein Glück kaum fassen, fiel ihm ein Schlüssel in den Schoß.

Er schaute sich noch einmal sichernd um und steckte den Schlüssel ins Zündschloss. Ein weiterer Blick zeigte ihm, dass das Glück auf seiner Seite war. Hinter dem offenen Schacht bei den Hangars fuhr ein Tross von Lastwagen aus einer der großen Garagen. Der Lärm der schweren Dieselmotoren klang bis zu Stan herüber. Das war seine Chance!

Er startete seinen Humvee, der mit einem satten Brummen ansprang. Dann rangierte er das Fahrzeug aus der Reihe der abgestellten Lastwagen und lenkte es auf das Versteck seines Freundes Gerry zu. Dieser konnte nicht glauben, was er sah. Aufgeregt sprang er hinter einem Busch hervor und winkte. *So ein Idiot*, dachte Stan, *warum bleibt er nicht in Deckung?* Doch schon war er bei seinem Freund angekommen und hielt an. Gleich darauf sprang er aus dem massigen SUV und rannte die wenigen Schritte zu Gerry.

»Los! Schnell!«, rief er, »bringen wir den Verletzten in den Wagen!«

Zusammen trugen sie in aller Eile den scheinbar immer noch benommenen Mann zu dem Humvee und legten ihn auf den Rücksitz. Gerry setzte sich zu Stan nach vorne, der schon anfuhr, während er noch die Tür schloss. Sie fuhren über trockene Büsche und Geröll hinweg und überquerten kurze Zeit später eine große Bodenwelle. Nachdem sie aus dem Sichtbereich der Soldaten waren, beugte sich Stan zu Gerry und sagte mit lauter Stimme, um das Motorgeräusch des Wagens zu übertönen:

»Schau dich nach einem Weg um. Wir müssen schnellstens zum Zaun gelangen! Am besten in der Nähe unseres Autos. Du weißt schon, wo wir über den Zaun gestiegen sind. Also schau dich um!«

Gerry nickte nur und starrte aus dem Frontfenster. Sie wurden die nächsten Minuten gehörig durchgeschüttelt, als der schwere Wagen durch die Wüste pflügte. Auf einmal deutete Gerry aufgeregt nach vorne und rief:

»Da vorne, Stan! Kannst du den Weg sehen? Ich glaube, der führt hinauf auf den Bergkamm.«

»Ja«, antwortete Stan einsilbig und kämpfte verbissen mit dem hin-und herschlagenden Lenkrad. Ein, zwei letzte Bodenwellen und der Humvee erreichte schleudernd den erspähten Weg. Es war mehr eine Sandpiste als eine Straße, doch der Wagen rollte nun viel ruhiger und vor allem viel schneller.

Zeit war ein bedeutender Faktor. Sie mussten es schaffen, das Gelände der Area 51 zu verlassen und so schnell es ging im Getümmel der Stadt unterzutauchen. Dazu war Las Vegas mehr als geeignet. Stan wunderte sich, dass sie bisher noch nicht verfolgt wurden. Konnten sie tatsächlich so viel Glück haben? Er hoffte, dass es so war.

Genau in diesem Moment wurde seine Hoffnung zerstört. Über die nächste Kuppe fuhr gerade ein weiterer Humvee und kam direkt auf sie zu …

***

Mörderisch

Rupert Graham stand in der Nähe einer Gruppe von Wissenschaftlern. Die Männer und Frauen diskutierten heftig über das eben Erlebte rüde Verhalten der Soldaten hier im Hangar. Sie wollten nicht hinnehmen, dass sie schon die ganze Nacht und den halben Tag gegen ihren Willen festgehalten wurden. Selbst nach der Explosion, die irgendwo draußen, vor den Toren des Hangars stattgefunden und das Hangartor in Stücke gerissen hatte, durften sie die Halle nicht verlassen. Am meisten ärgerte die Wissenschaftler, dass niemand eine Begründung für ihre Internierung gab und ständig nur von Sicherheitsproblemen gesprochen wurde.

Rupert interessierte dies alles nicht. Er betrachtete unterdessen die Menschen in den Kitteln. Er wusste, dass er seine Kleidung wechseln musste und zwar schnell. Unter dem Kittel schaute der graue Overall heraus, den er und einige andere Gefangenen des Schlafsaals getragen hatten, als sie erwacht waren.

Ruhig, sich im Hintergrund haltend, wartete er auf seine Gelegenheit. Einige Minuten später war es soweit. Ein Mann, der seinen Anforderungen entsprach, da er in etwa seine Körpergröße hatte, sonderte sich von der Gruppe ab und ging in den hinteren Teil des Hangars. Dort, so wusste Rupert, lagen die sanitären Einrichtungen. Die Soldaten erlaubten den sich im Hangar befindenden Personen, die Toiletten zu benutzen. Rupert schlenderte, scheinbar ohne besondere Eile, hinter dem Mann her, als ob er selbst die Waschräume aufsuchen wollte. Keiner beachtete den vor ihm gehenden Mann oder ihn. Gleich darauf betrat der Mann im Kittel den Toilettenvorraum und schaute sich nicht einmal um, als auch Rupert den Raum betrat. Zielstrebig steuerte der Wissenschaftler eine der drei Kabinen an. Rupert vergewisserte sich rasch, nachdem der Mann die Kabine betreten hatte, ob sich sonst noch jemand in der Toilette befand. Dazu kniete er nieder und spähte unter den Trennwänden der Kabinen hindurch. Er hatte Glück, denn im Moment hatte wohl niemand anderes das Bedürfnis, sich zu erleichtern. Ohne noch lange zu warten, trat er an die verschlossene Kabine heran und klopfte energisch an die Tür.

Mit barscher Stimme, die militärisch oder jedenfalls befehlsgewohnt klingen sollte, rief er:

»Öffnen Sie sofort die Tür und kommen Sie heraus!«

Von innen kam ärgerlich, wenn auch in gedämpfterem Tonfall:

»Was soll das? Kann man nicht mal auf die Toilette gehen, ohne gestört zu werden?«

»Sir, bitte treten Sie sofort aus der Kabine oder ich muss Gewalt anwenden!«

Von drinnen kam ein ergebener Seufzer und eine eher müde klingende Drohung.

»Also gut! Aber ich werde mich bei Ihrem Vorgesetzten beschweren. Darauf können Sie sich verlassen.«

Gleichzeitig schwang die Kabinentür auf und der Wissenschaftler darin schaute verwundert, als er anstatt des erwarteten Soldaten einen Kollegen vor sich sah. Doch noch ehe er weiter über diese Diskrepanz nachdenken konnte, traf ihn die Faust Ruperts am Kinn.

Sofort brach der Mann zusammen und schnaufte schwer. Rupert sprang nach vorne und kniete sich auf den Brustkorb des Wissenschaftlers. Seine Hände legten sich um den Hals des Mannes und drückten gnadenlos zu. Mehr als einige schwache Abwehrversuche brachte der Angegriffene nicht zustande, dann erschlaffte er und lag schließlich reglos vor Rupert. Der überprüfte eilig, ob sein Opfer noch einen Puls hatte. Befriedigt lächelte er, als er feststellte, dass der Mann unter ihm sich nie wieder erheben würde. Hastig zerrte er die Leiche zurück in die Toilettenkabine und verschloss danach die Tür. Dann begann er, den Toten zu entkleiden. Dabei kam ihm ein Gedanke, der ihn lächeln ließ.

Einige Minuten später verließ Rupert den Toilettenraum. Die Kleidung des Toten passte ihm ausgezeichnet. Sein Opfer indes saß auf dem Toilettensitz, bekleidet mit dem grauen Overall, den die Gefangenen im Schlafsaal trugen. Sollten die Soldaten oder Wachen sich ruhig wundern, wie es einem Gefangenen gelungen war, in den Hangar zu kommen. Mit der für Psychopathen typischen Arroganz kehrte Rupert in den Hangar zurück. Als er nach rechts schaute, sah er Chuck Lander, der eine Frau in Businesskleidung, wohl eine Bürokraft, durch eine Seitentür zerrte. Die Frau wehrte sich nach Kräften, doch die rechte Hand Chucks verschloss ihren Mund. Die Tür fiel ins Schloss und die beiden waren verschwunden.

»So ein verdammter Idiot«, schimpfte Rupert verärgert, »der Kerl hält sich nicht an unsere Absprache. Wenn wir durch ihn auffliegen, dann bringe ich ihn um!«

***

In den finsteren Tunnel

Sie sprangen von der Betonplattform hinunter auf das Gleisbett. Dort wartete bereits Birdy, der aufgeregt unter die Plattform zeigte. Jack und Brian Spiller knieten ebenfalls nieder und versuchten zu erkennen, was Birdy entdeckt hatte. Zuerst schauten sie verständnislos auf einige Stangen, die aus Aluminium gefertigt waren. Dann sahen sie zwei Achsen, an deren Enden metallene Räder montiert waren. Birdy konnte vor lauter Aufregung nicht abwarten, bis seine Begleiter verstanden, was sie dort sahen. Deshalb sagte er leicht entnervt:

»Ja seht ihr denn nicht, was das ist?«

Jack und Brian Spiller schüttelten nur ratlos den Kopf.

»Das ist eine Draisine!«

»Was ist das?«, fragte Jack und dachte gleichzeitig darüber nach, wo er dieses Wort schon einmal gehört hatte.

Birdy konnte nicht glauben, dass nur er wusste, was eine Draisine war. Deshalb überlegte er, wie er Jack und Brian deren Funktion erklären konnte.

»Eine Draisine ist ein kleines Schienenfahrzeug. Gleisarbeiter setzen manchmal diese Fahrzeuge ein, wenn sie Reparaturen vornehmen oder sie die Strecke nach Schäden überprüfen.«

»Aha«, sagte nun Brian, »und das Ding da unter dem Podest ist so eine Dre … dingsbums?«

»Ja, es ist eine Draisine, und wenn sie funktioniert, dann bringt sie uns von hier fort.«

Mehr musste er nicht sagen. Sofort begannen Jack und Brian, das Metallding unter dem Podest hervorzuziehen, was schwerer war als gedacht. Schließlich lagen mehrere metallische Einzelteile vor ihnen auf dem Gleisbett. Sie umrundeten ihre Fundstücke und versuchten zu erkennen, ob sie die Teile zusammensetzen konnten. Birdy hingegen strahlte über das ganze Gesicht und begann, die Metallteile zu sortieren. Dann fing er an, die Achsen mit den daran befestigten Rädern auf die Gleise zu heben. Aus zwei dreieckigen Aluminiumteilen schoben sie dann eine Art Plattform zusammen. Durch weitere kleinere Verbindungsstücke verbanden sie die Achsen mit der Plattform.

Birdy war noch einmal unter die Plattform gekrochen und kam mit einer schweren Holzkiste wieder zum Vorschein. Er öffnete den Deckel und schaute in die Kiste. Mit einem „Wer sagt's denn" griff er in die Kiste hinein und zog einen Elektromotor hervor. Seine Halsschlagadern traten hervor, als er den Motor zu dem unfertigen Schienenfahrzeug schleppte. Mit einem Ächzen wuchtete er den Motor auf das Fahrzeug, drehte sich wortlos um und ging zurück zu der Kiste. Nach und nach holte er, mit dem stolzen Gesicht eines Könners, weitere Teile aus der Kiste heraus und legte diese dann in einer bestimmten Reihenfolge auf die Plattform der Draisine. Als er fertig war, beschaute er seinen Fund und schüttelte unzufrieden den Kopf. Ohne auf einen Kommentar seiner Begleiter zu warten, kroch er erneut unter die Betonplattform, die als Hilfsbahnsteig diente.

Zu Jacks Erstaunen tauchte Birdy auf der anderen Seite der Plattform wieder auf. Er war über und über mit Staub und Spinnweben bedeckt. Dies schien ihm aber nicht aufzufallen. Freudig rief er:

»Jetzt haben wir alles, was wir brauchen. Kommt mal her und helft mir! Soll ich denn alles alleine machen?«

Birdy hatte zwei große Batterien, wie man sie in Lastwagen verwendet, unter dem Podest hervorgezogen. An den Batterien hingen noch Ladekabel, die Birdy schnell entfernte. Jack konnte die Frage, die ihn schon seit Birdys Entdeckung beschäftigte, nicht mehr zurückhalten:

»Sag mal Birdy, wieso kennst du dich mit so einer Draisine und dem ganzen technischen Kram so gut aus?«

»Tja«, sagte Birdy nicht ohne Stolz, aber auch mit einem Schuss Ironie, »ich hatte auch ein Leben, ehe ich in New York City ins Grüne gezogen bin. Einige Jahre habe ich als Techniker bei der Union Pacific Railroad gearbeitet. Da habe ich einiges gelernt. So, und nun lasst uns das gute Stück zusammenbauen.«

Nach einer guten Stunde hatten sie es geschafft. Zufrieden betrachteten sie die Konstruktion, die nun recht professionell ausschaute.

Jack sah Birdy nun in einem ganz anderen Licht. Bisher hatte er seinen Freund als eher geistig unterentwickelt angesehen. Doch das Leben hatte seinen Freund nicht gerade mit Samthandschuhen angefasst. Die fröhliche, unbekümmerte Art hatte Birdy sich wohl als Schutz zugelegt. In Zukunft, wenn es für sie denn eine Zukunft geben sollte, wollte er seinen Freund nach dessen Geschichte befragen. Er wollte herausfinden, wer der Mann hinter dem stupiden Lächeln war.

Ein Pfiff ließ Jack aus seiner Betrachtung aufschrecken. Birdy saß auf einem Gitterrost, welcher über den Batterien angebracht war und winkte zu ihm herüber. Daneben auf der Plattform hatte es sich Brian Spiller bequem gemacht. Birdy rief:

»Los Jack, komm schon! Die Fahrt beginnt!«

Jack folgte der Aufforderung seines Freundes und setzte sich zu Brian auf die Plattform. Es war sehr eng auf dem kleinen Schienenfahrzeug, doch Jack hoffte, dass die Fahrt nicht so lange dauern würde. Mit einem leisen Summen fuhr die Draisine an und das Licht der Plattform blieb hinter ihnen zurück. Dunkelheit umhüllte die Männer und Jack hoffte, dass ihnen auf ihrer Fahrt kein Zug begegnete.

***

Unbestimmter Verdacht

Der Sektionschef war mehr als unzufrieden mit der derzeitigen Situation. Die Special Ops, die besondere Einsatztruppe des Pentagons, war nicht so effektiv wie er es sich gewünscht hätte. Zwar war der Schlafsaal mit den dort verbliebenen Versuchspersonen gesichert und abgeriegelt. Doch viele VPs waren in dem Labyrinth der Anlage verschwunden. Der Sektionschef und seine Mitarbeiter wussten aber nicht, was wirklich dort unten vor sich ging. Die Versuche, die Anlage wieder unter Kontrolle zu bringen, scheiterten regelmäßig. Keine Tür konnte elektronisch geschlossen werden, kein Kamerasystem permanent in Betrieb genommen werden. Kleine Erfolge wurden sofort gestört und zunichte gemacht. Dabei war es schon verwunderlich, dass die automatischen Waffensysteme an der Oberfläche noch einsatzbereit waren. Allerdings musste dieser Erfolg mit dem Verlust eines Raumschiffes bezahlt werden. Ein Gast, so nannte man hier extraterrestrische Gefangene, war mit großer Wahrscheinlichkeit bei dem Abschuss getötet worden. Dies wog schwerer als der Verlust des Raumschiffes. Einige kurze Bildsequenzen hatten Zasdosh, einen Alien aus dem Volk der Nikamba gezeigt, als er in den Tiefenhangar eindrang. Nur er konnte es gewesen sein, der das Raumschiff gestartet hatte.

Der Sektionschef stand nun schon seit Stunden in der Befehlszentrale der Area und beobachtete die Bemühungen seiner Männer, das Computerproblem zu lösen. Vor circa einer Stunde hatte er begonnen, jeden einzelnen Operator an den Bildschirmen zu beobachten. Nach und nach ging er die Bildschirmarbeitsplätze durch. Für jeden Operator nahm er sich gute zehn Minuten Zeit. Er studierte die Männer und Frauen, als sähe er diese zum ersten Mal. Er betrachtete ihre Körpersprache, ihr Verhalten und die Kommunikation mit anderen Spezialisten in dem Raum. Bisher hatte er noch keine Auffälligkeiten feststellen können. Natürlich waren alle gestresst und müde. Unordentlich lagen angebissene Energieriegel und Softdrinkdosen am Boden oder neben den Papierkörben. An normalen Tagen hätte er diese Unordnung niemals zugelassen. Doch heute war nichts normal.

Im Moment beobachtete er einen weiblichen Sergeant. Die dunkelhaarige Frau verhielt sich aber völlig normal. Der Sektionschef drehte sich ein wenig, dann setzte er sich auf seinen erhöhten Sessel, der es ihm auch sitzend ermöglichte, den ganzen Raum zu überwachen. Nachdem er sich zurechtgesetzt hatte, wanderte sein Blick zum nächsten Operator. Auch dieser Mann arbeitete normal und bot keine Auffälligkeiten. Doch irgendetwas störte den Kommandanten an ihm. Nach einigen Minuten des Beobachtens und des konzentrierten Nachdenkens hatte er den Grund seines Misstrauens gefunden. Der Arbeitsplatz des Mannes war zu ordentlich. Alles lag an seinem Platz, kein Schokoladenpapierchen, keine Coladose lag herum. Selbst das Protokollbuch, in das alle Besonderheiten handschriftlich eingetragen wurden, lag akkurat an der dafür vorbestimmten Stelle.

Der Sektionschef überlegte, ob dies schon ein Grund für sein Misstrauen sein konnte. Der Operator arbeitete konzentriert und ruhig. Keine Anzeichen von Nervosität, wie man sie bei einem Verräter oder Saboteur erwarten würde, waren zu erkennen. Vielleicht, so überlegte der Sektionschef, war er auf der falschen Spur und der von ihm überwachte Mann einfach nur ein ordentlicher Mensch. Er wollte sich schon dem nächsten Operator zuwenden, als der Beobachtete sich erhob. Er sagte etwas zu seinem Nachbarn und strebte dann dem Ausgang zu, der zu den Waschräumen führte. Der Sektionschef überlegte nur kurz, dann erhob er sich und folgte dem Mann.

***

Zum Zaun

Nun ist alles vorbei, dachte Stan, als der andere Humvee auf sie zukam. Er blickte kurz zu Gerry, der mit versteinertem Gesicht nach vorne blickte. Erst jetzt schien ihm die ganze Konsequenz ihres Eindringens in den Stützpunkt bewusst zu werden. Seine sonst mehr als positive Einstellung wie das Leben verlaufen sollte, war verflogen. Stan schaute kurz in den Rückspiegel und sah erschrocken, dass sich der Verwundete, den sie im Wüstensand gefunden hatten, erheben wollte. Verärgert rief Stan nach hinten:

»Bleib gefälligst liegen oder sollen die Soldaten dich sehen?«

Erstaunlicherweise ließ der Mann sich zurück auf die Polster sinken. Stan wunderte sich über seine eigene Reaktion und die Bestimmtheit seiner Worte, da er doch wusste, dass sie in einigen Minuten verhaftet werden würden. Er lenkte seinen gestohlenen Humvee an den äußersten Rand der Sandpiste, die hier in der Wüste Straße genannt wurde, und verlangsamte sein Tempo. Der ihnen entgegenkommende Wagen allerdings fuhr in gleicher Geschwindigkeit weiter und machte keine Anstalten anzuhalten. Als die Wagen auf gleicher Höhe waren, winkte ein Arm grüßend aus dem Fahrerfenster und dann war der andere Humvee auch schon vorbei. Stan hätte fast eine Vollbremsung hingelegt, so verwundert war er über die unerwartete Fügung des Schicksals. Er hätte sich noch mehr gewundert, wenn er gewusst hätte, dass der andere Humvee genau an der Stelle parkte, an der er seinen gestohlen hatte. So fiel fürs Erste niemandem der Verlust des Fahrzeuges auf. Doch Stan hatte keine Zeit ihr Glück zu genießen. Angestrengt lenkte er den schweren Militärwagen durch die Wüste. Die Zeit schien sich zu dehnen und er glaubte schon nicht mehr, den rettenden Zaun jemals zu erreichen. Nach einer weiteren Hügelgruppe erkannte Stan jedoch weit vorne die Linie des Zauns, die von ihrer Position aus wie eine unregelmäßige Linie in der Landschaft ausschaute. Er überlegte, wie er und sein Freund Gerry den Zaun überwinden sollten.

Konnte er sein Glück ein zweites Mal herausfordern und direkt zu der Wachstation, die gleichzeitig einer der Zugänge zur Area 51 darstellte, fahren? Nein! Selbst wenn sie unerkannt bis zur Schranke, welche die Straße sperrte, kamen, würden sie dort auf jeden

Fall Wachsoldaten begegnen. Einfach durchbrechen, was mit ihrem schweren Fahrzeug bestimmt möglich sein sollte, funktionierte auch nicht. Sofort würden sie verfolgt und auch beschossen werden. Diese Aufmerksamkeit brauchten sie bestimmt nicht. Blieb nur die Fahrt durch die Wüste, bis zu einer Stelle, die vom Wachposten an der Straße nicht sichtbar war.

Stan beschaute sich das Gelände vor ihm genau und entdeckte eine Bodensenke, die schräg nach rechts und dann Richtung Osten bis zum Zaun verlief. Das konnte ihr Weg in die Freiheit sein. Ohne sich mit Gerry zu besprechen, lenkte er den Humvee von der Straße und in die Wüste hinein. Dabei schaute er immer wieder nach links, wo er die Wachstation vermutete. Doch er konnte die Station nicht entdecken. Das hieß im Umkehrschluss, dass man ihren Wagen auch nicht sehen konnte.

Gerry schaute Stan nur verwundert an, verhielt sich aber sonst still. Er hatte erkannt und akzeptiert, dass Stan an diesem Punkt ihres Abenteuers die Führung übernommen hatte. Das war ihm sehr recht, denn er war mit der ganzen Situation im Moment völlig überfordert. Schon mehr als einmal hatte er sich in den letzten Minuten gewünscht, dass dies alles nur ein böser Traum war und er gleich erwachen würde.

Ein lautes Stöhnen von der Rückbank kommend belehrte ihn aber, dass er keinesfalls träumte. Ein Blick genügte, um zu sehen, dass der Verwundete Höllenqualen litt. Sein malträtierter Körper wurde auf dem harten Polster des Militärfahrzeuges, verursacht durch die holprige Fahrt durch die Buschwüste, hin- und hergeworfen.

Gerry überlegte, wie er dem Mann helfen konnte und löste gleichzeitig seinen Sicherheitsgurt. Er wollte nach hinten klettern, um den Verletzten mit den dortigen Gurten zu fixieren. Das war allerdings leichter gesagt als getan. Bei seiner Klettertour wurde er nun hin- und hergeworfen und stieß sich mehr als einmal seinen Kopf hart an der Wagendecke. Schließlich rutschte er in den Fußraum der hinteren Sitzreihe. Beruhigend begann er auf den Verletzten einzureden und zerrte gleichzeitig an den Sicherheitsgurten.

Stan hatte aus den Augenwinkeln beobachtet, wie sein Freund nach hinten kletterte, ließ sich aber dadurch nicht von der schwierigen Aufgabe ablenken, den Wagen durch das unebene Gelände zu manövrieren. Längst hatte er den Zaun aus den Augen verloren, folgte aber hartnäckig der Bodensenke, die sich in leichten Wellen den Hügel hinaufwand. Schweiß rann ihm über die Stirn und tropfte brennend in seine Augen. Unwillig wischte er sich mit seiner rechten Hand über seine Augen und hätte dabei fast einen großen Felsen übersehen, der mitten in seiner Fahrtrichtung lag. Stan griff nun wieder mit beiden Händen das Lenkrad und navigierte den Humvee an dem Hindernis vorbei. Hinter dem Felsen stieg das Gelände steil an und Stan hoffte, dass sein Fahrzeug diese Steigung schaffen würde. Die Räder drehten durch und Sand wurde in die Luft gewirbelt. Stan blieb aber fokussiert, schaltete die Gänge nach oben und unten, so wie es ihm sein Gefühl für angebracht hielt und stellte die Vorderräder leicht schräg. Seine Taktik erwies sich als richtig, denn der Humvee wühlte sich Meter um Meter nach oben. Schließlich griffen die Räder, da der Untergrund von Sand zu festerem Geröll wechselte. Der Wagen schoss nach vorne und überwand den Scheitelpunkt des Hügels.

Keine zwanzig Meter entfernt sah Stan den Zaun. Ohne weiter darüber nachzudenken, trat er das Gaspedal durch und raste, immer schneller werdend, auf den Zaun zu. Nach hinten gewandt rief er aufgeregt:

»Festhalten!«

Schon erreichte der Humvee den Zaun und mit einem berstenden Krachen brach er hindurch. Stan hatte keine Zeit, sich über seinen Erfolg zu freuen. Hinter dem Zaun prallte der Humvee gegen einen Sandhügel und der Motor erstarb.

***

Verstecken oder rennen?

Er hatte Angst! Eigentlich war es lächerlich, dass er sich vor Käfern fürchtete. Dennoch, dieses krabbelnde, schabende Geräusch entfaltete in ihm Panik. Nichts wie weg, dachte sich der Dieb und eilte die Treppenstufen nach oben. Er wusste, dass er sich immer weiter von seinem Zielpunkt entfernte. Im Moment jedoch war ihm das ziemlich egal. Furcht aktiviert ungeheure Kraftreserven oder sie lähmt einen Menschen. Zum Glück für den Dieb traf Ersteres auf ihn zu. Nach zwei in Rekordzeit erklommenen Etagen hielt er an und setzte sich auf die erste Stufe des nächsten Treppenaufgangs. Dabei lauschte er und versuchte dabei herauszufinden, ob die Käfer einen Weg in das Treppenhaus gefunden hatten. Er hörte zwar etwas, war sich aber nicht sicher, ob die leisen Geräusche durch die Käfer verursacht wurden.

So zog er seinen Gebäudeplan aus seiner Tasche und begann diesen zu studieren. Nach kurzer Zeit glaubte er seinen Standort bestimmt zu haben. Nun suchte er eine Alternativroute, um doch noch zu seinem Ziel zu gelangen. Ehe er jedoch zu einem Ergebnis kam, hörte er nun über sich im Treppenhaus Stimmen und das Gepolter von Stiefeln.

Was sollte er nun tun? Wieder nach unten zu den Käfern? Nein, auf keinen Fall! Nach oben blieb ihm der Weg versperrt und es war eh keine Option für den Dieb, sich noch weiter von seinem Ziel zu entfernen. Blieb nur die Tür direkt vor ihm auf dieser Etage. Von dort aus fand er bestimmt ein weiteres Treppenhaus, um wieder nach unten zu gelangen. Rasch erhob er sich und fürchtete einen Moment, die Tür zu dieser Etage könne verschlossen sein. Er atmete tief ein, um seinen Stress zu kompensieren und drückte die Klinke der Tür nach unten. Erleichtert stellte er fest, dass sie sich öffnen ließ.

Die Schritte von oben waren nun schon recht nah und im letzten Moment schob er sich durch den Türspalt und betrat einen breiten Gang. Um sicher zu sein, dass die Stiefelträger ihn nicht entdeckten, falls sie diese Etage der Anlage zum Ziel hatten, rannte er rechts den Gang entlang. Ohne eine bestimmte Auswahl zu treffen, hielt er vor einer beliebigen Tür an. Er schaute noch einmal zurück und glaubte, dass die Treppenhaustür geöffnet wurde. Er musste sich verstecken und zwar gleich! Ohne zu zögern öffnete er die Tür, vor der er stand und schlüpfte in den dahinterliegenden Raum.

Schwärze umfing ihn, doch das war dem Dieb im Moment nur recht. Ein Lichtschimmer unter der Tür konnte Anlass genug sein, dass einer der Stiefelträger nachschaute, ob sich jemand in dem

Raum aufhielt. Er versuchte, seine aufgeregte Atmung unter Kontrolle zu bringen. Dann lauschte er erneut, nur dieses Mal nicht nach den Geräuschen der Käfer. Ein eisiger Schreck durchfuhr ihn, als er ein Schnaufen hörte – nicht draußen, sondern hier in dem dunklen Raum. Das konnte nur bedeuten, dass er nicht alleine war.

***

Hinterher

Wie erstarrt stand Gustavo in der Nische. Jemand beobachtete ihn, da war er sich sicher. Der fette nackte Kerl, der den Kartellgangster davongeschleppt hatte, konnte es nicht sein. Er war ja dort vorne an der Gangbiegung verschwunden. Auch Ramires und Juan waren den Gang hinuntergerannt. Die schieden also auch aus. Blieb nur ein Fremder oder einer der Männer aus dem Schlafsaal. Gerade diese Ungewissheit lähmte Gustavo. Sein Plan, den Kartellgangstern zu folgen, war vorerst gescheitert. Noch vor Minuten hatte er sich als einen Abenteurer betrachtet, der es seinen Filmhelden gleichtat. Doch wenn er hier stehen blieb, dann …

Erneut hatte er das Gefühl, dass er beobachtet wurde. Doch warum zeigte sich der Fremde nicht? Gustavo verharrte noch einen Moment, dann trat er hinaus in den Gang. Lieber wollte er sich der Gefahr stellen, als angstvoll in einer Ecke zu kauern. Er schaute sich um, konnte aber niemanden sehen. Doch dann glaubte er eine Bewegung weiter hinten im Gang zu erkennen. Beim zweiten Hinschauen war wieder alles bewegungslos. Hatte er sich getäuscht?

Gustavo drehte sich nun vollends in die Richtung, wo er die Bewegung aus den Augenwinkeln bemerkt hatte. Wer beobachtete oder verfolgte ihn? Ärger stieg in ihm hoch und für ihn untypisch rief er in den Gang hinein:

»Wer auch immer du bist, zeige dich oder lass mich in Frieden. Ich habe keine Zeit für idiotische Versteckspiele!«

Gustavo wartete noch eine Minute, dann wandte er sich ab und lief in die Richtung der Gangbiegung. Dort waren die Gangster Ramires und Juan dem fetten Wesen gefolgt, das ihren Kumpan verschleppt hatte. Angestrengt lauschte Gustavo nach hinten, um festzustellen, ob der Unbekannte ihm folgte. An der Gangbiegung angekommen, beschleunigte Gustavo seinen Schritt und rannte schließlich so schnell er konnte.

Der unbekannte Verfolger war ein Soldat der Special Ops. Er war mit einem Tarnanzug bekleidet, der diesen Namen wirklich verdiente. Dank eines ausgeklügelten Kamerasystems und einer mit Mikro LED beschichteten Oberfläche wurde der Träger für seine Umwelt unsichtbar. Wie genau diese Technik funktionierte, war dem Soldat nicht bekannt. Sein Vorgesetzter hatte ihn in das Labyrinth der Gänge geschickt um geflüchtete VPs zu eliminieren. Bei dem Schusswechsel auf dem Bahnsteig war der Soldat für beide Parteien unsichtbar über die Bahngleise gelaufen und durch eine Tür, die etwas abseits vom Geschehen lag, in die Gänge hinter dem Bahnsteig eingedrungen. Dort hatte er in einer kleinen Nische Stellung bezogen. Er hätte auch mitten im Gang stehen bleiben können, doch einem psychologischen Effekt folgend, positionierte er sich in seinem Versteck. Sofort hatte er einen Mann weiter vorne gesehen, der angespannt seine Umgebung beobachtete. Auch dieser Mann hatte in einem Türrahmen Deckung gesucht. Der Soldat zog sein Gewehr an die Schulter und blickte durch das Okular seines Zielfernrohrs. Ein kurzer Schwenk und der Kopf des VPs war im Visier. Ein leichter Fingerdruck würde genügen, um das Leben dieses Mannes zu beenden. Er würde nicht einmal merken, dass er erschossen wurde. Sein Kopf würde im Bruchteil einer Sekunde explodieren, eine Zeitspanne, die dem Gehirn nicht die Möglichkeit ließ, etwas zu registrieren. In einem Moment lebte der Mann noch und in der nächsten Sekunde würde er schon tot sein, noch ehe sein Körper zu Boden fiel.

Der Soldat zögerte jedoch, seinem eindeutigen Befehl nachzukommen. Er sollte unbewaffnete Menschen erschießen. Das konnte nicht richtig sein und sein antrainierter Gehorsam kollidierte mit seinem Gewissen. Unvermittelt drehte sich der anvisierte Mann um und schien ihn direkt anzuschauen.

Erschrocken ließ der Soldat sein Gewehr sinken und schaute nach unten auf seinen Tarnanzug. Doch der Anzug funktionierte bestens und hüllte seinen Träger in Unsichtbarkeit. Der Soldat hob seinen Kopf und blickte wieder in Richtung des VPs. Der Mann hatte seine Aufmerksamkeit wieder nach vorne gerichtet. Dumpf hörte man Schussgeräusche vom Bahnsteig kommend. Dann plötzlich wurde eine Tür aufgestoßen und der Soldat sah einen dicken nackten Mann in den Gang kommen, der einen anderen geschultert hatte. Der Fette trug sein Opfer davon und verschwand bald aus dem Sichtbereich, da er um eine Ecke bog. Der Soldat überlegte noch, wie er nun diese Situation beurteilen sollte, als die Tür erneut aufsprang.

Der VP vorne drückte sich noch weiter in seine Deckung und schaute angstvoll nach vorne. Durch die Tür kamen zwei bewaffnete Männer, die sich kurz orientierten und dann dem Fetten folgten. Der Soldat erhob sich. Er hatte eine Entscheidung getroffen. Mit bewaffneten Gegnern konnte er umgehen. Noch ehe der Soldat auch nur einen Schritt machen konnte, erhob sich der VP aus seiner Deckung, drehte sich um und schaute genau in seine Richtung. Dann rief er:

»Wer auch immer du bist, zeige dich oder lass mich in Frieden. Ich habe keine Zeit für idiotische Versteckspiele!«

Der Soldat erstarrte in seiner Bewegung. Er wusste nicht, wieso der andere ihn bemerken konnte. So wartete er, bis der Mann sich in Bewegung setzte und den Bewaffneten folgte. Als der VP um eine Gangbiegung lief und somit außer Sicht war, nahm der Soldat die Verfolgung auf.

***

Mitgeschleppt

Einen Moment hing Stan geschockt in den Gurten. Die plötzliche Stille überforderte seine Hörnerven und ein Summen schien in der Luft zu liegen. Das Summen aber war nichts anderes als das Blut das durch seinen gestressten Kreislauf rauschte und das Gehör narrte. Ein scharfes Knacken aus dem Motorraum ließ ihn zusammenzucken. Stan streifte seine Erstarrung ab, wissend, dass er nun schnell handeln musste. Er öffnete das Gurtschloss, drehte sich zur Seite und stieß die Tür des Humvees auf. Mühsam stieg er aus, rutschte ein wenig auf dem steilen Sandhügel, hielt sich am Wagen fest und schaute sich um.

Erstaunlicherweise waren sie alleine und kein sichtbarer Verfolger näherte sich ihrer Position. Stan stakste durch den Sand zur hinteren Tür des Wagens und zog sie auf. Dort hing der Verwundete regungslos und schlaff in den Gurten. Stan konnte nicht erkennen, ob der Mann überhaupt noch lebte oder atmete. Doch wo war nur Gerry abgeblieben?

Ein Ächzen wies Stan die Richtung, in die er schauen musste. Sein Freund lag zusammengerollt im Fußraum, halb unter dem Vordersitz verborgen. Stan war es ein Rätsel, wie er dort überhaupt Platz gefunden hatte. Von unten kam gedämpft, aber auch ärgerlich:

»Verdammt, Stan! Hilf mir hier raus! Ich glaube, ich stecke fest.«

Sofort verließ Stan seine Position und umrundete das Fahrzeug, was durch den lockeren Sand nicht einfach war. Dabei blickte er zurück ins Tal, wo sich die Hangars der Area befinden mussten. Natürlich konnte er keines der Gebäude sehen, da sie einfach zu weit entfernt waren. Allerdings erschreckten ihn zwei, nein drei kleine dunkle Punkte am Himmel über der vermuteten Position der Hangars. Das mussten Helikopter sein. Wenn man ihn und Gerry suchte, dann würde es nur wenige Minuten dauern, bis die Hubschrauber hier sein würden. Furchtsam motiviert beschleunigte Stan seinen Schritt und riss gleich darauf die hintere Tür auf der Beifahrerseite des Humvees auf.

Gerry hing noch immer gekrümmt im Fußraum und zwischen den Beinen des Verletzten. Stan überlegte kurz, wie er vorgehen musste, um seinen Freund aus dessen misslicher Lage zu befreien. Entschlossen beugte er sich nach vorne und löste den Gurt des verletzten Mannes. Dieser sank darauf lautlos nach vorne und rutschte auf die Sitzfläche. Stan zögerte nicht und griff nach dem Verletzten. Ohne Rücksicht auf dessen Verwundungen zerrte er den Mann aus dem Wagen und ließ ihn in den Sand fallen. Rasch beugte er sich in den Wagen und besah sich die Zwangslage, in der sich Gerry befand. Seine Beine waren unter dem Sitz verklemmt, sein Oberkörper samt Kopf steckte in einer fötalen Haltung zwischen dem hinteren Sitz und der Mittelkonsole fest. Stan konnte sich nicht vorstellen, wie Gerry sich in dem engen Raum verkeilt hatte. Beherzt griff er nach den Schultern seines Freundes und zog diese nach oben. Sein Bemühen wurde mit einem Stöhnen quittiert, welches zu ihm heraufdrang. Unbeirrt zog er nun fester, bis er Gerrys Oberkörper auf Sitzhöhe angehoben hatte. Der auf die Brust geklemmte Kopf seines Freundes kam frei und fuhr nach oben.

»Gleich haben wir es, Gerry«, tröstete Stan und zog weiter an dem Eingeklemmten. Es dauerte jedoch länger als Stan vermutet hatte. Er zog und schob, hob und zerrte. Schließlich, Stan wusste nicht wie, kam Gerry frei. Er kletterte mit schmerzverzerrtem Gesicht aus dem Wagen. Trotz abgeschürfter Stellen an seinen Armen und Beinen stand er wankend vor dem Humvee und ein Lächeln erschien auf seinem Gesicht.

»Danke Mann! So hab' ich noch nie festgesteckt. Ich habe geglaubt, ich sterbe da drinnen«, sagte er und streckte seine malträtierten Glieder. Stan nickte nur und deutete zum Horizont.

»Siehst du die Hubschrauber? Es wird Zeit, dass wir hier verschwinden.«

Gerry erstarrte in seiner Bewegung und schaute ebenfalls Richtung Horizont.

»Du hast recht! Was machen wir mit dem Verwundeten?«

»Was wir von Anfang an geplant haben«, antwortete Stan, »wir nehmen ihn mit!«

Gerry verzichtete auf eine Erwiderung und beugte sich stattdessen über den Bewusstlosen. Da er nicht erkennen konnte, ob der Mann noch atmete, legte er seine rechte Hand an dessen Halsschlagader. Nach einigen Sekunden sagte er erleichtert:

»Er lebt noch! Also los, pack mit an!«

Stan stellte sich neben den bewusstlosen Mann und griff unter dessen Achsel. Gerry tat es seinem Freund auf seiner Seite gleich. Gemeinsam hoben sie den Verletzten an, was sich als schwerer erwies als sie vermutet hatten. Sie zogen ihn mehr hinter sich her als dass sie ihn trugen. So erklommen sie den Sandhügel und rutschten auf der anderen Seite durch den Sand nach unten. Keine zwanzig Meter weiter erreichten sie die Straße. Der Parkplatz, auf dem sie letzte Nacht ihren eigenen Wagen abgestellt hatten, war nur circa hundert Meter entfernt.

Stan und Gerry ließen den Verwundeten auf den Sand sinken und beobachteten gleichzeitig, ob sich jemand in der Nähe aufhielt. Doch es war ruhig auf dem Parkplatz. Hier parkten außer ihrem Auto nur zwei weitere Pkws und ein Wohnmobil. Von den Besitzern der Fahrzeuge war nichts zu sehen. Zu Gerry gewandt, sagte Stan leise:

»Warte hier, ich hole das Auto.«

Ohne auf eine Zustimmung seines Freundes zu warten, rannte er los. Er passierte einen alten Honda und er hatte das Gefühl, dieses Auto schon einmal gesehen zu haben. Irritiert rannte er weiter zu seinem Jeep. Eine Sekunde lang ergriff ihn die Angst, dass er bei seinem Abenteuer seine Autoschlüssel verloren haben könnte. Doch ein Griff in seine Beintasche, die mit einem Klettverschluss versehen war, vertrieb die Angst in dem Moment, als seine Finger den Schlüsselbund ertasteten. Sofort zog er die Schlüssel aus der Tasche und öffnete die Fahrertür. Eilig schlüpfte er in den Wagen und startete den Motor. Dabei fiel sein Blick auf einen Gegenstand auf dem Beifahrersitz. Es war das Army Funkgerät, das sie sich mit Mühen beschafft hatten. Bei ihrer Exkursion hatten sie das Gerät schlicht im Wagen vergessen. Er fuhr an und verließ den Parkplatz. Dabei passierte er wieder den alten Honda. Ein Gefühl der Gefahr ließ ihn schaudern. Was war nur mit dem verdammten Wagen?

Am Straßenrand vor ihm tauchte hinter einem Busch Gerry auf und winkte. Stan vergaß den alten Honda und stoppte neben seinem Freund. Er stellte die Gangschaltung auf Leerlauf und sprang aus dem Jeep. Schnell war er auf der Beifahrerseite. Dort hatte Gerry bereits die hintere Beifahrertür geöffnet. Zusammen ergriffen sie den noch immer bewusstlosen Mann und schoben ihn auf die Rückbank. Danach brachten sie ihn in eine sitzende Stellung und schnallten ihn an.

Keine Minute später bestiegen sie den Jeep und fuhren los. Gerry hatte beim Einsteigen das Funkgerät auf die Mittelkonsole gelegt, ohne weiter darüber nachzudenken. Dann aber nahm er es erneut und sagte zu Stan:

»Mensch, das Ding hatten wir total vergessen. Ich schalte es mal an. Vielleicht erfahren wir, ob uns jemand sucht.«

Er drehte am Einschaltknopf und danach am Frequenzregler, um nach Funksprüchen zu suchen.

»Ich kriege nichts rein«, sagte er zu seinem Freund, »alles still, nur Rauschen!«

Stan antwortete nicht und versuchte sich aufs Fahren zu konzentrieren. Sie mussten so schnell wie möglich und gleichzeitig so unauffällig wie es eben ging aus der Gegend verschwinden.

Nachdem sie einige Meilen zwischen sich und die Area 51 gebracht hatten, schaute Stan in den Rückspiegel und erschrak. Eine Viertelmeile hinter sich sah er den alten Honda …

***

Befragung

Im Hangar hatte sich die Lage etwas beruhigt. Die evakuierten Mitarbeiter der Area 51 – Wissenschaftler, Techniker, Verwaltungskräfte und die anwesenden Soldaten – standen in Gruppen zusammen. Einige diskutierten die aktuelle Situation, andere saßen apathisch auf dem Boden und warteten darauf, dass sie endlich zurück in ihre Labors gehen durften. Die Soldaten hatten den Aufruhr, welcher nach der Explosion draußen auf dem Flugfeld hier im Hangar ausgebrochen war, friedlich beenden können.

Sergeant Owen Fields hatte sich im Umkleideraum des Wachpersonals geduscht und eine frische Uniform angezogen. Danach wollte er zu seinem vorgesetzten Offizier gehen, um diesem Bericht zu erstatten. Owen wusste, dass er befragt werden würde und wollte diese Prozedur, die über sein weiteres Schicksal entschied, hinter sich bringen. Er durfte keinen Fehler machen und auf keinen Fall von seiner Odyssee in den Laboratorien der Area berichten. Er hatte sich eine Geschichte ausgedacht und hoffte, dass er damit durchkommen würde.

Er verließ den Umkleideraum und durchquerte die Halle, wo das Laborpersonal darauf wartete, wieder an seine Arbeitsplätze zurückkehren zu können. Owen hoffte, dass die beiden Wissenschaftler, die er aus dem Labortrakt nach oben gebracht hatte, nicht berichteten, wer sie zur Oberfläche geleitet hatte. Auf dem Weg nach draußen fiel ihm ein, dass er seine Waffe vor der Wachstation verloren hatte. Der fette Angreifer mit dem Babygesicht hatte seinen Kameraden umgebracht und ihn verschleppt. Dunkel erinnerte sich Owen, dass er noch versucht hatte, mit seiner Dienstpistole auf das Wesen zu schießen. Der fette Kerl hatte ihn aber dennoch überwältigt und verschleppt.

Owen konnte nicht glauben, dass dieses Erlebnis vor nicht einmal sechzehn Stunden stattgefunden hatte. Seine Erinnerung trübte sich bereits jetzt und in einigen Tagen würden nur noch undeutliche Schreckensbilder bleiben. Owen näherte sich dem Hallentor und wollte nun erst schnell zur Wachstation gehen, um dort seine Waffe zu suchen. Doch kaum hatte er sich für den kleinen Umweg entschieden und die Halle verlassen, wurde er gestoppt. Ein Jeep der Militärpolizei hielt mit quietschenden Reifen vor ihm und zwei Polizisten sprangen aus dem offenen Gefährt. Sie stellten sich rechts und links vor Sergeant Fields auf und legten ihre rechte Hand auf die am Gürtel befestigte Dienstwaffe. Der größere Soldat, ein Master Sergeant, sagte mit strengem Ton:

»Sergeant Owen Fields, wir sind beauftragt, Sie zu dem wachhabenden Offizier zu bringen. Steigen Sie in den Wagen.«

Owen überlegte, ob er die beiden Polizisten fragen sollte, warum sie ihn mehr oder weniger verhafteten. Er verkniff sich aber die Frage, da er genau wusste, wie die militärischen Prozedere abliefen. So setzte er sich nach hinten in den Jeep und harrte der Dinge, die nun folgen würden. Die Polizisten stiegen ebenfalls ein und der Wagen fuhr los.

Es war keine lange Fahrt und Owen hätte die Strecke in weniger als fünf Minuten auch gut zu Fuß zurücklegen können. Doch so war das eben beim Militär. Während der kurzen Fahrt schaute Owen unauffällig zu der Stelle, an der das UFO abgeschossen worden war. Dort standen nun einige Fahrzeuge und Männer in Strahlenschutzanzügen und hantierten mit Messgeräten. Owen ließ seine Beobachtung unkommentiert und gab sich gelassen. Er würde schon erfahren, warum ihn sein vorgesetzter Offizier sprechen wollte.

Der Jeep hielt vor einem flachen Bau, in dem, so wusste Owen, die Kommandantur der Wacheinheit untergebracht war. Die Militärpolizisten stiegen aus und warteten geduldig, bis Owen aus dem Jeep geklettert war. Danach begleiteten sie ihn in das Gebäude.

Das Erste, was Owen beim Betreten des Vorraumes auffiel war, dass heute viel mehr Wachsoldaten anwesend waren als üblich. Owen wurde in einen Warteraum geführt, der von den diensthabenden Soldaten an normalen Tagen als Pausenraum genutzt wurde. Dort saßen schon acht Soldaten angespannt auf den einfachen Plastikstühlen und warteten mit verkniffenen Gesichtern. Sekretärinnen und Ordonnanzen kamen in den Raum, sprachen leise mit dem einen oder anderen und verschwanden danach in den angrenzenden Räumen. Ansonsten war es still im Warteraum. Keiner der Soldaten sprach, obwohl Owen einige von ihnen kannte. Sie vermieden sogar einen Blickkontakt. Owen setzte sich auf einen Stuhl an der Seite des Raumes und stellte sich auf eine längere Wartezeit ein. Er war gelassen, was er dem Umstand zuschrieb, dass er in der vergangenen Nacht Dinge erlebt hatte, die ihn beinahe an die Grenze seiner mentalen Kraft gebracht hatten. Was sollte, nachdem er dieses Abenteuer weitgehend unbeschadet überstanden hatte, denn noch geschehen?

Seine Wartezeit war kürzer als vermutet und er wurde schon nach circa fünf Minuten von einer Ordonnanz abgeholt. Die anderen verbliebenen Soldaten schauten ihm missmutig hinterher, als er den Raum verließ. Wahrscheinlich saßen sie schon längere Zeit in dem Pausenraum und warteten auf ihre eigene Befragung. Owen war das egal. Er wollte seine eigene Befragung so schnell wie möglich hinter sich bringen. Durch einen schmalen Gang wurde er direkt zum Büro des Stützpunktkommandeurs der Wacheinheit der Area 51 gebracht. Der junge Soldat, der hier in der Kommandantur als Ordonnanz Dienst tat, öffnete die Tür des Kommandeurs ohne anzuklopfen. Mit einer auffordernden Kopfbewegung signalisierte er Owen einzutreten. Er folgte gehorsam und betrat das Arbeitszimmer des Kommandeurs.

Er war erst einmal in seiner Dienstzeit in diesem Büro gewesen. Dennoch erinnerte er sich an die exklusive Ausstattung. Entgegen der sonst üblichen militärischen Einfachheit, welche die Gestaltung der Büroräume auf Militärbasen eigentlich auszeichnete, glich dieses Büro eher dem Arbeitsplatz eines Managers in gehobener Stellung. Im Allgemeinen waren Soldaten, die zum ersten Mal hier eintraten, schon durch die Einrichtung eingeschüchtert und verwirrt. Owen jedoch ließ sich durch dieses Statement der Macht nicht aus der Ruhe bringen. Der Raum war von einem wuchtigen Mahagonischreibtisch und einem dazu passenden wuchtigen Sessel beherrscht. Etwas seitlich befand sich eine Sitzgruppe aus Leder, die natürlich auf einem edlen Teppich stand. Dort saßen der Kommandeur, ein Mann in schwarzem Anzug, den Owen sofort als für den Geheimdienst tätig einstufte und ein Mann mit graumeliertem Haar und weißem Kittel, der einer der Wissenschaftler der Anlage sein musste. Owen stellte sich vor die Sitzgruppe und salutierte. In dieser Haltung verharrte er, bis der Kommandeur lässig zurückgrüßte und befahl:

»Stehen Sie bequem, Sergeant.«

Owen änderte seine Haltung und nahm die nächste, dem Befehl entsprechende Haltung ein. Ohne die anwesenden Männer vorzustellen, begann der Kommandeur mit der Befragung. Er nahm einen schmalen Ordner vom Tisch, schlug diesen auf und blätterte kurz darin. Ohne weitere Einleitung begann er:

»Sergeant Fields, Sie hatten gestern Nacht Patrouillendienst im Sektor B-14?«

»Jawohl Sir!«, antworte Owen ohne zu zögern.

»Um circa 20 Uhr 30 suchten Sie die betreffende Wachstation auf. Warum sind Sie um diese Zeit dort gewesen?«

»Mein erster Rundgang war beendet und ich wollte etwas trinken, ehe ich zum zweiten Rundgang aufbrechen wollte.«

»Ok, Sergeant. Was ist dann passiert?«

Nun musste Owen aufpassen. Die beiden anderen Männer hatten sich in eine gespannte Sitzhaltung gebracht und warteten auf seine Antwort. Doch er hatte sich seine Geschichte gut überlegt, weil er vermutet hatte, dass er dem wachhabenden Offizier seine Abwesenheit in der Nacht erklären musste. So zögerte Owen keinen Moment und erzählte seine vorbereitete Story.

»Ich kam zum Wachhaus und hatte das Gefühl, dass etwas nicht stimmte. Irgendetwas war anders als sonst. Dennoch ging ich ohne Befürchtungen ins Wachhaus. Kaum hatte ich die Tür geöffnet, sah ich einen Körper auf dem Boden liegen. Doch noch ehe ich nachschauen konnte, was mit meinem Kameraden geschehen war, griff mich von hinten ein Unbekannter an.«

Der Mann mit dem weißen Kittel unterbrach Owen mit einer Frage, was dem Kommandeur sichtlich missfiel.

»Haben Sie den Angreifer sehen können, Soldat?«

»Nein Sir. Wie gesagt, er griff mich von hinten an. Ich konnte zwar noch meine Pistole ziehen und ungezielt abfeuern. Ich weiß jedoch nicht, ob ich jemanden getroffen habe.«

»Warum wissen Sie das nicht?«, fragte nun der Anzugträger.

»Weil ich einen Schlag gegen meinen Kopf erhalten habe, der mich sofort ohnmächtig werden ließ.«

Owen zeigte mit seinem Zeigefinger an die Stelle an seinem Kopf, die eine große Beule aufwies.

»Sie verloren also das Bewusstsein«, setzte der Kommandeur seine Befragung fort, »und während der Rangelei mit dem Unbekannten hatten Sie keine Gelegenheit ihn zu sehen?«

»Leider nein Sir«, antwortete Owen. Gleichzeitig dachte er darüber nach, was wohl mit ihm geschehen wäre, wenn er von dem fetten Mann mit dem Babygesicht berichtet hätte. Der Wissenschaftler schien großen Wert darauf zu legen, dass dieses Babymonster von niemanden gesehen wurde.

»Wie ging es dann weiter, Sergeant?«, fragte der Kommandeur nun etwas leutseliger, so erschien es Owen zumindest.

»Nun Sir, ich erwachte im Morgengrauen irgendwo draußen in der Wüste. Ich kann Ihnen nicht sagen, wie ich dort hingekommen bin.«

»Ja«, knurrte der Anzugträger nun vor sich hin, »wie sind Sie wohl dorthin gekommen?«

Owen schwieg, da er sich nicht direkt angesprochen fühlte. Dafür beantwortete der Kommandeur die zweifelnde Frage des Geheimdienstlers.

»Der Angreifer muss den bewusstlosen Sergeant wohl verschleppt haben. Sergeant, was ist geschehen, nachdem Sie aufgewacht sind?«

»Ich erhob mich vom Boden und schaute mich um. Ich wusste ja nicht, wo ich mich befand. Außerdem dröhnte mein Kopf, wohl von dem Schlag, den ich erhalten hatte. Noch ehe ich mich orientiert hatte, hörte ich eine starke Explosion und ich wurde von einer Druckwelle davongeschleudert.«

»Ziemlich viel Pech für eine Nacht«, warf der Anzugsträger zynisch ein.

Owen ließ auch diese Bemerkung unkommentiert und schaute seinen Vorgesetzten fragend an.

»Sergeant«, fragte der Kommandeur nun, »haben Sie gesehen, was explodiert ist?«

»Nein Sir! Ich habe wohl gerade in die falsche Richtung gesehen. Ich stürzte durch die Druckwelle so schwer, dass ich abermals das Bewusstsein verlor. Als ich erneut erwachte, kletterte ich auf die nächste Anhöhe und bestimmte die Richtung, in die ich gehen musste, um zum Stützpunkt zurückzukehren.«

»Gut Soldat«, nahm der Kommandeur Owens Bericht zur Kenntnis und schaute dabei den Anzugsträger warnend an.

»Noch eine letzte Frage. Wieso sind Sie nicht zurück zu ihrem Wachhaus gelaufen und haben sich dort gemeldet?«

»Sir, das Wachhaus war abgesperrt und davor standen Militärpolizisten. Ich vermutete, dass dies etwas mit dem am Boden liegenden Kameraden von letzter Nacht zu tun hatte. Da ich mich in einem verdreckten Zustand befand, meine Uniform hatte auch etliche Risse, entschied ich mich dazu, mich erst zu waschen und eine neue Uniform anzulegen. Danach wollte ich meinem direkten Vorgesetzten Bericht erstatten.«

Der Kommandeur nickte zufrieden, so glaubte Owen zumindest, schaute die beiden anderen anwesenden Männer kurz fragend an und sagte dann in deutlich milderem Ton zu Owen:

»Das wäre alles, Sergeant. Schreiben Sie einen Bericht und übergeben Sie diesen an ihren Vorgesetzten. Zuerst aber melden Sie sich in der Krankenstation und lassen sich durchchecken. Verstanden?«

»Jawohl Sir!«, sagte Owen und salutierte erneut.

»Wegtreten!«, befahl der Kommandeur und beachtete Owen nicht mehr.

Dieser drehte sich militärisch exakt herum und ging zur Bürotür. Auf dem Weg nach draußen hörte er den Wissenschaftler leise sagen:

»Puh, da haben wir Glück gehabt. Er hat Glorg nicht gesehen.«

»Professor Havering«, zischte der Geheimdienstmann, »warten Sie wenigstens mit Ihren Vermutungen, bis der Soldat den Raum verlassen hat!«

***

Verfolgung

Der Sektionschef stieß die Tür zu den Waschräumen auf und zog gleichzeitig seine Dienstwaffe. Der verdächtige Operator musste sich hier befinden. Vorsichtig, mit angeschlagener Waffe, betrat er den Vorraum der Toiletten, der eine Reihe Waschbecken enthielt. Ein kurzer Blick genügte, um zu sehen, dass sich in dem gekachelten Raum niemand aufhielt. Rasch eilte der Sektionschef zu der Schwingtür, die zu den Toiletten führte. Mit seiner Schulter schob er vorsichtig die Tür auf und schob sich in den Toilettenraum. Links reihten sich die Urinale an der Wand entlang, dahinter, ebenfalls auf der linken Seite, befand sich die Tür, die zu den Duschen führte. Auf der rechten Seite des Raums waren die Toilettenkabinen, deren Türen alle geschlossen waren. Der Sektionschef lief einige Schritte in den Raum hinein und lauschte. Außer dem Summen der Klimaanlage war nichts zu hören. Schritt für Schritt und mit angespannter Haltung schob er sich weiter in den Raum hinein. An der ersten Kabinentür angekommen, wartete er, etwas seitwärts stehend, eine Sekunde. Mit einem kräftigen Tritt traf er die Kabinentür, die knallend nach innen flog. Ein kurzer Blick genügte, um zu sehen, dass die Kabine leer war. Die nächste Tür, der nächste Tritt, das gleiche Ergebnis. So ging es weiter, bis ans Ende der Reihe. Der Toilettenraum war leer, niemand versteckte sich hier.

»Verdammt«, knirschte der Sektionschef durch die Zähne, »wo ist der verfluchte Kerl?«

Er überlegte, ob er sich Hilfe vom Wachpersonal der Zentrale holen sollte, entschied sich aber dagegen. Er würde Zeit verlieren und der verdächtige Operator hatte die Chance sich abzusetzen. Dabei überlegte der Sektionschef, wohin der Flüchtende wohl fliehen konnte. Immerhin befanden sie sich in einem hochgesicherten Bereich einer Airport Base. Genau genommen in der wohl sichersten Anlage dieser Art. Doch waren nicht die Sicherheitssysteme ausgefallen? Der Sektionschef fluchte laut, als er diesen Umstand realisierte. Alles konnte geschehen und in der momentanen Situation konnte er nichts ausschließen, auch nicht die Flucht eines Verräters.

Wütend lief er zur Zugangstür der Duschräume. Dabei überlegte er sich, welche Ausgänge aus dem Duschraum führten. Ein Ausgang führte zum Hauptgang. Ein Weiterer zu den Umkleideräumen und ein Dritter in ein Treppenhaus, das zu der Tiefgarage und weiter nach unten in die Laboretagen führte. Normalerweise war der Zutritt zu den unteren Ebenen durch schwere Stahltüren, die mit einem Magnetschloss versehen waren, gesichert. Doch heute war nichts normal und alle Türen der kompletten Anlage unverschlossen. Völlig ohne vorherige Sicherung stürmte der Sektionschef in den Duschraum. Jeder Gegner hätte ihn an der Tür abfangen und eliminieren können. Doch daran dachte er im Moment nicht. Er wollte den verdammten Verräter finden und ausschalten. Seine Unvorsichtigkeit hatte keine Folgen, da der Duschraum verlassen vor ihm lag. Nun musste er sich entscheiden, welchen Weg er für seine Verfolgung wählen würde. Er entschied sich für die nächstliegende Tür, da der Verräter noch keinen großen Vorsprung haben konnte. Mit einigen wenigen Schritten erreichte der Sektionschef die Tür, die zu den Umkleideräumen führte. Etwas besonnener trat er an die Tür heran und drückte sie vorsichtig auf.

Alles war still, auch im benachbarten Raum. Sofort schob er sich, eng an die Wand gedrückt, in den Umkleideraum. Er ging mit angeschlagener Waffe in die Hocke, um ein möglichst kleines Ziel zu bieten. Sichernd drehte er sich in der Hocke sitzend und scannte seine Umgebung mit der nach vorne gestreckten Pistole, die wie ein verlängerter Zeiger einer todbringenden Uhr wirkte.

Auf den ersten Blick schien auch dieser Raum verlassen zu sein. Dennoch konnte der Sektionschef nicht anders, als jeden Gang zwischen den Spinden abzugehen, um sicher zu sein, dass sich der Verräter hier nicht verbarg. Nach nicht einmal zwei Minuten hatte er den Umkleideraum abgesucht. Wieder nichts!

Der Sektionschef überlegte fieberhaft, wohin er sich nun wenden sollte – in Richtung des breiten Ganges oder Richtung Treppenhaus? Was war richtig? Er musste nun schnell handeln, sonst entwischte er ihm noch. Sollte er am Anfang noch gezweifelt haben, ob der verfolgte Operator der Saboteur war, so hatte sich zumindest diese Frage von selbst beantwortet: Wer wegrannte, hatte etwas zu verbergen! Er musste sich entscheiden und zwar jetzt! Der breite Korridor! Die Tür! Achtung! Eins, zwei, drei – aufziehen und raus. Mit einem Sprung katapultierte sich der Sektionschef in die Mitte des breiten Korridors, ließ sich über das rechte Knie abrollen und landete flach auf dem Boden des Flures. Er rollte sich um seine eigene Achse und kam auf dem Bauch liegend zur Ruhe. Mit dieser lang und oft geübten Routine aus dem Nahkampftraining der Special Forces minimierte er seine eigene Angriffsfläche und war gleichzeitig in der Lage, sofort die ersten hundertachtzig Grad des zu observierenden Flurs einzusehen. Wieder schwenkte sein Waffenarm automatisch mit seiner Blickrichtung. Er war bereit und ohne Zögern zu feuern. Doch es war kein Ziel in Sicht, nichts auf das er schießen konnte. Alles ruhig.

Mit einer schnellen horizontalen Bewegung drehte er sich in die andere Gangrichtung und vollführte die gleiche aggressive Sicherung. Wieder nichts. Nicht einmal entfernte Geräusche oder gar Schritte drangen an sein Gehör. Verdammt! Nach einigen langsamen und intensiven Atemzügen erhob er sich und eilte zurück zu der Tür, die in den Umkleideraum führte. Noch einmal sah er sich sichernd um, ehe er zum zweiten Mal die Umkleide betrat. Auch hier, in dem schon abgesuchten Raum, vernachlässigte er die nötige Absicherung nicht. Seine Waffe schwenkend durchquerte er den Raum und stoppte mit dem Rücken zur Wand neben der Tür zum Treppenhaus. Dies konnte nur der einzig mögliche Weg sein, den der Saboteur genommen hatte. Nun galt es, besonders wachsam zu sein. Jeder Fehler seinerseits konnte sein Letzter sein. Er atmete tief ein, wie ein Freitaucher vor dem Tauchgang und stieß die Tür auf.

Kein Geräusch drang an seine Ohren, was ihn jedoch nicht beruhigte. Sein Gegner konnte in diesem Moment nur darauf lauern, dass er in das Treppenhaus trat. Dennoch zögerte der Sektionschef keinen Moment. Er stürmte durch die Tür, überblickte in einem Sekundenbruchteil die vor ihm nach unten führende Treppe und rannte los. Mit wenigen Sprüngen hatte er den ersten Treppenabsatz erreicht. Schwer ließ er sich gegen die raue Betonwand fallen. Erneut sichern, nichts – weiter!

Dann die Tür zur Tiefgarage. War er hier hineingeflüchtet oder weiter nach unten zu den Labors gelaufen? Schon wieder eine Entscheidung. Die Gedanken des Sektionschefs wirbelten, seine Ratio versuchte einzuordnen, sein Baugefühl traf die Entscheidung. Die Garage, die Tiefgarage – dort musste er sein. Und wenn nicht? Dann hatte der Saboteur einen gehörigen Vorsprung … Mist!

Er versuchte sich den Raum der Tiefgarage vorzustellen, doch er gab diesen Versuch gleich wieder auf. Er konnte nicht wissen, welche Fahrzeuge hier unten geparkt waren. Es half nichts: Er musste hinein und den Verräter suchen.

Der Sektionschef öffnete die Tür, dieses Mal besonders leise und vorsichtig und späte durch den Türspalt. Hell erleuchtet lag die Parkebene vor ihm. Vereinzelt standen zivile Fahrzeuge aller Marken und Größen über die weite Fläche verstreut. Dazwischen parkten einzelne Humvees und Militärtransporter. Viele Verstecke für seinen Gegner, zu viele!

Mit einem Ruck stieß er die Tür auf und rannte in einer riskanten Aktion auf das Parkdeck. Sein Ziel war der erste geparkte Wagen, ein F 150 Pick-up-Truck von Ford. Das wuchtige Fahrzeug bot ihm den ersten, sicheren Schutz. Neben den sechzehnkommafünf Zoll großen Reifen fand er gute Deckung. Erneut folgte das nötige Prozedere. Er lauschte in den Raum hinein, suchte visuell nach der kleinsten Bewegung und rechnete in jeder Sekunde, unter Feuer genommen zu werden. Doch wieder geschah nichts. Die Nerven des Sektionschefs begannen zu vibrieren. Seine Anspannung fand kein Ventil, was eine Gereiztheit in ihm wachrief, die nur gefährlich werden konnte.

»Ruhig bleiben!«, befahl er sich selbst. Er gestattete sich, einige Sekunden die Augen zu schließen und sich zu sammeln.

Ein Geräusch drang an seine überreizten Hörnerven, ganz leise und kaum zu registrieren. Hätte er nicht eine Sekunde pausiert, dann wäre das Geräusch ungehört verflogen wie ein sanfter Hauch. Trotz seiner geschlossenen Augen oder gerade deswegen wusste er genau, woher das Geräusch kam. Er hatte ein leises Quietschen gehört und es kam aus dem Treppenhaus.

***

Grauenvolle Finsternis

Jack hätte nie geglaubt, dass er sich einmal im Dunkeln fürchten würde. Er gestand sich ein, dass er bisher noch nicht gewusst hatte, was Dunkelheit, nein totale Finsternis bedeutete. Im Central Park, in dem er und Birdy seit einiger Zeit lebten oder überlebten, wurde es zwar in der Nacht dunkel, in wolkenverhangenen mondlosen Nächten ganz besonders. Dennoch wurde es nie völlig finster. Die Lichter der Stadt bildeten einen illuminierten Nebel, welcher diffus durch die Nächte waberte.

Jetzt und hier hatte ihn die Dunkelheit gefressen, wie ein riesiger Wal einst Jonas. Das Vibrieren und leise Summen der Draisine verschlimmerte seinen Zustand der Angst und Hilflosigkeit. Sie glitten in eine lichtlose Ewigkeit, aus der es kein Entkommen zu geben schien. Anfangs hatte Birdy noch wie üblich einige Liedchen gepfiffen, doch auch er war bald verstummt. Ihr unheimlicher Begleiter, der Mörder Brian Spiller, hatte sich seit Beginn der Fahrt ruhig verhalten, was Jack nur recht war. Er konnte den Mann nicht leiden und hoffte, dass sie sich von dem Kerl irgendwie trennen konnten. Vielleicht, so überlegte Jack, dachte der Killer das Gleiche und wollte ihn und Birdy loswerden. Ein kleiner Schubser würde genügen, um die beiden von dem wackligen Gefährt zu werfen. Sie würden, ja – haha – das Wortspiel war schon beinahe witzig, ungesehen in der Dunkelheit verschwinden.

Jack tastete zum Rand seines Sitzplatzes und war beinahe erleichtert, das kühle Metall unter seinen Fingern zu spüren. Dies war etwas Reales, etwas Greifbares, etwas aus der Welt, in der es Licht gab. Sein Zeitgefühl hatte sich heimlich verabschiedet und war bestimmt von der Finsternis gefressen worden. Konnte man die Finsternis fühlen, angreifen, begreifen, überlegte Jack. Hätten sie doch nur ein Licht, ein kleines Licht, nur für einen Moment. Jack fühlte eine nie gekannte Trauer in sich emporsteigen. Woher kam denn auf einmal dieses ungewollte Gefühl, das er über die vielen Jahre aus seinem Herzen verbannt hatte? Wieso erklomm es seine schartige Seele? Er wollte schreien und dass Gefühl der Trauer vertreiben, doch seine Kehle blieb stumm. Heiße Tränen füllten seine Augen, flossen über und rannen seinen Wangen hinab. Jack begriff nicht, was mit ihm geschah. Bilder aus seiner Vergangenheit, die er immer in den tiefsten Windungen seines Herzens verborgen hatte, tauchten vor ihm auf. Bilder, die schmerzten, die ihm zeigten, wie es einmal gewesen war. Glückliche, seltene Momente, wie die ersten Tage seiner Liebe. Er hatte diese Liebe verloren, verspielt im Streben nach Erfolg, verspielt durch seine Eitelkeit. Vorbei. Seine Frau hatte ihn verlassen, war einfach gegangen, nach Jahren der unausgesprochenen Gefühle. Trotz und verblendeter Stolz hatten ihn daran gehindert, seiner Liebe nachzulaufen. Erst zu spät hatte er dies erkannt, viel zu spät. Er war in eine Starre verfallen, die schließlich dazu geführt hatte, dass er alles verlor. Nichts hatte seinen Absturz aufgehalten, da niemand mehr dagewesen war, um ihn aufzufangen. Eines Tages hatte er dann seine Wohnung verlassen und war nie wieder zurückgekehrt. Jack begann eine Wanderung durch das Land, schlief unter Brücken, stahl sich das Notwendigste zusammen und wusste bald nicht mehr, wieso er an jedem Morgen seine Augen öffnete. Irgendwann gelangte er nach New York City und in den Central Park. Er hätte nie vermutet, wie viel obdachlose Menschen in der Mega-City lebten. Er fühlte, dass die Tage seiner Wanderschaft zu Ende waren. Als er Birdy schließlich begegnete, der viel über die Regeln hier im Park zu berichten wusste, breitete sich friedvolle Ruhe in ihm aus. Der kleine Mann bot ihm die Unterstützung, die Freundschaft, die er so lange vermisst hatte. Es machte ihm längst nichts mehr aus, unter Brücken und unter freiem Himmel zu nächtigen. Er hatte sein Leben gefunden und war zufrieden mit sich und der Welt.

Langsam trockneten Jacks Tränen und er war froh, dass ihn niemand bei seinem Gefühlsausbruch beobachtet hatte. Das Dunkel, die Finsternis hüllte ihn dennoch weiter schonungslos ein. Jack glaubte ab und zu einen Lichtfunken zu sehen, doch er wusste gleichzeitig, dass ihm seine überreizten Sehnerven einen bösen Streich spielten. Er glaubte zu spüren, wie die Finsternis in ihn eindrang, ja durchdrang. Angst drohte ihm erneut den Atem zu rauben und Jack atmete schwer. Er begann stumm zu beten und seine Hoffnungen zu formulieren. Er wollte leben, wollte atmen, wollte lachen und vor allem wollte er zurück ans Licht. Als er seine Verbindung zu etwas Göttlichem suchte und eine reale Hoffnung doch so fern war, blickte er sehnsüchtig nach vorne.

Da sah er es und glaubte sich zu irren. Konnte das sein? War sein Gebet erhört worden? Dort in der Dunkelheit war, wie ein Funke des Lebens, ein Licht!

***

Kaputt

Das fette Wesen, das Glorg genannt wurde, schaute traurig auf sein Spielzeug. Bei diesem handelte es sich um einen Menschen, doch das begriff Glorg nicht. Er war zu einfältig, um Begriffe wie Moral oder Mitleid zu verstehen. Der tote Körper lag verkrümmt in der Ecke eines Abstellraumes, den Glorg als Versteck gewählt hatte. Es war warm und eng in diesem Raum und vermittelte dem monströsen Wesen die Geborgenheit, die es unbewusst suchte. Viele Stunden hatte er sein Spielzeug durch Gänge, Flure, schmale Schächte und metallene Rohre geschleppt, immer auf der Flucht vor zwei Männern. Die Männer hatten Glorg gejagt und schließlich verloren. Dann endlich hatte er diesen kleinen Raum gefunden, einen Platz zum Spielen, doch sein Spielzeug bewegte sich nicht mehr. Unschlüssig saß Glorg an ein Regal gelehnt und versuchte seinen schwachen Verstand nach einer Lösung abzusuchen. Er wollte spielen, doch wo sollte er denn nun ein neues Spielzeug herbekommen?

Gleichzeitig begann sein Magen zu knurren. Glorg war an regelmäßige Mahlzeiten gewöhnt, doch seit seiner Flucht aus seinem Zimmer hatte er nichts mehr gegessen. Er saß eine Weile unschlüssig an das Regal gelehnt und brabbelte unverständliche Worte vor sich hin. Das half ihm beim Nachdenken und beruhigte seinen beschränkten Geist. Plötzlich zitterte der ganze Raum und Dosen und Pappkartons fielen aus den Regalen. Glorg begann kindlich zu wimmern und schaute sich furchtsam um. Mit einem Mal erschien ihm der Raum, der bisher Geborgenheit suggeriert hatte, klein und gefährlich. Glorg rappelte sich auf und eilte auf die einzige Tür im Raum zu. Er öffnete sie und stand gleich darauf in einem schmalen Gang. Nur seinem Instinkt folgend, wandte er sich nach rechts und ging danach bis zum nächsten Quergang. Dort entschied er sich für die linke Abzweigung und nur wenige Meter weiter für eine Tür, die sich durch nichts von den anderen Türen in den Gängen unterschied. Rasch schlüpfte er in den Raum und schaute sich um. Gleichzeitig begann er zu schnüffeln wie ein witterndes Tier. *Hier ist Essen* eilte die Information von seinem Geruchssinn zu seinem Bewusstsein. Sofort durchsuchte Glorg die einfachen Schreibtische, fand aber zuerst nichts. Danach betrat er durch einen Durchgang den nächsten Raum. Auch hier befanden sich Schreibtische, aber auch Regale und Kühlschränke. Diese kannte er und wusste, dass darin etwas zu essen sein könnte. Auf dem Weg zum ersten Kühlschrank passierte er einen Tisch, auf dem eine chemische Versuchsanordnung aufgebaut war. Ein wütendes Knurren entrang sich seiner Kehle. Solche Sachen kannte er und die Sachen waren nicht gut. Immer wenn er solche durchsichtigen Leitungen und Flaschen sah, hatten die Männer mit den Kitteln ihm wehgetan. Dabei war er doch brav gewesen und hatte nichts getan, weswegen er bestraft werden musste. Er holte aus und zerschmetterte die Versuchsanordnung mit seinen großen Händen. Scharfe Scherben schlitzten seine Haut auf und Blut spritzte über den Tisch und auf den Linoleumboden. Glorg schrie schmerzvoll und wütend auf. Böser Zorn wallte in ihm auf. Er schlug nun wild und ungestüm auf alles ein, was ihm in den Weg kam. Seine Haut begann zu brennen, da er bei seiner Wüterei mit irgendeiner ätzenden Flüssigkeit in Kontakt gekommen war. Mit seinen bloßen Füßen trat er in die Scherben der Reagenzien, die tief in seine Fußsohlen eindrangen. Jeder Schritt schmerzte und Panik ergriff Glorg. Sein einziger Gedanke, den er im Moment formulieren konnte, war: *Das Zimmer tut mir weh!*

Ohne noch an seinen Hunger oder die Kühlschränke zu denken, stürmte Glorg aus dem Labor und rannte durch den hell erleuchteten Gang davon. Zurück blieben seine großen blutigen Fußspuren, die davon zeugten, wohin er gerannt war.

Nur Minuten später begann sich ein Wesen für die blutigen Spuren zu interessieren. Leise und kehlig knurrend näherte es sich und schob seine breite dunkle Schnauze dicht über die Fährte. Seine Zunge fuhr aus einem breiten Rachen und scharfe Reißzähne blitzten auf. Das Wesen leckte an der blutigen Spur und ein schleimiger Faden tropfte aus seinem Maul. Mit geschmeidigen Bewegungen folgte der unheimliche Jäger der blutigen Spur, ohne jedoch die geringste Eile an den Tag zu legen. Ab und zu blieb er stehen und schnüffelte an Glorgs Fußabdrücken. Seine bernsteinfarbenen Augen glitzerten gefährlich und blickten wachsam den verlassenen Gang entlang. Auf einmal beschleunigte das Wesen seine Gangart, als wolle es nun schnell seine Beute erlegen. Nach kurzer Zeit verschluckten die Gänge der Labors den unheimlichen Jäger. Nur die verschmierten Fußabdrücke Glorgs zeugten von seiner vergangenen Anwesenheit und der des Jägers.

***

Rasch und leise

Der Saboteur hatte sofort gemerkt, dass seine Zeit im Kontrollzentrum sein Ende fand. Der Sektionschef nahm seine Mitarbeiter der Reihe nach ins Visier. Er konnte den Mann gut beobachten, da er sich in einem der Bildschirme spiegelte. Der Saboteur schrieb noch schnell einen Algorithmus, also ein Programm, das die bisherigen Sicherheitsprotokolle seines Rechners löschte und gleichzeitig die Kontrolle der Türen und Überwachungssysteme weiterhin lahmlegte. Dann war es Zeit zu verschwinden. Natürlich hatte er sich einen Fluchtweg auserkoren, der ihn aus der Area bringen sollte. Alleine diese Vorbereitung und das Erlangen der nötigen Infos hatten Monate an Vorbereitung gekostet. Er steckte sich noch schnell einen Codegeber in der Größe einer Fernbedienung in die Jackentasche und vergewisserte sich, ob sein privates Navigationssystem an und ebenfalls in der Jacke verstaut war. Er selbst hatte ein Navigationsprogramm geschrieben, welches ihn durch den verwirrenden Komplex der Area-Labore leiten sollte.

Ohne besondere Eile tippte er die letzten Befehle und erhob sich dann. Zielstrebig ging er durch den Raum an seinen Kollegen vorbei und strebte auf die Tür zu, hinter der sich die sanitären Einrichtungen befanden. Kaum hatte er den Kontrollraum verlassen, war es mit der vorgetäuschten Lässigkeit vorbei. Er durchquerte eiligst den Waschraum und betrat die Umkleide. Er bog in die dritte Reihe der Spinde ein und blieb vor seinem Schrank stehen. Schnell entriegelte er sein Fach und zog einen Rucksack daraus hervor. Ein letzter Blick zeigte ihm, dass er nichts vergessen hatte. Er schnallte sich den Rucksack um und schloss die Spindtür. Dann ging er eine Reihe weiter und öffnete ein Fach, das im Moment von niemandem benutzt wurde. Er entfernte ein Zahlenschloss und öffnete es. Nur ein einziger Gegenstand lag darin – eine Pistole.

Er nahm die Waffe und klemmte sie sich an den Hosenbund. Nun, nachdem er seine Vorbereitungen abgeschlossen hatte, hörte er ein Geräusch aus dem benachbarten Waschraum. Es waren Schritte, eilig und dann wieder zögernd. Jemand verfolgte ihn!

Der Saboteur zerquetschte einen Fluch zwischen den Zähnen. Er hatte damit gerechnet, mehr Zeit für seine Flucht zu haben. War es der Sektionschef, der ihm folgte oder ein Wachsoldat? Er wusste es nicht. Am Ende war es auch egal.

Er musste nur schnell genug sein. Die Schritte kamen immer näher. Leise schlich der Saboteur durch den Raum und bis zur Tür des Treppenhauses. Weiter hinten hörte er seinen Verfolger, der die Umkleide betrat. Nun musste er sich wirklich beeilen, aber gleichzeitig jedes Geräusch vermeiden. Vorsichtig zog er die Tür zum Treppenhaus auf, darauf hoffend, dass diese gut geölt war. Gleichzeitig lauschte er in den Raum hinein, um zu erkennen, wo sich sein

Verfolger befand. Sein Glück schien ihm hold, die Tür gab kein Geräusch von sich, als er sie öffnete.

Vorsichtig betrat er das Treppenhaus und schloss leise die Tür. Nun musste er sich schnell entscheiden. Er hatte zwei Optionen: Seine erste Möglichkeit, die sein Fluchtplan enthielt, war, durch die Tiefgarage nach oben zu entkommen. Die zweite Wahl war, weiter nach unten zu gehen und seine Flucht durch die dort befindlichen Versorgungsräume fortzusetzen. Der Saboteur verharrte einen Moment und überdachte seine Lage. Die Tiefgarage erschien ihm für den Moment als zu unsicher. Wenn sein Verfolger ihm dicht auf den Fersen war, dann konnte er ihn in der Tiefgarage leicht stellen. Also hieß es, den umständlicheren Weg zu wählen.

So rasch und so leise er konnte, eilte er die Treppen hinab. Kaum hatte er die Ebene mit dem Zugang zur Tiefgarage erreicht, hörte er über sich im Treppenhaus Schritte. Sein Verfolger war schnell, zu schnell! Also weiter nach unten! Beim nächsten Treppenabsatz blieb er stehen und lauschte erneut. Sein Verfolger hatte, den Geräuschen nach, die Parkebene betreten. Ein rascher Dreh und der Saboteur rannte nun die Treppen nach unten. Gleich darauf stand er vor dem Zugang zur Versorgungsebene. Er drückte die Klinke nach unten und zog sie zu sich heran. Zur gleichen Zeit hörte er von oben, wie sein Verfolger zurück ins Treppenhaus trat und von den Scharnieren der Tür vor ihm erklang ein hörbares Quietschen.

***

Felsengang

Zasdosh war viele Stunden durch die unterirdischen Anlagen der Area 51 geirrt. Sein innerer Kompass führte ihn durch Gänge und Flure. Dennoch hatte er immer noch nicht den richtigen Weg gefunden. Immer wieder endeten die Gänge und erwiesen sich als Sackgassen. Zasdosh wurde immer ärgerlicher und fauchte wie es seiner Art entsprach. Einige Male hatte er die Nähe von Menschen gespürt, diese aber nicht weiter beachtet. Er hatte kein Interesse an einem Kontakt und er wollte auch nicht kämpfen. Deshalb hatte er sich immer wieder versteckt. Eines der Verstecke erwies sich als Glücksfall. Er hatte etwas gefunden, was die Menschen beschäftigen würde: Ein großer Raum, angefüllt mit Käfigen verschiedener Größen, beherbergte irdische Versuchstiere. Er würde einige dieser Tiere befreien und sie in die Flure der Anlage entlassen. Das war ein guter Plan und Zasdosh lächelte raubtierhaft.

Er ging an den Reihen der Käfige vorbei und konnte einige Tierarten identifizieren. In den kleineren Käfigen wuselten Ratten und Mäuse. Dann entdeckte er Katzen und Hunde. Erstere taten ihm leid, da sie ihn an die Kinder seiner eigenen Rasse, seines eigenen Volks erinnerten. Zorn wallte in ihm auf und er wollte in diesem Moment den Menschen wehtun. Gleich darauf blickte er in die traurigen Augen von Primaten, die nach Größe und Art getrennt gehalten wurden. Zasdosh betrachtete die Tiere nachdenklich, die sich merkwürdig still verhielten. Wie konnten die Menschen nur Angehörige ihrer eigenen Evolutionslinie gefangen halten und für Versuche missbrauchen? Dem tigerähnlichen Alien stellten sich die Haare auf. Hatten die Menschen denn kein Gewissen oder waren sie nicht in der Lage, emphatisch ihrer eigenen Spezies gegenüber zu sein?

Zum ersten Mal seit seiner Gefangenschaft keimte ein Gefühl der Angst vor den Menschen in ihm auf. Ratlos, ob er tatsächlich einige der Versuchstiere befreien sollte, schritt er weiter an den Käfigen entlang. Plötzlich blieb er wie gebannt stehen. Vor ihm, nur einige Schritte entfernt, sah er zwei Käfige, in denen Tiere gefangen gehalten wurden, die er gut kannte. Gefährliche Tiere! Isgolwölfe. Nur wenige Völker im bekannten Universum hatten versucht, diese Bestien zu zähmen. Auf vielen Welten war ihre Haltung strengstens untersagt. Diese Tiere waren Killer und dank ihrer Intelligenz unberechenbar und gefürchtet. Wie kamen die Menschen nur zu diesen Ungeheuern?

Wussten sie, was sie taten? Wahrscheinlich nicht, wie auch?

Zasdosh war hin- und hergerissen und überlegte. Sollte er die Isgolwölfe befreien und in die Gänge entlassen? Die Verwirrung und die Jagd nach den Wölfen würde von seinem eigenen Vorhaben ablenken. Auf der anderen Seite würde es bestimmt viele Opfer geben. Doch kümmerte ihn das? Nein! Die Menschen hatten ihm viel angetan und verdienten es bestraft zu werden. Doch wie sollte er vorgehen, ohne selbst in Gefahr zu kommen? Der Alien begann nachzudenken. Die zündende Idee kam wie von selbst. Er betrachtete noch die Käfige mit den Wölfen, als er die Lösung sah.

Die Verriegelung war dreifach und die Gitter der Käfige sehr stabil. Wenn er zwei Verriegelungen löste und die Dritte nur halb, so konnten die schlauen Tiere sich selbst befreien. Zasdosh zögerte nicht mehr. Beherzt trat er an die Käfige heran und griff zum ersten Riegel. Die Wölfe verhielten sich ruhig und beobachteten mit ihren bernsteinfarbenen Augen, was Zasdosh tat. Er wunderte sich über das Verhalten der Tiere, blieb aber pragmatisch bei seinem Vorhaben. Schnell überprüfte er die Riegel, wandte sich danach rasch ab und verließ den Raum. Gleich darauf stürmte er durch den Gang, wechselte über eine Treppe die Etage und rannte wie ein Schemen weiter. Instinktiv benutzte er ein weiteres Treppenhaus, das noch weiter in die Tiefe führte. Als er die nächste Ebene betrat, bemerkte er, dass sich etwas verändert hatte.

Er stand in einem großen höhlenartigen ovalen Raum, von dem drei Gänge abzweigten. Die Wände der Höhle waren nur roh behauen und zeigten keinerlei Verkleidung. Nur die Rohre, die an der Decke entlangliefen, passten nicht in das rustikale Bild. Von der Decke hingen einfache Neonröhren, die den Raum in ein kaltes Licht tauchten. Zasdosh wusste, dass er nun auf dem richtigen Weg war – dem Weg zur Kolonie.

***

Gegenverkehr

Stan steuerte den Jeep angestrengt durch die Wüste Nevadas. Noch immer plagten ihn Ängste, noch immer waren sie nicht in Sicherheit. Sie, das waren er selbst, sein Freund Gerry und der fremde verletzte Mann, der stumm oder besinnungslos in den Gurten der Rückbank hing. *Wenn das Militär uns schnappt, dann werden wir in einem Gefängnis verrotten, oder …*

Stan dachte diesen Gedanken nicht zu Ende. Was, wenn sie durch die Explosion des UFOs verstrahlt waren? Wie lange würden sie überleben? Die Zukunft schaute ihm düster entgegen, die Hoffnung verbannend. Stan unterbrach seine innere Vorausschau, als er vor sich eine Wagenkolonne erblickte, die aus der Richtung der Bundesstraße kam. Wo wollten die Autos nur hin? Er gab sich selbst die Antwort. Wo sollten sie schon hinwollen? Natürlich zum Grenzzaun der Area 51! Wohin denn sonst?

Auch Gerry wurde nun aufmerksam. Er zeigte mit der Hand nach vorne und rief aufgeregt:

»Mensch Stan, siehst du die vielen Autos? Ob die von der Explosion gehört haben?«

Stan nickte nur und schaute nicht einmal hinüber zu seinem Freund. Die Wagen kamen näher und als der Vorderste auf ihrer Höhe ankam, ließ er die Lichthupe blinken und hielt an. Stan hielt ebenfalls an, da er wissen wollte, was von den Vorfällen nach draußen in die Welt gedrungen war. Er ließ das Fenster auf der Fahrerseite nach unten gleiten.

Der Fahrer eines alten Ford Pinto hatte ebenfalls sein Fenster heruntergekurbelt und rief sofort:

»Hey Mann, was iss'n in der Area passiert?«

Stan gab sich unwissend und antwortete:

»Was soll denn passiert sein?«

»Na die Explosion! Du musst dass doch mitgekriegt haben! Ihr kommt doch von da oben?«

Damit zeigte der begeisterte Mann die Straße hinauf, die zum Parkplatz am Zaun führte. Stan überlegte einen Moment, ehe er eine Idee hatte. So rief er verschwörerisch:

»Klar haben wir was gesehen. Wir hatten aber Pech. Unser Kumpel«, und damit zeigte er bedeutsam hinter sich in das Wageninnere, »hat einen Unfall gehabt. Wir müssen schnell ins Krankenhaus.«

»Oh, das tut mir leid«, bedauerte der Mann im Pinto. Hinter ihm begannen die Fahrer der wartenden Fahrzeuge zu hupen. Der Pinto-Fahrer winkte nur genervt ab und fragte lauernd:

»Hast du einen Tipp, wo wir am besten etwas sehen können?«

»Klar!«, antwortete Stan. »Gute hundert Meter vor dem Parkplatz ist der Zaum kaputt. Ein Humvee ist da reingebraust. Ihr könnt direkt auf das Gelände. Da passt im Moment keiner auf! Die haben andere Probleme, du weißt schon, Explosion und so …«

Nun hatte es der Pinto-Fahrer eilig. Er rief nur noch schnell:

»Danke Mann für den Hinweis! Das schau ich mir auf jeden Fall an!«

Damit trat er aufs Gas und brauste davon.

Noch viermal erzählte Stan interessierten UFO-Fans von dem Loch im Zaun. Als endlich der letzte Wagen verschwunden war, sagte er mit einem schmalen Grinsen auf den Lippen zu Gerry:

»Nun haben die Typen von der Area genug zu tun und keine Zeit, uns zu verfolgen.«

Gerry schaute Stan bewundernd an und antwortete:

»Du hast ja Nerven! Schickst die Leute zu dem Humvee. Aber ja, du hast recht. Keiner wird sich nun auch noch um uns kümmern. Also los, sehen wir zu, dass wir schnell in die Stadt kommen. Unser Verwundeter braucht dringend einen Arzt.«

Von der Rückbank drangen nur leise Atemgeräusche zu ihnen nach vorne. Der Verletzte war eingeschlafen, was im Moment für ihn wohl das Beste war.

Stan schloss sein Fenster und fuhr an. Er dachte kurz an den alten Honda der ihnen von dem Wüstenparkplatz aus gefolgt war. Als Stan in den Rückspiegel schaute, sah er nur die davonfahrenden Autos. Der Honda war verschwunden. Stan zuckte mit den Schultern und konzentrierte sich auf die Straße vor ihm.

Erst Minuten später tauchte der Verfolger hinter einer Kurve auf. Ohne besondere Eile folgte er dem Wagen von Stan und Gerry, der gute fünfhundert Meter vor ihm durch die Wüste fuhr.

***

Grausige Unsicherheit

Er stand starr vor Schreck und die Ungewissheit gaukelte ihm eine Unzahl von bizarren Szenarien vor, die alle mit seinem sicheren Tod endeten.

Es war wieder still in dem finsteren Raum und der Dieb glaubte, sein eigenes Herz schlagen zu hören. Er musste eine Entscheidung treffen. Sollte er so schnell es ging zurück in den Flur rennen oder das Licht anschalten, damit er sah, was dort das schnaufende Geräusch verursacht hatte? Zweifel sind stets ein schlechter Berater und so focht der Dieb einen inneren Kampf mit sich aus. Ein weiteres Schnaufen unterbrach das Duell und ließ den Dieb instinktiv reagieren. Seine rechte Hand tastete nach hinten, um den Türgriff zu finden. Doch anstatt des Griffes berührte er einen Schalter, drückte diesen beim Abtasten und das Licht der Deckenleuchte flammte grell auf. Das, was er nun erblickte, war so bizarr, dass ihm der Atem stockte.

In dem Raum, der mit medizinischen Geräten und Schränken, Tischen und Becken angefüllt war, hing in der Mitte ein Mensch, ja war es denn wirklich ein Mensch? Er hing da mit ausgebreiteten Armen, wie gekreuzigt. Der Dieb stand starr vor Staunen, während er versuchte zu verstehen, was er da vor sich sah. Warum hatte man einen Menschen so an der Decke aufgehängt? Was für einen Sinn sollte das haben oder sah er hier ein Folteropfer vor sich? Ein Folteropfer in der Area 51? Blödsinn! Aber warum …

Ein weiteres schnaufendes Geräusch lenkte seine Aufmerksamkeit wieder auf die momentane Situation. Das Schnaufen schien von der fixierten Person in der Raummitte zu kommen.

Der Dieb überlegte, wie es nun weitergehen sollte. An erster Stelle kam seine Mission, auch wenn er noch weit von seinem Ziel entfernt war. Dennoch war er immer noch gewillt, seinen Auftrag auszuführen. Auf der anderen Seite bewegte ihn der Anblick dieses Menschen, der hilflos und angeschnallt auf das warten musste, was seine Peiniger für ihn vorgesehen hatten. Sollte er dem Festgeschnallten helfen oder gab es gar einen triftigen Grund, ihn so zu fesseln? Der Dieb entschied sich für eine Zwischenlösung. Er würde zumindest einmal mit ihm sprechen, um so herauszufinden, was hier eigentlich los war. Danach konnte er sich immer noch entscheiden, was als Nächstes geschah. Auf keinen Fall wollte er viel Zeit verschwenden und sich so rasch wie möglich wieder auf den Weg machen.

So trat er einige Schritte näher an den hängenden Mann heran. Ja, er hatte richtig vermutet, es war tatsächlich ein Mann, der nur eine Art schwarze Badehose trug, ansonsten jedoch nackt war. Der Dieb blieb circa einen Meter vor dem Hängenden stehen und betrachtete den Mann nun genauer. Auf den ersten Blick schien es sich um einen ganz normalen Menschen zu handeln, doch bei genauerer Betrachtung …

Dem Dieb wurde plötzlich kalt und eine eisige Hand schien über seinen Rücken zu gleiten.

Er kannte den Mann aus den Nachrichten und aus einer Doku-Sendung. Das war doch der Killer … ach wie hieß er noch? . Der Dieb versuchte sich zu erinnern, gab diese Bemühung aber gleich wieder auf, da es ja sowieso egal war, wie der Hängende hieß. Er wusste nur noch, dass der Killer unzählige Mädchen umgebracht hatte. Doch in den Nachrichten hatten sie über die Hinrichtung des Mörders berichtet, das wusste er genau. Wieso hing der Kerl dann hier in diesem Labor und lebte noch?

Der Dieb wunderte sich selbst über seine aufgebrachten Gefühle. Er trat noch einen Schritt näher und betrachtete den Hängenden mit verändertem Interesse. Jemand hatte die Hinrichtung nur inszeniert und den Delinquenten hier in die Labors der Area gebracht. Zuerst fielen dem Dieb einige Infusionsnadeln auf, die in Armen und Beinen des Hängenden steckten. Dann erkannte er frisch vernähte Wunden, die mit einer durchsichtigen Folie bedeckt waren. Auch die Haut war ungewöhnlich blass und mit einem dünnen Film Schweiß bedeckt. Das Gesicht des Killers schien erstarrt und, das bemerkte er erst in diesem Moment, die Schädeldecke war mit einer silbrigen Haube bedeckt oder gar ersetzt worden. Wie schrecklich!

Wer experimentierte hier mit Menschen?

Das war nicht in Ordnung, auch wenn es sich um einen Verbrecher, einen Killer, einen Kinderschänder … na ja, auf der anderen Seite …

Seine Empörung, wie auch seine schwankenden Überlegungen wurden durch ein weiteres schweres Schnaufen unterbrochen. Der Dieb schaute etwas nach oben, um das Gesicht des Kinderschänders betrachten zu können. Dieser hatte seinen Mund geöffnet, als ob er etwas sagen wollte. Doch nur das Schnaufen drang an die Ohren des Diebes. Er wusste, dass er dem Verbrecher nicht helfen konnte und es auch nicht wollte, wenngleich ihm die Gefangenschaft als Versuchsperson nicht gefiel. Das ging zu weit und war gegen die Menschenwürde.

Er umrundete den Gehängten ratlos und betrachtete ihn dabei von allen Seiten. Überall sah er nun OP-Spuren in Form von Narben, die zum Teil entzündet schienen. Am schlimmsten aber war ein dicker Kabelstrang, der in Hüfthöhe direkt an der Wirbelsäule befestigt oder anoperiert worden war. Der Kabelstrang verzweigte sich und die einzelnen Kabel verschwanden in den Gehäusen verschiedenster Gerätschaften, die dem Dieb in deren Funktion unbekannt waren. Schließlich stand er wieder vor dem Gehängten und sprach unbewusst aus, was er gerade dachte:

»Was soll ich denn nur mit dir machen? Ich kann dich doch so nicht zurücklassen.«

Unerwartet erhielt der Dieb eine Antwort. Schwach und leise antwortete der Hängende:

»Bring mich um! Bitte bring mich um, ehe sie zurückkommen.«

***

Zurück ins Licht

Während der Fahrt durch die Finsternis war es Brian Spiller zum ersten Mal seit langer Zeit gelungen, sein Leben zu reflektieren. Er rollte zusammen mit diesen beiden Pennern durch die Tunnelröhre und gleichzeitig zurück in seine Vergangenheit. Er war ein ganz normaler Junge gewesen, jedenfalls nach seiner eigenen Beurteilung. Nichts Besonderes, eben wie alle Jungen in seinem Alter. Er hatte gerne gespielt, meist Abenteurer, und war in den angrenzenden Wäldern mit seinen Freunden umhergestreift. Beliebt waren damals sogenannte Mutproben. Brian stand dabei immer an vorderster Stelle und ersann selbst Mutproben für seine Freunde. Einmal ging es darum, Hühner von einer Farm zu stehlen. Brian hatte sich als Erster gemeldet und war gleich darauf zum nächstgelegenen Farmhaus aufgebrochen. Tatsächlich gelang es ihm zwei Hühner zu fangen und seine Kameraden staunten nicht schlecht, als er die Tiere anschleppte. Beide Hühner hatten verdrehte Hälse und als seine Freunde fragten, was denn geschehen sei, sagte er nur lapidar, dass er den Viechern den Hals herumgedreht hätte. Weiter erklärte er, dass er nur deswegen lautlos von dem Gehöft hatte entkommen können. Bei einem Lagerfeuer brieten die Kinder die Hühner und Brian war der Held des Tages. Als er an diese Episode seiner Kindheit dachte, lächelte er, was natürlich niemand in der Finsternis sehen konnte.

Er bemerkte dabei nicht, dass er schon damals eines der drei Kriterien eines Serienkillers erfüllt hatte. Zu Hause hatte er bei Weitem nicht den Ruf eines mutigen Kindes. Dort war er, dank eines strengen Vaters, der keinerlei Dummheiten duldete, eher der schüchterne Typ, der nicht auffallen wollte. Trotzdem war sein kindliches Gemüt, durch den strengen Vater verstärkt, so empfindlich, dass Brian ein Bettnässer war. Seine Mutter versuchte diese Tatsache vor dem Vater zu verheimlichen. Brian jedoch erfüllte mit dem Bettnässen den zweiten Punkt der Kriterien zum Serienkiller

Als Teenager begann er, immer wenn er Frust hatte, kleine Brandstiftungen zu begehen. Der Anblick des Feuers belebte ihn und er fand es spannend zu sehen, was ein Feuer anrichten konnte. Damit erfüllte er den dritten Punkt der Kriterien. Dennoch dauerte es noch Jahre, bis er mit dem Morden begann und er eine Todesliste erstellte.

Ein Unfall hatte seine Familie ausgelöscht, ein tragischer Unfall. Ein Betrunkener hatte die Vorfahrt missachtet und war in den Wagen seiner Frau gekracht. Sie wollte ihre beiden Kinder in den Kindergarten bringen, als das Unglück geschah. Der heftige Aufprall hatte den Van, ihr Familienauto, förmlich zerrissen. Brian hatte den Crash gehört, da er noch am Straßenrand vor ihrem Haus gestanden und den Briefkasten geleert hatte. Rein instinktiv wusste er, dass etwas mit seinen Lieben geschehen war. Gerade eben erst hatten die Kinder und seine Frau ihm noch zum Abschied zugewinkt. Sie waren noch keine Minute unterwegs gewesen, als das Unglück geschah. Brian hatte die Briefe und Werbesendungen einfach fallen gelassen und war die Straße hinuntergerannt. Schon an der nächsten Ecke sah er die Trümmer zweier Fahrzeuge über die nächste Kreuzung verstreut. Voller Panik rannte er zu dem Autowrack, das der Familien-Van seiner Frau sein musste. Die Farbe stimmte, die Marke stimmte … oh Gott, nein!

Stolpernd blieb er stehen und erkannte mit hellseherischer Klarheit, dass sein mühsam erarbeitetes, glückliches Leben hier sein Ende gefunden hatte. Seine geliebte Frau hatte ihm gezeigt, dass ein normales Leben ohne Gewalt und Brandstiftungen möglich war. Er hatte sich eingebildet, dass er verstanden hatte, was Liebe bedeutete.

Stolpernden Schrittes näherte er sich dem zerfetzten Fahrzeug. Er kletterte über einen abgerissenen Kotflügel, stieg über verbeultes

Metall und schaute hinein in das, was einmal der Innenraum des Vans gewesen war. Zwischen zerbeultem, zerknicktem Blech und zerrissenem Plastik fand er seine Kinder, seine Zwillinge, leblos und blutend in ihren Kindersitzen. Ein blutiges blondes Haarbüschel geriet in seinen Blickwinkel, als er sich voller Verzweiflung von seinen Kindern abwandte. Eingequetscht zwischen Tür und dem verbogenen Gestell des Fahrersitzes hing seine Frau wie eine zerbrochene Puppe. Blut sickerte aus einer Wunde am Kopf und aus ihren Ohren, dem Mund und der Nase.

Erschüttert kletterte er aus dem Fahrzeug und begann laut um Hilfe zu rufen. Gefühlte Ewigkeiten später erklangen aus der Ferne die Sirenen der Rettungsfahrzeuge und der Polizei. Das Trümmerfeld des Unfallortes füllte sich mit blinkenden Fahrzeugen und uniformierten Menschen. Hilflos musste Brian mit ansehen, wie seine Familie aus dem Fahrzeugwrack geborgen wurde. Er sah, wie die Sanitäter und Ärzte resignierend die Köpfe schüttelten. Sie legten die Kinder und seine Frau auf Krankentragen und deckten diese mit weißen Laken ab.

Ein Mann erschien an Brians Seite und fragte ihn, ob er an dem Unfall beteiligt gewesen sei. Brian verneinte und erwachte aus seiner Starre. Er rannte zu der Trage, auf der seine Frau lag. Er riss das Laken zur Seite und rief ihren Namen. Starke Hände zogen ihn schließlich zur Seite und eine Injektion, gesetzt von einem Notarzt, brachte ihn zur Ruhe.

Die Fahrt zum Krankenhaus, das bedauernde Lächeln eines Arztes, die Fragen der Polizei, glitten an ihm vorbei, glitten an ihm ab.

In den kommenden Tagen las er die Berichte der Ärzte, der Polizei und der Versicherung. Er fand Unstimmigkeiten und Verzögerungen, Fehlbeurteilungen und Vertuschungen. So gaukelte ihm zumindest seine eigene Seelenwelt vor, dass seine Familie durch Nachlässigkeiten gestorben war. Der Unfallverursacher war als Trinker bekannt und war trotzdem gefahren. Er war mit dem Leben davongekommen, ja er hatte sich nicht einmal entschuldigt. Die Sanitäter waren zu spät gerufen worden, da die Nachbarn, die nahe am Unfallort lebten, erst einmal das Unfallgeschehen betrachtet hatten, ehe sie den Notruf gewählt hatten. Der Notarztwagen war, genau wie die Rettungswagen, zu langsam gefahren und hatte wertvolle Zeit sinnlos vergeudet. Und schließlich hatten sich die Ärzte nicht gründlich und intensiv genug mit seiner Familie beschäftigt. Sie hatten sie nicht behandelt und zu schnell aufgegeben. Nach der Beerdigung hatte Brian tagelang auf die Akten geschaut und schließlich eine Liste zusammengestellt.

Auf dieser Liste hatte er alle Personen zusammengefasst, die am Tod seiner Liebsten schuldig waren. Er hatte die Liste zur Polizei gebracht, doch dort nahm man ihn nicht ernst. So entstand der Gedanke, die Verantwortlichen selbst zur Rechenschaft zu ziehen. Alle Personen auf dieser Liste hatten es verdient zu sterben.

Nachdem er diesen Gedanken wochenlang mit sich herumgetragen hatte, konnte er es auf einmal nicht mehr abwarten, seine Todesliste abzuarbeiten. Eine Pistole war schnell besorgt und so begann er. Der erste Kill hatte die Wirkung einer euphorisierenden Droge. Er fühlte sich mächtig und stark, voller Leben und vor allem glücklich. Er sah seine Frau und seine Kinder in einer Erscheinung und sie lächelten ihm auffordernd zu. Er hatte richtig gehandelt! Keine Sekunde bedauerte er den vor ihm am Boden liegenden, blutenden Mann, den er gerichtet hatte. Nein, er hatte wie ein echter Mann gehandelt und die Welt von einem Fiesling befreit. Voller Grimm und mit einem satanischen Lächeln auf seinen Lippen zog er seine Liste hervor und strich den ersten Namen ab.

Brian tauchte aus seinen Erinnerungen auf, als er bemerkte, wie Jack neben ihm unruhig wurde. Er hob seinen Kopf und starrte in die wesenlose Finsternis. Schon wollte er seinen Nebenmann fragen, was los sei, als er einen fernen kleinen Lichtpunkt, winzig wie ein Funke, erblickte. Er rieb sich seine Augen und fixierte den hellen Punkt.

Tatsächlich, da war ein Licht, zwar noch weit entfernt, aber doch real. Noch ehe er etwas sagen konnte, bemerkte er, wie die Draisine langsamer wurde und schließlich zum Stehen kam. Leise raunte Birdy von hinten:

»Seht ihr das Licht? Da vorne muss eine Station sein. Wir sollten vorsichtig sein!«

***

Unbekannte Gefilde

»You sick bastard!«, knurrte der Sektionschef und rannte zurück ins Treppenhaus. Ohne auf seine eigene Sicherheit zu achten, spurtete er die Treppen hinunter. Gleich darauf stand er vor der normalerweise mit einem Magnetschloss gesicherten Stahltür, die zum Versorgungstrakt führte. Hier unten kannte er sich nicht besonders gut aus. Er verfluchte diese Tatsache und sein Versäumnis, sich bisher nicht für diesen Teil der Anlage interessiert zu haben. Nun rächte sich seine Nachlässigkeit. Der Kerl konnte sonst wo sein. Dennoch musste er ihn fassen und, wenn es möglich war, zum Reden bringen.

Gleich darauf passierte er den Zugang zum Versorgungstrakt und ging nach kurzem Spurt hinter dem Sockel eines Energietransformators in Deckung. Als nichts weiter geschah, blieb er noch einen Moment liegen und lauschte in den Raum hinein. Tatsächlich hörte er ein leises Geräusch, weit hinten zwischen den Generatoren und Umwälzanlagen. Der Sektionschef erhob sich so leise er konnte und versuchte, sich ein Bild von dem großen Raum zu machen. Erstaunt über die Größe der Halle ließ er seinen Blick über die Anlage schweifen. Mannsdicke Rohre und Kabelschächte zogen sich an der Decke entlang oder verschwanden in Wänden, der Decke, dem Fußboden und den sich hier im Raum befindlichen Aggregaten. Zwischen den Anlagen waren die Wege und Durchgänge mit einer schwarzgelben Linie auf dem Hallenboden eingesäumt.

Nachdem der Sektionschef sich auf die Gegebenheiten der Halle eingestellt hatte, lief er los. Er achtete dabei nicht darauf, sich besonders leise zu bewegen. Sein Kontrahent sollte wissen, dass er verfolgt wurde. Während der Sektionschef hinter einem Luftverteiler der Klimaanlage anhielt, um erneut zu lauschen, hatte er eine Idee. Er wollte den Flüchtigen weiter verunsichern.

Er zog sein Funkgerät aus der Tasche, hielt es an seinen Mund und begann, ohne es eingeschaltet zu haben, laut und deutlich Befehle in das Gerät zu sprechen. Der Saboteur musste nun damit rechnen, dass sich weitere Verfolger auf seine Spur setzen würden.

In diesem Moment lief eines der großen Aggregate an und überschüttete die Halle mit einem Heidenlärm. Erschrocken über den plötzlichen Lärm zuckte der Sektionschef zusammen und duckte sich instinktiv. Diese Reaktion rettete ihm das Leben. Er fühlte eher, als dass er es sah, dass an der Stelle, wo sich eben noch sein Kopf befunden hatte, ein Projektil eine Blechabdeckung traf. Mit einer wütenden Grimasse rollte der Sektionschef zur Seite. Dabei sah er das Einschussloch in der Geräteverkleidung, was seinen Zorn noch vergrößerte.

»Der Kerl meint es ernst!«, brummte er aufgebracht. »Na gut mein Freund, dann wollen wir doch mal sehen, wie gut du bist.«

Damit rollte er weiter, bis er hinter einem grauen Blechgehäuse Deckung fand. Sein Vorteil war, dass der Saboteur nicht wusste, welche Ausbildung der Sektionschef hatte. Nicht umsonst war er vom Präsidenten ausgewählt worden, hier in geheimer Mission zu arbeiten. Jahrelang war er zum Spezialisten ausgebildet worden und an allen Brennpunkten der Welt im Kampf gewesen. Er gehörte der sogenannten „Delta Force“ an und hatte in dieser Einheit schon manchen Gegner auf unkonventionelle Art ins Jenseits geschickt.

Nach einer kurzen Pause, die er nutzte, um sich eine Strategie zu überlegen, sprang er auf und rannte nach links. Bei der nächsten Deckung hinter einem breiten Rohr, welches aus dem Boden ragte, lauschte er, trotz des immer noch andauernden Lärms. Das ewig gleiche Dilemma in Situationen wie dieser, war zu entscheiden, wann man seine Deckung verließ und zum Angriff überging. Dazu war es eigentlich nötig, die Position seines Gegners zu kennen. Doch diesen Luxus konnte sich der Sektionschef nicht leisten. Er musste handeln und zwar sofort.

Ohne noch lange über seine missliche Lage nachzudenken, sprang er auf und rannte los. Die ungefähre Richtung des Schützen hatte er anhand des Einschlages auf der Metallverkleidung erfahren. Natürlich konnte sein Gegner schon längstens seine Position gewechselt oder sich gar abgesetzt haben.

»No risk no fun!«, murmelte der Sektionschef verbissen und sprang in die nächste Deckung. Wiederum keine Sekunde zu früh, wie das Sirren einer abprallenden Kugel anzeigte. Dieses Mal jedoch hatte er das Mündungsfeuer des Saboteurs erkannt und wusste, wo dieser sich befand. Ohne auch nur eine Sekunde zu zögern, hob er seine Pistole und feuerte zweimal. Er wartete nicht, ob er einen Treffer gelandet hatte oder auf die Reaktion seines Gegners. Mit jahrelang trainierter Geschmeidigkeit sprang er aus seiner Deckung und rannte auf den vermuteten Standort seines Gegners zu. Im Laufen gab er zwei weitere Schüsse ab und hoffte, den Saboteur so an einer Gegenreaktion zu hindern. Dann ließ er sich fallen und rutschte liegend, die Füße voran, auf sein Ziel zu. Seine beiden Hände hielten weit vorgestreckt die Waffe in Anschlag. Polternd krachte er in einen Stapel Blecheimer, die mit Getöse umfielen.

Als sei dies ein Signal, erstarb der Lärm des Aggregats. Es war plötzlich still und nur das Klicken einzelner Relais wisperte durch den Raum. Mit hoher Anspannung horchte der Sektionschef und wurde gleich darauf durch schnelle Schritte, die sich entfernten, alarmiert. Ein schnelles Durchatmen genügte, um seinen Metabolismus zu beruhigen. Geschmeidig sprang er auf und rannte in geduckter Haltung, seine Waffe im Anschlag, den Schrittgeräuschen hinterher. Das Geräusch einer zufallenden Stahltür konnte bedeuten, dass der Saboteur die Halle verlassen hatte. Es konnte natürlich aber auch eine geschickt gestellte Falle sein.

***

Lebendig oder Tod

Aus der Dunkelheit heraus trieb Pedro auf das Licht zu. Alles war friedlich und sanfte Gelassenheit streichelte ihn. Wo war er nur und wie war er hierhergekommen? Sphärische Klänge füllten die Unendlichkeit und trieben zwischen dem Zeitenstrom. Durchscheinende Wesen mit beseelten Gesichtern wurden aus dem göttlichen Licht heraus geboren und näherten sich ihm mit ausgebreiteten Armen.

Doch plötzlich griffen beschämende Erinnerungen körperlich nach ihm und zerrissen sein Wohlgefühl. Das Licht wurde kleiner und Finsternis schwappte wie eine fürchterliche Woge über ihn. Er wollte schreien, doch kein Laut verließ seine Lippen. Er wollte bleiben, weiterschweben, weiter zum Licht, ins Licht hinein. Aber brutale

Mächte zerrten an ihm, peinigten ihn und schleuderten ihn schließlich in eine Realität, die er nicht verstand, nicht verstehen konnte.

Es wurde hell um ihn herum, doch dieses Licht spendete keinen Trost, keine Wärme, keine Liebe. Er tauchte in eine Welt ein, die bekannt und doch so fremd war.

Er blickte in einen Raum, einen kleinen Raum, vielleicht ein Lager und erkannte, dass er am Boden lag. Wieso lag er hier? Was war geschehen?

Pedro versuchte sich zu bewegen, gab seinem Körper den Befehl, doch nichts geschah. Er spürte seinen Körper nicht einmal, weder Arme noch Beine, nichts. Ein schrecklicher Gedanke explodierte in seinem Bewusstsein: War er gelähmt? Warum, wodurch, wann?

Pedro versuchte sich zu erinnern, doch etwas störte, etwas war falsch. Ohne Vorwarnung wechselte das Bild. Etwas schien ihn anzuheben, nach oben zu tragen. Noch immer spürte er nichts, keine Berührung, keine Körperlichkeit. Eine drehende Bewegung ließ ihn schwindeln. Sein Blick war, beinahe wie bei einem filmischen Kameraschwenk, starr in eine Richtung fixiert. Er konnte den Kopf nicht drehen oder seine Augen bewegen, um selbstständig zu entscheiden, wohin er schaute. Gerne hätte er sich abgewandt als er erkannte, was er sah, was er gezeigt bekam.

Unter ihm, auf dem Boden des Lagerraums, sah er sich selbst, seinen Körper, verkrümmt auf dem Fußboden liegen. Panische Gedanken attackierten seine Gefühlswelt, die gerade eben noch enorme Glückseligkeit in den Sphären des Lichts erfahren hatte.

War er tot, gestorben, ohne dass er es bemerkt hatte? Lag dort unter ihm seine Leiche, geschändet von einem Unbekannten? Wieso wurde ihm dieses schreckliche Bild gezeigt? War dies die Strafe dafür, dass er so viele schlimme Dinge in seinem Leben getan hatte?

Mitleid war ihm zeitlebens unbekannt gewesen, doch nun, da er sah wie er dort lag, erfasste ihn Selbstmitleid. Er hätte gerne geweint, doch diese Gnade der Erlösung blieb ihm verwehrt. So starrte er auf seine Leiche und konnte den Blick nicht abwenden, konnte seine Augen nicht schließen, nicht einmal blinzeln. War er jetzt ein Geist und musste mit ansehen, was aus seinem Körper geworden war? Würde er als Verbannter des Himmels bis in alle Ewigkeit körperlos umherirren?

In diesem Moment erschienen zwei Personen in seinem Blickfeld, die er kannte. Ramires und Juan stürmten in den Raum und blieben vor seiner Leiche stehen. Das waren seine Freunde, nein eher Kumpanen, mit denen er so manches Verbrechen begangen hatte. Ramires ließ sich auf seine Knie fallen, legte die Maschinenpistole neben sich und beugte sich über den am Boden liegenden Körper. Mit den Fingern der rechten Hand fühlte er sogleich an der Halsschlagader Pedros, ob dieser noch am Leben war. Juan stand gebeugt daneben und verfolgte gespannt die Anstrengung seines Kumpans. Nach einer ewigen Minute, Juan scharrte schon unruhig mit den Füßen, sagte Ramires erleichtert:

»Er lebt! Ich habe den Puls gefühlt, zwar schwach, aber immerhin.«

„Er lebt" hatte Ramires gesagt und schoss mit diesen zwei Worten Pedros Selbstmitleid in Stücke. Er schaute doch hinunter auf seinen eigenen Körper, schwebte als Geist über seinen Kumpanen. Dennoch lebte er? Wie war das denn möglich?

Pedro überlegte, wie er wieder zurück in seinen Körper gelangen konnte. Er konzentrierte sich und versuchte sich zu bewegen. Doch nichts geschah. Eine unsichtbare Macht hielt seinen Astralkörper in der augenblicklichen Position. Pedro war gefangen, das wurde ihm nun klar. Was, wenn dies so blieb und er nie mehr zurück in seinen Körper schlüpfen konnte? Was, wenn er für immer ein Geistwesen blieb, gesteuert von einer unbekannten Macht?

Noch während er sich auszumalen versuchte, wie seine Zukunft, sein Leben, war es denn ein Leben?, weitergehen sollte, zerbarst seine Umgebung. Wie ein zerbrochener Spiegel zerfielen der Raum, Ramires, Juan und sein lebloser Körper. Ein Strudel, geformt aus tausenden Einzelteilen, sog alles in sich. Pedros Astralkörper bewegte sich auf den Strudel zu, auf seinen sich immer schneller drehenden Mittelpunkt zu.

Pedro wollte schreien, seiner Panik Luft verschaffen, doch er hatte keinen Körper, der zu schreien vermochte. Er stürzte hilflos in den fürchterlichen Wirbel und … Mit einem Mal verspürte er Schmerzen und Körperlichkeit. Er hörte eine Stimme und spürte, wie ihn jemand an den Armen packte. Wie konnte ihn jemand anfassen, wo er doch körperlos war, ein Geist? Die Stimme war nun ganz nah und irgendwie unangenehm. Pedro versuchte zu verstehen, was die Stimme sagte und hörte, was er nicht mehr zu hoffen gewagt hatte:

»Ich glaube, er kommt zu sich. Pedro, Compadre, wach auf! Hier sind deine Amigos Ramires und Juan. Komm schon Junge!«

Pedro fühlte, wie seine Lippen sich zu einem Lächeln formten und er ignorierte dabei völlig die Schmerzsignale seines misshandelten Körpers. Er war wieder in der realen Welt und er lebte.

***

Schwere Entscheidung

Wenn er jemals etwas Erbarmungswürdiges gesehen hatte, dann diesen Mann, der mit ausgestreckten Armen vor ihm hing. Der Dieb wusste, dass der Hängende ein furchtbarer Serienkiller war. Er wusste aber auch, dass kein Mensch so einer Folter, ja es war Folter, ausgesetzt sein sollte. Die Wissenschaftler, die an dem Killer Experimente fragwürdiger Art verübt, nein verbrochen hatten, sollten in der Hölle schmoren!

Der Dieb war mehr als aufgebracht und verfluchte gleichzeitig, dass er diesen Raum, dieses Labor betreten hatte. Seine Mission war ein einziges Desaster. Erst der merkwürdige, exhibitionistische Alien, den er mit Öl besprüht hatte, um zu entkommen, dann die Käfer, von denen er noch nicht einmal wusste, ob sie wirklich gefährlich waren. Dann dieser gehängte Mann, der um Erlösung flehte. Eine Zwangslage führte zur Nächsten. Was wartete noch auf ihn? Schon längst hätte er seinen Auftrag erledigen und sich auf dem Rückweg befinden sollen. Doch er saß hier auf einem Bürostuhl und schaute auf einen Mann, den die Wissenschaft gefoltert hatte. Nein nicht die Wissenschaft, sondern skrupellose Forscher, welche die Bezeichnung Mensch nicht mehr verdienten.

Was sollte er nun tun? Konnte er einen Menschen töten, auch wenn dieser Mensch ein Killer war? Auf der anderen Seite hatte ihn der Mann darum gebeten, ihn von seinem Leid zu erlösen. Der Dieb wusste, dass seine Entscheidung, wie auch immer diese ausfallen würde, und das Resultat daraus, ihn sein ganzes Leben lang verfolgen würden. Er verfluchte sein Schicksal, das ihm eine solche Prüfung abverlangte. Ein weiteres keuchendes Geräusch des Hängenden forderte nun endgültig sein Handeln.

Der Dieb stand auf und ging die wenigen Schritte zum Killer hinüber. Er stemmte seine Hände in die Hüften und stellte sich vor ihn. Er betrachtete den Mann eine Weile, vielleicht auch in der Hoffnung, dass dieser einfach von selbst sterben würde. Doch ein weiteres gequältes Stöhnen zeugte davon, dass der Killer noch einiges an Lebensenergie zu bieten hatte.

»Was soll ich denn nur machen?«, fragte der Dieb laut und einfach nur, damit er diese entscheidende Frage an sich selbst hören konnte. Er rechnete nicht mit einer Antwort und erschrak, als der Gehängte gurgelnd rief:

»Töte mich einfach! Bitte habe Erbarmen mit mir!«

Wenn das nur so einfach wäre, überlegte der Dieb. In seinem durchaus bewegten Leben hatte er noch nie getötet, weder einen Menschen noch ein Tier. Er war kein Killer und schon gar kein gnädiger Todesengel, der jemanden von seinem Leid erlöste. Verdammt! Dennoch musste er nun eine Entscheidung treffen und zwar sofort. Er rang noch einen Moment mit sich und fragte dann den Hängenden:

»Okay! Wie soll ich dich denn ins Jenseits befördern? Ich bin in solchen Sachen nicht so geübt wie du. Also, hast du einen Vorschlag?«

»Du hast mich also erkannt«, antwortete der Killer mit angestrengter Stimme, »umso besser! Dann brauchst du auch keine Skrupel zu haben. Einen Kindermörder zu töten ist doch eine gute Sache. Ich hatte jedenfalls immer eine Menge Spaß daran, die kleinen Scheißer abzumurksen.«

Bei den letzten Worten hustete der Killer und spie einen Schwall blutigen Schaums aus, der vor den Füßen des Diebs landete. Angewidert trat dieser einen Schritt zurück, während eine Frage sich in den Vordergrund seines Bewusstseins schob.

»Soso! Du hattest Spaß daran, die Kinder umzubringen? Mussten die Kleinen denn leiden?«

»Und wie«, keuchte der Killer und spie erneut blutigen Schaum aus. »Das war doch das Beste an dem ganzen Spiel. Du hättest mal hören müssen, wie sie gejammert und geschrien haben. Die Augen sind ihnen vor Panik fast aus dem Kopf gesprungen. Haha, was für ein Spaß!«

»So, was für ein Spaß, he? Na, dann will ich mal einen Spaß mit dir machen, mein Lieber. Ich werde dich nicht töten. Nein, ich werde den Wissenschaftlern sagen, dass du auf sie wartest und es gar nicht abwarten kannst, die Tests fortzusetzen.«

»Nein, um Gottes willen. Lass mich nicht allein!«, flehte der Killer. »Das kannst du doch nicht machen!«

»Und ob ich das kann, du verfluchtes Arschloch! Leide noch schön und lebe lange!«, rief der Dieb.

Dann drehte er sich um, löschte das Licht, öffnete die Tür und trat hinaus in den breiten Flur. Als er die Tür des Labors hinter sich schloss, hörte er noch die verzweifelten Rufe des Killers:

»Töte mich, verdammt noch mal, du beschissener Hurensohn!«

***

Unruhige Rückfahrt

Stan beobachtete den alten Honda schon eine ganze Weile im Rückspiegel. Er war sich sicher, dass sie verfolgt wurden. Gerry kümmerte sich unterdessen um den verletzten Mann, den sie in der Wüste in der Area 51 gefunden hatten. Er schien immer noch zwischen Bewusstsein und Ohnmacht zu pendeln. Er röchelte und plapperte unsinniges Zeug. Seine Verbrennungen sahen wirklich übel aus und seine Abschürfungen und Schnitte schienen sich zu entzünden. Der Mann musste so schnell es ging in ein Krankenhaus. Doch wie sollten sie erklären, was der Verwundete für einen Unfall gehabt hatte? Mussten sie überhaupt etwas erklären? Auf keinen Fall durften sie verraten, wo sie den Unglücklichen gefunden hatten.

Doch vorher mussten sie ihren Verfolger loswerden. Bestimmt arbeitete der Kerl für den Geheimdienst oder sogar direkt für die Leute der Area. Wer konnte das schon wissen und es war am Ende auch egal? Stan wollte auf keinen Fall von irgendeiner staatlichen

Behörde befragt werden. Das gab nur Ärger und den brauchte er nicht. Er hatte schon überlegt, ob er nicht sofort seinen Job kündigen und aus Las Vegas verschwinden sollte – irgendwohin, wo ihn keiner kannte oder ihn finden konnte.

Der Honda war immer noch da, auch wenn dieser sich zwischen anderen Fahrzeugen zu verstecken suchte, die nun reichlicher den Highway nahe der Stadt bevölkerten. Die Raststätte, an der sie am gestrigen Morgen gefrühstückt hatten, kam in Sicht. Dort würde er anhalten und parken. Eine kleine Rast war vonnöten, das war gewiss, nach allem was sie erlebt hatten. Zwar sahen sie staubig und verdreckt aus, doch das störte hier draußen niemanden. In den Waschräumen konnten sie sich wenigstens den gröbsten Dreck abwaschen und vielleicht auch etwas von der Strahlung, die sie beim Absturz des UFOs abbekommen hatten.

Stan informierte Gerry über den geplanten Stopp. Dieser hatte nichts einzuwenden und sorgte sich lediglich um den verletzten Mann. Als er schließlich vor der Raststätte parkte, konnte er ihren Verfolger nicht mehr ausmachen. Hatte Stan sich getäuscht und der Fahrer des Honda war nur zufällig die gleiche Strecke gefahren?

Vage Hoffnung keimte in ihm auf, die jedoch schon Sekunden später zerstört wurde. Etwas abseits der Raststätte, in der letzten Reihe der Parkplätze, entdeckte er den Wagen.

»Verdammt«, knurrte Stan und stieg aus seinem Fahrzeug. Gerry folgte seinem Freund und fragte:

»Was ist denn los?«

Stan zog Gerry ein wenig vom Wagen weg und raunte ihm verschwörerisch zu:

»Wir werden verfolgt!«

»Was? Von wem?«

Gerry schaute sich suchend um, wusste jedoch nicht, nach was er Ausschau halten sollte. Stan, der nicht wollte, dass ihr Verfolger wusste, dass er bemerkt worden war, stupste Gerry an und zog ihn dann in Richtung des Raststättengebäudes. Kaum hatten sie den Gastraum betreten, herrschte er seinen Kumpel an:

»Reiß dich mal zusammen und verhalte dich unauffällig. Unser Verfolger soll nicht bemerken, dass wir ihn gesehen haben. Los schnell, in die Waschräume und dann weiter! Der Kerl ist von der

Regierung und wenn wir ihn nicht loswerden, dann wandern wir ins Gefängnis.«

»Wie sollen wir ihn denn loswerden? Der hat bestimmt das Kennzeichen unseres Wagens. Wenn der von der Regierung ist, dann haben sie uns am Arsch!«, antwortete Gerry aufgebracht.

Stan wusste auch nicht, wie es nun weitergehen sollte. Sie betraten schweigend den Waschraum und stellten sich vor die Waschbecken. Schnell, beinahe hastig, säuberten sie sich so gut es eben ging. Danach kehrten sie in den Gastraum zurück und kauften einige Flaschen Cola und ein paar Chips. Sie hatten Durst, doch nach Essen war ihnen eigentlich nicht zumute. Die ganze verfahrene Situation war zu viel für sie.

Im Wagen war Allen Friggs endlich zu sich gekommen. Er wusste, dass er aus der grässlichen Station entkommen war. Das Umherirren in den Gängen und Räumen der Forschungsstation, zumindest vermutete er, dass er in einer Einrichtung dieser Art gewesen war, hatten ihn an den Rand seiner Kräfte gebracht. Man hatte ihn aus dem Todestrakt entführt und an diesen unbekannten, unheimlichen Ort gebracht. Durch seine aufbrausende Art hatte er sich an einem Teespender Verbrennungen zugefügt, die erheblich waren. Dennoch hatte er nach einem Weg aus der Gefangenschaft gesucht. Mit Grauen dachte er an die große runde Halle mit ihren Metallstegen und einem UFO am Boden. Das Schicksal hatte ihm hier eine immense Prüfung abverlangt und er musste mit seiner Höhenangst kämpfen. Dass er schließlich durch die Luft an die Oberfläche katapultiert worden war und dies auch noch überlebt hatte, grenzte an ein Wunder. Kaum war er auf hartem Wüstenboden aufgeschlagen, hatte ihn eine Druckwelle erfasst und er war davongewirbelt. Gnädige Ohnmacht hatte ihn umhüllt.

Irgendwann später war er auf dem Rücksitz eines Wagens zu sich gekommen. Zwei Männer hatten mit ihm im Wagen gesessen und der eine Gerry hieß er wohl, hatte sich um ihn gekümmert. Die Burschen hatten ihn wohl gerettet und gehörten bestimmt nicht zu den Leuten der Anlage. Nun war Dankbarkeit nicht gerade seine Stärke, dennoch erstaunte ihn, dass diese beiden Männer sie ihn mitgenommen hatten. Sie wollten ihn sogar in ein Krankenhaus bringen.

Um mehr zu erfahren, spielte Allen Friggs weiter den Besinnungslosen. Er bemerkte, dass der Fahrer, ein gewisser Stan, während der Fahrt immer wieder beunruhigt in den Rückspiegel schaute. Schließlich steuerte er den Wagen auf eine Raststätte und hielt direkt vor dem Restaurant an. Sehr ungeschickt, fand Allen. Hier brauchte nur ein Gast des Lokals in den Wagen zu schauen und ihn, verletzt wie er war, zu entdecken. Stan und Gerry stiegen aus dem Wagen und blieben nur einige Schritte entfernt stehen. Allen spitzte die Ohren und fand so heraus, dass sie verfolgt wurden. An der Körpersprache der beiden Männer erkannte er, dass sie durch die Verfolgung in Schwierigkeiten waren. Er selbst konnte auch keinen Verfolger gebrauchen. Also, was sollte er nun tun? Er und seine beiden Retter mussten den Verfolger loswerden, das war klar.

Nachdem Stan und Gerry das Rasthaus betreten hatten, richtete Allen sich ein wenig auf und blickte sich suchend um. Wo war ihr Verfolger? Würde er sich zu erkennen geben oder einfach darauf warten, dass sie weiterfuhren? Natürlich konnte er auch Verstärkung gerufen haben. Das wäre natürlich ziemlich schlecht und konnte bedeuten, dass seine Flucht wieder im Todestrakt eines Gefängnisses enden würde.

Allen wusste, dass er handeln musste und sich nicht auf seine Retter verlassen durfte. Er musterte den Parkplatz und schaute sich jeden dort abgestellten Wagen genau an. Er sah Urlauber, die sich nach scheinbar langer Fahrt vor ihrem Fahrzeug streckten und mit erwartungsvollen Gesichtern auf das Rasthaus zubewegten. Einige Fernfahrer standen im Schatten eines großen Trucks zusammen und führten ein angeregtes Gespräch. Ein älteres Ehepaar parkte umständlich ein und verließ danach ihren Wagen. Einige andere Autos parkten verlassen auf dem großen Gelände. Ein alter Honda stand auffallend weit hinten am Rand des Parkplatzes.

Allen fragte sich, wer sein Fahrzeug so weit von dem Rasthaus entfernt parkte. Es war heiß, selbst hier im Wagen, und niemand mochte bei solchen Temperaturen weit laufen. Also, warum stand der Honda dort hinten?

Allen wischte sich die Augen und schaute nun genauer hin. Tatsächlich, er hatte sich nicht geirrt, saß dort jemand hinter dem Steuer. Warum stieg der Kerl, Allen war sich sicher, dass es sich bei der

Person im Wagen um einen Mann handelte, nicht aus? War er der Verfolger?

Kurz darauf kehrten Stan und Gerry zurück und stiegen in den Wagen. Sie waren erstaunt, ihren verletzten Fahrgast bei Bewusstsein zu finden. Gerry stieg hinten ein und setzte sich zu Allen. Stan startete unterdessen das Fahrzeug und verließ den Rastplatz in Richtung Las Vegas. Er nickte nur kurz als Begrüßung nach hinten und reihte sich in den Verkehr ein. Dabei schaute er in kurzen Abständen immer wieder in den Rückspiegel. Nur Minuten später verrieten seine Augen große Besorgnis und er zerbiss einen derben Fluch zwischen den Lippen.

Unterdessen wandte sich Gerry zu dem Verletzten und fragte:

»Wie geht es Ihnen?« Ohne auf dessen Antwort zu warten, fügte er hinzu: »Möchten Sie etwas trinken?«

Allen nickte nur und überlegte währenddessen, welche Geschichte er den beiden auftischen konnte, um zu verbergen, wer er wirklich war. Gerry reichte ihm eine Cola und sah bekümmert, wie der Verletzte vorsichtig einige Schlucke nahm. Doch noch ehe Gerry, den schon die ganze Zeit seine Neugier plagte, irgendeine Frage an Allen richten konnte, sagte dieser:

»Hat ein alter Honda nach uns die Raststätte verlassen?«

***

Unsicherer Weg

Es war wärmer geworden und gleichzeitig wurde die Luft stickiger. Zasdosh hoffte, dass er den richtigen Weg gewählt hatte. Ohne lange nachzudenken, hatte er sich für den mittleren der drei Stollen entschieden, welcher von der kuppelartigen Felsenhalle wegführte. Der Felsengang war der breiteste der drei Gänge gewesen und an seiner Decke waren die meisten Versorgungsrohre und Leitungen befestigt. In einem langsamen Trab folgte der Alien dem Stollen und achtete dabei auf Türen oder Quergänge, die in unregelmäßiger Folge seitlich auftauchten. Zuerst hatte er einige der Türen untersucht, aber nur eingestaubte Lagerräume gefunden. Zasdosh überlegte, warum dieser Teil der Anlage so schlecht ausgebaut war und allem Anschein nach nur selten benutzt wurde. Doch ihm fiel kein vernünftiger Grund ein, der eine logische Antwort bereithielt. Die Menschen waren eben merkwürdig und es war schwer, ihre Beweggründe zu verstehen. Somit ließ er die Frage fallen und konzentrierte sich ausschließlich auf den Weg durch den Untergrund. Seine fokussierte Aufmerksamkeit machte sich schon bald bezahlt und rettete ihm das Leben.

Unvermittelt fehlte ein Stück des Stollenbodens und er konnte seinen schnellen Lauf gerade in letzter Sekunde stoppen. Mit ausgefahrenen Krallen schlitterte er bis an den Rand des Abgrundes. Heftig hob und senkte sich seine mächtige Brust und er brauchte eins bis zwei Minuten, bis sich seine Atmung wieder normalisiert hatte. Vorsichtig und auf allen Vieren näherte er sich dann der Kante des rechteckigen Lochs, das, wie er nun erkannte, ein schier bodenloser Schacht war. Er schob seinen Kopf nach vorne und blickte nach unten. Der Schacht war genau wie die anderen nur roh aus dem Felsen geschlagen und das spärliche Licht aus dem Stollen erhellte nur wenige Meter des Abgrundes. Der ungewisse Rest verbarg sich in der Dunkelheit. Wenn er diese Fallgrube nicht im letzten Moment gesehen hätte, läge er nun zerschmettert tief unten in der Finsternis. War der Schacht erst durch sein Erscheinen geöffnet worden oder war er schon vorher offen gewesen? Das war eine wichtige Frage, denn sollte Ersteres zutreffen, dann musste er sich ab sofort auf weitere Fallen einstellen.

Er erhob sich und betrachtete die Schachtkante genauer. Doch erst auf den zweiten Blick sah er eine parallele Nut auf der gegenüberliegenden Seite des Schachts. Also doch! Eine Falle! Das war schlecht! Wie sollte er diese Falle überwinden, ohne in die Tiefe zu stürzen? Die rechte wie auch die linke Wand des Tunnels schloss fast bündig an die Fallgrube an. Blieb nur die Möglichkeit, über den Abgrund zu springen. Er schätzte, dass der Schacht circa vier Meter breit war. Darüber zu springen würde riskant, aber auch möglich sein, wenn alles gut ging. Die andere Alternative war zurückzugehen und einen anderen Weg zu suchen.

Zasdosh lief nachdenklich hin und her und versuchte zu entscheiden, wie es nun weitergehen sollte. Er verfluchte die Tatsache, dass er alleine war. Er vermisste sein Volk sehr und er würde alles versuchen, um nach Hause zu kommen. Um dieses Ziel zu erreichen, musste er Risiken eingehen. Er ging noch einmal an den Rand des Schachtes und betrachtete die gegenüberliegende Seite. Er wollte sicher sein, dass er dort genügend Halt finden konnte, wenn er nach dem Sprung dort aufsetzte. Schließlich drehte er sich um, lief einige Schritte zurück und stellte sich in Positur. Ein letztes Durchatmen, dann ließ Zasdosh sich auf alle Viere nieder, senkte den Kopf, streckte diesen wie nach Katzenart nach vorne und spurtete los. Er verdrängte alle Zweifel aus seinen Gedanken und beschleunigte so gut er konnte. Schon flog die Kante heran und nach einem weiteren Schritt schnellten seine Krallen aus den Füßen. Dann, im letztmöglichen Moment, stieß er sich ab und sprang. Einen bangen, nur den Bruchteil einer Sekunde dauernden Augenblick lang sah er sich in die Tiefe, in den bodenlosen Abgrund stürzen. Doch dann war dieser Angstmoment vorbei und seine immer noch ausgefahrenen Krallen knirschten über rauen Fels. Durch die Wucht des Aufpralls und seiner eigenen Geschwindigkeit strauchelte er und rollte sich instinktiv ab. Nach einigen Metern blieb er liegen und begriff, dass er den Abgrund überwunden hatte.

Zasdosh erhob sich und blickte zurück zu dem eben überwundenen Schacht. Doch da war kein Schacht mehr zu sehen. Der Boden des Felsenstollens zeigte keinerlei Unterbrechung. Zasdosh schüttelte sich und ein kehliges Knurren entwand sich seiner Kehle.

***

Leise zum Licht

Sie, Jack, Birdy und Brian Spiller waren vorsichtig noch einige Meter weiter auf das Licht zugefahren. Dann hielten sie an und besprachen sich flüsternd. Dabei schauten sie nach vorne zu dem nur kümmerlich erhellten Teil des Bahntunnels. Sie glaubten noch vor wenigen Minuten, dort vorne eine Bewegung gesehen zu haben. Doch nun rührte sich nichts. Nur eine einzige Lampe verstrahlte eine diffuse Helligkeit, die mehr verbarg als zeigte. War dort jemand? Wenn ja, war er alleine oder hielten sich dort vorn noch mehrere Personen auf? Sicher war nur, dass keiner der Leute, die hier unten ihren fragwürdigen Aufgaben nachgingen, ihnen wohlgesonnen sein würde.

»Wir müssen vorsichtig sein«, raunte Jack. »Wir wissen nicht, wer dort vorne ist.«

»Sollen wir langsam weiterfahren?«, fragte Birdy in die Dunkelheit hinein. Zum Glück sah er nicht, wie Brian Spiller verächtlich sein Gesicht verzog. *Dieser Birdy ist ein echter Blödmann,* dachte er. Flüsternd, sich bewusst, dass er die beiden Typen noch brauchte, sagte er:

»Auf keinen Fall! Wir müssen uns anschleichen. Die Draisine ist schon durch ihr Rollgeräusch zu laut. Wenn ihr genau hinschaut, dann könnt ihr erkennen, dass der Tunnel in sechs oder sieben Metern breiter wird. Dort liegt das Gleisbett wieder in einer Betonfläche. Dort können wir unser Gefährt an die Seite heben und abstellen. Ich meine, falls ein Zug durch den Tunnel kommt.«

»Möglich ist alles«, raunte Jack und ihm wurde schlagartig bewusst, welch ein Glück sie bisher doch gehabt hatten. Wenn wirklich ein Zug gekommen wäre, dann hätten sie dies nicht überlebt. Doch die Frequenz durchfahrender Züge war sehr gering, was auch mit der momentanen Situation in der Station zusammenhängen konnte.

Birdy schnaufte aufgeregt und kommentierte seinerseits und lauter als es gut war:

»Dann lasst uns die Draisine dort vorne abstellen und dann sehen wir uns an, wer da ist.«

Ein simultanes: »Pst, sei leise!«, kam von Jack und Brian. Sofort verstummte Birdy und hielt sich erschrocken seine Hände vor den Mund, was natürlich keiner seiner Begleiter sehen konnte. Sie lauschten noch einen Moment, doch dort im Hellen blieb alles ruhig.

»Birdy, lass den Wagen ganz langsam vorrollen, bis der Tunnel breiter wird. Kannst du erkennen, welche Stelle ich meine?«, flüsterte Jack.

»Klar«, zischte Birdy nun angestrengt leise und setzte ihr Gefährt in Betrieb. Es ertönte ein leises Summen des Elektromotors, das den Männern extrem laut anmutete. Dazu fügte sich das Rollgeräusch der Räder. Sie hielten den Atem an und spähten nach vorne. Noch immer rührte sich nichts und nach wenigen Sekunden erreichten sie den verbreiterten Teil des Tunnels. Schemenhaft zeichneten sich die zurückweichenden Wände wie auch der Betonboden des Gleisbetts ab, erhellt einzig durch die Lampe weiter vorn. Sie ließen ihr Gefährt noch einige Meter weiterrollen und hielten schließlich sachte an.

Ihre Augen hatten sich an das spärliche Licht gewöhnt und so erkannten sie weitere Einzelheiten ihrer Umgebung. Auf dem nun gut drei Meter breiten Betonstreifen zu ihrer rechten Seite lagerten Drahtkisten, in denen sich irgendwelche Metallteile befanden. Daneben standen mittelgroße Holzkisten, die allerdings verschlossen waren und keinen Hinweis auf ihren Inhalt gaben. Scheinbar befanden sie sich hier an einer Versorgungs- oder Wartungsstation.

Leise kletterten die Männer von ihrem Gefährt, den Blick immer aufmerksam auf die nun deutliche sichtbare Plattform der Bahnstation gerichtet. Flüsternd besprachen sie, wie sie ihr Gefährt von den Schienen bringen wollten. Gleich darauf hoben sie die nicht allzu schwere Draisine an und trugen sie bis zur Tunnelwand. Dort stellten sie ihr Fahrzeug in eine Lücke zwischen den dort gelagerten Kisten ab. Noch immer blieb es still und der einsame Bahnsteig lag verlassen da.

»Wir müssen näher ran und herausfinden, was das für eine Station ist«, flüsterte Jack. Birdy und Brian wisperten ihre Zustimmung und Jack hörte ein leises Klicken, als Brian seine Waffe entsicherte. Er wollte sich nicht vorstellen, was der Killer mit der Waffe anrichten konnte und war gleichzeitig froh den Mann, jedenfalls im Moment, auf seiner Seite zu haben.

Geduckt, eng an die Kisten, Körbe und die Tunnelwand gedrückt, schlichen die drei Männer auf die erleuchtete Plattform zu. Je näher sie vorrückten, desto heller wurde es, was von Vorteil war, solange niemand auf die Plattform trat und in ihre Richtung schaute.

Als sie nur noch gute zehn Meter vom Bahnsteig entfernt waren, hörten sie Stimmen, die sich näherten. Jack erkannte in der Mitte der Tunnelwand hinter der Plattform eine breite Stahltür, deren einer Flügel offenstand. Ohne Absprache eilten die drei so schnell sie konnten auf den Bahnsteig zu. Er glich der Station, an der sie die Draisine gefunden hatten. Auch hier war unter dem Bahnsteig ein Hohlraum, unter dem die Männer nun Schutz suchten. Eilig krochen sie unter die Plattform und hofften unentdeckt geblieben zu sein. Keine Sekunde zu früh erkannten sie, dass zwei Schatten auf das Gleisbett direkt vor sie fielen.

***

Maschinelles Labyrinth

Es herrschte wieder Ruhe in der Maschinenhalle, wenn man das Klacken vereinzelter Relais wie auch das Summen kleinerer Lüfter ignorierte. Der Sektionschef lauschte angestrengt auf ein auffälliges Geräusch, das den Standort seines Gegners verriet. Doch es blieb ruhig, zu ruhig. Zwar hatte er das Zuschlagen einer Stahltür vor einigen Minuten deutlich gehört, doch er traute diesem Signal einer Flucht nicht. So lag er hinter einem Stahlpfeiler auf dem Boden und wartete auf einen Fehler des Saboteurs. Zu gerne hätte er sein Funkgerät eingeschaltet und sich nach dem neuesten Stand der Dinge erkundigt, aber das war im Moment ausgeschlossen. So konzentrierte sich der Sektionschef wieder auf die aktuelle Situation und späte angestrengt auf den von ihm vermuteten Standort. Wo war der Kerl nur und was plante er?

Nichts rührte sich und so entschloss der Sektionschef sich zum Handeln. Er überprüfte noch einmal seinen Munitionsvorrat und wechselte das Magazin seiner Pistole. Dann hob er die Waffe und feuerte einen einzelnen Schuss in die vermutete Richtung. Der Erfolg erstaunte ihn und bestätigte gleichzeitig seine Einschätzung. Der Kerl hatte versucht, ihn in einen Hinterhalt zu locken. Kaum war der Schuss abgefeuert, hörte er einen erschreckten Schrei, danach eilige Schrittgeräusche und ein erneutes Zuschlagen einer Tür. Dieses Mal war der Saboteur tatsächlich in den nächsten Raum gewechselt.

Der Sektionschef sprang sofort auf und rannte zu der Stelle, wo sich der Saboteur versteckt hatte. Einige kleine Blutstropfen am Boden zeugten davon, dass er seinen Gegner zumindest verwundet hatte. Das war gut und schwächte den Saboteur. Dennoch näherte sich der Sektionschef mit angespannter, vorsichtiger Haltung, die Waffe nach vorne gestreckt, der Stahltür, durch die der Flüchtige entkommen war. Mit der linken Hand stieß er sie auf, stürmte hindurch und ließ sich sofort fallen. Das Sirren einer Kugel, die an der Stahltür abprallte, zeigte die Berechtigung seines Handelns.

Ohne erneut eine Deckung zu suchen, erinnerte sich der Sektionschef an seine Spezialausbildung und ging zum Angriff über. Er sprang auf und feuerte sofort zwei Schüsse in den Raum. Dann rannte er in den Raum hinein, der eher die Ausmaße einer Fabrikhalle hatte, und feuerte erneut. Seine Taktik zeigte Erfolg, da er hörte, wie sein Gegner durch die Halle davonrannte. Weitere Blutstropfen zeigten die Fluchtrichtung des Saboteurs an.

Der Spur folgend, rannte der Sektionschef durch die Halle und blieb schließlich zwischen zwei großen Maschinenblöcken stehen. Suchend schweiften seine Blicke über den Betonboden. Wo waren die Blutstropfen abgeblieben, die ihm bisher die Fluchtrichtung des Saboteurs verraten hatten? Irritiert schaute er zurück und sah noch einige kleinere Blutspritzer auf dem Boden, die immer kleiner wurden, ehe sie ganz ausblieben. Hatte der Verfolgte seine Wunde versorgt oder hatte sie einfach aufgehört zu bluten? Wie auch immer, die Spur war nicht mehr da.

Erneut versuchte der Sektionschef den Standort seines Gegners durch angestrengtes Lauschen zu ermitteln. Unvorbereitet traf etwas Feuchtes seine Stirn. War eine Leitung über ihm undicht oder hatte ihn ein Kondenstropfen eines Kühlaggregates getroffen? Beiläufig wischte er sich über die Stirn, ließ seine Hand sinken und schaute darauf. Erschrocken spurtete er davon und warf sich hinter einem Tank in Deckung. Dann schaute er erneut auf seine Handfläche, die blutverschmiert war.

***

Verfolgung

Gustavo erschrak, als sich nur wenige Meter vor ihm auf der rechten Seite des Gangs eine Tür öffnete. Instinktiv und ohne nachzudenken suchte er Deckung hinter einem Wasserspender, der seitlich an der Wand stand. Er wusste, dass er hier nur unzureichenden Sichtschutz gefunden hatte. Atemlos beobachtete er, wie zwei Männer auf den Gang traten und einen dritten in ihrer Mitte stützten, ja fast trugen. Sofort erkannte er, um wen es sich handelte. Das waren die Gangster Ramires, Juan und zu seinem großen Erstaunen Pedro. Ein dicker Kerl hatte Pedro davongeschleppt, das hatte Gustavo selbst beobachtet. Er hätte keinen Cent darauf verwettet, den Gangster noch einmal lebend wiederzusehen. Doch scheinbar war ihm die Flucht geglückt oder seine Kumpane hatten ihn befreit. Jedenfalls sah Pedro sehr mitgenommen aus, was bei Gustavo aber keinerlei Bedauern auslöste. Die drei wandten sich nach links und marschierten langsam davon. Erneut war das Glück auf Gustavos Seite, da sich die Gangster von ihm entfernten. Sie hatten sich nicht einmal sichernd umgeschaut, als sie den Gang betreten hatten.

Ein weiterer Mann stand völlig ohne Deckung ebenfalls dort und beobachtete die Szene. Dennoch konnte ihn niemand sehen, da seine Ausrüstung ihn für alle Blicke unsichtbar machte. Gustavo aber hatte erneut das Gefühl, beobachtet zu werden. Seitdem der Fette Pedro davongeschleppt hatte, hatten seine Sinne ihm signalisiert, dass er nicht alleine war. Der Fremde, der ihn beobachtete, hatte sich bisher nicht gezeigt und ihn in Frieden gelassen. Das bedeutete aber nicht, dass dies so bleiben würde.

Gustavo versuchte seinen Beobachter zu verunsichern. Er wusste selbst nicht, wie er auf einmal so viel Mut aufbrachte. In seinem bisherigen Leben hatte er immer versucht nicht aufzufallen, sich zu exponieren. Das war seiner Ansicht nach der beste Schutz, um ungeschoren durchs Leben zu gehen. Heute jedoch fühlte er sich herausgefordert. Er drehte sich um und wusste einfach, wo sein unsichtbarer Begleiter war. *Genau*, dachte er und erkannte gleichzeitig, weshalb er seinen Begleiter bisher nicht entdeckt hatte. *Er ist unsichtbar!* Eine Sekunde verwirrte ihn diese Erkenntnis, doch dann war sein Mut wieder da. Ein verschmitztes Lächeln legte sich auf seine Lippen und er blinzelte dem Unsichtbaren vertraulich zu. Dann sagte er in den leeren Flur hinein:

»Komm schon mein Freund, lass uns die Gangster verfolgen.«

Der unsichtbare Soldat erschrak und hätte sich beinahe verraten, als er heftig einatmete. Doch der Mann vor ihm hatte sich bereits erhoben und lief den Gang entlang. Der Soldat wollte gerade folgen, als er eine Bewegung weiter vorne im Flur wahrnahm. Dort hatte er einen Schatten gesehen, der sich sehr schnell bewegte. Er zog sein Infrarot-Visier vor die Augen und schaltete seine Helmoptik gleichzeitig auf Zoom. Sofort sprang der entsprechende Teil des Gangs näher heran.

Es dauerte eine Sekunde, doch dann hatte der Soldat etwas in seinem Sucher. Er zog sein Sniper-Gewehr an die Schulter und legte den Zeigefinger auf den Abzug. Dennoch schoss er nicht sofort, da das, was er dort vor sich sah, so erstaunlich war. An der Gangwand stand geduckt ein Tier, das er noch nie gesehen hatte. Was war das? Etwas erinnerte ihn an einen Wolf, doch dazu war das Wesen zu groß. Das Tier lauerte und war zum Sprung bereit. Mächtige Reiszähne blitzten aus dem halb geöffneten Maul, bernsteinfarbene Augen glitzerten tückisch.

Der Soldat wusste, dass er etwas unternehmen musste, sonst würde das Tier den Mann, den er nun seit einiger Zeit unsichtbar begleitete, anfallen und mit Sicherheit töten. Auf der anderen Seite wollte er kein Tier töten, ehe etwas passiert war. So entschloss er sich, seine Tarnung teilweise aufzugeben. Er peilte eine circa zehn Zentimeter über dem Tier liegende Stelle an und schoss.

Ein donnerndes Geräusch brandete durch den Gang und gleichzeitig zerfetzte das Geschoss die Gangwand hinter dem lauernden Tier. Mit unglaublicher Geschwindigkeit ließ sich das Wesen fallen, gerade so, als habe es das anfliegende Projektil gesehen, was natürlich unmöglich war. Der Pseudowolf brüllte zornig auf, als wisse er, dass er hier keine Chance mehr hatte Beute zu machen, drehte sich um und rannte mit unglaublicher Geschwindigkeit davon.

Gustavo erschrak zutiefst, als der Schuss durch den Gang donnerte. Er duckte sich unnötigerweise und begann heftig zu zittern. Gleichzeitig versuchte er zu erkennen, warum geschossen worden war. Er schaute nach hinten, erkannte natürlich den getarnten Soldaten nicht, roch aber den typischen Geruch von Kordit, der immer nach einem Schuss verströmte. Ein weiterer Blick nach vorne, den Gang entlang brachte auch keine Erleuchtung. Der Isgolwolf war längst verschwunden und das war das Beste, was Gustavo passieren konnte. Die Gefährlichkeit dieses Raubtiers hätte ihm nicht die geringste Chance gelassen, eine Begegnung mit dem Räuber zu überleben.

Nach einer Weile, sein Zittern hatte mittlerweile nachgelassen, erhob er sich und folgte dem Gang. Er wollte wissen, welches Ziel die Gangster Ramires, Pedro und Juan hatten. Gustavo schaute noch einmal zu der Stelle, wo er den Unsichtbaren vermutete und lief danach los. Als er die Stelle passierte, wo der Isgolwolf gelauert hatte, fiel ihm ein großes Loch in der Gangwand auf und Betonstücke lagen verstreut auf dem Boden. Er blieb kurz stehen und fragte sich laut, ohne sich dessen bewusst zu sein:

»Auf was hat der Unsichtbare nur geschossen?«

***

Wer sind die?

Jack schaute auf die Schatten, die sich vor ihm auf dem Gleisbett abbildeten. Irgendwie sahen die Schattenrisse merkwürdig aus, doch er konnte nicht genau sagen, was ihn störte. Er blickte zu Birdy und zu Brian Spiller, erhielt aber keinen Blickkontakt zu ihnen. Sie starrten die Schatten an, als ob sie einzuschätzen versuchten, wie groß die Gefahr war, in der sie sich befanden. An Gefahr dachte Jack im Moment nicht, sondern er zermarterte sich sein Hirn, womit er die Schatten in Verbindung bringen konnte.

Unerwartet bildeten seine Synapsen eine Verbindung, die Erinnerung und folgerichtige Einschätzung miteinander verknüpften. Diese Eilmeldung drang in sein Bewusstsein und er erschrak. Die Schatten wurden von den unheimlichen schwarzen Gestalten gebildet. Sie hatten Birdy und ihn hierher entführt. Mit den Stöcken, die grünes Licht ausstrahlten, hatten die Schwarzen sie betäubt. Jack überlegte, dass diese Kerle nur die Stöcke benutzt und keine tödlichen Waffen eingesetzt hatten. Aber diese Erkenntnis bescherte ihm keinen Trost. Im Gegenteil, wenn diese Typen sie entdeckten, dann ging es bestimmt zurück in den Schlafsaal und damit in die Gefangenschaft.

Die Schatten bewegten sich und es schien, als gingen ihre Träger auf der Plattform langsam hin und her. Die warten auf etwas, dachte Jack und fragte sich sofort auf was die Schwarzen warteten. Angestrengt lauschte er, in der Hoffnung, dass sich die Schattenträger unterhielten. Doch sie blieben still, sagten kein einziges Wort. Jack versuchte sich zu erinnern, ob er bei seiner Entführung die Stimmen der Schwarzen vernommen hatte. Albtraumhaft zogen die Bilder aus dem Park an seinem inneren Auge vorbei, als handele es sich um ein lang vergangenes Ereignis. Doch in Wirklichkeit waren erst zwei, höchstens drei Tage vergangen. Er wusste es nicht, da er beim Transport hierher die meiste Zeit ohne Besinnung gewesen war. Sein Resümee war ernüchternd. Nein, er hatte bisher kein Wort der Schwarzen vernommen, daran hätte er sich bestimmt erinnert. Konnten die Kerle nicht sprechen, waren es gar Ausländer oder …? Nein, es mussten Ausländer sein. Alles andere war verrückt und nicht denkbar.

Noch immer liefen die Schwarzen auf der Plattform hin und her. Brian Spiller und Birdy wurden langsam unruhig. Birdy hob fragend seine Schultern und unterstrich diese Geste mit nach oben gekehrten Handflächen. Jack verstand die Ungeduld und fragte sich gleichzeitig, wieso er auf einmal wieder die Führungsrolle innehatte. Brian Spiller hatte diese ungefragt an sich gerissen und bestimmt, wie es weitergehen sollte. Doch er verhielt sich auffallend still und auch Birdy zeigte nicht mehr so eine anbetende Verehrung für den Killer wie zum Anfang ihrer Bekanntschaft.

Ein weiterer Schatten zeigte sich auf dem Gleisbett. Ein Dritter hatte sich zu den Schwarzen auf dem Bahnsteig eingefunden. Dennoch wurde auch jetzt kein Wort gesprochen. Nur das Hin- und Hergehen hörte auf. Die Schatten stellten sich nebeneinander auf und verharrten danach unbeweglich.

Birdy hielt das anstrengende gekauerte Sitzen fast nicht mehr aus und begann sich langsam zu bewegen. Jack stoppte ihn mit einem warnenden Blick. Auch er hatte Schwierigkeiten mit seiner Sitzhaltung und sehnte sich danach, endlich wieder aufstehen zu können. Nur Brian Spiller verharrte kniend und hatte dabei seine Augen geschlossen, gerade so, als ob er in Meditation versunken wäre.

Plötzlich zuckte der Killer, als habe er einen Stromschlag erhalten. Im gleichen Moment spürte Jack, wie sich etwas tastend in seinem Kopf ausbreitete. Das Gefühl war so unangenehm, dass ihm sofort speiübel wurde. Jemand oder etwas war in sein Gehirn eingedrungen und Jack wehrte sich, ohne dass er wusste, was er da tat. *Verschwinde*, rief er im Geiste und fühlte sich unendlich vergewaltigt und beschmutzt. Dennoch tasteten unsichtbare Fühler in ihm herum und eine Frage drang plötzlich in sein Bewusstsein: *Wer bist du und wo bist du* fragte eine fremde körperlose Stimme. Jack wusste nicht, ob die Stimme ihn alleine ansprach oder seine beiden Begleiter diese ebenfalls hörten.

Ohne auch nur auf die Frage der Stimme zu antworten, geschah etwas, mit dem Jack nicht gerechnet hatte. Er mobilisierte eine ungenutzte Sektion in seinem Gehirn und sandte eine mentale Schockwelle aus. Ihm schwindelte und er glaubte, er müsse in Ohnmacht fallen. Doch die Reaktion auf seine unbewusste geistige Abwehr lenkte ihn von seiner Schwäche ab. Über ihm erklangen schrille, spitze Schreie, die in ihrer Dissonanz fast unerträglich waren. Er blickte nach vorn auf das Gleisbett und sah, wie die Schatten ins Wanken gerieten und schließlich stürzten. So plötzlich, wie die Schreie erklungen waren, brachen sie ab. Jack konnte nicht mehr an sich halten und erbrach sich. Brian Spiller und Birdy krochen heran und klopften ihm aufmunternd auf die Schultern. Jack schaute auf und sagte krächzend:

»Nichts wie weg, bevor die Schwarzen wieder aufwachen.«

Eilig rutschten sie unter der Plattform hervor und stellten sich auf. Jack wagte einen schnellen Blick auf die Plattform und sah, dass dort tatsächlich drei Personen in schwarzen gummiartigen Anzügen auf dem Beton lagen. Wie nicht anders zu erwarten, waren ihre Köpfe hinter einer schwarzen Maske verborgen. Jack drehte sich zu seinen Begleitern um und folgte ihnen. Zusammen rannten sie zurück zu der versteckten Draisine.

***

Algorithmus

An den Rechnern der Sicherheitszentrale arbeiteten mehrere Teams gleichzeitig und versuchten, die Anlage neu zu kalibrieren. Doch jedes Mal, wenn sie glaubten, einen Teilerfolg erzielt zu haben, griff ein bisher unbekannter Algorithmus ein und startete seinerseits weitere Schadprogramme. Es war zum Verzweifeln! Mal schlossen die elektronisch abgesicherten Türen, um sich gleich darauf wieder zu öffnen. Überwachungskameras erwachten und erloschen in Sekundenschnelle. Lüftungen starteten und erstarben jaulend. Seit einigen Minuten hallten Alarmsirenen durch die Gänge und Labors. Dazu versprühten Sprinkler einen Nebel aus Wasser auf verschiedene Ebenen.

Das alles war noch einigermaßen händelbar, bis ein besonderer Warnhinweis auf den Bildschirmen der Techniker auftauchte, der sie in Schrecken versetzte. Das Zeichen, ein Totenkopf auf rotem Grund und dem Untertext „Fallen werden in 100 Sekunden aktiviert", ließ ein Aufstöhnen durch die Reihen gehen. Wenn dies passierte, dann gab es Tote! Das war sicher!

Einer der Techniker, der als momentaner Leiter der Sicherheitszentrale agierte, da der Sektionschef abwesend war, griff zum Telefon. Er wählte eine Kurzwahlnummer und am anderen Ende der Leitung wurde sofort abgehoben. Ohne auf eine Frage zu warten, setzte er seine Meldung ab:

»Das Fallensystem ist aktiviert worden. Evakuieren Sie umgehend die Special Teams. Ich hoffe, dass es einige der Männer an die Oberfläche schaffen. Ende.«

Damit legte er den Hörer auf und schaute die Männer an den Pulten an. Dann sagte er mit schwerer, ernster Stimme:

»Soldaten, geht schnell und bewaffnet euch. Dann kommt ihr sofort zurück. Einschluss beginnt in sechzig Sekunden. LOS, LOS, LOS!«

Die Männer und Frauen der Sicherheitszentrale spurteten aus dem Raum. Stühle fielen zu Boden, Computerausdrucke segelten durch die Luft, Kaffeebecher klatschten auf den Boden. Die Sekunden verrannen, doch noch vor den angesagten sechzig Sekunden waren alle wieder in der Sicherheitszentrale. Türen wurden geschlossen und verriegelt. Ein auf- und abschwellendes jaulendes Signal ertönte und traktierte die Ohren der Techniksoldaten. Dann brach es unvermittelt ab und eine Computerstimme sagte emotionslos:

»Das Fallensystem ist aktiviert.«

***

Feuer und Stahl

Sehr vorsichtig und vor allem viel langsamer bewegte Zasdosh sich durch den roh behauenen Stollen. Einzig die an der Decke montierten Leuchtstoffröhren zeugten noch von Technik. Er wunderte sich noch immer über die Diskrepanz zu dem belebten Teil der Anlage. Hierher verirrte sich wohl selten ein Mensch und die Erbauer dieser Station hatten wohl keinen Wert darauf gelegt, diese Stollen mit der gleichen Ausstattung zu versehen, wie es für eine moderne Einrichtung üblich war. Er kam nicht auf den Gedanken, dass es einen Grund dafür geben musste, weshalb der Stollen so war, wie er war.

So trotte er langsam dahin und versuchte Anzeichen für Fallen zu entdecken. Der Schacht, der sich plötzlich vor ihm aufgetan hatte und in den er beinahe gestürzt wäre, war Warnung genug gewesen. Dennoch überraschte ihn die nächste Falle völlig. Aus dem Boden, den Wänden und der Decke schossen in ungleichmäßigen Abständen spitze Stahldornen. Manche von den Stahlspießen waren bis zu einem Meter lang. Kaum waren sie herausgeschnellt, verschwanden sie auch wieder. Eine ständige tödliche Bewegung der vorschnellenden und zurückweichenden Spieße verwirrten die optische Einschätzung Zasdoshs. Der Stollen vor ihm schien nun unpassierbar und der Alien überlegte, ob er sein Vorhaben, zur Kolonie zu gelangen, aufgeben sollte.

Minutenlang stand er vor den zuckenden Spießen, die gut zwanzig Meter des Stollens blockierten, und kämpfte mit einer Entscheidung. Ein weiteres unangenehmes Ereignis entband ihn von einer Wahlmöglichkeit. Eine Welle heißer Luft traf ihn und ließ die Haare seines Fells sich kräuseln. Erschreckt drehte er sich um und schaute fassungslos auf Flammenstrahlen, die aus Düsen schossen. Der Rückweg war versperrt und der Geruch von brennendem Kerosin drang in seine empfindliche Nase.

Zasdosh hatte keine andere Option als zu versuchen, einen Weg durch die zuckenden Stahldornen zu finden. Im Moment stand er auf einem Streifen sicheren Felsens, der nicht breiter als zwei Meter war. Die Flammenwand von hinten drängte ihn sich zu bewegen. Die Stahlspieße vor ihm konnten sein Ende bedeuten. Die Luft im Stollen wurde immer heißer und unerträglicher, der Sauerstoffanteil sank rapide. Er musste eine Lösung finden, um der tödlichen Gefahr zu entkommen und zwar schnell!

Er starrte auf die hin-und her zuckenden Stahlspieße und die Zwischenräume der einzelnen Stangen. Nach ewigen Sekunden, ihm wurde nun wirklich heiß und der Mangel an Sauerstoff ließ ihn schwindeln, hatte er eine Strategie gefunden. Noch einmal nahm er sich Zeit, den Intervall der herausschnellenden Spieße zu studieren. Angespannt betrachtete er die Route, die er nehmen wollte. Dann spannte er seine Muskeln an, beugte sich ein wenig nach vorne und wartete, bis die Stangen sich in der gewünschten Position befanden. Der erste Spieß versank vor ihm im Boden und er rannte los.

Drei Schritte nach vorn, kurz anhalten, dann zwei Schritte nach rechts und einen Schritt nach links. Ein Spieß streifte seine Schulter von oben und riss sein Fell auf. Zasdosh knurrte verärgert auf und versuchte den brennenden Schmerz zu ignorieren. Er musste sich besser konzentrieren, sonst würde er hier sterben.

Wieder zwei Schritte nach vorn, sich ducken, um dem herabsausenden Spieß zu entgehen dann links – zwei vor, drei rechts. Ein Rhythmus, fast wie die Melodie einer Maschine, hallte durch den Felsengang. Zasdosh erkannte unbewusst diese Melodie des Todes, hüpfte und sprang, duckte sich und verweilte. An vielen Stellen war seine Kleidung aufgeschlitzt und Blut sickerte aus den Wunden. Doch die Verletzungen waren unerheblich, nicht viel mehr als Kratzer. Seine aufs Höchste angespannten Sinne reagierten nur noch ohne bewusstes Denken und folgten dem gefährlichen Weg durch den Wald zustechender Spieße. Endlich passierte er die letzten Stangen und stand auf sicherem Grund. Er ging taumelnd noch einige Schritte nach vorn und dann ließ er sich einfach auf den Boden fallen.

Erschöpfung lähmte seine Muskeln und Sehnen, während sein Kopf auf den felsigen Boden sank. Zasdosh schloss seine Augen und atmete tief durch. Er konnte es kaum fassen, dass er diese Falle überlebt hatte. Er wäre sicher sofort eingeschlafen, doch ein schabendes, kratzendes Geräusch ließ ihn erschreckt aufhorchen.

***

Letzter Blick

»Jetzt rechts! Mal sehen, ob der Kerl uns weiter folgt!«, rief Allen Friggs vom Rücksitz aus. Seine Verbrennungen hatten sein Gesicht zu einer roten, dämonischen Maske modelliert. Er schien keine Schmerzen zu spüren und hatte in den letzten zwanzig Minuten eine enorme Wandlung durchlaufen. Er schien aus einer unbekannten Quelle Kraft zu schöpfen, ja er wirkte wie ein vor Gesundheit strotzender Mann. Seine Verbrennungen und Abschürfungen erzählten jedoch eine andere Geschichte und standen in völliger Diskrepanz zu seinem Verhalten. Stan und Gerry wunderten sich nur über die scheinbar schnelle Genesung ihres Mitfahrers. Was sie nicht wissen konnten und auch am besten nie erfahren sollten, war die Motivation, die Allen Friggs mit neuen Energien versorgte.

Mordlust befeuerte sein Denken und die Aussicht, doch noch zu entkommen. Er hatte mittlerweile erfahren, dass das Ziel ihrer Fahrt Las Vegas in Nevada sein sollte. Man hatte ihn also aus dem Todestrakt des ADX Bundesgefängnisses in Florence, Colorado in die Wüste Nevadas entführt. Die Anlage hatten seine beiden Retter als Area 51 bezeichnet. Allen hatte schon einmal etwas über diesen geheimnisvollen Stützpunkt gehört, hatte aber die Berichte darüber stets ignoriert, da ihn solch ein Blödsinn nicht interessierte.

Nun war er also dort gewesen, hatte sogar ein UFO gesehen, doch das war schon alles. Man hatte ihn verschleppt und er wollte sich nicht vorstellen, was die Leute dort mit ihm angestellt hätten, wenn ihm die Flucht nicht gelungen wäre. Nun jedoch sah er eine Zukunft vor sich, ein Leben in Freiheit. Er konnte wieder auf die Jagd gehen, auf Menschenjagd. Las Vegas bot ihm alle Möglichkeiten, seiner Obsession zu frönen. Zuerst jedoch musste er den Verfolger in dem alten Honda beseitigen und danach seine beiden Retter. Fast taten ihm die Männer leid, doch er war zu soziophatisch, um wirklich zu wissen, was Mitleid war.

Stan bog wie geheißen nach rechts ab und fuhr in ein heruntergekommenes Industriegebiet. Staub wirbelte von der wenig befahrenen Straße auf und verwehte wie der zerrissene Schleier einer metamorphen Tragödie. Keinem der Anwesenden im Fahrzeug fiel dieses kleine Schauspiel der Natur auf.

Auch der Verfolger in seinem alten Honda fand den Staub eher störend. Er wartete einen Moment an der Straßeneinmündung, ehe er langsam in die Industriestraße einfuhr. Er sah gerade noch, wie der von ihm verfolgte Wagen nach links in die Einfahrt eines Fabrikgeländes einbog. *Was wollen die nur dort*, fragte er sich und brachte das scheinbare Ziel der Verfolgten in keinen Zusammenhang zu sich selbst. Er vertraute dabei wie selbstverständlich seiner Fähigkeit der Unscheinbarkeit. Sein alter Wagen diente dabei genauso seiner Tarnung wie auch sein biederes, bescheidenes Aussehen. So hatte er durch seine Selbsttäuschung nicht registriert, dass er längst entdeckt worden war.

Er lenkte den Wagen bis zur Einfahrt des Fabrikgeländes. Von dem verfolgten Fahrzeug war keine Spur mehr zu sehen. Was sollte er nun tun? Sollte er wenden und an der Landstraße darauf warten, bis das verdächtige Fahrzeug wieder auftauchte oder sollte er auf das Fabrikgelände fahren, um nachzuschauen, was dort vor sich ging?

Die Entscheidung wurde ihm abgenommen, als er einen scheinbar verwundeten Mann aus einer der alten Fabrikhallen kommen sah. Der Mann wankte und hielt sich nur mühsam auf den Beinen. Er sah fürchterlich zugerichtet aus, das konnte der Verfolger sogar von seinem Standort aus sehen. Was zur Hölle hatten die Burschen, die er verfolgt hatte, denn nur mit ihm angestellt?

Ohne weiter nachzudenken fuhr der Verfolger auf das Firmengelände und auf den taumelnden Verletzten zu. Er bremste kurz vor dem Mann, sprang aus seinem Wagen und lief zu dem Verletzten. Kaum hatte er ihn erreicht, fiel ihm der Mann förmlich in die Arme und klammerte sich an ihn wie ein Ertrinkender. Beide fielen zu Boden und der Verletzte stöhnte schmerzerfüllt auf. Was dann jedoch geschah, begriff der Verfolger erst, als es längst zu spät war.

Kräftige, wenn auch verbrannte Hände legten sich um seinen Hals und drückten unbarmherzig zu. Er spürte trotz des Schreckens und des Unverständnisses über diese bizarre Situation, dass dies das Ende seines Lebensweges war. Er würde sich nie mehr erheben, nie mehr Essen, nie mehr Trinken, nie mehr Lieben …

Noch ehe er sein Bewusstsein verlor und in dem dunklen Abgrund der Ewigkeit versank, versuchte er noch etwas zu sagen. Doch die Hände drückten weiterhin fest zu und sein Kehlkopf wurde zerquetscht. Über den Händen erblickte er das Letzte, was er in diesem Leben sehen würde – die verbrannte, grinsende Grimasse seines Mörders.

***

Unwillkommener Alarm

Reaktionsschnell war der Sektionschef nach vorne gesprungen und zwischen zwei Metallkästen der Klimaanlage in Deckung gegangen. Ein Blick nach oben genügte, um ihn von der Gefahr zu überzeugen, in der er sich gerade eben noch befunden hatte. Sein Gegner, der Saboteur, lag auf einer Kabelbrücke, die an der Decke der Halle befestigt war. Noch ehe der Mann dort oben reagieren konnte, war der Sektionschef in diese fragliche Deckung geflüchtet. Nun sah er, wie der Saboteur hastig auf der Kabelbrücke entlangkroch. Auch er wollte sich nun in Sicherheit bringen und seine exponierte Stellung verlassen. Der Sektionschef wollte gerade nachsetzen und seinen Gegner unter Feuer nehmen, als er den Fallenalarm vernahm.

»So ein Mist«, schimpfte er, »das auch noch!«

Er wusste, dass er sich ab sofort auch noch zusätzlich vor den elektronischen und mechanischen Fallen in Acht nehmen musste. Leider hatte er keinen Signalgeber bei sich, der dem Fallensystem signalisieren konnte, dass er ein Berechtigter war. Das System würde ihn als Gegner oder Eindringling betrachten und gnadenlos angreifen.

Dennoch wollte er nun versuchen, mit der Sicherheitszentrale Kontakt aufzunehmen.

Er zog das kleine Funkgerät aus der Tasche und schaltete es ein. Dabei behielt er seinen Gegner im Auge. Dieser hatte sich schon um gute zwanzig Meter entfernt und verschwand in diesem Moment hinter dem Aufbau einer großen Maschine. Mit einem grimmigen Ausdruck auf dem Gesicht drückte der Sektionschef auf den Sendeknopf und sprach leise in das integrierte Mikrofon:

»Hier spricht der Sektionschef der Sicherheitsabteilung.«

Nach einigen Sekunden knackte es im Lautsprecher:

»Hier Sicherheitszentrale. Nennen Sie das Kennwort!«

»Alpha vier drei Gamma«, antwortete der Sektionschef. Gleich darauf hörte er die routinemäßige Bestätigung, gefolgt von der Frage, was man für ihn tun könne. Der Sektionschef hätte am liebsten laut aufgelacht, wenn die Situation, in der er sich befand, nicht so verzwickt gewesen wäre. So sagte er nur:

»Geben Sie mir sofort den Wachhabenden.«

Es klackte wieder in seinem Funkgerät, bis sich eine weitere Stimme meldete, die kurz und militärisch fragte:

»Sir?«

Der Sektionschef erkannte sofort seinen Stellvertreter und fragte gereizt:

»Was ist denn bei euch da oben los? Wer hat den Fallenalarm autorisiert?«

»Das automatische System der Computerüberwachung hat das System scharf geschaltet, Sir!«, antwortete der wachhabende Offizier.

»Dann schalten Sie das Fallensystem aus und zwar sofort!«, schrie der Sektionschef aufgebracht in das Funkgerät.

»Das würden wir gerne, Sir! Aber wir haben keinen Zugriff auf das Programm. Alles ist blockiert und wir mussten die Zentrale protokollgemäß verriegeln. Wir selbst befinden uns in einem Belagerungszustand.«

»Aber Sie haben doch die Codegeber, die dem System zeigen, dass Sie autorisiert sind, sich in der Anlage zu bewegen.«

»Die Codegeber funktionieren nicht, Sir. Wir haben es getestet und einer unserer Männer wäre bei dem Versuch beinahe ums Leben gekommen.«

Dann schicken Sie mir sofort Verstärkung durch die Special Ops. Die Soldaten sind vor wenigen Stunden eingetroffen und sollen die Anlage sichern.«

»Das ist leider nicht möglich, Sir. Wir haben schon seitdem Sie verschwunden sind, die Verbindung zu anderen Teilen des Stützpunktes verloren. Selbst über Funk ist niemand zu erreichen. Sie sind der Erste …«

Aufgebracht und gleichzeitig verärgert darüber, dass sich das System gegen ihn richtete, fauchte der Sektionschef:

»Ich bin nicht verschwunden! Ich verfolge im Moment den Saboteur, dem wir diesen ganzen Schlamassel zu verdanken haben. Ich muss wohl sehen, dass ich hier alleine klarkomme. Ich melde mich wieder!«

Ohne auf eine Antwort zu warten, schaltete der Sektionschef das Funkgerät aus und steckte es zurück in seine Beintasche. Dann fasste er seine Pistole mit beiden Händen, streckte seine Arme nach vorn und trat hinaus in den Freiraum zwischen den Maschinen. Ohne auf seine eigene Sicherheit zu achten, schritt er durch die Halle. Er musste nun handeln und das ganze irre Treiben beenden. Eine Minute später sah er einen huschenden Schatten vor sich und schoss sofort.

***

Gerade noch so

Jack, Birdy und Brian Spiller rannten um ihr Leben. Gerade waren sie unter der Plattform des Bahnsteigs hervorgekrochen, auf dem drei der unheimlichen schwarzen Gestalten lagen, als sie ein Rauschen im Tunnel bemerkten. Dann sahen sie zwei kleine Lichter, die sich rasch näherten. Das musste ein Zug sein, einer dieser „Modernen", mit denen sie hierher gebracht worden waren. Diese Züge waren sehr schnell, das wusste Jack und er wusste auch, welch ein Sog entstehen konnte, wenn so ein Geschoss durch den Tunnel raste. So rannten sie wie noch nie in ihrem Leben und kamen völlig außer Atem zu der Stelle, wo sie ihre Draisine versteckt hatten. Vor und hinter ihrem kleinen Schienenfahrzeug standen einige Container. Jack überlegte nicht lange und rief seinen Begleitern zu:

»Steigt in die Container. Dort sind wir vor dem Zug sicher.«

Die Männer gehorchten ohne lange nachzufragen. Jack und Birdy kletterten in den ihnen am nächsten stehenden Container, der oben nur durch eine Blechklappe gesichert war. Brian Spiller entschloss sich, den nächsten Container zu nehmen. Kaum waren sie in dem stählernen Behältnis, begann die Luft zu brausen. Dann jedoch hörten sie das Quietschen, das man nur bei einem bremsenden Zug zu hören bekam. Laute Motorengeräusche und das Rauschen verdrängter Luft drangen zu ihnen herein. Dann wurde es kurz still, bis Stimmen laut wurden. Man hatte wohl die drei schwarzen Gestalten auf dem Bahnsteig gefunden.

Jack konnte nicht verstehen, was die aufgeregten Stimmen besprachen, aber er machte sich Sorgen. Was würde wohl geschehen, wenn man sie hier fand? Er mochte sich die Konsequenzen ihrer Flucht gar nicht vorstellen. Daher konzentrierte er sich auf die Geräusche in seiner Umgebung. Türen wurden aufgezogen, Rollgeräusche, wohl von transportablen Kisten oder Containern, echoten durch den Eisenbahntunnel.

Nach einer Weile hielt Jack die Ungewissheit nicht mehr aus. Er musste wissen, ob man nach ihnen suchte. Entschlossen erhob er sich und stemmte den Blechdeckel ein wenig nach oben. Durch einen schmalen Schlitz konnte er beobachten, was auf dem Bahnsteig vor sich ging. Er sah Uniformierte, die Kisten und kleine Plastikcontainer ausluden und über eine Rampe auf die Plattform brachten. Dort war keine Spur mehr von den schwarzen Gestalten, gerade so, als wären sie niemals dort gewesen. Jack jedoch traute dem Frieden nicht, auch wenn die Szene, die er beobachtete, einen völlig harmlosen Charakter hatte. Männer luden Waren aus einem Zug. Von wem die Waren kamen und für wen diese bestimmt waren, konnte ihm egal sein.

Gerade als er sich zu beruhigen begann, geschah genau das, mit dem er die ganze Zeit gerechnet hatte: Einige der Soldaten kamen zurück zum Bahnsteig und einer davon zeigte mit seinem ausgestreckten Arm genau in Richtung der Container, in denen sie sich versteckt hielten.

Jetzt war es soweit! Man hatte sie entdeckt und würde sie gleich gefangen nehmen. Trotzdem, vielleicht aus einer letzten Hoffnung heraus, bedeutete er Birdy, sich still zu verhalten. Ohne besondere Eile kamen die Soldaten durch den Tunnel gelaufen und unterhielten sich dabei so ungezwungen, als verrichteten sie alltägliche Arbeiten. Keiner der Männer hatte seine Waffe gezogen oder sicherte die Umgebung. Was hatte das zu bedeuten? Wollte man sie täuschen, in Sicherheit wiegen?

Jack verstand im Moment nicht, was geschah. Dann jedoch dämmerte es ihm: Die Soldaten sollten wohl die leeren Container, die hier am Rand der Bahngleise abgestellt waren, in den Zug laden. Jack ließ die Klappe leise nach unten sinken, bis sie wieder auf dem Rand des Behältnisses lag. Er hoffte nur, dass sich Brian Spiller ruhig verhielt und nicht auf den Gedanken kam, sich mit den Soldaten anzulegen. Birdy, neben Jack gekauert, flüsterte besorgt und neugierig zugleich:

»Was ist denn los, Jack? Was passiert da draußen?«

Jack legte seine Hand beruhigend auf Birdys Schulter und sagte ebenfalls sehr leise:

»Unsere Reise geht weiter, so hoffe ich jedenfalls. Sei still und du wirst schon sehen.«

Wie zur Bestätigung seiner Worte ruckte ihr Container plötzlich und ein Rollgeräusch drang durch das Metall. Von draußen hörten sie die Stimmen sich unterhaltener Männer:

»Wo sind denn heute die Konvertierten, ich habe sie überhaupt nicht gesehen.«

»Keine Ahnung«, sagte die zweite Stimme, »die Typen halten eh nicht viel aus. Vielleicht haben sie gedacht, sie müssten beim Entladen helfen.«

»Ha, das wäre das erste Mal, dass die Schwarzen etwas tun würden. Die fuchteln doch immer nur mit ihren Silberstäben herum und helfen höchstens den Fängerkommandos.«

»Ja, die Fänger. Das ist eine Truppe arroganter, kaltschnäuziger Typen. Ich hab' mal einen kennengelernt. Die gehen über Leichen, das sag' ich dir.«

»Sag mal«, die Stimme des Sprechers wurde nun leiser und Jack konnte kaum noch verstehen, was der Mann sagte, »was machen denn die Fänger mit den Leuten, die sie fangen?«

»Das fragst du besser nicht«, antwortete die andere Stimme nun auch leise. »Die bringen sie in die Area. Ich möchte mir gar nicht vorstellen, welche Experimente mit den armen Teufeln dort durchgeführt werden.«

EXPERIMENTE hallte es in Jacks Kopf. Natürlich, man hatte sie entführt, um Experimente mit ihnen anzustellen. Jack wurde schwindelig, als er sich ausmalte, was alles mit ihm und Birdy hätte passieren können. Ein weiteres Rucken lenkte ihn von den schlimmen Gedanken ab und plötzlich wurde es ruhig. Dann spürten sie, wie sich der Zug mit ihnen an Bord zu bewegen begann.

***

Abbruch

Er hatte die Nase gestrichen voll! Alles war bisher schiefgelaufen und er war seinem Ziel keinen Schritt näher gekommen. Der Typ da drinnen im Labor, der an der Decke aufgehängt war und aus dessen Rücken Kabel ragten, hatte ihm den Rest gegeben. Der Kindermörder sollte nur leiden! Er hatte es nicht besser verdient. Der Dieb schaute sich nun erst bewusst in dem breiten Gang um, während er mit sich selbst einen gedanklichen Kampf austrug. Er rang um eine Entscheidung: abbrechen oder weitermachen?

Eine grelle Sirene, gefolgt von einer nüchternen Stimme, verkündete: „Das Fallensystem ist aktiviert."

Der Kopf des Diebes ruckte auf der Suche nach der Lautsprecherstimme instinktiv herum. In der Decke zu seiner Linken entdeckte er den dort eingelassenen Lautsprecher. Er musste hier verschwinden, das war sicher. In seiner Grundeinweisung, die er bei seinem ersten Tag hier auf der Basis erhalten hatte, war diese Ansage besprochen worden. Sein Vorgesetzter hatte mit ernster Stimme darauf hingewiesen, dass jeder bei diesem Alarm auf seiner Station bleiben müsse. Das Fallensystem umfasste eine Menge verschiedener Waffen, die selbstständig das Feuer eröffnen würden, wenn man nicht durch einen speziellen Codegeber als autorisiert galt. So einen Codegeber hatte der Dieb natürlich nicht und somit war er für das System ein potenzieller Feind.

»So eine Scheiße!«, entfuhr es ihm ungewollt. Hastig zog er seine Karte hervor und suchte einen geeigneten Fluchtweg. Er musste so schnell es ging zurück zur Oberfläche und selbst dort warteten todbringende Fallen.

Nach einer Minute hatte er eine Route durch die unterirdische Anlage gewählt. Leider war auf seiner Karte keine der Fallen eingezeichnet. Er musste nun schlau und umsichtig agieren. Als Erstes schaute er nach links den Gang hinunter. Seine Augen suchten nach einer verdächtigen Öffnung im Boden, den Wänden und der Decke. Genauso konnte auch eine Waffe, egal welcher Art, aus einem bisher unsichtbaren Schacht zum Vorschein kommen. Er atmete noch einmal tief durch und ging an der rechten Wand den Gang entlang. Schweißperlen bildeten sich auf seiner Stirn und sein Genick versteifte sich. Noch war nichts geschehen, doch die reine Vorstellung einer Falle setzte den Dieb unter enormen Stress. Nach zehn Metern war immer noch nichts geschehen, nach weiteren fünf Metern immer noch nichts.

Der Dieb blieb stehen und er atmete so heftig, als habe er einen steilen Berg bestiegen. Er versuchte sich zu entspannen und seine Atmung unter Kontrolle zu bringen.

Als er das Hämmern einer automatischen Waffe hörte, ließ er sich sofort fallen. Er drückte sich an die Wand und versuchte sich so klein wie möglich zu machen. Doch die Schüsse hatten nicht ihm gegolten. Da vorne musste sich eine andere Person befinden, der dieser Angriff gegolten hatte. Trotzdem blieb er auf dem Boden liegen und schaute angestrengt den Gang entlang. Er konnte nichts Verdächtiges entdecken, was bedeutete, dass die Schüsse in einem Seitengang gefallen waren. Seitdem war es still, nicht einmal einen Schmerzensschrei hatte er gehört. Vielleicht war die automatische Schussanlage aus Versehen aktiviert worden und es hatte sich niemand in dem betreffenden Gang befunden.

Der Dieb beschloss, noch vorsichtiger zu sein und blieb auf dem Boden liegen. Flach gestreckt rutschte er nun über den Boden, was anstrengend war und langsam voranging. Doch er hatte Zeit, auch wenn er so schnell wie möglich von hier weg wollte. So rutschte er, von ziehenden Händen und strampelnden Füßen unterstützt, den Gang Meter um Meter entlang. Immer wieder hielt er an um, wie er sich selbst einredete, nach den verdammten Fallen zu suchen oder zu lauschen. Jedes Geräusch konnte ja ein Hinweis auf eine automatische Schießanlage sein. In Wirklichkeit jedoch versagten einfach seine Kräfte.

Nach unendlichen Minuten des Rutschens, Wartens und erneuten Rutschens gelangte er schließlich an eine Kreuzung. Er wusste aus seinem Plan, dass er weiter geradeaus musste. Zentimeter um Zentimeter bewegte er sich zu der Ecke des Quergangs. Erneut lauschte er, doch noch immer blieb alles still. Dann wagte er, seinen Kopf im Quergang so weit vorzustrecken, dass er nach rechts in den Gang schauen konnte. Harmlos und still lag dieser da, als sei alles in Ordnung. Doch Harmlosigkeit konnte tödlich sein, das wusste der Dieb. Schließlich drehte er seinen Kopf nach links und erstarrte.

Keine zwanzig Meter entfernt lag eine verkrümmte Gestalt auf dem Boden und rührte sich nicht. Es handelte sich um einen Mann, der recht abgenutzte Kleidung trug. Im Brustbereich hatte sich vor dem Reglosen eine Blutlache gebildet. Der Dieb wusste sofort, dass der Mann dort am Boden sein Leben ausgehaucht hatte. Er war tot, erschossen von einer selbststeuernden Schussanlage. Was hatte er hier unten gesucht? Auf keinen Fall gehörte er zur Belegschaft der Anlage. War er ein Besucher? Nein eher nicht! Hier in der Area gab es nur selten Besucher und wenn, dann kamen sie von der Regierung. Also, wer war der Mann?

Ein fürchterlicher Gedanke kroch bis zur Oberfläche seines Bewusstseins. Er hatte den Kindermörder gesehen, an dem grässliche Experimente durchgeführt worden waren. Man hatte ihn hierher in die Anlage entführt und als Versuchsperson missbraucht. Das konnte man ungefährdet tun, da der Mann ja vorgeblich hingerichtet worden war und somit als tot galt. Also wurde er von niemanden vermisst und man konnte mit ihm anstellen, was man wollte. Was, wenn die Regierung oder die Leute, welche die Area 51 leiteten, sich Obdachlose griffen und hierher verschleppten? Diese Menschen wurden von der Gesellschaft nicht beachtet, man übersah sie gerne, wenn sie am Straßenrand saßen und bettelten.

Noch einmal schaute der Dieb nach dem Toten und erkannte nun die Spuren des Beschusses. An den Schrammen am Boden sah er, wo die automatisierte Waffe versteckt war. Er schaute in die von ihm vermutete Richtung und sah an der Decke einen Kasten, der im ersten Moment wie der Auslass einer Klimaanlage aussah. Nur spendete der Kasten keine frische Luft, sondern tödliches Blei.

Wie sollte er an dem verdammten Ding nur vorbeikommen? Er war schließlich nicht kugelsicher. An diesem Punkt seiner Überlegung hielt er inne. Eine Idee keimte in ihm auf und er konnte sie umsetzen. Er war schließlich Techniker, der Dinge bauen konnte, je nachdem welche Anforderungen gestellt wurden. Da er jetzt wusste, wie eine der tödlichen Fallen aussah, wurde er selbstsicherer. Ohne sich noch lange aufzuhalten, zog er sich von der Ecke zurück, stand auf und rannte zu dem Labor, in dem der Kindermörder gefangen war.

Als er die Tür öffnete, hörte er wieder das schwere Atmen des Killers. Dieser öffnete seine Augen, in denen sich plötzlich Hoffnung spiegelte, und sagte mit einer ekelhaft schmeichelnden Stimme:

»Ich habe es gewusst! Du bist zurückgekommen, um mich zu erlösen.«

***

Unter Feuer

Ramires schob den verletzten Pedro in die Ecke des Treppenabsatzes. Währenddessen rutschte Juan mit angeschlagener Waffe auf den Knien vorsichtig zu den ersten Stufen der Treppe. Er schaute nach oben und versuchte zu erkennen, wo der Schütze sich verborgen hielt. Jemand hatte von oben her auf sie gefeuert, als sie das Treppenhaus betreten hatten. Reflexschnell hatten sie sich auf den Boden des Treppenabsatzes geworfen, geschult durch ihre langjährige kriminelle Erfahrung. Der unbekannte Gegner hatte ohne Vorwarnung oder eine Aufforderung sich zu ergeben, auf sie geschossen. Scheinbar war es dem Angreifer egal, auf wen er schoss, wen er damit verletzte oder gar tötete.

Pedro war in eine katatonische Starre gefallen und rührte sich nicht. Er saß so, wie Ramires ihn hingesetzt hatte, starrte vor sich hin und schien seine Umgebung nicht mehr wahrzunehmen. Die Erlebnisse, angefangen bei ihrer Entführung aus der Wüste bis zur Verschleppung durch den fetten Kerl, waren zu viel für seine Stressbewältigung. Der erneute Angriff durch einen Unbekannten hatte seine Kräfte überfordert. Sein Bewusstsein reduzierte alle äußeren Einflüsse und beschränkte sich nur noch auf die notwendigsten Funktionen seines Körpers.

Ramires schaute seinen Kumpan besorgt an und wusste nicht, wie er sich nun verhalten sollte. Dann siegte sein Pragmatismus, der ihn in seiner verbrecherischen Umgebung dafür qualifiziert hatte, eine Gruppe zu führen. Er schob Pedro noch weiter in die Ecke hinein, damit er eine so geringe Angriffsfläche wie möglich bot. Dann zischte er, an Juan gewandt:

»Kannst du was erkennen?«

Juan schüttelte nur seinen Kopf und rutschte ein Stück weiter auf die Treppe zu. Dann hielt er plötzlich inne, drehte sich um und fragte:

»Meinst du, dass die Schüsse auf uns etwas mit der Lautsprecheransage von vorhin zu tun haben?«

Juan sprach damit die Ansage „Das Fallensystem ist aktiviert" an, welche sie noch in den Fluren dieser Etage gehört hatten.

Ramires überlegte, ob sein Kumpel wohl recht hatte, konnte sich jedoch unter dem Begriff „Fallensystem", nichts vorstellen. Sollte das bedeuten, dass Selbstschussanlagen einfach feuerten, egal wer ihnen in die Quere kam? Oder gab es noch andere Fallen, die einen auf andere Art umbrachten? Er wollte sich dies gar nicht vorstellen, doch er musste sich der Realität stellen. Er wollte hier heraus und er wollte zurück in seine Heimat. So rutschte er an Juans Seite und spähte nun auch nach oben. Leise, als ob er vermuten würde, dass ein Gegner lauschen würde, sagte er:

»Du hast vielleicht recht mit dem Fallensystem. Es ist gut möglich, dass wir es mit einer Selbstschussanlage zu tun haben. Wir müssen herausfinden, wo das Ding installiert ist und es ausschalten.«

»Verdammt!«, knurrte Juan nur und schaute mit gerunzelter Stirn nach oben. Er wusste nicht, nach was er Ausschau halten sollte. Dann jedoch hatte er eine Idee: Er zog seine Jacke aus, knüllte diese zusammen und warf sie die Stufen hinauf. Er hatte sofort Erfolg. Die Jacke war noch keinen Meter geflogen, als sie von Geschossen förmlich zerfetzt wurde. Ramires und Juan hatten den Flug der Jacke nicht verfolgt, sondern aufmerksam beobachtet, woher die Schüsse gekommen waren.

An der Wand des nächsten Treppenabsatzes entdeckten sie gleich zwei Dinge: Zum einen rauchte es leicht aus einem unscheinbaren Kasten, den man leicht übersehen konnte und der durchaus das Aussehen eines Schaltschrankes besaß. Zum Zweiten war ein schmaler Stab kaum zu erkennen, der an der Decke angebracht war. Dessen unteres Ende bewegte sich wie ein Schlangenkopf suchend hin und her. Dies musste eine Kamera, gekoppelt mit einem Bewegungsmelder sein, die das Treppenhaus überwachten und die die Steuerung der Schussanlage darstellten. Doch die Überwachung schien nicht vollständig, denn Ramires und Juan konnten die Kamera sehen, sie selbst aber waren allem Anschein nach außerhalb der Zone, welche sie fokussieren konnte. Das war ihr Vorteil, den sie auf jeden Fall nutzen mussten. Ramires zeigte auf den Kamerastab und sagte zu Juan:

»Wenn wir das Ding zerschießen, dann haben wir die Schussanlage ausgeschaltet. Also Junge, zeig mal, was du bei mir gelernt hast.«

Juan verzichtete auf eine spöttische Erwiderung, setzte sich zurecht und zielte sorgfältig. Das war nicht gerade leicht, wenn man bedachte, dass er eine Maschinenpistole verwendete, die nicht für einen Scharfschuss konstruiert war. Nach einigen Sekunden des Visierens zog er den Abzug durch.

Ein lautes Schussgeräusch donnerte durch das Treppenhaus und malträtierte ihre Hörorgane. Doch der Schuss war ein voller Erfolg und rechtfertigte das Peinigen der Hörnerven. Der Kamerastab war verschwunden und nur zerfetzte Kabel zeugten von seiner vorherigen Anwesenheit. Dennoch blieben die Männer vorsichtig und warfen nun Ramires' Jacke die Stufen hinauf. Es geschah nichts! Alles blieb ruhig und kein weiterer Schuss hallte durch das Treppenhaus.

***

Zum Warten verdammt

Die Special Ops-Soldaten hatten den Bahnsteig als Brückenkopf eingerichtet. Von hier aus konnten sie die meisten Abgänge zu den unteren Stockwerken erreichen und gleichzeitig den für die Anlage so wichtigen Bahnhof sichern. Ein weiterer Vorteil war die räumliche Nähe zu dem im Allgemeinen als Schlafsaal betitelten Raum, in dem die VPs untergebracht waren. Leider mussten die Soldaten feststellen, dass sich nur noch höchstens zehn Prozent der einstmals dort internierten Personen in dem Raum aufhielten. Das hieß, es waren über hundert VPs in den weitläufigen Räumen, Fluren und Etagen der Forschungsanlage unterwegs. Was die Soldaten nicht wussten war, wie gefährlich manche der Flüchtigen waren, obwohl sie es schon mit drei Bewaffneten zu tun bekommen hatten. Doch diesen Zwischenfall sahen sie in soldatischem Hochmut als eine bedauernswerte Ausnahme, obwohl drei ihrer Kameraden ums Leben gekommen waren. Der verantwortliche Offizier stand gerade mit drei Truppführern an einem herbeigeschafften Tisch, auf dem einige Karten der Anlage ausgebreitet lagen. Die Soldaten besprachen den kommenden Einsatz und legten Suchgebiete fest, die von den entsprechenden Trupps kontrolliert werden sollten, als die Sirenen aufheulten und eine Automatenstimme verkündete: „Das Fallensystem ist aktiviert."

Der Offizier schaute seine Truppführer verwundert an. Er konnte mit dieser Meldung nichts anfangen, da er und seine Männer von außerhalb der Area 51 eingeflogen waren. Sie stellten eine spezielle Einsatztruppe dar, die immer an die gefährlichsten Orte der Welt geschickt wurde. Die Soldaten stellten keine Fragen und hatten auch kein Problem damit, von der Waffe Gebrauch zu machen. Doch sie hatten sich beharrlich geweigert, unbewaffnete Menschen zu exekutieren. So hatte man sich, was eigentlich militärisch unhaltbar war, mit den Soldaten geeinigt, den ergangenen Tötungsbefehl zu einem Befehl umzuwandeln, der dafür sorgte, dass möglichst viele Flüchtige lebend zum Schlafsaal zurückgebracht wurden.

»Was hat diese Durchsage zu bedeuten?«, fragte der Offizier in die Runde. Doch seine Männer zuckten nur mit den Schultern. Ein weiterer Truppführer trat an den Tisch und verkündete mit säuerlicher Miene:

»Ich habe gerade mit dem Stab in der Sicherheitszentrale gesprochen. Die sagten, dass der Alarm von einem Computerprogramm gestartet worden ist und sie im Moment nichts tun können.«

Das Gesicht des befehlshabenden Offiziers lief rot an, was seine momentane Stimmungslage deutlich widerspiegelte. Dann fragte er unnötig laut:

»Was heißt, Sie können nichts tun und was bedeutet dieser Alarm für uns?«

Der angesprochene Truppführer hatte seinen Helm abgesetzt und kratzte sich ausgiebig am Kopf, ehe er antwortete:

»Soweit ich es verstanden habe, hat irgendein Trottel ein Programm gestartet, das ein Fallensystem aktiviert hat. Viel mehr hat der Kerl von der Sicherheitszentrale auch nicht gewusst. Er meinte nur, wir sollen erst mal hierbleiben und uns nicht rühren. Einige der Fallen wären Selbstschussanlagen.«

Der Offizier schaute seinen Untergebenen an, als habe dieser den Verstand verloren. Dann brüllte er:

»Diese verdammten Typen der Area schicken uns hier herunter, um Ordnung zu schaffen und dann lassen sie durch autonome Waffen auf uns feuern! Das kann doch nicht sein! Das geht zu weit! Arbeiten hier denn wirklich nur Idioten?«

Er winkte einen Soldaten zu sich heran und befahl:

»Holen Sie die Männer zusammen. Sie sollen alle hier auf dem Bahnsteig Stellung beziehen!«

Der Soldat salutierte: »Jawohl Sir!« Er ging auf das nächste Treppenhaus zu. Dort, so wusste er, war eine Kantine in einem Seitenraum untergebracht, in der sich immer einige Soldaten aufhielten, wenn sie Freiwache hatten. Dorthin wollte er zuerst, um seinen Befehl zum Sammeln weiterzugeben.

Doch kaum hatte er die Tür geöffnet, ratterte die Salve eines Maschinengewehrs. Der Soldat lebte schon nicht mehr, als er haltlos zu Boden fiel.

***

Wer ist der Feind?

Natürlich hatten die Wissenschaftler, das Zivilpersonal wie auch die Wachsoldaten den Alarm gehört. Die erschöpften Menschen hatten mittlerweile aufgehört sich wegen ihrer Inhaftierung, die als Sicherheitsmaßname bezeichnet wurde, zu beschweren. Der Alarm jedoch, wie auch die akustische Ankündigung, rüttelte sie aus ihrer Lethargie.

Sofort bildeten sich Gruppen und die Wachsoldaten schlossen ihre Reihen. Keiner durfte den Hangar verlassen. Dabei war es egal, ob jemand zurück in die Anlage wollte oder hinaus ins Freie. Dann geschah jedoch etwas, was die Soldaten wie auch die gefangenen Menschen in Angst und Aufregung versetzte.

Ein schmaler Wissenschaftler, dessen Kittel viel zu groß schien, kam mit blassem Gesicht aus der Herrentoilette gelaufen. Er wedelte mit den Armen und rief um Hilfe. Einige Wachsoldaten kamen eilig näher, um zu verhindern, dass es hier zu Unruhen kam. Einer der Soldaten stellte sich vor den kleinen Mann, legte ihm beruhigend eine Hand auf den Arm und fragte mit ruhiger Stimme:

»Was ist denn los? Wieso rufen Sie denn um Hilfe? Geht es Ihnen gut oder soll ich einen Arzt rufen?«

Der schmale Wissenschaftler schaute den Soldaten verständnislos an, schüttelte den Kopf und sagte nur:

»Da drinnen, in der Herrentoilette, liegt ein toter Mann.«

Nun war es an dem Soldat, verständnislos dreinzuschauen. Doch der Uniformierte brauchte nur eine Sekunde, um seine Fassung wiederzugewinnen. Er winkte zwei Wachsoldaten heran und befahl ihnen, auf den kleinen Mann aufzupassen. Ohne auf die Proteste zu achten, die sofort bei den Umstehenden laut wurden, als sie sahen, wie die Soldaten den schmalen Kittelträger in ihre Mitte nahmen, eilten die anderen Soldaten zu den Toiletten. Sie stürmten die Herrentoilette und fanden sogleich die Leiche. Einer der Soldaten betrachtete sich den Toten genauer. Dann stand er auf und sagte zu seinen Kameraden:

»Wir müssen sofort einen Offizier holen. Der Tote ist ein VP. Wie kommt der denn hierher?

An der rechten Hallenseite standen lauernd die beiden Killer Rupert Graham und Chuck Lander. Sie beobachteten den Tumult interessiert, aber nicht beunruhigt. Chuck lächelte sogar und meinte grinsend:

»Die haben wohl deine Leiche gefunden. Das ist gut so, dann sind sie beschäftigt und kümmern sich nicht um uns. Ich habe schon einige fragende Blicke in unsere Richtung bemerkt.«

»Na, ob die Lage gut für uns ausschaut, müssen wir erst einmal abwarten. Sag mal, wo hast du denn die Frau hingebracht?«, fragte Rupert und sorgte sich sogleich. Dieser Chuck Lander war ein sehr gefährlicher Irrer. Er hoffte, den Kerl unter seiner Kontrolle halten zu können. Doch das war leichter gesagt als getan. Chuck grinste noch immer und wandte sich Rupert zu. Das Geschehen im Hangar interessierte ihn im Moment nicht mehr. Mit einem verschmitzten Gesicht fragte er lauernd und auch irgendwie genussvoll:

»Du möchtest wissen, wo ich die Dame hingebracht habe? Na gut, ich will es dir sagen. Willst du auch wissen, was ich mit ihr angestellt habe?«

»Nein danke! Kein Bedarf! Also, wo hast du sie hingebracht?«

»Das ist doch logisch«, antwortete Chuck wie ein Professor, der seinen Studenten belehren wollte, »dorthin, wo sie hingehört. Das ist doch klar. Na, kommst du drauf?«

»Nein, verdammt! Nun sag schon und mach's nicht so spannend!«

»Also gut, dann will ich mal nicht so sein«, sagte Chuck gönnerhaft und lehnte sich lässig an die Hallenwand.

»Ich habe die Dame dorthin gebracht, wo sie sich wohlfühlte. Sie war eine Bürokraft und deshalb habe ich sie in ein Büro gebracht. Dort habe ich sie an einen Schreibtisch gesetzt und drückte ihr einen Stift und einen Schreibblock in die Hand . Dann habe ich ihr noch eine frische Tasse Kaffee gekocht und auch auf den Schreibtisch gestellt. Schließlich habe ich sie noch schön zurechtgesetzt, damit sie auch ordentlich ausschaut. Leider hat das viele Blut einen unordentlichen Fleck auf ihrer Bluse hinterlassen und auch ihr Rock hat einiges abbekommen. Ich hatte einfach nicht genug Zeit, mein Arrangement perfekt zu gestalten.«

Rupert schüttelte den Kopf und sagte voller Inbrunst:

»Du bist ganz schön gestört, mein Lieber. Das ist mal sicher!«

Chuck Lander verbeugte sich mit einer perfekten Bewegung vor seinem Kumpan und antwortete geschmeichelt:

»Danke, Rupert! Du machst die besten Komplimente.«

***

Heimweh

Bittere Tränen liefen über Glorgs unförmiges Gesicht. Er trottete einen Gang entlang und wusste nicht, wo er sich befand. Er hatte sein Spielzeug verloren und kein neues gefunden. Außerdem war er hungrig und seine Füße taten ihm weh. Scherben hatten in seine Sohlen geschnitten, doch Glorg verstand nicht, was Scherben waren. Sein träger Verstand suchte nach einer Möglichkeit, die ihn wieder glücklich machte. Ihm fiel sein Zimmer ein, wo er schöne Spielsachen hatte. Auch sein Bett war so kuschelig und er war nun wirklich müde. Dennoch blieb er nicht stehen oder setzte sich gar hin. Irgendetwas, vielleicht sein Instinkt, trieb ihn voran – Schritt um Schritt, Schmerz um Schmerz. Er wollte in sein Zimmer, er wollte schlafen, er wollte heim.

Plötzlich hörte Glorg ein Geräusch hinter sich. Er spürte instinktiv, dass Gefahr drohte. Mit seinem kindlichen Denken versuchte er sich zu beruhigen. Leise begann er ein Kinderlied zu summen, das ihm einer der Pfleger oft vorgesungen hatte. Das war schön gewesen und Glorg hatte sich dabei sehr wohlgefühlt.

Erneut hörte er ein kratzendes Geräusch hinter sich und ein leises, kehliges Knurren. Glorg beschleunigte seinen Schritt und sang nun lauter. Zwar fielen ihm die Worte des Liedes nicht ein, aber das machte nichts. Er ersetzte den Liedtext mit seinen eigenen Lauten. Nur nicht umdrehen, sagte er sich und bog um eine Ecke in einen schmaleren Gang ein. Einen Moment stutzte Glorg und wäre beinahe stehengeblieben. Er kannte diesen Gang und auch die Gerüche weckten seine Erinnerung. Eilig lief er weiter und sang nun noch lauter. Ein dunkles Knurren zeigte ihm, dass sein Verfolger noch hinter ihm war. Glorg blickte angestrengt nach vorne und erkannte einen Raum durch eine offenstehende Tür. Das war der Raum, in den ihn die Männer in den weißen Kitteln brachten, ehe sie ihn mit Nadeln gepikst hatten. Den Raum mochte er nicht und es roch immer so schrecklich darin. Sein langsamer Verstand kombinierte dennoch, dass Glorgs Zimmer nicht weit entfernt war. Ja, genau! Dort vorne war die breite Tür, die zu dem Raum führte, hinter dem sein Zimmer lag!

Sein Zimmer! Er freute sich schon. Das Knurren kam näher und Glorg glaubte, dass er den Atem seines Verfolgers hören konnte. Nur noch ein paar Meter und er hatte es geschafft. Erneut begann er zu singen und dieses Mal, wohl aufgrund kindlichen Negierens einer Gefahr, besonders laut. Eine gewisse Schläue und Gerissenheit verleitete ihn dazu, seinen Verfolger zu täuschen. Er hatte die Tür schon fast erreicht, als er so tat, als ginge er vorüber. Erst im letzten Moment warf er sich nach links und prallte an die Tür.

Ein zorniges Knurren erklang hinter ihm, doch Glorg hatte die Tür schon aufgedrückt und so schnell er konnte wieder geschlossen. Dann rannte er auf sein Zimmer zu und stürmte durch den schmalen Spalt der schweren Sicherheitstür, die es sicherte. Drinnen angekommen stemmte er sich gegen die tresorartige Tür und schob sie Zentimeter um Zentimeter zu. Ein schmatzendes Geräusch zeigte ihm an, dass die Tür nun geschlossen war und ein Klicken verriet ihm, dass er sie nicht wieder öffnen konnte. Erleichtert über die ansonsten ärgerliche Tatsache, dass er nun eingesperrt war, atmete er tief ein und stieß die Luft, begleitet von einem hysterischen Lachanfall wieder aus. Dann schaute er durch das Sicherheitsglas seines Fensters in den Vorraum vor seinem Zimmer. Er zuckte erschreckt zurück, als er die Tür zum Flur aufspringen sah und ein großes Tier mit gefletschten Zähnen und bernsteinfarbenen Augen hereinstürmte. Das Tier schaute sich suchend um und entdeckte Glorg hinter dem Fenster. Ungeheuer schnell drehte es sich und sprang auf das Fenster zu. Glorg stolperte rückwärts und schrie seine Angst heraus.

Dann erfolgte ein harter Aufprall, als das Tier gegen die Scheibe krachte. Glorg sah, wie es an der Scheibe nach unten rutschte und eine blutige Spur hinterließ. Mit neuem Mut beseelt tapste Glorg zur Scheibe und sah, dass das Tier am Boden lag. Mit erleichterter Stimme rief er so laut er konnte:

»Hier kannste nich rein! Glorg hat gewonnen! Haha!«

***

Vor der Tür

Gustavo hatte die Spur wiedergefunden. Er sah, wie Ramires und Juan mit Pedro in ihrer Mitte durch eine Tür verschwanden, an der ein Schild auf einen Treppenaufgang hinwies. Im gleichen Moment war der Alarm durch die Gänge gehallt und eine Lautsprecherstimme hatte etwas von einem Fallensystem gesagt. Er war vor Schreck heftig zusammengezuckt und fragte sich gerade, was das denn nun wieder zu bedeuten hatte. Dabei blickte er nach hinten, um nach seinem unsichtbaren Begleiter zu schauen. Natürlich sah er niemanden, dennoch wusste er, dass der Unsichtbare noch in der Nähe war.

Das Hämmern einer Maschinenwaffe ließ ihn erneut zusammenfahren, doch er stellte erleichtert fest, dass die Schüsse hinter der Tür, also im Treppenhaus gefallen waren. Das war gut für ihn und bestimmt nicht so günstig für den Gangster Ramires und seine Kumpane.

Natürlich wusste Gustavo nicht, was sich im Treppenhaus abspielte. Er überlegte, was nun sein nächster Schritt sein würde. Wenn er einfach eine Weile wartete, dann befand er sich zumindest im Augenblick in Sicherheit. Die andere Seite der Münze konnte aber sein, dass Ramires und seine Männer verschwinden würden und er sie aus den Augen verlor. Eigentlich wusste Gustavo nicht, warum er sie überhaupt verfolgte. Wollte er sehen, wie sie starben, aus Rache, was sie ihm angetan hatten oder antun wollten?

Er dachte über diesen Gedanken nach und fand eine erstaunliche Motivation. Er wusste, dass die Gangster erfahren im Umgang mit Waffen waren und keine Skrupel hatten diese einzusetzen. Damit hatten sie eine gute Chance, dieser Anlage zu entkommen. Diesen Umstand wollte er sich zunutze machen und in ihrem Windschatten ebenfalls fliehen.

Gerade als er seine Hand auf die Klinke der Tür gelegt hatte, fiel ein einzelner Schuss hinter der Tür. Als habe er sich verbrannt, zog er sie hastig vom Türgriff zurück. Der Schusswechsel im Treppenhaus war also offenbar noch nicht zu Ende. Gustavo musste sich damit begnügen, vor der Tür zu warten, bis es sicher war hindurchzugehen. Wann aber war der richtige Zeitpunkt dafür? Woher sollte er wissen, wann der Schusswechsel beendet war?

Auch konnte er nicht wissen, mit welchem Gegner sich die Gangster angelegt hatten. War er unter Umständen auch gefährlich für ihn? All die Fragen konnte Gustavo nicht beantworten und musste sich darauf verlassen, dass er den richtigen Riecher hatte, der ihm sagte, wann er das Treppenhaus betreten konnte.

Nach einer langen Minute legte er vorsichtig sein Ohr an das Türblatt und lauschte. Er hörte im ersten Moment nichts außer dem Rauschen seines Blutes, das durch seine Ohrmuschel zirkulierte. Wieso war es nun so still da drinnen? Lebte noch jemand oder lagen die Gangster blutend auf den Treppen? Gustavo beschloss, noch etwas zu warten und schaute sich erneut um. Noch immer konnte er nur vermuten, wo sich sein unsichtbarer Begleiter aufhielt. Er hatte eine bestimmte Vermutung über dessen Position. Er lächelte und nickte in die vermutete Richtung. Natürlich erfolgte keine Reaktion und so wandte Gustavo sich erneut der Tür zu. Als er glaubte, lange genug gewartet zu haben, drückte er die Klinke nach unten und schob sie vorsichtig auf.

Durch einen schmalen Spalt sah er nur einige Stufen und roch sofort den Kordit eines abgefeuerten Schusses. Im Treppenhaus war es still. Mutig schob er die Tür weiter auf und sah nichts von Bedeutung. Das Treppenhaus, jedenfalls der Teil, den er überschauen konnte, lag verlassen vor ihm. Dann jedoch erschrak Gustavo, als er ein Geräusch von oben kommend hörte. Männer unterhielten sich leise und das höchstens zwei Etagen über ihm.

So sachte er es vermochte, schloss er die Tür hinter sich und schlich nach vorne. Er zögerte noch einen Moment, ehe er seinen Fuß auf die erste Stufe setzte. Als habe er damit einen Kontakt ausgelöst, hallte ein erneuter Schuss durch das Treppenhaus. Gustavo blieb wie erstarrt stehen, blickte nach oben und versuchte herauszufinden, ob dieser Schuss ihm gegolten hatte. Dabei bemerkte er nicht, wie sich hinter ihm die Tür wie von Geisterhand öffnete und sich lautlos wieder schloss.

***

Im Felsendom

Zasdosh war tatsächlich vor Erschöpfung eingeschlafen. Wilde Träume, in denen er die heroischen Kämpfe der Nikamba, seines Volkes, miterlebte, waren so realistisch wie nie zuvor. Er spürte die Krallen seiner Gegner, die Schwerter seiner Feinde, die immer wieder seinen Körper trafen. Schmerz begleitete seine Erlebnisse in der Traumwelt und ließ ihn machtvoll brüllen. Horden eines fremden Volkes belagerten die Stadt und versuchten in die Wohnstätten der Nikamba einzudringen. Überall in den Straßen sah er verzweifelte Gesichter von Frauen, Kindern und den Alten, die nicht mehr an einen Sieg glaubten. Die ersten Straßenzüge brannten bereits und ein Geruch von Tod waberte durch die Gassen. Zasdosh rannte zur Stadtmauer, um den dort eingedrungenen Feinden Widerstand zu leisten. Er holte das Letzte aus seinem Körper heraus und er rannte so schnell er konnte. Vor ihm kippte eine Mauer auf die Straße. Wäre er nur eine Sekunde früher hier gewesen, dann hätten deren Steine ihn begraben. Er setzte zum Sprung an und wollte das Hindernis schnell überwinden. Da stürzte die Mauer des nächsten Hauses ein und schwere Steine trafen ihn. Zasdosh strauchelte und fiel auf den harten Belag der Straße. Er prallte heftig auf und sein Körper überschlug sich, bedingt durch seinen schnellen Lauf. Benommen blieb er liegen und schloss erschöpft seine Augen. Die Kampfgeräusche um ihn herum ebbten ab und es wurde still. Zasdosh bemerkte, dass er in eine tiefe Ohnmacht abglitt. Ein Zornimpuls durchzuckte ihn. Nein, das konnte nicht sein! Er konnte nicht einfach aufgeben und sich seinem Verlangen nach Ruhe ergeben. Er musste seinem Volk helfen und kämpfen, sonst waren sie alle verloren. Mit aller Macht stemmte er sich gegen die Schwäche seines Körpers und schlug unter enormer Kraftanstrengung schließlich die Augen auf.

Was er erblickte, verwirrte ihn. Er sah eine Felsendecke über sich, an der eine altertümliche Leuchtstoffröhre ein kaltes Licht ausstrahlte. Zasdosh hob seinen Kopf ein wenig und schaute sich um. Wo war er nur und wieso befand er sich denn nicht mehr in der Stadt? Hatte man ihn weggebracht, fort von den Kampfhandlungen? Wieso lag er in einem Felsengang, einem Stollen, und niemand war bei ihm?

Seine Traumerinnerung zog sich zurück und verblasste, während sein Bewusstsein begann, Traum und Wirklichkeit zu trennen. Allmählich erinnerte er sich und erkannte, wo er sich befand. Er hatte die fürchterliche Falle aus Feuer und den zuckenden Spießen überwunden. Wie ihm dies gelungen war, blieb ihm schleierhaft. An unzähligen Stellen war seine Kleidung zerfetzt und blutverschmiert. Sein ganzer Körper schmerzte und er konnte sich nicht erinnern, wann er sich zum letzten Mal so schlecht gefühlt hatte. Diese verdammten Menschen hatten Fallen installiert, die für beinahe jeden absolut tödlich waren. Eine unbestimmte Hoffnung versuchte ihm einzureden, dass er nun keine weiteren Fallen zu erwarten hatte. Doch er traute seiner Eingebung nicht. Er würde noch vorsichtiger und umsichtiger vorgehen müssen. Noch so eine grausame Falle würde er nicht überstehen.

Nach einer Weile stand Zasdosh auf und setzte seinen Weg fort. Langsam, beinahe als ob er ein Minenfeld durchqueren würde, folgte er dem Felsengang. Die absolute Ruhe, die hier herrschte, zehrte an seinen Nerven. Misstrauisch beurteilte er jeden Zentimeter des Stollens, auf der Suche nach einem versteckten Sensor oder einer Druckplatte, die eine weitere Falle auslösen konnte. Nach circa einer Stunde hatte er nicht mehr als hundert Meter zurückgelegt. Erschöpft setzte er sich einfach auf den Boden des Felsenganges. Er musste ausruhen und wieder zu Kräften kommen.

Bedauerlicherweise hatte er vergessen Proviant einzupacken. So hatte er weder etwas zu essen und, was noch schlimmer war, zu trinken bei sich. Er verdrängte den Gedanken an seinen brennenden Durst und dachte über seine Flucht nach. Vielleicht hätte er doch das fremde Raumschiff nehmen sollen. Er wusste zwar, dass es von automatischen Waffen zerstört worden war, doch er hätte anders, besser reagieren können. Zasdosh war immer ein guter Pilot gewesen, doch all die Gedanken über Geschehnisse, die hätten sein können, brachten ihn nicht weiter. Er schloss seine Augen und fühlte eine Einsamkeit, wie sie ihm noch nicht einmal in den Weiten des Weltalls begegnet war. Düstere Gedanken legten sich wie schwarze Schleier auf seine Seele und dämpften seine Entschlusskraft. Er konnte doch einfach hier sitzen bleiben und darauf warten, dass ihn ein gnädiger Tod besuchte. Dann konnte sich sein Geist, befreit von allem Körperlichen, auf den Weg zu seinen Ahnen machen.

Ein fernes Geräusch drang an seine Ohren und schuf eine neue Hoffnung. Langsam drehte er seinen Kopf und versuchte das Geräusch zu deuten. Wie weit oder wie nah der Erzeuger des Geräusches war, konnte Zasdosh nicht bestimmen. In Tunnelsystemen hörte man manchmal etwas, das kilometerweit entfernt war. Nach einigen Minuten hörte er das ferne Geräusch erneut. Es klang beinahe so, als sei eine Maschine brummend angelaufen, um gleich darauf einen sirrenden Ton zu produzieren. Vor ihm befand sich offenbar jemand, der die Maschine angeschaltet hatte.

Ob er sich schon in der Nähe der Kolonie befand? Die Kolonie – sein Ziel, seine Hoffnung. Dort sollten Außerirdische völlig autark leben, eine eigene Station betreiben. Dort hoffte Zasdosh Hilfe zu finden, vielleicht sogar einen Flug zurück in seine Heimat zu bekommen.

Mit neuer Hoffnung erhob er sich und folgte dem Felsengang weiter. Keine Falle, keine Gemeinheit der Menschen stellte sich ihm in den Weg und schon bald trat er völlig unerwartet in einen Felsendom. Nach dem engen Gang wirkte dieser Raum enorm groß, ja fast gewaltig. Halbkugelförmig wölbte sich die Decke auf eine geschätzte Höhe von mehr als zwanzig Metern. Der Raum selbst besaß eine ovale Form und bis zur gegenüberliegenden Wand mochten es gute fünfzig Meter sein. Ansonsten war der Felsendom völlig leer und Zasdosh konnte sich nicht vorstellen, zu was er dienen sollte. Das konnte nicht die Kolonie sein. Der Dom war grob aus dem Felsen gebrochen worden und auf der gegenüberliegenden Seite war nur eine Öffnung zu einem weiteren Stollen zu sehen. Dennoch blieb Zasdosh misstrauisch und seine Augen suchten weiter nach verborgenen Fallen.

Das sirrende Geräusch erklang erneut und forderte seine Aufmerksamkeit. Erst jetzt entdeckte er im Fußboden eingelassene Streifen, die kreuz und quer durch die Halle verliefen. Links von seiner Position aus gesehen zischte es kurz und eine bisher nicht sichtbare Tür glitt zur Seite. Aus dem unbekannten Tunnel schoss kurz darauf ein schmales Gefährt. Auf dem Wagen saßen zwei Gestalten hintereinander auf einfachen Plastiksitzen. Die Fremden waren ganz in Schwarz gekleidet und sogar ihre Köpfe waren mit dem gleichen gummiartigen Material verhüllt.

Ehe er die Gestalten näher begutachten konnte, hatten diese schon die Halle durchquert und scheinbar erst in letzter Sekunde öffnete sich vor ihnen ein weiter Tunnel. Kaum waren sie darin verschwunden, verschloss ein Schott diesen Zugang wieder.

Zasdosh wunderte sich und konnte kaum glauben, dass die unbekannten Fremden ihn nicht bemerkt hatten. Er schaute auf den Boden und suchte sich dann eine Stelle aus, an der keine in den Boden eingelassenen Streifen zu sehen waren. Danach ging er bis zur Hallenwand und stellte sich eng an den Fels. Er brauchte nicht lange zu warten, bis erneut ein Fahrzeug die Halle passierte. Dieses Mal waren es zwei Waggons, die Kisten transportierten. Von einem Fahrer fehlte jede Spur. Die Waggons waren aus einer anderen Öffnung in die Halle gefahren und verschwanden in einem bisher nicht sichtbaren Tunnel.

Dies zu beobachten, war an und für sich schon interessant, doch Zasdosh fragte sich, was er mit dieser Entdeckung anfangen konnte. Sein Gefühl sagte ihm, dass dies nicht die gesuchten Bewohner der Kolonie sein konnten. Aber wer waren diese schwarz verhüllten Gestalten dann?

***

Ungläubiges Entsetzen

Kaum hatte Stan den Wagen in die alte Fabrikhalle gesteuert, rief der verletzte Mann, er solle sofort anhalten. Stan gehorchte, ohne lange über den recht harsch ausgesprochenen Befehl nachzudenken.

Seitdem sie von dem alten Honda verfolgt wurden, schien es ihrem Fahrgast deutlich besser zu gehen. Kaum stand der Wagen, riss der Verletzte die Tür auf und sprang ins Freie. Gerry schaute Stan nur verwundert an, was dieser nur mit einem Achselzucken kommentierte. Dann stiegen sie ebenfalls aus und liefen zum Tor, durch das sie in die Halle eingefahren waren. Seitlich davon, in dessen Deckung, blieben sie stehen. Das, was sie nun erblickten, raubte ihnen den Atem. Der Fahrer des Hondas war ausgestiegen und näherte sich dem Verletzten, der bedenklich schwankte und sich scheinbar kaum noch auf seinen Beinen halten konnte. Kaum war der Honda-Fahrer nah genug an ihn herangetreten, klammerte sich dieser an den Mann und beide stürzten zu Boden. Stan und Gerry wollten schon aus der Halle laufen, als sie mit offenen Mündern sahen, wie der Verletzte den unter ihm liegenden Mann würgte.

»Der bringt ihn um«, keuchte Gerry.

»Und er lacht dabei«, ergänzte Stan. »Der Kerl bringt den Mann um! Was sollen wir nur tun?«

Dieses Mal war es Gerry, der die Initiative ergriff. Er packte seinen Freund am Arm und zog ihn vom Tor zurück in die Halle. Dabei keuchte er und stieß hervor:

»Wir müssen abhauen. Der Typ ist ein Killer. Wenn wir nicht verschwinden, dann bringt er auch uns um!«

Stans Augen zeigten die Panik, die er im Moment verspürte. So ließ er es sich gefallen, dass Gerry ihn recht unsanft auf den Beifahrersitz schob. Gleich darauf saß Gerry am Steuer und startete den Wagen. Er schaute noch schnell in den Rückspiegel, aber zum Glück war der Killer nirgends zu sehen. So wendete er ihr Fahrzeug so schnell er konnte und raste mit Vollgas aus der Halle hinaus ins Freie. Aus den Augenwinkeln heraus sah er gerade noch, wie sich der Killer erhob und mit erstauntem Gesicht die Flucht der Freunde beobachtete.

Im Rückspiegel erkannte Gerry, dass er nicht an eine Verfolgung dachte. Er beugte sich stattdessen über die Leiche und untersuchte die Taschen des Toten. In letzter Sekunde, gewarnt von einem „Achtung!“ ausgestoßen von Stan, konnte er die Fahrtrichtung ihres Autos korrigieren. Nur der rechte Seitenspiegel schrammte an der Toreinfahrt des Fabrikgeländes entlang, ehe sie die rettende Straße erreichten. Ohne anzuhalten, schoss ihr Wagen auf die Bundesstraße, was andere Verkehrsteilnehmer mit wütendem Hupen kommentierten.

Als sie einige Meilen hinter sich gebracht hatten, beruhigten sich die Freunde ein wenig. Gerry fand zuerst die Sprache wieder und sagte beinahe ungläubig:

»Der Kerl hat unseren Verfolger einfach umgebracht.«

Stan schaute Gerry lange an, ehe er antwortete:

»Du hast unser Leben gerettet Mann, weißt du das überhaupt?«

Allen Friggs schaute dem Fahrzeug seiner Retter nach. Er war mit der jetzigen Situation eigentlich sehr zufrieden. Die jungen Männer hatten sein Leben gerettet und ihn aus der Wüste gebracht. Ohne sie wäre er vermutlich nicht mehr am Leben. Dass sie nun geflüchtet waren, vor ihm geflüchtet, erleichterte die Sache nur. Er hätte die beiden nur sehr ungern ins Jenseits befördert. Nun waren sie weg und er hatte ein Problem weniger.

Er kniete neben der Leiche und betrachtete sein Opfer nun genauer. Es hatte ungefähr seine Statur, was von Vorteil war. Er packte den Toten von hinten unter die Arme und zerrte ihn in Richtung der Fabrikhalle. Kaum befand er sich in der Halle, legte er die Leiche auf den Boden und begann diese zu entkleiden. Danach zog er seine verschlissene, zerrissene Kleidung aus und die des Toten an. Die Hose war zwar ein wenig zu kurz, dafür passten die Schuhe sehr gut. Das Hemd zog er über sein T-Shirt und steckte es in die Hose. Schließlich betrachtete er sich den Inhalt der Brieftasche genauer. Er fand circa fünfzig Dollar in kleinen Scheinen, eine Kreditkarte, einen Führerschein und einen Ausweis der Homeland Security.

Allen Friggs lachte laut, als ihm klar wurde, dass er einen Cop, oder zumindest was einem Cop entsprach, gekillt hatte. Er steckte die Brieftasche in seine Hosentasche, schnappte sich seine alten Klamotten und ging hinüber zu dem alten Honda. Den Toten ließ er einfach liegen, wo er war. Er stieg in den Wagen und sah, dass der Schlüssel noch im Zündschloss steckte. Er startete den Honda und verließ mit einem zufriedenen Lächeln das Gelände der alten Fabrik.

***

Rollender Schutz

Der Dieb ignorierte den Kindermörder, der ihm immer noch irgendwelche Unflätigkeiten zurief. Er hatte einen Plan, eine Iee, wie er ungefährdet die Fallen, zumindest die Erste, passieren konnte.

Zuerst brauchte er eine Liege mit Rollen oder ein Patientenbett. Er brauchte nicht lange zu suchen. Schon gleich im nächsten Raum fand er eine solche. Schnell bugsierte er sie in den ersten Raum und stellte sie in die Nähe eines großen medizinischen Metallschranks. Danach öffnete er die Türen des Schrankes und räumte ihn mit weit ausholenden Bewegungen seiner Arme leer. Schachteln mit Mullbinden, Einmal-Handschuhen, Flaschen, die Alkohol oder andere Flüssigkeiten enthielten und sonstige medizinische Gerätschaften landeten einfach auf dem Fußboden. Als Nächstes folgten die Einlegeböden, die scheppernd zwischen den anderen Dingen landeten.

Der Kindermörder hatte inzwischen sein Geschrei eingestellt und beobachtete verwundert, was der Dieb dort fabrizierte. Kaum war der Schrank ausgeräumt, rannte der Dieb davon und verschwand im Nebenzimmer. Bepackt mit breiten Pflastern, silbernen Tabletts, die im Normalfall als Ablagen für medizinische Instrumente dienten und zwei Polstern sowie einer weiteren Liege kehrte er schnaufend zurück. Neben dem Schrank legte er seine Beute ab und beschaute sich die Gegenstände. Anschließend trat er neben den Schrank und kippte ihn um. Laut scheppernd knallte er zu Boden. Der Dieb drehte den Schrank, sodass die Türen nach oben zeigten. Danach klappte er sie auf und griff sich dann das breite Pflaster und die Einlegeböden. Geschickt verklebte er die Böden, die ebenfalls aus Metall bestanden, an der Rückwand des Schranks fest. Danach folgten die Polster, die er ebenfalls so gut es ging in den Schrank quetschte und mit Pflasterstreifen fixierte. Dann hob er den Schrank mit großer Kraftanstrengung auf die Liege. Dabei kippte er ihn so, dass die geöffnete Seite des Möbels darauf lag. Das war gar nicht so einfach. Erstens war der Schrank schwer und unhandlich, zweitens mussten die Türen rechts und links nach unten hängen. Unter der Liege war eine Ablagefläche für Taschen, Handtücher oder sonstige Dinge montiert. Darauf legte sich nun der Dieb und versuchte soweit es ging nach vorne zu rutschen. Es ging ganz gut, bis auf die

Tatsache, dass er die Liege irgendwie bewegen musste. So rutschte er ein wenig zurück, bis seine Stiefel den Boden berührten. Mit den Fußspitzen versuchte er nun sich abzustoßen.

Schließlich gelang es ihm, seine Konstruktion ein wenig nach vorne zu bewegen. Fehlte nur noch der Frontschutz. Er hoffte, dass die Stahltüren ihn rechts und links genügend vor dem Beschuss der automatischen Schießanlagen schützen würden.

Der Dieb kletterte aus seiner rollenden Deckung und stand auf. Suchend ging er umher, bis er endlich das silberne Tablett unter der Liege fand. Er zog es hervor und befestigte es mit dem Pflasterband an der Frontseite der Liege. Danach beschaute er sich sein Werk und grinste zufrieden.

Ein Röcheln ließ in aufsehen und der Kindermörder schnaubte verächtlich von seiner hängenden Position herunter:

»Was soll denn die Scheiße? Hast du nichts Besseres zu tun, du Hurensohn? Los, komm her und lass Gnade walten. Bring mich endlich um! Ich halte das hier nicht mehr aus!«

»Du kannst mich mal«, sagte der Dieb verächtlich, trat hinter die Liege und schob diese auf den Gang hinaus. Dann schloss er die Tür und hoffte inständig, diesen Raum nie mehr betreten zu müssen.

Mit gemischten Gefühlen schob er die Liege bis zur Einmündung des Querganges. Nun würde es darauf ankommen, ob seine Konstruktion funktionierte und er unverletzt die automatische Schussanlage passieren konnte. Mit einem ziehenden Gefühl im Magen kletterte er auf das Ablagebrett unter der Liege und hoffte, dass er später wieder lebend aus diesem Gefährt steigen konnte.

***

Wohin?

Die Fahrt war unangenehm und unbequem. Birdy und Jack saßen nebeneinander in einem Stahlcontainer, der wiederum in einem Waggon eines Zuges stand. Es war dunkel und kalt. Jack überlegte zum wiederholten Mal, ob es klug gewesen war, sich in den Containern zu verstecken. Doch sie hatten genau betrachtet keine andere Option gehabt. Wie würde es weitergehen? Konnten sie ihren Entführern entkommen? Er wusste es nicht, denn es bestand noch immer die Möglichkeit, dass sie erneut in Gefangenschaft gerieten und danach zurück zur Station gebracht wurden.

Birdy regte sich neben ihm. Der kleine, ansonsten immer gut gelaunte Mann war still geworden. Jack machte sich Sorgen um ihn, denn er wusste, wenn Birdy keine Scherze mehr machte, dann ging es ihm schlecht. So fragte er seinen Freund besorgt:

»He, geht's dir gut?«

Die Antwort kam prompt und war nicht nach Birdys Art.

»Nein! Es geht mir beschissen! Ich habe Angst und ich habe Durst! Noch weitere Fragen?«

Jack beschloss, seinen Kameraden vorerst in Ruhe zu lassen und lauschte auf die Fahrgeräusche des Zuges. Seit einiger Zeit schien dieser langsamer zu werden, was verschiedene Gründe haben konnte. Entweder sie hielten bald an oder die Strecke ließ keine schnellere Fahrt zu. Jack entschloss sich, nachzuschauen und erhob sich. Vorsichtig und so leise er konnte, hob er den Deckel des Containers eine wenig an und späte hinaus. Merkwürdigerweise war es nicht mehr so dunkel und er konnte die Umrisse anderer Container erkennen. Im Waggon brannte aber kein Licht, was nur bedeuten konnte, dass es außerhalb des Zuges hell war. Jack, nun neugierig geworden, wollte sich Klarheit verschaffen. Er hob den Deckel weiter an und schaute sich um.

Wie er vermutet und auch gehofft hatte, befanden sich in diesem Eisenbahnwagen nur Kisten und Container. Von Soldaten keine Spur. Die saßen wohl weiter vorn bequem in einem Abteil und ließen es sich gutgehen. Jack war das recht, denn nun konnte er seine Neugier befriedigen. Er stieß den Deckel auf und kletterte aus dem

Behältnis. Birdys Kopf tauchte aus dem Container auf und er fragte erschreckt und ziemlich laut:

»Verdammt Jack, wo willst du denn hin? Die Soldaten können doch zurückkommen. Willst du, dass wir entdeckt werden?«

»Sei leise, Birdy«, rief Jack halblaut, »wenn wir entdeckt werden, dann nur durch dein Geschrei!«

Birdy schaute verblüfft zu seinem Freund und musste gleich darauf grinsen. Jack hatte es tatsächlich geschafft, ihn aus seiner miesen Stimmung zu reißen. Er wollte schon einen anerkennenden Pfiff zu Besten geben, besann sich aber noch im letzten Moment.

Erschrocken fuhren beide herum, als eine Stimme zwischen abgestellten Kisten heraus fragte:

»Was zum Teufel treibt ihr Jungs denn für ein Frage- und Antwortspiel? Wäre es nicht besser, wenn wir schnellstens herausfinden, wo sich der Zug im Moment befindet?«

Birdy hatte schon eine dumme Antwort auf den Lippen, hielt sich aber schweren Herzens zurück. Jack hatte ihn während des Aufenthaltes im Container unterrichtet, wer dieser Brian Spiller eigentlich war. Er hatte es kaum fassen können und fragte sich, wieso er den Killer so sympathisch gefunden hatte. Auf der anderen Seite hatte er schon viele seiner Mitmenschen falsch beurteilt, sonst wäre er bestimmt nicht in der Gosse gelandet oder besser gesagt als Penner im New Yorker Central Park.

Misstrauisch beäugte er Brian Spiller, als dieser zwischen den Kisten hervortrat. Noch immer hatte er das Sturmgewehr an seiner Schulter hängen. Die Waffe ängstigte Birdy und es wäre ihm lieber gewesen, mit Jack alleine zu sein. Sein Freund war mittlerweile an die Waggontür getreten und hatte seinen Kopf an ein kleines Fenster gelegt. Die Scheibe war mit Staub bedeckt und er konnte nur undeutlich die vorbeiziehende Landschaft sehen. Auf jeden Fall waren sie nicht mehr unter der Erde, was er als gutes Zeichen wertete. Weit hinten glaubte er, die Silhouette einer Stadt zu erkennen. Vielleicht aber gaukelte ihm sein Hirn eine Wunschvorstellung vor.

Recht grob wurde Jack vom Fenster weggeschoben und Brian Spiller drückte nun seinen Kopf gegen die schmutzige Scheibe. Nach einer Weile sagte er mit ruhiger Stimme, als spräche er zu sich selbst:

»Ich glaube, wir werden langsamer. Das ist gut, sehr gut!«

Er drehte sich zu Jack um und schaute ihn fragend an. Dieser nickte nur und fragte nun seinerseits:

»Hast du die Stadt gesehen? Was glaubst du, wo wir sind?«

Brian schaute noch einmal angestrengt durch das Fenster, ehe er nach etwas über einer Minute antwortete:

»Da hast du richtig gesehen, mein Lieber. Da sich draußen, direkt vor dem Fenster, eine Geröllwüste befindet, bleiben nicht so viele Möglichkeiten. Aber um sicher zu sein, müssten wir schon näher an der Stadt sein oder wenigstens irgendein Schild sehen, vielleicht ein Straßenschild an einer Landstraße.«

»Da hast du absolut recht!«, stimmte ihm Jack zu. »Genauso wichtig ist es, aus diesem Zug zu entkommen. Ich möchte eigentlich nicht warten, bis wir am Zielbahnhof anhalten. Dort wimmelt es bestimmt nur so von Soldaten.«

»Dann lass uns sehen, wie wir von hier verschwinden können«, brummte der Killer, drehte sich um und rief: »Birdy, komm hierher. Wir brauchen deine Hilfe.«

Jack wunderte sich, wie selbstverständlich Brian wieder das Kommando übernommen hatte. Im Moment aufzubegehren wäre wohl der ungünstigste Moment gewesen. Dennoch nahm er sich vor, sich zusammen mit Birdy bei der nächsten Gelegenheit abzusetzen.

Birdy kam rasch zu den Männern gelaufen und wartete mit einem fragenden Gesicht. Brian beorderte ihn zum Fenster und befahl:

»Schau nach draußen und wenn du irgendein Schild entdeckst, das uns sagt, wo wir sind, dann melde dich sofort! Hast du verstanden?«

Birdy nickte nur und stellte sich vor das Fenster. Nun war er an der Reihe, nach draußen zu blicken. Jack schaute nur kommentarlos zu, wie sich Birdy fügte, drehte sich dann um und ging zur Ladetür. Er wusste, dass sie sich in einem Hochgeschwindigkeitszug befanden und die Türen, jedenfalls in den Passagierbereichen, elektrisch gesichert waren. Wie es allerdings im Ladebereich aussah, musste er erst überprüfen.

Gleich darauf stand er vor der Türverriegelung. Er kniete nieder und besah sich das Schloss von allen Seiten. Dann nickte er befriedigt und murmelte:

»Das müsste zu machen sein.«

Er erhob sich wieder und ging mit gesenktem Kopf durch den Waggon. Ab und zu blieb er stehen, bückte sich kurz und ging dann weiter. Er bemerkte Brian Spiller nicht, bis dieser direkt hinter ihm fragte:

»Wenn du mir sagst, nach was du suchst, dann kann ich dir helfen.«

***

Umbau und Beschuss

Das Ablagebrett unter der Liege war Mist! Der Dieb rutschte wieder aus dem engen Zwischenraum und zog die Liege zurück. Er konnte sich so nicht richtig vorwärts bewegen und außerdem schauten seine Beine hinten heraus und waren somit ungeschützt. Er wollte nicht mit zerschossenen Füßen überleben, auf gar keinen Fall.

Er zog sein Messer aus der Tasche und versuchte damit die Schrauben, mit denen das Ablagebrett am Gestell der Liege befestigt war, zu entfernen. Das war leichter gesagt als getan. Die Schrauben saßen fest und der Dieb war der Verzweiflung nahe.

Hastig durchsuchte er seinen Werkzeuggürtel und fand einen kleinen Schraubenzieher. Dieser war eigentlich viel zu klein, um die Schrauben zu lösen. Dennoch versuchte er es und drückte das Werkzeug so fest er konnte gegen die erste Schraube. Dann drehte er langsam, aber beständig. Mit einem leisen Knacken gab die Schraube nach und der Dieb drehte das widerspenstige Ding nun mit seinem Messer heraus. Es folgten noch weitere fünf Schrauben, die so viel Widerstand boten, wie ihnen nur möglich war.

Am Ende jedoch lag das Ablagebrett nur noch lose in seinen Halterungen. Der Dieb kniete sich hinter seinen selbst gebauten rollenden Kugelfang und zog das Brett heraus. Er stand auf und betrachtete das aus Blech geformte Ablagebrett. Dieses Ding konnte ein zusätzlicher Schutz sein. Er suchte in seinen Taschen nach dem breiten Pflaster, das ihm bereits vorher gute Dienste geleistet hatte. Doch er fand es nicht. Auf keinen Fall wollte er zum dritten Mal in das Labor, wo der Kindermörder gefangen gehalten wurde. Nein, Das konnte er sich selbst nicht antun.

Unmutig wühlte er noch einmal in seiner Tasche und fand einen Streifen Panzerband, den er um seinen Hammergriff gewickelt hatte. *Das würde gehen*, überlegte er und fummelte das Band vom Hammerstiel. Es war zwar nicht so lang wie er gehofft hatte, aber es würde genügen.

Schnell hatte er das Ablagebrett oben auf den Schrank gelegt und ausgerichtet. Dann schnitt er schmale Streifen des Panzerbandes ab und klebte es über die Kante des Brettes hinweg auf die Schrankrückseite. Als er fertig war, betrachtete er sein Werk und war zufrieden. So würde es gehen. Er konnte nun unter die Liege krabbeln und auf Knien rutschend seinen Kugelschutz bewegen.

Er atmete noch einmal tief durch, schloss kurz seine Augen und hätte sogar ein Gebet gesprochen, wenn ihm eines eingefallen wäre. Dann rollte er sein Gefährt los.

Nach kurzer Zeit erreichte er die Gangmündung. Während der wenigen zurückgelegten Meter hatte er gelernt, wie er die Liege am einfachsten steuern konnte. Nun fehlte nur noch eins – der Mut loszurutschen.

Mit einem mulmigen Gefühl im Magen schob er die Liege in den Zwischengang hinein. Sein Gefährt war noch nicht einmal halb in den Gang hineingerollt, als die ersten Schüsse donnerten und Kugeln klatschend den Schrank auf der Liege trafen.

Den Blick stur auf den Boden gerichtet, rutschte der Dieb so schnell er nur konnte in den Kugelhagel hinein. Immer wieder trafen die Geschosse seine Konstruktion, blieben im Blech stecken oder prallten sirrend ab. Als er sich in Höhe des Schussapparates befand, hörte der Beschuss plötzlich auf. Die eintretende Stille war beinahe nervenzerreißender als der eigentliche Beschuss. War der Schussapparat defekt oder war ihm einfach nur die Munition ausgegangen?, fragte er sich.

Der Dieb verließ sich nicht auf einen Versager und bewegte die Liege weiter durch den Flur. Nach nur einem Meter stieß er auf ein Hindernis. Natürlich zuckte es durch seine Gedanken – im Flur lag ja noch eine Leiche! Daran hatte er nicht mehr gedacht. Wie sollte er an dem Toten vorbeikommen? Wegschieben ging nicht, das war ihm klar. Unter seinem Schutz hervorzukriechen und die Leiche an den Rand des Flurs zu legen, war keine gute Idee. Im Fall, dass der Schussapparat nicht defekt war und aus einem ihm nicht bekannten Grund nur eine Pause eingelegt hatte, war er geliefert. Er würde nur noch den Schmerz der ihn treffenden Geschosse spüren, ehe er starb. Also, was sollte er nur tun?

Er musste sich die Lage der Leiche erst einmal anschauen. Vielleicht gab es ja doch einen Weg, an dem Toten vorbeizukommen. Mit einem unguten Gefühl rutschte er unter seinem Kugelschutz nach vorne und hob vorsichtig das Silbertablett an der vorderen Seite an.

***

Noch ein Gegner?

Kaum war der Schuss gefallen, beobachtete der Sektionschef, ob es eine Reaktion seitens des Saboteurs gab. Er visierte die Stelle an, wo er den Schatten gesehen hatte. Es kam eine Reaktion, aber nicht von der Stelle aus, wo er vermutet hatte.

Gute fünfzehn Meter links blitzte es auf und gleichzeitig hörte der Sektionschef den Knall des Schusses. Wie konnte das nur sein, fragte er sich und war er sich doch sicher gewesen, dass er in seiner Schussrichtung einen Schatten gesehen hatte. Auch galt der Schuss des Saboteurs dieses Mal nicht ihm, sonst hätte er zumindest den Einschlag des Projektils in seiner Nähe wahrgenommen.

Der Sektionschef überlegte und beobachtete gleichzeitig den Raum vor sich. Was, wenn der Schatten, den er gesehen hatte, gar nicht der des Saboteurs gewesen war? Dann gab es nur eine Schlussfolgerung: Es musste sich eine weitere Person hier in den Maschinenräumen aufhalten! Das war gut möglich, denn in dem ganzen Wirrwarr der letzten zwei Tage konnte man nicht mehr sagen, wer sich wo aufhielt. Wichtiger war die Frage: Freund oder Feind? Wer war der oder die Andere? Wer konnte denn ein Interesse daran haben, sich hier unten zu verstecken?

Ob es sich um einen der VPs handelte oder einfach nur um einen Techniker, der hier unten etwas zu tun gehabt hatte? Das musste er herausfinden, bevor er weiter in der Gegend herumschoss. Eine Strategie war vonnöten, um Freund oder Feind zu identifizieren. Sollte er einfach rufen und fragen? Warum eigentlich nicht? Aus einer Antwort oder der Verweigerung einer solchen konnte er seine Schlüsse ziehen. Der Sektionschef überlegte noch kurz, welche Worte er benutzen sollte, doch dann überließ er dies seiner Inspiration.

»Hallo«, rief er und bemerkte, dass dieses erste Wort nicht besonders sinnvoll war. Egal, vielleicht genügten einfache Worte und so fuhr er fort:

»Wenn Sie mich hören können, dann geben Sie bitte Antwort.«

Seine Worte verhallten ohne eine Reaktion. So sah sich der Sektionschef gezwungen, weiter zu rufen.

»Um Ihrer Sicherheit willen, bitte sagen Sie mir, wer Sie sind! Ich möchte nicht auf einen Unbeteiligten schießen!«

Die Antwort kam von unerwarteter Seite. Der flüchtige Saboteur meldete sich aus seiner Deckung heraus.

»He Boss, wir haben es hier nicht mit einem Menschen zu tun. Ich glaube, es treibt sich ein großes Tier hier herum.«

Der Sektionschef horchte verblüfft auf. War das ein Trick oder hatte sein ehemaliger Untergebener recht? Wenn ja, dann konnte das Tier natürlich nicht antworten. Er musste der Sache auf den Grund gehen und zwar sofort. So rief er:

»Ein Tier? Was für ein Tier soll das denn gewesen sein und wie ist es hier heruntergekommen?«

Der Saboteur schien gesprächsbereit, vielleicht hatte er ihn ja auch schwerer verwundet als gedacht. Konnte es sein, dass dies der erste Schritt zu seiner Kapitulation war? So hörte der Sektionschef nun, mit dieser Einschätzung als Vorgabe, genauer hin, was sein Gegner zu sagen hatte.

»Wie das Tier hierhergekommen ist? Was für eine Frage! Haben Sie denn vergessen, dass alle Türen geöffnet waren? Wir haben doch hier in der Area gewiss genügend Tiere, die von den unteren Sektionen hier heraufgekommen sein könnten.«

Damit hatte der Saboteur natürlich recht und der Sektionschef ärgerte sich, dass er nicht selbst auf diese Idee gekommen war. Die

Wissenschaftler beherbergten in ihren Laboren eine ganze Anzahl von Tieren. Waren darunter auch welche, die einem Menschen gefährlich werden konnten? Er gab sich sofort selbst die Antwort. Natürlich gab es auch gefährliche Tiere in der Forschungseinrichtung und …

Der Atem stockte ihm, als er an diesem Punkt seiner Überlegungen angekommen war und er an noch viel gefährlichere Bewohner der Area 51 dachte. Es gab hier Aliens, außerirdische Wesen und es gab außerirdische Tiere. *Du meine Güte*, dachte er, *wenn diese Aliens oder deren Tiere unbewacht und unbeaufsichtigt durch die Anlage streiften, dann befanden er und alle sich noch in der Einrichtung befindlichen Menschen in höchster Lebensgefahr!* Da war die Verfolgung eines Saboteurs eher eine unbedeutende Angelegenheit. Er musste sich mit dem Mann verständigen, ihn dazu bringen aufzugeben, damit er sich um diese heraufziehende Gefahr kümmern konnte.

So rief er erneut hinüber zu dem Saboteur, ohne seine Pläne zu offenbaren:

»Haben Sie das Tier gesehen? Wie sah es denn aus?«

Einen Moment herrschte Schweigen, doch dann klang die Stimme des Verfolgten ängstlich auf:

»He Boss, ich sehe das Viech gerade eben. Sieht aus wie ein merkwürdiger Wolf oder so. Schnell, kommen Sie rüber! Sie müssen mir helfen! Der Wolf kommt auf mich zu!«

***

Grauenvoll

Ramires und Juan hatten drei weitere Selbstschussanlagen zerstört. Dabei hatten sie ihren Kumpan Pedro, dessen Körper sich immer noch in einer bedenklichen Starre befand, Stockwerk um Stockwerk nach oben getragen. Sie hatten drei weitere Etagen erklommen und standen nun, einmal abgesehen von Pedro, der auf dem Boden lag, vor einer merkwürdigen Tür. Sie glich eher einer

Tresortür und stand einen Spaltbreit offen. In der Mitte des Türblattes war ein Schild angebracht, dessen Text die Männer ins Grübeln brachte. Dort stand in roter Schrift auf gelbem Grund: „Achtung! Hochsicherheitsbereich! Nur mit Autorisierung S15 betreten!"

»Was soll das bedeuten?«, fragte Juan und rieb sich nachdenklich sein Kinn.

»Das, was dort steht, du Idiot«, antwortete Ramires gereizt. Auch er wusste nicht, vor was das Schild warnte. Dennoch reizten ihn Verbote und er wollte sich nicht von einem Schild befehlen lassen, was er zu tun hatte.

Aus einem unerklärlichen Widerstand gegen jede Verordnung heraus entschloss er sich, der Sache auf den Grund zu gehen.

»Wir schauen uns mal an, was es hier zu verbergen gibt«, sagte er in einem befehlsgewohnten Ton, der keinen Widerspruch duldete.

»Und was machen wir mit Pedro?«, fragte Juan unsicher.

»Den lassen wir erst mal hier. Er wird uns schon nicht davonlaufen. Wir holen ihn dann später nach.«

Ohne auf einen weiteren Kommentar seines Kumpans zu warten, ging Ramires zu der Tür und späte durch den Spalt in den nächsten Raum. Er wollte sichergehen, dass dort nicht eine weitere Falle auf sie wartete.

Er sah jedoch nur einen kurzen Gang von etwa drei Metern Länge, an dessen Ende sich eine weitere Safe-Tür befand. Der kleine Raum war mit weiß glänzenden Platten verkleidet, der Boden mit schwarzen, gummiartigen Matten belegt und indirektes Licht vermittelte Sterilität. Das musste eine Schleuse sein, vermutete Ramires. Er machte sich aber keinerlei Gedanken, warum eine Schleuse hier vonnöten sein konnte. Er sah nur, was er sehen wollte. Nirgendwo war ein Schussapparat angebracht, das war schon mal gut. Noch besser war, dass die andere Tresortür ebenfalls einen Spalt offen stand. Ramires brauchte nicht mehr nachzudenken, ob er die angrenzenden Räume erkunden wollte. Er hatte eine Entscheidung getroffen und diese galt es nun umzusetzen.

Er griff mit beiden Händen nach der Kante der Tresortür und zog. Nur langsam bewegte sich die Tür nach außen. Verärgert, dass er hier alleine schuftete, blaffte er Juan an:

»Vielleicht hilfst du mir mal und starrst keine Löcher in die Luft! Los, mach schon!«

Sofort trat der Gescholtene näher und gemeinsam zogen sie an dem stählernen Türblatt. Langsam doch stetig vergrößerte sich der Spalt, bis die Tür weit genug geöffnet war, um die Männer einzulassen. Ramires schaute noch einmal kurz nach dem erstarrten Pedro. Dieser lag noch genauso da, wie er hingelegt worden war. Danach wandte er sich zur Tür und betrat mit einem unsicheren Gefühl den Schleusenraum. Juan folgte ihm auf dem Fuß und blickte sich neugierig um. Dann blieb er plötzlich mitten in dem kleinen Raum stehen und drehte sich um seine eigene Achse. Dabei sagte er beinahe bewundernd zu seinem Kumpan:

»Das ist hier fast so wie in den Universal Studios oder bei Disney. Echt toll! Ich liebe solche Räume!«

Ramires ließ das Gerede über sich ergehen und ging kommentarlos weiter. An der nächsten Tür angekommen, spähte er wie schon vorher in den angrenzenden Raum. Er konnte leider nicht viel erkennen, nur dass die Beleuchtung im nächsten Raum eher dämmrig wirkte. Auf jeden Fall hatte er keine Falle gesehen und er vermutete, in einem so stark gesicherten Raum wie dem, den er vor sich hatte, würde es keine Fallen geben.

Juan stand unaufgefordert neben ihm und schaute fragend. Ramires nickte nur und legte seine Hände an diese Tür. Als er sah, dass Juan es ihm gleichtat, begann er zu ziehen. Auch dieses Türblatt glich einer Tresortür und ließ sich auch ebenso schwer bewegen. *Bestimmt*, dachte Ramires, *übernimmt normalerweise ein elektrischer Motor die Arbeit des Türöffnens.*

Nach einer guten Minute hatten sie die Tür so weit aufgezogen, dass sie durch den Spalt schlüpfen konnten. Die Männer, noch hatten sie die Tür nicht passiert, bemerkten plötzlich einen merkwürdigen Geruch, der an Äther, Reinigungsmittel und Ozon erinnerte. Sie hielten zwar einen Moment inne, doch dann quetschten sie sich durch den Türspalt und vergaßen sofort den strengen Geruch. Ihre Sinne konnten sich nur auf eine Sache konzentrieren und das war das, was sie erblickten. Ihnen blieben förmlich die Worte im Hals stecken und nur würgende Laute entrangen sich ihrer Kehlen.

Vor ihnen lag ein Saal, dessen Ausmaße sie von ihrer Position aus nicht überblicken konnten. Rohrförmige Energiesäulen, die mehr als einen Meter durchmaßen und in eine Höhe von fast drei Metern aufragten, standen in geordneten Reihen, neben- und hintereinander. In den Energiesäulen schwebten Körper in einem pulsierenden Licht. Ramires war der Erste, der versuchte das Bild, das sich ihnen darbot, in Worte zu fassen:

»Das gibt's doch nicht! Was zur Hölle stellen die hier an? Ist das erlaubt? Oh Gott, ich glaube, das sind Menschen, die da in den Lichtdingern hängen!«

»… und bestimmt mehr als hundert«, stammelte Juan nun und ging mit staksigen Schritten auf eine der Energiesäulen zu. Ramires folgte ihm und gleich darauf starrten sie in die erste Lichtsäule hinein.

Dort hing oder schwebte ein Mensch, aus dessen Rücken Schläuche ragten. Kleine weiße Blitze trafen den Bedauernswerten und es sah fast so aus, als ob sie in dessen Haut eindrangen und darin verschwanden. Der Schwebende war ein Mann, dessen Gesicht blass und irgendwie schlaff wirkte. Der Kopf zeigte keinen Haarbewuchs und an der Stelle, wo normalerweise die Ohren waren, befanden sich kleine schwarze Kästchen, die sichtbar mit dem fahlen Fleisch verbunden waren. Am Hals des Mannes war ein anderes Gerät angebracht, offenbar auch operativ mit dem Körper verbunden. Arm- und Kniegelenke steckten in gummiartigen Manschetten, einem Stützverband ähnelnd.

Ramires rätselte, wozu diese Modifikationen an den Menschen dienen sollten. Er wandte sich ab, schaute seinen Kumpan hilflos an und ging dann, immer noch fassungslos, an den Energiesäulen entlang. Er sah Männer und Frauen, Asiaten und dunkelhäutige Menschen in den Lichtbehältnissen. Einfach jede Rasse der Menschheit schien hier vertreten zu sein.

Auf einmal blieb er stehen und starrte mit großen Augen in eine Energiesäule. Juan, der ebenfalls die Reihen abschritt, kam zu ihm und wollte schon fragen, was er denn da entdeckt hatte. Doch als er selbst schaute, lief es ihm eiskalt den Rücken hinunter. Er fror und gleichzeitig wurde ihm heiß. Sein Körper begann unkontrolliert zu zittern. Was er dort sah, konnte einfach nicht sein!

Vor ihm schwebte in dem fluoreszierenden Licht ein Wesen, das man sich nicht einmal in seinen schlimmsten Albträumen vorstellen mochte. Dort schwebte ein Alien, fremdartig wie die Rückseite des Mondes. Ein Schädel, knochig und langgezogen, eine breite, schuppige Nase, die über einem dicklippigen Mund hing wie der Erker eines Schlosses. Dieser, halb geöffnet, zeigte mehrere Reihen spitzer Zähne. Der Hals war lang und bestimmt sehr beweglich, die Schultern, mächtig und breit, hielten zwei Arme, die scheinbar drei Gelenke besaßen und endeten in Händen mit sechs Fingern, aus denen scharfe, halbrunde Krallen hervorwuchsen. Die Brust wirkte knochig und im Bauchbereich bildete eine Knochenplatte, gleich einem Echsenpanzer, wohl Schutz. Ein Geschlecht konnte Juan nicht ausmachen, jedenfalls nicht an der Stelle, wo es für Menschen üblich war. Kräftige Beine, deren Knie nach hinten zeigten, endeten in ebenso mit Klauen bewehrten, sechszehigen Füßen. Juan schaute auf und Ramires an.

»Hast du so was schon mal gesehen?«, fragte er überflüssigerweise. Dennoch schüttelte Ramires seinen Kopf und ersparte sich eine Antwort. Er schaute nach oben zu dem Kopf des Aliens. *Ob er wohl tot ist*, fragte er sich?

Mit einem gellenden Schrei sprang er rückwärts, als der Alien seine Augen öffnete und eine Stimme zu ihm sagte:

»Hol mich hier raus!

***

Wohl oder Übel

Ihr Versuch, die Zugtür zu öffnen, misslang. Jack hatte keinen geeigneten Gegenstand in dem Waggon gefunden, der es ihm ermöglicht hätte, die Ladetür zu öffnen. Gleichzeitig wurde der Zug langsamer und das Schreien der Bremsen zeigte ihnen an, dass sie eine Entscheidung treffen mussten. Nach einer kurzen Diskussion entschieden sie sich für die einzige, noch Hoffnung in sich tragende Alternative: Sie mussten zurück in die leeren Container steigen und darauf hoffen, dass sich zu einem späteren Zeitpunkt die Möglichkeit zur Flucht bot.

Als der Zug zum Stehen kam, war es fast zu spät, denn sie hörten schon die Soldaten, die sich ihrem Waggon näherten. Als die Tür geöffnet wurde, konnte Jack gerade noch den Deckel ihres Behältnisses schließen. Er ließ sich neben Birdy auf den Boden sinken und hoffte, dass es für die Soldaten keinerlei Anlass gab, nochmals in die Container zu schauen. Sie hörten rumpelnde Geräusche, die wohl durch das Ausladen der Kisten und Container verursacht wurden. Die Soldaten draußen sprachen nur das Nötigste, was Jack vermuten ließ, dass ein Offizier anwesend war. Nach einer Weile war ihr Container an der Reihe. Wenn dies eine Militärbasis war, überlegte Jack, dann waren sie angeschmiert. Solche Basen wurden immer bewacht und es würde schwierig sein zu entkommen. Doch er konnte nichts weiter tun, als zu warten.

Birdy gab auch keinen Laut von sich und schien seinen eigenen Gedanken nachzuhängen. Jack hoffte, dass auch Brian Spiller sich ruhig verhielt und keine Dummheiten machte. Immerhin war er bewaffnet und gefährlich.

Das Rumpeln dauerte eine Weile an, dann wurde es ruhig. Birdy flüsterte irgendwas, doch Jack unterband den Versuch einer Konversation mit einem bestimmten „Schscht“. Nach wenigen Minuten wurde ihr Container erneut bewegt und Jack hörte, wie einer der Soldaten rief:

»Den könnt ihr auch aufladen. Los schon, der nächste Lastwagen wartet schon!«

Der nächste Lastwagen? Jack begann wieder zu hoffen. Wenn ihr Container weitertransportiert wurde, dann eröffneten sich Wege, doch noch zu entkommen. Dann war es soweit!

Sie spürten, wie ihr Behältnis angehoben wurde, ein wenig schaukelte, dann ein Rollgeräusch und einen harten Aufprall.

»Pass doch auf!«, klang es von draußen herein.

»Ist doch nichts passiert«, folgte gleich darauf die Antwort.

Dann entfernten sich die Stimmen und es wurde ruhig. Nun war es Jack, der etwas flüsterte:

»Birdy mein Junge, bleib ganz ruhig. Ich glaube, wir haben Glück und können bald verschwinden.«

Birdy sagte kein Wort und klopfte nur bestätigend gegen Jacks Bein.

Das Brummen eines Dieselmotors kündigte ihren Weitertransport an. Mit einem leichten Rucken setzte sich der LKW in Bewegung. Er rollte langsam dahin, blieb noch einmal stehen, doch die nachfolgenden Worte genügten, um Jack und Birdy wenigstens leise jubeln zu lassen. Die unbekannte Stimme rief in strengem Befehlston:

»Die Papiere sind in Ordnung! Sie können passieren!«

»Und wie wir das können«, flüsterte Birdy, »und wie wir das können!«

***

Richtungswahl

Er kauerte noch immer an der Wand des Felsendoms, der ein Kreuzungspunkt verschiedener Kleinbahnlinien darstellte. Bisher hatte ihn noch niemand entdeckt oder aber man ignorierte ihn einfach. Die Zugänge zu den Tunneln der Kleinbahnlinien öffneten und schlossen sich automatisch. Zasdosh hatte beobachtet, dass diese Tunnel recht schmal waren und gerade genügend Platz boten, um den kleinen Bahnen problemlos die Durchfahrt zu ermöglichen. Selbst wenn er es geschafft hätte, einer der Bahnen zu folgen und in die schmalen Tunnel einzudringen, bestand immer noch die Gefahr, dass er sich in eine Situation brachte, aus der er nicht mehr entkommen konnte. So sehr es ihn auch interessierte, wer die schwarzen Gestalten waren und warum sie hier unten lebten, so musste er sich doch auf sein Ziel konzentrieren. Er musste zur Kolonie! Er hatte nicht all die Strapazen auf sich genommen und sein Leben in Gefahr gebracht, um sich nun von seinem Ziel ablenken zu lassen.

Also blieb ihm nur ein Weg, den er beschreiten konnte: Auf der gegenüberliegenden Seite des Felsendoms lag die Fortsetzung des Stollens, durch den er hierher gelangt war. Damit hatte er einen Entschluss gefasst und musste nur den richtigen Zeitpunkt finden, um die Halle zu durchqueren. Zasdosh wartete geduldig drei weitere Transportzüge ab und versuchte einen Zeittakt zu erkennen. Doch die Bahnen kamen unregelmäßig, sodass er nach der nächsten Bahn, welche die Halle durchquerte, losrennen wollte. Seine Geduld wurde auf die Probe gestellt. Er musste über eine halbe Stunde ausharren, ehe sich einer der getarnten Bahntunnel öffnete und ein aus drei Waggons bestehender Kleinzug in den Felsendom einfuhr. Zum Glück befand sich keiner der schwarzen Gestalten auf dem Zug und Zasdosh erhob sich langsam. Er stellte sich in Position und wartete darauf, dass der Zug in einem anderen Tunnel verschwand. Dabei fragte er sich, warum sich die Erbauer dieser Anlage die Mühe gemacht hatten, die Tunnel mit Toren zu versehen und diese auch noch so getarnt hatten, dass sie optisch mit den umliegenden Felswänden verschmolzen. Man brauchte doch nur auf den Boden des Doms zu blicken und den gut sichtbaren Schienen zu folgen, um einen der Zugänge zu finden.

Das Aufgleiten eines Zugangs beendete die Überlegung des Aliens. Der Zug rollte in den Tunnel, das Tor schloss sich und Zasdosh rannte los. Was würde wohl geschehen, wenn jetzt eine Kleinbahn in die Halle fuhr, während er durch diese rannte?

Er hatte den Felsendom schon fast durchquert und der angepeilte Stollen lag keine zehn Meter mehr entfernt, als seine Befürchtungen sich erfüllten. Gleich aus zwei Tunneln kamen Kleinbahnen und auf jeder der Züge saßen drei „Schwarze". Zasdosh rannte so schnell er konnte, doch auf einmal schienen sich seine Bewegungen zu verlangsamen. Sein Geist wurde träge und ein grünliches Licht umhüllte ihn. Er spürte die Bedrohung, die von den Fremden ausging und gleichzeitig stellte seine Muskulatur die Arbeit ein. Hart stürzte er auf den Felsenboden und blieb schwer atmend liegen. Nur noch seine Atmung und seine Augen funktionierten. Aus seiner ungewöhnlichen Perspektive heraus sah er schwarze, gummiartige Stiefel, die vor ihm zum Stehen kamen. Dann versagten auch seine Augen ihren Dienst. Wie bei einer Kamerablende bei einem Film wurde es langsam dunkel um ihn herum. Sein letzter Gedanke, ehe ihn eine tiefe Ohnmacht überwältigte, war:

Nun finde ich doch heraus, was die Schwarzen hier unten treiben.

***

Rutschend

Unschlüssig hockte der Dieb unter seinem Kugelschutz, wie er die von ihm umgebaute Liege mit dem Stahlschrank obenauf nannte und spähte nach draußen. Er sah weniger als ihm lieb war. Der Boden hinter ihm zeigte Spuren des Beschusses, dem er ausgesetzt gewesen war. Seitlich befand sich die Gangwand, die ihn daran hinderte, weiter auszuweichen. Vor ihm, leicht rechts, sah er die dunkle Blutlache und ein Bein der Leiche, die hier im Gang auf dem Boden lag. Die abgetragene Hose erinnerte ihn an die Frage, die er sich vor Stunden oder nur vor einer halben Stunde gestellt hatte. Er beendete seine unnütze Überlegung, denn es war nicht wichtig, wann er den Toten zum ersten Mal gesehen hatte. Er würde auch nicht herausfinden, wer der Mann war und wie er hierhergelangte. Er war tot, gestorben in dem Labyrinth der Area 51. Das sollte ihm nicht passieren. Nein, auf gar keinen Fall! Er würde entkommen und ein langes Leben genießen. Dazu jedoch musste er sich nun aufraffen und aus der Falle entkommen. Er verdrängte seine Angst, dass die Schussanlage wieder ihren Dienst aufnehmen könnte und schob die Liege auf den Toten zu. Dabei musste er durch die Blutlache rutschen, was sein Magen mit einer Übelkeitsattacke honorierte. Er konnte gerade noch einen Würgereiz unterdrücken und versuchte vergebens an etwas zu denken, das ihn von dieser Situation ablenkte.

Keuchend erreichte er die Leiche und wusste, dass er den Toten anfassen und zur Seite schieben musste. Das war ekelhaft und sein Magen startete einen zweiten Versuch. Mit aus Verzweiflung geborener Hartnäckigkeit streckte er schließlich seine Hände nach vorne und griff nach dem Bein der Leiche. Zu seinem Erstaunen fühlte es sich nicht anders an als jedes lebendige Bein. Er suggerierte sich selbst, dass er nur einen Verwundeten zur Seite schob, was tatsächlich half. Er schob und drückte nun, wunderte sich, wie schwer ein schlaffer Körper zu bewegen war, rutschte durch das Blut am Boden und hatte es schließlich geschafft. Der Leichnam lag an der gegenüberliegenden Gangwand.

Hastig rutschte der Dieb mit seinem Kugelschutz zurück in die Mitte des Flurs und danach vorwärts. Meter um Meter entfernte er sich von der Leiche und der Selbstschussanlage. Nach geschätzten zehn Metern hielt er an, drehte sich unter seinem Kugelschutz um und schaute nach hinten. Dort sah er die Leiche liegen und eine verschmierte, blutige Spur, die bis zu ihm reichte. Sein Ekel meldete sich erneut und als er nach unten schaute und sich selbst betrachtete, brachen alle Dämme. Würgend erbrach er sich und fügte seiner blutverschmierten Kleidung Erbrochenes hinzu. Nachdem er die würgende Verkrampfung überwunden hatte, schob er sein Gefährt so schnell er konnte weiter den Gang hinab.

Seitlich tauchte der Rahmen einer Tür auf. Der Dieb stoppte und manövrierte seinen Kugelschutz so, dass er an dem Türrahmen zum Stehen kam. Er streckte vorsichtig seinen Kopf unter dem Kugelschutz hervor und schaute nach oben. Er konnte sein Glück kaum fassen, als er das Symbol erkannte, das auf der Tür angebracht war. Hinter der Tür war ein Waschraum, eine Toilette. Dort musste er unbedingt hinein und sich säubern. Die Vorstellung, dass er in einem blutdurchtränkten und von Erbrochenem besudelten Overall steckte, ließ ihn erneut würgen.

Mit aus der Situation geborenem Mut schob er sich unter seinem Kugelfang hervor und stand auf. Gleich darauf schob er die Tür auf und betrat einen Waschraum. Dort waren drei Waschbecken an der Wand angebracht. Darüber hing ein breiter Spiegel, der bis fast an die Decke reichte. Der Dieb blickte hinein und schrie erschreckt auf. Er erblickte sich selbst, doch er sah aus wie ein blutüberströmter Zombie. Angeekelt zog er sich den blutnassen Overall vom Körper und ließ ihn achtlos fallen. Nur in Boxershorts und einem ebenfalls blutbefleckten T-Shirt trat er an das erste Waschbecken. Er drehte das Wasser auf und entledigte sich ebenfalls des Shirts. Danach wusch er sich ausgiebig, bis er das Gefühl hatte sauber genug zu sein. Danach schrubbte er sein T-Shirt und wrang es so gut es ging aus. Er hängte es über das nächste Waschbecken und hoffte, dass es wenigstens ein wenig trocknete, ehe er es wieder überstreiften musste. Schließlich hob er angeekelt den Overall auf und begann diesen unter das Wasser zu halten. Er rieb und wässerte ihn, bis er erkannte, dass er nicht mehr ausrichten konnte. Nun wrang er auch den Overall aus und versuchte das Wasser aus dem Gewebe zu drücken. Gerade als er einen Haken gefunden hatte, an dem er ihn aufhängen konnte, hörte er ein Geräusch von draußen kommend.

Schwere Stiefel rannten durch den Gang und nur Sekunden später ratterten Schüsse. Schmerzensschreie drangen zu ihm herein, während erneut geschossen wurde. Mit einem Knall flog plötzlich die Tür zum Gang auf. Ein blutender Soldat taumelte herein, sah den Dieb und keuchte, ehe er zusammenbrach:

»Helfen Sie mir!«

***

Unsichtbares Erschrecken

Durch das Treppenhaus schleichend, näherte sich Gustavo der Etage, in der Ramires die gepanzerte Tür gefunden hatte. Vorsichtig, jedes Geräusch vermeidend, stieg er nach oben. Alle drei bis vier Stufen hielt er an und lauschte. Er wollte nicht in eine Falle laufen und den Gangstern in die Hände fallen. Als er um die letzte Biegung herumging, sah er schon den kommenden Treppenabsatz. Erneut wartete er und lauschte. Er glaubte ein leises Atmen zu hören, doch seine angestrengten Sinne konnten ihm auch etwas vorspiegeln, was nicht da war. Dennoch vertraute er seinem Gefühl und bewegte sich vorsichtig weiter.

Er betrat die nächste Stufe und schaute angestrengt nach vorn. Tatsächlich, da lag etwas auf dem Treppenabsatz. Was konnte das nur sein, ein Kleidungsstück, ein Rucksack …? Der nächste Schritt, die nächste Stufe, brachte ihm die Erkenntnis und auch einen Schrecken ein. Dort auf dem Treppenabsatz der nächsten Etage lag ein Mann. Seine Vorsicht vergessend, erklomm Gustavo gleich die nächsten beiden Stufen. Nun erkannte er, was er vorher nicht hatte identifizieren können. Ja, dort lag ein Mann, um genauer zu sagen, dort lag Pedro in einer merkwürdig verkrampften Haltung. War der Gangster tot oder warum hatten Ramires und Juan ihren Kumpan hier liegen gelassen?

Unschlüssig, was er nun tun sollte, blieb er einen Moment auf der Treppe stehen. Um Gewissheit zu erhalten, musste er wissen, wo die Gangster abgeblieben waren. Also nahm er all seinen Mut zusammen und lief hinauf zum Treppenabsatz. Er blieb vor Pedros Körper stehen, bückte sich zu ihm hinunter und konnte seinen leichten Atem hören. Er lebte also noch, was die Frage aufwarf, warum ihn seine Kumpane hier zurückgelassen hatten. Ramires und Juan waren nicht die Typen, die ihren Kumpel einfach liegen ließen. Sie hatten ihn durch Gänge und Treppen getragen, was bestimmt zu anstrengend gewesen war, um ihn hier liegen zu lassen. Nein, es musste eine andere Erklärung geben.

Gustavo drehte sich um und erkannte erst jetzt die stählerne Sicherheitstür. Diese stand ein wenig offen. Neben der Tür links führte die Treppe weiter nach oben. Die Vermutung lag nahe, dass die Gangster durch diese Stahltür gegangen waren, um zu sehen, was sich dahinter befand.

Gustavo überlegte, wie es nun weiter um seine Flucht bestellt war. Er war dem Gangstertrio gefolgt und hatte den Vorteil genutzt, dass er sozusagen von Ramires und Juan den Weg geebnet bekommen hatte. Sie hatten versteckte Fallen ausgeschaltet, in denen er bestimmt ums Leben gekommen wäre. Demnach schied der Weg nach oben vorerst für ihn aus. Sollte er durch die Stahltür gehen und sehen, wo die Männer geblieben waren?

Nach einem kurzen Blick durch den Türspalt, den Gustavo wagte, entschied er, dass er auf keinen Fall dort hineingehen wollte. Er wusste nicht, warum er so entschied, aber ihm war gleich wohler, als er sich von der Tür zurückzog. Es blieb nur eine Option übrig: Er musste wieder die Treppe hinab und eine Etage tiefer warten, bis Ramires und seine Männer ihren Weg nach oben fortsetzten.

Als Gustavo leise die Treppe nach unten ging, passierte ihn der unsichtbare Soldat. So nahe war er dem Mann noch nie gekommen und er befürchtete, dass ihn Gustavo bemerken würde. Doch dieser war zu sehr mit sich selbst beschäftigt und deshalb unaufmerksam. Der unsichtbare Soldat erreichte den Treppenabsatz, schaute kurz auf den Bewegungslosen am Boden und dann zu der Stahltür. Er schulterte sein Gewehr, das er bisher im Anschlag gehalten hatte und zog seine Pistole aus dem Holster. In angespannter Combat-Stellung, die Pistole nach vorne gestreckt und mit beiden Händen haltend, schob er sich durch den Türspalt.

Sofort erkannte er, dass er sich in einer Schleuse aufhielt und die Schleusentür am anderen Ende halb aufstand. Das war nicht gut! Eine Schleuse hatte immer einen Sinn und sollte Dinge drinnen oder draußen halten. Ob es sich dabei um Keime, Gas oder sonst etwas handelte, war erst einmal zweitrangig. Diese Schleuse jedoch stand offen. Nun gut, es war wie es war.

Angespannt, die Waffe immer noch nach vorne gerichtet, ging der Soldat auf die zweite Schleusentür zu. Dahinter sah er ein dämmriges Licht und hörte zwei Männer, die sich unterhielten. Das mussten die beiden Mexikaner sein, die sich mit seinen Kameraden ein Feuergefecht geliefert hatten. Also war er auf dem richtigen Weg. Was wollten die Kerle denn hier, in einem augenscheinlich gesicherten Labor oder war dies gar kein Labor? Er musste nachsehen, auch um die Gefahr abzuschätzen, in der er sich befinden konnte.

Leise und unsichtbar betrat er den nächsten Raum. Wie schon seinen Vorgängern stockte ihm der Atem, als er begriff, was er dort vor sich sah. Das war grauenhaft und unmenschlich, ja ungeheuerlich. Wie konnten das Militär und die Regierung so etwas zulassen? Wenn er in diesem Moment sichtbar gewesen wäre, hätte das sein Ende bedeutet. Er war für einen Moment unfähig, seine weitere Umgebung wahrzunehmen, geschweige denn sich zu verteidigen. Sein Verstand wollte sich weigern, das zu akzeptieren, was er erblickte. Menschen, misshandelte Menschen hingen gefangen in pulsierenden Energiesäulen und das zu Hunderten!

Noch während er überlegte, wie er diesen armen Menschen helfen könnte, hörte er, wie sich die beiden Gangster näherten. Sie schienen zu streiten, doch was die Männer sagten, konnte der unsichtbare Soldat im ersten Moment nicht verstehen. Sein Gehirn schaltete aber schon automatisch auf die Sprache der Gangster um und er hörte den größeren der beiden sagen:

»Der Alien war in meinem Kopf und ich hörte ihn sagen: Hol mich hier raus!«

»In deinem Kopf?«, wiederholte der andere, »du spinnst doch! Wie soll denn das gehen?«

»Egal wie, Juan, aber ich habe es deutlich gehört. Lass uns schleunigst verschwinden. Ich will die Scheiße hier vergessen. Die armen Leute! So eine Schweinerei! Wenn ich einen dieser kranken Wissenschaftler in meine Finger kriege, dann mache ich ihn kalt. Das sind doch Bestien!«

Die Stimmen wurden leiser und die Männer verschwanden in der Schleuse. Einen schrecklichen Moment lang befürchtete der Unsichtbare, dass die Gangster die Schleuse schließen würden. Doch dann entspannte er sich, als nichts dergleichen geschah.

Er drehte sich wieder in Richtung der Energiesäulen. Sein erster Schreck war verflogen und seine Neugier kehrte zurück. Der Gangster hatte von einem Alien gesprochen. Das war nicht undenkbar, fand der Soldat. Schließlich befand er sich in der berüchtigten Area 51.

***

Neue Freiheit

Nach nicht einmal einer halben Stunde erreichte Allen Friggs die ersten Vororte der Spielerstadt Las Vegas. Auf dem Parkplatz eines Supermarktes hielt er an und untersuchte noch einmal die Ausweispapiere des Mannes, den er gerade erwürgt hatte. Er fand eine Adresse auf einer Rechnung, die im Westteil der Stadt lag. Allen wusste, dass diese Gegend Häuser der Mittelklasse aufzuweisen hatte, in denen meistens Angestellte der Kasinos wohnten. Er würde zu der Adresse fahren und sehen, wie sein Opfer gelebt hatte. Vielleicht fand er dort die Möglichkeit, für einige Zeit unterzutauchen und somit von der Bildfläche zu verschwinden. Vorher jedoch musste er sich zuerst um seine Verbrennungswunden kümmern.

Nicht weit entfernt sah er einen Wallgreen Store, der Apotheke und Drogerie in Einem war. Er fuhr hinüber zu dem Shop, steckte die Brieftasche seines Opfers ein, stieg aus dem Honda und betrat den Laden. Suchend ging er durch die Gänge, bis er von einem Mitarbeiter des Stores angesprochen wurde. Der Mann fragte mit besorgtem Gesicht:

»Was ist Ihnen denn passiert? Das sieht ja schlimm aus. Kann ich Ihnen helfen?

Allen überlegte schnell und legte sich eine einfache Geschichte zurecht.

»Ich habe mich an einem Teespender verbrüht und brauche was gegen die Schmerzen und eine Salbe. Was Antiseptisches, hatte ich gedacht.«

»Ja, natürlich«, antwortete der Verkäufer, »waren Sie denn schon bei einem Arzt?«

»Nein, den brauche ich nicht«, versuchte Allen den Mann zu beschwichtigen, »die Ärzte kosten nur Geld und geben einem am Schluss auch nur eine Salbe.«

»Da haben Sie wohl recht«, antwortete der Verkäufer mit betrübtem Gesicht. Wahrscheinlich hatte er schon ähnliche Erlebnisse mit der Ärzteschaft gehabt. Er winkte Allen mitzukommen und suchte ihm ein frei verkäufliches Schmerzmittel und eine große Tube Brandsalbe aus den Regalen zusammen. Danach belehrte er Allen noch über die Handhabung der Salbe und die Höchstdosis der Tabletten, ehe er ihn mit einem „Gute Besserung" entließ.

Allen ging zur Kasse und nahm sich noch einen Sixpack Cola und zwei Tüten Chips mit. Er bezahlte und verließ den Store. Er war froh, dass diese Aktion so reibungslos vonstattengegangen war. Er setzte sich wieder in den Honda, las noch einmal die Adresse, zu der er wollte und fuhr los.

Es dauerte fast eine Stunde, ehe er an seinem Ziel angekommen war. Er hatte sich zwei Mal verfahren, doch nun war er in der richtigen Straße. Zu seinem Glück begann es zu dämmern und er konnte ungestört die ruhige Wohnstraße beobachten. Hier standen kleine Häuser, wohl aus den Sechzigern. Die Gegend schien ein wenig heruntergekommen zu sein und so mancher Garten hätte gut einen Gärtner gebrauchen können. Allen parkte am Straßenrand und schaute zu dem Haus, zu dem die Adresse gehörte. Nichts rührte sich auf diesem Grundstück. Keine Kinder tollten dort im Garten herum, kein Spielzeug lag auf dem verdorrten Rasen. Auch in den Nachbarhäusern war wenig Bewegung zu erkennen. Scheinbar waren deren Besitzer arbeiten, in den Kasinos, Hotels oder sonst wo. Nur in fünf der von ihm beobachteten Häuser brannte Licht, das für Allen Interessante lag jedoch im Dunkeln.

Er wartete noch eine Weile, bis die Nacht hereingebrochen war, dann stieg er aus dem Wagen und zog den Schlüssel ab. Er schlenderte, als sei es das Normalste auf der Welt, zu dem Haus hinüber und stand gleich darauf vor der Eingangstür. Er legte sein rechtes Ohr an die Tür und horchte, ob sich drinnen etwas rührte. Zu seiner Freude blieb es still. Allen kramte den Autoschlüssel hervor und fand am Schlüsselring einen Sicherheitsschlüssel. Diesen nahm er zwischen Daumen und Zeigefinger und versuchte, ob er ins Schloss passte. Der Schlüssel tat ihm den Gefallen und öffnete Allen das Schloss.

Gleich darauf stand der Killer in der Diele seines Opfers. Er schaltete das Licht nicht ein und sah sich im Halbdunkeln, nur beleuchtet von den Straßenlaternen draußen, in Ruhe um.

Der Schnitt des kleinen Hauses war einfach und Allen fand sich sofort zurecht. Als Erstes ließ er die Jalousien herunter und im kleinen Wohnzimmer zog er dicke Vorhänge vors Fenster. Nachdem er alle Fenster so vor unerwünschten Blicken geschützt hatte, ging er noch einmal nach draußen und fuhr den Honda in die Einfahrt des Hauses. Er schnappte sich die Tüte mit seinen Einkäufen und ging in die Küche. Zu seiner Freude fand er einen gut gefüllten Kühlschrank vor, in den er zusätzlich seine Coladosen packte. Danach ging er mit der Salbe und den Tabletten ins Badezimmer. Er schaltete das Licht an, besah sich kurz seine Verbrennungen im Gesicht und nahm vier Schmerztabletten. Er zog sich aus und ließ die Kleidung einfach auf den Boden fallen. Er stellte das Wasser der Dusche an und regelte die Temperatur. Kurz danach genoss er die Kühle des Wassers, das sanft aus dem Duschkopf auf ihn herabregnete. Vorsichtig rieb er seinen Körper mit Seife ein, die an manchen Stellen ziemlich brannte. Nach einer Weile wurde ihm kalt und er verließ die Duschkabine. Behutsam trocknete er sich ab und griff nach der Salbe. Es dauerte eine Zeit, bis er alle Stellen eingecremt hatte, die Verbrennungsspuren zeigten. Müde ging er hinüber ins Schlafzimmer, wo er frische Unterwäsche suchen wollte, als er das Bett vor sich sah. Es sah ordentlich und frisch gemacht aus, beinahe wie in einem Hotel. Besser hätte er es nicht treffen können. Hier in dem Haus konnte er sich bestimmt eine Zeit lang aufhalten, bis er wusste, wie es weitergehen sollte. Allen schaute noch immer auf das Bett und konnte der Versuchung nicht widerstehen. Er legte sich, nackt wie er war, einfach auf die Tagesdecke, breitete seine Arme weit aus, streckte sich behaglich und schlief ein.

***

Absprung

Das Fahrgeräusch zeigte Jack, dass der Lastwagen sich auf einer Autobahn oder einer Schnellstraße befand. Das gleichmäßige Rauschen dauerte jedoch nur etwa eine halbe Stunde, ehe der LKW zu bremsen begann. Danach wurden er und Birdy nach rechts gedrückt, was bedeutete, dass sie auf eine andere Straße abbogen. Es ging ruckend weiter, immer wieder anfahren und bremsen. Andere Geräusche drangen zu ihnen in den Container – Stadtgeräusche. Jack erhob sich und drückte den Deckel nach oben. Er wollte sich einen Überblick verschaffen und herausfinden, wo sie sich befanden.

Doch er wurde fürs Erste enttäuscht. Er blickte in das Halbdunkel eines Laderaumes. Um ihn herum war die Ladefläche mit einer blauen Plane abgedeckt. Auf dieser standen Container an Container, welche die gleichen Maße hatten wie der Container in dem er stand. Jack klappte den Deckel ganz auf und stellte erleichtert fest, dass die Abdeckplane des Lastwagens dies gerade so zuließ. Er schaute nach unten und sah, dass Birdy ihn fragend anblickte. Gespielt barsch sagte er zu seinem Freund:

»Los, komm schon! Auf was wartest du?«

Ohne auf seine Reaktion zu warten, kletterte Jack aus dem Container und rutschte auf den Knien über die anderen Transportbehälter, bis er an der hinteren Seite der Ladefläche ankam. Die Plane war hier zweigeteilt und wurde durch Ösen und ein elastisches Band zusammengehalten. Jack zog die Plane ein wenig auseinander und blickte auf eine vierspurige Straße, die durch eine Stadt führte. Hinter dem LKW fuhren Taxis und Autos, wie er erwartet hatte. Diese wechselten die Spuren, überholten oder bogen ab. Als neben ihm Birdys Stimme erklang, schreckte Jack zusammen.

»Na, was gibt's zu sehen?«, fragte sein Freund und dokumentierte mit diesen Worten sein einfaches Denken. Jack war zu sehr damit beschäftigt nachzudenken, wann der günstigste Moment war, um von dem Lastwagen zu springen. Deshalb sagte er nur einsilbig:

»Schau doch selbst.«

Er rückte ein Stück zur Seite, um Birdy Platz zu machen. Er zog die Beine an seinen Brustkorb heran und umklammerte sie mit seinen Armen. Sorgenvoll überlegte er, wie ihre Flucht nun weitergehen sollte. Sie waren in einer fremden Stadt. Hier mussten sie untertauchen, denn es war anzunehmen, dass ihre Flucht aus der unterirdischen Anlage irgendwann bemerkt werden würde. Ihre Entführer würden alles daran setzen ihn, Birdy und Brian Spiller aufzuspüren und umzubringen. Diese Leute konnten keine Zeugen gebrauchen und wenn er überlegte, wie groß die Anlage war, dann steckten mächtige Leute hinter der Entführung.

Ein Gedanke lenkte ihn kurzfristig ab. Wo war eigentlich Brian? Wenn er hier im Lastwagen wäre, dann säße er bestimmt schon neben ihnen. Das hieß, er musste sich auf einem anderen Lastwagen befinden oder in einer Lagerhalle des Militärs. Jack sollte erleichtert sein, dass der Killer nicht mehr bei ihnen war, doch ein ungutes Gefühl beschlich ihn, wenn er an Brian dachte. Birdy neben ihm wurde unruhig und er flüsterte Jack etwas zu, das dieser nicht verstand. Erst beim zweiten Versuch, als Birdy etwas lauter sprach, verstand Jack.

»Die Polizei! Hinter dem Lastwagen fährt die Polizei!«

»Haben sie dich gesehen?«, fragte Jack und sah seine schlimmsten Befürchtungen schon jetzt erfüllt. Birdy zuckte mit den Schultern, was alles sagte. Jack verfluchte die Tatsache, dass sein Freund so unbedarft war und nicht recht einzuschätzen wusste, wann er vorsichtig agieren musste.

Er schob Birdy zur Seite und rutschte an die Verschnürung der Plane. Vorsichtig zog er den schweren gummierten Stoff auseinander und schaute durch den Spalt nach draußen.

Tatsächlich fuhr ein Streifenwagen direkt hinter dem LKW her. Jack erkannte die Polizisten im Wagen recht gut, obwohl es zu dämmern begann. Die Cops saßen entspannt auf ihren Sitzen und unterhielten sich angeregt. Nein, so sahen keine Verfolger aus, stellte Jack erleichtert fest. Auf der anderen Seite konnten sie, jedenfalls im

Moment, den Lastwagen nicht verlassen. Jack blieb in seiner Beobachtungsposition und wartete geduldig. Schließlich setzte der Polizeiwagen den Blinker und überholte den Truck.

Jack wusste, dass er nun handeln musste. Das Schicksal hatte ihnen eine Warnung zugesandt, die er nicht zu ignorieren gedachte. Seine Finger suchten tastend den Haken, der das Verschlussseil der Plane fixierte. Dazu legte er sich auf den Bauch und streckte seinen Arm nach unten und schob seine Hand durch die Plane. Er musste nicht lange suchen und gleich darauf hatte er den Haken gelöst. Eilig fädelte er das Seil aus den Ösen. Er kam nicht umhin, die Verschnürung zu einem großen Teil zu entfernen. Etwas außer Atem japste er, während er sich aufrichtete:

»Birdy, mach dich bereit! Wir springen gleich aus dem Truck. Versuche dich unauffällig zu bewegen und folge mir! Alles klar?«

Birdy nickte nur und Jack sah, dass das Gesicht seines Freundes vor Aufregung glühte. Jack spähte nach draußen und hielt dabei die flatternde Plane so fest er konnte. Als der Lastwagen bremste, um an einer Ampel zu halten, schaute Jack kurz auf die Straße. Kein weiteres Fahrzeug stand hinter dem Truck, ja der Verkehr schien abgenommen zu haben.

»Los geht's!«, rief er und kletterte vom Container, stand kurz balancierend auf der Ladeklappe und sprang. Er landete sicher auf der Straße und gleich darauf stand Birdy neben ihm.

Jack schaute sich um, aber niemand nahm von den beiden Männern Notiz. Er nahm Birdys Arm und lief los. Gleich darauf standen sie auf dem Bürgersteig, wie an einem rettenden Ufer und schauten dem Lastwagen nach, der langsam davonfuhr.

***

Belauscht

Chuck Lander hatte sich zu einer Gruppe Wissenschaftler gesellt und stand wie selbstverständlich mitten unter ihnen. Er fiel durch sein unscheinbares Aussehen nicht auf. Seine randlose Brille wirkte wie ein Beleg dafür, dass er einer von ihnen war. Gespannt lauschte er einem Mann, der in der Hierarchie dieser Gruppe weit oben zu stehen schien. Mit beherrschenden Gesten führte er die Diskussion an und unterbrach immer wieder unhöflich seine Kollegen.

»Es ist doch völlig unwichtig«, sagte er gerade aufgebracht, »dass die VPs ausgebrochen sind. Sie sehen ja selbst, dass die Subjekte nicht weit kommen. Der Tote auf der Toilette beweist es. Die anderen werden auch gefangen oder von den Soldaten eliminiert werden. Wenn diese Krise überwunden ist, können wir unsere Forschungen fortsetzen.«

»Aber Professor Havering«, begehrte ein anderer Mann auf, »denken Sie doch an die Verluste an Menschenmaterial!«

Der Professor winkte unwirsch ab und sagte in einem abfälligen Ton zu dem Wissenschaftler:

»Was machen Sie sich denn für unnötige Sorgen, Doktor Cunningham? Für Nachschub wird schon gesorgt werden. Die Gefängnisse sind schließlich übervoll!«

In Chuck Lander brodelte es. Was er hier zu hören bekam, war weit schlimmer als seine Passion des Mordens. Diese Kerle übertrafen ihn in ihrer Menschenverachtung um ein Vielfaches. Er sollte also auf dem sogenannten Altar der Wissenschaft geopfert werden – er, der Serienkiller? Das war unfassbar und brachte ihn aus seinem seelischen Gleichgewicht. Fieberhaft überlegte er, wie er Rache nehmen konnte, wie er diese Hurensöhne umbringen konnte. Eines war sicher, diese verdammten hochnäsigen Professoren und Doktoren würden niemanden mehr quälen. Dafür würde er sorgen!

Angeekelt von so viel menschlichem Abschaum, entfernte er sich langsam von der Gruppe. Er ging wie in Trance zu einem Kaffeespender und ließ das heiße Getränk in einen Pappbecher laufen. Dabei überlegte er, was er tun konnte, wie er es anstellen konnte, diese Typen zu beseitigen. Er bemerkte nicht, wie sein Fluchtpartner Rupert Graham neben ihn trat und hätte fast seinen Kaffee verschüttet, als er ihn schließlich bemerkte.

»Musst du mich so erschrecken?«, herrschte er ihn an.

»Was habe ich denn gemacht?«, fragte Rupert arglos.

»Ach nichts«, antwortete er zerstreut. »Aber wenn du schon mal hier bist, dann lass uns reden. Komm mit, wir brauchen ein ruhiges Plätzchen.«

So gingen sie auf eine Gruppe Klappstühle zu, die an der Seite des Hangars aufgestellt waren. Im Moment befanden sich nur wenige Leute dort. Chuck setzte sich und bedeutete Rupert, es ihm gleichzutun. Mit leiser Stimme berichtete er seinem Killerkollegen dann, was er eben gehört hatte. Rupert wurde blass, schaute mit zornigen Augen zu der Gruppe um Professor Havering, ehe er mit wütender Stimme zischte:

»Ich habe mir schon so was in der Art gedacht. Doch dass diese Typen so skrupellos sind, habe ich nicht geglaubt. Die wollten uns foltern und mit uns herumexperimentieren? Habe ich das richtig verstanden? Das ist der Hammer! Ja, du hast recht, wir müssen uns was Besonderes ausdenken. Diese Arschlöcher werden für das bezahlen, was sie im Namen der Wissenschaft getan haben. Was denkst du? Wie sollen wir vorgehen?«

Die beiden Killer berieten eine Weile, überlegten sich verschiedene Szenarien, bis sie schließlich eine finale Idee hatten. Dazu benötigten sie Zweierlei: ein Ablenkungsmanöver und Panik.

Sie standen auf und gingen langsam und unauffällig, als würden sie ein wissenschaftliches Problem diskutieren, zu dem hinteren Teil des Hangars.

***

Sand?

Nur träge erklomm sein Bewusstsein die Stufen zur Realität und fühlte sogleich, wie Schmerzen durch seinen Körper krochen. Desorientiert schlug er seine Augen auf und sah in eine starke Lichtquelle. Sofort schloss er seine Lider wieder und versuchte dabei seinen Kopf zur Seite zu drehen, um der unangenehmen Lichtquelle zu entgehen. Doch Zasdoshs Bemühungen waren vergebens. Er konnte seinen Kopf nicht bewegen und wie er gleich darauf feststellen musste, konnte er sich überhaupt nicht mehr bewegen.

Seine Erinnerung setzte ein und damit sein Ärger. Er hätte sich viel schneller durch den Felsendom bewegen müssen. Außerdem hatte er bestimmt die Schienen betreten und damit einen Alarm ausgelöst. Nun befand er sich in der Gewalt der Schwarzen. Er hatte jedoch den Eindruck, dass es sich bei diesen Wesen nicht um Außerirdische handelte. Auf der anderen Seite verhielten sich seine Entführer auch nicht wie Menschen. Wer oder was waren die Schwarzen, fragte er sich. Diesen Punkt musste er klären, damit er wenigstens eine Chance zur Flucht haben konnte. Information, das wusste er aus eigener Erfahrung, war ein guter Fluchthelfer. Zuerst einmal jedoch musste er sich aus seiner Starre lösen.

Bewusst konzentrierte er sich nun auf seinen Körper und versuchte zu erkennen, was alles von der Lähmung betroffen war. Sein Atem und somit seine Lunge funktionierte, wie wohl auch seine anderen Organe. Sein Hirn und seine Augen arbeiteten auch zufriedenstellend. Blieben nur seine Muskeln, die der Starre verfallen waren. Angestrengt versuchte er seine Fußzehen und seine Krallen zu bewegen. Zuerst erzielte er damit keinen Erfolg, bis auf ein leichtes Kribbeln, das durch seine Füße schlich. Danach konzentrierte er sich auf seine Hände und war enttäuscht, dass er nicht einmal einen Finger bewegen konnte.

Sich selbst beruhigend, beschloss er zu warten und vertrieb sich die Zeit damit, sich vorzustellen, was er mit den Schwarzen anstellen wollte. Sie würden seinen Zorn zu spüren bekommen, der sehr blutig sein würde. Niemand hinderte Zasdosh daran, seinen Weg in die Freiheit zu beschreiten. Niemand! Sein Atem beschleunigte sich und sein Herz klopfte wild in seinem mächtigen Brustkorb. Auf einmal fühlte er, wie seine Liegestatt bewegt wurde.

Zu gerne hätte Zasdosh nachgeschaut, was vor sich ging, doch er beherrschte seine Neugierde und hielt seine Augen geschlossen. Kurz darauf hörte die Bewegung wieder auf und er fühlte einen Luftzug. Das war ungewöhnlich, denn in einer klimageregelten Einrichtung wie der Area spürte man selten eine Luftbewegung. Gleichzeitig glaubte er zu fühlen, dass die Liege angehoben wurde. Was passierte denn nun, was hatte man mit ihm vor?

Er spürte einen Ruck und die Aufwärtsbewegung stoppte. Schließlich wurde seine Liege wieder bewegt. Ein Windstoß traf ihn unerwartet und gleich darauf kippte die Liege. Ohne sich halten zu können, seine Lähmung umklammerte noch immer seine Muskeln, stürzte er hart zu Boden. Er hätte gerne vor Schmerz aufgeschrien oder zumindest gewimmert, doch kein Geräusch drang durch seine fest zusammengepressten Lippen. Er hörte leise Schritte, die sich zu entfernen schienen, dann traf ihn erneut ein warmer Windstoß. Ohne es bewusst gesteuert zu haben, öffnete er seine Augen. Sein Sichtfeld war begrenzt und er spürte, dass er auf der Seite lag.

Zasdosh blinzelte kurz, ehe er begriff, was er sah. Vor ihm krabbelte ein schwarzer Käfer durch den Sand, blieb kurz stehen und marschierte dann weiter.

Durch den Sand?

Die Frage stand wie ein Fanal in seinen Gedanken. Wieso denn Sand?

***

Infernalisch

Der Soldat rührte sich nicht mehr. Draußen vor der Tür auf dem Gang ratterten die Maschinenpistolen infernalisch laut. Dann erschütterte eine Explosion den Raum und die hereinbrandende Druckwelle schleuderte den Dieb nach hinten. Er landete schmerzhaft auf dem Boden und rutsche so liegend weiter, bis sein Kopf gegen die geflieste Wand prallte. Ein stechender Schmerz durchzuckte seinen Schädel und er hoffte nur, dass er nicht zu schlimm verwundet war. Ächzend richte er sich dennoch sofort auf und kroch auf allen Vieren zu dem blutenden Soldaten. Ohne Ekel, den er noch vor einigen Minuten empfunden hatte, als er seine blutverschmierte Kleidung ausgewaschen hatte, griff er zu. Er zerrte den Verletzten in den Waschraum hinein, rutschte dann durch dessen Blutlache nach vorn und schloss die Tür zum Flur.

Draußen wurde noch immer gekämpft und der Dieb fragte sich, wer denn da auf wen schoss. Im Nachhinein beglückwünschte er sich selbst, dass er diesen Waschraum zur rechten Zeit betreten hatte. Angesichts der knatternden Schussgeräusche, die immer noch ertönten, hätte er mit seinem selbstgebauten Kugelschutz wohl alt ausgesehen. Ein beweglicher Gegner hätte ihn, dort unter der Liege kniend, leicht erschießen können.

Doch nun saß er hier, nur mit seiner Boxershorts bekleidet, neben einem sterbenden Mann. Dass der Soldat seinen Verwundungen erliegen würde, war offensichtlich. Sein Unterleib war eine einzige blutige Masse und aus einer Beinschlagader spritzte das Blut hervor. Der Dieb war nun über und über mit Blut besudelt. Trotzdem versuchte er, dem verletzten Soldaten zu helfen. Er bettete den Mann auf seine Knie, nachdem er ihm den Helm vom Kopf gezogen hatte. Danach lagerte er den Kopf des Sterbenden seitlich und begann beruhigende Worte zu sprechen.

»Alles wird gut, Mann. Wenn das hier vorbei ist, dann fährst du nach Hause zu deiner Familie oder hast du eine Frau? Nein, ich glaube eher nicht. Du hast doch aber bestimmt eine Freundin, oder? Na, wusste ich es doch. Siehst du! Wir können uns auch einmal auf ein Bier treffen. Was hältst du von Vegas? Ja? Natürlich kennst du Vegas mit all seinen Lichtern, den Kasinos und den Bars. Da finden wir schon was Passendes.«

Der Dieb bemerkte, dass der Soldat aufgehört hatte zu atmen. Verzweiflung packte ihn und Tränen rannen haltlos über seine Wangen. Er schrie wie irre.

»Du kannst doch jetzt nicht einfach sterben, wo wir doch verabredet sind. Du bist noch viel zu jung, um ins Licht zu gehen.«

Die letzten Worte gingen in einem herzzerreißenden Schluchzen unter. Er wusste nicht, warum es ihn so sehr berührte, dass der Soldat gestorben war. Er kannte den Mann nicht einmal. Vielleicht lag es daran, dass ihm die gesamte Situation, in der er sich befand, und der andauernde Stress sich nun Bahn brachen. Sein Schluchzen wurde immer leiser und die bitteren Tränen versiegten. Behutsam legte er den Kopf des Soldaten auf den Boden, als könne er ihm noch wehtun.

Dann erhob er sich und schaute durch den engen Raum. Überall war Blut und es schien beinahe so, als habe er das meiste Blut an sich kleben. Düster zogen seine Überlegungen durch seinen Geist und er wusste nicht, ob er sich einfach in eine Ecke setzen sollte, um darauf zu warten, dass alles zu Ende ging, dass er einfach starb.

Ein knackendes Geräusch und eine quäkende Stimme rissen ihn in die Wirklichkeit zurück. Er ging neben dem toten Soldaten in die Hocke und zog aus dessen Tasche ein Funkgerät. Aus dem kleinen Lautsprecher rief eine Stimme:

»Team Beta, bitte melden! Team Beta, was ist denn bei euch los? Team Beta, so meldet euch doch!«

Währenddessen war der Dieb zur Tür gegangen und lauschte nach draußen. Es war still geworden und so zog er die Tür auf und schaute in den Flur hinaus. Hier lagen sieben, nein acht Soldaten tot in ihrem Blut. Wieder erklang die Stimme und forderte eine Meldung vom Team Beta an. Der Dieb hob das Funkgerät an seine Lippen und drückte die Sendetaste. Mit erschöpfter Stimme sagte er:

»Das Team Beta gibt es nicht mehr! Alle sind tot!«

Dann schaltete er das Gerät aus und schloss die Tür.

***

Betrogen

Ohne lange nachzudenken, spurtete der Sektionschef los. Er musste nicht weit laufen, nur zwanzig Meter. Während seines Sprints sah er das Tier von links kommen. Sofort hob er seine Pistole und feuerte zweimal. Das Tier, einem Wolf ähnlich, wenn auch ungleich größer, schlug einen Haken und heulte laut auf. Vielleicht hatten ihn eine oder sogar zwei Kugeln getroffen, überlegte der Sektionschef. Ohne sonderlich außer Atem zu sein, erreichte er gleich darauf das Versteck des Saboteurs. Dieser lag verkrümmt am Boden, hinter einer Blechtonne versteckt. Er hielt sich die Seite und seine Hüfte war blutdurchtränkt. Der Isgolwolf hatte seinen Lauf unterbrochen und stand geduckt nur wenige Meter von den Männern entfernt. Er knurrte kehlig und zeigte seine messerscharfen Reißzähne. Das Tier war zum Sprung bereit und würde, wenn es die Gelegenheit fand, die Männer ohne Gnade töten.

Der Sektionschef hob seine Pistole erneut und versuchte nun gezielt auf das Raubtier zu schießen. Doch noch ehe er seinen Finger krümmen konnte, drehte sich das Tier um und verschwand mit schnellen Sprüngen zwischen den Maschinen. Erleichterung breitete sich bei den Männern aus, die aber nur Sekunden andauerte.

Ein gemeinsamer Feind hatte die beiden Kontrahenten kurz zusammenstehen lassen, doch nun war der Feind, der Wolf, verschwunden. Wie schon so oft in der Geschichte der Menschheit standen sich zwei Männer unversöhnlich gegenüber, auch wenn in diesem Fall der eine am Boden lag. Der Sektionschef zielte nun mit seiner Waffe auf den Saboteur und dieser auf den Sektionschef. So verharrten sie, bis der Sektionschef etwas sagen wollte.

In diesem Moment feuerte der Saboteur seine Waffe ab und Erschrecken verzerrte sein Gesicht. Er schrie aus voller Kehle seine Verzweiflung heraus:

»Achtung Boss, hinter Ihnen ist …«

Der Sektionschef, der im ersten Moment dachte, sein letztes Stündlein habe geschlagen, als der Saboteur feuerte, ließ sich gedankenschnell fallen. Er rollte auf den Rücken und feuerte die letzten beiden Kugeln aus seinem Magazin. Er feuerte blind in eine vermutete Richtung. Er wusste sofort, dass der Wolf sie getäuscht und umgangen hatte, um aus unvorhersehbarer Richtung anzugreifen. Es wäre ja wohl auch zu leicht gewesen, dieses Raubtier mit zwei Schüssen zu vertreiben.

Ein Schatten flog über ihn hinweg und landete auf dem Saboteur. Mit Windeseile wechselte der Sektionschef sein Magazin und schoss erneut. Ein lautes Heulen kam als Antwort und zwei weitere Schüsse brachten den Wolf dazu, von seinem Opfer abzulassen. Jaulend und hinkend, wie der Sektionschef befriedigt feststellte, rannte das Tier davon. Er unterließ es, weiter auf den Wolf zu feuern, denn er musste Munition sparen, falls dieser zurückkehren würde. Er schwenkte seine Waffe herum und zielte auf den Saboteur.

Diese Aktion hätte er sich ersparen können. Sein ehemaliger Untergebener lag verkrümmt am Boden, seine Waffe in einer Lache aus Blut. Noch atmete er stoßweise, doch bei jedem Atemzug lief schaumiges Blut aus seinem Mund. Ein unsteter Blick suchte seinen Vorgesetzten und mit letzter Kraft versuchte er zu sprechen. Der Sektionschef kniete neben dem Saboteur nieder und beugte sich ein Stück über den Mann. Er wollte hören, was er zu sagen hatte, denn er wusste, dass dies die letzten Worte seines Lebens waren.

Die rechte Hand des Saboteurs fuhr nach oben und krallte sich in die Jacke seines Bosses. Er zog sich ein klein wenig nach oben und sagte mit ersterbender, sehr leiser Stimme:

»Es war wegen des Geldes. Ich dachte …«

Ein röchelnder, nasser Husten unterbrach den Sterbenden, dann jedoch rang er seinem Körper noch einmal die letzten Kraftreserven ab. Er wollte, nun da sein Schicksal besiegelt war, etwas von seiner Schuld wiedergutmachen. Er öffnete wie ein Ertrinkender verzweifelt seinen Mund und stieß seine letzten Worte aus:

»Gebt den Befehl „Null Minus 51“ ein und drückt Enter.«

Dann sackte er weg, atmete noch einmal tief ein und lag ruhig da. Der Sektionschef schaute noch einen Moment auf den Leichnam und erhob sich dann.

Er wusste nicht, was er im Moment fühlen sollte. Vergeblich versuchte er, ein Bedauern in sich zu finden. Der Saboteur hatte ihm wohl das Leben gerettet. Auf der anderen Seite war er für den Tod unzähliger Opfer verantwortlich.

Er drehte sich um und entfernte sich ein Stück von dem Toten. Dann zog er sein Funkgerät aus der Tasche und schaltete es ein. Gleich darauf sprach er mit dem Wachhabenden der Sicherheitszentrale. Mit befehlender Stimme gab er den Code weiter, den er eben von dem Saboteur erhalten hatte. Der Wachhabende ließ diesen Computerbefehl sofort in das System einprogrammieren. Damit sollte das Sicherheitsprotokoll wieder funktionieren oder die Operatoren in die Lage versetzen, die Sicherheitsprogramme neu zu starten.

Der Sektionschef wartete am Funk, ob sie Erfolg mit dieser Programmzeile hatten. Dann hörte er aber Stimmen in seinem Funkgerät, die panisch schrien. Der Wachhabende war wieder zu hören und er schrie:

»Das war ein Angriffsbefehl an die Konvertierten! Mein Gott, was sollen wir denn jetzt nur machen? Sie werden uns alle umbringen!«

Mit blassem Gesicht ließ der Sektionschef das Funkgerät sinken. Der Saboteur hatte ihm mit diesem Code ein letztes Mal betrogen. Er hatte nicht aus später Reue helfen wollen, sondern seinen letzten Trumpf ausgespielt. Die einsetzenden Sirenen klangen wie das höhnische Lachen eines Verräters.

***

Ferne Lichter

In dem Container war es alles andere als gemütlich. Brian Spiller zog sein Sturmgewehr zu sich heran und hielt es fest umklammert. Falls man ihn entdeckte, würde er sich bis zum letzten Atemzug wehren. Niemals wieder würde er in ein Gefängnis gehen oder in diese Forschungsanlage, aus der er gerade entkommen war. Eigentlich war er noch nicht entkommen, sondern saß gefangen in einer Blechkiste. Das Schicksal spielte merkwürdige Spiele mit ihm und er fragte sich, warum er immer wieder in Situationen geriet, die so bizarr waren. Er hatte seine Familie verloren und war zum Killer geworden. Man hatte ihn zum Tode verurteilt, hingerichtet und er war nicht gestorben. Er war entführt, mit anderen Männern in einem riesigen Schlafsaal festgehalten worden und von dort aus geflohen. Mit zwei Pennern war er durch die Unterwelt dieser Anlage geirrt und in der Finsternis eines Eisenbahntunnels herausgekommen. Dort sahen sie merkwürdige Gestalten, eigentlich nur deren Schatten, und waren vor ihnen weggerannt. Ein Sprung in einen leeren Container schien zuerst für Sicherheit zu sorgen, doch Soldaten luden sie in einen Zug, der ins Ungewisse hinfuhr.

Wieder wurde an seinem Container gerüttelt und dann glaubte er, dass man den Blechkasten anhob und kurz darauf irgendwo abstellte. Ein sanftes Rucken und ein Motorengeräusch ließen ihn aufhorchen. Hatte man ihn auf einen Lastwagen geladen? Wie schon Jack und Birdy verließ Brian Spiller das Militärlager, ohne es je zu Gesicht bekommen zu haben. Auch er ließ eine gewisse Zeit verstreichen, bis er sicher war, dass sich niemand in seiner Nähe befand. Doch er brachte nicht so viel Geduld auf wie seine Mitflüchtlinge. Er stieß den Deckel des Containers auf, schaute sich kurz um und stellte fest, dass er sich auf der Ladefläche eines Lastwagens befand. Wohin der Transporter fuhr, wusste er nicht und es war ihm auch egal. Wichtig war für Brian nur, dass er fliehen konnte.

Eilig rutschte er in den hinteren Teil des Laderaums und spähte durch die dortige Plane. Scheinbar war es früher Abend, denn der Himmel verdunkelte sich langsam. Scheinwerfer anderer Fahrzeuge blendeten ihn und machten die Orientierung schwierig. Er erkannte wüstenartiges Gelände um sich herum und dass der Lastwagen wohl eine Autobahn befuhr.

Ein sanfter Ruck und die anschließende Abbremsung des Lastwagens waren seine Zeichen, das Fahrzeug zu verlassen. Schließlich kam der Lastwagen, wie auch die anderen Fahrzeuge zum Stehen. Ein Stau, vermutete Brian richtig.

Er zerrte die Planen-Verschnürung auf, griff sich sein Gewehr, das er zur Seite gelegt hatte, und sprang von der Ladefläche des Lastwagens. Der Fahrer des am nächsten stehenden Autos schaute mit großen Augen, als er sah, wie ein Bewaffneter aus dem Laster sprang. Reaktionsschnell duckte er sich und verschwand aus dem Sichtbereich des Killers.

Dieser jedoch hatte nichts von der Beobachtung bemerkt. Er rannte zum nahen Straßenrand hinüber und einige Schritte in die

Wüstenlandschaft hinein. Dann erst blieb er stehen und schaute sich orientierend um. In Fahrtrichtung des Lastwagens sah er in der Ferne die Lichter einer Stadt. Unschlüssig, wie er nun weiter vorgehen wollte, setzte sich Brian Spiller einfach auf den steinigen Boden. Er brauchte als Erstes einen Plan, eine Idee, wie es von nun an weitergehen würde. Wenigstens brauchte er nicht mehr auf diesen Jack und seinen Kumpel Birdy zu achten. Das war eine echte Erleichterung für ihn.

Mittlerweile bewegten sich die Fahrzeuge wieder und der Stau schien sich aufzulösen. Dennoch war er immer noch der Meinung, dass er richtig gehandelt hatte, den Laster zu verlassen. Brian schaute in Richtung der Lichter, welche ihm den Weg weisen würden. Einen Weg in eine neue Zukunft. Er stand auf, betrachtete das Gewehr in seinen Händen eine Weile, dann warf er es ansatzlos in die Wüste. Dort, wo er hinwollte, würde die Waffe nur stören.

***

Eindämmung

»Verdammt noch mal!«, brüllte der Kommandant ins Telefon. Sein Gesicht war gerötet und er zerrte an der Krawatte seiner Uniform, als drohe diese ihn zu erwürgen.

»Es wird Ihnen doch möglich sein, die Konvertierten davon zu überzeugen, dass dieser Befehl nicht von der obersten Befehlsebene gegeben worden ist. Was soll das heißen, Sie können deren Station nicht erreichen?«

Der Kommandant hörte der Antwort seines Gesprächspartners noch einen Moment zu und legte dann das Telefon erschöpft zur Seite. Er überdachte seine Optionen und verstand, dass die Lage nicht mehr zu kontrollieren war.

Die Sicherheitszentrale war nicht einsatzfähig. Ein Programm, das eher einem Computervirus glich, hatte die Kontrolle über die Kameras der Anlage wie auch des Verschlusssystems übernommen. Dazu hatte es das Fallensystem aktiviert, das ursprünglich dafür gebaut war, feindliche Eindringlinge zu eliminieren. Dadurch war die Beweglichkeit seiner Soldaten erheblich eingeschränkt, da keines der Geräte, kein Signalgeber mehr funktionierte. Diese Signalgeber sollten Freund und Feind unterscheiden und den Trägern dieser Geräte Schutz vor dem Fallensystem gewähren. Aus diesem Grund waren seine Truppen, zu denen auch die Special Ops gehörten, die extra eingeflogen waren, nicht in der Lage einzugreifen. Sie waren an ihre augenblicklichen Positionen gebunden und konnten diese nur unter Lebensgefahr verlassen. Die Konvertierten, die unter dem Befehl der US Space Force standen, einer Organisation, die seit zwei Jahrzehnten bestand und so geheim war, dass selbst nur einige wenige Personen in der Regierung davon wussten, würden angreifen.

Die US Space Force war nach den ersten positiven Kontakten mit außerirdischen Völkern gegründet worden. Die Frauen und Männer, die für diese geheime Organisation arbeiteten, waren Spezialisten besonderer Art. Sie wurden mit Techniken konfrontiert, die dem Entwicklungsstand der Menschheit so weit überlegen waren, dass man es nicht einmal mit einer Zahl definieren konnte. Zudem waren sie von den verbündeten Außerirdischen in Weltraum- und Waffentechnik geschult. Doch diese spezielle Einheit war in der Area 51 im Moment nicht verfügbar. Sie waren natürlich in geheimer Mission unterwegs und daher nicht erreichbar. Die Konvertierten stellten einen Teil dieser Organisation dar, waren aber als Einheit völlig autark. Selbst der Kommandant der Area 51 hatte keine Befehlsgewalt über diese Gruppe.

Die Konvertierten, so weit war der Kommandant informiert, waren einstmals Menschen gewesen. Durch eine kybernetische wie auch mechanische Umwandlung war jedoch eine Existenzform entstanden, die nicht mehr viel mit einem gewöhnlichen Homo sapiens gemein hatte. Das fing schon mit der Kommunikation an. Die Konvertierten sprachen nicht mehr, sondern nutzten ein Funkübertragungssystem, das durch gewisse Hirnsektionen gesteuert wurde. Einige besonders begabte Konvertierte konnten sogar eine Art Telepathie anwenden und auf diesem Wege normale Menschen belauschen oder sogar beeinflussen.

Einen Schwachpunkt hatte diese unheimliche Gruppe allerdings: Sie war körperlich sehr empfindlich und musste sich vor der normalen

Atmosphäre schützen. Daher trugen sie Vollkörper-Schutzanzüge, die dafür sorgten, dass keinerlei Keime, Viren und UV-Strahlung jemals ihre Körper berührten. Sollte ein Anzug seine Dichtigkeit verlieren, dann war der Konvertierte rettungslos verloren. Ein Wissenschaftler hatte es einmal treffend formuliert, indem er die UV-Empfindlichkeit der Konvertierten mit Vampiren verglich, die bei Sonnenlicht verbrannten.

Der Kommandant schreckte aus seinen Überlegungen auf. Er hatte eine Lösung gefunden. Schnell rief er seinen Adjutanten herbei und trug ihm auf, schnellstens eine Verbindung zu den Sicherheitskräften der Area herzustellen, ebenso zum Kommandanten der Special Ops. Gleich darauf hatte er diesen in der Leitung. Er erklärte kurz die aktuelle Lage, die Gefahr, in der sie sich alle befanden, und wies auf neuartige, gefährliche Waffen hin, welche den Konvertierten zur Verfügung standen. Zum Schluss präsentierte er seine Lösung für dieses Problem. Fast euphorisch teilte er dem Offizier mit, wo die Verwundbarkeit der Konvertierten lag:

»Sie müssen die Anzüge der Angreifer beschädigen. Dann haben Sie schon gewonnen!«

Der Kommandant beendete das Telefonat und wartete auf das Nächste. Bitter schaute er dabei aus seinem Fenster und dachte: *Sie werden mich wohl vor ein Kriegsgericht stellen, wenn ich die Konvertierten auslösche.*

Das Klingeln des Telefons unterbrach seine dunkle Zukunftsvision. Er straffte sich und nahm das Gespräch entgegen. Nichts würde ihn davon abhalten, die Katastrophe zu beenden. Schließlich war er Soldat und hatte mit seinem Eid dafür gebürgt, dass er bereit war, für sein Land zu sterben.

***

Übersehen

Allen Friggs erwachte und wusste im ersten Moment nicht, wo er sich befand. Es war dunkel und Lichter vorbeifahrender Fahrzeuge zeichneten Schattenrisse an die Decke. Er rieb sich die Augen und setzte sich auf. Sofort meldeten sich seine Verbrennungen mit einem leichten schmerzlichen Ziehen. Allen schaute sich um und seine Erinnerungen kehrten zurück. Er war entkommen und auf wunderliche Art und Weise hatte er seine Freiheit wiedererlangt. Dass er dabei einen Mann getötet hatte und nun in dessen Bett saß, störte ihn dabei nicht. Im Gegenteil, es hätte nicht besser kommen können. Niemand wusste, wo er war und wenn er Glück hatte, würde sogar niemand nach ihm suchen. Er konnte von vorne anfangen, ein neues Leben beginnen.

Ein Schreck, ein Gedanke ließ ihn jedoch erstarren. Die Leiche, die er in der alten Fabrik zurückgelassen hatte, konnte ihn verraten. Die Polizei würde den Mann identifizieren und natürlich zu dessen Haus kommen, um Nachforschungen anzustellen. Verdammt, er hatte einen Fehler gemacht, der ihn zurück ins Gefängnis bringen konnte! Die Leiche musste verschwinden und zwar so schnell wie möglich.

Allen sprang aus dem Bett, rannte hinüber zum Fenster und schaute hinaus. Die Straße lag ruhig da, kein Streifenwagen, keine Polizei. Eilig kleidete er sich an, griff sich zwei Dosen Cola und eine Tüte Chips und verließ das Haus. Er stieg in den alten Honda und rollte rückwärts aus der Ausfahrt. Als er auf der Straße stand, wusste Allen nicht, wohin er fahren sollte. Er durchsuchte seine Erinnerungen und sah vor seinem geistigen Auge die alte Fabrik. Doch wo lag das Gelände? Er hatte sich schon bei der Suche nach dem Haus des Toten verfahren und war herumgeirrt. Dabei war er rechts und links abgebogen, ohne sich den Fahrweg zu merken. Wie sollte er nur vorgehen?

Allen beschloss, erst einmal diese Wohngegend zu verlassen und einen Highway zu suchen. Wenn er herumfuhr, würde er die alte Fabrik schon finden. Sie lag etwas außerhalb der Stadt, was immerhin ein Anhaltspunkt war.

Ehe er endgültig losfuhr, stieg er noch einmal aus dem Wagen und rannte zurück zum Haus. An der Garage angekommen, zog er an dem Holztor und fand es unverschlossen. Er öffnete das Tor ein wenig und schlüpfte ins Innere der Garage. Hier war es dunkel und Allen tastete die Wand nach einem Lichtschalter ab. Tatsächlich fand er diesen sogleich und eine Neonröhre flammte auf. Der Raum war eher eine Rumpelkammer und hatte bestimmt schon lange nicht mehr erfüllt seinen Zweck und ein Auto beherbergt. Nach einigem Suchen fand Allen schließlich, nach was er gesucht hatte. Ein Spaten stand seitlich an der Wand, halb verborgen von einigen Pappkartons. Er schob die Kisten zur Seite, griff sich den Spaten und ging zurück zum Garagentor. Er löschte das Licht und ging schnellen Schrittes zum Honda. Er warf den Spaten auf den Rücksitz, legte den Gang ein und fuhr los.

Nach wenigen Minuten erreichte er eine Ausfallstraße, die zu einem Highway führte. Instinktiv wählte er die Richtung und sah die großen Hotels in der Ferne, für die Las Vegas so berühmt war. Doch Allen ließ sich nicht ablenken, auch wenn er gerne zu den Kasinos hinübergefahren wäre. Dort war das Leben, dort waren Menschen, dort waren potenzielle Opfer. Er würde sich gedulden müssen und seine Brandwunden mussten erst so gut verheilen, dass er nicht auffiel. Zuerst jedoch hatte er dafür zu sorgen, dass die Leiche verschwand.

Straße um Straße glitt an ihm vorbei und beinahe in einer Art Trance lenkte Allen das Fahrzeug durch die nächtliche Stadt. Einige Male begegneten ihm Streifenwagen der City Police, die sich jedoch nicht für ihn interessierten. Der alte Honda stellte eine vorzügliche Tarnung dar und jeder, der das Fahrzeug sah, hatte es einen Moment später schon wieder vergessen. Endlich gelangte er in die Vororte der Stadt und Industriegebäude, Lagerhallen und kleinere Werkstätten wechselten mit einfachen Wohnhäusern und Mietskasernen. Zu dieser nächtlichen Stunde herrschte hier draußen, weit ab von der Glitzerwelt der Touristenviertel, nur wenig Verkehr. Einige wenige Trucks rollten aus dem Industriegebiet und starteten ihre Fahrt zu vorgegebenen Zielen. Allen war froh, dass keiner der Fernfahrer von ihm Notiz nahm. Er musste gerade zu dieser nächtlichen Stunde eher ein Auge auf die privaten Wachdienste haben, welche die Lagerhäuser bewachten.

Dann endlich, drei oder vier Straßen entfernt, sah er die Silhouette der alten Fabrik. Sein Ziel, nun in greifbarer Nähe, spornte Allen an, noch wachsamer zu sein. Tatsächlich sah er weiter vorne am Straßenrand ein Fahrzeug stehen, das zu einem privaten Wachdienst gehörte. Vorsichtshalber bog Allen vorher in eine Seitenstraße ab, auch wenn er damit einen Umweg in Kauf nehmen musste.

Fünf Minuten später fuhr er auf das Gelände der Fabrik und schaltete die Scheinwerfer des Wagens ab. Langsam rollte der Honda bis zum Fabriktor und war gleich darauf im Inneren der Halle verschwunden.

Allen hielt an und der Motor erstarb. Er stieg aus dem Fahrzeug, griff sich den Spaten von der Rückbank und schloss leise die Autotür. Er blieb einen Moment stehen, nahm die dunkle Umgebung in sich auf und horchte auf verräterische Geräusche. Er hatte gelernt, fremdes Territorium gefühlsmäßig zu erfassen, selbst wenn es so finster war wie hier in dieser Halle. Seine Sinne erfassten Begrenzungen, Erhebungen und vor allem warnte ihn sein Instinkt vor drohenden Gefahren. Er vertraute seinem Gespür, auch wenn er nicht verstand, wie dieses funktionierte. Hätte er in der Vergangenheit öfter auf seinen Instinkt geachtet, dann wäre sein Leben vielleicht anders gelaufen.

Die Halle lag ruhig da und Allens Augen hatten sich den Lichtverhältnissen angepasst. Er griff den Spaten fester und ging zu der Stelle, wo er die Leiche abgelegt hatte. Er musste nicht lange suchen, bis er bleiche Beine, die aus einem schwarzen Schatten herausragten, sah. Erleichterung breitete sich in ihm aus. Niemand hatte den Leichnam gefunden, niemand die Polizei informiert. Nun musste er nur noch einen Begräbnisplatz finden, den so schnell niemand entdecken würde.

Allen verließ mit dem Spaten die Halle und schaute sich um. Sollte er hier auf dem Gelände eine geeignete Stelle suchen oder in die Wüste fahren und den Leichnam dort begraben? Er ging um die Halle herum und plötzlich sah er das, was er unbewusst gesucht hatte. An der Hallenwand war ein alter Schacht, der halb unter Holzpaletten und umgestürzten Fässern seine schwarze Öffnung verbarg.

Allen kletterte zwischen dem Gerümpel hindurch und stand kurz darauf vor dem Schacht. Er blickte nach unten, konnte aber aufgrund der Dunkelheit nur ein schwarzes Loch erkennen. Er musste sich Gewissheit verschaffen. Leider hatte er weder eine Lampe noch ein Feuerzeug bei sich. Er legte den Spaten zur Seite und lief zurück zum Wagen. Erst durchwühlte er das Handschuhfach, ohne jedoch etwas Brauchbares zu finden. Danach öffnete er den Kofferraum und tatsächlich lag in einem Seitenfach eine Mag-Lite-Taschenlampe. Es hätte ihn eigentlich auch gewundert, wenn ein Agent der Homeland Security nicht einmal eine Taschenlampe in seinem Wagen gehabt hätte. *Moment mal,* dachte er, *der Kerl musste auch eine Waffe besessen haben, das ist sicher!* Wo hatte er sie versteckt? Am Körper hatte er sie nicht getragen, also musste die Knarre im Wagen sein. Hastig und aufgeregt durchwühlte Allen den Kofferraum, ohne jedoch etwas zu finden. Dann ging er vor zur Fahrerseite, öffnete die Tür und beugte sich in den Wagen. Er streckte seine Hand unter den Fahrersitz und hatte Erfolg. Er fühlte ein Waffenholster und eine sich darin befindliche Pistole.

Eilig zog er die Waffe hervor und zog sie aus dem Holster. Erfreut stellte er fest, dass er eine Sig Sauer P228 erbeutet hatte. Das war die Standardwaffe des FBI und der DEA. Er hatte bisher nicht gewusst, dass auch die Homeland Security solche Waffen benutzte. Er wollte schon immer solch eine Pistole besitzen. Er zog das Magazin heraus und konnte sehen, nein eher fühlen, dass es geladen war. Das Magazin fasste zwölf Patronen des Kalibers neun Millimeter und eine Dreizehnte war in der Kammer. Mit einem gewissen Hochgefühl schob er die Waffe in seinen Hosenbund und warf das Holster in den Fußraum der Beifahrerseite. Allen schloss die Autotür, schnappte sich die Taschenlampe aus dem Kofferraum und ging zurück zum Schacht. Erneut kletterte er zwischen den Fässern hindurch und stellte sich an den Rand des dunklen Schachtes. Er schaute sich noch einmal um, doch er konnte niemanden in seiner Nähe ausmachen. Er schaltete die Taschenlampe an und hielt sie nach unten.

Der Schacht war an die drei Meter tief und teilweise mit allem möglichen Müll gefüllt. Hier war schon lange kein Mensch mehr gewesen und selbst der Unrat in dem Loch schien schon lange hier zu liegen.

Zufrieden mit seiner Entdeckung ging er zurück. Als er vor der Leiche stehen blieb, ließ er die Lampe noch einmal kurz aufleuchten, dann schaltete er sie schnell wieder ab. Schließlich war eine Taschenlampe in einer Ruine ein verräterischer Gegenstand und konnte neugierige Leute anziehen. Er hatte aber genug gesehen. Er steckte die Taschenlampe in seinen Hosenbund, der auch schon die Pistole hielt. Das war zwar unbequem, würde aber für einige Minuten schon gehen. Dann zog er die Leiche ein Stück zu sich heran. Allen rümpfte die Nase, als der Verwesungsgeruch des Toten unangenehm seine Nase erreichte. »Verdammter Stinker«, schimpfte er und hob den toten Körper an. Er musste sein Opfer zu dem Schacht tragen, damit niemand durch verräterische Schleifspuren auf den Schacht aufmerksam wurde.

Allen hätte fast vergessen, wie schwer ein toter Körper sein konnte. Mit einem Ächzen lud er den Toten auf seine Schulter und machte sich auf den Weg zum Schacht. Dieses Mal kam ihm die Strecke, die er nun zum dritten Mal bewältigte, viel länger vor. Er drängte sich erneut durch die Fässer, was sich durch das zusätzliche Gewicht als viel schwieriger gestaltete.

Dann endlich stand er vor dem finsteren Loch. Er wartete nicht und ließ die Leiche von seiner Schulter gleiten. Begleitet von einem Knirschen und einem rutschenden Geräusch verschwand der Tote in der Dunkelheit. Allen zückte seine Taschenlampe und leuchte erneut in den Schacht. Die Leiche des Mannes ragte halb aus dem Müll heraus und war gut zu sehen. Der Killer fluchte und schaute sich suchend nach seinem Spaten um. Gleich darauf hielt er das Gartenwerkzeug in seinen Händen. Er kniete sich an den Rand des Schachtes und versuchte die Leiche mit dem Spaten umzustoßen. Das war schwierig, da Allen mit der linken Hand die Taschenlampe hielt und so nur die rechte Hand zur Verfügung hatte. Nach etlichen Versuchen kippte der Tote endlich zur Seite und rutschte noch ein Stück in den Schacht hinein. Dennoch war er immer noch zu sehen.

Der Killer stand auf, legte den Spaten zur Seite und begann, Müll aus der näheren Umgebung zu sammeln. Er warf seine Fundsachen in den Schacht hinein und zum Abschluss fand er noch einen alten Autoreifen. Als auch dieser im Schacht verschwunden war, leuchtete Allen erneut hinein. Der Tote war nicht mehr zu sehen. Unrat hatte ihn begraben und lag wie eine Verhöhnung der Menschenwürde auf diesem unheiligen Grab.

Zum Schluss stapelte Allen noch einige Fässer über dem Schacht und schob noch allerlei Abfall davor. Danach besah er sich noch kurz sein Werk, ehe er den Spaten aufhob und zum Wagen zurückging. Er verstaute das Gartengerät dieses Mal im Kofferraum, legte die Taschenlampe ins Seitenfach der Tür und schob die Pistole, ohne sie ins Holster zurückzustecken, wieder unter den Fahrersitz. Das Holster selbst schob er unter den Beifahrersitz, falls jemand in den Wagen schaute. Dann startete er den alten Honda, wendete das Fahrzeug und fuhr vom Fabrikgelände. Müde aber zufrieden machte er sich auf den Rückweg zum Haus seines Opfers.

***

Ausgesperrt

Wütend erhob sich Zasdosh, nachdem er Stunden hilflos auf dem Wüstenboden gelegen hatte. Er war von den Schwarzen paralysiert worden, was bedeutete, dass er sich nicht bewegen konnte. Er war sozusagen in seinem eigenen Körper gefangen. Die künstliche Lähmung hatte langsam abgenommen und Zasdosh viel Geduld abverlangt. Es war dunkel geworden und es wurde still um ihn herum. Seine Muskeln schmerzten immer noch heftig, während er zu erkennen versuchte, wo sich der Eingang zur Station befand.

Er erinnerte sich, dass er nur ein kurzes Stück durch die Wüste transportiert worden war, ehe man ihn wie Abfall entsorgt hatte. Je mehr der Alien über diese Behandlung nachdachte, umso zorniger wurde er. Als er nach einigen Minuten den Eingang zur Unterwelt immer noch nicht fand, entschloss er sich, einen anderen Weg zu suchen. Dazu jedoch musste er erst einmal feststellen, wo er sich befand. Von seiner jetzigen Position aus konnte er nicht viel erkennen. Er stand in einer kleinen Mulde und über den Rand der Senke konnte er nur einige entfernte Berggipfel und den Sternenhimmel erblicken. Er schaute kurz zum Firmament, untersagte sich aber gleich darauf diesen Blick, der Heimweh in ihm entfachte. Er glaubte sich nie weiter von seinem Ziel entfernt, zurück zu seinem Volk zu gelangen, als in diesem Moment.

Zasdosh schob dieses unproduktive Gefühl beiseite und erklomm den mäßig steilen Abhang. Oben angekommen sah er auch nicht viel mehr. Keine Lichter, keine Gebäude, die darauf hinwiesen, dass hier irgendwo eine Station der Menschen lag. Dabei wusste er genau, dass sich unter ihm, in der Tiefe verborgen, eine enorme Forschungsanlage befand. Doch es half nichts, dies zu wissen. Er musste wieder hinunter, um einen Weg zur Kolonie zu finden. Dort erhoffte er sich Hilfe. Dort lebten andere Außerirdische, die Raumschiffe besaßen. Aus welchem Teil des Universums diese Aliens kamen und wer sie waren, wusste Zasdosh zwar nicht, dennoch glaubte er, dass diese fremden Raumfahrer ihm helfen würden.

Gedankenverloren war er einfach weitermarschiert und bemerkte erst jetzt, dass er sich in einem schmalen Tal befand. So war seine Richtung vorgegeben und er folgte dem Talverlauf. Ein sirrendes Geräusch, das plötzlich in der Luft lag, ließ ihn erschrocken zusammenfahren. Sofort warf er sich, seinem Instinkt folgend, auf den Boden. Keine Sekunde zu früh, wie er feststellte. Über sich erkannte er die Schatten kleiner Flugkörper, auf denen dunkle Gestalten kauerten. Ein ganzer Schwarm dieser Fluggeräte, die einen Menschen an Jet Skis erinnert hätten, raste durch das Tal. Zasdosh schaute den Flugkörpern erstaunt nach, die kurz darauf am Talende aus seinem Sichtbereich verschwanden. Wer war das gewesen, etwa die Schwarzen? Wo wollten sie hin und seit wann besaßen die Menschen solche Fluggeräte? Das Sirren, so erinnerte sich Zasdosh, deutete auf Antigravitation hin, welche zum Beispiel Fluggeräte ohne Aerodynamik in der Luft hielt, ja schweben ließ. Die Menschen jedoch waren weit von dieser Technik entfernt, sie begriffen bis jetzt noch nicht einmal zur Gänze, was Gravitation bedeutete.

Zasdosh rannte so schnell er konnte und seine Gedanken rasten noch schneller. Wenn die Schwarzen über solche Fluggeräte verfügten, dann mussten die Wissenschaftler hier in der Area 51 zumindest davon wissen. Die Frage war, woher hatten diese unheimlichen Wesen die Technik? Es gab nur eine einzige Erklärung, die sinnvoll erschien. Die Schwarzen hatten Kontakt zu einer außerirdischen

Rasse, die sie mit extraterrestrischen Maschinen versorgte. Er musste unbedingt mit diesen Wesen reden. Vielleicht waren sie die Einzigen, die ihm den Weg zu seiner Heimat ebnen konnten.

Am Ende des Tals angekommen, blieb Zasdosh schwer atmend stehen und schaute hinaus in eine weite Ebene. Weit hinten erkannte er einige flache Gebäude, die harmlos vor einen flachen Berghang errichtet waren.

War er hier richtig? Konnten das Bauten der Area 51 sein?

Von den unbekannten Fluggeräten war nichts mehr zu sehen. Ein kurzes Aufblitzen bei den Gebäuden ermunterte ihn herauszufinden, was dort geschah. Mit leichten, weiten Sprüngen eilte Zasdosh durch die Wüstenebene und damit seinem Schicksal entgegen.

***

Lüftung

Ohne darauf zu achten, wie die Zeit verrann, saß der Dieb in einer Ecke des Waschraums und starrte vor sich hin. Trübe Gedanken quälten ihn und lähmten gleichzeitig seine Entschlusskraft. Er war in einer ausweglosen Situation gefangen und er konnte sich nicht vorstellen, lebend aus dieser Geschichte zu kommen. Etwas oder jemand hatte die Soldaten umgebracht. Diese Männer waren darin geschult, gefährliche Situationen zu überleben. Doch nun lagen sie tot auf dem Gang vor dem Waschraum und einer der Männer war sogar in seinen Armen gestorben. Wie sollte er, der nur ein kleiner Techniker war, dieser unbekannten Gefahr trotzen?

Irgendwann stand er schließlich auf, da ihn brennender Durst quälte. Außerdem war ihm kalt, da er immer noch lediglich mit seinen Boxershorts bekleidet war. Er ging hinüber zu den Waschbecken und ließ kaltes Wasser hineinlaufen. Mit seinen Händen bildete er eine Schale für das Wasser und trank mit hastigen Zügen. Danach regulierte er die Temperatur, bis es erträglich warm wurde. Seine Hände, die er unter dem Strahl rieb, wurden allmählich wärmer und ehe er sich versah, begann er sich zu waschen. Das geschah automatisch, doch er fühlte, wie befreiend und beruhigend es war, sich zu säubern. Als er alle Blutspuren von seinem Körper gewaschen hatte, zupfte er aus dem Handtuchspender Papier und trocknete sich notdürftig ab. Dann ging er hinüber zu dem Haken, wo er seinen Overall und sein Unterhemd zum Trocknen aufgehängt hatte. Erstaunt stellte der Dieb fest, dass seine Kleidungsstücke völlig getrocknet waren. Er fragte sich bestürzt, wie lange er wohl auf dem Boden gesessen hatte. Doch war das nicht egal? Was hatte er denn zu versäumen? Nur seinen Tod, sonst nichts!

Schließlich schnallte er sich seinen Werkzeuggürtel um und überlegte, ob er sich die Waffe des toten Soldaten holen sollte. Erstaunt erkannte er, dass er sich bereit machte, das hier hinter sich zu lassen. Er wollte hier weg, raus aus dem Waschraum! Er konnte es nicht mehr ertragen, mit einem Toten zusammen eingesperrt zu sein. Doch wo sollte er hin? In den Flur konnte er nicht mehr zurück. Dort lauerte etwas, das den Tod brachte. Also warum hatte er sich dann angezogen?

Verzweifelt blickte er sich im Spiegel an und erkannte, was sein Unterbewusstsein ihm die ganze Zeit über zu vermitteln versucht hatte. Auf der anderen Seite des Raums, also genau hinter ihm, war ein Gitter, ein Lüftungsgitter! Na klar, das war die Lösung! Auf seinem Weg nach unten hatte er doch auch die Luftschächte der Klimaanlage benutzt, jedenfalls ein Stück weit. Wieso war er denn nicht schon früher auf diese Idee gekommen?

Aufgeregt lief er hinüber zu dem Gitter. Es war natürlich festgeschraubt, doch das stellte für ihn kein Problem dar. Er fasste nach unten an seinen Werkzeuggürtel und hielt gleich darauf einen Schraubenzieher in seiner Hand. Eilig, nun konnte es nicht mehr schnell genug gehen, nachdem er Stunden in Reglosigkeit verbracht hatte, begann er die Schrauben zu entfernen. Diese gewohnte handwerkliche Arbeit beruhigte den Dieb und neue Hoffnung keimte in ihm wie eine zarte Pflanze. Endlich war die letzte Schraube gelöst und er konnte das Gitter von der Wand lösen. Er stellte das gestanzte Blech neben sich an die Wand, zog seine Taschenlampe hervor und beugte sich in die Öffnung des Luftschachtes.

Derbe Enttäuschung verscheuchte seine Hoffnung, als er feststellte, dass dieses Rohr, das nach oben führte, viel zu eng war und dass er es nicht zur Flucht nutzen konnte. Einen Moment fiel er wieder in dunkle Hoffnungslosigkeit, bis Wut in ihm aufstieg, er zornig nach dem Rohr in der Wand griff und daran wie ein Besessener zog.

Ein reißendes Geräusch über ihm ließ ihn zusammenzucken und gleichzeitig löste sich das Aluminiumrohr aus dem Schacht. Der Dieb verlor das Gleichgewicht und stürzte rückwärts zu Boden. Auf dem Rücken liegend, das Rohr immer noch haltend, begann er laut, ja fast hysterisch zu lachen. *Natürlich,* dachte er, *wie konnte ich denn nur so dumm sein?* Die Kanäle der Lüftungsanlage befanden sich in der Decke zwischen den Stockwerken und nur kleinere Auslässe wurden in Rohren nach unten geleitet. Dass er daran nicht gedacht hatte, machte den Dieb erneut wütend. Nun war klar, was er als Nächstes tun musste. Er stand auf, ließ das nutzlose Rohr fallen und schaute nach oben. Irgendwo musste sich eine Wartungsklappe befinden und er wusste, dass man solche Klappen gerne in den Sanitärräumen installierte.

***

Mit großen Augen

Es war Nacht, doch diese übliche Definition einer Tageszeit traf nicht auf diese Stadt zu. Jack und Birdy waren dem Licht gefolgt und waren viele Kilometer gelaufen, obwohl sie müde waren. Jedoch der Unterschied zwischen den Gängen und Fluren, dem lichtlosen Eisenbahntunnel und dieser Stadt hätte nicht größer sein können. Natürlich kannten die beiden Großstädte, sie hatten ja schließlich in New York City gelebt, doch diese Stadt war völlig anders. Selbst in den Außenbezirken, die sie durchwandert hatten, war eine Mentalität spürbar, der man sonst nur in Urlaubsorten am Meer begegnete. Alles war auf Vergnügen und Spiel ausgerichtet, wie schon die Schaufensterwerbung kleiner Läden und Geschäfte zeigte. Selbst die Kirchen und ihre sozialen Einrichtungen wie Suppenküchen und Obdachlosenheime waren irgendwie nach dem Motto der Spielerstadt „What happens in Las Vegas stays in Las Vegas“ ausgerichtet.

Das war eine wichtige Aussage, die jeden, der diese Stadt besuchte, sofort in eine Gemeinschaft eintauchte, die eingeschworen wirkte. Man fühlte sich besonders, man löste die Probleme und sprach anschließend nicht mehr darüber. Dies erlebten Birdy und Jack, als sie vor einer Suppenküche standen und sich wunderten, dass diese soziale Einrichtung selbst mitten in der Nacht geöffnet hatte.

Als sie auf dem Bürgersteig standen und zu deren Eingang schauten, bemerkten sie ihren bohrenden Hunger. Jack überlegte, dass er bestimmt schon seit zwei Tagen nichts mehr gegessen hatte. Als Obdachloser war man Hunger gewohnt, doch irgendwann einmal musste man etwas zu sich nehmen.

Während sie noch überlegten, ob sie sich trauen sollten, hier nach einer Mahlzeit zu fragen, verließ ein kleiner Mann die Suppenküche. Als er Jack und Birdy erblickte, stoppte er kurz seinen flotten Gang und kam dann entschlossen auf die beiden zu. Er blieb vor ihnen stehen, stemmte seine Hände in die Hüften und sagte mit einem spanischen Akzent:

»Na, wenn ihr Zwei keinen Hunger habt, dann verlier' ich meinen Glauben. Ihr seid wohl zum ersten Mal hier, was? Traut euch nicht rein, oder? Haha, na mal keine Angst! Los kommt mit, ich bring' euch rein, hab' ja sonst nichts zu tun. Auf geht's, Männer!«

Damit drehte er sich um, lachte kurz und kehrte zur Tür zurück, durch die er eben erst gekommen war. Jack und Birdy folgten dem aufgeweckten Latino. Der Hunger und auch eine gewisse Neugierde ebneten ihnen den Weg und verscheuchten jedes Peinlichkeitsempfinden.

Als sie die Suppenküche betraten, bemerkte Jack erstaunt die grellen Farben und die wandfüllenden Sprüche, die alle auf die Gefahren des Spielens hinwiesen. Gleichzeitig wirkte dieser Raum, in dem Tische und Stühle in lockerer Form aufgestellt waren und an der Rückseite eine große Theke zur Essensausgabe bereitstand, irgendwie fröhlich. In New York City waren die Suppenküchen eher trist in der Farbwahl und jeder Besucher wusste gleich, dass er auf der untersten Sprosse der sozialen Leiter angekommen war.

Eine ältere Schwarze betrat aus einer Seitentür den Raum und wischte sich dabei ihre Hände an einem Handtuch trocken. Sie lächelte den Männern entgegen und meinte spöttisch:

»Na Enrico, wie ich sehe, bist du schon wieder da und hast sogar ein paar Freunde mitgebracht.«

Der kleine Latino lächelte verschmitzt, ehe er launisch antwortete:

»Ja Loretta, ich kann einfach nicht an hungrigen Gesichtern vorbeigehen. Die beiden Herren haben dort draußen gestanden und mit ihren knurrenden Mägen die Nachbarschaft aufgeweckt.«

»Na dann kommt mal her, ihr beiden«, rief Loretta und winkte Jack und Birdy mit ihrem Handtuch heran. »Die Küche von Christ Fellowship hat noch geöffnet. Dem Herrn sei Dank für seine Gnade.«

Birdy schaute Jack unsicher an und hoffte, dass er etwas zu essen bekam, ohne allzu sehr missioniert zu werden.

Wenige Minuten später saßen sie vor vollen Tellern, die mit Hühnchen, Reis, Soße und Cornbred gefüllt waren. Aus Bechern, die mit einer Jesuszeichnung verziert waren, dampfte frischer Kaffee und daneben standen Gläser mit Wasser.

Birdy schaute seinen Teller an und strahlte wie ein kleiner Junge. Dann griff er sich die Gabel und begann voller Vorfreude zu essen. Jack ließ es etwas langsamer angehen und sprach für sich ein stilles Gebet. Er war selbst erstaunt über diese Gefühlsregung und versuchte sich zu erinnern, wann er das letzte Mal gebetet hatte.

Loretta hatte sich neben Jack gesetzt und legte ihre Hand auf die seine. Mit großen, wachen Augen schaute sie ihn an und sagte dann mit leiser, einfühlender Stimme:

»Du hast viel schlimme Dinge erlebt, mein Freund, das sieht man dir an. Doch jetzt iss erst einmal etwas und komme zur Ruhe. Hier bist du in Sicherheit. Der Herr Jesu wird über dich wachen, also sei unbesorgt.«

Jack wusste nicht, wie er die lieben Worte der fremden Frau beantworten sollte, hatte sie doch erkannt, wie es um ihn stand. Eine einzelne Träne stahl sich aus seinem Augenwinkel und rollte die Wange hinab. Loretta stand auf, schaute mütterlich besorgt zu Jack, drückte ihm kurz die Schulter und ging zurück zur Küche.

Nach einer halben Stunde und einem Nachschlag waren Jack und Birdy satt wie lange nicht mehr. Sie verabschiedeten sich herzlich und Jack versprach Loretta, dass er auf jeden Fall noch einmal zu ihr kommen wollte, wenn er, wie er umständlich formulierte, seine

Angelegenheiten in Ordnung gebracht hätte. Bevor sie die Suppenküche verließen, gab Loretta Jack noch zwei Coupons und sagte bestimmt:

»Damit geht ihr Zwei morgen zu der dort angezeigten Adresse. Es handelt sich um eine Ausgabestelle für Kleidung. Keine Angst, ihr braucht kein Geld. Eure Klamotten sehen recht abgerissen aus und wenn euch die Polizei so sieht, dann stellen sie unangenehme Fragen oder sie nehmen euch mit. Die Stadt will keine Penner in ihren Straßen, das schadet dem Ruf einer reichen Stadt. Habt ihr verstanden? Also geht dort morgen früh hin und sagt, dass ich euch geschickt habe. So und jetzt macht, dass ihr rauskommt. Ich habe zu tun. Auf Wiedersehen!«

Jack und Birdy bedankten sich herzlich bei Loretta und

Enrico, ehe sie die Suppenküche verließen. Sie liefen noch eine Weile die Straße entlang, bis Birdy stehen blieb und mit jammerndem Ton sagte:

»Ich bin müde, Jack. Komm, wir suchen uns einen Unterschlupf, wo wir die Nacht verbringen können. Die Stadt schauen wir uns morgen an.«

***

Chaos

Ein erneuter Alarm spielte Rupert Graham und seinem Mörderkollegen Chuck Lander in die Hände. Sie hatten gegrübelt, wie sie vorgehen sollten, um ihre düsteren Absichten zu verwirklichen. Mit finsteren Gesichtern hatten die beiden Killer sich schon ihre ersten Opfer ausgesucht. Was dann jedoch geschah, übertraf ihre Vorstellungen bei Weitem.

Die Wachsoldaten lauschten ihren Headsets, aus denen scheinbar neue Befehle erklangen. Danach fand eine Umgruppierung ihrer Positionen statt. Einige Soldaten drängten die Wissenschaftler, Laboranten und Angestellten in den hinteren Teil des Hangars. Wütendes Geschrei erklang, als die Zivilisten, die sich weigerten, den

Anordnungen der Soldaten zu folgen, grob und unter Anwendung körperlicher Präsenz zum Hallenende gedrängt wurden.

Die verbliebenen Soldaten bezogen Stellung im vorderen Bereich der Halle und richteten ihre Waffen auf den zerstörten Torbereich.

Auch Rupert und Chuck Lander wurden mit allen anderen nach hinten gedrängt. Dabei gelang es Chuck, der von einem Soldaten eng bedrängt wurde, dessen Kampfmesser aus einer Seitentasche zu ziehen. Das Gerangel der beiden Männer fiel in der herrschenden Hektik nicht auf und Chuck nutzte seine Chance.

Ohne zu zögern rammte er dem Soldaten das Messer in die linke Niere. Der Mann riss den Mund zu einem lautlosen Schrei auf und rutschte zu Boden. Rupert Graham sprang hinzu und half, den getöteten Wachsoldaten an den Rand der Halle zu tragen. Dort ließen sie ihr Opfer zu Boden gleiten. Als Rupert einen weiteren Soldaten bemerkte, der auf sie zugerannt kam, rief er mit lauter Stimme:

»Der Sergeant ist kollabiert und hat die Besinnung verloren. Keine Angst, wir kümmern uns um ihn!«

Der ankommende Soldat verringerte seinen Lauf und kam mit fragendem Gesicht zum Stehen. Er musste davon ausgehen, dass die beiden Wissenschaftler schon wussten, was sie in einem solchen Fall zu tun hatten. Er wollte sich schon abwenden und zurück zu seinen Kameraden laufen, die immer noch mit der widerspenstigen Menschenmenge zu kämpfen hatten, als ihn der Ruf Chuck Landers stoppte.

»Bitte, Officer«, rief er mit der Autorität eines Mediziners und schaute dabei harmlos hinter seiner randlosen Brille hervor, »könnten Sie uns kurz zur Hand gehen?«

Dabei zeigte er auf den am Boden liegenden Soldaten. Der als Officer bezeichnete Soldat, der sich für den Bruchteil einer Sekunde geschmeichelt fühlte, kam der Aufforderung bedenkenlos nach. Arglos trat er heran und als der Wissenschaftler ihm bedeutete, sich über seinen Kameraden zu beugen, begegnete er unerwartet dem Tod. Ein Messer drang in seine Kehle ein, glitt weiter und durchtrennte sein Rückenmark. Augenblicklich brach der Soldat zusammen und fiel leblos auf seinen Kameraden. Schnell bemächtigten sich die Killer der Waffen der Wachsoldaten. Sie steckten Messer und Pistolen in ihre Kitteltaschen, schauten sich kurz an und luden danach die Sturmgewehre durch.

In der gleichen Sekunde drang von draußen ein zorniges Summen in den Hangar, als ob eine Million Wespen sich auf ihre Opfer stürzen wollten. Gleichzeitig begannen die Maschinenwaffen der Soldaten zu rattern. Befehle wurden gerufen und Schmerzensschreie fügten sich schrecklich in die Kakofonie des Terrors ein. Die beiden Killer ließen augenblicklich von ihrem Plan ab, so viele Wissenschaftler wie möglich zu töten und schwenkten stattdessen ihre Waffen in Richtung des bisher unsichtbaren Feindes.

Helle laserartige Strahlen fauchten in die Halle und hinterließen rauchende Furchen im Bodenbelag des Hangars. Soldaten wurden von den Energiestrahlen getroffen und durchbohrt. Der Geruch von verbranntem Fleisch breitete sich aus und eine Frau, eine Wissenschaftlerin erbrach sich voller Ekel. Einer der Wachsoldaten zündete eine Rauchgranate und warf diese in die Kampfzone. Sofort breitete sich weißer Nebel in der Halle aus und senkte sich über Freund und Feind.

Durch die Dunstwand schoss plötzlich ein seltsames Fluggerät, einem Jet Ski nicht unähnlich. Darauf saß ein Angreifer, der in eine schwarze Kombination gehüllt war, die auch seinen Kopf umschloss. Er wirkte fast wie ein Taucher, doch diese Impression wurde durch ein futuristisches Gewehr zerstört, das er in diesem Moment auf die Menschen unter sich anlegte.

Rupert wunderte sich nicht, sondern schoss sofort auf die vermummte Gestalt. Zuerst schienen seine Schüsse keine Wirkung zu zeigen, doch dann begann das Fluggerät zu taumeln und stürzte gleich darauf wie ein Stein zu Boden. Als wäre dies sein Startsignal, rannte Chuck Lander los und warf sich auf den schwarzen Angreifer, der von seinem Fluggerät gestürzt war. Der Schwarze zog noch einen silbernen Stab aus seinem Gürtel und wollte ihn auf Chuck richten. Doch der Killer war schneller und schlug den Stab zur Seite. Dann zog er sein Messer aus der Kitteltasche und stach auf den Vermummten ein. Er stieß schrille, spitze Schreie aus, zappelte wie ein Fisch auf dem Trockenen, bis seine Bewegungen langsamer wurden, um schließlich ganz aufzuhören.

Wer aber glaubte, Chuck Lander wäre nun zufrieden mit seinem Sieg, der verkannte ihn völlig. Er griff mit der einen Hand den Kopf des Schwarzen und schnitt mit der anderen Hand, die das Messer hielt, in den Hals des Besiegten. Keine Minute später erhob sich der Killer und reckte den abgetrennten Kopf des Schwarzen wie eine Trophäe in die Höhe. Mit seinem ausgestreckten Arm hielt er den verhüllten Schädel vor sich und ging völlig ohne ein Zeichen von Angst zum vorderen Teil des Hangars. Dort stellte er sich zwischen die Soldaten und die angreifenden Schwarzen, die alle für einen Moment den Kampf einstellten, und rief aus vollem Hals:

»Er war der Erste, der meinen Zorn herausforderte! Wer will der Nächste sein?«

***

Unmenschlich

Alleine stand der unsichtbare Soldat vor den Energiesäulen. Er war durch die Reihen der flimmernden Lichtsäulen gelaufen und hatte voller Unglauben diese Aufreihung gewissenloser Forschung betrachtet. Die Bestien in Menschengestalt, die dies hier zu verantworten hatten, mussten gestoppt werden! Als Soldat hatte er in seinem Leben schon manche Scheußlichkeiten gesehen, die seine Seele vernarbt hatten. Aber dieses Kabinett des Grauens war unmenschlich. Niemand sollte so enden. Niemand! Er hatte bei seinem Rundgang auch einige Wesen erblickt, die nicht von dieser Welt stammen konnten, doch auch sie waren gefangen in einem Albtraum, aus dem es kein Entrinnen zu geben schien. Trübe Gedanken, die sich mit seinen Befehlen und seinem Pflichtbewusstsein stritten sowie eine ferne Erinnerung, brachten ihn aus dem Gleichgewicht seiner Weltanschauung. Er hatte als Kind miterlebt, wie unfähige Ärzte seine Mutter falsch behandelten und sie schließlich starb. Sein Vater war an diesem Verlust gebrochen und hatte sich dem Alkohol ergeben. Er selbst hatte auf den Tag hin gefiebert, an dem er in die Armee eintreten konnte. Ab dem ersten Tag als Rekrut hatte er gewusst, dass er gefunden hatte, wonach er sein junges Leben lang gesucht hatte. Hier war er zu Hause, hier war seine Familie, hier gehörte er hin. Bis jetzt. Doch wenn er seinem Gewissen folgte, dann konnte er seine Familie verlieren, die Kameraden, die ihm immer zur Seite standen, die sogar für ihn gestorben wären. War es richtig, dies alles aufs Spiel zu setzen und seinem Gewissen zu folgen oder war er einfach nur zu sehr schockiert von dem, was er hier vor sich sah?

Er blickte sinnend auf und verfing sich in den Gesichtszügen einer jungen Frau, die in der Energiesäule vor ihm schwebte. Sie schien friedlich zu schlafen, als habe sie die Welt vergessen. Sein Blick wanderte weiter an ihrem Körper entlang und er sah die schrecklichen Verstümmelungen, welche die Wissenschaftler ihr zugefügt hatten. Die junge Frau würde sich nie verlieben können, nie heiraten oder Mutter werden. Nein, sie würde selbst zu einem Monster mutieren, das nichts Menschliches mehr aufzuweisen hatte. Ohne Vorwarnung schlug die junge Frau ihre Augen auf, die kalt, ja fast maschinell wirkten.

Gleichzeitig, wie auf ein geheimes Kommando hin, erwachten die anderen Gestalten in den Energiesäulen. Arme und Beine zuckten wild hin und her und das irisierende Licht flackerte scheinbar außer Kontrolle, wild die Farben wechselnd.

Der unsichtbare Soldat hob erschrocken sein Gewehr und starrte mit offenem Mund auf die Tobenden. Was war geschehen, was sollte er tun? Noch vor einem Moment hatte er mit sich gerungen, hatte darüber nachgedacht, diese armen Wesen von ihrem Leid zu erlösen. Doch was er jetzt erblickte, löste Panik in ihm aus.

Weiter hinten erlosch die erste Energiesäule oder war sie absichtlich abgeschaltet worden? Es war müßig, sich dies zu fragen, stellte der Soldat schnell fest, als er sah, wie weitere Lichtsäulen sprühend zerfielen. Ein Energiegewitter, künstlich erzeugt, ließ weiße Blitze durch den Saal zischen und der Geruch von Ozon verstärkte sich. Gleich darauf sah er die ersten Wesen zwischen den noch intakten Energiesäulen hervorkommen, die unbeholfen auf einen Punkt zustrebten. Der Soldat schaute in die angepeilte Richtung und stellte fest, dass die nackten, verkrüppelten Menschen sich in Richtung Schleuse bewegten. Das musste er unbedingt verhindern!

So schnell er konnte, rannte der Soldat, während weitere Energiesäulen zerbarsten, auf die Schleuse zu. Einige Meter trennten ihn noch von der rettenden Stahltür, als er seitlich einen nackten Mann auf sich zustürmen sah. Wie konnte das sein, fragte sich der Soldat, er war schließlich unsichtbar. Dennoch schien ihn der Nackte irgendwie wahrzunehmen.

Der Soldat beschleunigte seinen Schritt noch einmal und prallte an die Wand neben der Schleusentür. Gschmeidig schob er sich an der Wand entlang und stand gleich darauf im Schleusenraum. Der Nackte versuchte ebenfalls in den Schleusenraum zu kommen, doch mit einem gezielten Faustschlag warf er den Mann nach hinten. Dann zog der Soldat an der Tür und versuchte diese zu schließen. Er hätte nicht erwartet, dass diese Schleusentür so schwer zu bewegen sein würde. Eine Stimme neben ihm erklang völlig unerwartet und der Soldat fuhr erschrocken herum.

Neben ihm stand der Mann, den er seit einiger Zeit verfolgte und aus ihm unerfindlichen Gründen auch beschützte. Es war der Mann, der immer wusste, wo er sich befand, obwohl er doch unsichtbar war. Er stand nun neben ihm und fragte:

»Na, brauchst du Hilfe? Dachte ich mir doch! Ach übrigens, deine Tarnung funktioniert nicht mehr!«

***

Verdammte Angst

»Da bist du ja!«, jubelte der Dieb und schaute zu der fast nicht zu erkennenden Wartungsklappe hinauf. Hier in der Herrentoilette war die Klappe also angebracht. Im nächsten Moment aber sah er eine weitere Schwierigkeit, der er sich stellen musste. Die Klappe lag gute zweieinhalb Meter über ihm. Wie sollte er denn da herankommen? Hier gab es keine Leiter oder sonst etwas, auf das er steigen konnte. Sein rettender Ausweg war so nah und doch so fern.

Wie konnte er zu der Wartungsklappe gelangen, das war die Frage. Die Antwort darauf erschreckte ihn und machte ihm gleichzeitig bewusst, dass er sich noch immer in akuter Gefahr befand. Er musste hinaus auf den Gang mit all den Leichen und musste die als Kugelschutz umfunktionierte Liege in den Waschraum holen. Kalt kroch die eben erst bezwungene Angst in ihm nach oben und ließ ihn frösteln. Nur der Gedanke daran, dass er hinaus in den Gang musste, genügte, dass ihm schlecht wurde.

Der Dieb blieb einen Moment stehen und atmete mit offenem Mund, um seine Übelkeit zu vertreiben. Nach einigen Minuten hatte er sich beruhigt und gleichzeitig auch damit abgefunden, dass er nochmals in den Gang gehen musste. Mit einem tauben Gefühl, das seinen Körper durchzog, verließ er die Herrentoilette.

Im angrenzenden Waschraum hatte sich nichts verändert. Die Leiche des Soldaten, der in seinen Armen gestorben war, lag noch immer mitten im Raum. Der Dieb besah sich die Position des Toten und erkannte, dass er im Weg liegen würde, wenn er mit der Liege den Raum durchqueren wollte. So beugte er sich mit einem Seufzer nach unten, fasste den Toten an den Schultern und zog ihn zur Seite. Erstaunlicherweise fühlte er dabei keinerlei Unbehagen. Der Dieb wunderte sich, wie schnell ein Mensch abstumpfen konnte, wo er sich doch vor nicht allzu langer Zeit vor einer Blutlache geekelt hatte.

Dann zog er entschlossen die Tür zum Gang auf und schaute hinaus. Auch hier schien alles unverändert zu sein. Die toten Soldaten lagen unverändert dort, wo sie gestorben waren. Wer sollte die Leichen auch weggeschafft haben, fragte sich der Dieb und begriff, dass sein Sarkasmus ihm über diese angespannte Situation helfen wollte.

Ein weiterer Blick nach rechts zeigte ihm, dass sein Kugelschutz gute vier Meter von der Tür entfernt an der Seite stand. Der schützende Stahlschrank, den er an der Liege befestigt hatte, hing schief auf der Auflagefläche. Zwischen der Liege und seiner Position lagen drei tote Soldaten, die er bewegen musste. Was war, wenn der Angreifer, der die Soldaten getötet hatte, zurückkehrte oder auf ihn lauerte? Der Dieb wusste keine Antwort darauf, genauso wenig wie auf die Frage, wo sich die nächste Selbstschussanlage befand. Doch alle unbeantworteten Fragen brachten ihn nicht weiter und die Liege zu ihm. Er musste handeln und zwar jetzt, ehe ihn seine Angst wieder einholen konnte.

Angestrengt lauschend, vielleicht konnte er ja einen sich nähernden Feind rechtzeitig hören, schlich er auf den Gang hinaus und beugte sich zu dem ersten Toten hinunter. Auch ihn griff er an der Schulter und zog ihn weiter in die Mitte des Flurs. Drei Schritte weiter lag die nächste Leiche. Hier musste er vorsichtiger sein, denn der tote Soldat lag in einer Lache aus Blut. Wie der Dieb schon vermutet hatte, rutschten seine Schuhe in der Blutpfütze, doch er war darauf vorbereitet gewesen. Diesen Toten ergriff er an den Beinen und zog auch ihn zur Seite. Ein blechernes Scheppern ließ ihn aufhorchen, doch das Geräusch war zu weit entfernt, um ihm zu gelten. Endlich gelangte er zu dem dritten Toten und ging neben ihm in die Hocke. Der Soldat war auf seine Arme gestürzt, die nun unter seinem Körper verborgen waren. Der Dieb überlegte, dass er diese Leiche nur um einen halben Meter verschieben musste. Dazu genügte es, dass er den Toten am Gürtel fasste und seitwärts zog. Entschlossen fasste er den Gürtel, an dem allerlei Ausrüstungsgegenstände angebracht waren, und zog. Bei dieser Bewegung kam einer der Arme frei, was der Dieb nur am Rande bemerkte. Doch ein kullerndes Geräusch ließ ihn zu dem Arm schauen.

Er sah, wie eine Handgranate von der Hand des Toten wegrollte. Mit einem leisen Klick klappte der Sicherungsbügel der Granate auf. Der Dieb wusste, dass ihm maximal nur noch drei Sekunden blieben.

***

Per Anhalter

Auf der US 93 oder dem Great Basin Highway, wie die autobahnähnliche Schnellstraße hier in der Nähe von Las Vegas benannt war, herrschte reger Verkehr. Brian Spiller stand am Straßenrand und konnte die Lichter der Stadt, die allmählich in der einsetzenden Dämmerung zu strahlen begannen, in der Ferne erkennen. Die Entfernung zu dem Spielerparadies war zu weit, um es zu Fuß zu erreichen, jedenfalls für ihn. Brian war kein ausgesprochener Sportsmann und die Jahre im Gefängnis hatten seine Kondition auch nicht gefördert. Auch die Flucht mit den beiden Obdachlosen hatte ihn mehr angestrengt als er sich selbst zugestehen wollte. Dennoch konnte er nicht in der Wüste bleiben, denn hier wartete nur der Tod auf ihn.

Brian brauchte eine Mitfahrgelegenheit. Er hatte sich schon eine Geschichte ausgedacht, denn wenn er es tatsächlich schaffte, eine solche zu bekommen, dann würde er mit Sicherheit gefragt werden, warum er denn hier mitten in der Wüste am Straßenrand stand. Brian stellte sich so nahe wie möglich an den Straßenrand, damit ihn vorbeifahrende Fahrzeuge auch deutlich sehen konnten. Gleichzeitig hoffte er, dass er nicht von einem müden Fahrer übersehen und überfahren wurde. Genauso musste er darauf achten, dass er der Polizei aus dem Weg ging, die den Highway bestimmt regelmäßig kontrollierte.

So stand er mit einer gewissen Anspannung und mit dem ausgestreckten rechten Arm da und hob den Daumen. Dieses Zeichen war international und signalisierte den Autofahrern, dass man eine Mitfahrgelegenheit suchte.

Die Minuten reihten sich zu Stunden und schon eine Menge Fahrzeuge waren an ihm vorbeigebraust, ohne ihre Geschwindigkeit auch nur im Mindesten zu verringern. Mittlerweile war es dunkel geworden und Brian überlegte, ob er nicht doch versuchen sollte, die Stadt zu Fuß zu erreichen. Vor circa einer Stunde, es war noch einigermaßen hell gewesen, musste er schnell in Deckung gehen, als ein Polizeiwagen sich näherte. Zum Glück hatte er die typischen Umrisse des Patrol Cars sofort erkannt und sich hinter einigen Büschen in Sicherheit gebracht. Durch die dürren Äste der Büsche hindurch hatte er beobachtet, wie sich das Fahrzeug der Highway Patrol näherte. Er hielt unsinnigerweise den Atem an und duckte sich noch mehr hinter dem Busch. Der Polizeiwagen jedoch passierte die Stelle, wo sich Brian versteckt hielt und fuhr davon.

Gerade hatte er sich entschlossen, nun doch zur Stadt zu laufen, senkte deshalb seinen ausgestreckten Arm und drehte sich der Stadt zu. Der Killer war keine drei Schritte gelaufen, als er hinter sich das Geräusch eines Fahrzeuges wahrnahm, das seine Geschwindigkeit herabsetzte. Gleich darauf stoppte ein Kleinlaster neben ihm. Die Seitenscheibe wurde heruntergekurbelt und aus dem dunklen Inneren des Führerhauses bahnte sich eine kratzige Stimme über den Verkehrslärm der Straße bis zu Brians Hörorganen ihren Weg.

»Hey Mann, was stiefelst du denn in der Nacht durch die Wüste? Weißt du nicht, wie gefährlich das ist?«

»Weiß ich schon«, knurrte Brian und drehte sich zu dem Laster, ging einige Schritte und schaute durch das Fenster in das Führerhaus. Dort saß ein etwas ungepflegter Mann, der eine fleckige Latzhose trug. Brian konnte dieses Detail sehen, da der Fahrer inzwischen die Innenbeleuchtung angeschaltet hatte. Aus einem bärtigen Gesicht schauten ihn zwei lustig funkelnde Augen an und ein Lächeln grub sich durch die dunkelbraune Barttracht.

»Also, sag schon!«, brummte der Fahrer neugierig, »was machst du hier draußen?«

»Ach, das ist eine blöde Geschichte«, antwortete Brian scheinbar verlegen, »ich hatte Krach mit meiner Alten …«

»Und? Los, erzähl schon! Ich sag's auch nicht weiter.«

Brian amüsierte sich über den Fahrer. Wem wollte er denn von ihm berichten, wo er ihn doch nicht einmal kannte? Dennoch zögerte er zum Schein noch einen Moment, ehe er dem Lkw-Fahrer seine Geschichte erzählte, die er sich vorher sorgsam ausgedacht hatte. Er räusperte sich kurz, winkte den Fahrer etwas näher zu sich heran und begann sichtlich zerknirscht zu erzählen.

»Na ja, sie hat mich hier draußen einfach aus dem Auto geworfen. Hab's mir gefallen lassen. Ich bin einfach zu blöd um mich zu wehren …«

»Mach dir keine Sorgen, Kumpel«, sagte der Fahrer mitfühlend. »Komm, spring rein, ich nehme dich mit zurück in die Stadt.«

Nur dreißig Minuten später erreichten sie die Stadtgrenze. Auf der Fahrt hatte der Fahrer Brian von seinem Leben und den Unglücken erzählt, die er erleben musste. Der Killer hatte kurz darüber nachgedacht, ob er den Fahrer umbringen sollte, um sich dessen Fahrzeug anzueignen, hatte diesen Gedanken aber schnell wieder verworfen. Der Fahrer hatte ein ähnliches Schicksal wie er selbst erleiden müssen, sich aber nie gewehrt. So beschloss Brian dem Mann zu helfen, indem er die Schuldigen, die Peiniger des Fahrers zur Rechenschaft ziehen würde. Dieses Vorhaben behielt er jedoch für sich, doch aus seiner kranken Sicht auf die Dinge des Lebens öffnete sich ein neuer Weg, um der Gerechtigkeit zu dienen. Als der Fahrer, der wirklich ein mitfühlender Mensch war, ihm auch noch anbot, vorerst für ein paar Nächte in das Zimmer über seiner Garage einziehen zu können, war Brian sich sicher, dass er dem Mann helfen würde.

Kurz bevor sie ihr Fahrziel, die East Baltimore Avenue erreichten, sagte der Fahrer etwas, was Brian zutiefst beeindruckte:

»Hör zu, mein Freund. Das Leben mag manchmal schwierig sein und man irrt ziellos herum. Doch unvermittelt bietet sich auf einmal ein Ausweg, der dich zurück auf die rechte Spur bringt. Egal wie es weitergeht mit deiner Frau, dein Leben wird auf jeden Fall weitergehen. Sei also nicht geknickt und freue dich auf neue Erfahrungen.«

Brian wusste nicht, was er dem Mann antworten sollte, traf doch diese unerwartet philosophische Anschauung des Fahrers auf ihn zu, mal abgesehen von der Geschichte der erfundenen Ehefrau. Ja, er beschritt einen neuen Lebensweg und das war doch schon etwas. Ein Neustart, der in der Todeszelle seinen Anfang genommen hatte.

Als sie in die Auffahrt zu einem etwas in die Jahre gekommenen roten Haus fuhren, drehte sich Brian zu dem Fahrer, legte seine Hand auf dessen Schulter und sagte nur:

»Danke Mann!«

***

Glück gehabt

Der Schock des eben Erlebten saß tief und heimtückisches Grauen versuchte sich zu etablieren. Schweigend schleppten Ramires und Juan ihren Kumpan Pedro durch einen nichtssagenden Flur. Sie hatten zwei Etagen weiter oben das Treppenhaus verlassen. Zu Ihrem Erstaunen hatten sie keine weitere Selbstschussanlage gefunden, was auch darauf hindeuten konnte, dass die unteren Etagen dieser Anlage besonders gesichert waren.

Ramires stoppte vor einer Tür, die keinerlei Aufschrift trug und so nicht preisgab, was hinter ihr lag. An Juan gerichtet, sagte er müde: »Wir müssen erst einmal ausruhen. Ich kann nicht mehr.«

Juan nickte ebenso erschöpft und sagte kein Wort. Das war bei ihm sehr ungewöhnlich, weil er normalerweise das Bedürfnis hatte, ständig zu reden und sich mitzuteilen.

Sie legten Pedro behutsam auf den Boden und verständigten sich mit einem Blick. Mit angeschlagener Waffe sicherte Ramires die Tür vor ihnen und Juan trat entschlossen vor. Er drehte den Türknopf und stellte erleichtert fest, dass die Tür unverschlossen war. Schwungvoll stieß er sie auf, hob seine Waffe und betrat vorsichtig den Raum. Erstaunt stellte er fest, dass er nicht in völliger Dunkelheit lag, sondern ein dämmriges Licht die Umrisse eines Büros erkennen ließ.

Es dauerte keine zwei Minuten, bis Juan alle Räume, Nebenräume und Zugänge kontrolliert hatte. Zu seinem Erstaunen fand er im letzten Büro ein breites Fenster, an das er hoffnungsvoll herantrat. Was er erblickte, ließ ihn vor Freude jubeln. Er schaute in eine Halle hinein, in der dreißig bis vierzig Militärfahrzeuge geparkt waren. Das Büro, in dem er stand, war nichts anderes als die Verwaltung und die Reparatureinheit des Fuhrparks der Area.

Durch den Jubelschrei Juans angelockt, hatte Ramires seine Position an der Gangtür verlassen. Ohne seinen Kumpan anzusprechen, schaute auch er durch das Fenster in die Halle hinein und sagte mit ergriffener, hoffnungsvoller Stimme:

»Ich glaube, nun haben wir die Chance, nach Hause zu kommen.«

Ohne lange zu warten, eilten sie zurück und schleppten Pedro in die Büroräume. Danach schlossen sie die Tür und legten ihre Waffen zur Seite. Juan wäre am liebsten sofort in die Halle gelaufen, um dort ein Fahrzeug für ihre Flucht auszuwählen. Doch Ramires hielt ihn zurück. Eine heftige Diskussion entbrannte zwischen den Gangstern, doch schließlich ordnete sich Juan der Entscheidung Ramires' unter. Dieser hatte beschlossen, erst einmal auszuruhen und sich danach auf die Suche nach etwas Essbarem zu machen. Ramires wusste nicht, dass diese Entscheidung ihm und seinen Kumpanen das Leben retten würde.

Kaum hatten sie sich in einen kleinen Raum, der zwei Kopiergeräte und einige Regale enthielt, zurückgezogen, als sie erschrocken das eilige Getrampel von Stiefeln in den Büros vor der Kammer vernahmen. Ramires hatte wieder einmal eine richtige Entscheidung getroffen, als er darauf bestanden hatte, hier in diesem kleinen Raum ihre Rast einzulegen.

Vorsichtig spähte er durch den Spalt der nur angelehnten Tür. Er sah, wie ein Trupp Soldaten durch das Büro stürmte. Er glaubte sich schon entdeckt, doch zu seiner Erleichterung konnte er gleich darauf den gerufenen Befehlen entnehmen, dass die Soldaten in die Halle wollten. Sie brauchten einfach Fahrzeuge, um zu einem Ort zu fahren, wo im Moment Kämpfe stattfanden. Als die Stimmen und die Geräusche sich entfernten, griff Ramires sein Gewehr und schlich geduckt zurück in die Büroräume. Er war alleine, was ihn fürs Erste beruhigte, doch dann zog ihn seine Neugierde zurück zum Fenster, das einen Blick in die Halle erlaubte. Dabei stellte er fest, dass links neben dem Fenster eine Tür war, die er bisher übersehen hatte. Diese Tür war offensichtlich der Zugang zur Halle. Bei den Fahrzeugen sah er eine Bewegung und erkannte gleich darauf, wie Soldaten in geländegängige, militärische Humvees einstiegen. Vier der Fahrzeuge setzten sich in Richtung eines breiten Tores in Bewegung, das sich eben gerade öffnete.

Trotz der vor der Halle angebrachten Scheinwerfer konnte Ramires erkennen, dass es Nacht war und seine bleierne Müdigkeit meldete sich unwillkommen. Dennoch blieb er so lange am Fenster stehen, bis der letzte Wagen verschwunden war. Ein Gedanke streifte seine müden Überlegungen: Was wäre geschehen, wenn er und sein Kumpane gleich in die Halle gelaufen wären? Müßig drängte diese Überlegung zurück und ging schlurfenden Schrittes zu der kleinen Kammer zurück. Er war sehr müde und brauchte dringend Schlaf.

Als er sich, nachdem er Juan kurz seine Beobachtungen geschildert hatte, auf den blanken Fußboden legte, begann er nachzudenken.

Wie lange waren sie nun schon auf der Flucht?

Ehe er zu einem Ergebnis kam, fielen seine Augen zu und er versank in einen tiefen, erschöpften Schlaf.

***

Abreise

Es war noch dunkel, wenn man in Las Vegas von Dunkelheit sprechen konnte, als Stan und Gerry ihren Wagen bestiegen. Nun war die Entscheidung getroffen, nun galt es zu verschwinden. Lange Stunden hatten sie in einem Fast Food Restaurant gesessen und ihre Lage diskutiert.

»Wie kommst du darauf«, fragte Stan, »dass wir hier in der Stadt noch sicher sind?«

»Naja«, antwortete Gerry, »uns hat doch keiner gesehen.«

»Keiner gesehen? Sag mal, in was für einer Welt lebst du eigentlich? Glaubst du wirklich, dass sich an dem Parkplatz bei der Area niemand die Kennzeichen der Wagen dort notiert hat? Mann, bist du blauäugig!«

»Ja, das glaube ich! Immerhin war Alarm und wir konnten unbemerkt eindringen. Hast du das vergessen?«

Gerry verschränkte seine Arme und schaute trotzig zu seinem Freund. Er ärgerte sich, dass Stan ihn als blauäugig bezeichnet hatte. Gleichzeitig fragte er sich, ob sie nicht vielleicht doch gesehen worden waren und FBI Agenten sie schon längst suchten.

»Ich habe gar nichts vergessen«, unterbrach Stan die eingetretene Stille. »Besonders nicht, dass der Typ, den wir gerettet haben, unseren Verfolger einfach so erwürgt hat. Das, mein Freund, vergesse ich bestimmt nicht! Außerdem haben wir Spuren hinterlassen, als wir den Humvee geklaut haben. Oder hast du vielleicht unsere Fingerabdrücke weggewischt?«

»Nein«, bekannte Gerry widerwillig. »Aber denk doch an all die Leute, die nach uns zur Area gefahren sind. Die vielen Autos, die uns begegnet sind. Vielleicht haben die den Humvee auch angefasst und unsere Spuren damit zerstört.«

Stan dachte eine Weile über diesen Einwand nach. Möglich wäre es ja immerhin. Das Wort *vielleicht* geisterte ihm durch den Kopf, doch ein Vielleicht war einfach nicht genug, um sein Leben darauf aufzubauen.

Etwas anderes bereitete Stan jedoch noch viel mehr Kopfschmerzen. Er überlegte kurz, wie er dieses ungewisse Gefühl beschreiben konnte und sagte dann einfach, was er dachte:

»Gerry, stellen wir mal alle Zweifel und Ungewissheiten unseres Abenteuers zur Seite und hoffen, dass alles gutgegangen ist und auch unser Verfolger keine Meldung an irgendeine Behörde abgegeben hat. Dann bleibt immer noch die Frage, ob wir nicht verstrahlt worden sind. Wenn ich nur daran denke, dann bekomme ich Bauchschmerzen.«

»Ich auch«, gestand Gerry, »doch ich habe mir da schon was überlegt. Wir fahren bei dem Laden vorbei, wo wir unsere Ausrüstung gekauft haben.«

»Du meinst Outdoor World?«, fragte Stan.

»Ja, genau! Ich glaube, die hatten auch einen Geigerzähler. Diese Geräte kaufen sich doch diese Typen, die sich für den Weltuntergang vorbereiten. Dann können wir feststellen, ob wir verstrahlt sind.«

»Gute Idee«, bestätigte Stan, »das machen wir. Doch der Laden öffnet erst in einigen Stunden. Hör mal Gerry, lass uns ein paar Sachen packen und wenigsten für eine Weile aus der Stadt verschwinden. Wie wäre es mit Los Angeles? Beach, Mädels? Komm schon, Mann!«

Gerry dachte kurz über den Vorschlag seines Freundes nach und fand die Idee, einige Zeit in Los Angeles zu leben, ganz reizvoll. So nickte er schließlich und stimmte dem Vorschlag seines Freundes zu.

Kurz darauf verließen sie das Restaurant und fuhren zuerst zu Stans Wohnung. Ein banges Gefühl beschlich sie, als sie sich dem zweistöckigen Mietshaus näherten. Angestrengt schauten sie sich um und versuchten zu erkennen, ob schon FBI Agenten oder die Polizei auf sie warteten. Doch sie sahen keine verdächtigen Personen.

Zur Sicherheit fuhr Stan noch einmal um den Block, um zu prüfen, ob wirklich niemand auf sie wartete. Gleich darauf parkte er seinen Wagen und die beiden stiegen aus. Als sie dann in Stans Wohnung standen, überlegte dieser, was er denn mitnehmen wollte. Was brauchte man wirklich, wenn man auf der Flucht war, schoss es ihm durch den Kopf. Schließlich packte er zwei Taschen mit Kleidung, schnappte sich seinen Laptop und ging in den Flur. Gerry wartete bereits mit einer Kühlbox und zwei Plastiktüten beladen.

»Ich habe den Kühlschrank geleert. Mann, du hast ja eine Menge Zeug.«

Dann grinste er unverschämt und ging zur Tür. Stan folgte ihm, schloss ab und warf den Wohnungsschlüssel bei seinem Nachbarn in den Briefkasten. Er würde seinen Vermieter von unterwegs aus anrufen und ihm mitteilen, wer den Schlüssel hatte. Stan blieb noch einem Moment wehmütig stehen, ehe er Gerry zum Wagen folgte. Keine halbe Stunde später hatte auch Gerry, der nicht weit entfernt von Stans Wohnung lebte, seine Sachen gepackt. Sie luden die Koffer in den Wagen und fuhren los.

Mittlerweile war die Sonne aufgegangen und die Straßen wurden voller. Sie stoppten an einer Tankstelle und füllten den Tank bis zum Rand. Als sie gerade aufbrechen wollten, um zu dem Outdoor Laden zu fahren, erstarrte Stan. Er stupste Gerry an und zeigte auf den Parkplatz eines benachbarten Frühstücksrestaurants.

Dort stand der alte Honda, den ihr Verfolger benutzt hatte. Gleich darauf verließ ein Mann mit Baseballkappe und Sonnenbrille das Restaurant. Stan duckte sich hinter seinem Wagen und sagte atemlos zu Gerry:

»Das ist der Killer! Der Typ, der unseren Verfolger erwürgt hat!«

***

Schlachtgetümmel

Niemand hätte es für möglich gehalten, dass Chuck Lander die nächsten Sekunden überleben würde. Noch immer hielt er den Kopf des Schwarzen nach oben und Blut tropfte aus dem zerfetzten Hals auf den Hallenboden. Die Soldaten wie auch die Schwarzen, die von der Area 51-Führung als Konvertierte bezeichnet wurden, verharrten regungslos, als lähme dieses Bild enormer Brutalität sie alle.

Sergeant Owen Fields, der Chuck Lander und Rupert Graham in die Halle gebracht hatte, starrte ebenso ungläubig auf den vermeintlichen Wissenschaftler. Ihm waren die beiden Kittelträger von

Anfang an suspekt gewesen, aber er hatte seinen Verdacht nicht formulieren können.

Aus der Reglosigkeit heraus begann der zweite Akt des mörderischen Spiels. Chuck Lander ließ den Kopf des Schwarzen los und warf sich wie ein Stuntman zur Seite. Chuck und der Kopf prallten gleichzeitig auf den Hallenboden. Das schaurige Geräusch des aufprallenden Kopfes genügte, um die Starre der Anwesenden aufzuheben.

Die Schwarzen, auf ihren Fluggeräten sitzend, versuchten sich in eine bessere Angriffsformation zu bringen, während die Soldaten nach vorne rückten und erneut Nebelgranaten warfen.

Chuck hatte sich unterdessen so weit zur Seite gerollt, dass der Fokus der Kämpfenden nicht mehr auf ihm lag. Er hatte noch eine Mission zu erfüllen und seine irrlichternden, verrückten Augen zeigten pure Mordlust. An die Hallenwand gedrängt, rannte er an den Soldaten vorbei, die seine Aktion immer noch nicht einordnen konnten, in den hinteren Teil der Halle.

Der Einzige, der ihm folgte, war Sergeant Owen Fields. Schüsse und Schreie erklangen vom Hallentor laut zu den Soldaten und Zivilisten im hinteren Teil der Halle. Dazu mischten sich zischende Geräusche der Strahlengewehre, welche die Schwarzen abfeuerten.

Sergeant Fields versuchte den verrückten Wissenschaftler im Auge zu behalten, was durch den hereinwallenden Nebel immer schwieriger wurde. Er konnte in seiner direkten Umgebung die Hand vor Augen fast nicht mehr erkennen. Erschrocken fuhr er herum, als ihn ein schemenhafter Körper rammte und zur Seite stieß. Für einen Moment glaubte er, einen Tigerkopf gesehen zu haben. Der Körper des Tigers steckte in einem Overall. Noch ehe der Sergeant sich wundern konnte, war das Wesen verschwunden. Er wunderte sich jedoch mittlerweile über nichts mehr. Hatten ihn die vergangenen sechsunddreißig Stunden, oder waren es mehr?, doch Dinge und Wesen gezeigt, die er nicht verstehen oder erklären konnte. Egal, er musste weiter, um zu sehen, was sich im hinteren Teil der Halle abspielte. Auch dort wurde geschossen und eine Geräuschwelle, bestehend aus Geschrei, Schüssen und Zischen, hallte durch den Hangar.

Zasdosh hatte der schnelle Lauf durch die Wüste angestrengt. Vielleicht wirkte auch die Betäubung nach, die er von den Schwarzen erhalten hatte. Noch immer ärgerte ihn die Schmach, dass die Schwarzen ihn wie lästigen Abfall einfach in der Wüste entsorgt hatten. Doch sein Groll erwuchs schlicht aus der Tatsache, dass er es nicht geschafft hatte, die Kolonie zu finden. Mittlerweile zweifelte er sogar und fragte sich, ob es diese denn wirklich gab. Seine Träume, seine Hoffnung, diesen verfluchten Planeten zu verlassen, sanken dem Nullpunkt entgegen. Er würde hier, fern von der Heimat sterben.

Zorn flammte in ihm auf und ersetzte die Hoffnungslosigkeit. Auf keinen Fall würde er in Gefangenschaft sterben, sondern wie es dem Ehrenkodex seines Volkes entsprach, im Kampf. Seine Peiniger würden dafür bezahlen, dass sie ihn entehrt und eingesperrt hatten. Sie würden die Rechnung dafür bekommen, dass sie ihn gefoltert, und missbraucht hatten, als sie seinen Körper untersuchten, Nadeln in ihn gestochen und andere Dinge getan hatten, als er ohne Besinnung gewesen war. Diese Barbaren, die sich Menschen nannten, mussten sterben, damit seine Ehre wieder hergestellt wurde.

Als Zasdosh endlich die Reihe von Gebäuden erreichte, blieb er stehen und orientierte sich. Keine hundert Meter entfernt lieferten sich die Schwarzen mit den Menschen ein Gefecht. Ratternde Schussgeräusche und das Fauchen von Laserwaffen hallten zu ihm herüber. Dort waren seine Feinde und Zasdosh differenzierte nicht, wer sein Gegner war. Alle, die dort kämpften, waren seine Feinde! Jeder hatte den Tod verdient.

In einer kurzen Feuerpause rannte er los, in den Hangar hinein. Mit einem gewaltigen Sprung riss er einen der Schwarzen von seinem Fluggerät und zerfetzte in der gleichen Bewegung mit seinen Krallen dessen Brustkorb. Auf allen Vieren kam er auf und sprang sogleich weiter. Weißer Rauch umhüllte ihn und er konnte seine Feinde nur undeutlich erkennen. Dennoch rannte er weiter und rammte einen Menschen, was er nur am Rande wahrnahm. Dann lichtete sich der Nebel und er sah eine Gruppe Menschen, die panisch durcheinanderlief. Auch hier wurde geschossen. Soldaten feuerten auf Wissenschaftler und diese auf Soldaten. Dazwischen versuchten sich andere Menschen in Sicherheit zu bringen.

Zasdosh stoppte seinen Lauf und fragte sich, wieso die Menschen hier gegeneinander kämpften. War es denn nicht so, dass die Soldaten die Wissenschaftler schützen sollten? Zasdosh war verwirrt und deshalb unachtsam. Ein harter Schlag traf seine Schulter und er wurde herumgewirbelt. Ein Schuss hatte ihn getroffen, abgefeuert von einem Menschen. Zasdosh konnte nicht glauben, dass er so unachtsam gewesen war. Er taumelte haltlos, ehe er hart auf dem Hallenboden aufschlug. Brennender Schmerz breitete sich aus und raubte ihm, dem stolzen Krieger, die Besinnung. Das letzte Bild, das er sah, ehe er in eine Ohnmacht abglitt, zeigte einen bewaffneten Wissenschaftler, der lachend auf seine Kollegen schoss.

***

In letzter Sekunde

Das Aufschnellen des Sicherheitsbügels der Granate schien das letzte Geräusch zu sein, das der Dieb jemals hören würde. Doch mit dieser Einschätzung täuschte er sich. Ein lautes, mechanisches Rattern belehrte ihn eines Besseren. Fast simultan zu dem Rattern hämmerte eine Salve, abgefeuert aus einer Maschinenpistole durch den Gang. Rund um den am Boden liegenden Dieb schlugen Geschosse ein und sausten jaulend als Querschläger davon.

Gerade eben noch hatte der Dieb sich als zerfetztes Opfer bei den anderen Leichen im Gang liegen sehen. Unerwartet hatte sich diese Vision in eine nicht weniger tödliche gewandelt. Ohne bewusst zu denken, reagierte der Körper des Diebes und er sprang auf. In wilden Sätzen lief er Haken schlagend davon und hechtete in letzter Sekunde durch die Tür zu den Waschräumen. Eine heftige Explosion verlängerte seinen Sprung und so prallte er zunächst hart auf den Boden und schließlich mit der Schulter gegen die geflieste Wand. Die Granate war explodiert und der Dieb konnte nicht fassen, dass er es tatsächlich geschafft hatte, sich in Sicherheit zu bringen.

Wirklich, echote es durch seine Gedanken, *du glaubst, du bist in Sicherheit?* Das rasselnde Geräusch, das vom Flur her zu ihm drang, unterstrich seine Zweifel.

Auf dem Bauch robbend, rutschte er hinter die Leiche des Soldaten, der hier im Waschraum in seinen Armen gestorben war. Eng drängte er sich an den toten Körper und hielt die Luft an. Mit einem Auge konnte er zur Tür hinüberschauen und erschrak, als ein unförmiger Schatten auf ihn fiel.

Eine Maschine, die wie ein Spielzeugpanzer aussah und circa einen Meter lang war, rollte auf Ketten heran. Dann drehte der Minipanzer, der in Wirklichkeit einer der ersten Kampfroboter mit eigenem Entscheidungsmodul war. Dieser Typ Roboter war hier in der Area entwickelt worden und nur wenige Menschen hatten Kenntnis von seiner Existenz. Das Notfallprogramm musste den Roboter aktiviert haben oder irgendein Irrer, der möglichst viel Schaden anrichten wollte. Der Dieb wunderte sich über seine doch so sinnlosen Gedanken.

Der Roboter hatte die Soldaten mit aller Wahrscheinlichkeit überrascht, sie als Feinde eingestuft und getötet. Nun stand die Mordmaschine keine drei Meter von ihm entfernt. Ein beweglicher Kamerakopf schwenkte suchend hin und her und simultan folgte ein kurzer Waffenarm. Als der Dieb schon glaubte, seine Lungen würden platzen, da er schon gefühlte Unendlichkeiten die Luft anhielt, bewegte sich der Roboter. Der Kamerakopf schwenkte in Richtung Gang und das metallene Monstrum rollte aus dem Raum.

So leise der Dieb konnte, ließ er die Luft aus seinen Lungen entweichen und sog sogleich frischen Sauerstoff ein. Die Gefahr jedoch war noch nicht gebannt, sein Problem noch nicht gelöst. Er brauchte immer noch seinen Kugelschutz, seine umfunktionierte Liege, um in das Lüftungssystem zu gelangen. Ein gruseliger Schauer überlief seine Haut, als er daran dachte, was wohl geschehen wäre, wenn er mit seiner primitiven Konstruktion, seinem Kugelschutz dem Roboter auf dem Gang begegnet wäre.

Der Dieb blieb noch einige Minuten eng an die Leiche gepresst liegen. Längst hatte er seinen Ekel und seine Scheu vor Blut und Leichen verloren. Er dachte nicht einmal darüber nach, wie er da so lag und in den Gang hineinhorchte, um festzustellen, ob der tödliche Roboter sich noch in der Nähe befand.

Minuten vergingen träge und der Dieb fragte sich, ob der Roboter in der Lage war, sich auf die Lauer zu legen und ihm eine Falle zu stellen. Doch alle Überlegungen in diese Richtung führten nur dazu, dass er immer paranoider wurde. Er drängte die Angstgedanken beiseite und entschloss sich stattdessen zu handeln.

Geschmeidig und dennoch leise erhob er sich und huschte zur Tür. Kurzfristig versuchte Panik seine Atemfrequenz zu erhöhen. Der Dieb ließ dies jedoch nicht zu und munterte sich selbst auf, indem er flüsterte:

»Du schaffst das! Komm schon, hole die Liege! Der Roboter ist längst weg. Los jetzt!«

Mit dem letzten Wort streckte er seinen Kopf in den Gang hinaus und schaute sich um. Erleichtert stellte er fest, dass der Roboter verschwunden war. Die Erleichterung verflog aber sofort, als er sah, was die Handgranate angerichtet hatte. Der tote Soldat, der die Handgranate in seiner Hand gehalten hatte, lag zerfetzt auf dem Boden. Der Dieb schaute nicht genau hin, weigerte sich, dieses Grauen anzuschauen. Hinter den Körperteilen des Soldaten lag sein Kugelschutz, die Liege auf der Seite. Der Stahlschrank, der auf der Liegefläche von ihm fixiert worden war, lag neben dem medizinischen Bett im Gang.

Wie ferngesteuert schritt der Dieb durch das Feld der Verwüstung, bemüht darum, auf keinen Fall auf ein Leichenteil zu treten. Nach unendlichen Sekunden und einem permanenten Würgereiz im Hals erreichte er schließlich die Liege. Er sammelte sich und lauschte dabei. Das einzige Geräusch, das er vernahm, war seine hektische, angestrengte Atmung. Sonst schien alles ruhig – zu ruhig für sein Empfinden.

Hastig griff er sich die Liege, hob sie an und trug sie in Richtung des Waschraums. Seine Sicht nach unten war nun eingeschränkt und mehr als einmal geschah genau das, was er zu vermeiden gesucht hatte. Natürlich trat er auf die Überreste des toten Soldaten und tröstete sich gleich damit, dass der arme Kerl es nicht mehr spürte.

Kurz vor der Tür zu den Waschräumen hörte der Dieb wieder das metallene Rasseln. Er wusste nun, was dies zu bedeuten hatte: Der verdammte Roboter kehrte zurück.

Eilig stellte er die Liege ab und schob sie in den Waschraum. Kaum drinnen musste er die Liege erneut anheben und über den dort am

Boden liegenden Toten heben. Ohne sich umzusehen, schob er so schnell er konnte die Liege in die Männertoilette und schloss die Tür. Danach positionierte er sie unter einer kaum sichtbaren Wartungsklappe an der Decke. Draußen war das Rattern des Roboters nun lauter zu hören. Der Dieb sprang auf die Liege und richtete sich auf. Ohne Probleme erreichte er die Wartungsklappe und drückte dagegen. Nichts geschah, sie bewegte sich nicht! Verzweiflung berührte ihn mit kalten Fingern, dennoch schaute er sich die verdammte Klappe noch einmal genauer an. Zwei kleine Riegel hielten sie. Handwerker hatte die Decke gestrichen und natürlich die Riegel übertüncht. Von Farbe verklebt, hielten sie die Wartungsklappe fest in ihrer Position. Der Dieb zerrte ungeduldig an den Riegeln, während der Roboter sich draußen vor der Tür einen Weg zu ihm bahnte. Die Maschine hatte ihn wohl gehört oder auf anderem Weg geortet.

Eile war geboten und der Dieb drückte und zog an den Riegeln. Blut tropfte von seinen Fingern, doch er ignorierte den Schmerz. Unvermittelt löste sich der letzte Riegel und die Klappe schwang auf. Beinahe hätte das verdammte Ding den Dieb am Kopf getroffen, doch ein hilfreicher Reflex ließ ihn ausweichen. Er streckte seine Arme nach oben und seine Hände fassten den Rand der Luke. Er griff zu und zog sich sofort in die Höhe. Sein Kopf tauchte in das Halbdunkel des Lüftungskanals und seine Arme verkeilten sich an der Kante der Klappe. Er drückte seine Ellenbogen fest gegen das Metall und versuchte so, seinen Körper nach oben zu ziehen. Seine Beine baumelten immer noch von der Decke herab, als das Knattern der Maschinenwaffe ihn daran erinnerte, sich zu beeilen. Gleichzeitig zerbarst das Holz der Tür und Splitter, begleitet von den Geschossen der Roboterwaffe verwandelten den engen Raum in eine Todeszone.

Der Dieb spürte einen kurzen Stich in seiner rechten Wade, ehe er seine Beine vollständig in den Lüftungsschacht ziehen konnte. Ohne auf das Stechen zu achten, rutschte er auf allen Vieren so schnell er konnte den Schacht entlang. Wie sich zeigte, keine Sekunde zu früh. Hinter seinen Füßen platzte der Aluminiumboden förmlich auf, als die Projektile des Roboters einschlugen.

***

Rückweg

Vorsichtig schob sich der Sektionschef hinter dem Maschinensockel hervor. Er verfluchte sich selbst, dass er so blauäugig gewesen war und dem sterbenden Saboteur geglaubt hatte. Er selbst hatte den Code weitergegeben und damit eine Katastrophe ausgelöst. Die Konvertierten würden ohne Gnade jeden Menschen in der Area jagen und töten. Außerdem bestand noch immer der Selbstverteidigungsmodus und die automatischen Fallen würden ebenfalls viele Opfer finden.

Ein lautes Knacken ließ ihn schreckhaft herumfahren, doch nur ein Relais hatte in einer Maschine das Geräusch verursacht. Über das Raubtier, das sich hier unten herumtrieb, machte er sich im Moment keine Sorgen. Er hatte das Tier vertrieben und hoffte, dass er mit keinem weiteren Angriff zu rechnen hatte.

Vor ihm in der Maschinenhalle schien alles ruhig. Gab es auch hier versteckte Fallen, automatische Schusssysteme? Er wusste es nicht. Er vertraute darauf, dass die Konstrukteure des Sicherungssystems es nicht für nötig empfunden hatten, hier unten Fallen einzubauen.

Vorsichtig erhob sich der Sektionschef und suchte mit seinen Augen die vor ihm liegende Strecke bis zur nächsten Deckung gewissenhaft ab. Er sah nur Rohre, Kabelkanäle, Schaltschränke und Generatoren – kein Zeichen eines Schussapparates.

Entschlossen spurtete er los und warf sich nach wenigen Metern in Deckung. Schwer atmend blieb er liegen und schaute sich erneut um. Alles blieb ruhig, soweit man in einer Maschinenhalle von Ruhe sprechen konnte. Wenigstens hatte er es nicht mehr mit einem menschlichen Gegner zu tun, der versuchte ihn umzubringen.

Nach einer Minute erhob er sich erneut und das gleiche Prozedere begann. Nach vorne schauen, das nächste Ziel, die nächste Deckung definieren, den Raum nach Fallen absuchen und losrennen. Nach vier weiteren Spurts erreichte der Sektionschef unangefochten die breite Tür zum vorderen Maschinensaal. Er spähte durch das in der Tür angebrachte Fenster, sah jedoch nur die Belanglosigkeit des angrenzenden Raumes.

Gerade als er die Tür aufstoßen wollte, erkannte er eine Bewegung, die er nicht einordnen konnte. Gebannt schaute er durch das

Fenster und glaubte schon fast, er habe sich getäuscht. Dann jedoch sah er eine Gestalt, die sich vorsichtig zwischen den Maschinen bewegte. Wer war denn dass? Freund oder Feind? Woher kam der Andere?

Der Sektionschef musste sich entscheiden. Sollte er hier verharren und sehen, was der andere im Schilde führte oder sollte er sich zeigen und damit Gefahr laufen, getötet zu werden? Er beschloss, sich auf seine militärische Ausbildung zu verlassen und zu handeln.

Er stieß die Tür auf, rannte hindurch und fand sogleich hinter einem Betonpfeiler Deckung. Der andere erstarrte in seiner Bewegung und duckte sich dann hinter einem Maschinensockel. Kein Angriff, stellte der Sektionschef befriedigt fest, also gab es eine Möglichkeit zur Kommunikation. So rief er laut in die Halle hinein und schaute dabei gebannt in die Richtung, wo er den Unbekannten vermutete:

»Hallo! Wer sind Sie und was haben Sie hier unten verloren?«

»Hier ist Harper aus der Sicherheitszentrale. Sind Sie der Sektionschef?«, rief der Unbekannte. Der Sektionschef erinnerte sich, dass ein Computeroperator namens Harper in der Sicherheitszentrale Dienst tat und so antwortete er erleichtert:

»Hallo Harper, zeigen Sie sich, damit ich sicher bin, dass Sie es sind.«

Mit einigem Zögern erhob Harper sich und winkte überflüssigerweise. Der Sektionschef trat aus seiner Deckung hervor und erkannte den Mann sofort. Dennoch war weiterhin Vorsicht geboten. So rief er ihm zu:

»Bleiben Sie dort stehen und rühren Sie sich nicht. Ich komme zu Ihnen.«

Ein einfaches Okay bestätigte seinen Befehl. Wieder suchte der Sektionschef seine Umgebung nach einer versteckten Falle ab und dieses Mal wurde er fündig. Keine vier Meter entfernt hing an der Decke eine Selbstschussanlage, die er beinahe übersehen hätte. Die Schussanlage war zwischen einigen Rohren angebracht und fiel damit kaum auf. Zum Glück richtete die Anlage ihren Gewehrlauf nach links und damit weg von seiner Position.

Der Sektionschef zog seine Pistole aus dem Holster und legte an. Er musste treffen, denn er wusste, dass sich das Schusssystem drehen konnte und somit auch auf ihn zu feuern in der Lage war. Ruhig visierte er und drückte zweimal ab. Er traf und der hintere Teil der intelligenten Waffe zerbarst. Dennoch umging der Sektionschef die Schussanlage weiträumig. Als er endlich bei Harper ankam, fragte er sofort:

»Wer hat Sie hierher geschickt und haben Sie auf ihrem Weg Selbstschussanlagen entdeckt?«

»Ihr Stellvertreter hat mich geschickt«, antwortete Harper, »und ich habe keine Selbstschussfallen gesehen.«

»Na, da haben Sie aber Glück, dass Sie noch am Leben sind. Okay, auf welchem Weg sind Sie bis hierher gelangt? Erinnern sie sich genau, das ist wichtig!«

***

Vorsatz

Der unsichtbare Soldat, der nun nicht mehr unsichtbar war, lehnte erschöpft an der Stahltür der Schleuse. Er schaute seinen Begleiter, dem er aus ihm unerfindlichen Gründen wie ein Geist gefolgt war und den er entgegen seiner Befehle sogar geschützt hatte, fragend an. Der Mann, ein schmächtiger Latino, wohl Mexikaner, grinste ihn frech an. Der Soldat formulierte im Geiste seine Frage und fragte dann neugierig:

»Wie ist es dir gelungen, mein Freund, mich im Tarnmodus zu erkennen? Das ist doch eigentlich unmöglich.«

»Eben nicht«, antwortete Gustavo in gebrochenem Englisch. »Ich habe dich irgendwie bemerkt, ja zum Schluss beinahe gesehen. Jedenfalls wusste ich immer, wann du in der Nähe warst.«

Der Soldat schüttelte seinen Kopf und versuchte gleichzeitig herauszufinden, wie er sich von nun an verhalten sollte. Auf keinen Fall konnte er seinem Befehl nachkommen und Flüchtige, die hier in den Räumen der Area herumirrten, eliminieren. Nicht nach all den Dingen, die er hier bislang gesehen hatte. Die Ungeheuerlichkeiten hinter der Panzertür hatten ihn schwer erschüttert. Die Wissenschaftler hier in der Area 51 waren Verbrecher, denen man Einhalt gebieten musste. Für sie waren Menschen und auch Aliens nur Forschungsobjekte. Das konnte nicht sein, das durfte nicht sein. Die armen gequälten Wesen in den Energiesäulen waren Verlorene und er hoffte, dass sie sich ihres Zustands nicht bewusst waren. Wenn aber doch, dann war es das schrecklichste Dasein, was er sich vorstellen konnte. Der kleine Latino stupste ihn an und fragte:

»Na, alles in Ordnung Mann? Du siehst recht blass aus.«

»Nichts ist in Ordnung!«, antwortete der Soldat schroff, »gar nichts!«

Dann drehte er sich zu dem kleinen Mann um und sagte entschlossen:

»Wir müssen hier heraus und der Welt berichten, was hier vor sich geht. Wir müssen diesen Untaten ein Ende setzen!«

Gustavo schaute den Soldaten ernst an, ehe er mit spröder Stimme sagte:

»Ja, du hast recht! Ich habe schon viel Ungerechtigkeit gesehen und erlebt. Auch der Tod ist mir nicht fremd und ich bin ihm schon oft begegnet. Ich werde dich begleiten und an deiner Seite stehen. Meine Hand darauf!«

Daraufhin streckte Gustavo seine Hand nach vorne, die der Soldat sofort ergriff. Beinahe eine Minute standen die beiden Männer so da und schauten sich mit ernsten Gesichtern an. Dann zog Gustavo seine Hand zurück und sagte pragmatisch und mit einem leichten Grinsen:

»Zuerst müssen wir aber erst mal hier verschwinden. Kennst du einen Weg aus dieser verfluchten Anlage?«

»Noch nicht, aber ich bin mir sicher, wir finden einen Ausweg. Los komm, aber sei vorsichtig, wer weiß, was für Fallen noch auf uns warten!«

Damit schob er sich an Gustavo vorbei und trat an die Tür zum Treppenhaus. Angespannt spähte der Soldat hinaus.

***

Ängstlicher Killer

Als Chuck Lander den Schwarzen geköpft hatte und nach vorne zum Hallenausgang gestürmt war, hätte Rupert Graham sich beinahe übergeben. Taumelnd, alle Akteure dieses schrecklichen Dramas ignorierend, bewegte er sich nun zur Hallenwand und spürte gleich darauf das kalte Metall der Hangarverkleidung. Er schloss seine Augen und legte seine Stirn ebenfalls an das kalte Metall. Die Geräusche seiner Umgebung, die Schüsse, das panische Geschrei, verebbten und es wurde beinahe ruhig. Ruperts Geist hatte sich zurückgezogen und er sperrte seine Umgebung aus. Er wollte nur noch spüren, sich selbst spüren. Schon in der Todeszelle wollte er nichts anderes. Dort hatte er sich vorgenommen, sich selbst bis zuletzt, bis zum letzten Gang, zu spüren. Nur wenn er sich selbst spürte, lebte er, nur dann. Alles andere konnte Einbildung, ein wirrer Traum oder eine unseriöse Realität sein. Er musste sicher sein, dass er existent war, dass er lebte. Nur dann konnte er dem Tod in die Augen schauen und in die Unendlichkeit eintauchen. Nur dann konnte er frei sein.

Etwas oder jemand rempelte ihn an und brachte ihn zum Straucheln. Mit immer noch geschlossenen Augen fiel er zu Boden und schlug hart auf. Sofort riss seine innere Verbindung, seine Meditation, und ein gewaltiger Geräuschsturm brauste über ihn hinweg.

Widerwillig öffnete er seine Augen und sah ein apokalyptisches Bild, das seinen übelsten Begleiter aktivierte – die Angst. Prophetisch sah er seinen eigenen Tod, hier in diesem Hangar. Trivialer ging es beinahe nicht mehr, höchstens wenn er in einer versifften Toilette seinen letzten Atemzug tun würde. Seine Angst schuf phobisches Verhalten und warnte mit der Aussicht auf Schmerz. *Nein, nur keine Schmerzen*, dachte er verzweifelt und sah, wie ein blutender Soldat, der seinen Bauch hielt, an ihm vorbeitaumelte.

Ein Schemen, der mit enormer Geschwindigkeit an ihm vorbeisauste, lenkte ihn davon ab. Gleich darauf erkannte Rupert, was da an ihm vorbeigelaufen war: ein Tiger mit einem Overall bekleidet. Was für ein Unsinn, dachte Rupert, das gibt's doch gar nicht! Doch seine Einschätzung interessierte das Tigerwesen nicht, als es einen Mann im weißen Kittel förmlich zerfetzte. Das Blut des Mannes spritzte bis zu ihm herüber und der Killer konnte den metallenen Geruch des Blutes riechen. Erinnerungen an seine eigenen Morde vermischten sich mit dem aktuellen Grauen.

Rupert sprang auf und zog sein Messer aus der Kitteltasche. Neben ihm tauchte eine panisch schreiende Frau auf und wollte sich an ihm vorbei zur nächsten Tür drängen. Rupert handelte seinem mörderischen Naturell entsprechend und stieß der Frau sein Messer in die Seite. Diesen Stich schien die Frau nicht einmal zu spüren, denn sie rannte unbeirrt und schreiend weiter und stieß die Tür zu den Waschräumen auf. Gleich darauf war sie verschwunden, doch Rupert wollte sein Werk vollenden und rannte der Frau hinterher. Als er in den Vorraum der Toilettenanlage trat, verriet dissonantes Schreien, wo sich die Frau aufhielt.

Ein teuflisches Lächeln breitete sich auf dem Gesicht des Killers aus und er fühlte kein einziges Aufblitzen seiner eigenen Angst mehr. Mit einem heftigen Tritt verschaffte er sich Zugang zu der Damentoilette und die Tür riss aus den Angeln. Polternd krachte das Türblatt auf den Boden und Stille erfüllte den Raum. Kein Schreien mehr, kein Jammern, nichts!

Rupert schaute sich erstaunt um und versuchte herauszufinden, wo sein Opfer abgeblieben war. Ohne Vorbereitung traf ihn ein heftiger Schlag am Kopf und warf ihn nieder. Er hatte das Brechen von Knochen gehört, das Brechen seines Schädelknochens. Sofort war sein linkes Auge blind und seine Angst kehrte zurück. Erfüllte sich nun sein Schicksal? Sollte er in einem Toilettenraum sterben?

Mit einer letzten Kraftanstrengung richtete Rupert sich auf. Nun versuchte er sitzend zu erkennen, wo sein Angreifer oder seine Angreiferin sich befand. Er hielt sein Messer vor sich und war bereit, sofort zuzustechen. Dabei versuchte er auf seine Beine zu kommen, was ihm überraschenderweise sogar gelang.

Wankend kam das Bild eines Spiegels in seinen Sichtbereich und gleich darauf sah er sich selbst. Der nächste Schock zerrte an ihm, als er seinen Kopf sah. Auf der linken Seite zeigte sein Schädel eine enorme Delle, aus der dunkles Blut sickerte. Er konnte es nicht fassen, dass er bei dieser Verletzung immer noch lebte. Selbstmitleid begleitete die Angst vor seinem eigenen Tod. Schmerzen tobten mit ungeheurer Wucht in seinem zerbrochenen Schädel. Ein weiterer

Schmerz, der so schlimm war, dass es ihm beinahe die Besinnung raubte, ließ ihn stürzen. Er schaute auf seine Hand und suchte das Messer, doch da war nichts, da war keine Hand.

Eine rote Notfallaxt, wie sie oft neben Feuerlöschern in öffentlichen Gebäuden hing, tauchte vor seinen Augen auf. Er rollte sich auf den Rücken und dabei hielt er fast anklagend seinen Armstumpf in die Höhe, aus dem Blut spritzte. Hinter der Axt erkannte er die Frau, der er in die Seite gestochen hatte. Ihr beiges Kostüm war an der rechten Seite von Blut durchtränkt, was sie aber nicht zu bemerken schien. Stattdessen stellte sie sich über ihn, einen Fuß rechts und einen Fuß links neben seinem Brustkorb. Ein völlig irrsinniger Gedanke durchzuckte Ruperts Hirn. Er dachte bei der breitbeinig über ihm stehenden Frau, die nun die Axt mit beiden Händen hoch über ihren Kopf hielt: *Irgendwie ist diese Situation schon obszön.*

»Verrecke, du Schwein!«, schrie die Frau und ließ die Axt nach unten schwingen. Rupert versuchte noch dem Schlag auszuweichen, doch dann spürte er kaltes Metall in seinen Schädel eindringen und ein letzter Gedanke verwehte in der Ewigkeit:

Ich spüre es …

***

Ein letzter Blick

Er hatte sie nicht gesehen. Sein Blick schweifte nicht zur Tankstelle, sondern war nach innen, auf seine eigene Zukunft gerichtet. In Wirklichkeit hatte er seine Retter Stan und Gerry schon längst vergessen. So sah er auch nicht, wie die beiden in ihr Auto stiegen und davonfuhren.

Eigentlich hatte Allen Friggs noch einige Tage im Haus des Kerls verbringen wollen, den er in der verlassenen Fabrik erwürgt hatte. Doch sein eigenes Ego hatte ihn zurück auf die Straße getrieben. So hatte er das erstbeste Restaurant ausgewählt, das zu so früher Stunde geöffnet war. Er machte sich keine Sorgen, dass er gesucht wurde, denn laut der Akten, die ein Gefängnis führte, saß er ja noch im

Todestrakt. Zwar hatte er einige neugierige Blicke von den wenigen Gästen des Restaurants gespürt, doch das hing mit seinem geröteten, verbrühtem Gesicht zusammen. Diese Stadt hatte wenigstens einen Vorteil – niemand kümmerte sich um den anderen.

Nun stand Allen vor dem Restaurant und überlegte, was er als Nächstes unternehmen wollte. Die großen Kasinos würde er vorerst meiden, da dort überall Kameras hingen. Er wollte natürlich nicht auffallen, das war sicher. Doch seine innere Unruhe hatte ihn aus dem Haus getrieben. *Eigentlich*, so dachte er, von seinem triebhaften Wahn gesteuert, *könnte ich mir ein Spielzeug suchen.* Tatsächlich meinte der verrückte Killer, dass er spielen wollte, und entmenschlichte schon vorab sein zukünftiges Opfer.

Er schaute sich noch einmal um, damit er keine Gelegenheit verpasste, sich schon hier auf dem Parkplatz vor dem Restaurant jemanden zu schnappen. Doch zu dieser frühen Stunde war es ruhig und die Auswahl zu gering. Also setzte er sich in den alten Honda und fuhr los. Langsam rollte er durch ruhige Wohnstraßen, hielt vor Supermärkten und kleinen Shoppingarealen. Doch es war einfach noch zu früh, obwohl der Himmel langsam heller wurde. Der Morgen war nicht mehr fern, er musste nur Geduld haben.

Nach einer guten Stunde stoppte er und parkte seinen Wagen in der Nähe eines modernen mehrstöckigen Mietshauses. Die gesamte Anlage machte einen sehr gepflegten Eindruck und die Mieter schienen dem Mittelstand anzugehören. Allen Friggs schaute gespannt zu dem Haus hinüber und fragte sich, wer wohl sein neuestes Opfer sein würde. Ihm war es eigentlich egal, ob er sich eine Frau oder einen Mann schnappen konnte. Genauso verhielt es sich mit dem Alter der Opfer oder deren Rassenzugehörigkeit. In dieser Beziehung war er nicht wählerisch. Im Geiste malte er sich schon aus, wie er sein Opfer in sein Haus brachte, in seinem Selbstverständnis war das Haus seines letzten Opfers in seinen Besitz übergegangen, und wie er es genießen würde, Angst in den Augen seines Opfers zu entfachen. Damit würde er erneut gottgleich werden und die Macht besitzen, über Leben und Tod zu entscheiden. Bei diesen Gedanken lächelte Allen Friggs voller Vorfreude.

Ein energisches Klopfen an seinem Seitenfenster erschreckte ihn zutiefst. Er hatte bei seinen Fantasien völlig vergessen, auf seine

Umgebung zu achten. Er fühlte sich ertappt und schaute unsicher zum Seitenfenster. Er konnte nur die beige Uniform der Las Vegas Metropolitan Police erkennen. Der Polizist schien ein Hüne von Mann zu sein, da Allen dessen Kopf nicht sehen konnte.

Scheinbar gefielen dem Police Officer Allens Betrachtungen nicht oder es dauerte ihm zu lange, bis er reagierte. Erneut klopfte der Polizist mit seinem Schlagstock ans Fenster und beugte sich etwas nach vorn, um den Fahrer anzuschauen. Allen schaute in das sonnenbebrillte Gesicht eines Afroamerikaners und wunderte sich, warum der Mann eine Sonnenbrille trug. Es war noch früher Morgen, wohl kurz nach sechs Uhr und die Sonne war noch nicht über die Berge gekrochen. Der Polizist wurde nun ungeduldig und klopfte energischer gegen das Fenster. Dabei rief er mit strenger Stimme:

»Sir, öffnen Sie das Fenster mit der linken Hand und lassen Sie die rechte Hand auf dem Lenkrad liegen!«

Allen überlegte fieberhaft, was er nun tun sollte. Er hatte keine Papiere und saß in einem Wagen, der ihm nicht gehörte. Auf jeden Fall würde er festgenommen werden und dann, auf dem Revier, würden sie seine wahre Identität feststellen. Keiner würde ihm glauben, dass er aus der Todeszelle entführt worden war und genau dorthin würden sie ihn wieder bringen. Nein! Er würde sich auf keinen Fall wieder einsperren lassen. Niemals!

Er schaute zu dem Police Officer, lächelte ihn an und bewegte sich so, als ob er das Fenster öffnen wolle. Dann zuckte seine Hand nach vorn und er startete den Wagen. Der Polizist vor dem Wagen zog seine Dienstpistole und schrie etwas Unverständliches. Allen kümmerte sich nicht um das Geschrei und den Polizisten und fuhr mit quietschenden Rädern an und davon. Der Police Officer steckte seine Waffe weg, sprach gleichzeitig in das an seiner Schulter befestigte Mikrofon und rannte zu seinem Streifenwagen zurück.

Allen hatte mittlerweile die nächste Kreuzung erreicht und bog nach rechts ab. Die Straße vor ihm füllte sich mit Pendlern, die sich in Richtung Las Vegas Strip und dessen Hotels bewegten. Er wechselte die Spuren ohne zu blinken und fuhr so schnell wie er eben konnte. Mit der ihm eigenen Rücksichtslosigkeit rammte er andere Fahrzeuge. Ein wütendes Hupkonzert begleitete seine wilde Fahrt, unterstützt vom Jaulen der Polizeisirene seines Verfolgers. Es dauerte keine zwei Minuten, bis sich weitere Sirenen mit den dazugehörigen Streifenwagen an dem frühmorgendlichen Konzert beteiligten.

Erneut rammte Allen einen langsam fahrenden Wagen, der daraufhin aus seiner Fahrspur ausbrach und gegen einen LKW prallte. Der Lastwagen bremste und stellte sich quer. Die folgenden Autos konnten nicht mehr rechtzeitig bremsen und krachten fast ungebremst in den Laster.

Allen lachte laut und freute sich über das Chaos, das er angerichtet hatte. Er wusste, dass er seinen Verfolgern nur entkommen konnte, wenn er es bis zu den Hotelkasinos schaffte. Dort konnte er in den großen Spielhallen oder in den Hotelkomplexen untertauchen. Wie es von da an weitergehen würde, musste er situationsbedingt entscheiden. Scheinbar errieten die ihn verfolgenden Polizisten seinen Plan, denn sie schlängelten sich durch die verunglückten Fahrzeuge hindurch und rammten hinderliche Wagen zur Seite. Beständig kamen sie näher und die anderen Verkehrsteilnehmer vor Allen hatten wohl erkannt, dass eine Verfolgungsjagd im Gange war. Sie scherten rechts und links aus und bildeten so eine Gasse. Allen war das egal und er nutzte die Gelegenheit, sein eigenes Tempo zu erhöhen.

Schon konnte er die riesigen Bauten der Hotels vor sich sehen und es würde keine Minute mehr dauern, ehe er das erste Hotel erreichte. Auf dem rechten Bürgersteig befand sich eine Gruppe Fußgänger, die scheinbar die Nacht in den Kasinos verbracht und nun den Weg zu ihren Hotelbetten angetreten hatten. Allen kam eine Idee, die kaum an Bösartigkeit zu übertreffen war. Er hatte am Fernsehgerät seines neuen Heims gerade gestern Nacht eine Reportage verfolgt, in der über die Anhäufung von Anschlägen berichtet wurde, bei der Terroristen Fußgänger überfuhren. Genau das würde er nun tun und selbst wenn sie ihn schnappen sollten, würde sein Name um die Welt gehen. Dann konnte keine Behörde mehr vertuschen, dass man ihn aus der Todeszelle geholt und verschleppt hatte.

Allen riss das Lenkrad nach links und sein rechtes Vorderrad berührte die Bordsteinkante. Was er allerdings nicht bedacht hatte war die Tatsache, dass der Bordstein an dieser Stelle mindestens vierzig Zentimeter hoch war und er selbst in einem Kleinwagen saß. Hinzu kam, dass er nicht steil genug eingelenkt hatte, was dazu führte, dass sein Auto mit dem Reifen an der Kante entlangrutschte.

Allen versuchte dennoch auf den Gehweg zu gelangen und riss kräftig an seinem Lenkrad. Dazu gab er Vollgas, um durch die zu erwartende Beschleunigung den Wagen auf den Bürgersteig zu schieben.

Die Physik war gegen seinen Plan und antwortete mit ihren eigenen Gesetzen. Das Rad verkantete sich und blockierte. Dabei wurde die Felge verbogen und das Reifengummi von derselben gedrückt. Das nachdrängende Fahrzeug konnte seine Energie nur über eine Hebelbewegung entlassen. Das Auto bäumte sich auf und überschlug sich in Fahrtrichtung, um gleich darauf auf dem besagten Bürgersteig zu landen und noch einige Meter auf dem Dach über den Beton zu rutschen.

Die Fußgänger hatten den Unfall des Hondas gesehen und waren erschrocken ausgewichen. Einige etwas angetrunkene Männer und Frauen rannten zu dem Auto, um Hilfe zu leisten. Fast zur gleichen Zeit bremsten die ersten Streifenwagen hinter dem Unfallort.

Erstaunlicherweise hatte Allen den Überschlag fast unverletzt überstanden. Kopfüber hing er im Sicherheitsgurt und erblickte eine verdrehte Welt. Doch er ließ sich von dieser Perspektive nicht ablenken. Ein Griff und das Gurtschloss öffnete sich. Geschickt wie ein Artist rollte er sich ab und schob sich aus dem zerbrochenen Seitenfenster. Wie aus einem mörderischen Reflex heraus griff Allen sich ein Stück abgebrochener Zierleiste und hielt das glänzende Metallstück wie ein Messer in seiner Hand. Die Betrunkenen waren nun am Autowrack angekommen und umringten den Killer. Die Polizisten sprangen gerade aus ihren Streifenwagen und zückten ihre Waffen.

Da sie kein klares Schussfeld hatten, näherten sich die Beamten langsam und forderten die Passanten rufend auf, sich von dem Fahrzeug zu entfernen. Die angetrunkenen Passanten verstanden nicht, was gerade geschah und realisierten natürlich auch nicht die fehlgeschlagene Absicht des vermeintlichen Unfallopfers, sie alle mit dem Wagen niederzumähen. Sie waren nur durch eine straßenbauliche Maßnahme gerettet worden. Unwissend wie sie waren, empörten sich die Partygänger und schrien nun ihrerseits in Richtung der vorrückenden Polizisten.

Allen sah plötzlich seine Chance und nutzte die unübersichtliche Situation kaltblütig aus. Er griff sich eine neben ihm stehende junge Frau. Er stellte sich hinter sie und legt ihr den rechten Arm um den Hals und bedrohte sie mit dem spitzen Metallstück der Zierleiste. Langsam, die Frau mit sich ziehend, bewegte er sich rückwärts und damit von der Gruppe fort.

Die Betrunkenen bemerkten nicht, was gerade geschah und schimpften immer noch in Richtung der Polizisten. Einige hatten sogar ihre Fäuste erhoben und liefen streitsuchend auf die Beamten zu. Die Polizisten hatten keine Wahl. Sie mussten unbedingt den Unfallfahrer unschädlich machen, ehe dieser der Frau etwas antat.

Zwei Polizisten senkten ihre Waffen und versuchten die aufgebrachte Menge zu beruhigen, während die verbliebenen zwei Beamten die Gruppe umgingen.

Allen hatte sich inzwischen gute zwanzig Meter von dem Unfallort entfernt. Hastig schaute er nach hinten, um zu sehen, ob der Weg frei war und entdeckte einen Seiteneingang eines Kasinos. Der Eingang war nicht weit entfernt und Allen hoffte, die wenigen Meter schnell überwinden zu können. Die Frau in seinen Armen reagierte wie ferngesteuert und versuchte sich so ruhig wie möglich zu verhalten. Ein dünner Blutfaden lief an ihrem Hals herab, doch sie schien den versehentlichen Stich durch die Zierleiste nicht einmal zu bemerken.

Weitere sich nähernde Polizeisirenen lenkten Allen einen Moment ab und er bemerkte nicht, wie ein weiterer Polizist sich aus Richtung der Kasinos anschlich. Der Beamte hatte über Funk erfahren, was sich hier abspielte und hatte seinen Streifenwagen in einer Seitenstraße geparkt. So schnell und so leise er konnte, war er, dicht an die Hauswand gedrückt, bis zu einem Müllcontainer gelaufen. Nun schob er sich um das Metallbehältnis und hob seine Waffe. Die anderen Beamten ahnten, was ihr Kollege vorhatte und blieben angespannt stehen.

Allen missinterpretierte das Zögern der Polizisten und bewegte sich nun schneller rückwärts. Dabei ließ er die Zierleiste ein wenig sinken, was die entführte Frau bemerkte. Ihr Überlebenswille erwachte und ließ sie handeln. Ohne Vorwarnung ließ sie sich fallen und entglitt dem Griff des Killers. Sie rutschte einfach zu Boden und schloss ängstlich ihre Augen.

Ehe Allen auch nur auf die nun veränderte Situation reagieren konnte, traf ihn die erste Kugel in den Rücken. Der Polizist, der nun offen neben dem Container stand, hatte gefeuert. Weitere Geschosse, abgefeuert von den anderen Polizisten, trafen den Killer. Allen ließ die Zierleiste fallen, brach zusammen und fiel auf die am Boden liegende Frau. Diese schrie auf und schob den Körper des Killers von sich. Allen rollte auf den Rücken und blieb blutend liegen. Die Polizisten eilten herbei und zogen die Frau einige Meter weg, um sie in Sicherheit zu bringen. Dann umringten sie den Killer mit gezogenen Waffen. Allen stöhnte und wollte sich noch einmal aufrichten, als ihn ein weiterer Schuss traf. Er sackte zurück auf den Asphalt der Straße und lag schwer atmend in seinem eigenen Blut.

Ein letztes Mal bewegte er seinen Kopf und schaute hinauf in den morgendlichen blauen Himmel. Sein verbrühtes rotes Gesicht verzerrte sich noch einmal schmerzhaft, ehe ihn das Leben verließ.

***

Klaustrophobisch

Das Halbdunkel und die Enge des Abluftkanals schienen ihn nie mehr wieder entkommen zu lassen. Auf Knien rutschend war er nun schon durch unzählige enge Schächte und Röhren gekrochen, hatte sich nach oben in die nächste Ebene gekämpft. Längst blutete er an Händen und Knien und der brennende Schmerz schien zu seinem steten Begleiter geworden zu sein.

Dem Roboter war er entkommen, doch zu welchem Preis? Der Dieb hielt an und legte sich flach hin. Müdigkeit und Verzweiflung machten es ihm unmöglich, weiter durch die Schächte der Klimaanlage zu kriechen. Direkt vor ihm war ein schmales Gitter, durch das etwas Licht hereindrang. Doch das Licht spendete keinen Trost, sondern schien ihm nur höhnisch zeigen zu wollen, dass er hier im Dunkeln lag und der Weg für ihn zurück unmöglich schien. Der Dieb schloss seine Augen und Tränen der Verzweiflung tropften auf das kalte Aluminium des Lüftungsschachtes. Er spürte förmlich, wie das Metall des Schachtes näherkam und ihn ersticken würde. Er würde wie ein Auto in der Schrottpresse zermalmt werden.

Panik bemächtigte sich seiner und er wollte aufspringen, der vermeintlichen, nicht real existierenden Gefahr entkommen. Hart schlug sein Schädel gegen die Schachtdecke und ein brennender Schmerz durchzuckte ihn. Unglücklicherweise hatte der Dieb eine Verschraubung getroffen, die ihm einen Riss in der Kopfhaut bescherte. Heißes Blut sickerte aus der Wunde und tropfte von seiner Stirn auf das Metall. Es gesellte sich zu den Tränen, die den Aluminiumboden dank kleiner Spritzer glitzern ließen. Sein Verstand verwirrte sich und schaltete sich durch Angst und Schmerz komplett aus. Er bewegte sich nur noch instinktgesteuert.

Auf dem Bauch liegend, rutschte der Dieb mit hektischen Bewegungen los. Er musste aus dieser Falle raus, ehe sie ihn verschlang. Egal was er draußen vorfand, es musste besser sein als dieses metallene Gefängnis, das sein Grab sein konnte.

Mit jedem Meter, den er vorwärtsrutschte, schien sich ihm das glänzende Metall weiter zu nähern. Mit schnappenden Atemzügen versuchte er Luft in seine Lungen zu pumpen und er spürte, dass ihn eine Ohnmacht ergreifen wollte. Dann endlich sah er vor sich eine Wartungsklappe, einen Ausweg. Seinen Ausweg, der ihn zurück in die Freiheit bringen würde! Er rutschte bis zu der Klappe und spürte, wie sein Körper sich verkrampfte. Nicht auszudenken, hier in der Enge einen Krampf zu bekommen! Nein, nicht hier, bitte nicht!

Die Klappe war natürlich an der Außenseite verriegelt. Wütend schob er sich darüber und stemmte sich mit aller noch verbliebener Kraft gegen das störrische Ding. Es bog sich nach außen, leistete so viel Widerstand wie es konnte und gab schließlich ächzend nach.

Kopfüber fiel der Dieb durch die Klappe, drehte sich instinktiv während des Falls zur Seite und schlug mit der linken Schulter auf dem Boden eines Büros auf. Jammernd rollte er sich herum und versuchte den Schmerz, der durch und durch ging, zu vertreiben.

Schließlich blieb er ermattet liegen und schloss die Augen. Sein rationales Denken kehrte zurück und er erkannte, dass er sich durch eine Panikattacke selbst in Gefahr gebracht hatte. Er hätte sich bei dem Sturz sein Genick brechen können.

Er beließ es bei der düsteren Betrachtung und setzte sich vorsichtig auf. Seine Schulter schmerzte heftig und sein Arm wurde taub. Er musste ihn wahrscheinlich für die nächste Zeit in einer Schlinge tragen, damit er die verletzte Schulter schonen konnte. Der Dieb lachte laut auf, als er an seine Zukunft dachte. In der nächsten Zeit! Es war fraglich, ob er die nächste Zeit erleben würde. Dennoch schaute er sich suchend in dem Büro um. Er brauchte tatsächlich eine Schlinge, doch wo sollte er denn hier eine finden? Da fielen ihm Einbauschränke auf, die sich seitlich neben ihm befanden. Überhaupt wirkte das Büro eher zivil und schien nicht zu einer militärischen Einrichtung wie dieser zu passen.

Der Dieb stand vorsichtig auf, was die Schulter mit Schmerzsignalen honorierte und ging hinüber zu dem Wandschrank. Er öffnete die Schranktür und erblickte darin einige Handtaschen, die offenbar von den hier arbeitenden Sekretärinnen deponiert worden waren, zwei, nein drei leichte Sommerjacken und einen modischen, bunt gemusterten Schal, der aus der Tasche einer Jacke heraushing. Der Dieb zog ihn heraus und betrachtete das modische Accessoire. Mit beinahe anderthalb Metern Länge hatte der Schal die Voraussetzung erfüllt, als Schlinge zu dienen. Etwas umständlich hantierte der Dieb herum, bis er schließlich den Stoff verknotet hatte und die Schlinge seinen Arm hielt. Nun schaute er sich genauer im Büro um, warf auch einen Blick auf die Akten, die auf den Schreibtischen lagen. Er konnte jedoch mit den Daten und Zahlentabellen nichts anfangen. Schließlich ging er in den nächsten Raum, der wohl dem Chef dieser Abteilung vorbehalten war. Hier wirkte alles sehr aufgeräumt und auf dem Schreibtisch lagen keinerlei Akten. Allerdings stand ein Foto auf dem Schreibtisch, das einen Mann mit seiner Familie zeigte. Der Dieb stutzte, erkannte er doch den Mann auf dem Foto. Dies war der Kerl, der ihn kontaktiert und zum Diebstahl animiert hatte.

War das denn möglich? Der Drecksack arbeitete ebenfalls in der Area und hatte ihn, einen einfachen Techniker, beauftragt zum Dieb zu werden. Das roch nach abgekartetem Spiel und er würde nach getaner Arbeit eher mit einer Kugel, als mit Geld entlohnt werden.

»Das wollen wir doch erst einmal sehen«, murmelte er und untersuchte nun den Schreibtisch genauer. Gleich darauf hatte er gefunden, nach was er gesucht hatte: den Namen seines Auftraggebers.

Der Dieb hatte zwar keine Beute gemacht, doch er würde entlohnt werden, dafür würde er schon sorgen. Auf dem Weg nach draußen blieb er vor einem Fluchtwegeplan stehen. Solche Pläne gab es nur in den offiziellen Sektionen. Nach einem kurzen Blick wusste er genau, wo er sich befand.

***

Zu einfach?

Der Rückweg zur Sicherheitszentrale verlief sicher und schnell. Als sich die Stahltür öffnete, erwartete den Sektionschef ein verhaltener Applaus, den er abwinkend, doch mit einem Lächeln beendete. Er ging nach vorne und stellte sich gerade hin. Nichts außer seiner verschmutzten Uniform schien auf den Kampf hinzudeuten, den er hinter sich hatte. Doch niemand achtete in diesem Moment auf Äußerlichkeiten, sondern man wartete gespannt auf neue Anweisungen. Der Sektionschef schloss seine Augen für einen Moment, um sich zu konzentrieren, während die Frauen und Männer der Sicherheitszentrale näher rückten.

Mit einem Räuspern begann der Sicherheitschef seine kurze Ansprache:

»Frauen und Männer der Sicherheitszentrale! Der Saboteur ist tot. Leider hat er mich zum Schluss noch hereingelegt und mir einen falschen Code gegeben. Dafür trage ich die Verantwortung und ich werde mich später den Fragen meiner Vorgesetzten stellen. Doch das ist im Moment nicht wichtig. Zuerst müssen wir den alten Zustand und damit die Sicherheit der Anlage wiederherstellen. Ich weiß, dass Sie nun mehr seit fast zwei Tagen versuchen, dieses Ziel zu erreichen. Jede Maßnahme unsererseits wurde durch ein Schadprogramm des Saboteurs umgehend rückgängig gemacht. Daher bin ich zu der Ansicht gelangt, dass wir diesen Algorithmus nicht knacken können. Was bleibt nun noch zu tun? Das ist die entscheidende Frage, die ich mir schon seit einiger Zeit stelle. Ich bin zu dem Entschluss gekommen, dass wir das Übel an der Wurzel packen müssen. Dazu gibt es zwei Optionen, aus denen wir wählen können: Option eins ist, wir fahren die gesamte Anlage herunter und trennen alle Computer vom Netz wie auch von der Stromversorgung. Bei dieser Option laufen wir Gefahr, dass wir die Computer nicht mehr hochfahren können oder komplett den Zugriff auf unser Netzwerk verlieren. Auf der anderen Seite könnte diese Aktion auch dazu führen, dass wir wieder Herr der Situation werden und die Sicherheitsprotokolle wieder aktiviert werden können. Die zweite Option ist, dass wir die Programme weiterlaufen lassen und uns auf die Suche nach einem Hinweis oder dem Mastercode des Saboteurs machen. Mit dem Mastercode und ich bin mir sicher, dass ein solcher Code existiert, können wir alle Befehle des Saboteurs zurücksetzen. Ich bitte Sie nun, die Optionen zu diskutieren, während ich mich kurz frisch mache. Danach erwarte ich von Ihnen eine Meinung oder neue Ideen.«

Damit verließ er den Raum, gefolgt von zwei schwer bewaffneten Soldaten und seinem Adjutanten.

Als der Sektionschef die Zentrale zwanzig Minuten später erneut betrat, hallten ihm die Stimmen seiner Leute entgegen, die heftig und kontrovers diskutierten. Er stellte sich, nun in sauberer Uniform, wieder vor die Bildschirme, hob seine rechte Hand und forderte somit Ruhe. Danach befragte er die Computerspezialisten, welche Option ihnen am sinnvollsten erschien.

Natürlich hatten sich zwei Lager gebildet und die Meinungen schwirrten hin und her. Nach einer weiteren halben Stunde beendete der Sektionschef die Diskussion. Er war derjenige, der eine Entscheidung treffen musste. Deshalb sagte er einfach und mit einer Stimme, die keinen Widerspruch mehr duldete:

»Wir werden mit Option zwei beginnen. Die Befürworter dieser Option werden sich zusammen mit mir auf die Suche nach dem Mastercode des Saboteurs machen. Diejenigen, die sich für Option eins entschieden haben, bereiten alles zur Trennung vom Netz und der Stromversorgung vor, schalten aber noch nicht ab. Dieser Befehl kann nur von mir gegeben werden. Ist das klar verstanden worden?«

Ein einheitliches militärisches „Ja Sir" war die Antwort der Computertechniker, die alle auch Soldaten der US Army waren. Die Frauen und Männer organisierten sich und schon nach kurzer Zeit schien jeder hier in der Sicherheitszentrale sehr beschäftigt zu sein.

Die einzige Ausnahme bildeten die Wachsoldaten, die stoisch die Abläufe in dem großen Raum beobachteten und der Sektionschef selbst. Er ging zwischen den Programmierern hin und her und blieb schließlich am Arbeitsplatz des Saboteurs stehen. Dort durchsuchten vier PC-Spezialisten die Dateien und die handschriftlichen Notizen des Saboteurs auf dem Rechner. Der Sektionschef schaute den Männern bei der Arbeit zu und dachte gleichzeitig nach. Er war gut ausgebildet, doch lange nicht so gut wie die Spezialisten hier im Raum. Dennoch sagte ihm sein Gefühl, dass die Lösung des Problems ganz nahe war. Er überlegte, wie er einen Computercode, der sicherlich viele Zahlen und Buchstaben enthielt, so aufbewahrte, dass er jederzeit Zugriff auf den Code haben würde. Niemand war in der Lage, sich einen komplizierten Zugangscode zu merken. Im Prinzip war so ein Code nur ein Schlüsselwort, wie es jeder PC-Nutzer von seinem Gerät zu Hause kannte. Nur waren die Codes hier in der Sicherheitszentrale viel komplexer als die privaten. Wo also war der Code notiert, wo wäre ein schneller Zugriff möglich? Im gleichen Moment wusste der Sektionschef, wo er suchen musste. Nur hier am Arbeitsplatz des Saboteurs konnte sich der Code befinden!

Er trat an die Workstation heran und schob die Computerfachleute zur Seite. Dann setzte er sich und schaute sich den Arbeitsplatz an. Er hob das Mousepad an und schaute darunter. Nichts. Dann tastete er den Schreibtisch ab, ging auf die Knie und schaute unter die Arbeitsplatte. Auch nichts. Schließlich hob er die drei Bildschirme an, die nebeneinander auf dem Arbeitsplatz aufgereiht waren, drehte sie herum und versuchte auch hier, eine Zahlenkombination zu finden. Zwar sah er die vom Werk eingestanzten Produktionsnummern, aber das konnte bestimmt nicht der gesuchte Code sein, oder? Nein! Auf keinen Fall! Dazu hätte der Saboteur die Bildschirme drehen müssen, um die Kombination einzugeben. Ohne zu wissen warum, schaltete der Sektionschef die Bildschirme aus und die Monitore wurden schwarz. Er setzte sich zurück und bemerkte dabei nicht, dass mehr und mehr Computerspezialisten ihre Arbeit eingestellt hatten und ihn beobachteten.

Frustration baute sich auf und der Sektionschef knallte seine Faust wütend auf den Tisch. Da sah er für einen kurzen Moment eine Reflexion auf dem schwarzen Bildschirm. Etwas war kurz aufgeblitzt. Aber wie konnte das sein, der Monitor war doch ausgeschaltet! Er hatte etwas gesehen, als er mit der Faust auf den Tisch geschlagen hatte. Warum? Die Erleuchtung kam völlig unerwartet und seine erste Reaktion war der Schluss: *Das kann nicht sein!*

Dennoch ging er seinem Verdacht sofort nach und hob die Computertastatur ein wenig an, kippte sie dann leicht und sah im gleichen Moment auf dem schwarzen Bildschirm eine Buchstaben-Zahlen-Kombination. Sofort drehte er die Tastatur um und schaute ungläubig auf einen schmalen, rund dreißig Zentimeter messenden Papierstreifen, auf dem eine Buchstaben-Zahlen-Reihe zu sehen war. Allerdings war die Schrift spiegelverkehrt aufgedruckt.

»So ein verdammter Hurensohn!«, entfuhr es dem Sektionschef. »Das muss der Mastercode sein! Er war die ganze Zeit über hier, direkt vor unseren Augen. Der Saboteur brauchte das Keyboard nur leicht anzuheben und konnte so immer seine Gegenprogramme starten«, rief er aufgeregt.

Er aktivierte die Bildschirme und rief das Befehlsmenü auf. Dann kippte er die Tastatur und ein Techniker tippte, auf eine wortlose Zustimmung hin, den Mastercode ein. Es wurde ganz still in der Sicherheitszentrale, als der Code auf dem Bildschirm blinkte und der Sektionschef seinen rechten Zeigefinger auf die ENTER-Taste legte.

***

Wie von Geisterhand

Gustavo versuchte zu verstehen, was leise aus dem Headset des Soldaten drang. Sein ehemals unsichtbarer Begleiter lauschte angestrengt den Meldungen, die über das Funknetz der Special Ops durchgegeben wurden. Er selbst wurde nicht angesprochen, da er auf Geheiß seines Vorgesetzten aufklären und suspekte Personen eliminieren sollte. Den letzten Teil seines Auftrages würde der Soldat nicht erfüllen. Er überlegte, wie er aus der Zwickmühle entkommen konnte, die zwischen Befehl und seinem Gewissen keinen Ausweg zu bieten schien. Besorgt hörte er von den Kämpfen im Hangar, wo die Zivilisten der Area untergebracht worden waren. Man sprach auch von den Konvertierten, doch der Soldat konnte sich nichts unter diesem Begriff vorstellen. Seine eigene Einheit steckte noch immer in der unterirdischen Bahnstation fest. Das automatische Fallensystem war hier besonders effektiv ausgebaut worden, da der Bahnbereich als besonders gefährdet für das Eindringen feindlicher Kräfte angesehen wurde. So war seine Einheit vorerst dazu verurteilt abzuwarten, bis die Sicherheitszentrale Entwarnung gab.

Er grübelte schon seit einigen Stunden, wie er seinem Schützling Gustavo helfen konnte, ohne dass er dafür zur Rechenschaft gezogen werden konnte. *Wenn Gustavo doch nur ungesehen die Area verlassen könnte*, überlegte der Soldat. Sofort wusste er, was ihm sein Unterbewusstsein schon die ganze Zeit zugerufen hatte. Natürlich! Ein Tarnanzug! Sie brauchten noch einen Tarnanzug! So einen wie er trug. Damit konnte sein Schützling sicher die Area verlassen.

Er wusste, wo er den Tarnanzug beschaffen konnte, doch dazu musste erst einmal sein eigener Anzug wieder funktionieren. Der Soldat schaute zu Gustavo, der sich eng an die Wand des kleinen Raumes schmiegte, in dem sie Zuflucht gefunden hatten und erschöpft seine Augen schloss. Danach ging der Soldat zur Tür und verschloss diese, ehe er seinen Helm ablegte und die Ausrüstungsgürtel abschnallte. Sorgsam legte er nach und nach alle Anzugteile auf den Boden. Nach einer Weile stand er nur noch in seiner Unterwäsche da und betrachtete die aufgereihten Gegenstände wie auch seinen Tarnanzug. Er kniete nieder und begutachtete jedes Teil, um eine mögliche Beschädigung zu erkennen.

Er musste nicht lange suchen. Schon bei dem vierten Objekt, einem flachen Impulswandler entdeckte er einen Schaden. Ein kleiner Draht, dünn wie ein Faden, ragte aus einer Isolationsverschraubung heraus. Eilig suchte er nach seinem Allzweckwerkzeug, das nicht größer als ein Schweizer Taschenmesser war, aber viel feinere Instrumente beherbergte. Vorsichtig öffnete er den kleinen Kasten und schaute auf eine Platine, die von kleinen Kondensatoren umgeben war. Dazwischen steckten feine Chips, deren Funktion nicht zu erkennen war. Nach einigem Suchen fand der Soldat die Stelle, an der sich das feine Kabel gelöst hatte. Mit einer Pinzette, die ebenfalls an dem Allzweckwerkzeug angebracht war, griff er den Faden mit großer Vorsicht. Danach öffnete er die entsprechende Klemmbuchse mit den Fingern der anderen Hand. Sachte schob er den Draht in die Buchse und schloss diese wieder. Angestrengt suchten seine Augen nach weiteren Schäden, doch zu seiner Beruhigung stellte er fest, dass alles in Ordnung schien. Nach und nach überprüfte der Soldat seine gesamte Ausrüstung, ehe er sich wieder ankleidete.

Gustavo war tatsächlich eingeschlafen, was sein gleichmäßiger Atem bezeugte. Der Soldat überlegte, ob er seinen Schützling wecken oder ihm eine Nachricht hinterlassen sollte. Seine Überlegung zeigte sich als verfrüht, denn Gustavo schlug seine Augen auf, um verschlafen zu fragen:

»Wo willst du denn hin?«

»Ich muss etwas erledigen. Dabei kannst du mir nicht helfen. Warte hier bis ich zurückkomme.«

»Du willst mich hier alleine lassen?«, fragte Gustavo ängstlich und richtete sich dabei ächzend auf.

»Ja, mein Freund«, sagte der Soldat mit beruhigender Stimme. »Aber ich komme zurück. Das verspreche ich dir. Schließe die Tür ab, sobald ich aufgebrochen bin, und lass niemanden herein, egal wer es ist.«

Gustavo willigte wiederstrebend ein und seine alte Angst versuchte sich wieder in seinem Geist zu etablieren. Nachdem sie ein Klopfzeichen vereinbart hatten, klopfte der Soldat Gustavo noch einmal aufmunternd auf die Schulter und schaltete seine Tarneinrichtung ein. Sofort wurde er für jeden Betrachter unsichtbar. Wie von Geisterhand öffnete sich die Tür und schloss sich gleich darauf wie von selbst. Gustavo verriegelte den Zugang und starrte noch eine Weile auf das lackierte Türblatt. Wie eine schwere Last legte sich eine Erkenntnis auf seine Seele. Leise und traurig murmelte er bedrückt:

»Jetzt bin ich wieder alleine.«

***

Wirklich blöd!

Mit raumgreifenden Sprüngen durcheilte Zasdosh den Hangar, durchbrach den Nebel und sah sogleich das Ziel seiner Wut. Hinter einer Reihe von Soldaten duckten sich die verdammten Kittelträger auf dem Boden und suchten damit unsicheren Schutz. Zasdosh stoppte kurz und verstand zunächst nicht, wovor sich die Menschen so fürchteten. Er konnte nicht der Grund sein, da er ja eben erst hier eingetroffen war. Die Soldaten feuerten, jedoch nicht auf ihn, sondern auf einen Wissenschaftler, der scheinbar den Verstand verloren hatte. Der Mann lag in Deckung hinter einem Container und blutete aus mehreren Wunden. Doch er schien seine Verletzungen nicht einmal zu spüren, denn er lachte lauthals und schrie unverständliche Worte in den großen Raum hinein.

Ein tiefes Brummen lenkte Zasdosh ab, der für einen Moment vergessen hatte, dass er selbst hier war, um Rache zu nehmen. Vier oder fünf dieser seltsamen Fluggeräte brachen durch den künstlichen Nebel. Die Schwarzen, die auf den Fluggeräten saßen, begannen sofort auf alles zu schießen, was sich bewegte. Ihre Strahlengewehre fauchten und hinterließen tödliche Spuren auf ihrem Weg. Zasdosh knurrte erregt und erinnerte sich an die Schmach, die ihm die Schwarzen zugefügt hatten. Er fuhr herum und sprang. Dabei fuhr er seine Krallen aus, die messerscharf waren. Keine Sekunde später prallte er gegen das Fluggerät eines Schwarzen und griff reaktionsschnell zu. Er packte den in schwarzes Gummi gekleideten Konvertierten und riss ihn mit sich. Der Flugscooter flog trudelnd ein Stück weiter und krachte gleich darauf zwischen den Zivilisten auf den Boden. Frauen und Männer wurden zu Boden gerissen und verletzt oder gar getötet. Zasdosh zerfetzte unterdessen mit seinen scharfen Krallen den Schutzanzug des Konvertierten. Blasse Haut kam darunter zum Vorschein, die sich sogleich aufzulösen schien.

Die schrillen Schreie des Konvertierten lenkten den Angriffswillen seiner Mitkämpfer auf ein neues Ziel. Sie drehten ihre Flugscooter halsbrecherisch in der Luft und versuchten mit diesem Manöver in eine geeignete Schussposition zu kommen. Dabei vergaßen sie die Soldaten, die schützend vor den Zivilisten standen. Eine Salve, abgefeuert aus mindestens zehn Sturmgewehren, traf zwei der Konvertierten, die sofort auf den Sitzen ihrer Fluggeräte zusammenbrachen. Ungebremst krachten ihre Maschinen gegen die Hangarwand und zerschellten bei dem Aufprall.

Zasdosh ließ von seinem Opfer ab und sprang erneut einem Angreifer entgegen. Dieser Konvertierte jedoch schien mit dem Angriff gerechnet zu haben und wich geschickt aus. Das half ihm aber nur bedingt, da eine weitere Salve der Soldaten seinem unethischen Leben ein Ende setzte. Zasdosh landete hart auf dem Hallenboden, überschlug sich mehrere Male und blieb direkt neben dem irren, verwundeten Wissenschaftler liegen. Der Kerl lachte noch immer und hob zu Zasdoshs Entsetzen seine Waffe. Der Alien schaute in die Mündung eines Sturmgewehrs und schloss gleichzeitig mit dem Leben ab. Einen Schuss aus so kurzer Entfernung konnte er nicht überleben. Ein leises Klicken überraschte ihn und der angebliche Wissenschaftler schaute verblüfft durch seine randlose Brille auf die Waffe.

»Das ist nun wirklich blöd!«, sagte der Killer Chuck Lander und wusste, dass nun seine letzte Stunde gekommen war.

***

Zurück

In dem Moment, als der Dieb in dem Umkleideraum der Techniker ankam, ertönte eine Lautsprecherstimme:

»Anweisung an alle Mitarbeiter! In fünf Minuten tritt der normale Sicherheitsstatus wieder in Kraft. Bleiben Sie, wo Sie sich im Augenblick befinden. Sicherheitskräfte werden Sie abholen. Ich wiederhole …«

Der Dieb atmete befreit auf. Er war dem Labyrinth gerade so entkommen und keine der Fallen hatte ihn getötet. Der Raum mit seinen Spinden und Duschen kam ihm trotz seiner Tristesse wie das Paradies vor. Alles war ihm hier vertraut, alles war sicher. Mit einem glücklichen Lächeln ging er zu seinem Spind und öffnete das Zahlenschloss. Danach zog er seine blutverschmierte, zerfetzte Kleidung aus und warf sie auf den Boden des Spinds. Er griff sich ein Stück Seife und ein Handtuch und schloss den schmalen Schrank. Kurz darauf stand er unter der Dusche und fast hätte er angefangen zu singen. Doch er musste vorsichtig sein und durfte nicht auffallen. Schon alleine die Tatsache, dass er in der allgemeinen Katastrophe hier stand und sich abduschte, war verdächtig. So beeilte er sich, auch wenn er gerne noch länger unter den belebenden Strahlen des heißen Wassers gestanden hätte. Nachdem er sich abfrottiert hatte, föhnte er schnell seine kurzen Haare und zog sich frische Kleidung an. Danach betrachtete er sich im Spiegel. Er hatte einige Schrammen abbekommen, doch das sollte nicht besonders auffallen.

Zufrieden mit sich und seiner jetzigen Situation, befestigte er noch sein Namensschild an seinem Overall und verließ den Raum. Zwei Türen weiter betrat er dann den Hangar, in dem sich sein Arbeitsplatz befand. Natürlich arbeitete niemand und seine Arbeitskollegen standen in Gruppen zusammen. So unauffällig wie möglich näherte er sich einer Gruppe und stellte sich zu den Männern. Sie diskutierten heftig über ihre momentane Situation. Ein Techniker, den der Dieb nur vom Sehen her kannte, führte das Wort.

»Ich möchte nun wirklich wissen«, rief er in die Runde, »wieso das Militär uns nun schon zwei Tage hier in dem Hangar festhält. Das geht wirklich zu weit! Langsam verliere ich die Geduld! Ich kann euch sagen, meine Frau wird mir was erzählen, dass ich sie nicht angerufen habe. Die glaubt mir bestimmt nicht, dass ich hier eingesperrt war.«

»Du wirst gar nichts erzählen«, drohte ein Teamleiter, »oder deine Frau wird noch länger auf dich verzichten müssen. Ich erinnere dich daran, was du in deinem Arbeitsvertrag unterschrieben hast. Also halt nur die Klappe!«

Der Dieb lächelte, als er die eigentlich sinnlose Diskussion verfolgte. Das war der Alltag, das war das normale Leben. Es erschien ihm beinahe unverständlich, dass er sich in die Tiefen der Area gewagt hatte. Wie leicht hätte er sterben können und wie oft war er dem Grauen und dem Tod begegnet. Bilder zogen an seinem inneren Auge vorbei, Bilder, die er schnell vergessen wollte. Er mochte nicht mehr an den aufgehängten Kindermörder denken und auch nicht an den jungen Soldat, der in seinen Armen gestorben war.

Seinen Auftraggeber, der ihn in die unterirdische Anlage geschickt hatte, würde er auch nicht vergessen. Nein, er würde den Kerl kontaktieren und ihn zur Rechenschaft ziehen.

Jemand zerrte ihn am Arm und der Dieb blickte sich um. Vor ihm stand sein Vorgesetzter und blickte ihn sorgenvoll an.

»Wo warst du denn? Du siehst fürchterlich aus! Ich habe dich die letzten Stunden nicht gesehen. Geht es dir gut?«

Der Dieb überlegte sich hastig eine Antwort, die stimmig sein musste. So sagte er etwas lahm:

»Ich hatte mich verkrochen, dort hinten, in der Werkstatt. Ich hatte einfach Angst. Wie Sie wahrscheinlich wissen, gehöre ich nicht zu den Mutigsten.«

»Ja, das kann man wohl sagen«, stimmte sein Vorgesetzter bedauernd lachend zu. »Naja, jedenfalls ist uns hier nichts geschehen. Wer weiß, was in den anderen Abteilungen los war. Nun bist du aber in Sicherheit. Komm, lass uns einen Kaffee trinken. Es kann ja noch dauern, bis man uns hier herauslässt.«

Er griff den Arm des Diebs und zog diesen mit sich. Widerstandslos ging er mit und dachte nur: *Wenn du wüsstest …*

***

In letzter Minute

Ramires erwachte durch ein stöhnendes Geräusch. Müde öffnete er seine Augen und setzte sich auf. Erneut stöhnte jemand auf und ein Fluchen folgte unwirsch. Juan war nun ebenfalls erwacht und schaute fragend zu Ramires, ehe er sich erhob.

»Ich schau mal, was los ist«, sagte er einfach und verließ mit angeschlagener Waffe den Raum.

Ramires stand nun ebenfalls auf und schaute zu seinem Kumpan Pedro, der scheinbar reglos auf dem Boden lag. Nur ein leichtes Heben und Senken seiner Brust zeugte davon, dass er noch lebte. Ramires ging die wenigen Schritte zu dem Besinnungslosen und setzte sich vor ihn in die Hocke. Da erklang das Stöhnen erneut und Ramires war erstaunt, dass es von Pedro kam. Vorsichtig schüttelte er ihn und Pedros Augen begannen zu flattern. Nun rüttelte Ramires heftiger an dem Bewusstlosen und rief eindringlich:

»He Junge, wach auf! Komm schon, wir müssen weg! Pedro, wach auf, hörst du, wach auf!«

Es dauerte noch einige Minuten, Juan war inzwischen von seinem Rundgang zurückgekehrt, ehe Pedro seine Augen öffnete. Verwirrt blickte er sich um, immer noch eine erhebliche Panik in seinen Augen, die sich ruckend hin- und her bewegten. Mit überraschender Sanftheit zog Ramires Pedro in eine sitzende Haltung und nahm ihn in seine Arme. Wie ein Vater sein ängstliches Kind zu trösten versuchte, schaukelte er seinen Kumpan in langsamem Takt und sprach gleichzeitig beruhigend auf ihn ein.

Pedro begann sich mittlerweile zu erinnern und Tränen brachen sich Bahn. Seine Begleiter ließen ihn gewähren und in diesem Moment hätte sich kein Außenstehender vorstellen können, dass eben diese Männer mit kaltem Herzen einen Mord begehen konnten. Juan war es schließlich, der zum Aufbruch drängte.

»Wir müssen nun bald verschwinden«, sagte er eindringlich. »Es wird nicht mehr lange so ruhig sein. Wenn die uns kriegen, dann gnade uns Gott!«

»Du hast recht«, pflichtete ihm Ramires bei. Er drehte Pedro ein Stück zu sich und schaute diesen eindringlich an.

»Du musst nun noch einmal stark sein. Zeit zum Ausruhen haben wir später. Glaubst du, dass du aufstehen kannst?«

»Ich will es versuchen«, antwortete Pedro schwach. Gemeinsam halfen sie ihm auf die Beine und stellten gleich darauf fest, dass er unmöglich alleine gehen konnte. So nahmen sie Pedro in ihre Mitte und legten seine Arme über ihre Schultern. Dann gingen sie langsam los.

Sie liefen zur Tür, die zur Fahrzeughalle führte. Ramires schaute sich sofort nach Betreten lauernd um, konnte aber nichts Verdächtiges erkennen. Draußen war es mittlerweile hell geworden und durch das offene Hallentor drang warme Luft herein. Die Männer schleppten ihren Kumpan durch die Reihen der hier abgestellten Fahrzeuge. Vor einem Humvee blieben sie schließlich stehen und während Ramires Pedro aufrecht hielt, öffnete Juan den Militärwagen. Alarmbedingt steckten die Schlüssel im Zündschloss und Juan rief erfreut:

»Los, einsteigen. Beeilt euch!«

Er selbst setzte sich hinter das Steuer und stellte den Sitz in die für seine Größe richtige Position. Ramires schob Pedro auf den Rücksitz und kletterte danach auf den Beifahrersitz. Mit vor Stress gepresster Stimme befahl Ramires barsch:

»Auf was wartest du noch? Los, fahr schon!«

Das ließ Juan sich kein zweites Mal sagen. Er startete den Wagen und der Motor erwachte mit einem satten Brummen. Langsam rollte der Humvee durch die Halle. Gerade als sie das Tor passierten, brauste eine Reihe Militärfahrzeuge an der Halle vorbei. Ramires schaute ihnen nach und erkannte, dass sich die Fahrzeuge von den sie umgebenden Hallen und Bürogebäuden entfernten.

»Erst mal hinterher«, rief er Juan zu, der gleich darauf auf einen breiten Platz hinausfuhr. Verwundert blickten die Männer sich um, noch immer nicht wissend, wo sie sich eigentlich befanden. Die Wüste war für sie ein bekanntes Areal, doch in welcher Wüste sie sich befanden, war völlig unklar.

Eine Lautsprecherdurchsage ließ sie noch einmal zusammenzucken und Juan beeilte sich, Anschluss an den Konvoi der Militärfahrzeuge zu finden. Ramires schaute sich noch einmal um und sah, wie sich das Hallentor schloss, durch das sie kaum vor einer Minute gefahren waren. Er atmete befreiend aus und sagte erleichtert:

»Das war knapp, buchstäblich in letzter Minute.«

***

Letzter Kampf

Zasdosh hatte schon mit seinem Leben abgeschlossen, doch als er das Klicken der Waffe hörte, die ihn bedrohte, handelte er. Ohne lange nachzudenken, holte er aus und schlug dem Wissenschaftler, bei dem es sich in Wirklichkeit um den Killer Chuck Lander handelte, die Waffe aus den Händen. Er sah die großen, angsterfüllten Augen hinter einer randlosen Brille direkt vor sich und holte zum tödlichen Schlag aus.

Doch er hatte nicht mit der Kaltblütigkeit des Killers gerechnet. Als Zasdosh zum Schlag ausholte, fühlte er gleichzeitig einen brennenden Schmerz in seiner Brust. Verwirrt schaute er nach unten und vergaß dabei, dass er seine Gegner vor sich töten wollte. In seinem breiten Brustkorb steckte ein großes Messer. Am Griff des Messers erkannte er eine Hand und an der Hand einen Arm. Ratlos hob der Alien seinen Kopf und sah nun, wie der Mann mit der Brille ihn anlächelte. Er fand keine Spur mehr von Angst und Panik in den Augen des anderen. Nein, er blickte in die kalten Augen eines Menschen, der Spaß am Töten hatte. Zasdosh wollte nach dem Messer greifen, doch als er erneut nach unten schaute, war es verschwunden. Dafür strömte Blut in großen Mengen aus der Messerwunde. Er fragte sich, beinahe als wäre er nicht betroffen, wie lange es wohl dauern würde, ehe er seine Besinnung verlieren und danach sterben würde. Ein weiterer Stich, ein weiterer brennender Schmerz riss ihn aus seiner Betrachtung.

Da waren wieder die Hand, das Messer und noch mehr Blut. Ein letztes Mal wallte noch einmal unbändiger Zorn in ihm auf. Seine Schmerzen ignorierend, sprang er nach vorne und warf sich auf Chuck Lander. Sein schwerer Körper begrub den Killer unter sich und die Klinge des Messers bohrte sich noch tiefer in seinen Körper. Zasdoshs Blick verschleierte sich, doch er konnte noch erkennen, wie der Killer nun echte Panik in seinen Augen hatte. Mit letzter Kraft riss Zasdosh seinen Raubtiermund auf und rasiermesserscharfe Zähne gruben sich in den Hals seines Gegners. Dann sackte der Alien tot zusammen und erschlaffte.

Chuck Lander lebte nur noch einige Sekunden länger. Er fühlte die Last des Aliens auf sich und wusste, dass es ihm nicht mehr gelingen würde, sich zu erheben. Der Kopf des Killers kippte zur Seite und er schloss seine Augen. Er wollte in den letzten Sekunden seines Lebens nicht in das grässliche Gesicht dieses Monsters schauen. Stattdessen tauchten die Bilder seiner Opfer vor ihm auf. Sie waren mit Blut besudelt und sie lachten – ja, sie lachten. Die Geister seiner Untaten umringten ihn, griffen mit langsam verwehenden Händen nach ihm und berührten ihn. Chuck Lander wollte seine Augen öffnen, um dem Grauen zu entfliehen, doch seine Augen gehorchten nicht mehr. Seine Kehle versuchte zu schreien, doch sie war zerfetzt.

Nun waren seine Opfer ganz nahe und es waren viele Opfer, so viele. Die Geisterhände griffen in ihn hinein, griffen in seinen Körper und zerrten seine Seele heraus. Dann öffneten sie ihre Münder und zerrissen seine Seele mit gierigen Bissen. Der Killer erlebte seine eigene Hölle und die Zeit schien sich zu dehnen. Mit einem erschöpften letzten, gurgelnden Atemzug ergab sich schließlich sein geschundener Körper und das Leben wich aus dem Serienkiller Chuck Lander.

***

Rennen

Mit weit ausgreifenden Schritten rannte der unsichtbare Soldat durch den Hangar, in dem Fahrzeuge aller Art abgestellt waren. Er hörte die Lautsprechermeldung der Sicherheitszentrale und wusste, dass sein Vorhaben gefährdet war. Türen würden sich schließen und Kamerasysteme aktiviert werden. Vor sich sah er, wie sich das große Rolltor der Halle langsam schloss. Er musste handeln und zwar schnell. Er spurtete bis zu dem Fahrzeug, einem Militärlaster, der nur wenige Meter vor dem Tor geparkt war, und sprang in die Fahrerkabine. Er wusste, dass bei einem Alarm immer die Schlüssel im Zündschloss steckten und er atmete auf, als sich sein Wissen bestätigte. Er drehte den Schlüssel und der Truck sprang an.

Sofort gab er Gas und lenkte das Fahrzeug in Richtung des sich schließenden Tores. Beinahe bezweifelte er, dass er es noch schaffen konnte, den Lastwagen rechtzeitig zwischen die zufahrenden Torflügel zu bugsieren, doch das Glück war ihm hold. Mit einem knirschenden Geräusch und abgerissenen Außenspiegeln zwängte er den schweren Militärlaster zwischen die Torflügel. Die Elektromotoren der Rolltore jaulten ein letztes Mal auf, ehe herausspringende Sicherungen den Lärm beendeten.

Der Soldat sprang aus dem Wagen, der nun halb innerhalb und halb außerhalb der Halle stand. Er lief einige Meter vor die Halle und orientierte sich. Gleich darauf erkannte er den Container, den seine Einheit mit hierher zur Area 51 gebracht hatte. Er stand völlig unbewacht am Rand eines Lagerschuppens, der allerdings nur von außen harmlos aussah. Wie alle Gebäude hier in der Area war der Schuppen so präpariert, dass auf Satellitenfotos nichts zu sehen war, was irgendwie ungewöhnlich aussah. Der Container war nur gute hundert Meter entfernt, was für einen ausgebildeten Elitesoldaten keine Entfernung war.

Ohne weiter auf seine Umgebung zu achten oder gar nach Deckungsmöglichkeiten Ausschau zu halten, rannte er los. Der Soldat vertraute völlig auf seine Unsichtbarkeit, auch wenn seine schnellen Schritte Staub aufwirbelten.

Ohne auch nur im Geringsten außer Atem zu sein, erreichte er schließlich den Container. Natürlich war dieser verschlossen und mit einem elektronischen Code gesichert. Da der Soldat aber zu der Einheit gehörte, die den Container hier platziert hatte, kannte er natürlich den Sicherheitscode. Hastig tippte er die Nummer und die Buchstabenkombination ein und ein leises Summen zeigte ihm an, dass sich die Tür entriegelte. Der Soldat zog sie nur so weit auf, dass er in den Container schlüpfen konnte.

Licht flackerte auf und Schränke, Kisten und Regale wurden sichtbar. Gezielt lief er zu einer schmalen schwarzen Plastiktruhe, die am Ende des Containers aufgestellt war. Klackend sprangen die Metallverschlüsse auf und er hob den Deckel an. In einer Plastikfolie versiegelt, lag der spezielle Schutzanzug, der dem menschlichen Auge Unsichtbarkeit vortäuschte. Der Soldat zog den Anzug heraus, der gute zwanzig Kilo wog, und schloss die Plastiktruhe wieder. Sorgfältig klappte er die Verschlüsse zu und hoffte, dass niemand vor ihrem Abrücken von der Area es für nötig empfand, die mitgebrachte Ausrüstung noch einmal zu überprüfen.

Eilig begab er sich zurück zur Containertür und wollte diese gerade öffnen, als sie vor ihm aufgezogen wurde. Vor ihm stand einer seiner Kameraden und drei weitere warteten vor dem Container. Die Männer trugen die normale Ausrüstung, die nicht die Option hatten, die Tarnfunktion der Unsichtbarkeit einzusetzen. Im ersten Moment fühlte sich der unsichtbare Soldat ertappt und sah sich schon vor dem Militärgericht stehen, doch sein Kamerad schaute durch ihn hindurch. Jeden Moment konnte der Mann einen Schritt nach vorne machen und ihn dabei rammen. Unsichtbarkeit bedeutete nicht Unberührbarkeit.

So leise es ging, wich der unsichtbare Soldat zur Seite aus und hoffte, dass die anderen Männer nicht auch den Container betreten wollten. Seine Kameraden blieben aber vor dem Container stehen und unterhielten sich angeregt. Sie waren froh, endlich wieder an der frischen Luft zu sein und hofften darauf, dass ihr Einsatz hier bald beendet sein würde. Der Unsichtbare sprang leise aus dem Container und drängte sich vorsichtig an den Soldaten vorbei. Er wäre gerne davongestürmt, doch das hätten sie bestimmt bemerkt. So schlich er aus dem Sichtbereich seiner Kameraden und beschleunigte seine Schritte erst, als er die halbe Strecke zum Fahrzeughangar zurückgelegt hatte. Vor dem eingeklemmten Lastwagen angekommen, gönnte der Unsichtbare sich einen Moment, um zu Atem zu kommen. Er schaute hinüber zu dem Container und sah, wie seine Kameraden einige Ausrüstungsgegenstände davontrugen. Niemand hatte sein Eindringen in den Container bemerkt und die Soldaten würden alle Spuren verwischen, falls er überhaupt welche hinterlassen hatte. Er ließ sich vor dem Lastwagen auf die Knie herab und kroch dann unter dem Wagen hindurch zurück in die Halle. Unbeobachtet rannte er so schnell er konnte zu der Tür des Hallenbüros. Erstaunlicherweise war sie unverschlossen, was darauf hindeutete, dass das Sicherheitssystem noch nicht vollständig aktiviert war. Keine zwei Minuten später stand er vor der Tür, hinter der Gustavo auf ihn wartete, und klopfte ihr verabredetes Signal an das Türblatt.

***

Trickreiche Fahrt

Die Militärfahrzeuge stoppten vor einem Hangar, aus dem weißer Rauch emporstieg. Die Soldaten sprangen mit angeschlagenen Waffen aus ihren Fahrzeugen und verteilten sich strategisch vor dem Gebäude. Plötzlich schossen seltsame Fluggeräte aus dem Rauch heraus. Sie erinnerten irgendwie an Jet Skis, nur dass sie sich nicht auf dem Wasser bewegten, sondern flogen.

Juan hatte sein Humvee ebenfalls gestoppt und schaute mit offenem Mund auf die sich ihm darbietende Szenerie. Irgendwie kam es ihm so vor, als ob er gerade Filmarbeiten zu einem Science-Fiction-Film anschaute. Natürlich wusste er, dass alles, was er hier sah, Realität war und das beunruhigte ihn zutiefst. Dazu trug eine weitere Beobachtung bei, die er nicht einordnen konnte. Wenn schon Jetskis durch die Luft flogen, wieso trugen die Personen, welche sie lenkten, Taucheranzüge?

Ramires riss Juan aus seiner Betrachtung, indem er hysterisch rief:

»Willst du hierbleiben und dir die Show ansehen? Verdammt, lass uns verschwinden, solange wir noch können!«

Juan schaute seinen Kumpan nur an und wusste, dass dieser recht hatte. Er legte den Gang ein und fuhr los. Im gleichen Augenblick hörten sie die typischen knatternden Geräusche sich nähernder Helikopter. Die Soldaten vor dem Hangar schauten nach oben und warteten wohl, dass die Hubschrauber weitere Verstärkung bringen würden.

Juan war das ziemlich egal und er folgte der Phalanx der Bauten, bis er eine Straße sah, die von dem Komplex wegführte. Ohne angehalten zu werden, folgte er der Straße. Vor ihnen öffnete sich eine karge Geröllwüste, die mit dürren Büschen durchsetzt war. Als sie über eine Kuppe fuhren, erkannten sie am Horizont weitere Militärfahrzeuge, die ihnen entgegenkamen.

»Halt an, Juan«, sagte Ramires. »Ich fahre ab hier.« Widerwillig stoppte Juan den Wagen, stieg aus und rannte um das Fahrzeug herum. Ramires war inzwischen über die Mittelkonsole gerutscht und saß schon auf dem Fahrersitz, ehe Juan die Beifahrerseite erreicht hatte. Kaum hatte Juan den Militärwagen bestiegen, fuhr Ramires los. Ohne einen Kommentar Juans, was an und für sich ungewöhnlich für ihn war, ging die Fahrt weiter.

Ramires überlegte fieberhaft, was er nun tun sollte. Auf keinen Fall wollte er den Militärfahrzeugen begegnen. Angestrengt suchten seine Augen das Gelände ab. Währenddessen fuhr er langsam weiter, bis er einen schmalen Weg auf der rechten Seite wahrnahm, den er bei schnellerer Fahrt bestimmt übersehen hätte. Entschlossen lenkte er den Humvee auf den unbefestigten Weg und beschleunigte. Es war ihm egal, dass er eine gut sichtbare Staubfahne hinter sich herzog. Circa einen Kilometer vor sich sah er eine kleine Hütte, deren Zweck er nicht erkennen konnte. Kurz darauf stoppte der Militär-SUV vor dem kleinen Gebäude.

Ramires ließ den Motor laufen, als er aus dem Wagen stieg. Er ließ sich von Juan sein Gewehr geben und ging vorsichtig zu der Hütte. Dabei schaute er sich sichernd um und versuchte gleichzeitig zu erkennen, ob die Militärfahrzeuge, die er vorher gesehen hatte, sich näherten. Zu seiner Erleichterung sah er kein einziges Fahrzeug auf der nahegelegenen Straße, von der er auch nur ungefähr wusste, wo diese verlief. Von seiner Position aus konnte er die Straße nicht sehen und er hoffte, dass die Soldaten in dem Konvoi ihr Fahrzeug auch nicht ausmachen konnten.

Die Hütte war ein Meisterwerk der Tarnung. Erst als Ramires direkt vor dem kleinen Gebäude stand, erkannte er, dass dieses nicht aus Brettern, sondern aus massivem Beton bestand. Die Holzoptik war einfach nur aufgesprüht worden, um einen zufälligen Beobachter zu täuschen. Wer verbarg hier etwas, fragte sich der Gangster und dachte an die geheimen Tunnelbauten der Drogenkartelle. Die Zugänge zu den Tunneln, die unter der Grenze zwischen den USA und Mexiko verliefen, waren ebenfalls gut getarnt.

Ramires umrundete das kleine Haus und stand schließlich vor einer Tür, die aus massivem Stahl gefertigt war. Ohne besonderes Interesse versuchte er die Tür zu öffnen, was ihm aber nicht gelang. Schulterzuckend beließ er es bei diesem einfachen Versuch und kehrte zum Fahrzeug zurück.

Juan war inzwischen ebenfalls aus dem Wagen gestiegen und auf dessen Dach geklettert. Irgendwo hatte er ein Fernglas aufgetrieben, durch das er angespannt schaute. Von oben herab rief er:

»Der Konvoi kommt schnell näher! Wir sollten verschwinden.«

Ramires dachte einen Moment daran, dem steinigen Weg weiter zu folgen, verwarf diese Idee aber gleich wieder. Stattdessen befahl er Juan:

»Komm runter, los, mach schon! Wenn du die Wagen sehen kannst, dann können die dich auch sehen.«

Ohne ein Widerwort kletterte Juan vom Dach des Humvees und stellte sich neben Ramires.

»Wie geht es Pedro?«, fragte dieser.

»Der schläft«, antworte Juan einsilbig und schaute dabei weiter in Richtung der Straße. Nach einigen Minuten wurden Motorengeräusche hörbar, die immer lauter wurden. Ramires und Juan sprangen in den Wagen, damit man sie nicht sah. Sie sahen wenig militärisch aus und waren in ihrem Fahrzeug nur als dunkle Silhouetten zu erkennen. Einen bangen Moment lang glaubten die Männer, dass sich die Militärfahrzeuge ihrer Position nähern würden. Doch dann wurden die Motorengeräusche leiser und erstarben schließlich.

Darauf hatte Ramires gewartet. Er wendete das Fahrzeug und fuhr zurück zur Straße. Dort angekommen, bog er nach rechts in die Richtung ein, von der die Militärfahrzeuge gekommen waren. Er beschleunigte den Wagen und fuhr so schnell er es sich zutraute. Er wusste selbst nicht, wieso er es auf einmal so eilig hatte.

Nach einer Viertelstunde sahen sie vor sich einige flache Gebäude, die wie eine Grenzstation aussahen. Rechts und links zog sich wie zur Bestätigung ihrer Vermutung ein Zaun durch die Wüste. Was dahinter war, konnten die Männer nicht erkennen, da sich die Grenze auf einer Anhöhe befand. Als sie näher kamen, sahen sie, wie einige Soldaten an einer Schranke standen und versuchten, mit angeschlagenen Waffen eine Gruppe Menschen zurückzudrängen.

Ramires verlangsamte den Humvee und fragte sich gleichzeitig, wie er nun diese Grenzstation überwinden sollte. Die Soldaten an der Schranke hörten den näherkommenden Wagen, drehten sich kurz um, ehe sie wieder nach vorne schauten und die Menschen hinter der Schranke anschrien. Vermutlich glaubten sie, dass mit dem Humvee Verstärkung kommen würde und schenkten so dem Wagen kein weiteres Interesse.

Ramires fasste einen verzweifelten Entschluss. Er wusste, dass sie über diese Grenze mussten. Wenn sie es nicht schafften, dann war ihre Flucht zu Ende und man würde sie zurück zu dieser grässlichen Station bringen. Das durfte auf keinen Fall geschehen! Sein Fuß senkte sich auf das Gaspedal und er drückte gleichzeitig auf die Hupe. Die Soldaten an der Schranke drehten sich erschrocken um und richteten dann ihre Waffen auf das schnell näherkommende Fahrzeug. Juan begriff, was sein Kumpan vorhatte und streckte seine eigene Waffe aus dem Beifahrerfenster. Sofort eröffnete er das Feuer und die Soldaten warfen sich in Deckung. Die Menschenmenge hinter der Schranke lief schreiend davon, was Ramires nur recht war.

Gleich darauf schlugen die ersten Geschosse der Soldaten in den Humvee ein, ohne allerdings viel Schaden anzurichten. Eine Sekunde später hatten sie die Soldaten passiert und der schwere Wagen prallte gegen die Schranke. Die aus Aluminium gefertigte Schranke beulte sich zuerst ein, ehe sie mit einem metallischen Reißen zur Seite schleuderte. Die Soldaten beschossen den Humvee nun gezielter, was die zersplitternde Scheibe des Rückfensters bewies. Eine unerwartete Rechtskurve rettete den Gangstern schließlich das Leben. Der schwere Wagen schaffte es gerade so, schlingernd auf der Straße zu bleiben. Er passierte einen Parkplatz, der erstaunlicherweise auch von vielen Menschen bevölkert wurde. Die Leute schauten dem Militär-SUV hinterher und reckten wütend ihre Fäuste in die Höhe.

Ramires sah die geparkten Wagen an sich vorbeihuschen und wunderte sich über die vielen Menschen. Kaum hatte er die Fahrzeuge hinter sich gelassen, führte die Straße bergab durch die unberührte Wüste. Ramires beschleunigte erneut und schaute angestrengt nach vorne. Ihn wunderte es, dass ihnen bisher niemand folgte.

»Haben wir es geschafft?«, fragte Juan.

***

Aufbruch

Gerry stopfte die letzte Tasche in den Kofferraum. Schweiß tropfte von seiner Stirn, während er die Hecktür des SUVs zuklappte. Gehetzt schaute er sich um, immer befürchtend, den Killer zu sehen, den sie aus der Wüste gerettet hatten. Seine Panik hatte sich in den letzten Stunden immer weiter gesteigert. So hatte er alles Mögliche in Koffer und Reisetaschen gestopft, ohne wirklich zu wissen, was er eigentlich eingepackt hatte. Stan stand vor dem Wagen und wartete geduldig. Er wusste, dass er seinen Freund in diesem Moment nicht ansprechen durfte. Gerry hätte nicht einmal verstanden, was er ihm sagen würde.

Zum ihrem Glück hatten sie keine Verstrahlung feststellen können. Die letzten Tage erschienen Stan sowieso wie ein böser Traum. Schon alleine die Tatsache, dass sie in die hochgesicherte Anlage der Area 51 eingedrungen waren, widersprach der Logik. Dass sie dann auch noch Zeugen eines UFO-Abschusses geworden waren, grenzte ans Unmögliche. Ihre Flucht von dem Gelände und die Rettung eines Mannes, der schließlich einen Verfolger getötet hatte, konnte man ruhig als bizarr bezeichnen. Dennoch war dies alles geschehen und nun lief ein Killer durch die Stadt. Nur durch einen weiteren Zufall hatten sie ihn vor einem Restaurant gesehen, was gerade Gerry sehr schockiert hatte. Die beiden Freunde wussten nicht, dass der Killer mittlerweile nicht mehr am Leben war. Doch selbst wenn sie es gewusst hätten, ihre Sicherheit war weiterhin gefährdet. Wer wusste schon, über welche Möglichkeiten die Polizei oder irgendwelche militärischen Nachrichtendienste verfügten? Sie hatten sich strafbar gemacht und das würde geahndet werden, da war sich Stan sicher. Er selbst hatte nur wenig eingepackt, gerade mal das Nötigste. Er wusste noch nicht, ob er jemals nach Nevada, genauer nach Las Vegas, zurückkehren würde. Seine Miete war für diesen Monat bezahlt und er konnte dem Vermieter später immer noch kündigen. Um seinen Arbeitsplatz machte er sich auch keine Sorgen. Er hatte den Job nicht gemocht und er würde schnell eine neue Arbeit finden.

Gerry stieg in den Wagen und rief von der Beifahrerseite aus:

»Was ist, Stan? Können wir nun fahren?«

Stan nahm sich vor, ruhig zu bleiben und sich nicht auf Gerrys Panik einzulassen.

»Klar, Mann! Mal sehen, wie es uns in Los Angeles gefällt.«

Stan setzte sich auf den Fahrersitz, schloss die Tür und startete den Motor. Ohne besondere Eile fädelte er sich in den fließenden Verkehr ein. Kurz darauf bogen sie auf die Interstate 15 ein, die durch die Stadt hinaus in südlicher Richtung in die Wüste führte. Mit einem Gefühl des Bedauerns schaute Stan auf die riesigen Hotelbauten der Spielerstadt, die links an ihnen vorbeizogen. Er hatte die Stadt gemocht, was ihm erst jetzt klar wurde. Als sie den Flughafen passiert hatten, blickte Stan nach vorne, als wolle er die Stadt nicht mehr sehen. Er fühlte schon jetzt die Sehnsucht, ja Heimweh, obwohl sie die Stadtgrenze noch nicht einmal erreicht hatten. Leise sagte er zu sich selbst:

»Ich komme wieder Vegas, ich komme wieder!«

***

Versprechen

Gustavo fühlte sich sichtlich unwohl, als er sich in einem Spiegel sah. Die Uniform, die Kampfkombination, die er nun trug, passte so gar nicht zu seinem Weltbild. Uniformträger hatten ihn ein Leben lang traktiert und er hatte sich unter ihrer Willkür geduckt. Dies hatte ihn schließlich in die Arme des Kartells gebracht, für das er als einfacher Handlanger in einem Stollen gearbeitet hatte. Nun trug er eine Uniform und er fühlte seine Abscheu diesem Kleidungsstück gegenüber. Doch gerade diese Kampfkombination sollte ihn befreien, heraus aus den Fängen der Leute, die ihn hierher verschleppt hatten. Das Schicksal spielte manchmal merkwürdige Spiele.

»Na, zufrieden?«, fragte ihn sein Begleiter, der ihn bisher geschützt hatte. Der Soldat, der sich durch die Tarnfunktion für jeden Betrachter unsichtbar machen konnte, schaute Gustavo herausfordernd an.

»Naja«, antwortete Gustavo unsicher, »zufrieden ist das falsche Wort. Dankbar ist das richtige Wort. Dabei fällt mir ein, dass ich deinen Namen noch nicht einmal kenne.«

»Den werde ich dir nicht sagen, mein Freund. Denn solltest du wider allen Erwarten gefangen genommen werden, dann kannst du mich nicht verraten.«

»Das würde ich doch nie tun, da kannst du mir vertrauen.«

»Ha«, lachte der Soldat humorlos, »wenn du wüsstest, was Leute alles ausplaudern, wenn sie von Spezialisten verhört werden. Aber lassen wir das. Ich habe dir die Tarnfunktion erklärt und du weißt, wie sie funktioniert. Wenn wir das Gebäude verlassen haben, bist du auf dich selbst gestellt. Folge der Straße in die Berge, dann kommst du nach circa zwanzig Kilometern an eine Wachstation. Die Station sieht wie ein Grenzposten aus. Getarnt kommst du sicher auf die andere Seite. Von da an sei weiter vorsichtig. Auch außerhalb der Area sind Patrouillen unterwegs. Sieh zu, dass du dich bis Las Vegas durchschlägst. Spring auf einen Lastwagen oder so. Wenn du in Sicherheit bist, zerstöre den Anzug. Das ist wichtig und du musst mir das versprechen. Hast du das verstanden?«

»Ja, habe ich. Natürlich verspreche ich dir, den Anzug zu zerstören.«

»Ich hoffe, dass du dich daran hältst. Es wäre eine Katastrophe, wenn der Anzug in falsche Hände geriete. Nun gut, schalte nun die Tarnung ein und lass uns gehen. Wenn wir am Hallentor angelangt sind, trennen sich unsere Wege. Also – keine Verabschiedung! Gut – dann los, ich weiß nicht, wie lange die Türen noch offen sind.«

Er nickte dem schmalen Mexikaner noch einmal zu und schaltete seine Tarnung ein. Sofort wurde er unsichtbar. Gustavo tat es ihm gleich und wunderte sich, dass er den Soldaten in seinem Helmdisplay noch als schwachen Schatten wahrnehmen konnte. Er akzeptierte diese Tatsache und folgte ihm.

Sie durchquerten einen Gang und danach einige Büros, ehe sie in eine große Halle gelangten, die scheinbar als Garage für die hier stationierten Sicherheitskräfte diente. Als sie am Hallentor ankamen, sah Gustavo einige Soldaten, die an dem Tor arbeiteten. Sie versuchten, einen dort verkeilten Lastwagen aus dem wohl beschädigten Tor zu manövrieren. Der Schatten vor ihm, sein unsichtbarer Beschützer, ließ sich auf seine Knie nieder und krabbelte unter dem Truck hindurch. Gustavo folgte ihm so schnell er konnte. Jede Sekunde rechnete er damit, dass er entdeckt werden würde. An den Gedanken, dass er sich unsichtbar bewegte, hatte er sich noch nicht gewöhnt.

Ungesehen gelangten sie ins Freie und standen auf. Wie vorhergesagt, entfernte sich sein unsichtbarer Begleiter ohne ein Abschiedswort.

Gustavo schaute ihm so lange nach, bis auch sein Schatten verschwunden war. Danach ging er, so leise er es vermochte, an den Hallen und Gebäuden vorbei, wechselte auf die andere Seite der Straße und umging so den Hangar, vor dem eine Menge Soldaten versammelt waren. Sie brachten nach und nach Zivilisten ins Freie, von denen einige weiße Kittel trugen. Die Menschen machten einen verwirrten Eindruck und einige mussten sogar gestützt werden.

Zum Glück hatte sich Gustavo für die gegenüberliegende Straßenseite entschieden, denn kaum lief er hier im Schatten der Gebäude, als Krankenwagen mit heulenden Sirenen heranschossen. Es wäre doch mehr als tragisch gewesen, wenn er von einem Fahrzeug überfahren worden wäre, weil man ihn nicht sah.

Nach einer guten halben Stunde erreichte er die Straße, die in die Berge führte. Er blieb stehen und schaute zurück zu den Gebäuden. Nichts deutete darauf hin, dass sich hier unter der Erde eine riesige Anlage befand. Eine Anlage, von der fast niemand etwas wusste. Kalt überlief es ihn, als er an die vergangenen Tage dachte.

Entschlossen drehte er sich um und marschierte los. Er würde entkommen, da war er sich sicher. Aber was dann? Wie würde sein Leben weitergehen? Ein Gedanke formte sich in ihm – ja, er wusste, was er tun würde. Er konnte ihn in ein einzelnes Wort pressen: Rache.

***

Ein zarter Windhauch

Sergeant Owen Fields saß in der Hocke an der Hangarwand. Er hatte seine Augen geschlossen, gerade so, als wolle er die Welt aus seinem Bewusstsein ausschließen. Er war erschöpft und mehr als müde. Er konnte sich nicht erinnern, wann er zum letzten Mal geschlafen hatte. Er hatte so viel erlebt – einfach zu viel. Was kann eine Seele ertragen, wo war die Grenze? Er wusste es nicht. Er wollte sie nicht ausloten. Er hatte genug und wartete nur auf den Moment, in dem er nach Hause fahren konnte. Er wusste auch nicht, ob er jemals zurückkommen wollte – hierher zum Dienst auf einem Stützpunkt, wo so viel Schreckliches geschah. Er brauchte jetzt so etwas wie Normalität, einen Abend vor dem Fernseher oder einfach nur ein Essen mit seiner Familie. Seine Familie – ja, das war Normalität. Die kleinen Alltagssorgen erschienen dem Sergeant auf einmal begehrenswert – ein Lächeln seiner Frau als enormes Geschenk. Er hatte um sein Überleben gekämpft, und wenn er an die klaustrophobischen Momente dachte, in denen er durch enge Belüftungsrohre gekrochen war, wurde ihm beinahe schlecht. Er musste hier raus, er musste ins Freie, an die frische Luft.

Mühsam öffnete er seine Augen und nahm das Bild von Tod und Chaos in sich auf. Überall lagen Tote und Verwundete auf dem Hangarboden. Dazwischen rannten Soldaten umher und versuchten, den medizinischen Hilfskräften zur Hand zu gehen. Der künstliche Nebel war inzwischen verweht und die Kampfhandlungen eingestellt. Die unheimlichen Schwarzen auf ihren fliegenden Jet Skis hatten eilig den Hangar verlassen. Scheinbar hatten sie den Befehl zum Rückzug erhalten. Einige der Schwarzen hatten den Angriff nicht überlebt und ihre Leichen lagen noch immer dort, wo sie gefallen waren.

Owen erhob sich und für einen Moment blieb er gebeugt stehen. Sein Kreislauf rebellierte und ein Schwindelgefühl ließ ihn wanken. Ein Sanitäter trat zu ihm und legte dem Sergeant hilfreich einen Arm um die Schulter. Leise beschwichtigend redend, brachte ihn der Mann aus dem Hangar. Owen verstand nicht ein einziges Wort von dem, was er zu ihm sagte. Sein Verstand weigerte sich, weitere Informationen aufzunehmen.

Auf dem Weg nach draußen brannten sich Szenen des Grauens in seinen Verstand. Blutende Menschen, ein Arzt, der auf einem auf dem Boden liegenden Mann saß und mit beiden Händen auf dessen Brustkorb drückte, um rhythmisch dessen Leben zurückzubringen. Daneben Blut, wohl von einem anderen Opfer und …

Owen schloss erneut seine Augen und ließ sich von dem Sanitäter führen. Ein leiser Windhauch, der seine Wange streichelte, signalisierte dem Sergeant, dass er es nach draußen geschafft hatte, sich im Freien befand. Er atmete tief die warme, trockene Wüstenluft ein und Tränen der Erleichterung bahnten sich ihren Weg. Er hatte überlebt, er hatte es geschafft, er würde …

Sergeant Owen Fields sackte zusammen und der Sanitäter konnte ihn gerade noch halten. Eine gnädige Ohnmacht setzte seinem Grübeln ein Ende. Der Sanitäter winkte einen Kollegen herbei und sie legten den Sergeant vorsichtig auf eine Trage.

***

Eine neue Liste

Sie hatten die halbe Nacht miteinander geredet. Brian Spiller und der Mann, der ihm Obdach gewährte, gingen erst zu Bett, als die ersten Sonnenstrahlen über die nahen Berge blitzten. Brian zog nur seine Schuhe aus und legte sich so wie er war auf das Bett des Gästezimmers. Es dauerte keine Minute, bis er eingeschlafen war. Der Killer aus Rache, der vor Jahren eine Todesliste erstellt und diese dann mit mörderischer Kaltblütigkeit abgearbeitet hatte, schlief so gut wie lange nicht.

Irgendwann, es musste bestimmt schon Nachmittag sein, wurde er durch Gepolter im Haus aufgeweckt. Müde rieb er sich den Schlaf aus den Augen und setzte sich auf. Von unten drangen wütende Stimmen zu ihm herauf und erneut polterte es laut, als ob Möbel umgeworfen wurden.

Brian sprang aus dem Bett, schlüpfte eilig in seine Schuhe und rannte nach unten. Die Stimmen wurden lauter und er hörte wie, ein Mann schrie:

»… und wenn du deine Schulden nicht bis morgen Abend bezahlt hast, dann breche ich dir noch den anderen Arm.«

Durch das schmerzvolle Wimmern seines Gastgebers bemerkten die beiden Männer, große schwarze Kerle mit Sonnenbrillen, nicht, wie Brian die Küche betrat. Dort lag sein Gastgeber zwischen umgefallenen Stühlen und einem Tisch, der auf der Seite lag, am Boden. Er hielt sich seinen rechten Arm und schaute ängstlich zu den Kerlen in Muskelshirts. Brian überlegte nicht lange. Die Kerle waren ihm körperlich überlegen und würden auch ihn verprügeln. Deshalb zog er sich leise zurück und schaute sich in der Wohnung seines Gastgebers nach etwas um, das er als Waffe gebrauchen konnte.

Im Schirmständer neben der Garderobe fand er, was er gesucht hatte. Dort stand zwischen zwei ausgefransten und in die Jahre gekommenen Schirmen eine Baseballkeule. Leise zog er das Sportgerät aus dem Ständer und schlich zurück zur Küche. Die Ganoven standen noch immer über ihr Opfer gebeugt und einer der Kerle trat soeben gegen dessen Rippen. Sein Gastgeber schrie vor Schmerz laut auf und die Geldeintreiber lachten dazu höhnisch. Zu Brians Glück standen die beiden Gangster von ihm abgewandt. Er holte mit dem Baseballschläger aus und ließ ihn auf den Hinterkopf eines der beiden Männer krachen. Ohne eine Reaktion oder einen Schrei brach der Mann sofort zusammen und fiel haltlos zu Boden. Blut spritze aus seiner Kopfwunde und besudelte Gerrys Gastgeber wie auch den anderen Gangster. Bevor dieser jedoch reagieren konnte, da er erschrocken auf seinen am Boden liegenden Kumpan starrte, traf auch ihn ein Schlag. Eine leichte Bewegung rettete dem Kerl das Leben. Der Schlag traf seine Schulter, die sofort brach. Schreiend rannte er durch die Küche und hielt sich dabei seine verletzte Schulter mit der Hand. Irrlichternd rollten seine Augen schockbedingt wie irre in seien Augenhöhlen. Seine Welt war aus den Fugen geraten. Er war es doch, der anderen Angst einjagte und nicht umgekehrt. Nun war er das Opfer und diese Rolle mochte er nicht. Ängstlich stammelte er Worte, die sich erst nach und nach zu einem Satz formten:

»Bitte Mister, bitte lassen Sie mich gehen. Ich habe doch nur einen Auftrag ausgeführt. Bitte Mister …«

Der begonnene Satz wurde durch einen weiteren Hieb mit der Baseballkeule beendet. Mit brachialer Wucht zerschmetterte ein Schlag den Kiefer des Mannes. Gurgelnd spuckte er Blut und Zähne und schrie nun aus voller Kehle. Ein weiterer Schlag hinterließ an seinem Schädel eine tiefe Delle und brachte ihn zu Fall. Er japste noch einmal, ehe er seinen letzten Atemzug tat.

Brian ließ die Keule einfach fallen und kniete sich neben seinen Gastgeber. Besorgt beugte er sich zu dem Mann und wollte gerade fragen, wie es ihm ging, als dieser zu schimpfen begann. Mit sich überschlagender Stimme, die gleichzeitig seine Verzweiflung ausdrückte, rief er:

»Was hast du nur getan? Wie konntest du nur? Jetzt bin ich geliefert, tot, verstehst du? Verdammt, was soll ich denn nun machen? Kannst du mir das sagen?«

»Ja, das kann ich. Letzte Nacht hast du mir ja schon viel von deinem Leben erzählt, jedoch nichts von deinen aktuellen Problemen.«

»Ja, aber du hast die Kerle totgeschlagen und …«

»Stimmt, ich habe sie erschlagen, sonst wärst du vielleicht nicht mehr am Leben. Mach dir keine Sorgen, ich helfe dir. Es wird dich niemand mehr anrühren. Wer ist denn eigentlich hinter dir her?«

»Ach, so ein verdammter Geldeintreiber. Ich habe in einem Kasino verloren, einem illegalen.«

»Komm, ich helf' dir auf. Als Erstes schaue ich mir mal deine Verletzungen an und dann sehen wir weiter.«

»Und was ist mit den Toten?«

»Ich sagte doch, wir sehen dann, wie es weitergeht. Los, auf die Beine mit dir.«

Als der Abend hereinbrach, war Brians Gastgeber so weit versorgt, dass er alleine, wenn auch unter Schmerzen, gehen konnte. Bei einem kühlen Bier hatten sie geredet und später dann die Leichen in die Garage geschafft. Bei dem Gespräch hatte Brian erfahren, in was für eine finanzielle Sackgasse sich sein neuer Freund hineinmanövriert hatte. Er war einer Bande aufgesessen, die nichts anderes im Sinn hatte, als ihre Opfer finanziell zu ruinieren und so viel Geld aus ihnen herauszupressen, wie irgend möglich.

Brian setzte sich zu seinem Freund an den Tisch und legte einen Block bereit. Dann schaute er den Mann ernst an, ehe er mit ruhiger Stimme zu sprechen begann:

»Ich werde dir helfen, diese verdammte Sache ein für alle Mal aus der Welt zu schaffen. Dazu musst du jedoch bereit sein, mir zu helfen. Keine Angst, den unangenehmen Part, den schmutzigen Teil, übernehme ich. Es ist nicht das erste Mal, dass ich solchen Typen zeige, wo es langgeht. Also, ich brauche die Namen der Gangster, die dir ans Leder wollen. Jeden Namen der Bande, den du kennst. Wenn ich die Liste habe, fangen wir an.«

Brians Gastgeber schluckte und dachte an die Toten in der Garage, ehe er zu fragen wagte:

»Mit was fangen wir an?«

Brian setzte ein dämonisches Lächeln auf, bei dem seine Augen kalt und starr blieben, ehe er antwortete:

»Wir fangen damit an, jedes dieser verdammten Arschlöcher ins Jenseits zu schicken!«

***

Beschwerlich

Der Marsch durch die Wüste war alles andere als leicht. Gustavo hatte inzwischen seine Tarnvorrichtung abgeschaltet und war damit für jedermann sichtbar. Doch hier war niemand, der ihn sehen konnte. Die Straße führte langsam bergan, was das Laufen in der brütenden Hitze zusätzlich erschwerte. Er war seinem zeitweiligen Beschützer, den er in seinen Gedanken immer noch als den unsichtbaren Soldaten bezeichnete, dankbar, dass dieser ihm eine Feldflasche mit Wasser an den Gürtel gehängt hatte. Die Flasche war jedoch fast leer und es gab hier weit und breit keine Möglichkeit, sie wieder aufzufüllen. An einem großen Stein, einem Monolithen, wie man sie ab und an in der Wüste findet, blieb er stehen und verschnaufte. Auf der einen Seite warf der Stein einen Schatten und Gustavo beschloss, ein wenig auszuruhen. Er ging hinüber zu dem Felsen und setzte sich auf den Boden.

Der Kontrast zwischen der brennenden Sonne und dem Schatten war so groß, dass Gustavo auch ohne Tarnvorrichtung fast nicht mehr zu sehen war. So saß er da und starrte in die Wüste. Seine Gedanken eilten der Zeit voraus und er begann sich auszumalen, wie er Rache nehmen wollte. Rache an all seinen Peinigern, die ihn und seine Familie sein gesamtes Leben lang geknechtet und mit Füßen getreten hatten. Sie würden büßen, für ihre Untaten bezahlen. Er hatte nun die Möglichkeit, es ihnen heimzuzahlen, denn er konnte sich unsichtbar machen. Sein Versprechen, das er dem unsichtbaren

Soldaten gegeben hatte – den Anzug zu zerstören – würde er brechen, ja brechen müssen. Es galt, Gerechtigkeit zu üben und denen Einhalt zu gebieten, die sich auf dem Rücken armer Leute ausruhten. Selten in seinem Leben war er so entschlossen gewesen wie in diesem Moment.

Das satte Brummen eines LKW-Motors schreckte ihn auf. Sofort fuhr seine Hand zum Schalter der Tarneinrichtung und als der Lastwagen sich seiner Position bis auf hundert Meter genähert hatte, schaltete er auf Tarnung. Sofort wurde er unsichtbar und verschwand so aus der visuellen Welt eines zufälligen Betrachters. Keine Sekunde zu früh, wie sich zeigte, denn der Lastwagen stoppte direkt vor dem Felsen. Gustavo fühlte sich einen Moment unbehaglich, ehe ihn die Konversation der Soldaten ablenkte.

»Verdammt Lynn, muss das wirklich sein? In zehn Minuten sind wir an der Wachstation.«

»Ja, es muss sein Sarge oder denkst du, ich will mir in die Hosen machen?«

»Also, dann beeil dich! Ich will mir keinen Anschiss vom Wachhabenden abholen, nur weil deine Blase voll ist.«

Während des Gesprächs war eine Soldatin aus dem LKW gesprungen und rannte nun direkt auf Gustavo zu. Der befürchtete schon, dass er entdeckt worden sei oder dass die Soldatin ihre Notdurft genau bei ihm verrichten wollte. Sie spurtete aber an ihm vorbei, ohne ihn zu bemerken.

Gustavo atmete auf und erhob sich vorsichtig. Er schaute kurz zu der Stelle, wo die Frau hinter dem Felsen verschwunden war. Gleichzeitig überlegte er, dass er sich ein ganzes Stück Fußmarsch ersparen konnte, wenn er irgendwie auf den Lastwagen klettern konnte. Sofort schlich er so leise er konnte durch den Sand zur Straße. Er war zwar unsichtbar, aber nicht unhörbar. Zum Glück hatte der Fahrer den Motor des LKWs laufen gelassen, was Gustavos Schrittgeräusche völlig übertönte.

Gleich darauf stand er vor dem Lastwagen, dessen Ladefläche mit einer Plane bedeckt war. Gustavo lief hinter den LKW und schaute auf die Ladefläche. Zu seinem Glück befanden sich dort nur Kisten, Kanister und Container, aber keine weiteren Soldaten. Er nutzte seine Chance und kletterte auf die Ladefläche. Von vorne rief der Fahrer:

»Verdammt Lynn, beeile dich gefälligst. Wir müssen weiter!«

»Ich komme ja schon! Höre auf, mich anzuschreien, sonst kannst du was erleben!«

Gleich darauf wurde die Tür zur Fahrerkabine zugeschlagen und der Lastwagen setzte sich ruckend in Bewegung. Gustavo saß an der hinteren Bordwand der Ladefläche und schaute hinunter in das Tal der Area 51. Nun war er sich sicher, dass er entkommen konnte. Seine Unsichtbarkeit hatte sich bewährt und das Glück schien von nun an auch auf seiner Seite zu sein.

Es dauerte wirklich nur zehn Minuten, ehe der LKW die Wachstation erreichte. Noch ehe der Wagen anhielt, sprang Gustavo ab. Vor ihm lagen einige kleine Gebäude und die Straße führte durch eine Art Grenzposten, an dem bewaffnete Soldaten standen. Auf der anderen Seite konnte Gustavo einige Zivilisten erkennen, die mit den Wachsoldaten diskutierten. Er wusste, wenn er über diese Grenze ging, würde seine Zukunft beginnen.

***

Endlich zu Hause

Seit Tagen wanderten Jack und Birdy durch die Stadt. Sie bestaunten die riesigen Hotelbauten der Kasinos, trauten sich aber nicht, diese zu betreten. Über den berühmten Las Vegas Boulevard schoben sich täglich tausende Touristen und pilgerten von Kasino zu Kasino. Die beiden Männer waren von New York City schon einiges gewohnt, doch diese Masse unternehmungslustiger Menschen war ihnen unheimlich. In New York hatten Jack und Birdy ihre Zeit als Obdachlose meistens im Central Park verbracht. In den warmen Monaten nächtigten sie sogar dort unter dichtem Gebüsch, was natürlich verboten war. Aber sie hatten gelernt, die New Yorker einzuschätzen, was bei den Menschen hier in Las Vegas schwieriger war. Das verunsicherte die beiden Männer und ließ sie zweifeln, ob diese

Stadt der Spieler für sie das Richtige war. So setzten sie sich in der Nähe der Kasinos in einer Seitenstraße auf eine Begrenzungsmauer und berieten, wie ihr Weg weitergehen sollte.

Birdy war merkwürdig still geworden und sein einfacher Humor war nicht mehr vorhanden. Jack wusste, dass sich sein Freund nicht wohlfühlte, solange sie keine Entscheidung getroffen hatten. So begann er, seine Überlegungen laut auszusprechen:

»Birdy, wir müssen uns langsam überlegen, wie es mit uns weitergehen soll. Ich finde die Stadt erstaunlich, fühle mich aber gleichzeitig überfordert. Wir brauchen einen Anker, eine Anlaufstelle, dass wir nicht ziellos herumirren. Wir sind aus der Area 51 entkommen, wie wir inzwischen wissen. Das kann nicht ohne Grund oder ohne eine höhere Fügung geschehen sein. Wir haben noch eine Aufgabe zu erfüllen, da bin ich mir sicher!«

»Und was für eine Aufgabe soll das sein?«, fragte Birdy mit ungewohnt ernster Stimme. »Was können wir denn? Wer soll uns denn brauchen? Wir haben nicht einmal ein Dach über dem Kopf und wissen nicht, ob wir heute noch etwas zu essen bekommen.«

Jack schaute seinen Freund erstaunt an. Er hatte, ohne es zu wissen, ihnen einen Weg gewiesen. Jack nickte aufgeregt zu seinen eigenen Gedanken, was Birdy verständnislos beobachtete. Schließlich fasste er seine Überlegungen zusammen und sagte bestimmt:

»Wir gehen zurück zu Loretta!«

»Wohin gehen wir?«, fragte Birdy verständnislos.

»Wir gehen in die Suppenküche, wo die nette Frau uns geholfen hat.«

»Aha«, sagte Birdy und versuchte den Sinn zu erkennen, warum sie dorthin gehen sollten.

»Loretta wird uns helfen«, verteidigte Jack seine Idee und versuchte nicht, seinem Freund seine Hoffnung zu erklären. Er würde schon sehen und vielleicht auch verstehen. Manchmal kam er ihm ziemlich normal vor und er glaubte, dass Birdy alles verstand, was um ihn herum geschah. Dann aber, von einer Sekunde zur anderen, verwandelte er sich geistig in ein Kind. Jack hatte gelernt, mit den beiden Seiten seines Freundes umzugehen, aber leicht war es nicht. So klopfte er Birdy auf die Schulter und sagte einfach:

»Komm, lass uns gehen. Bestimmt schaffen wir es noch vor dem Abendessen, zur Suppenküche zu gelangen.«

Birdy fügte sich und so liefen die beiden Männer los. Sie passierten Industrieviertel, die sich mit einfachen Wohngegenden abwechselten. Birdy trottete neben Jack her und fragte nicht ein einziges Mal, ob sie noch in der richtigen Richtung unterwegs waren. Er verließ sich einfach auf ihn und freute sich unterdessen an Kleinigkeiten auf dem Weg, die Jack bestimmt übersehen hätte. Mal war es ein besonderer Baum in einem Vorgarten, mal ein Vogel auf einem Zaun, mal ein ungewöhnliches Auto. Jack ließ ihn gewähren und konzentrierte sich dabei auf den Weg, der vor ihnen lag. Manchmal wusste er nicht mehr, ob sie sich verlaufen hatten oder ob ihre Route zur Suppenküche noch die Richtige war. Schließlich, es wurde schon langsam dunkel, erkannte Jack die Straße, in der sie lag.

»Da vorne ist es!«, rief er freudig, als habe er endlich sein lang vermisstes Zuhause wiedergefunden. Irgendwie fühlte Jack genau das und hoffte, dass sich seine Hoffnung erfüllen würde.

Er packte seinen Freund am Arm und zog ihn einfach mit sich. Kurz darauf standen sie vor der Tür der Suppenküche. Jack war ganz aufgeregt und fragte sich selbst, warum das so war. Er atmete noch einmal tief ein und sagte dann gepresst zu Birdy:

»Komm, lass uns reingehen.«

Er stieß die Tür auf und ein reges Stimmengewirr schlug ihnen entgegen. Der karge Speiseraum war bis auf den letzten Platz belegt. Männer und Frauen saßen an den Tischen und unterhielten sich angeregt. Zwischen den Tischen rannten einige Kinder übermütig spielend herum und verstärkten die Geräuschkulisse mit dissonanten, spitzen Schreien. Jack erkannte, dass die Menschen hier nicht viel Besitz in ihrem Leben angehäuft hatten, was ihre ärmliche Kleidung bestens belegte. Dennoch herrschte eine fröhliche, beinahe ausgelassene Stimmung und einige herzhafte Lacher hallten durch den Raum.

Jack und Birdy blieben in der Tür stehen und betrachteten die Szenerie, die sich völlig von der unterschied, die sie bei ihrem letzten Besuch vorgefunden hatten. Sie kamen sich wie Eindringlinge vor, die unverhofft in eine Geburtstagsparty geplatzt waren. Keiner der Menschen beachtete sie, keiner sprach sie an, bis hinter dem Ausgabetresen Loretta auftauchte. Sie schaute über die Menge hinweg und ein Erkennen spiegelte sich auf ihrem Gesicht. Mit weit ausholenden Armbewegungen winkte sie die beiden Freunde heran.

Zögerlich durchquerten Jack und Birdy den Raum und standen schließlich unsicher vor dem Tresen. Als Jack jedoch das verschmitzte Lächeln Lorettas bemerkte, fühlte er eine frohe Erleichterung. Ihre Worte, die sie nun über die Theke rief, förderten dieses Gefühl beträchtlich. In rauem, aber herzhaften Ton rief sie, um den Lärm im Gastraum zu übertönen:

»Na ihr zwei Halunken, das hat aber gedauert, bis ihr wieder den Weg hierhergefunden habt. Ich habe schon gedacht, ihr habt die alte Loretta vergessen. Schön, dass ihr da seid. Ihr habt bestimmt Hunger oder täusche ich mich da?«

Birdy nickte eifrig und strahlte dabei wie ein Honigkuchenpferd. Jack überlegte, was er zu der herzlichen Frau sagen sollte, doch Tränen erstickten seine Worte. Lorettas Gesicht verwandelte sich in ein mütterliches Verstehen und sie eilte um den Tresen herum und nahm Jack in ihre kräftigen Arme. Sie drückte ihn an sich und wiegte Jack wie ein trauriges Kind. Leise flüsterte sie beschwichtigend:

»Es wird alles gut, mein Junge. Ich werde mich um euch kümmern. Ihr seid nun zu Hause.«

***

Unerwartet

Drei Wochen waren ins Land gegangen und schwerfällig schob sich der Alltag in den Vordergrund. Der Dieb hatte noch zwei weitere Tage in der Area 51 verbringen müssen. CIA Teams waren eingeflogen worden, Verhörspezialisten, die jeden Mitarbeiter und Soldaten des Stützpunkts ausgiebig befragten. Das Techniker Team, dem der Dieb angehörte, schien dem Agenten nicht so interessant, denn die Befragungen dauerten nicht lange. Dennoch brauchte es seine Zeit, bis seine Kollegen und auch er die Verhörprozedur durchlaufen hatten.

Der Dieb war froh, dass man ihn nicht in den unterirdischen Sektionen aufgegriffen hatte. Dann wäre seine Befragung sicher intensiver verlaufen und er vermutete, dass er den Stützpunkt wohl niemals mehr verlassen hätte. So aber spielte er den harmlosen, unwissenden Techniker, der nur seiner Arbeit nachging und von nichts wusste. Dennoch war die Befragung sehr unangenehm gewesen und die forschenden Augen des Agenten hatten ihm Angst gemacht. Schließlich, nach einer halben Stunde, beendete der Agent sein Verhör und der Dieb konnte zurück zu seinen Kollegen.

Die Männer waren in der Kantine der Techniker versammelt und durften den Raum nicht verlassen. Sie wurden mit Essen und Trinken versorgt und einige Soldaten stellten sogar Feldbetten auf. Doch die Anspannung, die herrschte, schien greifbar zu sein. Als nach unendlichen zwei Tagen endlich ihr Vorgesetzter vor sie trat und verkündete, dass sie in Kürze abgelöst würden und jeder zwei Wochen bezahlten Urlaub antreten konnte, war die Erleichterung bei den Frauen und Männern groß.

Es dauerte dann doch noch gute zwei Stunden, bis ein Trupp Soldaten sie abholte. In einem bereitstehenden Bus wurden sie zum Flugfeld gefahren, wo schon eine weiße Zivilmaschine, die keinerlei Kennzeichnung trug, auf sie wartete. Schnell bestiegen die Techniker das Flugzeug und suchten sich einen Platz in der Kabine. Nun ging alles zügig und organisiert voran. Der Dieb spürte die Ungeduld um sich herum und er selbst konnte es nicht erwarten, endlich von hier zu verschwinden. Kurz darauf hob die Maschine ab und stieg schnell auf Reisehöhe. Jeder an Bord wusste, dass der Flug nur kurz war und schon nach zwanzig Minuten setzte das Flugzeug zur Landung an. Eine weitere halbe Stunde später verließen die Techniker den Flughafen in Las Vegas. Die Frauen und Männer zerstreuten sich rasch und keiner blieb stehen, um mit einem Kollegen ein letztes Schwätzchen zu halten.

Der Dieb hatte es besonders eilig. Er wollte nur nach Hause, auch wenn er nur ein kleines Apartment in einem Mietshaus bewohnte.

Nach einigen Tagen der Erholung fuhr er mit dem Bus in die Stadt und kaufte sich dort ein Prepaid-Handy. Kaum hatte er das Gerät erworben, tippte er eine Nummer ein, die er auswendig kannte. Es war nun Zeit für ein Treffen mit seinem Auftraggeber. Bei seiner

Flucht aus der unterirdischen Anlage der Area 51 hatte er in einem Büro ein Foto entdeckt, das seinen Auftraggeber zeigte. Schnell hatte er den richtigen Namen des Mannes ermittelt, indem er dessen Schreibtisch durchsucht hatte. Seine Adresse zu finden, war ein Leichtes gewesen und so war der Kerl keine Bedrohung mehr. So hoffte der Dieb zumindest.

Nach kurzem Klingeln hob sein Auftraggeber ab und war erstaunt, die Stimme des Diebes zu hören:

»Wir müssen reden!«, sagte der Dieb kalt in das Telefon. Am anderen Ende konnte er förmlich hören, wie der Angerufene nachdachte. Um seiner Forderung Nachdruck zu verleihen und gleichzeitig subtil zu drohen, ließ der Dieb erkennen, über wie viele Informationen er verfügte.

»Ich kann natürlich auch zu Ihnen nach Hause kommen. Sie wohnen doch noch am West Oceanside Way Nummer sieben, oder? Vielleicht kann Ihre nette Frau uns einen Kaffee kochen und wir spielen unterdessen mit ihren bezaubernden Kindern im Garten?«

»Hören Sie«, keuchte der Mann, »lassen Sie meine Familie aus dem Spiel. Wenn Sie auch nur ...«

Der Dieb unterbrach seinen Auftraggeber harsch:

»Also gut. Lassen wir die Spielereien. Ich will Sie sehen und zwar schnell! Für unser Gespräch schlage ich einen öffentlichen Ort vor. Kennen Sie die Bar „Dark Sin“? Nicht? Okay, hier ist die Adresse ...«

Nachdem der Dieb das Gespräch beendet hatte, rief er sich ein Taxi und ließ sich zu der Bar fahren. Sein Treffen mit dem Auftraggeber würde zwar erst in zwei Stunden stattfinden, doch er wollte sich mit der Örtlichkeit vertraut machen. Er selbst kannte die Bar nicht und hatte die Adresse aus dem Internet herausgesucht.

Kurz darauf stand er vor einem flachen Gebäude, dessen Fenster mit einer Folie beklebt war. Nur ein kleines Schild über der Eingangstür verriet den Namen des Etablissements. In roter Neonschrift stand dort „Dark Sin“. Der Dieb schaute sich erst die Nachbargebäude an und stellte fest, dass es hier eine ganze Anzahl recht unauffälliger Gebäude gab, die Barbetriebe beherbergten.

Ohne noch länger zu warten, ging er in die Bar. Kaum hatte er das Lokal betreten, hüllte dämmriges rotes Licht ihn ein, und einschmeichelnde Musik verbreitete eine erotische Stimmung. Der

Dieb schaute sich im Barraum um, der erstaunlicherweise schon um diese Uhrzeit gut besucht war. In kleinen Nischen saßen Männer und amüsierten sich mit dem weiblichen Personal. Auf einer kleinen Bühne tanzte eine leicht bekleidete Blondine lasziv und ließ dabei mit gekonnten Bewegungen ein Kleidungsstück nach dem anderen von ihrem Körper gleiten. Der Dieb ließ sich kurz von der Show ablenken, ehe er weiter durch die Räume der Bar schlenderte. Durch einen roten Samtvorhang hindurch schob er sich in den nächsten Raum, immer noch auf der Suche nach einem Tisch, wo er ungestört mit dem Auftraggeber sprechen konnte. Langsam erkannte er, dass er sich für diesen Zweck die falsche Lokalität herausgesucht hatte. Er wollte schon die Bar verlassen, als sein Blick auf eine andere kleine Bühne gelenkt wurde. Um diese herum saßen an runden Tischen Männer und Frauen und folgten mit Interesse der Vorführung. Der Dieb schaute nun auch zur Bühne und erstarrte. Das konnte doch nicht sein! Seine Knie wurden weich und er ließ sich auf einen freien Stuhl sinken.

Mit offenem Mund starrte er zur Bühne und konnte nicht glauben, was er da vor sich sah. Der zwei Meter große Alien, dem er in den Katakomben der Area 51 Öl in die Augen gesprüht hatte, tanzte auf der Bühne. Sein muskulöser Körper schimmerte ockerfarben und wechselte schillernd in einen Grünton. Aus dem echsenartigen Mund drangen stöhnende Geräusche, während er seine Hüften kreisen ließ. Dabei schwenkte er sein riesiges Geschlechtsteil hin und her.

Die Menschen hier in der Bar hatten nicht registriert, dass sie einem Alien zuschauten. Sie mussten annehmen, dass der Tänzer eine Maske trug und auch sonst entsprechend verkleidet war. In Vegas kam es schließlich darauf an aufzufallen und etwas Besonderes zu bieten.

Auf einmal blickte der Alien den Dieb mit seinen roten kalten Augen an und sprang juchzend von der Bühne. Die Zuschauer rutschten zur Seite und hielten diese Aktion für einen Teil der Show. Mit geschmeidigen Schritten, die dem Takt der Musik folgten, kam er auf den Dieb zu und rief:

»Ich habe gehofft, dass du mich findest. Na, gefalle ich dir jetzt?«

Der Dieb sprang entsetzt zurück und griff sich eine Bierflasche vom nächsten Tisch. Im Publikum entstand Unruhe, wusste man doch nicht, ob das noch Show war oder der Beginn einer Kneipenschlägerei. Der Alien kam immer näher und fletschte nun seine scharfen Zähne. Der Dieb hob die Flasche drohend, was den Außerirdischen nicht sonderlich beeindruckte. Dann geschahen mehrere Dinge gleichzeitig: Sein Auftraggeber tauchte im Durchgang zwischen den Falten des Vorhangs auf und erkannte sofort, wer vor dem Dieb stand. Er schrie erschrocken und spitz wie eine Frau auf und wollte zurückweichen. Dies gelang ihm aber nicht, da er gleichzeitig von hinten in den Raum gedrängt wurde. Zwischen den Vorhangfalten schoben sich bewaffnete Soldaten in den Raum und der erste Soldat stieß den Auftraggeber einfach zu Boden.

Die Gäste der Bar sprangen panisch auf und flüchteten in den hinteren Teil des Raums. Der Alien ließ sich nicht ablenken und setzte zum Sprung an. Dabei zischte er laut und echsenhaft unverständliche Worte. Der Dieb warf ihm die Bierflasche entgegen und wusste sogleich, dass sein kümmerliches Geschoss nicht viel ausrichten würde.

Für den Bruchteil einer Sekunde ließ sich der Alien aus dem Konzept bringen, was den Soldaten Zeit gab, nun ihrerseits einzugreifen. Schüsse peitschten durch den Raum und der Dieb sah, wie der Alien blutend zur Seite taumelte. Gleichzeitig traf ihn selbst ein harter Schlag an der Schulter und ließ ihn nach hinten stolpern, wo ein einfacher Stuhl als Hindernis genügte, um ihn zu Fall zu bringen. Mit Wucht schlug der Dieb mit dem Rücken auf dem Boden auf.

Sofort waren Soldaten über ihm, griffen ihm unter die Achseln und zerrten ihn durch die Bar hinaus ins Freie. Sein Arm brannte höllisch und er schrie seinen Schmerz ungeniert hinaus. Doch es war nicht der physische Schmerz, der ihn peinigte, sondern die Erkenntnis, dass er ausgespielt hatte. Man hatte ihn erwischt und würde ihn nach Militärrecht aburteilen. Als Bestätigung seiner Vermutung sah er, wie sein Auftraggeber in Handschellen aus der Bar geführt wurde.

***

Frei

Die Nacht senkte sich über die Wüste und ein erfrischender Wind streifte über die Mähnen der Isgolwölfe. Sie waren aus der Gefangenschaft entkommen und aus dem Labyrinth der Area geschlichen. Bei ihrem Weg hinaus hatten sie Beute gemacht. Ihre Opfer waren einfach zu jagen und das Schreien der Menschen hatte ihr Blut in Wallung gebracht.

Mit leichten Schritten trabten sie über den sandigen Grund. Sie waren auf der Suche nach einem geeigneten Jagdrevier und einem Unterschlupf, damit sie später ihre Jungen versorgen konnten.

Das Weibchen wusste, dass es nicht mehr lange bis zur Niederkunft dauern würde. Sie trieb ihren Partner mit einem kehligen Knurren an und gleich darauf erklommen sie die Kuppe des nächsten Hügels. Unter ihnen breitete sich ein Lichtermeer aus und der Geruch der Menschen drang in ihre Nasen. Die Isgolwölfe stimmten ein freudiges Geheul an, denn sie spürten, dass dort unten ihr neues Jagdrevier auf sie wartete.

***

Epilog

In der Area 51 war wieder Ruhe eingekehrt. Die Sicherheitssysteme funktionierten bestens und das Loch im Zaun war längst repariert worden. Selbst die Brandspuren, welche der Absturz beziehungsweise der Abschuss des UFOs hinterlassen hatte, waren von fähigen Spezialisten, die hier für die Tarnvorrichtungen zuständig waren, beseitigt. Schließlich wollte man nicht, dass sich die Meldungen von einer Katastrophe, die in den Medien aufgetaucht waren, bestätigen und sei es nur durch verbrannten Wüstenboden.

In der wissenschaftlichen Abteilung sah es weniger gut aus. Eine erhebliche Zahl wichtiger Mitarbeiter war ausgerechnet in dem Hangar umgekommen, der eigentlich als Schutzzone vom Militär eingerichtet worden war. Unter den zu bedauernden Opfern befand sich auch Professor Doktor Havering, Direktor der medizinischen Forschungsgruppe. Der Verlust dieser wichtigen Forscher bedeutete einen erheblichen Rückschritt im Projekt „Konvertierung", bei dem es darum ging, Menschen medizinisch umzuwandeln, um sie in die Lage zu versetzen, bei dem außerirdischen Volk der Shebhal zu leben. Die Konvertierten, wie diese Menschen in der Area genannt wurden, sollten die ersten menschlichen Vertreter auf der extraterrestrischen Welt Shebhaldor sein. Die Abgesandten dieser Welt lebten schon seit Jahrzehnten auf der Erde, genauer gesagt in einer gesicherten Anlage auf dem Gelände der Area 51, die als „die Kolonie" bezeichnet wurde. Genau diese Kolonie hatte der Außerirdische Zasdosh gesucht und war bei seiner Suche gescheitert. Doch selbst wenn er es bis dorthin geschafft hätte, wäre ihm jegliche Hilfe von den Shebhal verweigert worden. Sie lebten seit Generationen im Krieg mit Zasdoshs Volk, mit den Nikamba. Sie hatten sogar technische Hilfe geleistet, um das Raumschiff Zasdoshs zum Absturz zu bringen, sodass dieser überhaupt in die Gefangenschaft geriet.

Der Kommandant der Area 51 hatte heute einen wichtigen Termin. Hohe Regierungsvertreter waren eingetroffen, die sich ein Bild der Lage machen wollten. In ihrer Begleitung befanden sich einige spezielle Agenten der CIA, da ihr Geheimdienst in alle Forschungen involviert und daran interessiert war, technische Neuerungen als Erster in die Hände zu bekommen. Die Vermarktung der Innovationen würde Milliarden in die schwarzen Kassen der Regierung spülen.

In einem streng abgesicherten Besprechungsraum warteten die Regierungsbeamten und CIA Agenten auf das Eintreffen des Kommandanten. Sie hatten die für sie bereitgelegten Schutzanzüge unter Mithilfe von Technikern bereits angelegt. Eine gewisse Spannung erfüllte den Raum. Viele von ihnen hatten noch nie einen Außerirdischen gesehen. Natürlich waren sie vor ihrem Trip in die Wüste umfassend gebrieft worden. Doch was nun kam, war real und eine Situation, auf die man sich nicht vorbereiten konnte.

Ohne jegliches Pathos trat der Kommandant in den Raum und begrüßte die Anwesenden nur kurz.

»Meine Damen und Herren, Sie wissen, warum wir heute hier zusammengekommen sind. Über die Kolonie und die Shebhal brauche ich Sie nicht zu instruieren. Eine Bitte habe ich dennoch: Spre-Sie nacheinander und warten Sie, bis ihnen ein Shebhal antwortet. Eine Diskussion in unserem Sinne wird es nicht geben. Technische Fragen sind erlaubt, politische oder persönliche Fragen nicht. Ich werde Sie vorstellen und danach beginnen unsere Verhandlungen. Nur noch ein Punkt, der so wichtig ist, dass man ihn nicht oft genug wiederholen kann: Öffnen sie unter keinen Umständen ihren Helm. Die Atmosphäre in der Kolonie ist für uns tödlich. Gut, das war alles. Lassen Sie uns nun zum Bus gehen.«

Damit drehte er sich um und verließ den Raum. Die Frauen und Männer in den Schutzanzügen folgten dem Kommandanten, wobei einige Mitglieder der kleinen Delegation ein mulmiges Gefühl nicht unterdrücken konnten.

Gleich darauf fuhr ein grün lackierter Militärbus in die Wüste hinaus. Die Scheiben waren verdunkelt worden und nur der Fahrer konnte durch ein Kamerasystem die Fahrt des sich selbst lenkenden Busses verfolgen. Als die Türen sich nach wenigen Minuten öffneten, erklang ein hupendes Warnsignal. Alle Insassen des Busses schlossen ihre Helme und stiegen aus dem Fahrzeug.

Sofort bemerkten sie, dass der Bus in einem Betonbunker geparkt hatte. Vor dem Bus stand eine schwere Metalltür offen, die den Blick auf einen kleinen, mit Metall ausgekleideten Raum freigab, der offenbar eine Schleuse darstellte. Schweigend betraten die Menschen den Raum und die Panzertür schloss sich automatisch.

Ein leises Zischen war in den Kopfhörern der Anzüge zu hören, dann glitt vor ihnen eine andere Tür auf und gab die Sicht auf einen nüchtern gestalteten Gang frei. Nichts wirkte hier fremdartig oder gar außerirdisch. Etwas enttäuscht betraten die Mitglieder der Delegation den Gang und blieben eng beieinander stehen. Der Kommandant stellte sich vor die Gruppe und sein Lächeln war selbst hinter seinem Helmvisier zu erkennen.

»Okay«, sagte er in sein Helmmikrofon und wusste, dass seine Stimme nun in allen Schutzanzügen zu hören war. »Bitte folgen Sie mir.«

Er drehte sich um und ging ruhigen Schrittes den Gang entlang, bis er vor einer breiten Glastür haltmachte. Die Menschen der Delegation konnten nicht erkennen, was sich dahinter befand, da es auf der anderen Seite dunkel war.

Wie auf ein geheimes Zeichen hin trat der Kommandant an die Tür heran, worauf diese sich zur Seite hin öffnete. Gleichzeitig flammte Licht im Raum hinter der Tür auf. Das Erstaunen der Delegationsteilnehmer war groß, als sie erkannten, welch riesigen Raum sie nun betraten. Vor ihnen wölbte sich halbkreisförmig eine Tribüne, auf der Wesen saßen, die so fremdartig waren, dass es ihnen fast den Atem raubte. Vor der Tribüne hatte man normale Stühle aufgestellt und der Kommandant wies die Mitglieder der Delegation durch Handzeichen an, sich zu setzen. Er selbst blieb vor der Gruppe stehen und schaute zur Tribüne. Dann vollführte er ein spezielles Handzeichen, um danach seine Arme vor seiner Brust zu kreuzen.

Eines der Wesen erhob sich und verließ die Tribüne. Es mochte gute Zweimeterfünfzig groß sein und sein Körper war umhüllt mit einem Stoff, der ein Eigenleben zu besitzen schien, da er sich nach allen Richtungen verformte und bewegte. Das Wesen selbst wirkte ausgesprochen zerbrechlich und beinahe abgemagert, was sein schmaler Schädel nur betonte. Ein fast menschliches Gesicht, dessen Augen aber größer waren als die eines Menschen, blickte sanft zum Kommandanten herab. Ein kleiner schmallippiger Mund, der sich unter einer sehr schmalen kleinen Nase befand, öffnete sich. Eine Stimme, zart wie Harfenklang, ertönte leise und war dennoch im ganzen Raum zu hören:

»Willkommen, Kommandant. Ich bin froh, Sie lebend und bei guter Gesundheit zu sehen.«

Der Kommandant verbeugte sich tief und hielt dabei seine Arme weiterhin gekreuzt. Dann antwortete er mit ernster Stimme:

»Ich begrüße dich, Sprecher der Shebhal, und ich begrüße den Rat der Sternenkinder!«

ENDE

Anmerkungen des Autors

Ich weiß, ich weiß! Jetzt hört die Geschichte auf, wo es doch gerade interessant wird. Ich kann auch schon die Fragen erahnen, die nun unweigerlich kommen werden.
„Was sind das denn für Aliens und seit wann sind sie auf der Erde?"
„Sind sie freundlich oder nutzen sie uns nur aus?"
„Wie geht es weiter mit Jack und Birdy? Bleiben sie in Las Vegas oder kehren sie nach New York City zurück?"
„Und Gustavo, was stellt er mit dem Anzug an, der ihn unsichtbar macht?"
„... und der Killer, dieser Brian Spiller, was ist mit ihm? Mordet er nun in Las Vegas oder ist er nur der gute Rächer, der böse Menschen bestraft?"
Gute Fragen, oder? Alle Fragen sind doch ein guter Ansatzpunkt für eine oder mehrere neue Geschichten.
Ich glaube, Sie haben noch viel mehr Fragen an mich, wenn Sie dieses Buch gelesen haben oder wenn Sie eine meiner Lesungen besuchen. Natürlich bin ich auch auf den wichtigen Buchmessen wie Frankfurt im Herbst und Leipzig im Frühjahr. Kommen Sie doch einfach einmal am Messestand des Spica Verlages vorbei.

Während ich diese Story geschrieben habe, hat mich ein fundamentaler Gedanke beunruhigt, ja fast gequält. Ich fragte mich, wie viele Menschen weltweit in Laboren missbraucht werden, sei es durch Regierungen, die spezielle Forschungen in Auftrag gegeben haben, oder durch Unternehmen, die durch neue Produkte viel verdienen wollen.
Dass Menschen für Testreihen herhalten müssen, ist Fakt. Da gibt es Testpräparate, die uns unser Hausarzt mitgibt, was in Wirklichkeit bedeutet, dass Versuche ohne unsere Einwilligung mit uns angestellt werden. Da braucht man nicht weit zu greifen oder man braucht nicht besonders viel Fantasie, um sich vorzustellen, was alles in autoritären Staaten geschehen mag.

Als meine liebe Frau Conny die letzten Seiten meines Romans gelesen hatte, sie liest immer als Erste meine Geschichten, stellte sie mir eine Frage, die mich zuerst verärgerte: „Was für einen Sinn hat dein Buch, deine Geschichte?“
Ich brauste zuerst auf und dachte, dass meine Story doch nicht so gut sei, wie ich mir eingebildet hatte. Doch dann erkannte ich, worauf die Frage abzielte. Meine Intention für diese Story ist ganz einfach zu beschreiben. Ich wollte darstellen, wie sich Menschen in absoluten Grenzsituationen verhalten, was sie denken und fühlen. Wer wird mutig, wer wird zum Opfer, wer überlebt?
Ich habe mich beim Schreiben oft so sehr in meine Romanfiguren hineingedacht, dass ich begann, wie sie zu empfinden. Das führte soweit, dass ich manchmal von meinem Schreibtisch aufstand und hinaus ins Freie ging, um Luft zu holen. Ich fühlte mich genauso in den Labyrinthen der Area 51 gefangen wie meine Protagonisten.

Jetzt ist es geschafft und die Story ist geschrieben. Im Nachklang fühle ich Erleichterung und freue mich auf einige Tage, an denen ich eine Schreibpause einlegen kann. Doch ich weiß genau, dass diese Pause nur kurz sein wird, denn ich habe schon die ersten Kapitel einer neuen Geschichte geschrieben, die nun auf mich wartet. Leise, noch sehr leise, ruft mich diese neue Story und ich weiß, dass die Rufe bald lauter werden. Dann beginnt alles von vorne und ich begleite meine Romanfiguren durch die von mir geschaffene Welt, durch mein eigenes Universum.

Es grüßt Sie alle herzlichst,

Ihr Marvin Roth

LESETIPP!

Marvin Roth
Hanky und der Tausendschläfer

265 Seiten
11,5 x 18 cm
Softcover
ISBN 978-3-890649-99-3
8,00 € (D)

Hanky ist ein Kind im Körper eines dreißigjährigen Mannes. Auf einem seiner Streifzüge durch den Wald begegnet er einem uralten Wesen, das längst keinen eigenen Körper mehr besitzt, sondern von Wirt zu Wirt schlüpft.
Doch Hanky überlebt den Angriff dieses rätselhaften Geschöpfs. Und als er begreift, mit was er es zu tun hat, nimmt er den Kampf auf – gegen ein mächtiges Wesen, das seit Jahrtausenden kein anderes Ziel kennt, als die Menschheit vom Angesicht der Erde zu tilgen.

LESETIPP!

Marvin Roth
Hanky der Mächtige

399 Seiten
11,5 x 18 cm
Softcover
ISBN 978-3-890649-98-6
10,00 € (D)

Nur knapp haben Hanky und seine Freunde den Kampf gegen ein uraltes Wesen überlebt, das die Menschheit auszulöschen drohte. Jetzt hätten sie eigentlich ein wenig Ruhe verdient.
Doch kaum ein Jahr nach den Ereignissen, die einige von ihnen geheimnisvoll verändert haben, bekommt Hanky einen seltsamen Brief von dem FBI-Agenten Roger Thorn – Roger ist auf die finsteren Machenschaften einer Organisation gestoßen, die sich Gruppe Phönix nennt. Die Verschwörung reicht bis in höchste Regierungskreise.
Sehr bald begreifen Hanky und seine Freunde, dass sie es mit einem Gegner zu tun haben, der ihren ersten weit in den Schatten stellt …

LESETIPP!

Marvin Roth
Der Duft des Zorns

286 Seiten
13,5 x 20,5 cm
Softcover
ISBN 978-3-943168-61-7
14,90 € (D)

Mord und Terror überziehen ohne Vorwarnung Walkers Hill. Der Tod geht um. Wem kann man noch trauen, wenn sogar Polizisten auf unbewaffnete Menschen schießen. Der FBI Agent Roger Thorn steht vor einer nahezu unlösbaren Aufgabe.

„Fürchtet euch vor dem,
der nicht nur töten kann,
sondern die Macht hat,
euch auch noch in die Hölle zu werfen.
Ja, das sage ich euch:
Ihn sollt ihr fürchten."

Lukas 12/5

LESETIPP!

Marvin Roth
Das Papstdekret

384 Seiten
13,5 x 20,5 cm
Softcover
ISBN 978-3-943168-94-5
14,90 € (D)

„Nimm eine und tue es!“, steht in großen Lettern auf den Kisten, die frei zugänglich auf dem Times Square herumstehen. Sofort bekriegen sich zwei Streetgangs um den Inhalt: Waffen!
Mit dieser Provokation läuten Islamisten den Straßenterror in New York ein. Es folgt ein Anschlag auf den US-Präsidenten. Auch die Vatikanstadt wird von Anschlägen heimgesucht: Der Nachfolger Osama bin Ladens will die christliche Welt zerstören. Doch damit nicht genug! Der Papst riskiert seinerseits, den Weltfrieden zu gefährden: Er ruft zum Heiligen Krieg gegen den Islam auf – und wird bald darauf entführt …

LESETIPP!

Birgit Storm
Außenseiter

220 Seiten
12,5 x 19 cm
Softcover
ISBN 978-3-946732-02-0
10,80 € (D)

Theo und Matze ermitteln

Ein Obdachloser ins Koma geprügelt, ein Heimkind aus DDR Zeiten auf der Suche nach seiner Herkunft, Theos Mutter nach einem Einbruch in ihr Haus auf der Intensivstation.

Die Kommissare Theo Greitner und Matthias Hansen von der Polizeiinspektion in Suhl ermitteln in ihrem zweiten Fall auch im Umfeld von Theos Familie und das bringt sie bald an ihre Grenzen.

„Birgit Storm lässt das Thüringer Ermittlerduo Theo und Matze erneut in einem dramatischen und undurchsichtigen Fall ermitteln."

– Bremervörder Anzeiger –